神風

ACAB

All cops are ...

~~The Band:~~ ~~@~~ Wizo

Hey Tomas.

city am fenster

FALCO

die Toten Hosen.

Knoking of Heaven's Door.

meen.

formow

不小石

朗文 新英文文法全集

A Comprehensive Survey of English Grammar

5th Edition

同志社大學名譽教授 石黑昭博/監修　陳菲文・夏淑怡/譯

NEW EDITION

「畫」說文法・圖解迷點・一學即知

● 好學：理解本質→厚植基礎→挑戰深度的階段式導引。
● 好懂：圖文相輔、塊狀編排、邊欄提點的視覺化學習。
● 好用：上班自修、升學考試、證照取得的完全適用本。

ALWAYS LEARNING　PEARSON

前言

你喜歡英文嗎？比較起文法，或許大家比較偏好的是單字的學習，因為背誦簡短的單字負擔沒那麼大，同時又容易有學到東西的滿足感。

但仔細想想，光是背單字其實並不容易和他人順利溝通，你必須將單字做有效的排列，這樣對方才能了解你想傳達的意思，而你也才能聽懂對方要說的話。文法，主要就是在學習字詞的排列規則。

學習這些規則時，我們要不斷地問「為什麼？」在瞭解了必要性和理由後，去接受它的規則和用法。如果只是強記是絕對學不好的。

基於這樣的概念，本書將重點放在解釋「為什麼？」上，每章分成 **Part 1**「**概念**」→**Part 2**「**理解**」→**Part 3**「**進階**」三個學習步驟，尤其在 **Part 1** 的「概念」部分，盡可能地使用簡單的文字來解釋文法概念，再搭配生動有趣的插圖，讓讀者能快速掌握每一學習要項的環節。

本書在日本一共增訂五版，銷量逼近百萬冊，但仍不斷在內容上精益求精。全新改版的《朗文新英文文法全集》，除延續前一版的優點，包括文圖相佐的扼要解說、易於閱讀的塊狀編排，以及方便查閱的軟皮精裝與夾頁帶設計外，並特別商請國內知名英語學習書作者陳明華先生擔任審訂工作，以求更加貼近國內讀者的學習環境。

希望這本內容扎實的參考書，能讓讀者隨時找到所需資料，在自修及考試上發揮助力，英文更上層樓。

目　錄

<每章的一開始還會詳列該章的學習要項，讀者可翻至各章查閱。>

（※代表另外補充的文法專欄）

本書結構與使用方法

本書是為有效學習文法而編寫的綜合參考書，最大特色在於從理解而非背誦的角度切入，逐一解說各個文法規則的本質，先釐清概念，進而累積知識。

全書一共有 24 章，第 1～15 章是由 **Part 1～Part 3** 組成，第 16～24 章由 **Part 1～Part 2** 構成，各學習單元的內容說明如下。

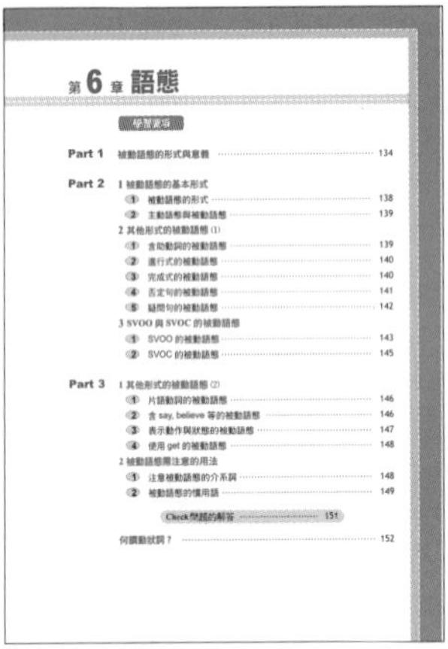

第 6 章 語態

學習要項

章名頁　標出本章的所有學習要項及對應頁數。讀者可大致了解與該章主題有關的文法細項，日後需要查閱時便能很快找到位置。

Part 1 概念

以簡單易懂的文字搭配圖示，說明文法的基本概念，作為往下閱讀的暖身。

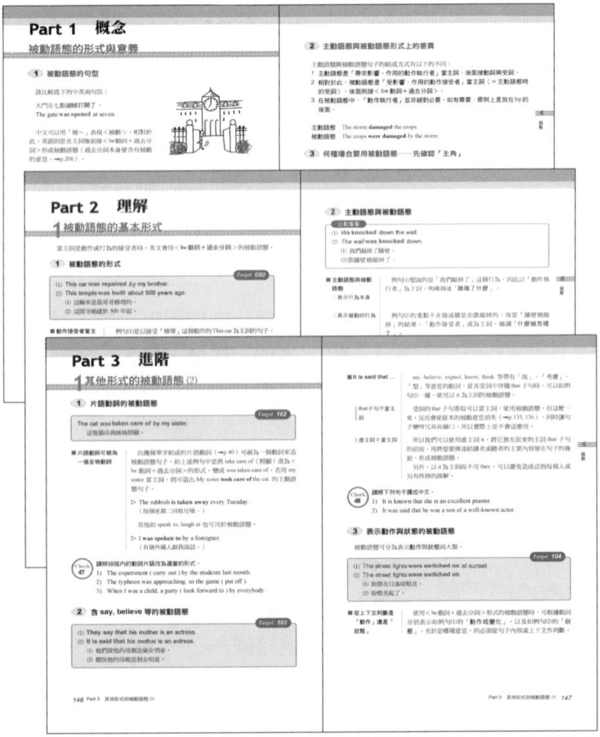

Part 2　理解

整理出基本且重要的文法規則，逐一舉例句說明規則、用法與注意事項等。

Part 3　進階

說明進階的一些文法知識，讀者可在理解 **Part 2**，奠定基礎後，再來挑戰這部分。

解說

搭配 ***Target*** 的例句解釋文法觀念與用法。請讀者不厭其煩讀到融會貫通為止。

PLUS

就之前的文法提供相關且更深入的資訊。

Target

配合文法規則所學的例句。讀者可反覆讀寫，記下這些句子的用法。

參考

提供一些值得參考，可擴大學習範圍的資訊。

參閱頁碼

指出相關事項的所在位置。

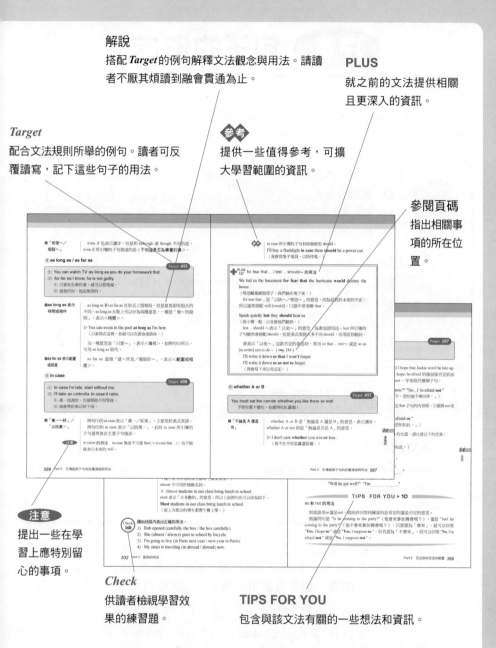

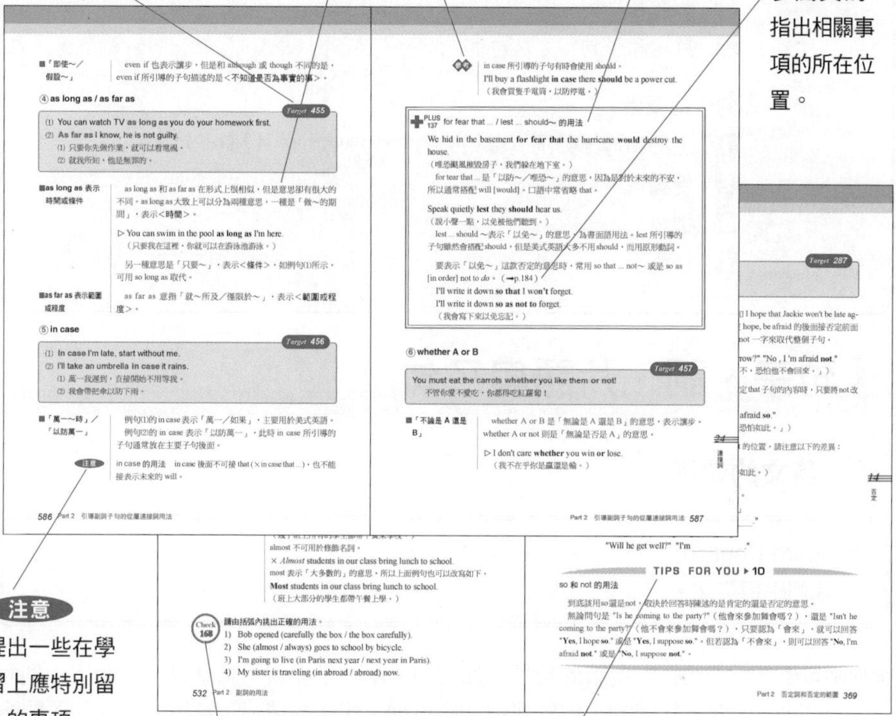

■「即使～／假設～」 even if 也表示讓步，但是和 although 或 though 不同的是，even if 所引導的子句描述的是＜不知道是否為事實的事＞。

④ as long as / as far as

Target 455

(1) You can watch TV as long as you do your homework first.
(2) As far as I know, he is not guilty.
(1) 只要你先做作業，就可以看電視。
(2) 就我所知，他是無罪的。

■as long as 表示時間或條件 as long as 和 as far as 在形式上很相似，但是意思卻有很大的不同。as long as 大致上可以分為兩種意思，一種是「做～的期間」，表示＜時間＞。

▷ You can swim in the pool **as long as** I'm here.
（只要我在這裡，你就可以在游泳池游泳。）

另一種意思是「只要～」，表示＜條件＞，如例句(1)所示，可用 so long as 取代。

■as far as 表示範圍或程度 as far as 意指「就～所及／僅限於～」，表示＜範圍或程度＞。

⑤ in case

Target 456

(1) In case I'm late, start without me.
(2) I'll take an umbrella in case it rains.
(1) 萬一我遲到，直接開始不用等我。
(2) 我會帶把傘以防下雨。

■「萬一～時」／「以防萬一」 例句(1)的 in case 表示「萬一／如果」，主要用於美式英語。例句(2)的 in case 表示「以防萬一」，此時 in case 所引導的子句通常放在主要子句後面。

注意 in case 的用法 in case 後面不可接 that (× in case that ...)，也不能接表示未來的 will。

586 Part 2 引導副詞子句的從屬連接詞用法

參考 in case 所引導的子句有時會使用 should。
I'll buy a flashlight **in case** there **should** be a power cut.
（我會買隻手電筒，以防停電。）

PLUS 137 for fear that ... / lest ... should～ 的用法

We hid in the basement **for fear that** the hurricane **would** destroy the house.
（唯恐颶風摧毀房子，我們躲在地下室。）
for fear that ... 是「以防～／唯恐～」的意思，因為是對於未來的不安，所以通常搭配 will [would]。口語中常省略 that。

Speak quietly **lest** they **should** hear us.
（說小聲一點，以免被他們聽到。）
lest ... should ～表示「以免～」的意思，為書面語用法。lest 所引導的子句雖然會搭配 should，但是美式英語大多不用 should，而用原形動詞。

要表示「以免～」這款否定的意思時，常用 so that ... not～ 或是 so as [in order] not to *do*。（➡p.184）
I'll write it down **so that** I **won't** forget.
I'll write it down **so as not to** forget.
（我會寫下來以免忘記。）

⑥ whether A or B

Target 457

You must eat the carrots whether you like them or not!
不管你愛不愛吃，你都得吃紅蘿蔔！

■「不論是 A 還是 B」 whether A or B 是「無論是 A 還是 B」的意思，表示讓步。whether A or not 則是「無論是否是 A」的意思。

▷ I don't care **whether** you win **or** lose.
（我不在乎你是贏還是輸。）

Part 2 引導副詞子句的從屬連接詞用法 587

almost 不可用於修飾名詞。
× *Almost* students in our class bring lunch to school.
most 表示「大多數的」的意思，所以上面例句也可以改寫如下。
Most students in our class bring lunch to school.
（班上大部分的學生都帶午餐上學。）

Check 168 請由括弧內挑出正確的用法。
1) Bob opened (carefully the box / the box carefully).
2) She (almost / always) goes to school by bicycle.
3) I'm going to live (in Paris next year / next year in Paris).
4) My sister is traveling (in abroad / abroad) now.

532 Part 2 副詞的用法

TIPS FOR YOU ▶ 10

so 和 not 的用法

到底該用 so 還是 not，取決於回答時陳述的是肯定的還是否定的意思。
無論問句是 "Is he coming to the party?"（他會來參加舞會嗎？），只要認為「會來」，就可以回答 "**Yes**, I hope **so**." 或是 "**Yes**, I suppose **so**."。但若認為「不會來」，則可以回答 "**No**, I'm afraid **not**." 或是 "**No**, I suppose **not**."。

Part 2 否定詞和否定的範圍 369

注意

提出一些在學習上應特別留心的事項。

Check

供讀者檢視學習效果的練習題。

TIPS FOR YOU

包含與該文法有關的一些想法和資訊。

本書除 24 章的文法解說外，另有序章、內文專欄（＜PLUS＞＜TIPS FOR YOU＞及位於第 4、6、8、9、11 及 18 章的七個補充文法專欄等）和附錄。附錄包含「動詞時態」「片語動詞」「名詞片語」三個項目。

序章 句子的形成

序章簡要說明構成一個英文句子的詞類有哪些，而有意義的句子又包含哪些要素。這些都是學習英文的基礎，有必要事先加以確認。

1 句子、詞、片語與子句

1 英文的句子

We learn English.
我們學習英文。

■何謂句子

所謂的句子，如例句所示，是由若干詞彙以一定順序排列而成的，用於傳達某些事實、想法及情感等意思。英文句子**開頭的第一個字母必須大寫**，結尾則配合句子的種類加上句號（.）、驚嘆號（!）或問號（？）等。

▷ Do you have a dictionary?（你有字典嗎？）

▷ How cute this dog is !（這隻狗真可愛！）

另外，有時候即使只有一個字也可以傳達等同一個句子的意思，例如Congratulations!（恭喜！）、Thanks.（謝謝。）等。

② 詞類與其功用

> The man said to me softly and clearly, "Well, you may be right."
> 這名男子溫柔而又清楚地告訴我：「嗯，也許你是對的。」

■十種詞性　英文單字依功用可分成十種詞性，這裡舉下面的例子來確認各種詞性的功能：

The	man	said	to	me	softly	and	clearly,	"Well,	you	may	be	right."
冠詞	名詞	動詞	介系詞	代名詞	副詞	連接詞	副詞	感嘆詞	代名詞	助動詞	動詞	形容詞

詞性	功用
名詞 （noun）	代表人、事、物的名稱。分成可數名詞和不可數名詞，可當主詞、受詞及補語使用。可數名詞又有單複數之分（➡p.433）。 man, teacher, computer, wind, happiness 等。
冠詞 （article）	放在名詞前面，表示該名詞是特定或不特定的人、事、物。a / an 不可以放在不可數名詞及複數名詞的前面（➡p.457）。 a / an（不定冠詞），the（定冠詞）等。
代名詞 （pronoun）	用來代替名詞。有人稱代名詞和指示代名詞等，人稱代名詞會依功用而改變形式。不可以加上冠詞和修飾語（➡p.475）。 I, me, you, him, this, some 等。
形容詞 （adjective）	指人、事、物的性質、狀態及數量等。可修飾名詞或當補語使用（➡p.505）。 right, happy, young, many, few 等。
副詞 （adverb）	修飾動詞和形容詞等，表示狀態、場所、時間、頻率及程度等（➡p.527）。 softly, there, always, tomorrow, very 等。
動詞 （verb）	表示人、事、物的狀態和動作。有不及物和及物兩種用法。另外會隨主詞的人稱及時態等改變形式（➡p.25）。 be, have, love, go, run, meet 等。

助動詞 （auxiliary verb）	放在動詞之前，可表示各種情態（➡p.99）。 can, may, must, will 等（也可表文法功用，如進行式和被動語態用 be，完成式用 have，用於疑問句和否定句的 do 也是助動詞）。
介系詞 （preposition）	放在名詞及代名詞的前面，形成介系詞片語（➡p.543）。 at, by, for, on 等。
連接詞 （conjunction）	用於連接「詞和詞」、「片語和片語」、「子句和子句」等。有 and 之類的對等連接詞和 because 之類的從屬連接詞（➡p.569）。 and, but, or, because, when, that 等。
感嘆詞 （interjection）	表達說話者的情感。 ah, oh, ouch, well 等。

注意 **一個單字可以有兩種以上的詞性**　由於一個單字常同時擁有多種詞性，所以無法僅就單字本身來判別，而需配合前後文來判斷它的詞性。

I caught a **cold** because it was very **cold** yesterday.
名詞（cold）　形容詞（cold）
（因為昨天很冷，所以我感冒了。）

Ben is a **fast** runner, but he couldn't run **fast** in the last race.
形容詞（fast）　副詞（fast）
（班跑步跑得很快，但他在上次比賽中無法跑快。）

3 片語和子句

(1) Stars twinkle brightly **in the night sky**.

(2) I saw the Southern Cross **when I stayed in Australia**.

(1) 星星在夜空中閃爍。
(2) 我在澳洲時看過南十字星。

■何謂片語

例句(1)中，in the night sky 的功用同副詞 brightly，是用來修飾動詞 twinkle。像這樣由兩個以上的字組成的字群，在句子中當成一個詞性來使用，而且**不含＜主詞＋述語動詞＞，就稱為「片語」**。

■何謂子句

例句(2)的 when I stayed in Australia，是修飾動詞 saw 的副詞，它包含了＜主詞 (I)＋動詞 (stayed)＞的形式。像這樣在句中當一種詞性使用，而且**包含＜主詞＋述語動詞＞的字群，稱為「子句」**。

詳細說明請參閱「片語與子句」（➟p.307）。

2 句子的要素

在英文中，一個句子的意義要能夠成立，必須有**主詞**、**動詞**。而依動詞的性質，其後面又可接**受詞**和**補語**。另外為了替這些詞類增添意思，可適當加入**修飾語**。

1 主詞和述語動詞

（編注：述語動詞是較為學術性的用語，為求簡明易懂，本書自第 1 章開始全部改以「動詞」代替「述語動詞」。）

(1) **We / laughed**.
主詞　動詞

(2) **My father / is** a teacher.
主詞　動詞

(3) **A little dog / is running** toward me.
主詞　動詞

(1) 我們笑了。
(2) 我父親是老師。
(3) 一隻小狗跑向我。

■主詞

可作為主詞的有名詞和代名詞。如果是名詞，可將置於名詞之前的冠詞及所有格等限定詞也包括在內（➟p.454），就像例句(2)的 My father 和例句(3)的 A dog。

注意

名詞片語和名詞子句也可當主詞　關於名詞片語及名詞子句，請參閱「片語與子句」（➟p.307）。

■**主要動詞**

句子的主要動詞用於表達狀態和動作。下面例句中加粗的部分就是**主要動詞**。

▷ We must **wear** uniforms.
（我們必須穿制服。）

2 受詞

(1) My father bought **a new car**.

(2) My sister bought **me this pendant**.

(1) 父親買了新車。
(2) 我姊姊買了這個垂飾給我。

■**何謂受詞**

所謂受詞是指動作或行為等的接受者。受詞置於及物動詞之後，以＜及物動詞＋受詞＞的形式表達意思。**可當成受詞使用的是名詞和代名詞。**

例句(1)中的 a new car 是 bought 的受詞。

底下例句中的粗黑字也是受詞，提供讀者參考。
She likes **dogs**.（她很喜歡狗。）
She married **John** last month.（她上個月嫁給約翰。）
I saw **your father** this morning.（今早我看到你父親。）

■**有兩個以上的受詞時**

動詞可以像例句(2)的 bought，有 me 和 this pendant 兩個受詞，先接「人」再接「物」（➟p.32）。

人稱代名詞當受詞使用，要改成像 me 一樣的受格（➟p.478）。

注意 **當名詞使用的片語和子句，也可以當受詞** 關於名詞片語及名詞子句，請參閱「片語與子句」（➟p.307）。

參考 一定要有受詞的動詞稱為**及物動詞**，不必有受詞的動詞稱為**不及物動詞**（➟p.28）。此外，受詞也可以接在介系詞後面，稱為介系詞的受詞（➟p.546）。

3 補語

(1) His mother is **a lawyer**.

(2) The news made us **sad**.

(1) 他的母親是律師。

(2) 這則消息讓我們很難過。

■何謂補語

補語用來說明主詞和受詞「是什麼樣的（事物）」或「為何種狀態」，是句子成立的必備要素之一。**可作為補語的是名詞、代名詞和形容詞。**

用於說明主詞

例句(1)的補語 a lawyer 是用來說明主詞 His mother 的職業。

用於說明受詞

例句(2)的補語 sad 是用來說明受詞 us 的狀態。

上述兩例句若少了補語，句子便無法成立。

注意

具有名詞和形容詞功用的片語，以及有名詞功用的子句，都可以當補語。詳情請參閱「片語與子句」（➡p.307）。

4 修飾語

(1) The **tall** boy carried a box **full of books**.

(2) I **sometimes** study **before breakfast**.

(1)這位高個子少年搬了一個裝滿書的箱子。

(2)我有時會在早餐前讀書。

■何謂修飾語

修飾語用於修飾主詞、動詞、受詞和補語，為句子作補充說明。有時英文拿掉修飾語後，句子仍可成立。如下例所示：

▷ The boy carried a box.（這個少年搬了箱子。）

■**修飾語的功用**

修飾語可分成**修飾名詞和代名詞的形容詞用法**，以及**修飾動詞和形容詞等的副詞用法**。

■**形容詞用法的修飾語**

例句(1)是修飾語為形容詞用法的例子。

在 The tall boy 中，形容詞 tall 修飾名詞 boy。在 a box full of books 中，作為形容詞使用的 full of books 片語，從後面修飾名詞 a box。像這樣，當片語修飾名詞時要放在名詞的後面。

參考

無論是「補語」或「修飾語」都可以用來表示形容詞與名詞的關係。這兩者的不同在於是否與動詞有關。句中之所以出現「補語」，通常是動詞後面跟隨著「補語」的句型（➡p.31）。例如，I am happy.（我愉快。）是 be 動詞跟隨著說明主詞的「補語」。Her songs make me happy.（她的歌聲令我愉快。）是 make 跟隨著說明受詞的「補語」。而「修飾語」則如同上述的例子，與動詞無關，只是成立在名詞與形容詞之間的詞彙。

■**副詞用法的修飾語**

例句(2)是修飾詞為副詞用法的例子。

首先，副詞 sometimes 是修飾動詞 study，而作為副詞使用的 before breakfast 子句也同樣是修飾動詞 study。

第 1 章 句子的種類

學習要項

Part 1　概念

英語的詞序

1 注意英文句子的詞序

「他買了電腦。」這句中文，即使說成「電腦是他買的。」或是「買電腦的人是他。」或是「他買的就是電腦啊。」雖然強調的重點不一樣，但內容和原來的句子並無不同。換言之，中文在「詞序」上比較自由，而且可以根據當場的氣氛和說話的重點做調整。

電腦（是）　他　買的。

買　電腦（的是）　他。

英語的情況和中文不同，它的詞序是相當固定的。後續的內容會詳細說明此一情況，且會提及英語中一些詞序較為「特殊」的例子，但原則上英文句子的詞序如下所示：

＜主詞＋動詞＋其他要素＞

這種「是什麼／不是什麼」的事實陳述，一般稱為直述句。

He　bought　a computer.

所以要用英語來表達「他買了電腦。」其詞序是：

He bought a computer.

除了特殊情況外，不允許有其他的排列順序。

2 英文的「句子結構」

在英語的直述句中，動詞基本上是緊接在主詞的後面。主詞大抵上是放在句首，而動詞通常是第二個出現的要素。英文文法習慣以 S 代表主詞，V 代表動詞。**英語的直述句基本上是＜ S ＋ V ＞**後面再加上其他要素。那麼，除了「說明事實」的直述句之外，其他類型的句子該使用什麼樣的詞序呢？

3 以詞序清楚明示有事要問

如果不是自己想要「陳述事實」，而是要求別人做說明，或是要別人告訴你答案時，就必須改變詞序，即改變＜主詞＋動詞＞的順序。以疑問句為例，如果是以 be 動詞為主的句子，只要將 be 動詞移到句首即可。

Everyone was nice to her. → **Was** everyone nice to her?
「每個人都對她很好。」→「每個人都對她很好嗎？」

除 be 動詞外，其他動詞不能直接搬到句首，而必須加上 do / does / did 等助動詞。同時，動詞本身也會變成原形（➟p.590）。原形是指我們查字典時看到的、沒有任何變化形式的動詞。例如將「他買了電腦。」改成疑問句會變成：

He bought a computer. → **Did** he **buy** a computer?

4 表驚訝和感動時可以使用特殊的詞序

如果不是平淡地說明事實，而是投入感情，想表達「多麼～啊！」時，可以藉由改變詞序來清楚表達出這樣的感覺。例如：「多麼寬敞的房子啊！」可說成：

What a big house this is!

將「驚訝點」（What a big house）放在最前面，後面再接與直述句相同詞序的 this is。

5 實際的詞序受上下文與語調的左右

句子的詞序是根據上下文與語調來做調整的。儘管如此，還是有幾項原則可循，首先請掌握本章所例舉的原則。

Part 2　理解

基本的句子種類

1 直述句（肯定句與否定句）

Target 001

(1) a. My sister **is** a college student.
　b. My sister **isn't [is not]** an office worker.
(2) a. We **go** to school even on Saturdays.
　b. We **don't [do not] go** to school on Sundays.
(3) a. My brother **can swim** very fast.
　b. My sister **can't [cannot]** swim very fast.

(1) a. 我的姊姊是大學生。
　b. 我的姊姊不是上班族。
(2) a. 我們星期六也要上學。
　b. 我們星期日不用上學。
(3) a. 我哥哥可以游得很快。
　b. 我姊姊不能游得很快。

■直述句

即使是向他人問問題，只要是單純傳達訊息而不是命令語氣，仍稱為直述句，句子結尾要加上句點（.）。

■否定句

使用 not 來造否定句時，要遵循以下的原則：

含be動詞的否定句

如例句(1)，含 **be** 動詞（am, are, is 等）的句子，其否句定的詞序是＜ **be 動詞＋ not** ＞。

含be動詞以外一般動詞的否定句

如例句(2)，含 **be** 動詞以外的一般動詞的句子，其否定句的詞序是＜ **do / does / did not ＋原形動詞**＞。

含助動詞的否定句

如例句(3)，含助動詞（can, will 等）的句子，其否定句的詞序是＜**助動詞＋ not** ＞。

注意

否定的縮寫：is not, do not 可分別縮寫成 isn't, don't。在英語會話中經常使用縮寫。

are not → aren't　　is not → isn't
was not → wasn't　　were not → weren't
have not → haven't　　has not → hasn't

had not → hadn't	do not → don't
does not → doesn't	did not → didn't
cannot（×**can not**）→ can't	
could not → couldn't	will not → won't [wont]
would not → wouldn't	need not → needn't
must not → mustn't [ˊmʌsn̩t]	should not → shouldn't

注意　主詞＋ be 動詞的縮寫

I am → I'm	we are → we're
you are → you're	he is → he's
she is → she's	it is → it's
they are → they're	

Check 1　請將下列句子改為否定句。

1) I am a student at this school.
2) He knows your sister very well.
3) I will be at home this evening.

2 疑問句

① Yes / No 疑問句

Target **002**

(1) "**Are you** hungry?" "Yes, I am."
(2) "**Do you know** her name?" "Yes, I do."
(3) "**Can you play** the piano?" "No, I can't."

(1)「你餓了嗎？」「是的，我很餓。」
(2)「你知道她的名字嗎？」「是的，我知道。」
(3)「你會彈鋼琴嗎？」「不，我不會。」

■**Yes / No疑問句**

Yes / No 疑問句的句首，通常不是 **be** 動詞就是助動詞，而且都要求以 **Yes** 或 **No** 作答。

含be動詞的疑問句

如例句(1)，含 **be** 動詞的句子，其疑問句的詞序為：
＜ **be 動詞＋主詞**＞
You are hungry. → **Are you** hungry?

含be動詞以外一般動詞的疑問句

如例句(2)，含 **be** 動詞以外的一般動詞的句子，其疑問句的詞序為：

＜ **Do / Does / Did ＋主詞＋原形動詞**＞

You know her name. → **Do you know** her name?

含助動詞的疑問句

如例句(3)，含助動詞的句子，其疑問句的詞序為：

＜**助動詞＋主詞＋動詞原形**＞

You can play the piano. → **Can you play** the piano?

參考 Yes / No 疑問句句尾的語調通常是上揚的（↗）。

■Yes / No疑問句的回答方式

回答 Yes / No 疑問句時，Yes 或 No 後面的詞序是＜**主詞＋be 動詞**＞或＜**主詞＋助動詞**＞。

以 be 動詞開頭的疑問句，要用 be 動詞作答，如例句(1)的 Yes, I am.。而以 do / does / did 開頭的疑問句，則如例句(2)的 Yes, I do. 般作答。如果回答是否定的，就變成 No, I'm not. 或是 No, I don't.。

如例句(3)以助動詞開頭的疑問句，可使用助動詞來回答，像是 Yes, I can 或 No, I can't.。

② 疑問詞開頭的疑問句（WH-問句）

Target **003**

(1) "**Who** painted this picture?" "My father did."
(2) "**What** are you doing?" "I'm waiting for Mike."
(3) "**When** did you hear about the accident?" "This morning."
(4) "**When** will he come home?" "I don't know."

(1)「這幅畫是誰畫的？」「我父親畫的。」
(2)「你在做什麼？」「我在等麥可。」
(3)「你何時聽到這件意外？」「今天早上。」
(4)「他何時會回到家？」「我不知道。」

■使用疑問詞的疑問句（WH-疑問句）

英語的疑問詞有 who, what, which, when, where, why, how 等，由於字首皆為 W 與 H，因此一般稱此類疑問句為 WH-問句。用於**希望得到具體答案**時。

疑問詞為句子的主詞時

WH-問句的詞序有以下兩種：
如例句(1)，當疑問詞變成主詞時，詞序是：
＜疑問詞＋動詞＞

▷ **What** made you angry?
（什麼事惹你生氣？）

疑問詞不是句子的主詞時

如例句(2)(3)(4)，當疑問詞不當主詞時，詞序是：
＜疑問詞＋ be 動詞／助動詞＋主詞＞

參考

疑問詞開頭的疑問句，其句尾語調通常是下降的（↘）。

■**以疑問詞開頭的疑問句的回答方式**

以疑問詞開頭的疑問句，不可以用 Yes / No 作答，而要像例句(1)(2)(3)一樣，針對提問具體作答，或如例句(4)，回答「我不知道」。

有關WH-問句，詳細內容可參考第 13 章「疑問詞與疑問句」。

Check 2

請在空格內填入適當的英文。
1) "______ you like pop music?" "Yes, I do."
2) "______ he angry last night?" "No, he wasn't."
3) "______ broke the glass?" "I did."
4) "______ are you going?" "To the city hall."

3 祈使句

Target 004

(1) **Be** careful!
(2) **Wait** for me.
(3) **Don't** be so noisy!
(4) **Don't** worry.

(1) 小心！
(2) 等等我。
(3) 不要如此吵鬧！
(4) 別擔心。

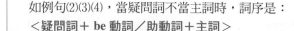

■肯定的祈使句

直接要求對方做某一動作時，如例句(1)(2)，以動詞的原形開頭。這類句子稱為**祈使句**，原則上主詞不會出現在句子中。有的會像例句(1)(3)，在句尾加上驚嘆號（！）。

注意

祈使句中有主詞時　若要特別強調命令的對象，可在祈使句的前面加入主詞 You，發音上也會特別強調 You。

You stand up!（你站起來！）

■否定的祈使句

如例句(3)(4)，表示「不要做～」的禁止意思時，要用＜ **Don't [Do not]＋原形動詞**＞。

參考

句首的 Don't 有時可用 Never 取代，就像 Never mind.（別客氣。）

關於「祈使句的各種形式」請參考 **Part 3**（➟p.23）。

4 感嘆句

Target ***005***

(1) **How** kind you are!

(2) **What a beautiful stone** this is!

(1) 你多麼的親切啊！

(2) 這是多美的石頭啊！

■感嘆句

對某些事物有強烈印象，而要強調這種感覺時，可使用**感嘆句**。感嘆句的句首通常是 how 或 what，句尾再加上感嘆號。感嘆句的詞序如下所示。

■強調形容詞或副詞的意思
以how開頭

強調形容詞的意思以表達強烈情感時，如例句(1)使用＜ **how ＋形容詞**＞，詞序為＜ **How ＋形容詞＋主詞＋動詞**＞。

欲強調副詞的意思時，其詞序為＜ **How ＋副詞＋主詞＋動詞**＞。

▷ **How fast** you eat!（你吃得好快啊！）

■強調＜形容詞＋名詞＞的意思

強調＜形容詞＋名詞＞的意思以表達強烈情感時，如例句(2)，以 what 做開頭，詞序為＜ **What (a / an)＋形容詞＋名詞＋主詞＋動詞**＞。

當名詞為不可數名詞（➟p.437）或複數時，不必加冠詞（a / an）。

▷ **What expensive clothes** she has!
（她擁有的衣服真是昂貴！）

注意 **＜主詞＋動詞＞的省略** 感嘆句中經常會省略＜主詞＋動詞＞的部分。

How strange!（好奇怪啊！）

What a nice day!（多美好的一天！）

注意 **＜ What a / an ＋名詞！＞的感嘆句** 以 what 開頭的感嘆句，有時不需要使用形容詞。

What a surprise!（真叫人吃驚！）

Check 3 請配合中文語意，在空格內填入適當的英文。

1) 不可以摘這些花。
______ pick these flowers.

2) 圖書館裡要安靜。
______ quiet in the library.

3) 那位老師說話的速度真快！
______ fast that teacher speaks!

4) 這真是個簡單的問題！
______ ______ easy problem______ ______!

Part 3 進階

其他形式的疑問句與祈使句

1 選擇疑問句

Target 006

(1) "**Did you** come here by bicycle **or** on foot?" "By bicycle."
(2) "**Which do you** like better, dogs **or** cats?" "I like cats better."
　(1)「你是騎腳踏車還是走路來這裡的？」「騎腳踏車。」
　(2)「你比較喜歡狗還是貓？」「我比較喜歡貓。」

■選擇疑問句

如例句(1)「是A還是B？」，要對方從一個以上的選項中做選擇時，要用“**…A or B？**”的形式。

以which開頭

此外，也可以像例句(2)，以疑問句 which 開頭，詢問對方「要選哪一個」。

▷ **Which are you** looking for?（你在找哪一個？）

參考

使用 which 的疑問句，也有如下的形式（➡p.340, 342）：
Which is your coat?（你的外套是哪一件？）
Which *book* do you want?（你想要哪本書？）

TIPS FOR YOU ▶ 1

選擇疑問句的語調

"...A or B?" 的選擇疑問句，通常 A 部分的語調是上揚的（↗），B 部分是下降的（↘）。且多半會加重or的發音，唸成[ɔr]。

Would you like tea ↗ or coffee ↘ ?（你要喝茶或咖啡？）

B部分也可以是上揚的語調，代表後續還沒結束，有「A或B或其他同類事物」的口氣。此時，or的發音會減弱，唸成[ər]。

Would you like tea ↗ or coffee ↗ ?（你要喝茶、咖啡之類的飲料嗎？）

上述例句帶有「要喝點紅茶或咖啡嗎？」的口氣，這樣的疑問句可以用 Yes / No 作答。

Yes, I'd like some coffee, please.（是的，請給我咖啡。）

2 其他形式的祈使句

Target 007

(1) Open the door, **please**.
(2) Pass me the salt, **will you**?
(3) **Let's** take a break.

(1) 請開門。
(2) 把鹽遞給我，好嗎？
(3) 讓我們休息一下吧。

■祈使句，please

如例句(1)，在祈使句的句尾或句首加上 **please**，是比較禮貌的說法。置於句尾時，please 前面要加逗點。

■祈使句，will you?
表示請求

如例句(2)，在祈使句中加上 **will you?** 是表示請求。

表示請求的肯定祈使句中，也會用到 **won't you?**，這時有「請你務必要～」的語氣。

▷ Please sit down, **won't you**?
（請坐下，可以嗎？）

■Let's...
表示提議或勸誘

如例句(3)，使用＜**Let's＋原形動詞**＞是提議或勸誘對方「讓我們做～吧」。

若再加上 shall we? 的附加問句，是比較客套的說法。

▷ Let's dance, **shall we**?
（要跳舞嗎？）

接受提議時，可以回答 Yes, let's...，拒絕時則回答 No, let's not...。

注意

Let's... 的否定式　Let's... 的否定式是 Let's not...。
Let's not talk about it.（我們別談這件事了！）

Check 4　請在空格內填入適當的英文。

1) "Who called me up, Jane ______ Cathy?" "Cathy did."
2) ______ go to a movie, shall we?

Check 問題的解答

1 1) I am [I'm] not a student at this school.
2) He does not [doesn't] know your sister very well.
3) I will not [won't] be at home this evening.

2 1) Do 2) Was 3) Who 4) Where

3 1) Don't 2) Be 3) How 4) What an this is

4 1) or 2) Let's

第 2 章 動詞與句型

學習要項

Part 1 概念

動詞的用法與句型

① 中文的動詞與英文的動詞

「她回答了我的問題。」這句話若轉換成英文要怎麼說呢？
一般人很容易想成 answered to my question，而誤說成：

× She answered ~~to~~ my question.

查閱字典中 answer 的用法，可以知道「回答我的問題」英文是說成 answer my question，中間不必加 to。所以上句的正確說法是：

She **answered my question**.

以英文造句時，要特別留意動詞的用法，千萬別將中文的思考模式套用在英文上，應勤查閱字典以確認每個動詞的用法。

② 意思相同但用法不同的動詞

「我們討論了那個問題。」
將這句話換成英文，以下兩種說法都正確：

We **talked about** the problem.
We **discussed** the problem.

上述兩個句子使用的動詞不同，但意思相同，也就是說，一個中文可以對應的英語不只一種。要注意的是，talk 和 about 並用，但 discuss 後面不加 about，直接接名詞（不可說成×discuss about the problem）。

再看另一個例句。
「他昨天抵達了倫敦。」

He **got to** London yesterday.
He **arrived in** London yesterday.
He **reached** London yesterday.

同樣是「抵達」的意思，get 後面接 to，arrive 可接 in 或 at，而 reach 則不加介系詞。所以「到倫敦」不一定要用 to。

3 同一個動詞但有多種的用法

現在，我們從英語的角度來思考以下的句子：

① He **got** to London yesterday.
② He **got** angry.
③ He **got** a newspaper.
④ He **got** me a newspaper.
⑤ He **got** his children ready.

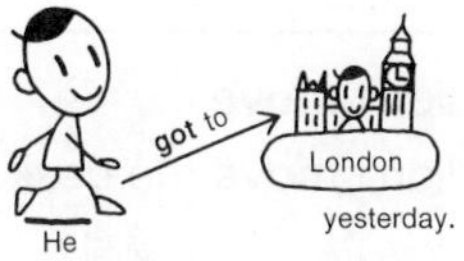

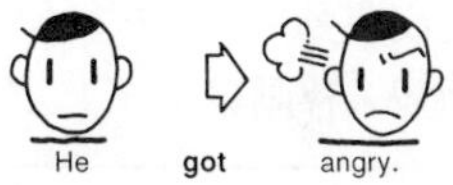

上面各句都用到 get 這個動詞，但用法不同，意思也變得不一樣。

① **get to** ＋名詞
「他昨天抵達了倫敦。」

② **get** ＋形容詞
「他生氣了。」

③ **get** ＋名詞
「他買了報紙。」

④ **get** ＋名詞＋名詞
「他幫我買了報紙。」

⑤ **get** ＋名詞＋形容詞
「他讓孩子做好準備。」

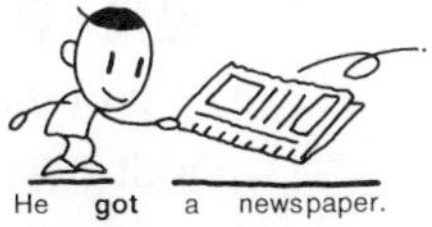

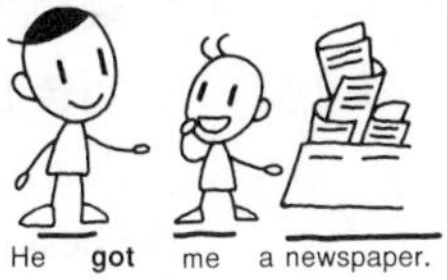

正如上面所舉的例子，英文的同一個動詞往往會根據後面所接的詞語，以及語意的前後關係而呈現不同的意思。當動詞與其後面所接的詞語規則化後，就成為所謂的「句型」。

Part 2　理解

1 動詞的用法

1 不及物動詞與及物動詞

表示動作、狀態的詞語稱為動詞。動詞用於句子當中，**有不及物動詞與及物動詞之分**。

Target 008

(1) He didn't **move**.
(2) He didn't **move** the desk.
受詞

(1) 他沒有動。
(2) 他並未移動桌子。

■不及物動詞
後面不接受詞

例句(1)是指主詞He「沒有動」，此時的動詞move為「動」的意思，後面未接受詞，像這類**表示的主詞與動詞意思結合的動詞，稱為不及物動詞**。

go（去）、die（死亡）、fall（掉落）、happen（發生）、wait（等待）等常作為不及物動詞使用。

■及物動詞
後面必須有受詞

例句(2)的move後面接受詞the desk，表示「搬動桌子」。像這類**後面接名詞以表示某種意思的動詞，稱為及物動詞**。

而此時**接在動詞後面的名詞為受詞**，如 move the desk 中的the desk。

bring（帶來～）、find（發現～）、like（喜歡～）等常作為及物動詞使用。

注意

易混淆的不及物與及物動詞　下面是常常容易弄錯不及物動詞與及物動詞用法的單字，請務必區分清楚。

●**lie**（躺臥）[不及物動詞]－ **lay**（放置）[及物動詞]
lie on the bed（躺在床上）
lay a baby on the bed（讓嬰兒躺在床上）

●**rise**（起立）[不及物動詞]－ **raise**（舉起）[及物動詞]
rise from the chair（從椅子上站起來）
raise a flag（舉起旗子）

參考 | 在字典中，不及物動詞通常以 *vi.* 表示，而及物動詞則以 *vt.* 表示。

Check 5 注意句中畫線部分的動詞，將各句譯成中文。

1) a. A big car stopped in front of my house.
   b. The driver stopped the car.
2) a. Don't play on the street.
   b. Let's play tennis after school.

2 動詞的形式

Target 009

(1) I **had** a headache *yesterday*.
(2) *My brother* **likes** surfing.
(1) 我昨天頭痛。
(2) 我哥哥喜歡衝浪。

■動詞形式的變化

依時間或主詞改變形式

動詞的形式必須配合以下幾項因素加以變化：
・發生於何時？
・主詞是第幾人稱？
・主詞是單數還是複數？

過去發生的事用過去式

例句(1)的「昨天」，表示是發生在過去的事，所以不用現在式 I have，而用過去式 **I had**。

第三人稱單數的現在式，動詞要加s

如例句(2)這種表示現在的句子，加上主詞是第三人稱單數，動詞要用現在式並加上 s。如果主詞不是第三人稱就不必加 s。

▷ We **live** in Tokyo.
（我們住在東京。）

動詞的變化分為規則變化和不規則變化，詳情請參閱（➡p.590）。

參考
第一人稱是指自己、或是包括自己在內的多數人：I, we
第二人稱是指對方、或是包括對方在內的多數人：you（單、複數都是）
第三人稱是除上述以外的所有人、事、物：he, she, it, they 等代名詞，以及所有名詞。

Check 6 請將括弧內的動詞改為正確的形式。

1) Kate is a student and (study) Japanese every day.
2) Last Sunday, my father (cut) some branches off the tree.
3) I (go) to my uncle's log cabin with my brother last summer.

2 句型

所謂的句型，就是以**主詞**、**動詞**、**受詞**，**以及補語**四個要素（➟p.9）所表示的句子結構。主詞縮寫為 **S**（Subject）、動詞為 **V**（Verb）、受詞為 **O**（Object）、補語為 **C**（Complement）。

1 SV（主詞＋動詞）

Target 010

He smiled.
S V

他笑了。

■**主詞＋動詞**

例句中只用到句子組成要素中的**主詞**（**S**）**與動詞**（**V**）。像這樣的 **SV** 句型，稱為**第 1 句型**。

補充說明置於SV之後

只以主詞與動詞來表達意思的句子並不多，多數會像底下的例句，加上主詞或動詞以外的補充說明。

▷ He smiled *at me*.
（他對我微笑。）

注意

有些 SV 句型（第 1 句型）一定要加入補充說明　有時無法僅憑主詞和動詞來傳達意思，必須如下例般加入時間或場所等訊息。
My uncle lives *in London*.（我叔叔住在倫敦。）
The store opens *at ten*.（這家店在十點開始營業。）

2 SVC（主詞＋動詞＋補語）

> **Target 011**
>
> The movie was funny.
> S V C
>
> 這部電影很有趣。

■主詞＋動詞＋補語
- 補語是用來說明主詞
- 形容詞或名詞可作補語使用

例句中的主詞（The movie）與動詞（was）的後面接 funny。這裡的 funny 是用來說明主詞 The movie 是如何。像這種**加在動詞後面以說明主詞的詞語，稱為補語**。

可以用來說明主詞的是形容詞，如 funny；或是名詞，如下例中的 an actor。

▷ My uncle is *an actor*.（我的叔叔是演員。）

＜主詞＋動詞＋補語＞的 **SVC** 句型，稱為**第 2 句型**。可用於 SVC 句型中的動詞，請參閱 **Part 3**（➡p.41）。

參考 在 SVC 的句型中，大部分都是將形容詞當作動詞的補語。至於可以將名詞當作補語的動詞僅有 be, become 等。

參考 SV 與 SVC 句型的動詞都是不需要受詞的不及物動詞。而 SV 的不及物動詞不需要補語（稱為「完全不及物動詞」），至於 SVC 的不及物動詞則要有補語（稱為「不完全不及物動詞」）。

3 SVO（主詞＋動詞＋受詞）

> **Target 012**
>
> We cleaned the classroom.
> S V O
>
> 我們打掃了教室。

■主詞＋動詞＋受詞
- 動詞後面接受詞

動詞 cleaned 後面的 the classroom 是主詞 We 的「打掃地點」。動詞後面接名詞來表達意思的是及物動詞，至於動詞之後的名詞（例句中的 the classroom）則是受詞。

<主詞＋動詞＋受詞>的 **SVO** 句型，稱為**第 3 句型**。以下將說明受詞與補語的不同。

比較看看

(1) She kept *her promise*.（她遵守諾言。）
(2) She became *a teacher*.（她成為老師。）

■**受詞與補語**

確認主詞與名詞的關係

如例句(1)(2)，SV 的後面接一個名詞的句子，**只要能確認動詞後面連接的名詞是否等於主詞**，便能分辨該名詞是補語或是受詞。

在例句(1)中，SV（She kept）後面接名詞 her promise；在例句(2)中，SV（She became）後面接名詞 a teacher。仔細推敲主詞與動詞後面連接的名詞關係，可發現 she 與 her promise 並不是等號的關係，但 she 與 a teacher 可以是對等的。

受詞是S≠O，補語是S＝C

連接在動詞後面的名詞與主詞不是等號關係的就是受詞，如果**是等號關係的則是補語**，所以例句(1)的 her promise 是受詞，例句(2)的 a teacher 則是補語。

Check 7 請寫出畫線部分是補語還是受詞。

1) a. Did you get my fax?
   b. The teacher got angry with him.
2) a. We became friends at university.
   b. He has a lot of friends all over the world.

4 SVOO（主詞＋動詞＋受詞＋受詞）

Target **013**

My father bought me a watch.
S V O O

父親買了一隻錶給我。

■**主詞＋動詞＋受詞＋受詞**

在例句中，動詞 bought 的後面連接 me 與 a watch 兩個名詞。由於兩者與主詞 my father 都非等號關係，所以是受詞。

某物成為某人所有

表示某物或某資訊等從一人轉移給另一人時，動詞後面可連接兩個受詞。以 My father bought me a watch. 為例，該句表示父親所買的手錶，變成我的東西。

遵守「人」→「物」的詞序

＜主詞＋動詞＋受詞＋受詞＞的 **SVOO** 句型稱為第 4 句型。SVOO 的第一個受詞是「人」，之後的受詞是「物」。

▷ Helen showed me her album.
（海倫給我看她的相簿。）

參考 如果動詞後面接了兩個受詞，通常直接受詞是「物」，而間接受詞大多是「人」。

Check 8 請將句中的受詞畫上底線。

1) Ms. Kim teaches us math.
2) He gave me some magazines.
3) I got a letter from him.

5 SVOC（主詞＋動詞＋受詞＋補語）

Target **014**

They made me angry.
S V O C

他們讓我生氣。

■主詞＋動詞＋受詞＋補語

用於說明受詞

在例句中，動詞 made 的後面接名詞 me 和形容詞 angry。這裡的 angry 用於說明正前面的受詞 me，由此可知 me 與 angry 是等號關係。受詞後面所跟隨的詞語用於說明該受詞，也算是**補語**。

形容詞或名詞可當補語

＜主詞＋動詞＋受詞＋補語＞的 **SVOC** 句型，稱為第 5 句型。由於可當補語的是形容詞或名詞，所以 SV 的後面是＜名詞＋形容詞／名詞＞的形式。

SVOC 句型所使用的動詞請參閱 **Part 3**（➟p.45）。

請比較 SVOO 與 SVOC 的句型，並試著思考受詞與補語的關係。

比較看看

(1) They made me *a table*.（他們為我做了一張桌子。）
(2) They made me *chairman*.（他們推選我為主席。）
(3) They made the room *warm*.（他們讓房間變暖和。）

■SVOO與SVOC

確認受詞和名詞的關係

例句(1)(2)都是 SV（They made）後面接兩個名詞。如果第二個名詞是補語，由於它具有說明受詞的作用，動詞後面的兩個名詞應該是等號關係。

受詞是O≠O，補語是O＝C

例句(1)中 me 與 a table 不能以等號連接，由此可知它是 SVOO 句型。另一方面，例句(2)中的 me ＝ chairman 的關係成立，由此可知它是 SVOC 句型。

參考 例句(2)中 chairman 的前面不加冠詞（a 或 the），是因為這是只屬於一人的職稱，作為補語使用（➡p.470）。

<名詞＋形容詞>是SVOC句型

如例句(3)，SV 後面接名詞與形容詞是典型的 SVOC 句型。形容詞可當補語，但不能當受詞（➡p.10），亦即 warm 是用來說明受詞 the room 的狀態。

參考 SVC 的 C（補語）用於說明主詞，稱為主格補語。而 SVOC 的補語則在說明受詞，稱為受格補語。

Check 9 請將下列句子譯成中文。動詞用法請參閱 **Part 3**（➡p.45）。

1) We call the dog Max.
2) Our coach made her the team's captain.
3) You will find this book easy.

6 SVO ＋ to / for ～

Target **015**

(1) My uncle gave his watch **to** me.
(S: My uncle / V: gave / O: his watch)

(2) My uncle bought an MD player **for** me.
(S: My uncle / V: bought / O: an MD player)

(1) 叔叔把他的錶給我。
(2) 叔叔買給我一台 MD。

■SVO＋to / for～與SVOO

在例句(1)中，My uncle gave his watch 的後面接 to me，表示將手錶給了我。此例句和下面使用SVOO句型的例句，基本上意思是一樣的。

▷ My uncle gave me his watch.

弄清楚想要傳達什麼

不過，還是要分清楚這兩句話要表達的重點是什麼。SVOO句型的重點是「叔叔**要給我什麼**」，例句(1)的重點則是「叔叔**把他的錶給誰**」。

例句(2)也是同樣的思考方式。

▷ My uncle bought me an MD player.

這個使用 SVOO 句型的例句，主要在敘述「買給我的是什麼？」，相對於此，例句(2)傳達的則是「買 MD player 給我的是誰」。

像這樣無法使用SVOO句型清楚表達說話的重點時，就改用＜SVO＋介系詞＋名詞＞的形式。關於說話重點要置於何處，請參考「英語的訊息結構」（➡p.232）。

■使用不同的介系詞

to 表示到達點

例句(1)與(2)的介系詞不同，是因為不同的動詞要搭配適當的介系詞。例句(1) 中在做完 give 的動作後，錶是交到「我」手上。為了表示「送到對方手上」，give 要搭配表示**＜到達點＞的介系詞 to**。

for 表示受惠者

例句(2)中只做了 buy 的行為，MD 並沒有交到「我」的手上。雖然沒交到對方手上，但「為了對方」做什麼時，要搭配表示**＜受惠者（接受利益者）＞的介系詞 for**。

有關搭配 to 的 give 類型動詞，以及搭配 for 的 buy 類型動詞，請參考 Part 3（➡p.43, 44）。

參考

這裡之所以使用 SVO ＋ to / for～的形式，是因為說話的重點放在介系詞後面的名詞或代名詞，意即下面的情況要使用 SVO ＋ to / for～：

①直接受詞為 **it** 等代名詞時：

I will pass **it** to his sister.

（我會把它交給他妹妹。）

由於代名詞用於取代已說明過的名詞，所以此例句的重點放在「交給誰」。

②間接受詞很長時：

Will you pass this note **to the man on the left**？

（你可以把備忘錄交給左邊那位男子嗎？）

如果像 to the man on the left 一樣說明很長時，更增加了其資訊上的重要性。

Check 10

請使用括弧內的介系詞將下列句子改成 SVO 句型。

1) Mr. Evans teaches us English. (to)
2) I'll buy you lunch. (for)
3) I chose her a nice dress. (for)
4) Please show me your album. (to)

7 There ＋ be 動詞…

Target **016**

(1) **There is** *a cat* under the table.
(2) **There are** *three children* in the park.

(1) 桌子底下有一隻貓。
(2) 公園裡有三名孩童。

■**傳達或表現某種存在**

be動詞後面接名詞

如例句(1)「桌子底下有一隻貓」和例句(2)「公園裡有三名孩童」，想要傳達某處存在著什麼時，使用＜ **There ＋ be 動詞**…＞的形式，在**be 動詞後面接上代表欲傳達的人或物的名詞**，而 be 動詞的形式則配合所接的名詞之單複數做改變。

在例句(1)中，由於 be 動詞後面是 a cat，所以用 There is。而例句(2)的 be 動詞後面是複數（three children），所以用 There are。如果 be 動詞後面的名詞是不可數名詞（➡p.437），則用 There is。

▷ There **is** *some milk* in the bottle.
（那罐瓶子裡有一些牛奶。）

be動詞後面不接 the

由於表達對方不知道的事，所以不可以在名詞前加 the, that, this, your 等表示對方已知的用語。

參考

< There + be 動詞…>的句子中，可以把 be 動詞後面的名詞當主詞。此外，由於句中不含受詞或補語，所以可視為 SV（第 1 句型）之一。但在使用疑問句時，要將 there 當成主語。

Is there *any milk* in the bottle?
（那瓶子裡有牛奶嗎？）

參考

be 動詞以外的不及物動詞，可用< There + V + S ...>的句型來表示「存在／出現／發生什麼」，這類動詞包括 exist（存在）、live（居住）、come（來）、arrive（到達）、happen（發生）等。

Once upon a time **there lived** a very happy prince.
（很久很久以前，有位很幸福的王子。）

Check 11

請由括弧內選出正確的答案。

1) There (is / are) a ball in the box.
2) There (was / were) many students in the station.
3) There is (a / the) book on the desk.

Part 3　進階

1 動詞需注意的用法

1 不及物動詞與及物動詞

① 作為不及物動詞與及物動詞兩者意思不同的動詞

Target 017

(1) He **ran** to me.
(2) He **runs** a coffee shop.
(1) 他跑向我。
(2) 他經營一家咖啡館。

■同一動詞作為不及物與及物有不同意思時
run
stand

例句(1)中的 run 為不及物動詞，意思是「跑」，但若是當及物動詞使用時，就像例句(2)，是「經營～」的意思。像這樣同一個動詞當不及物或及物動詞使用時意思會不一樣的狀況，有必要多加留意。

▷ I had to **stand** on the train all the way from Taipei to Taichung.
（我必須搭火車，從台北一路站到台中。）

▷ I can't **stand** the noise.
（我無法忍受噪音。）

stand 當不及物動詞是「站」的意思，當及物動詞則是「忍受」的意思。

② 容易與不及物動詞混淆的及物動詞

Target 018

(1) Linda **married** her high school classmate.
(2) We **discussed** his plan.
(1) 琳達與她的高中同學結婚。
(2) 我們討論了他的計畫。

■容易與不及物動詞混淆的及物動詞

marry

連接一個受詞的動詞（意即使用 SVO 句型的動詞），可將受詞與動詞的關連視為「將～怎麼樣」之意，但並非全部如此。舉例來說，例句⑴的 marry 是將結婚對象當受詞的動詞，譯成中文則是「嫁／娶」。

discuss

例句⑵的 discuss 是將討論的內容當受詞的動詞，中文譯成「討論關於～」會比較容易了解。

■動詞的受詞前面不加介系詞

此外，以英語表現「嫁／娶」時，千萬不可從中文的意思直譯為 marry to～或 marry with～而將 marry 當成不及物動詞。同樣地，若從中文意思「討論關於～」而在 discuss 後面加上介系詞 about 也是錯的。

以下的動詞，注意也不要將受詞譯成「將～怎麼樣」。

approach（接近～）　resemble（近似～）
enter（進入～）　oppose（反對～）
attend（參加、出席～）

▷ We **entered the hall** quickly.（我們很快進入大廳。）

③ 容易與及物動詞混淆的不及物動詞

Target **019**

I don't **agree** *with* you.
我不贊同你所說的。

■不及物動詞的後面不接名詞

agree

動詞的後面直接接名詞的情況包括：這個名詞是動詞的受詞或補語。

agree 是「同意（提案或意見等）」的意思，它是不及物動詞，後面不能直接接名詞（×agree you），要在名詞前面加介系詞，如 agree with you。

參考

不及物動詞中如 be, become 等，可將名詞當補語的動詞，後面可以接不加介系詞的名詞。

■注意介系詞的用法

agree（同意）、complain（抱怨）、apologize（道歉）等動詞，要注意它們所搭配的介系詞用法。

▷ He'll **agree to** *our proposal*.
（他會同意我們的提案。）

▷ My mother **complained to** *me* **about** *my grades*.
（我媽媽向我抱怨我的成績。）

▷ He didn't **apologize for** *his behavior*.
（他不為自己的行為道歉。）

▷ You should **apologize to** *her*.
（你應該向她道歉。）

Check 12 請更正錯誤，並寫出正確的句子（每句各有一個錯誤）。

1) He entered into the room.
2) When I opened the door, two men approached to me.
3) He agreed me on that point.

2 片語動詞

Target **020**

(1) I'm **looking for** a gift for my daughter.
(2) The discussion **went on** for hours.

(1) 我正在找給女兒的禮物。
(2) 討論持續了好幾個小時。

■片語動詞
和單一動詞的功用相同

come, get, make, put, take 等動詞，在加上某些介系詞或副詞等時，可用來表示**只有動詞本身所無法傳達的意思**，我們稱為**片語動詞**。

例句(1)中的look for是「尋找～」，例句(2)中的go on是「繼續」的意思。

詳細內容請參考附錄的「片語動詞」（➡p.596）。

2 句型與動詞

1 可用於 SVC 句型的動詞

用於 SVC 第 2 句型的動詞，可以分類如下：

Target **021**

(1) She **kept** calm during the earthquake.
S V C

(2) I **get** nervous before exams.
S V C

(3) Silk **feels** smooth.
S V C

(4) She **seemed** shy at first.
S V C

(1) 她在地震發生時保持冷靜。
(2) 我在考試前很緊張。
(3) 絲綢感覺很柔軟。
(4) 她起初似乎很害羞。

① 表示「是～、～狀態」的動詞

be（是）、keep（保持）、lie（處於～狀態）、remain（依然）、stay（保持原狀）等。

▷ His death **remains** a mystery.（他的死一直是個謎。）

② 表示「變成～」的動詞

become（變成）、get（變成）、grow（長成）、turn（改變成）等。

▷ The sky **turned** gray.（天色轉暗了。）

參考

go 與 come 都有「變成～」的意思，可以用於 SVC 句型中。
The meat in the refrigerator **went** bad.（冰箱裡的肉壞了。）
Her dream **came** true.（她的夢想成真。）

③ 表示「感覺～」的動詞

feel（感覺）、smell（聞起來）、taste（嚐起來）、look（看起來）、sound（聽起來）。

This milk **tastes** sour.（牛奶喝起來是酸的。）

④ 表示「好像～、覺得～」的動詞

seem（好像，似乎）、appear（似乎）。

▷ He **appeared** a normal person.
（他似乎是個正常人。）

PLUS 1 SVC 句型中應注意的動詞

即使在意義上不歸類為SVC句型，但有時會像下面的例句，變成SVC第2句型。

She **died** **young**.（她英年早逝。）
S V C

上述例句中的 young，表示去世時是年輕的。

Check 13 請從下列動詞中選出適當的答案填入空格內。

[**come / keep / sound / smell**]

1) His story may ______ strange, but it is true.
2) Your dream will soon ______ true.
3) You must ______ quiet in the library.
4) These roses ______ sweet.

2 SVO 句型中需留意的受詞

Target **022**

(1) We enjoyed **ourselves** at the party.
S V O

(2) Mike hurt **himself** in the baseball game.
S V O

(1) 我們在宴會中玩得很愉快。
(2) 麥可在棒球賽中受了傷。

■受詞為反身代名詞

主詞與受詞指同一人（或物），**而動詞表示的動作指向此人（或物）本身**時，動詞的受詞要用**反身代名詞**（**-self / -selves** 的代名詞）（➟p.480）。

▷ I stood up and introduced **myself**.
（我站起來並介紹我自己。）

3 可用於 SVOO 句型的動詞

Target **023**

(1) I **lent** Jim ten dollars.
S V O O

(2) He **cooked** me a nice meal.
S V O O

(1) 我借吉姆十元。
(2) 他為我做了一頓美味的料理。

■依動詞的性質分為兩種

使用於 SVOO 第 4 句型中的動詞，大部分可依該動詞的性質，分為以下兩大類。

① give 類型動詞：「送給」

give（給）、lend（借）、show（展示）、hand（交付）、offer（提供）、pass（遞）、pay（支付）、sell（賣）、send（送）、teach（教）、tell（告知）等。

■搭配介系詞 to

例句(1)用動詞 lend，意思是「我借吉姆十元」。如果說話的重點要放在「我將十元借給誰？」，就要如下面的例句一般，加上介系詞 to（➟p.34）。

▷ I **lent** ten dollars **to** Jim.（我借十元給吉姆。）

give類型動詞的含義

give 類型的動詞，其共通點是具有「**將物品或訊息等送達對方**」的意思。當重點放在「送達的對象」時，要用< **SVO ＋ to ＋對象**>。

② buy 類型動詞：「為～做…」

buy（買）、find（發現）、cook（烹調）、make（做）、choose（選擇）、get（獲得）、leave（留下）、play（演奏）、sing（唱歌）等。

■搭配介系詞 for

如例句⑵使用動詞 cook 時，在「他做完一頓美味料理」的階段，料理尚未送到我手邊。將做好的料理送給我和 cook 是兩個不同的動作。如果說話的重點放在「他為誰做料理」，就要像下面的例句，搭配介系詞 for。

▷ He **cooked** a nice meal **for** me.
（他為我做了一頓美味的料理。）

buy類型動詞的含義

buy 類型的動詞，其共通點是具有**「為對方買什麼或做什麼，使其受惠」**的意思。當重點放在「受惠的對象」時，要用＜**SVO ＋ for ＋對象**＞。

PLUS 2 SVOO 句型中應注意的動詞

① **SVOO 的動詞為 ask 時**

代換成 SVO 句型時，要用介系詞 **of**。

Can[May] I **ask** you a favor?（可以請你幫個忙嗎？）
S V O O

Can[May] I **ask** a favor **of** you?
S V O

② **SVOO 的動詞為 bring（帶來）時**

bring既有「將～帶到對方身邊」的意思，也有「為了對方帶來～」的意思。使用介系詞時，依其表達的意思選用 **to** 或 **for**。

Gary **brought** me this magazine.（蓋瑞帶這本雜誌給我。）
S V O O

Gray **brought** this magazine **to / for** me.（蓋瑞為我帶來這本雜誌。）
S V O

③ **不能將 SVOO 代換成 SVO 句型的動詞**

cost（花費）、take（需要）、save（節省）、envy（羨慕）等以SVOO寫成的句型不能代換成 SVO 句型。

This watch **cost** me 3,000 dollars.（這隻錶花了我三千元。）
S V O O

The journey **took** us three days.（這趟旅行花了我們三天時間。）
S V O O

注意　**不能接兩個受詞的動詞**　say（說～）、explain（解釋～）、introduce（介紹～）、suggest（建議～）等動詞都不能接兩個受詞，而要用 say O **to**（人）、explain O **to**（人）、introduce O **to**（人）、suggest O **to**（人）的 SVO 句型。

I **explained** the rules of chess **to** Cindy.
（我向辛蒂說明下西洋棋的遊戲規則。）
× I explained *Cindy* the rules of chess.

He **suggested** a different travel plan **to** us.
（他向我們建議不同的旅遊計畫。）
× He suggested *us* a different travel plan.

Check 14 請在空格內填入 to 或 for。如果不用填任何字，則打×。

1) Maggie taught herself ______ French.
2) Tom made a house ______ the dog.
3) Please bring me ______ the book.
4) He sold his CD player ______ me for one hundred dollars.

4 可用於 SVOC 句型的動詞

用於 SVOC 第 5 句型中的動詞，可以分類如下：

Target 024

(1) She **keeps** her desk clean.
S V O C

(2) We **call** him Teddy.
S V O C

(3) You'll **find** his brother cool.
S V O C

(1) 她保持桌面的乾淨。
(2) 我們叫他泰迪。
(3) 你會發覺他哥哥很酷。

① make 類型的動詞：「使 O 成為 C」（描述有關 O 的狀態）

make（做成）、get（使成某種狀態）、keep（保有）、leave（使處於某種狀態）、paint（塗成）等。

參考　如 Mick **painted** it *black*.（麥克把它塗成黑色。）所示，「塗刷」（painted）後「變成黑色」。bake（烘烤）、cut（切）、dye（染）等也是同樣的道理。

② call 類型的動詞：「把 O 稱為 C」（描述有關 O 的姓名或職業等）

call（稱呼）、elect（選擇）、name（取名）等。

③ think 類型的動詞：「把 O 想成 C」（描述有關 O 的判斷）

think（想）、believe（相信）、find（發覺）、consider（認為）等。

注意　<主詞＋動詞＋受詞＋ as ＋補語>　regard（視為）、view（視為）等動詞會採用這種形式。

We **regard** him **as** our leader.

（我們視他為我們的領導者。）

Check 15　請注意句中畫線部分的字詞，並將各句譯成中文。

1) a. Please get me the dictionary on the desk.

   b. I'll get supper ready as soon as possible.

2) a. We left her a lot of work.

   b. Don't leave the door open, please.

Check 問題的解答

5 1) a. 一輛大車停在我家門前。
b. 駕駛停下那部車。
2) a. 不要在街上玩耍。
b. 放學後去打網球吧。

6 1) studies 2) cut 3) went

7 1) a. 受詞 b. 補語
2) a. 補語 b. 受詞

8 1) us / math 2) me / some magazines 3) a letter

9 1) 我們叫那隻狗為麥克斯。
2) 我們的教練讓她當隊長。
3) 你會發現這本書很簡單。

10 1) Mr. Evans teaches English to us.
2) I'll buy lunch for you.
3) I chose a nice dress for her.
4) Please show your album to me.

11 1) is 2) were 3) a

12 1) entered into→entered 2) approached to→approached
3) agreed→agreed with

13 1) sound 2) come 3) keep 4) smell

14 1) × 2) for 3) × 4) to

15 1) a. 請把桌上的字典拿給我。
b. 我會盡快準備好晚餐。
2) a. 我們留給她很多工作。
b. 請不要讓那扇門開著。

第 3 章 動詞與時態

學習要項

Part 1　概念

如何表示「時態」

1 表示「現在正在做什麼？」的時態

He **sleeps** in bed.

首先，想想這句英文的意思，是「他在床上睡覺」嗎？乍看之下，這樣的中譯似乎沒問題，但實際上卻不正確。中文要表達「在睡覺」，通常有「現在睡得正熟」的意思，可是英語基本上並不是以動詞的現在式來表示「現在正在做什麼」。英語的現在式實際上是表示**「以＜當下＞為中心，也擴及過去及未來情況」**。

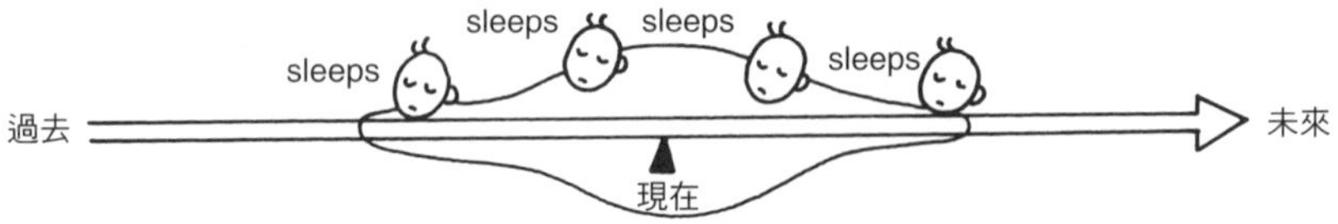

因此，上述例句有「他（總是／通常）睡在床上」」。要表達「他正在床上睡覺」，要用**現在進行式**，如下面的例句：

He is **sleeping** in bed.

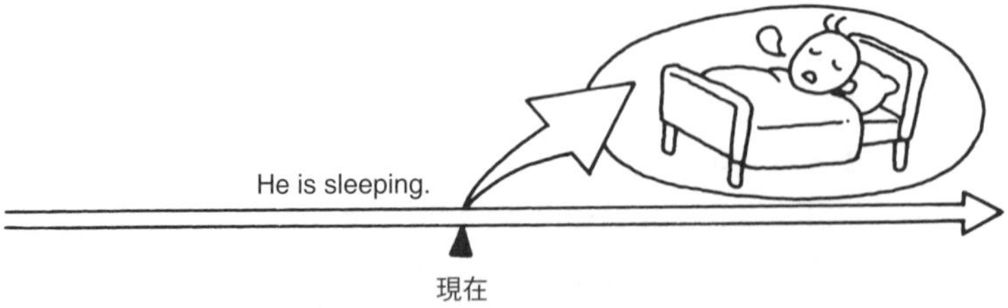

現在進行式有以下的特徵：

①不考慮其他的時間，焦點集中於＜現在＞正在做什麼。
②並非一直持續同樣狀態，具有＜暫時＞正在做什麼的意思。
③＜現在＞＜暫時＞正在做的事，是指該動作＜還沒有做完＞。

② 並不是隨時都可以使用進行式

原本就有「一直是～狀態」意思的動詞，通常不使用進行式。例如，「我（一直都）認識他。」

I **know** him.

「認識」（know）就不能用進行式。

× I *am knowing* him.

像 sleep 等表示＜動作＞的動詞，用現在式無法表達「現在在睡覺」的意思，必須借助進行式。可是，know 原本就有「一直都認識」的意思，是表示＜狀態＞的動詞，意思包括了「＜過去＞也認識，**＜現在＞也認識**，＜未來＞也認識」，所以沒有必要使用特別的時態。而且，現在進行式有「**僅限＜現在＞**在做～」的意思，所以與 know「擴及過去、現在、未來做～」的意思不符。

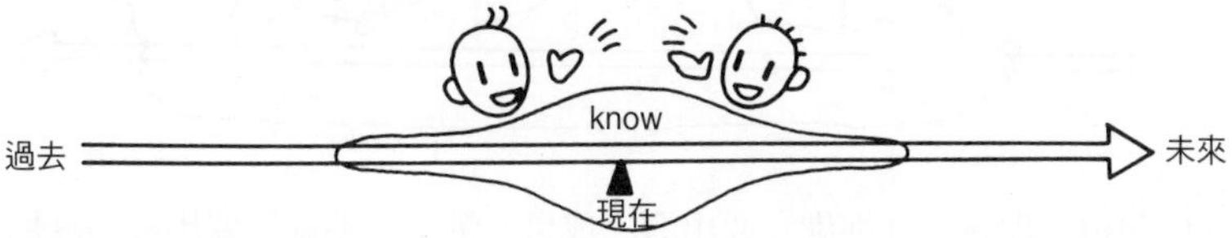

③ 表達未來的方式

發生在＜未來＞的事情，當然還沒有實際發生。任何人都只能想像＜未來＞會變成怎樣，所以隨說話者的心情、發生可能性的高低，表達方式也會不一樣。下面的例句，基本上都是「我們明天去夏威夷」的意思，但說話者想要表達的內容有些不同。

① **現在式：**We **leave** for Hawaii tomorrow.

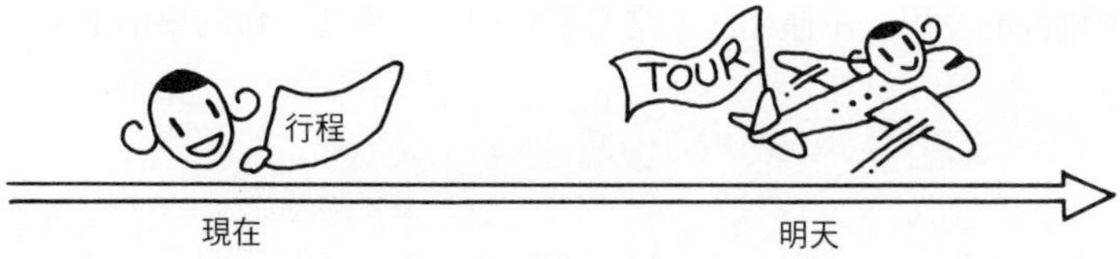

此句表示說話者心中百分之百確定會去。通常用於非個人可以改變的群眾、團體等預定計畫。

② 現在進行式：We **are leaving** for Hawaii tomorrow.

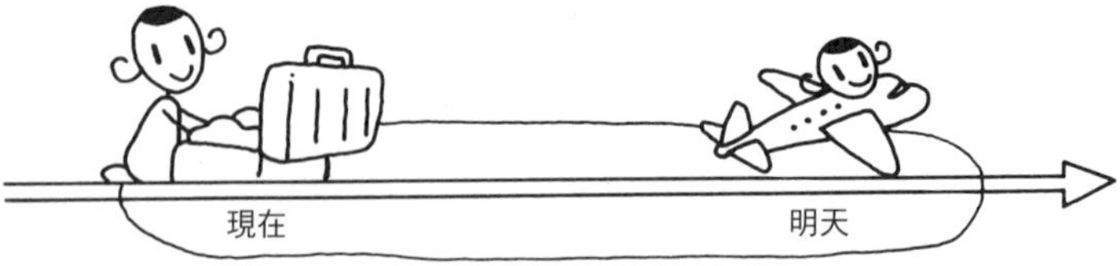

此句通常用於預定要做的事是已經確定的，而且現在就已經著手準備，或是心情上已經做好準備。

③ **be going to *do***：We **are going to leave** for Hawaii tomorrow.

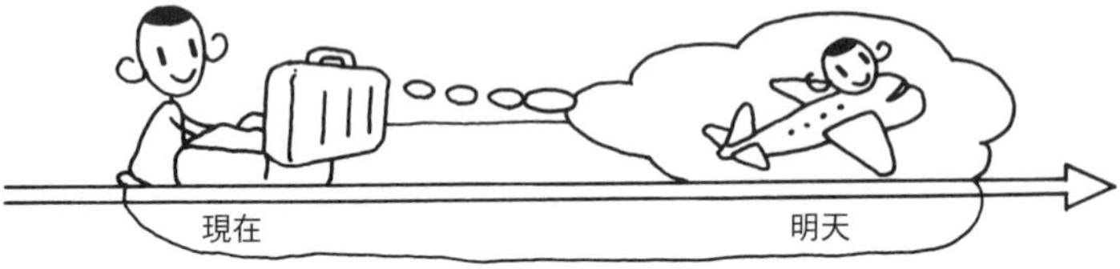

上面例句也有現在已經準備好要出發，或是心情上已準備好要出發的意思。

④ **will**：We **will leave** for Hawaii tomorrow.

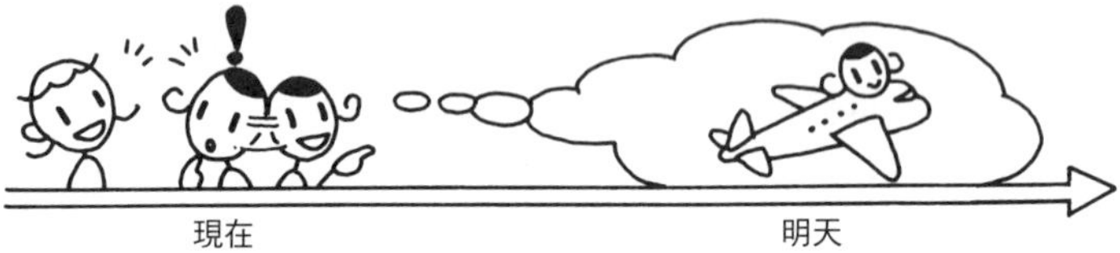

上面例句中的 will，雖然有「打算做～」的意思，但和 be going to *do* 不同，並沒有已經準備好的意思。不僅如此，常常還會用在突然想去做的事情上。

Part 2 理解

1 現在式與現在進行式

提到現在式，一般人都認為好像只能表達<現在＝當前>的事，其實不然。不只是現在，現在式還可以表達以「現在」為中心，且跨越過去到未來的某段期間內都成立的行為或狀態。

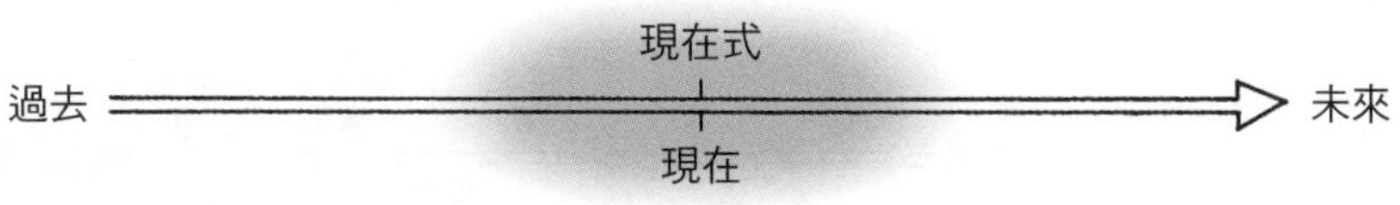

1 表示現在狀態的現在式

Target 025

I **love** chocolate ice cream.
我非常喜歡巧克力冰淇淋。

■表示現在的狀態

動詞中有表示狀態的**狀態動詞**與表示動作的**動作動詞**。

表達「（現在）是～」的「**現在狀態**」時，要用**動詞的現在式**。而可用於這類情況的是像 love 等**表示狀態的動詞**。

注意

一般動詞的現在式是用原形動詞　當主詞為第三人稱單數時，要記得在動詞原形後面加-s 或-es（➡p.591），如下所示：

She love**s** chocolate ice cream.

比較看看

(1) She **loves** me.（她愛我。）
(2) She **visits** me every week.（她每個禮拜都來拜訪我。）

■表示狀態的動詞
持續同樣狀況

例句(1)中的love，有「愛～」的意思。它說明了從過去經現在到未來一直抱持的心情。像這類說明**同一持續狀況的動詞**，稱為**狀態動詞**。

■表示動作的動詞
一次完成的動作

相對於此，例句(2)的visit有「拜訪～」的意思，而且是一次**完成的動作**，這類動詞稱為**動作動詞**。visit 與 love 不同，visit

「拜訪」的動作並沒有「一直持續下去」，每次拜訪完，動作即結束。因此，**動作動詞使用現在式時，是表示動作在反覆進行**（➡p.55）。

動作動詞的現在式

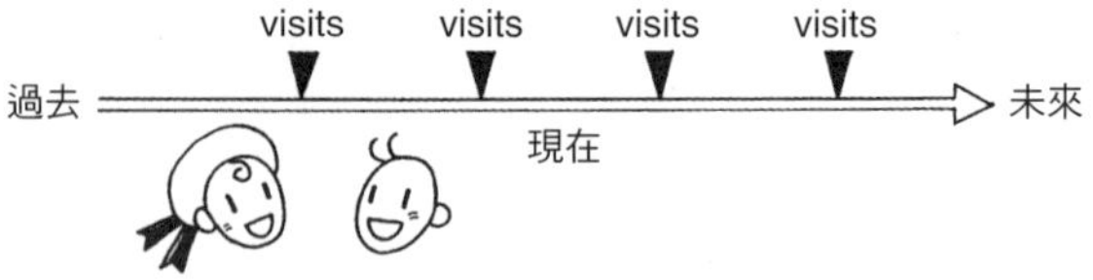

狀態動詞不用進行式

狀態動詞與動作動詞最重要的不同點就是**狀態動詞原則上不能使用進行式**（➡p.58）。

■狀態動詞的種類

狀態動詞在意義上可以分成下列三大類。

① 表示心理狀態的動詞

like（喜歡）、love（愛）、hate（憎恨）、hope（希望）、want（想要）、think（想）、believe（相信）、know（知道）、understand（了解）、remember（記得）、forget（忘記）等。

▷ She **likes** sweets.（她喜歡甜食。）

▷ Do you **remember** his name?（你記得他的名字嗎？）

② 表示知覺、感覺的動詞

see（看）、hear（聽）、feel（感覺）、smell（聞）、taste（品嚐）等。

▷ What do you **see**?（你看見什麼？）

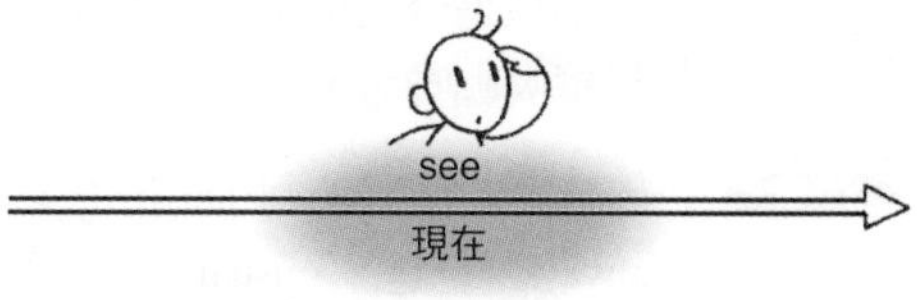

注意 see / hear 與 look at / listen to　see, hear 並不是刻意地去看或聽，而是自然看到或聽到的狀態。而 look at, listen to 則表示憑自我意志進行的動作。

What **are** you **looking at**?（你在看什麼？）

注意 **具動作與狀態兩方面意思的動詞也有很多**

The soup **smells** good.（湯聞起來很香。）→ 狀態

He is **smelling** the wine.（他正在聞葡萄酒。）→ 動作

③ 表示其他狀態的動詞

be（是～）、remain（保持）、have（有）、own（擁有）、belong to（屬於～）、contain（包括）、exist（存在）、resemble（相像）等。

▷ This book **belongs to** me.（這本書屬於我。）

▷ Sean **resembles** his father.（西恩很像他爸爸。）

2 表示現在動作反覆進行的現在式

Target 026

I *always* **drink** coffee at breakfast.

我總是在早餐時喝咖啡。

■**動作動詞的現在式**
表示反覆動作

動作動詞的現在式，是表示以「現在」為中心、從過去跨到未來的反覆動作。

從句中的副詞 always，可知它不只是描述「現在」，而是

「不只是今天早上，包括昨天以前，甚至是明天以後我都是在早餐喝咖啡。」

注意 **表示頻率的副詞** 上面用法經常伴隨著下列的頻率副詞（片語）：always（總是）、usually（通常）、often（常常）、sometimes（有時）、seldom [rarely]（很少）、every day（每天）、once a week（一星期一次）等。

He **practices** tennis *every day*.（他每天練習打網球。）

3 表示一般事實和真理的現在式

Target **027**

The earth **goes** around the sun.
地球繞著太陽運行。

■表示恆常成立的事實與真理

由於現在式是以「現在」為中心，在「過去」與「未來」均成立的狀態或動作，所以可以用來表示**從過去、現在到未來都不變的事實**。

▷ Water **consists** of hydrogen and oxygen.
（水是由氫和氧所構成的。）

TIPS FOR YOU ▶ 2

可以使用現在式的場合

描述「來自～」等不變的狀況、反覆進行的事，以及定期會發生的事，動詞要用現在式。

I **come** from Tainan city.（我出生於台南市。）
I **take** the subway to work.（我搭地鐵上班。）
It **rains** a lot in September.（九月的雨下得很多。）

詢問他人的職業，通常也是使用現在式。如What do you **do**?（你是做什麼的？）。

現在式也有以下的用法：

☞ 用於表示「時間、條件」的副詞子句中（➟p.66）。
☞ 表示確定的預定或計畫（➟p.69）。

④ 表示動作正在進行的現在進行式

動作動詞的現在式並不是指現在進行的事，而是代表反覆進行的動作。那麼現在正在做的動作要如何表示呢？答案是使用**現在進行式**。首先，比較看看現在式與現在進行式。

比較看看

(1) Jack **plays** tennis every Sunday.
（傑克每個星期天都打網球。）
(2) Jack **is playing** tennis with Bob now.
（傑克現在正在和鮑伯打網球。）

■現在式
表反覆動作

例句(1)有「每到了星期天就打網球」的意思，所以用**現在式 plays**。

■現在進行式
表正在做的動作

例句(2)有「現在這個時間點正在打網球」的意思，所以用**現在進行式 is playing**。現在進行式以＜**be 動詞＋ V-ing**＞表示。

現在式並不能表現「現在這個時間點」正在做的事。因為現在式包含過去與未來。**現在進行式則只集中於現在**，因此可用來表示「（不管平常如何）現在這時間點正在做…」的內容。

▷ Why **are** you **driving** so fast? You usually **drive** very carefully.
（你為什麼要開得這麼快？你通常開車都很小心。）

現在在做的事
平常在做的事

例句中現在進行式的 are driving 表示「（和平常不同）現在正在開車」，而現在式 drive 則表示「平常的開車習慣」。

Target 028

(1) She **is playing** the piano now.
(2) These days, I **am eating** a lot of vegetables.
(1) 她現在正在彈鋼琴。
(2) 這陣子，我吃了很多蔬菜。

■現在進行式
正做到一半的動作

現在進行式如例句(1)，可以用來表示**現在正做到一半的動作**。

此外，現在進行式不限於「現在這個時間點」，也可以表示**在某段有限期間內反覆、持續進行的動作**，亦即有「雖然不是

在某段期間內持續進行的動作	一直進行下去，但卻是在某段期間持續同樣動作」的意思。例句(2)的例句中，即有「本來不會吃那麼多蔬菜，只有最近吃很多」的意思。

PLUS 3 可以／不可以用進行式的動詞

可以用進行式的動詞，原則上是表示「動作」的動作動詞。至於表示「狀態」的狀態動詞（➟p.53），則通常不用進行式。

不過，還是有可用於進行式的狀態動詞，如下所示。

①帶有「動作」意思的動詞

We **are having** lunch now. → have（吃）
（我們現在在吃午餐。）

Why **are** you **smelling** the milk? → smell（聞）
（你為什麼要聞那牛奶？）

②強調「暫時的狀態」

He **is being** very quiet today, isn't he? → 僅限於今天
（他今天特別沉默，不是嗎？）

He *is* very quiet. → 平常就很沈默，不限於今天
（他非常沉默。）

③表「變化中的狀態」

She **is resembling** her grandmother more and more.
（她愈來愈像她的祖母。）

現在進行式也有以下的用法：
☞ 表示「變化中」（➟p.68）。
☞ 與頻率副詞並用（➟p.69）。
☞ 表示未來的計畫（➟p.69）。

Check 16 請將括弧內的動詞改為現在式或現在進行式。

1) This orange (taste) bad; it (be) not good to eat.
2) Mary (play) a piece by Bach on the piano now; she (like) music very much.
3) The sun (rise) in the east and (set) in the west.
4) My sister usually (wear) contact lenses, but she (wear) glasses today.

2 過去式與過去進行式

相對於現在式原則上是用於描述「包括現在時間在內的事實」，過去式則是用於描述「**與現在無關的過去事實**」。即使是發生在一瞬間之前的事，若被視為「不屬於現在的事實」時，就要用過去式來表現。

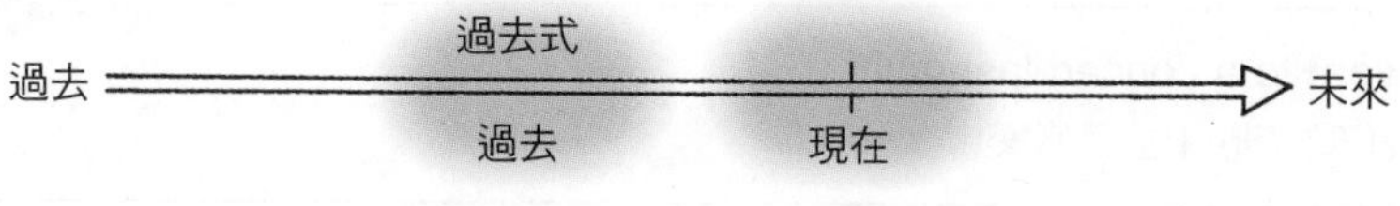

1 表示過去狀態的過去式

Target 029

The store **was** full of young people last week.
上星期這家店擠滿了年輕人。

■表示過去的狀態

要表示存在於過去某段期間的狀態時，使用的是狀態動詞的過去式。

▷ In my childhood I **loved** playing outdoors.
（小時候，我非常喜歡在戶外玩耍。）

2 表示過去反覆進行之動作的過去式

Target 030

I *usually* **rode** my bicycle to school.
我（以前）通常騎腳踏車上學。

■表過去反覆進行的動作

動作動詞的過去式，也可以表示過去反覆進行的動作。

上面例句中有 usually，由此可知「騎腳踏車上學」是曾經一再反覆在做的事，但是並未提及現在是否也是騎腳踏車上學。

伴隨表頻率的副詞

上面這種用法，多半會伴隨著表示事情是反覆進行的頻率副詞，如 usually 等（➡p.56）。

▷ My father *sometimes* **took** me to the movies.
（我父親過去偶爾會帶我去看電影。）

注意

使用助動詞表示過去反覆進行的動作　也可以使用助動詞 would, used to 來表示過去反覆進行的習慣性動作（➡p.114,117）。

3 表示過去動作發生過一次的過去式

Target 031

We **went** to a concert last night.
我們昨天晚上去聽音樂會。

■表過去一次的動作

過去式有可能是表示**過去某個時間點曾做過一次的動作**，而現在式的動作動詞不能用來表示只做過一次的動作。請試著比較兩者的用法。

▷ I **visited** this village *last year*.
（我去年拜訪了這個村子。）→已經過去

▷ I **visit** this village *every year*.
（我每年都拜訪這個村子。）→反覆在做的事

4 表示過去某時間點正在進行的動詞之過去進行式

Target 032

(1) I **was watching** TV around noon.
(2) I **was coughing** all night long.
(1) 中午左右我正在看電視。
(2) 我咳嗽咳了一整晚。

■過去進行式
過去某個時間點正在進行的動作
指出是何時的事

過去進行式是表示「**過去某個時間點**」正在進行的動作。因此，「過去的時間點」究竟是什麼時候，一定要在句中明確地指出來。

在例句(1)中，around noon 就是「過去的時間」。就「進行中」的意義來看，過去進行式和現在進行式的作用是相同的。

相對於現在進行式表示「（正在說話的）現在」正在進行，過去進行式則表示不限範圍的過去「**某一時間點**」正在進行的事，所以有必要進一步指出「**是在何時**」。

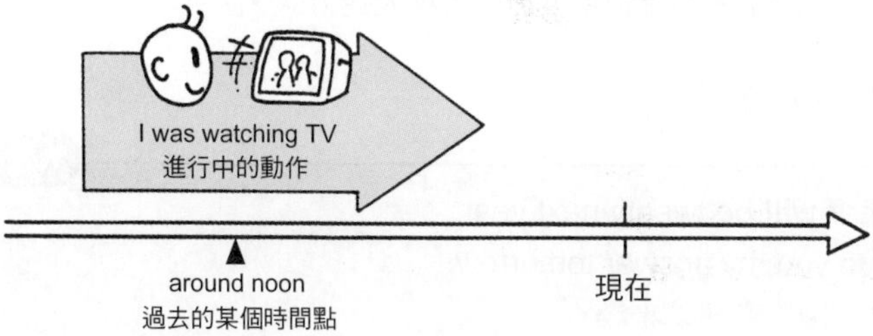

例句(1)為了表示中午時我「正在看」電視，所以使用過去進行式。如果是 I watched TV，就無法表示中午「正在看」的意思。

過去某個期間反覆進行的動作

在例句(2)中，all night long 表示過去限定的一段期間。所以**在某個限定期間內反覆進行的事實也可以用進行式來表示**（➡ p.57）。

進行式由於是「正在進行當中」，所以也意味著「還沒結束」。使用過去進行式 I was coughing，要表達的是「整晚咳個不停」的意思。

Check 17 請將括弧內的動詞改為適當的形式。

1) I wanted to be a sailor when I (be) a boy.
2) My father often (tell) me interesting stories in my childhood.
3) He ran to the station and (catch) the last train.
4) I (watch) TV when you called me.

3 表示未來的方式

在英文中，動詞的基本時態分為現在式與過去式兩大類。未來是「還未發生的模糊狀況」，所以依說話者的確認程度而有各種表達方式。

1 以 will 表示未來

Target 033

(1) My brother **will be** twenty next year.
(2) I **will give** you my answer tomorrow.
(1) 我的哥哥明年將滿二十歲。
(2) 明天我會給你答覆。

■單純的未來
自然演變發生的事

使用 will 表未來時，要用＜ **will ＋原形動詞**＞。例句(1)中的 will be **與說話者或主詞的意願無關，而是表示自然演變發生的**事。這樣的表現稱為**單純的未來**。

■意志的未來
主詞的意願

例句(2)中的＜ will ＋原形動詞＞，則是表達主詞的意願，這種用法稱為意志的未來（➡p.113）。

2 以 be going to 表示未來

Target 034

(1) I'm **going to** buy a digital camera.
(2) **Are** you **going to** study abroad next year?
(3) It's **going to** rain.
(1) 我將要買一台數位相機。
(2) 明年你會出國讀書嗎？
(3) 快要下雨了。

■be going to＋原形動詞

例句(1)(2)是以＜ **be going to ＋原形動詞**＞來表示未來。這種表達方式通常用於**表示在說話前就已經打算好的事**。即使行動發生在未來，但現在心理上已有所準備。

表主詞的意願或計畫

例句(1)有「已經打算要買數位相機」或是「為了買相機已經準備好錢」等意思。

詢問對方的意願或計畫

例句(2)也有「留學的事已經決定了嗎？」的意思。Are you going to...? 經常用來**詢問對方的意願或意圖**。

表推測

be going to... 也可表示**推估的意思**。一般而言，這類句子都含有說話者從目前既有的狀況去推測「會～吧」。例句(3)即基於「有烏雲，似乎會下雨」的現狀去判斷「快要下雨了」。

▷ It's already 12 o'clock. We**'re going to** miss the last train.
（已經十二點了。我們會錯過最後一班火車。）

注意

從過去看未來，要以過去式的助動詞等來表達 從「（正在說話的）現在」看未來，可用 will 或 am / is / are going to 表示。不過若要描述「從過去某時點」之後會發生的事，就必須用助動詞的過去式。無論表達單純的未來或意志的未來都一樣。

I **decided** that I **would study** in the U.S.
（我已決定要去美國留學。）

He **said** he **was going to visit** me the following week.
（他說他下個星期會來探望我。）

3 will 與 be going to 的不同

比較看看

(1) "The telephone is ringing." "OK, I'**ll** answer it."
（「電話響了。」「好，我會去接。」）

(2) "What are your plans for tonight?" "I'**m going to** meet a friend for dinner.
（「你今晚有什麼計畫？」「我要和朋友碰面吃晚餐。」）

■**will**

當場打算做的事

在例句(1)中，有人說「電話響了」，另一個人表示「我會去接」。像這種當場打算要做的事時以 will 表示。**也就是說，使用 will 是表示當場做出的決定。**

■be going to

已經決定要做的事

在例句(2)中，因為話題是「今晚的計畫」，並非突然決定的，所以以 **be going to** 來表現此刻之前已經安排好的事。

雖說兩個例句都是「表達未來」，但仍有使用 will 或 be going to 何者恰當的差異。

4 未來進行式

Target 035

(1) We **will be playing** tennis at this time tomorrow.

(2) I **will be meeting** him at the airport next week.

(1) 我們會在明天的這個時候打網球。

(2) 下星期我會到機場迎接他。

■will be＋V-ing

表進行中的事

預測從「現在」到未來某個時間點的事，並預見該時間點「正在進行」某動作時，可將 **will** 與進行式組合，以＜ **will be ＋ V-ing** ＞來表示。例句(1)就是在預告「明天的這個時候」將正在進行什麼。

表預定要做的動作

此外，可以＜ will be V-ing ＞表示「（在某些情況下）未來某時間點預定要做的動作」。如例句(2)，「下星期」與 will be V-ing 組合，表示「屆時會有這樣的行動」。

如例句(1)(2)所示，will be V-ing 經常用於表達未來具體的某個時間點要做什麼事。

參考 ＜ will be V-ing ＞經常用於與主詞意願無關的事情上。

Check 18 請配合中文語意，在空格內填入適當的英文。

1) 「好痛！我切到手指了！」「我去拿急救箱給你！」
"Ouch! I cut my finger!" "I ______ get a first-aid kit for you!"

2) 今年八月我會搬去西班牙，所以我需要學西班牙語。
I need to learn Spanish because I ______ ______ ______ move to Spain this August.

3) 明天的這個時候，他們將舉行宴會。
At this time tomorrow they ______ ______ having a party.

PLUS 4 使用未來進行式詢問預定或計畫的內容

詢問對方預定或計畫的內容時，要用未來進行式。

Will you be going to the shopping mall this afternoon?
（今天下午你會去購物中心嗎？）

使用表示未來的 will 造 Will you...? 的疑問句時，有表達「**請求**」的意思（➡p.115）。換句話說，Will you go to the shopping mall this afternoon? 是請求對方「（可以麻煩）你今天下午去購物中心嗎？」因此，詢問對方預定或計畫的內容時，要用未來進行式。

此外，也可以使用以下 be going to 的形式（➡p.62）。

Are you going to use this computer this afternoon?
（你今天下午打算用這台電腦嗎？）

只不過，上述的說法是直接詢問對方的意願。若要表達自己想做而希望對方接受時，要用下列未來進行式詢問比較客氣。

Will you be using this computer this afternoon?
（你今天下午要用這台電腦嗎？）

Part 3 進階

1 表示時間或條件的連接詞後面的現在式

Target 036

(1) The birds will fly south **when** winter **comes**.
　　副詞子句

(2) **If** it **is** fine tomorrow, let's go swimming.
　　副詞子句

(1) 當冬天來臨，鳥兒們將會南飛。
(2) 如果明天天氣晴朗，我們就去游泳。

■表示時間或條件的子句

以＜事實＞為前提

一旦用到 when, if 等表示「時間」或「條件」的連接詞，則後面連接的子句被視為「以事實為前提」。

在例句(1)中，將「冬天來臨」當成「實際成立」，當冬天真的來臨時，便與主要子句的內容「鳥兒們南飛」串在一起。

例句(2)也將「明天天氣晴朗」當成「實際存在的事實」，因此邀人「去游泳」。

■表示「時間或條件」的副詞子句用現在式

不用will等

上述兩個例句，從未來的表現這點看來均與「預測」無關，所以在 when, if 等後面，不用 will, be going to，而使用簡單的**現在式**。換句話說，即使是「未來的事」，之所以不用 will, be going to 表示，是因為屬於「**事實**」，所以使用現在式。

注意

表示時間或條件的連接詞（➡p.580, 584）

① **表「時間」的連接詞**

when（當～時候）、before（在～之前）、after（在～之後）、until [till]（直到～為止）、by the time（到～時候將～）、as soon as（一～就～）等。

② **表「條件」的連接詞**

if（如果～）、unless（除非～）等。

注意

副詞子句與名詞子句（➡p.310）　當子句作為**副詞**使用時，when 或 if 後面要用現在式。如果以 when 或 if 為開頭的子句是**當名詞使用**，並表達未來的事實時，代表陳述從現在到未來的推測或是表達自己對未來要做的事有何安排。

⑴ Tell me when she **will come** back. →名詞子句
（請告訴我她何時會回來。）

⑵ Tell me when she **comes** back. →副詞子句
（當她回來時請告訴我。）

例句⑴指的是「現在告訴我」＋「她預定何時回來？」，所以一定要用 will。而例句⑵是「她確實回來了」＋「屆時要告知（回來了的事）」，也就是將「她回來」視為「事實」，毫無推測之意，所以不用 will。

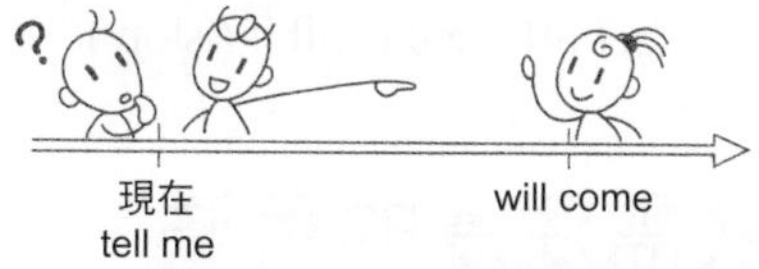

⑶ I wonder if it **will rain** tomorrow. →名詞子句
（我懷疑明天是否會下雨。）

⑷ I'll stay home if it **rains** tomorrow. →副詞子句
（如果明天下雨，我會待在家裡。）

上面這兩個例句也一樣。例句⑶是現在推測有關未來的事。而例句⑷是在說明「如果『明天真的下雨』」，所以不用 will。

參考 表示從過去某個時間點看未來時，表示時間或條件的副詞子句要用過去式。

He *decided* to wait at the station **until** his wife **came**.
（他決定在車站一直等到他太太來為止。）

PLUS 5 在表示「條件」的 if 子句中用 will 的情形

在 if 子句中表達請求之意時，要用 will。

I'll be happy if you **will** make a speech at the conference.
（如果你能在會議中發表演說，我將會很高興。）

此外，以第二、三人稱的主詞表達「不管怎樣也要～」的強烈意願時，可以用 will（➡p.114）。

If you **will** go out in this storm, I won't stop you.

（如果你執意要在這樣的風雨天外出，我不會阻止你。）

Check 19 請將括弧內的動詞改為正確的形式。

1) I'll finish my homework before my sister (come) back.
2) I'll give him this CD if he (want) it.
3) Don't get off the bus till it (stop).

2 進行式需注意的用法

1 表示「正在變化中」的進行式

Target 037

(1) The old bear in the zoo **is dying**.
(2) The plane **was stopping** at Gate 5.
(3) Our baby **is getting** bigger every day.

(1) 動物園裡那隻年邁的熊快要死了。
(2) 飛機正要停靠在五號閘門。
(3) 我們的小嬰兒一天天在長大。

■**以進行式表示正在變化中**

表示「快要～」的狀態

當含有某些變化的動詞使用進行式，意指「正在變化中」。

例句(1)的 die，表示從「活著的狀態」變成「死亡的狀態」，所以 is dying 表示「快要死了」的意思（中文不能說成「正在死」）。

例句(2)的 stop，表示從「動的狀態」變成「靜止的狀態」，所以 was stopping 表示「快要停」的意思。（中文可以說成「正要停靠」）。

例句(3)的 get，或是 become, grow 等，是表示事物「變成～」，用進行式則指「正在變化中」（中文可以說成「漸漸～」）。

2 與頻率副詞並用的進行式

Target 038

⑴ Tom **is *always* thinking** of other people.
⑵ Meg **is *constantly* eating** snacks.
⑴ 湯姆總是為別人著想。
⑵ 梅格不停地吃零食。

■表頻率的副詞與進行式
表示經常反覆的動作

現在進行式中一旦伴隨著 always（總是）、constantly（不斷的、時常的）等頻率副詞，**即表示該動作是經常反覆的。**

此時，往往會強調該反覆動作，而且加入說話者的情感。如例句⑴中便包含了「總是只想到別人」的情緒，而例句⑵也有「一直吃零食，真傷腦筋」的意思。

Check 20 請將下列句子譯成中文。
1) It's getting dark. Let's go home.
2) I was leaving my house when the telephone rang.
3) That teacher is constantly forgetting his students' names.

3 其他表示未來的方式

1 以現在式表示已確定的未來安排或計畫

Target 039

Our flight **leaves** at 11:45.
我們的班機在十一點四十五分出發。

■以現在式表示未來
表示確定的未來之事

就像上述的例句，可以用現在式表示未來，具有在「現在」**這個時間點已經確定而無變更可能之意**。也就是說，可用於時刻表、行程表等確定的情況下。

適用於此類用法的動詞多半帶有「事物的開始」及「移動」的含義，如 go, come, start, begin, leave, arrive 等，且通常伴隨著表日期和時間的副詞（片語）。

▷ The team **starts** spring training *next week.*
（球隊從下星期開始進行春季訓練。）

參考 此類現在式用法大多用於團體的預定計畫或公共事務等情形，較不常用於個人。

2 以進行式表示未來預定做什麼

Target 040

(1) **I'm leaving** for Paris tomorrow morning.
(2) I thought you **were coming** home at six.
(1) 我（準備好）明天早上出發前往巴黎。
(2) 我以為你會在六點回到家。

■以進行式表示未來
表示逐步進行中的動作

現在進行式也經常用於表示未來的預定計畫，代表現在已對未來的行動有心理上或具體的準備。

例句(1)可以視為說話者已經拿到機票、打包好行李等，逐步為「出發前往巴黎」做好準備。

▷ The store **is holding** a sale next week.
（下星期這家店要開始打折。）

這個例句也可以想成該店為折扣活動展開各種準備。

■表示從過去預見的未來預定

例句(2)表示在過去某時間點已料到「會～吧」，因此用過去進行式。此外，和現在式表示未來的情況相同，通常句中都會加上表示時間和日期等的副詞（片語）。

參考 以現在進行式表示未來時，多半是表達個人的預定計畫。

3 表示未來的其他方式

Target 041

(1) The soccer game **is about to** start.
(2) We **were on the point of** giving up the game.
(3) The President **is to** make a speech on TV tonight.
(1) 足球比賽即將開始。
(2) 我們就要放棄比賽。
(3) 總統今晚將在電視發表演說。

■表示隨即會發生的事

be about to

例句(1)的＜ **be about to** ＋原形動詞＞是「即將要～」的意思，表示隨即會發生的事。這類表達方式通常不與表示未來的副詞（片語）並用。

be on the point of V-ing

例句(2)的＜ **be on the point of** ＋ **V-ing** ＞也有「即將要～」的意思，亦表示隨後馬上會發生的事。

■be to不定詞

表示預定

例句(3)＜ **be to** 不定詞＞表示「預定要做～」，這是較為正式的用法，大多用於表示公開的預定計畫等（➡p.180）。

Check 21 請在空格內填入適當的英文。

1) My sister ______ to be married next week.
2) They were ______ to leave their house when it began to rain.
3) Sam ______ leaving Japan at the end of this month.
4) I was on the ______ ______ going to bed when he called me.

Check 問題的解答

16 1) tastes, is 2) is playing, likes 3) rises, sets 4) wears, is wearing
17 1) was 2) told 3) caught 4) was watching
18 1) will 2) am going to 3) will be
19 1) comes 2) wants 3) stops
20 1) 天快黑了，我們回家吧。
2) 電話鈴響時，我正要出門。
3) 那位老師經常忘記學生的姓名。
21 1) is 2) about 3) is 4) point of

動詞的形式與時態一覽表

●現在式

表示現在的狀態 (I **love** chocolate ice cream.) ☞ ***Target 025***

表示現在的反覆動作 (I *always* **drink** coffee at breakfast.) ☞ ***Target 026***

表示一般的事實和真理 (The earth **goes** around the sun.) ☞ ***Target 027***

表示確定的預定或計畫 (Our flight **leaves** at 11:45.) ☞ ***Target 039***

●過去式

表示過去的狀態 (The store **was** full of young people.) ☞ ***Target 029***

表示過去的反覆動作 (I *usually* **rode** my bicycle to school.) ☞ ***Target 030***

表示過去發生過一次的動作 (We **went** to a concert last night.) ☞ ***Target 031***

●未來式

以 **will** 表示未來 (My brother **will be** twenty next year.) ☞ ***Target 033***

以 **be going to** 表示未來 (**I'm going to** buy a camera.) ☞ ***Target 034***

●現在進行式

表示現在進行中的動作 (She **is playing** the piano now.) ☞ ***Target 028***

表示一定期間內反覆進行的動作
(These days, I **am eating** a lot of vegetables.) ☞ ***Target 028***

表示未來的預定 (**I'm leaving** for Paris tomorrow.) ☞ ***Target 040***

●過去進行式

表示在過去某時間點進行中的動作
(I **was watching** TV around noon.) ☞ ***Target 032***

表示過去某個期間內反覆進行的動作
(I **was coughing** all night long.) ☞ ***Target 032***

表示從過去看未來的預定
(I thought you **were coming** home at six.) ☞ ***Target 040***

●未來進行式

表示認為在未來某時間點會進行的動作
(We **will be playing** tennis at this time tomorrow.) ☞ ***Target 035***

表示未來某個時間點預定要做的事
(I **will be meeting** him at the airport next week.) ☞ ***Target 035***

第 4 章 完成式

學習要項

Part 1　概念

完成式代表的意義

1 雖然「已經做了～」，卻不用過去式

「我做完功課了，所以我們出去玩吧。」

這句話英語該怎麼說呢？

乍看「做完功課了」，似乎可以說 I **finished** my homework。可是，這句「我做完功課了，所以我們出去玩吧。」若要清楚表明時間關係，應該是「在這之前都是在做功課，但現在已經做完，所以從現在起可以出去玩了。」像這樣將「＜**之前**＞與＜**現在**＞」**串在一起**時，不是用過去式，而是用**現在完成式**。現在完成式是＜ **have ＋過去分詞**＞。

I **have finished** my homework, so let's go out to play.

2 雖然「還沒做～」，卻不用現在式

「我還沒做決定。」

以下試著探討這句英語。

由於要表示「還沒」，所以不能使用現在式I don't decide。動作動詞的現在式是表達「反覆的動作或習慣」（➟p.55）。如果也要清楚表明時間關係，應該是「**現在還沒有**做好決定」。像這樣的情況也是將「＜現在之前＞與＜現在＞」串在一起，所以要用現在完成式。

I **have** not **decided** yet.

3 何謂現在完成式？

英語的現在完成式是要顯示**「現在怎樣」**與**「現在之前怎樣」的關聯**。也就是說，現在完成式能清楚表達出「從過去到目前為止」的時間關係。之前已再三說明，中文並沒有所謂的「現在完成式」。所以，如果光靠中文的「做了」、「還沒做」、「做完了」等表達方式來思考英語，是行不通的。現在我們試著將英文的現在完成式圖示如下：

「我前天就生病了。」

從說話的＜現在＞，朝＜過去＞的方向。

注意＜過去＞的某個時間點。

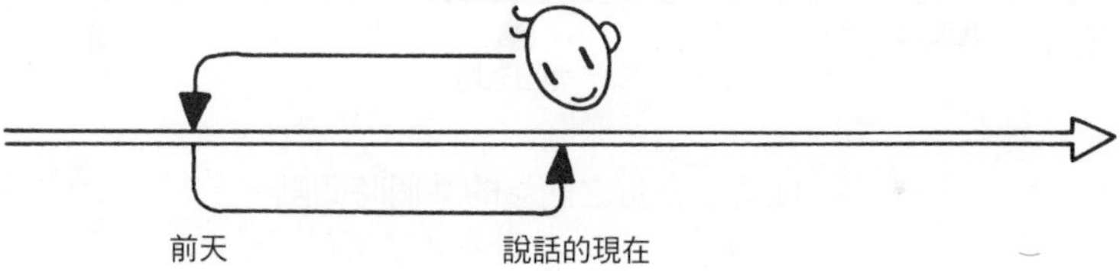

從＜過去＞的某個時間點，一邊回溯事情的發展，
一邊回到說話的＜現在＞。

回溯＜過去＞到＜現在＞的事要用現在完成式，如底下的例句所示：
I **have been** ill *since* the day before yesterday.

4 「過去」完成式有哪裡不一樣？

如上所述，現在完成式是用於連結「現在（＝目前）與現在之前」時使用。那麼下面的句子，英語又該怎麼說才對呢？

「當她出現時，我已經在咖啡館待了兩個小時。」

這種情況並不是在述說「說話者說話＜當下＞」的事，所以不能用現在完成式。由於是說明在「她出現」的這個時間點以前，「我處於何種狀況」，可以用下面的方式來思考：

「直到她出現，我兩小時都待在這家咖啡館。」

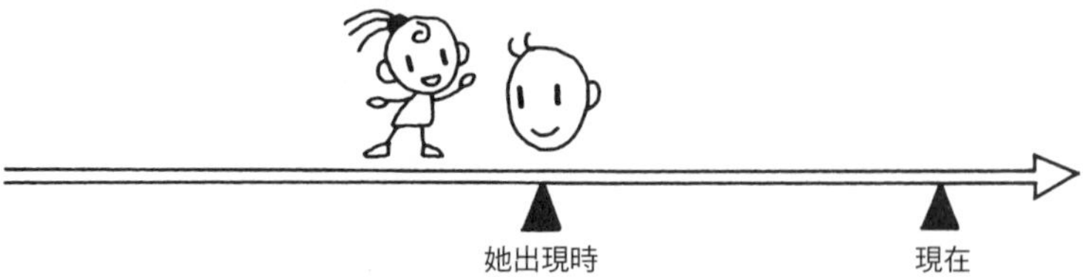

從＜「她出現」時＞，往＜在這之前＞的方向看。

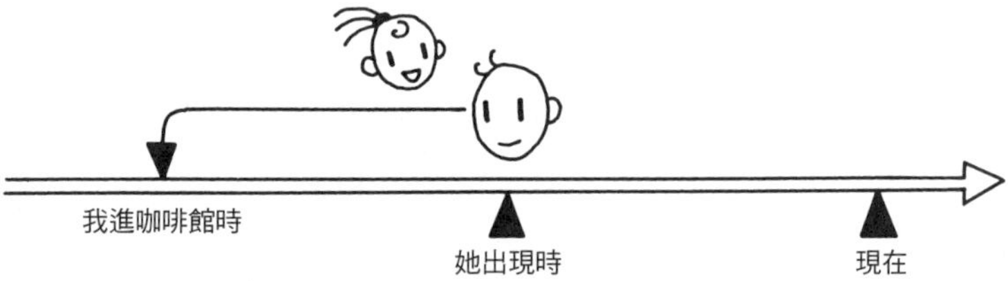

注意＜在這之前＞的某個時間點。

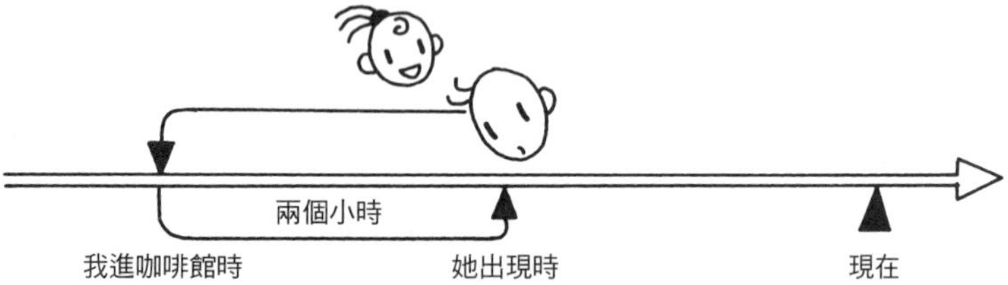

從＜在這之前＞的某個時間點，一邊回溯事情的發展，
一邊回到＜「她出現」時＞的時間點。

由於並不是單純地在說＜過去＞的事，而是＜某個時間點以前＞的一段時間內所發生的事，因此要以過去完成式表示。

I **had been** in the coffee shop *for* two hours *when she appeared*.

Part 2 理解

1 現在完成式與現在完成進行式

現在完成式是將過去與現在的狀況連結，明白表示「曾有過怎樣的經歷，現在變成怎樣」的意思。因此使用現在完成式時，其內容與**「現在的狀況」有一定的關聯**。

4 完成式

1 現在完成式的形式與功用

Target **042**

(1) I **have known** Paul since we were children.
(2) He **hasn't [has not]** been here since last night.
(3) **Have** you **been** here since last night?
(1) 我從孩提時代就認識保羅了。
(2) 他從昨晚就沒在這裡。
(3) 你從昨晚就已經在這裡了嗎？

■現在完成式的形式

如例句(1)所示，現在完成式是使用< **have [has]＋過去分詞** >的形式。

參考 有關過去分詞的形式，請參考「附錄」（➡p.593）。

現在完成式的否定句與疑問句

現在完成式中的 have 是助動詞，所以否定句要如例句(2)用 haven't [have not], hasn't [has not]，而疑問句則如例句(3)以 have [has]為句首。

參考 口語中常會用到 I've / you've / he's / she's / we've / they've 等縮寫形式。

■現在完成式的意義

描述現在狀況

現在完成式的核心概念在於**描述與過去經歷有關的「現在狀況」**。例句(1)是傳達「現在也認識」的狀況，例句(2)則表達「現在也不在這裡」。

2 過去式與現在完成式

由於中文沒有相當於現在完成式的表達方式，如果硬要與過去式作區分，容易變得語意不清，但兩者之間仍有明顯的不同。選擇動詞該用什麼形式前，需考慮當時的情況來做決定。

比較看看

⑴ My father **gave up** alcohol.
（那時我父親戒酒了。）→後來有沒有再喝並不清楚

⑵ My father **has given up** alcohol.
（我父親已經戒酒了。）→現在都沒再喝

■ **過去式**

未意識到現在狀況

例句⑴使用過去式，說話者只意識到父親過去戒酒這件事，並沒有考慮到現在的狀況，也就是只單純說明與現在無關的過去，而未提及父親戒酒之後的狀況或現在變成怎樣。因此可如下面的例句加上「三個月前」，以具體指出**與現在切割的過去某個時間點的事**。

加上表示過去的詞彙

▷ My father **gave up** alcohol *three months ago*.
（我父親三個月前戒酒了。）

■ **現在完成式**

有意識到現在狀況

例句⑵使用現在完成式，以傳達**現在是怎樣的狀況**。雖然說話者是說「我父親現在不喝酒」，但他不只想表達現在的狀況，還想說明**過去與現在的關聯**，即「雖然以前喝酒，但現在已經戒掉了」。所以假設有人勸這位父親「既然過去有喝酒，今天也喝吧！」此時做兒子的可以奉送對方這句話：

▷ Don't offer beer to my father. He **has given up** alcohol.
（別給我父親啤酒，他已經戒酒了。）

參考 請從以下例句分辨過去式與現在完成式的不同：

a. At that time I **didn't decide** whether I would attend the party.
（當時我並未決定要不要參加宴會。）

b. I **haven't** yet **decided** whether I will attend the party.
（我還沒決定要不要參加宴會。）

在例句 a 中，只用 At that time 顯示「那時候」的狀況，並不清楚現在如何（決定要不要出席了嗎？）。此時，whether的後面要使用表示「從過去看未來」（➟p.63）的 would。

例句 b 使用現在完成式，表達雖然過去某個時間點受邀參加宴會，但現在仍未決定是否出席。此時whether的後面要使用表示「從現在看未來」的 will。

參考 現在經常在該用現在完成式的地方使用過去式，美式英語尤其明顯。但是仍要提醒讀者，應該好好分清楚現在完成式與過去式的用法。

Check 22 請將下面括弧內的動詞改成現在完成式。

1) I (finish) my work. So I can go shopping.
2) Cindy (lose) her watch. She is going to buy a new one today.

3 表示「完結、結果」的現在完成式

Target 043

(1) I **have** already **spent** all my money.
(2) Henry **has** just **finished** his homework.

(1) 我已經花光了我所有的錢。
(2) 亨利剛做完他的功課。

■表動作的完結及其結果
顯示現在的狀況

由於現在完成式是「將過去與現在的狀況連結，顯示現在的狀況」，所以與動作動詞並用時，可用來表達「**事情做完的結果，現在變成怎樣**」。

例句(1)中說明「（由於錢全部用完）現在沒錢」；而例句(2)則有「做完功課，現在有空／手邊沒事」的意思。

伴隨just之類的副詞

在表示「完結、結果」的用法中，通常會與例句(1)中的already（已經）、例句(2)中的 just（剛剛）這類的副詞並用。其他常用的副詞還有now（現在）、yet（[用於否定句] 尚未，[用於疑問句] 已經…）等。

PLUS 6 以現在式表示現在完成式的意思

hear（聽）、forget（忘記）、find（發現）、understand（了解）等動詞，可用於現在式中表示現在完成式的意思。

I **hear** you quit your job.
（我聽說你辭去工作了。）

雖然「聽說」的是過去的事，但其內容與現在相關時，要用現在式。以forget 為例，I **forget** her name.（我忘了她的名字。）是表示「現在也想不起來」的情況。像這樣以現在式表示現在完成式意思的動詞，主要常見於狀態動詞，但即使是動作動詞也有「（狀態）持續一定期間」的含意。

PLUS 7 以< be 動詞＋不及物動詞的過去分詞>表示結果

go（去）、come（來）、fall（掉落）、finish（完成）等不及物動詞的過去分詞，一旦使用<be動詞＋過去分詞>形式，即表示動作完結後的結果，但這是書面語的用法。

All my money **is gone**.（我所有的錢都沒了。）→現在沒錢
Spring **is come**.（春天來了。）→現在是春天

4 表示「經驗」的現在完成式

Target 044

(1) I **have visited** London twice.
(2) **Have** you ever **climbed** Mt. Fuji?

(1) 我已經遊覽過倫敦兩次。
(2) 你曾經爬過富士山嗎？

■表示到目前為止的經驗

表示到目前為止的經驗，也要用現在完成式。將例句(1)圖示如下：

■常與表次數或頻率的副詞並用

此類用法主要在傳達某一行為到目前為止的次數，所以經常會與 before（以前）、never（從未）、ever（[用於疑問句]曾經）、often（時常）、once（一次）、twice（兩次）、many times（多次）等表次數或頻率的副詞（子句）並用。

參考

have been 若與上述的副詞子句並用，即表示「曾經有過」的「經驗」。另外，have gone 一般用於表示「已經去了，現在不在這裡」的「完結、結果」。

He **has been [gone]** to Thailand.（他曾經去過泰國。）→ 表示經驗

He **has gone** to Thailand.

（他已經去了泰國。）→ 現在不在這裡，表示完結、結果

在美式英語中，若可從上下文得知是表「經驗」時，有時也會用 have gone。

have been 依連接的副詞、文意順序，有時並非表示「經驗」而是「完結、結果」。

I **have** *just* **been** to the supermarket.

（我剛去過超市。）→已經買完東西回來了

如上面的例句所示，just 等字是表示「完結、結果」的副詞或說話的順序，有助於用法的區別。不要一成不變地認為 have been 就等於表示「經驗」。

PLUS 8　將 never, ever 與過去式並用，表示「經驗」

I **never went** to such a beautiful island before.（我從沒去過這麼美麗的島嶼。）

Did you **ever see** such a beautiful sunset?（你曾經見過這麼美的夕陽嗎？）

5 表示「持續」的現在完成式

Target 045

(1) We **have lived** in this house since 1992.
(2) I **have known** Greg for 20 years.

(1) 我們從一九九二年就住在這棟房子裡。
(2) 我認識葛瑞格已經有二十年了。

■表示狀態的持續
從過去持續到現在

be, live, know 等狀態動詞（➡p.53）原本就具有持續同一狀態的意思。因此，如果動詞是用現在完成式，即表示**某種狀態從過去某時間點一直持續到現在**。將例句(1)圖示如下：

表示持續多久

此類用法強調的是到目前為止的持續狀態，所以通常使用 always（總是／一直）、for（～的期間）、since（自從）、How long...?（多久）等，表達「從何時起到現在？」「經過多久期間？」的意思。

注意

for與since的不同　for是表示「某種狀態持續的長度」，經常與「一年」「兩個月」「三天」等表「期間」的名詞連用。since 則表示「從何時持續到現在」，經常與「昨天」「上個月」「1990年」等「時間點」或是表具體狀況的子句並用。

Tom has been ill in bed **for** *a week* / **since** *last Monday*.
（湯姆已經生病躺在床上一星期了／湯姆從上星期一就生病躺在床上。）

Tom has been busy **since** *he joined the project*.
（湯姆從加入此一計畫就一直很忙。）

PLUS 9　「自～之後就變成…」的表達方式

下面的例句，都是「我們成為朋友已經五年了」的意思。

We **have been** friends **for** five years.

= Five years **have passed since** we became friends.

= **It has been** [**It is**] five years **since** we became friends.

→It has been 通常縮寫成 It's been

4 完成式

6 表示「動作持續」的現在完成進行式

Target **046**

(1) I **have been doing** this puzzle for 30 minutes.

(2) How long **have you been waiting** here?

(1) 我解這道謎題已經花了三十分鐘。

(2) 你已經在這裡等多久了？

■表示動作持續
一直做～

要表示「（到目前為止）一直持續做～」的持續動作，是將完成式與進行式組合成為＜ **have [has] been V-ing** ＞，稱之為現在完成進行式。動詞要用動作動詞（➡p.53）。

表示持續多久

和「狀態的持續」一樣，例句(1)的 for 30 minutes 和例句(2)的 how long 都是表示期間。

■現在完成進行式
動作在進行中
動作沒多久前仍在進行中

現在完成進行式強調的是「動作在進行中」。當然也有「現在該動作還在進行」的意思，也可用於「動作曾經進行中」的情況。也就是說，雖然持續的動作本身結束了，但該動作「餘波至今仍在蕩漾」，意即大多指動作完成沒多久前的事。

▷ I'm very tired. I**'ve been running**.
（我非常疲倦，之前我一直在跑步。）

PLUS 10 動作動詞的現在完成式表示「繼續」的意思時

learn（學習）、study（讀）、rain（下雨）、snow（下雪）、sleep（睡覺）、stay（停留）、play（競賽）、wait（等待）、work（工作）等本身即帶有繼續意味的動詞，可以用現在完成式或現在完成進行式來表示「繼續」的意思。

We **have studied** English for five years.

We **have been studying** English for five years.

（我們已經學了五年的英語。）

Check 23 請配合中文語意，在空格內填入適當的英文。

1) 我還沒寫聖誕卡。
I ______ not ______ my Christmas cards yet.

2) 我收到他的電子郵件。
I ______ ______ an e-mail from him.

3) 你曾經去過國外嗎？
______ you ______ been abroad?

4) 你來台灣多久了？
How ______ have you ______ in Taiwan?

5) 雨已經下了一個星期。
It ______ ______ raining ______ a week.

7 現在完成式與表時間的副詞

Target **047**

(1) He **arrived** here **last night**.
(2) I **haven't seen** him **lately**.
　(1) 他昨天到達這裡。
　(2) 我最近沒見過他。

■表示過去的用語不可用於現在完成式 注意

由於現在完成式是描述現在的狀況，所以**不可與明顯表示過去的詞語**如(1)的 last night **併用**。

不可與現在完成式併用的時間用語

如 yesterday（昨天）、last night [week / month / year]（昨晚 [上星

期／上個月／去年]）、then（那時）、**just now**（方才、現在）、...ago（…之前）、**when I was**...（當我是…時）、**When**...?（當…）、What time...?（何時…）、in 1972（在 1972 年）＜過去的年份＞、on July 4（在 7 月 4 日）＜過去的日期＞等。

lately（最近）則可以用於如例句(2)的現在完成式中。

注意

可與現在完成式並用的時間用語

包括 before（以前）、ever（曾經）、lately（最近）、just（剛才）、now（現在）、today（今天）、recently（最近）、so far（到目前為止）、this week [month / year]（本周 [這個月／今年]）、for the last [past]... days（在過去的…天）、for...（～的期間）、since（自從）等。

Have you **written** a letter to him *this month*?

（你這個月有寫信給他嗎？）

+PLUS 11 表示「最近」的時間用語與時態

lately 通常用於現在完成式中。recently 則除了現在完成式外，也可用於過去式。原則上 lately 與 recently 都不可用於現在進行式。

They **got married recently**.（他們最近結婚了。）

相對於此，nowadays 和 these days 則用於現在式或現在進行式中。

Many people **nowadays travel** abroad.（最近很多人到海外旅行。）

Check 24 請將下面畫線部分更改為正確的用法。

1) I've left my bag in the train yesterday.
2) Recently more and more people begin to use personal computers.
3) My sister has been ill in bed yesterday.

2 過去完成式與過去完成進行式

將＜現在＞與＜到目前為止＞連結的就是現在完成式。相對於此，過去完成式則是將＜過去的某個時間點＞與＜該時間點以前＞串接起來。

1 過去完成式的形式與功用

Target 048

The man **had run away** when the police *arrived*.
當警察抵達時，男子已經逃逸了。

■過去完成式的形式

過去完成式如上述的例句，是採用＜**had ＋過去分詞**＞的形式。過去完成式的句型是將焦點放在過去的某個時間點，例如 the police arrived，並敘述直到該時間點為止的事。

參考 口語中經常使用 I'd / you'd / he'd / she'd / we'd / they'd 等縮寫形式。此外，否定句時要變成 I hadn't finished... 的形式。

2 表示「完結、結果」的過去完成式

Target 049

The game **had** *already* **begun** when we *arrived* at the stadium.
當我們到達體育館時，比賽已經開始了。

■表示過去的完結或結果

從過去回顧到動作完成之前

過去的時間點很明確

在上述例句中，是將焦點放在過去時間點 we *arrived* at the stadium 上。從「我們到達時」回顧到到達之前，而且說明「經過怎樣的過程，才來到該時間點」時要用過去完成式。反過來說，唯有「表示過去某時間點的詞語或子句等」明確將焦點放在過去某時間點時，才用過去完成式。上述例句是在「到達時刻」以前「比賽就開始了」，所以是表「完結、結果」。

另外也可從使用與動作完結有關的副詞 already 來確認時態（➡p.80）。

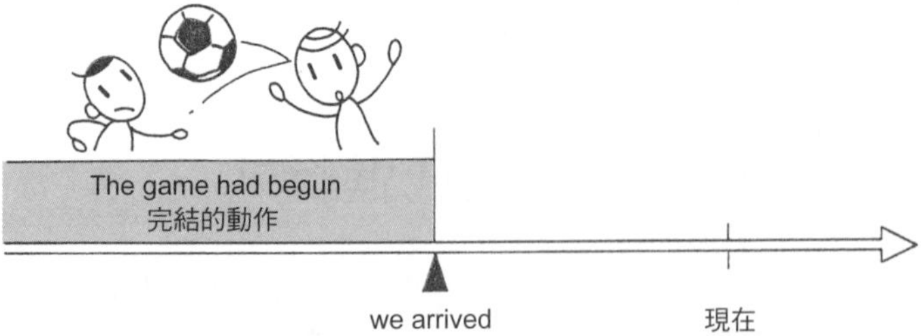

3 表示「經驗」的過去完成式

Target 050

I **had** never **spoken** to a foreigner before I *entered* college.
在進大學以前，我從沒有和外國人交談過。

■表示過去某時間點的經驗

表示次數或頻率的副詞

上述例句的焦點放在 I *entered* college 上。從「進到大學時」往前回顧，為表達「從沒和外國人交談過」的「經驗」而使用過去完成式。

另外也可從使用表示次數或頻率的副詞 never 來確認時態（➡p.81）。

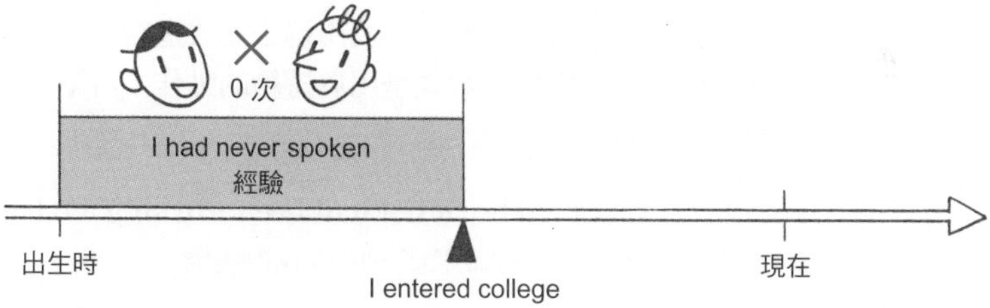

4 表示「持續」的過去完成式

Target 051

They **had known** each other for ten years when they *got married*.
他們彼此相識已經十年了才結婚。

■表示到過去某時間點為止的持續

表示期間的副詞

在上述例句中，焦點放在 they *got married* 這個時間點上。從「結婚時」回顧以前，說明「認識的期間有多長」。這裡使用的過去完成式是表示「持續」。

也可從使用表示期間的 for ten years 來確認時態（➡p.82）。

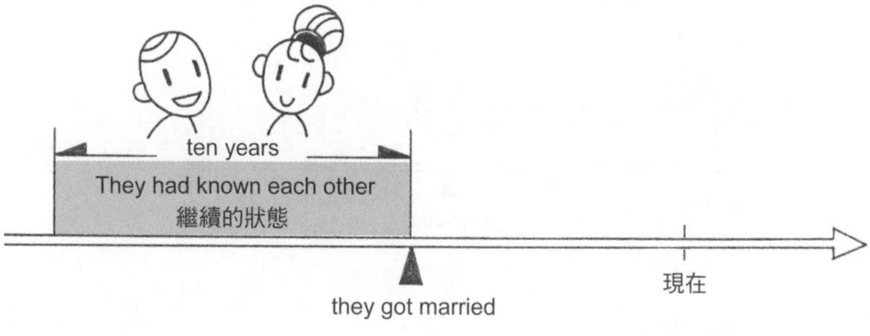

5 表示「動作持續」的過去完成進行式

Target 052

I **had been driving** for two hours when I *found* the gas station.
當我找到加油站時，已經開了兩小時的車。

■**過去完成進行式**
到過去某時間點的動作持續

上述例句的焦點放在 I *found* the gas station 上。這是從「找到加油站時」回顧以前，並說明「到此為止一直在開車」。這類情形要用 < **had been V-ing** >的過去完成進行式，表示「動作的持續」。

動作在過去曾進行中

此外，由於過去完成進行式強調的是「動作的進行」，所以「過去曾經進行的動作」也要用過去完成進行式。和現在進行式一樣，過去完成進行式是用於持續的動作本身剛結束且「餘波盪漾」時。

▷ I *was* very tired because I **had been working** too hard.
（由於之前一直拼命工作，所以我很疲倦。）

6 表示兩事件時間前後關係的過去完成式

Target 053

I *realized* that I **had left** my umbrella in his car.
我發覺我把傘留在他的車裡。

■**表示兩事件的時間前後關係**
發生在前面的事件用過去完成式

關於過去發生的兩個事件，若實際發生的順序倒過來敘述時，前一個發生的事件要用過去完成式。

在例句中，「遺忘」比「發覺」更早發生，由於英語先說了 realized，所以「遺忘」要用過去完成式 had left，以明確表達兩個事件的時間前後關係。

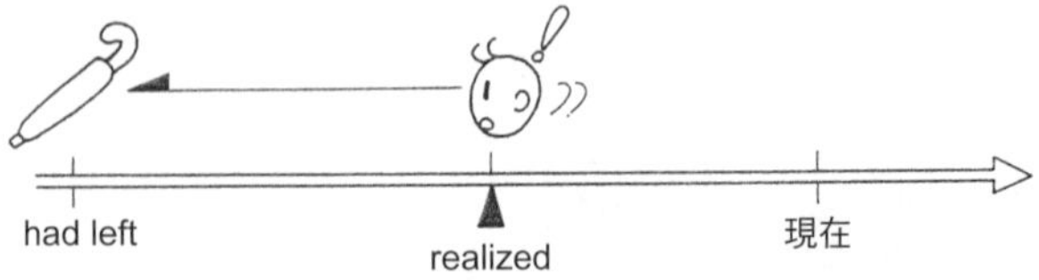

▷ I *lost* the watch which my uncle **had bought** for me.
（我弄丟了叔叔買給我的手錶。）

注意 **兩個事件都以過去式表達時**

依照發生的順序敘述時，兩事件都用過去式。

My uncle **bought** a watch for me and I **lost** it.
（叔叔買給我一隻手錶，而我弄丟了它。）

加上 before 或 after，**從文意來明確表示時間的前後關係時，**兩事件皆以過去式表示即可。

I **went** to the park **after** I **finished** [had finished] my homework.
（我做完功課後，去了公園。）

I **visited** the town I **lived** [had lived] in when I was a boy.
（我去拜訪年少時住過的城鎮。）

像這樣，不用過去完成式而以過去式表示完成，基本上只適用於上述用法。

PLUS 12 以過去完成式表示未能實現的期待

在過去完成式中可以使用expect（期待）、hope（希望）、intend（意欲）、want（想要）、think（想）等表示期待或願望的動詞，以傳達未能實現的事。

I **had expected** you to come.（我期待你能來。）→實際上你沒來

Check 25 請由括弧中選出正確的答案。

1) The last bus (has already left / had already left) when I reached the bus stop.
2) I (have been / had been) abroad three times before I was twenty.
3) Judy (has been living / had been living) in this country since last year.
4) He (was reading / had been reading) the novel for two hours before I called him.

Part 3 進階

1 未來完成式

未來完成式用於預測從現在到未來某個時間點的關聯。除了焦點要放在「未來某一時間點」外，其他用法和現在完成式一樣，分別有表示「完結、結果」、「經驗」、「持續」的用法。

① 未來完成式的形式與功用

Target 054

These leaves **will have turned** brown by next month.
下個月之前這些葉子將會轉成棕色。

■未來完成式的形式
焦點放在未來的某時間點

句中的 by next month 表示未來的某個時間點。由於是預測「下個月時會變成怎樣」，所以要用 will。此外，由於涉及直到「下個月」為止會有什麼事發生，並描述該時間點的狀況，所以要用 have turned。像這樣以＜ **will have ＋過去分詞**＞來表示，就是未來完成式。

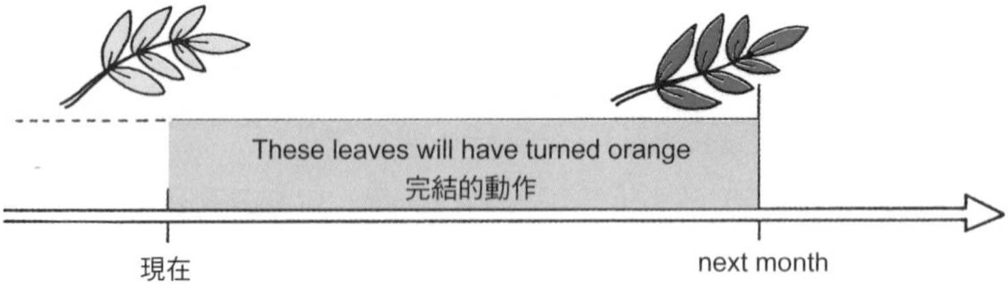

② 表示「完結、結果」的未來完成式

Target 055

The concert **will have finished** by three.
音樂會將在三點前結束。

■表示未來某時間點的完結或結果

句中的 by three 表示未來的某個時間點。由於是在預測「到了三點時會怎樣」，所以要用 will have finished。從動詞 finish（結束）的性質，加上 by...（到…時）的說法，可知這是表示「完結、結果」。

3 表示「經驗」的未來完成式

Target **056**

I **will have seen** the musical three times if I see it again.
如果再看一次，那齣音樂劇我就看了三次。

■表示未來某時間點的經驗

句中的 if I see it again 是表未來的某個時間點。will have seen... three times 是在預測「如果再看一次，就會變成看了幾次」。由於有 three times 一詞，可知這是表示「經驗」。

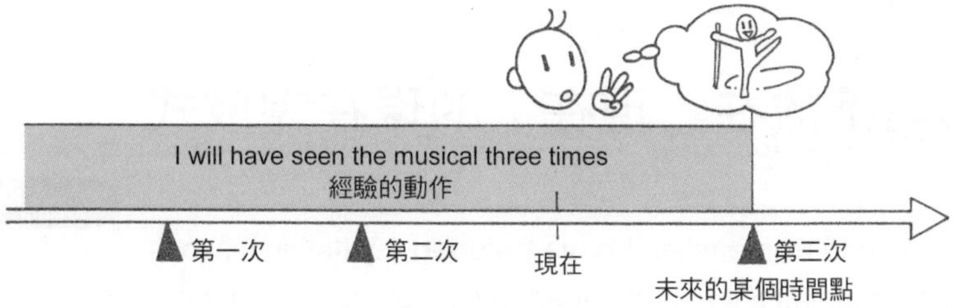

4 表示「持續」的未來完成式

Target **057**

Next month we **will have been married** for twenty years.
下個月我們結婚就滿二十年了。

■表示持續到未來某個時間點的事

句中的 next month 是表示未來的某個時間點。will have been married 是在預測「到下個月結婚幾年了」。從表示狀態的 be married 和表示期間的 for twenty years，可知此句是表達「持續」的狀態。

注意 | **到未來某時間點的「持續動作」以未來完成進行式表示**　「（直到未來某個時點）一直持續～」的動作，要用未來完成進行式 (will have been V-ing)。只不過，這種用法並不常見。

Next year I **will have been working** at the company for 30 years.
（明年我在這家公司服務就滿三十年了。）

Check 26 請將下面畫線部分改為正確的用法。

1) I finished my homework by the time the TV program begins.
2) I will see the movie five times if I go to see it again.
3) Jack has been sick in bed for two weeks by tomorrow.

2 焦點不放在「現在」的現在完成式

Target **058**

(1) I'm going to Rome *when* I **have finished** my Italian lessons.
(2) I'll go shopping *if* it **has stopped** raining by this afternoon.
(3) Don't drive a car *when* you **haven't had** enough sleep.
(1) 當我念完義大利文課程，我就會去羅馬。
(2) 如果今天下午雨停了，我會去購物。
(3) 當你睡眠不足時，不可以開車。

■表示未來實際會有、應該會發生的事及一般事實

現在完成式最基本的用法是用來表達「過去的經驗對現在的影響」。不過，脫離「現在」的時間點後，也可以用於表示**「未來完成的動作」**或**「一般事實」**。這和現在式也可用於表示未來（➡p.69）和一般事實和真理（➡p.56）是同樣的道理。

接在表時間或條件的連接詞後面

例句(1)和(2)都用到表示時間或條件的連接詞 when 與 if，這類連接詞後面接續的內容應該是「實際成立」的。因為如果該內容不成立，主要子句的內容似乎也不成立（➡p.66）。例句(1)令人想到「念完義大利文課程的狀況」，例句(2)則令人想到「下午雨停了後的狀況」。兩句都和**「在此之前做過或發生過的事」相關，所以用完成式來表示。**

不用will

不過，⑴⑵兩例句都與「推測」無關，所以不用 will，而用現在完成式。由於考慮到「實際做完的事＋時間／想做的事」，所以即使是未來的事，也可用現在完成式表達。

注意例句⑴不用✕ when I will have finished...，例句⑵也不用✕ if it will have stopped... 等未來完成式。

表一般事實

例句⑶並不限於「（說話的）現在」，而是隨時可以成立的「**一般事實**」。「睡眠不足時不可以開車」是不限於「現在」的通則。

Check 27 請從括弧中選出正確的答案。

1) The game will begin when the players (have arrived / will have arrived).
2) Please wait here until I (have come / will have come) back.

Check 問題的解答

22 1) have finished 2) has lost

23 1) have, written 2) have received [got] 3) Have, ever
4) long, been [stayed] 5) has been, for

24 1) I left 2) have begun 3) was

25 1) had already left 2) had been 3) has been living 4) had been reading

26 1) will have finished 2) will have seen 3) will have been sick

27 1) have arrived 2) have come

決定動詞時態的方法

1 逐一指明動詞的時態

「姊姊知道我喜歡那女孩。」

中文光看「知道」兩個字是無法判斷其時態的，必須參酌上下文才能明白姊姊是＜現在＞知道還是＜過去＞知道的。

相對於此，英語是以說話的時候為基準來決定一個動詞的形式。每次有動詞出現，都會不厭其煩地說明是＜現在＞還是＜過去＞的事，這是英語既定的規則。

2 決定動詞時態的方式

以下將決定英語動詞時態的方法以圖畫表示。首先來看「姊姊＜現在＞知道」的情況。

① 姊姊＜現在＞知道＋我＜現在＞喜歡那女孩
My sister **knows** that I **love** the girl.

② 姊姊＜現在＞知道＋我＜過去＞喜歡那女孩
My sister **knows** that I **loved** the girl.

③ 姊姊＜現在＞知道＋我＜未來＞會和那女孩墜入情網
My sister **knows** that I **will fall** in love with the girl.

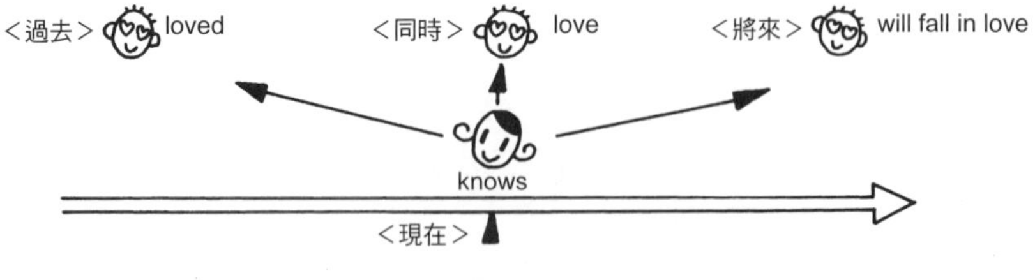

接下來確認「姊姊<過去>知道」的情況。

④ 姊姊<過去>知道＋我<與姊姊知道的同時間>喜歡那女孩
My sister **knew** that I **loved** the girl.

⑤ 姊姊<過去>知道＋我<比姊姊知道的時間還早>喜歡那女孩
My sister **knew** that I **had loved** the girl.

⑥ 姊姊<過去>知道＋我<會在晚於姊姊知道的時間>與那女孩墜入情網
My sister **knew** that I **would fall** in love with the girl.

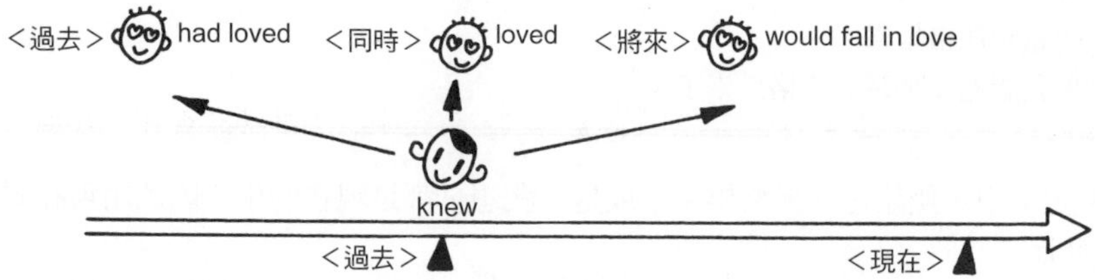

試比較①與④、②與⑤、③與⑥句子中的動詞時態。

在例句④中，由於「姊姊知道的時候」＝「我喜歡那女孩的時候」，所以兩個動詞都要用過去式。

在例句⑤中，由於「我喜歡那女孩」的時間比「姊姊知道」得還要早，為表示時間的先後落差，要用 had loved 表示「當時喜歡」。

在例句⑥中，由於「我會和那女孩墜入情網」是在「姊姊知道」之後，所以使用 would fall。希望讀者能從圖中明白，③與⑥是從不同時間點看<未來>，另外，由於⑥不是從<現在>看未來，所以不能用 will fall。

3 表示事實或真理

Galileo Galilei **knew** that the earth **goes** around the sun.
（伽利略知道地球是繞著太陽轉的。）

地球繞著太陽轉並非僅限於過去，現在及未來（永遠不變）都將持續繞這樣運轉下去。像這樣，不只是適用於某特定時刻，而是橫跨過去、現在、未來的事實時，要用現在式。

時態的一致

從屬子句（➡p.307）的動詞時態，由主要子句的動詞時態來決定，稱之為時態的一致。我們可根據「決定動詞時態的方法」所例舉的原則來確認時態一致與否。

1 時態一致的基本概念

①「要做／做完」同一時間點的事

(1) I **think** Jake **is** tired.
(2) I **thought** Jake **was** tired.
　(1) 我想傑格是累了。
　(2) 我想過（那時）傑格是累了。

在例句(1)中，無論是「傑格累了」或是「我想」都是現在的事。因此用現在式的 think 與 is。

例句(2)的焦點放在過去，無論是「傑格累了」或是「我想過」都是發生於過去**同一時間點的事**，因此用過去式的 thought 和 was。

②「要做／做完」過去的事

(1) I **know** they **got** married.
(2) I **knew** they **had got** married.
　(1) 我知道他們結婚了。
　(2) 我早就知道他們已經結婚了。

在例句(1)中，「他們結婚了」是過去的事，而「我知道」是現在的事。兩件事並不是同時發生。因此「知道」要用現在式 know，而「結婚了」要用過去式 got married。

例句(2)的焦點放在過去。和例句(1)一樣，「他們已經結婚了」和「我早就知道」之間有時間先後的落差。「早就知道」要用過去式knew，而「已經結婚了」比knew這個過去時間點還要更早發生，所以用過去完成式 had got married.（➡p.88）。

③「要做／做完」未來的事

(1) I **think** he **will** be late.
(2) I **thought** he **would** be late.
(1) 我想他會遲到。
(2) 我想過那時他會遲到。

在例句(1)中，「他會遲到」是未來的事，但「我想」是現在的事。
例句(2)的焦點放在過去。「他會遲到」是從「我想」的**過去時間點所見到的未來**。從「過去的時間點」看到的未來，可以用過去式的助動詞would來表達。will則只用於「從現在看到的未來」。

2 時態可以不一致的情況

即使主要子句的動詞為過去式，會有從屬子句的動詞與其不一致的情況。

(1) We *learned* that water **boils** at 100℃.
(2) She *said* that she **goes** jogging every morning.
(3) Our teacher *said* that Mozart **was** born in 1756.
(1) 我們學到水會在攝氏一百度沸騰。
(2) 她說過她每天早上去慢跑。
(3) 我們老師說莫札特出生於 1756 年。

例句(1)的焦點放在 water boils at 100℃的部分，這是過去或現在都不變的事實。像這樣「**無關時間的事實**」用現在式表示即可（➡p.56）。
例句(2)的goes，由於是動作動詞的現在式，表示**現在反覆進行的動作**（➡p.55），所以用**現在式**即可。
若動詞改用過去式，就變成是表示過去的反覆動作。

She *said* that she **went** jogging every morning.
（她說過她每天早上去慢跑。）→不清楚現在的情況

此外，表示**現在也不變的性質或事情**時，也不適用於時態一致的原則。

Jim *said* that his wife **has** blue eyes.（吉姆說過他太太的眼睛是藍色的。）

在例句(3)中，「莫札特出生」的時間點比「老師說話」的時間點還要早，所以若要適用時態一致的原則，「出生」應該用過去完成式。可是，由於 1756 年無疑地比「老師說話」的時間點更早，所以絕不會發生時間的前後關係不清楚的狀況。像這種「**歷史事實**」等很明顯是「**過去發生的事**」時，用過去式即可。

I *knew* that the temple **was built** in 1884.
（我知道那座廟建於一八八四年。）

參考 | 用於例句(2)(3)中的＜ S said that...＞是間接引述（➟p.384）。

PLUS 13　直接跟著前述語改變時態的情況

「你說過你是印度人嗎？」，試想像這樣再次確認對方所言時，"Did you say you (　) an Indian?" 的括弧中要填入 are 還是 were 呢？一般人很少改變國籍，所以對方現在還是印度人的可能性很高。這樣想的話，用現在式的 are 是合理的。然而實際上常使用的是 "Did you say you were an Indian?"，因為 Did you say 為過去式，所以後面也直接跟著用過去式。

PLUS 14　從過去看見的未來，同時現在來看也是未來時的時態

從過去時間點看見的未來，如果從現在來看也是未來時，可以用 would 和 will。

(a) He *said* he **would go** to London the next year.
（他說他下一年會去倫敦。）
(b) He *said* he **will go** to London next year.
（他說他明年會去倫敦。）

例句(a)的 the next year 是從過去看下一年，而不是從現在的時間點看下一年的事。因此，他或許已經去了倫敦。

例句(b)的 next year 則是從現在的時間點來看明年他去倫敦這件事，表示他還沒有去倫敦。所以可以想成「他去倫敦」的事現在仍未改變。

第 5 章 助動詞

學習要項

Part 1 概念

助動詞的功用

1 為何會有助動詞

(a) He swims well.

(b) He can swim well.

上面這兩個例句有何不同呢？表面上的差異在於有沒有 can，以及 swim 後面有沒有加 s。can 等助動詞後面接續的動詞要用原形，所以例句(b)中的 swim 不加第三人稱單數的 s。

除了這些以外，這兩個句子還有哪些差異呢？

例句(a)是表示「他實際上有在游泳，而且游得很好。」的事實。

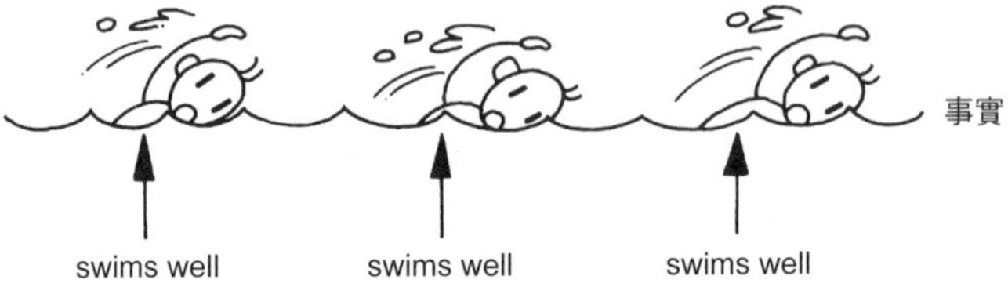

He **swims** well.

相對於此，例句(b)是表達主詞（He）具有的「能力」，意指「提到游泳，他可以游得很好」，而不是「實際上有沒有在游」的問題。

He **can swim** well.

像這樣，句中若使用助動詞，就不是在表達某種現實情況或事實，**而是表示「可能／可以／不這樣就不行」等經過思考的事情**。

2 助動詞的意義

下面列出重要的助動詞 can / may / must / should 的基本意義。雖然逐一確認助動詞的用法很重要，但若能概略記下每個助動詞的特性，將更容易理解。

助動詞	基本意義
can	能力，可能性
may	也許，儘管
must	必須，一定
should	應該，理當

3 助動詞的不同用法

每個助動詞都有其基本意義，並從而衍生出其他各種意思。所以將每個助動詞的可能意思與基本意義結合、一起學習，當然是有幫助的。

不過不限於英語，任何語言只要表達類似意思的形式不只一個時，就必須界定彼此的用法。例如，描述「（宴會的）客人應該已經到家了」，帶有「理所當然是這樣」的意思時，要用 should，即：

Our guests **should be** home by now.

相對於此，若要說「客人一定已經到家了」時，要用 must，即：

Our guests **must be** home by now.

由於助動詞很難從中文意思去研判它的用法，所以與其分開學習，不如根據使用的場合及意思逐一確認用法，這樣比較不會混淆。

Part 2　理解

助動詞通常是用＜**助動詞＋原形動詞**＞的形式來表達各種意思。或許是因為名稱的關係，大家會認為助動詞的功用只不過是在輔助動詞而已。事實上，這個功用是很重要的。為什麼呢？因為助動詞的作用在於**表示說話者的主觀判斷**。

助動詞的基本性質

① 後面接＜原形動詞＞

○ He can speak French.　　× He can speak*s* French.

② 即使是現在式、第三人稱單數主詞也不加 s

○ He can speak French.　　× He can*s* speak French.

③ 否定形式是在後面直接加 **not**

○ He cannot speak French.　　× He *doesn't* can speak French.

④ 疑問句為＜助動詞＋主詞＋原形動詞＞的詞序

○ Can he speak French?　　× *Does* he can speak French?

⑤ 不可以連用兩個助動詞

○ You can swim soon.　　× You *will can* swim soon.

1 表示能力或許可的助動詞

表示能力或可能性時，要用 can。另外，表示許可的意思時，可用 can 或 may。

1 表示「能力、可能」的 can / be able to

① can / be able to

Target 059

(1) David **can** speak Chinese, but he **can't [cannot]** write it.

(2) I **can** see you tomorrow morning.

(3) You *will* **be able to** swim soon.

(1) 大衛能說中文，但沒辦法寫中文。

(2) 明天早上我們可以見面。

(3) 你很快就能游泳。

■can

表示現在的能力

表示可能

例句(1)的 can 是表示「**能做～**」的現在能力，通常用於學到一項技能、知識，或是知道某方法時。

另外，如例句(2)所示，從主詞所具有的性質、狀況等來表示可能時也可以用 can。

參考

can 的否定式為 can't [cannot]，一般都不用 can not。

■be able to的用法

表示未來的 will be able to

be able to 可用來取代 can（但較常用 can）。如例句(3)所示，使用 will 的未來式時，要用 **will be able to**，而不能如×will can 或×can will 一般，將兩個助動詞連用在一起。

5 助動詞

② could / was able to

Target **060**

(1) She **could** play the violin at the age of five.

(2) I **was able to** swim 200 meters yesterday.

(1) 她五歲就能拉小提琴。

(2) 昨天我能游兩百公尺。

■could / was able to

過去的能力

表示過去「**有～的能力**」時，可以用 can 的過去式 **could** 或 **was able to**。

▷ She **was able to** speak French fluently in the interview.
（她在面試中說了流利的法語。）

■was able to

表示實際做過的事

另外，表示「（實際）**已做了～**」等動作已完成的事時，要如例句(2)用 **was able to**，此時就不能用 could。

注意

could 與 was able to 的不同 表示「有能力，並實際完成了該動作」且屬於過去做過一次的動作或行為時，要用 **was able to**；而單純表示「曾有這樣做的能力」時，則用 **could**。

不過，在否定句中，要表示不能達成某動作或行為時，則有兩種用法，如下面的例句：

I **couldn't** [**wasn't able to**] find my purse anywhere.
（我哪裡也找不到我的錢包。）

Check 28 請從括弧內選出正確答案。

1) I (can / be able to) help you.
2) I (could / was able to) reserve two seats for the concert.
3) You will (can / be able to) ride a bicycle soon.
4) I (could / couldn't) find the house key this morning.

2 表示「許可、請求」的 can

① 表示「許可」的 can

Target 061

(1) You **can** enter if you have a ticket.
(2) You **can't** park your car here.
(3) **Can I** turn on the radio?

(1) 如果你有票就可以入場。
(2) 你不能在這裡停車。
(3) 我可以打開收音機嗎？

■can
可以／不可以

口語經常像例句(1)一樣，用 **can** 來表示「可以～」的意思。若要表示「不可以～」，則如例句(2)用 **can't [cannot]**。

■Can I ...?
請求

請求對方「可以做～嗎？」時，可以如例句(3)用 **Can I ...?**。而用 **Could I ...?** 比 Can I ...? 更有禮貌。

▷ **Could I** use your phone?
（請問我可以借用你的電話嗎？）

注意

對於 Can I ...? 的回答　回答「是的，請。」，可用 Yes, of course (you can.) / Yes, please (do). / Sure. 等。反之，要回答「不可以。」時，通常會說 I'm afraid you can't. / I'm sorry, you can't. 等。

■Can I …?
提出建議

Can I ...? 也可以用於向對方提出建議時。

▷ **Can I** carry your bag?
（要我幫你提包包嗎？）

■**Can I have …?**
拜託

另外，拜託對方做什麼時可以用 **Can I have ...?**

▷ **Can I have** a newspaper, please?（可以幫我拿報紙嗎？）

② 表示「請求」的 Can you...?

Target **062**

(1) **Can you** open the window?
(2) **Could you** lend me the book?
(1) 可以請你打開窗戶嗎？
(2) 請問可以借我那本書嗎？

■**Can you …?**
請求

Can you ...? 表示「可以請你～嗎？」的請求之意。例句(2)中用 **Could you...?** 是更客氣的說法。

PLUS 15 以 possibly 表達更客氣的請託

加上 possibly 變成 Could you possibly ...? 是更為客氣的請託用法。
Could you possibly lend me another fifty dollars?
（請問你是否可以再借給我五十元？）

Check 29 請注意 can 的用法，將下面句子譯成中文。
1) Can I ask you a question?
2) You can use my bike if you need it.
3) Can you tell me the way to the station?

3 表示「許可」的 may

Target **063**

(1) **May I** use your bathroom?
(2) You **may not** enter this room.
(1) 我可以用你的浴室嗎？
(2) 你不可以進這房間。

■May I ...?
請求許可

表示請求對方「可以做～嗎？」的意思時，可如例句⑴用 **May I ...?** 但這是比較生硬的說法，同樣的意思在口語上比較常用 Can I ...?（➡p.104）。

■may not
不允許

而例句⑵的 **may not** 是表示「不可以做～」的意思。此外，表示強烈禁止時，要用 must not（➡p.108）。

參考

You may...用於在上位者允許在下位者做某事時。

You may leave early today.（你今天可以早點離開。）

相對於此，針對 May I ... 的問題回答 Yes, you may 時，感覺上像是在對下位者或孩童說話。請參考 Can I ...? 的說明（➡p.104）。

Check 30

請注意 may 的用法，並將下列句子譯成中文。

1) "May I ask you a personal question?" "Sure."
2) Students may not use these computers.
3) You may leave the classroom after the bell rings.

2 表示義務或需要的助動詞

表示「一定要／必須要」的義務或需要時，要用 must, have to, had better。

1 表示「義務、需要」的 must / have to

① must / have to

Target **064**

⑴ You **must** attend the meeting.
⑵ I **had to** write a report about my summer vacation.

⑴ 你必須參加會議。
⑵ 我得寫出一份我的暑假報告。

■must
義務、需要

must 帶有「一定要～」的意思，表示現在（或是未來）的義務或需要。

參考 must 也表示說話者的決心。

I **must** go on a diet.（我一定要減肥。）

■have to

義務、需要

have to 也可以表示「**一定要～**」**的義務或必要性**，多半用於客觀上的規則或基於周遭客觀情況不得不這樣做時。

▷ You **have to** get a license to drive a car.
（你要開車就一定要取得駕照。）

■表過去、未來的義務

have to / will have to

由於表義務、需要的 must 只能用於現在式，如果想表示過去的義務、需要時，要如例句(2)用 **had to**。如果是未來的事，則像下面的例句，用 **will have to**。

▷ You**'ll have to** replace this light bulb.
（你得更換這個燈泡。）

注意 **have to / has to 的發音** have to 的發音常用 [ˋhævtə]、has to 是 [ˋhæztə]，had to 是 [ˋhædtə]。

注意 **含 must / have to 的疑問句** must 句型變為疑問句時，直接將 Must 移至句首，have to 則是在句首加 Do / Does / Did。

Must I apologize to him?（我一定要向他道歉嗎？）

Do I **have to** pay extra to sit in the Green Car?
（我得支付額外費用才能坐綠色車廂嗎？）

參考 口語上可用意思幾乎相同的 have got to 取代 have to，且 have 多半使用縮寫形式 ('ve)。而此時的 got to 是發 [ˋɡɑtə] 的音。雖然 have got 是＜ have ＋過去分詞＞的形式，但並非是完成式的意思。

You**'ve got to** be more patient, Mary.
（瑪莉，妳一定要多點耐性。）

PLUS 16 表示強烈勸誘的 must

You must... 有「一定要～」的意思，表示強烈的規勸或勸誘，通常只對親朋好友使用。

5 助動詞

You **must** visit Kaohsiung when you come to Taiwan.
（你來台灣時，一定要到高雄看看。）
You **must** come and visit me.
（你一定要來看我。）

② must not / don't have to

Target 065

(1) You **must not [mustn't]** drink beer in the office.
(2) You **don't have to** take off your shoes here.
(1) 你不可以在辦公室裡喝啤酒。
(2) 你不必在這裡脫鞋。

■must not
禁止

must not 如例句(1)所示，帶有「不許～、不得～」的禁止之意。

■don't have to
不必要

don't have to 如例句(2)所示，帶有「不一定非得～」的沒必要之意。

▷ She **doesn't have to** take the test.
（她沒必要接受這個測驗。）

注意 mustn't 的發音　mustn't 的發音為 [ˋmʌsn̩t]

參考 「不需要」可以用 need not, needn't 或 don't need to 來表示（➡ p.117）。

Check 31 請注意 must, have to 的用法，並將下列句子譯成中文。
1) I must get more exercise.
2) She had to get up early this morning.
3) You must not play video games all day long.
4) You don't have to attend the meeting.

2 表示「義務、理當」的 should / ought to

Target 066

(1) You **should** exercise every day.
(2) We **ought to** save energy.
(1) 你應該每天運動。
(2) 我們應該節約能源。

■should
義務、理當如此

例句(1)的 **should** 表示「**應該做～**」的義務或理所當然的動作，但也可想成「～做比較好」，語氣沒有「應該做～」那麼強烈，也沒有 must 的強制、命令式口吻。

■ought to

如例句(2)所示，表達與should一樣意思時也可以用 **ought to**。

注意

ought to 的否定形　詞序為 ought not to，注意 not 的位置。
They **ought not to** leave that child alone in the house.
（他們不應該將那孩子獨自留在家裡。）

3 表示「忠告」的 had better

Target 067

You **had better** report the accident to the police.
你最好向警察通報這起意外事故。

■had better
忠告、命令

< **had better ＋原形動詞**>表示「**有義務做～**」之意。如上述例句，若主詞是 you 會給人命令的感覺，所以不宜對地位較高或年長者這麼說。口語中常用 You'd better 的縮寫形式。

▷ You'd **better** leave the room.
（你最好離開這個房間。）

最好做～

此外，had better 有時也有「**最好做～**」的勸告之意。

▷ We**'d better** go back. It started to snow.
（開始下雪了，我們最好回去。）

注意

had better 的後面接原形動詞　had better 的後面接原形動詞，不可說×had better to do。

注意 had better 的否定形　詞序為＜ had better not ＋原形動詞＞，注意 not 的位置。

You **had better not** tell this secret to anyone.
（你最好別告訴任何人這個秘密。）
〔不可以說×You had not better...〕

Check 32 請配合中文語意，在空格內填入適當的英文。

1) 你現在應該立刻去醫院。
You ______ go to the hospital right now.
2) 你最好向老師徵詢建議。
You ______ better ask the teacher for advice.
3) 你不應該對你的父母那樣說話。
You ought ______ ______ speak to your parents like that.
4) 你最好別去想那個錯誤。
You had ______ ______ think about that mistake.

3 表示可能性或推測的助動詞

The rumor is true.（那傳言是真的。）是表示肯定的事實，而 The rumor must be true.（那傳言一定是真的。）則表示推測是「真的」的可能性極高。助動詞可以像這樣用來**傳達說話者個人的判斷**。

1 can / could

Target 068

(1) Anybody **can** make mistakes.
(2) The light in the sky **could** be a plane.
(3) **Can** his story be true?

(1) 任何人都可能犯錯。
(2) 天空中的那個光點也許是一架飛機。
(3) 他的話會是真的嗎？

■**can 表可能性**　例句(1)使用 **can**，表示「**有可能～**」的意思。

■**could 表推測**

例句⑵使用 **could**，表示「**或許～**」的推測之意。

參考 can 的可能性是指「理論上應該有這樣的事」，至於 could 則用於說話者認為「說不定是這樣」時。

■**can 表強烈質疑**

can 用於如例句⑶的疑問句時，是表示**強烈的質疑**，且多半帶有驚訝或不信任的口吻。

▷ **Can** that man really be your father?
（那男子真的是你的父親嗎？）→ 表示強烈的懷疑

2 may / might

Target 069

⑴ We **may** have some rain tomorrow.
⑵ He **might** come to the party with his wife.

⑴ 明天或許會下點雨。
⑵ 他也許會和太太一起參加宴會。

■**may / might 表推測**

may 與 **might** 都表示「**或許～**」的推測，例句⑴是「或許會下雨」的意思，例句⑵則是「也許會和太太一起參加」。

may 與 might 多半用於幾乎相同的意思，但用 might 表示可能性比 may 略低。

3 will / would

Target 070

⑴ Joe **will** be busy now.
⑵ That **would** be the best solution.

⑴ 喬現在很忙吧。
⑵ 那大概是最好的解決之道。

■**will / would 表推測**

說話者表達「**大概～吧！**」的推測之意時，可以用 **will** 或 **would**。

在例句⑴中，說話者知道喬現在處於什麼狀況，才會說「大概很忙吧」。

▷ He **will** be busy now. He has a lot of homework.
（他現在會很忙吧，他有很多的家庭作業。）

不太確定

would 是比 will 更客氣、有禮貌的說法。有時也不像 will 那麼肯定。例句(2)就是使用不太確定的語氣，才表示「大概是最好的解決之道」。

注意

could / might / would　表示可能性、推測的 could / might / would，雖然形式上是過去式，但並非指過去的事。

Check 33

請注意助動詞的用法，並將下列句子譯成中文。
1) Winter in Tokyo can be very cold.
2) You may feel some shaking when the plane takes off.
3) That will be his house. I can see his car in the garage.

4 must / can't

Target 071

(1) She **must** be Bobby's sister.
(2) Karen **can't** be home now.
　(1) 她一定是巴比的姊姊。
　(2) 凱倫現在不可能在家。

must
表示強烈確定

如例句(1)的「一定～／必須～」之意，表達出說話者強烈的確定時用 **must**。

can't / cannot
不可能～

如例句(2)的「不可能～」，表示十分確定的否定推測時用 **can't [cannot]**，而不用 must not。
此外，有時可用 couldn't 來代替 can't。

▷ She **couldn't** be over forty years old.
（她不可能超過四十歲。）

參考

have to [have got to] 也表示「一定～」之意。
You**'ve got to** be kidding.
（你一定是在開玩笑吧！）

5 should / ought to

Target 072

(1) My parents **should** be in Boston now.
(2) Our guests **ought to** be here in a few minutes.
(1) 我父母現在應該在波士頓。
(2) 我們的客人應該會在幾分鐘內到達這裡。

■一定是～

should 可以用來表示「應該～／理當～」的意思。**ought to** 和 should 是意思幾乎相同。

參考 must有「絕對是這樣」的意思，should則是「應該是這樣」，may為「說不定是這樣」。must 可用於不會有錯的情況，should 可用於也有可能不是這樣的時候，may 則用於不知是哪一個時。

Check 34 請注意助動詞的用法，並將下列句子譯成中文。
1) This watch must be your father's.
2) This cannot be the right bus. It's going south.
3) He should win the race.
4) He ought to be tired after the tennis practice.

4 will / would / shall 的用法

1 表示「意志」的 will / would

Target 073

(1) I **will** do my best in my new job.
(2) He **won't** listen to our advice.
(3) My brother **wouldn't** eat carrots when he was a boy.
(1) 我會對我的新工作全力以赴。
(2) 他不聽我們的建議。
(3) 我弟弟小時候不吃紅蘿蔔。

■will

主詞的意志

如例句(1)表示「**做～／打算做～**」的**主詞意志**時，要使用與主詞人稱、數目無關的 **will**。

表示強調 will 的強烈意志

在發音上強調will時，表示「無論怎樣也想要做～／一定要做～」的**強烈意志**，如果使用 would 則表示過去的強烈意志。此時不可使用縮寫形式（如 I'll 等）。

▷ He **will** [**would**] have his own way in everything.
（他每件事都依自己的想法去做。）

■will not [won't]

表示拒絕

例句(2)的 **will not [won't]**是表示「怎麼也不願做～」的拒絕之意。此外，例句(3)的 **would not [wouldn't]**是表示過去的拒絕。

注意 **won't 的發音**　won't 的發音是 [wont]。

參考 will也可用於表示與說話者或主詞的意志無關，而是自然發展而成的事，也就是單純的未來（➡p.62）。

參考 表示「我讓你做～」的說話者意志時，有時會用 You shall... 的形式。
You **shall** receive a medal for your bravery.
（為表揚你英勇的行為，你應當獲頒勳章。）

這是書寫用法，實際上並不常用，通常是如以下的例句用 will。
We'**ll** give you a medal for your bravery.
（我們將頒發勳章給你以表揚你英勇的行為。）

2 表示「習慣」的 will / would

Target **074**

(1) My grandfather **will** *often* go fishing on Sundays.
(2) My grandfather **would** *often* take me to the zoo on weekends.
　(1) 我祖父經常在星期日去釣魚。
　(2) 我祖父（過去）常在周末帶我去動物園。

■will / would

習慣與反覆動作

要表示「**經常做～**」的**現在習慣或反覆動作**，可如例句(1)使用 **will**。

表示「經常做～」的過去習慣或反覆動作，可如例句(2)使用 **would**。

would often

此類用法常與 often, sometimes 等表示動作經常重複的頻率副詞並用。

參考 used to 表示過去的習慣（➡p.117）。

PLUS 17 表示習性、傾向的 will

will 可以表示主詞「做～」的習性或傾向，也用於表示一般事物、物質的習性或傾向。

Teenagers **will** not do as they are told.
（青少年總是叛逆不馴。）

Gasoline **will** float on water.
（汽油會浮在水面上。）

Check 35 請注意 will, would 的用法，並將下列句子譯成中文。

1) My father would often play catch with me.
2) When she was a little girl, she wouldn't touch any animals.
3) I will solve this problem by myself.
4) My dog likes running in the field, but today she won't get out of the house.

3 表示「請求」的 will / would

Target 075

(1) **Will you** close the window?
(2) **Would you** be quiet for a minute?
(1) 你可不可以關上那扇窗？
(2) 能不能請你安靜一會兒？

■**Will you...?**
Would you...?

詢問或請求對方「能不能～？」時，可如例句(1)使用 **Will you...?** 的句型。

表示請求

如果如例句⑵用 **Would you...?**，則是比較禮貌的請求說法。此外，也經常用 Can [Could] you...? 來表示請求之意（➡p.105）。

參考　在表示請求的句子中用 please 是更加客氣的說法。以下是「可以請你關上窗戶嗎？」的兩種客氣說法。

Will you **please** close the window?

Can you close the window, **please**?

參考　勸誘對方「要不要～」時，會用 Will you...?

Will you try my chocolate cake?

（要不要嚐嚐我的巧克力蛋糕？）

Won't you have a seat?

（請坐下來。）

4 詢問對方意願的 shall

Target 076

⑴ **Shall I** buy some milk?

⑵ **Shall we** throw away these old magazines?

⑴ 要我買些牛奶嗎？

⑵ 我們要丟掉這些舊雜誌嗎？

■Shall I ...?

提議為他人做～

如例句⑴所示，**提出由自己做些什麼並徵詢對方的意願或希望時**，要用 **Shall I ...?** 的形式。

參考　Do you want me to ...? 也是同樣的意思，經常會用到。

Do you want me to give Jim a call?

（你要我打個電話給吉姆嗎？）→ 要給吉姆打電話嗎？

■shall we ...?

提議一起做～

如例句⑵所示，**提議與對方一起做什麼時**，要使用 **Shall we ...?**。

Check 36　請注意 will, shall 的用法，並將下列句子譯成中文。

1) Will you drive me home?

2) Shall I give you the concert ticket?

3) Shall we watch the baseball game on TV?

5 need / used to 的用法

1 need 的用法

Target 077

You **needn't** worry about me.
你不用擔心我。

■need
「需要做～」

助動詞 **need** 表示「需要做～」的意思，主要用於否定句與疑問句。

▷ **Need** I pay now?（我需要現在付錢嗎？）

注意

need 的用法

①在肯定句中當一般動詞，要用＜**need to** ***do*** ＞的形式，表示「有必要做～」的意思。

He **needs to** have a haircut.（他必須去理髮。）
"**Do** we **need to** pay for the tickets in cash?"
"No, you **don't need to**."
（「我們需要以現金支付車票錢嗎？」「不，不必。」）

②由於助動詞 need 沒有過去式，所以描述過去的事情時要當成一般動詞使用。

She **needed to** change trains at Taipei Main Station.
（她有必要在台北車站換車。）
Did you **need to** show them your ID card?
（你需要給他們看你的身分證嗎？）
I **didn't need to** give a speech at the meeting.
（我不需要在會議上演講。）

2 used to 的用法

used to 表示「過去的習慣」或「過去的狀態」，通常用於**和現在做對比**，表示現在已經沒有這樣的習慣或狀態。

① 表示「過去的習慣」

Target 078

I **used to** go to a gym after work, but now I don't.
我從前下班後就會去健身房，但現在沒有了。

■used to
過去的習慣

used to 是「（雖然現在不這樣做）但以前經常做～」的意思，表示過去的習慣性行為。

注意 used to 的發音　used to 是發[jus(t) tə]的音。

注意 used to 的否定句與疑問句如下所示，但不常用。
I **didn't use to** drink coffee. / I **used not to** drink coffee.
（我以前就不喝咖啡。）
Did you **use to** have a beard?（你以前就留鬍子嗎？）

② 表示「過去的狀態」

Target 079

There **used to** be a post office on this corner.
以前這個角落有間郵局。

■used to
過去的狀態

表示「（雖然現在不是這樣）但以前是～」的過去狀態，也可用 **used to**。

PLUS 18 used to 與 would 的不同

used to 可與表動作的動詞及表狀態的動詞並用，而 **would** 只能與表動作的動詞並用。

雖然 used to 與 would 都可以表示過去的習慣，但 used to 是對比過去與現在，描述目前不存在的過去事實。另外，would 有說話者個人回憶過去的意思，不刻意去對比現在的狀況。

I **used to** go to the movies every Sunday, but now I don't.
（我以前每個星期天都去看電影，但現在不會了。）
I **would** *often* go to the movies when I was young.
（當我年輕時，經常去看電影。）

如上例所示，當 would 和 often 等表頻率的副詞或 when I was young 的表達方式並用時，可以更加凸顯是屬於過去反覆在做的事。

Check 37 請從下列助動詞中選出最符合中文語意者填入空格內，同一個助動詞不可使用兩次。

[**used to / would / needn't**]

1) 你沒必要打掃房間，我已經掃過了。
You ______ clean the room. I've already cleaned it.

2) 當我還年幼時，我父親非常頑固。
My father ______ be very stubborn when I was a child.

3) 我以前住在西班牙時，經常去美術館。
I ______ often visit museums when I lived in Spain.

PLUS 19 dare 的用法

助動詞 dare 的慣用法如下：

① **How dare you ...?**「你竟敢⋯？」
How dare you tell such a lie to me?
（你竟敢對我撒這樣的謊？）

② **I dare say** [**I daresay**] ...「我敢說⋯」
I dare say [**I daresay**] prices will rise.
（我敢說物價會上揚。）

dare（敢～／勇於～）和 need 一樣，既可以當助動詞，也可以當一般動詞。

I **dare not** [**daren't**] express my true feelings.
（我不敢表達我真正的感覺。）
Dare you propose to her?（你有勇氣向她求婚嗎？）

dare 多半用於否定句與疑問句。不過，在口語中通常使用如下：
I am afraid to express my true feelings.
Do you have the courage to propose to her?

在肯定句中當一般動詞使用時，多半是＜ dare to *do* ＞的形式。

The climbers **dare to climb** Mt. Everest in winter.
（那些登山家勇於在冬天挑戰聖母峰。）
You must **dare to do** what is right.
（你要有勇氣做正確的事。）

助動詞 dare 有過去式，如下所示。
He **dared** not mention the subject again.
（他不敢再提及這個話題。）

PLUS 20 be supposed to 的用法

與 should 同樣意思的還有 be supposed to。＜ **be supposed to** ＋原形動詞＞可以表示「應該要～」的意思。注意，supposed to 的發音為：[sə`pozd tə]。

You**'re supposed to** come to school at eight.
（你應該要在八點到校。）
You**'re not supposed to** take pictures here.
（你不該在這裡拍照。）

be supposed to 常用在已經決定好的情況或一般而言應該去做的事。

Part 3　進階

1 助動詞＋ have ＋過去分詞

<助動詞＋ have ＋過去分詞>是對過去事物的推測，以及對過去行為的責難或後悔。

例如，He **may have visited** us while we were out.，句中的 may「也許～」為現在時間點的推測，have visited 則表示過去的事。因此，整句的意思就是「當我們外出時，他也許曾經來過。」

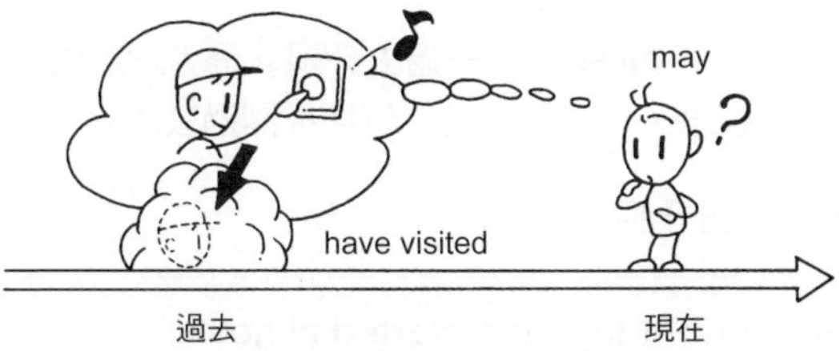

1 表示「對過去事情的推測」

① may have ＋過去分詞

Target 080

(1) You **may have heard** this joke before.
(2) The keys **might have fallen** out of your pocket.
　(1) 你之前可能已經聽過這則笑話了。
　(2) 鑰匙可能從你的口袋掉出來了。

■表「或許已經～」

如例句(1)所示，< **may have ＋過去分詞** >表示「或許做了～／或許已經～」的意思。

而例句(2)中< **might have ＋過去分詞** >意思和上句大致是相同的（➡p.111）。

② could have ＋過去分詞

Target 081

He **could have left** his umbrella in the shop.
　他可能把傘遺留在店裡。

■表「可能做了～」

＜ **could have ＋過去分詞**＞也可以像＜ may have ＋過去分詞＞一樣，表示對過去的推測（➡p.111）。

此外，表達這個意思時不用 can。

③ must have ＋過去分詞

Target **082**

He **must have told** me a lie.

他一定對我說了謊。

■表「一定做了～」

＜ **must have ＋過去分詞**＞是「一定做了～／一定是～」的意思，表示非常有自信地推測過去的事。

④ should have ＋過去分詞

Target **083**

The game **should [ought to] have started** at noon.

這場比賽應該中午就已經開始了。

■表「應該做了～」

＜ **should [ought to] have ＋過去分詞**＞是推測「（一定）應該做好了～」的意思。

參考 ＜ should [ought to] have ＋過去分詞＞也可表示「本該做～，但實際上沒做」（➡p.123）。

⑤ cannot [can't] have ＋過去分詞

Target **084**

(1) He **cannot have accepted** your plan.

(2) She **couldn't have noticed** the difference.

(1) 他不可能會接受你的計畫。

(2) 她沒能注意到這個不同處。

■表「不可能會～」

＜ **cannot have ＋過去分詞**＞是「過去不可能會～」的意思，表示很有自信的對過去的事做否定的推測。

另外也可如例句(2)一樣，用＜ **couldn't have ＋過去分詞**＞來表示。

Check 38 請由括弧內選出正確的答案。

1) A: I missed the TV program last night.
   B: My brother (may record / may have recorded) it.
2) A: They're very late.
   B: Yes, they (cannot / must) have lost their way; they didn't have a map.
3) She (cannot / must) have won the game; she looked very sad.

2 表示「對過去行為的責難或後悔」

① should have ＋過去分詞

Target 085

You **should have got up** at seven.
你應該在七點就起床。

■「理當做～卻沒做」

＜ **should have ＋過去分詞**＞是「理當做～卻沒做」，表示對過去未做的事抱持責難、後悔的心情。

should 是表示現在說話者的想法，而＜ have ＋過去分詞＞則為過去的事。

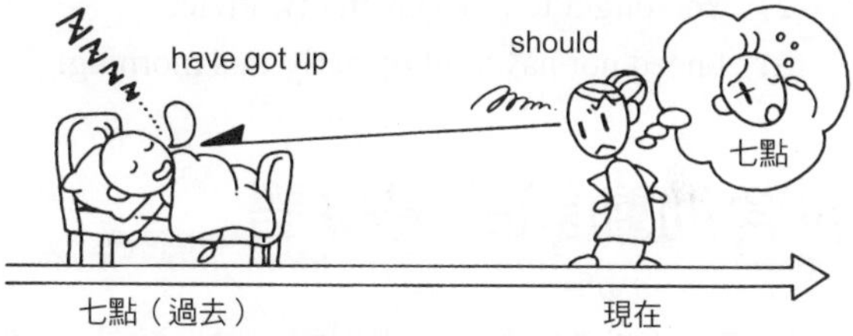

▷ You **should have taken** some medicine.
（你應該要吃些藥。）→其實沒吃藥

注意 ＜ ought to have ＋過去分詞＞也是同樣的意思。

The clerk **ought to have given** you a receipt.
（店員應該要給你一張收據。）→其實沒給收據

注意 ＜ should not [ought not to] have ＋過去分詞＞是「過去不該做但卻做了」。

We **should not [ought not to] have turned** left at the last corner.
（我們不該在上個轉角處左轉。）→其實左轉了

② need not have ＋過去分詞

Target **086**

You **need not [needn't] have bought** so much meat.
　你不需要買這麼多肉。

■「不需要做～」

　< **need not [needn't] have＋過去分詞** > 表示「沒必要做但實際卻做了」，是對做過的事表現出沒必要的心情。

注意

與 didn't need to *do* 的意思不同

You **need not have come**.
（你不需要來的。）→ 實際卻來了

說明已做過的事在目前有何評價。

You **didn't need to come**.
（你不必來的。）→ 不清楚實際有沒有來

就過去的事表明其必要與否。

Check 39 請注意助動詞的用法，並將下列句子譯成中文。

1) He should have gone to the doctor earlier.
2) You ought to have taken my advice.
3) I need not have got up early this morning.

2 包含助動詞的慣用語

接下來看看包含助動詞的一些慣用語。在「否定」一節中也可學習到含有 cannot 的慣用語（➡p.375）。

1 包含 would 的慣用語

Target **087**

(1) **I'd [I would] like to** join your team.
(2) **I'd [I would] rather** stay home.
　(1) 我想要加入你的團隊。
　(2) 我寧願待在家裡。

■would like to *do*
「想要～」

例句(1)中的 **would like to *do*** 是「想要～」的意思，表示禮貌性的請求或希望，是比 want to *do* 更客氣的說法。口語常用 I'd like to do 的縮寫形式。

參考 另外也可以用 should like to *do* 表達相同的意思。

■would rather *do*
「寧願～」

例句(2)的 **would rather *do*** 是「寧願～」的意思，如果後面跟著 than～，就變成「與其～，寧願～」。

▷ **I'd rather** say nothing *than* tell a lie.
（與其說謊我寧願什麼都不說。）

參考 針對「要～嗎？」的問句，若回答「希望不要」時，要用I'd rather you didn't.，此時 rather 的後面要用過去式（➡p.334）。
"Shall I open the window?" "**I'd rather** you **didn't**."
（「要我開窗嗎？」「希望不要。」）

2 包含 may / might 的慣用語

① may well ＋原形動詞

Target 088

She **may well** be tired after her trip.
旅行之後她大概很累了吧！

■may well...
很有可能
～是理所當然

may well... 為「極有可能，很有可能」的意思，也可用來表達「**也難怪～**」的意思。至於是哪個意思，要從句子的內容和文意來判斷。

▷ You **may well** be angry with your brother.
（也難怪你會生你的弟弟的氣。）

■might well...

此外，也可以用 **might well...** 來表示和 may well... 同樣的意思。

▷ She **might well** complain of her boss.
（也難怪她會抱怨她的上司。）

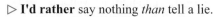

② might as well ＋原形動詞

Target 089

(1) You'll never solve that problem. You **might as well** give up.
(2) You **might as well** throw your money away **as** buy such a thing.
(1) 你永遠也解決不了那個問題，最好放棄吧。
(2) 與其買那樣的東西，你倒不如把錢扔了。

■might as well...
「最好～」

例句(1)中的 **might as well...**是「最好還是～」，帶有「可以不這麼做，但做了會比較好」的語氣。

參考 might as well... 是一種提議，它和表示「忠告」的 had better 意義不同。

■may as well... (as～)

例句(1)可用 may 來取代 might 變成 may as well。至於 **may as well... as**～則帶有「與其～不如…比較好」的意思。

▷ You **may as well** do your homework now **as** do it later.
（你與其待會兒做功課，還不如現在做比較好。）

■might as well... as ～

例句(2)的 **might as well... as**～是「與其…倒不如～」的意思。

參考 在文章中常以＜ May ＋主詞＋原形動詞＞來表示「願你～」的祝福之意。
May you find happiness!（祝你快樂！）

Check 40 請注意助動詞的用法，並將下列句子譯成中文。
1) Jim would rather go by train than fly.
2) I would like to read your poems.
3) She may well be right.
4) We can't find a taxi on this street. We might as well as walk.

3 that 子句中的 should 用法

should 表示「義務、理應如此」或是「推測」，它們在 that 子句中的用法如下。

1 用於「情感或判斷」等形容詞之後的 that 子句中

Target **090**

(1) *It is natural that* he **should** like you.

(2) *It is a pity that* you **should** have to leave this country.

(1) 他會喜歡你那是很自然的。

(2) 很遺憾你竟然得離開這個國家。

5 助動詞

■**表示說話者的情感或判斷**

< **It is ＋形容詞＋ that S should ＋原形動詞** >常用於表示當然、驚訝、好壞等說話者的情感或判斷。經常在這類句型中使用的主要形容詞，以及如 a pity 之類的名詞有：

natural（當然的）	right（正確的）
strange（奇怪的）	surprising（驚訝的）
wrong（不對的）	a pity（可惜）

注意

不用 should 的情況　上述句型雖然也可以不使用 should，但注意要將動詞改成適當的形式。

It is natural that she **gets** angry.（她會生氣是當然的。）

It is strange that he **said** so.（他會這麼說真奇怪。）

以 that 子句描述未加入說話者主觀意見的事實時，不用 should。

It is natural that babies **cry**.

（嬰兒會哭是很理所當然的。）→「嬰兒會哭」是眾所皆知的事實

PLUS 21 < It is ...that S should have ＋過去分詞>

句中的 should 代表強調，有「竟然」之意，多半用於情緒性的表達，如下例所示：

It is strange that they **should have canceled** the concert.

（真奇怪他們竟然取消了音樂會。）

② 用於「必要或緊急」等形容詞之後的 that 子句中

Target 091

⑴ *It is necessary that* you **should** take this medicine.
⑵ *It is essential that* you **should** follow the doctor's advice.
⑴ 你吃這藥是必要的。
⑵ 你絕對要遵從醫生的建議。

■表示必要或緊急

以<**It is＋形容詞＋that S should＋原形動詞**>來表示必要、緊急等意思。經常用於此句型的形容詞有：

important（重要的）	necessary（必須的）
essential（絕對必要的）	desirable（想要的）
urgent（緊急的）	

注意

不用 should 而用原形動詞　在美式英語中，通常 that 子句中不用 should 而用<原形動詞>。

It is important that you **be** sincere.（誠實是很重要的。）

另外，動詞也可以配合人稱改成以下的適當形式：

It is important that she **goes** there.（她去那裡是很重要的。）

③ 用於「提議或要求」等動詞之後的 that 子句中

Target 092

⑴ I *suggest that* you **should** stay at the hotel.
⑵ He *insisted that* I **should** come to the meeting.
⑴ 我建議你留在飯店。
⑵ 他堅持要我出席會議。

■表示提議或要求

should 可用於表示提議、要求等動詞後面的 **that** 子句中。可用於這種句型的動詞主要有：

advise（忠告）	decide（決定）	demand（要求）
insist（堅持）	order（命令）	propose（提議）
recommend（勸告）	request（要求）	suggest（建議）

注意 **不用 should，而用原形動詞** 底下的句子通常不用 should，而用<原形動詞>。

She *suggested that* we **share** the cost of the meal.
（她建議我們共同分攤這頓飯錢。）

參考 在 that 子句中使用原形動詞，也稱為「假設語氣的現在式」。

PLUS 22 should 的其他用法

① 若在疑問句中使用 should，通常表示「究竟～，為何～」等「意外、驚訝、著急」的情緒。

Why should anyone want to hurt you?
（為什麼會有人要傷害你？）→ 帶有「沒想到會這樣」的語氣（➡p.353）

② 用於 lest 等副詞子句中（➡p.587）。這是書面語的表現方式，美式英語通常不用 should，而用<原形動詞>。

Keep quiet **lest** you **should** wake the baby.
（保持安靜以免吵醒嬰兒。）

③ I should say... 中的 should，通常帶有不確定的猶豫語氣，或是一種較客氣的說法。

I should say there were about 100 students in the hall.
（我猜想大廳裡約有一百名學生。）

5 助動詞

Check 41 請配合中文語意，在空格內填入適當的英文。

1) 她看見那光景會嚇一跳是很理所當然的。
It's ______ that she ______ be surprised at that sight.

2) 你有必要去看牙醫。
It is ______ that you ______ see a dentist.

3) 他堅持該會議延期。
He ______ that the meeting ______ be postponed.

Check 問題的解答

28 1) can 2) was able to 3) be able to 4) couldn't

29 1) 我可以問你一個問題嗎？
2) 如果你需要的話，可以用我的腳踏車。
3) 可以告訴我去車站的路嗎？

30 1)「我可以問你一個私人的問題嗎？」「當然可以。」
2) 學生不可以使用這些電腦。
3) 鈴響之後，你可以離開教室。

31 1) 我必須多做運動。
2) 她今天早上必須早起。
3) 你不可以整天玩電視遊樂器。
4) 你沒必要出席這個會議。

32 1) should 2) had 3) not to 4) better not

33 1) 東京的冬天會非常冷。
2) 當飛機起飛時，你也許會感覺有點搖晃。
3) 那大概是他家吧，我可以看到他的車在車庫裡。

34 1) 那隻手錶一定是你父親的吧。
2) 那不可能是正確的巴士，因為它要往南開。
3) 他應該會在比賽中獲勝。
4) 練習打網球之後，他一定會很累。

35 1) 我父親經常和我玩接球遊戲。
2) 當她還小時，不願碰觸任何動物。
3) 我會自行解決這個問題。
4) 我的狗喜歡在草地上奔跑，但牠今天不想出門。

36 1) 你可以開車送我回家嗎？
2) 我要給你音樂會的票嗎？
3) 我們要看電視轉播的棒球賽嗎？

37 1) needn't 2) used to 3) would

38 1) may have recorded 2) must 3) cannot

39 1) 他應該早一點去看醫生。
2) 你應該聽我的建議。
3) 今天早上我不必早起。

40 1) 吉姆寧願坐火車去也不願搭飛機。
2) 我想讀你的詩。
3) 她大概是對的。
4) 我們不可能在這條路上招到計程車，最好用走的吧。

41 1) natural, should 2) necessary, should 3) insisted, should

助動詞一覽表

● **can**

「能力」(David **can** speak Chinese.) ☞ *Target 059*

「可以做～」(You **can** enter if you have a ticket.) ☞ *Target 061*

「請求」(**Can you** open the window?) ☞ *Target 062*

「可能」(Anybody **can** make mistakes.) ☞ *Target 068*

「不可能」(Karen **can't** be home now.) ☞ *Target 071*

● **may**

「許可」(**May I** use your bathroom?) ☞ *Target 063*

「或許」(We **may** have some rain tomorrow.) ☞ *Target 069*

● **must**

「必須」(You **must** attend the meeting.) ☞ *Target 064*

「不可以」(You **must not** drink beer in the office.) ☞ *Target 065*

「一定」(She **must** be Bobby's sister.) ☞ *Target 071*

● **have to**

「必須」(I **have to** write a report.) ☞ *Target 064*

「不必」(You **don't have to** take off your shoes here.) ☞ *Target 065*

● **should**

「應該」(You **should** exercise every day.) ☞ *Target 066*

「理當」(My parents **should** be in Boston now.) ☞ *Target 072*

● **will**

「大概～吧」(Joe **will** be busy now.) ☞ *Target 070*

「打算做～」(I **will** do my best in my new job.) ☞ *Target 073*

「習慣」(My grandfather **will** often go fishing on Sundays.) ☞ *Target 074*

「能否」(**Will you** close the window?) ☞ *Target 075*

● **shall**

「提議」(**Shall I** buy some milk?) ☞ *Target 076*

第 6 章 語態

學習要項

Part 1 概念

被動語態的形式與意義

1 被動語態的句型

請比較底下的兩句中英文：

大門在七點時**被打開**了。
The gate **was opened** at seven.

中文可以用「被～」表現＜被動＞。相對於此，英語則是在主詞後面接＜be動詞＋過去分詞＞形成被動語態（過去分詞本身便含有被動的意思，➡p.212）。

首先，記住以**＜ be 動詞＋過去分詞＞為中心形成的被動語態**。

再舉一例來比較中文與英語的差異。

農作物**因暴風雨而蒙受損害**。
The crops **were damaged by** the storm.

與前一個例句不同的是，本例句中不但有「動作接受者」（＝蒙受損害的「農作物」），還有「動作執行者」（＝帶來損害的「暴風雨」）。被動語態基本上是由表示「某人 [某事物] 被～」的部分所組成。如果有必要，可像上述的例句再加上「動作執行者」。

再次確認後，可以整理出如下的被動語態基本句型：

「動作接受者」＋ be 動詞＋過去分詞（＋ by「動作執行者」）

2 主動語態與被動語態形式上的差異

主動語態與被動語態句子的組成方式有以下的不同：

1. 主動語態是由「帶來影響、作用的動作執行者」當主詞，後面接動詞與受詞。
2. 相對於此，被動語態是「受影響、作用的動作接受者」當主詞（＝主動語態時的受詞），後面則接＜ be 動詞＋過去分詞＞。
3. 在被動語態中，「動作執行者」並非絕對必要。如有需要，原則上是放在by的後面。

主動語態　The storm **damaged** the crops.

被動語態　The crops **were damaged** *by the storm.*

3 何種場合要用被動語態——先確認「主角」

那麼要如何靈活運用主動語態與被動語態呢？請比較下列兩段短文。

We keep a dog named Fido. Fido is an old dog and can't move quickly. **He was almost run over by a car yesterday**.

My sister isn't very good at driving. Yesterday she insisted on driving my car, and **she almost ran over an old dog**!

「狗差點被車輾過」與「車子差點輾過狗」，實際上是指同一件事。儘管如此，上一句是使用被動語態，而下一句則使用主動語態。靈活運用的原理就在於「**此時哪一方是話題的焦點**」。

上一段短文的中文意思是「我們養一隻狗，名叫菲多。菲多是一隻老狗，牠跑不快，昨天差點被一輛車輾過。」由此可知，話題的焦點在狗。基本上，句子的主詞就是話題的焦點，所以很自然造出以「狗」為主詞的被動語態句子。

相對於此，下一段短文的中文意思是「我妹妹開車的技術並不好。昨天她堅持要開我的車，結果差一點就輾過一隻老狗。」話題的焦點是「差點輾到狗」的「妹妹」，所以造出以「妹妹」為主詞的主動語態。

如上所述，在選擇時態時，原則上以「**此時話題的焦點是動作執行者還是接受者**」為判斷基準。在英語中，**原則上是將較重要的訊息放在後面**（➡p232）。因此，通常將「出現在話題焦點中」的事物當主詞，之後再加上說明。把已出現在話題焦點中的「狗」、「妹妹」當作主詞，主要是想將他們「怎麼了」的訊息傳達給聽者或讀者。此外，被動語態也基於有指出的必要而加上＜ by ＋「動作執行者」＞。

4 不要混淆英文與中文

有時即使中文有「被動」的語氣，英語仍以主動語態表現。

每年我們都為供水不足而**煩惱**。
Every year we **suffer** from a water shortage.

suffer 用於以「被害人、受苦者」當主詞的主動語態。由於使用＜ suffer from ＋受苦原因＞或是＜ suffer ＋痛苦、病症、辛苦經驗等＞的句型，不能造出以人為主詞的被動語態。因此不可以說 we are suffered。

相反地，儘管中文沒譯成「被～」，但英語通常也會以被動語態表達。

每年有很多人死於交通意外。
Every year a lot of people **are killed** in traffic accidents.

die 這個單字是用在自然死亡、病死等情形，不用於「因（暴力的、強大的）外力而死」的情形。因此，因意外事故、戰爭等「死亡」、且以「死亡者」為主詞時，就要用被動的 be killed。

我們不可以將中文的意思一味地套用在英語上，而應該好好記住每個動詞的用法，以及包含被動語態在內的慣用語。

Part 2 理解

1 被動語態的基本形式

當主詞是動作或行為的接受者時，英文會用＜ **be 動詞＋過去分詞** ＞的被動語態。

1 被動語態的形式

Target **093**

(1) This car **was repaired** *by* my brother.
(2) This temple **was built** about 500 years ago.
(1) 這輛車是我哥哥修理的。
(2) 這座寺廟建於五百年前。

■動作接受者當主詞

be動詞＋過去分詞

例句(1)是以接受「修理」這個動作的 This car 為主詞的句子，所以要用＜ **be 動詞＋過去分詞** ＞的被動語態，即 was repaired，至於「做動作的」my brother 則接在 by 的後面。

如果以「做動作的」my brother 為主詞造主動語態的句子，則如下所示：

▷ My brother **repaired** *this car*.（我的哥哥修理這輛車。）

不清楚動作執行者時

在例句(2)中，由於不清楚誰建了這座寺廟，所以無法明示「動作執行者」。像這樣不清楚做動作的是「何者」時，就要用被動語態。

沒必要表示動作執行者時

此外，如下面的例句，很清楚做動作的是何者，但沒必要指出來時，也用被動語態。

▷ The newspapers **are delivered** around 5 a.m.
（報紙在早上五點左右送到。）

注意

有很多不用 by…的被動語態　執行動作者未必都要以 by…來表示，反倒是不指出來的用法比較常見。另外，當執行動作的是 we, you, they 等非特定者時，被動語態中也不用 by…的形式。

2 主動語態與被動語態

比較看看

(1) *We* **knocked** down the wall.
(2) *The wall* **was knocked** down.
(1) 我們敲掉了牆壁。
(2)那牆壁被敲掉了。

■強調動作執行者做了什麼

例句(1)想說的是「我們敲掉了」這個行為，因此以「動作執行者」為主詞，明確描述「**誰做了什麼**」。

■強調動作接收者被怎麼了

例句(2)的重點不在描述牆是由誰敲掉的，而是「牆壁被敲掉」的結果。「動作接受者」成為主詞，強調「**什麼被怎樣了**」。

6 語態

Check 42 請將括弧內的動詞改為適當的形式。
1) This window (break) by Jim yesterday.
2) These pictures (take) by my wife last year.
3) This skirt (make) by my mother.
4) Magazines (sell) at the convenience store.

2 其他形式的被動語態 (1)

1 含助動詞的被動語態

Target 094

The book **can be borrowed** from the library.
這本書可以從圖書館借到。

■助動詞＋be＋過去分詞

與主動語態一樣，被動語態中也會用到助動詞。這時，就像例句中的can be borrowed，要使用＜**助動詞＋be＋過去分詞**＞的形式。

表未來用＜will be＋過去分詞＞

將未來的事以被動語態表示，要使用＜**will be ＋過去分詞**＞的形式。

▷ The results of the election **will be announced** soon.
（選舉的結果即將公布。）

be going to（➡p.62）也可用於被動語態的句子中，如下例：

▷ His new book **is going to be published** next week.
（他的新書將在下周出版。）

2 進行式的被動語態

Target 095

The stadium **is being built** now.
運動場現在正在興建中。

■be動詞＋being＋過去分詞

如例句所示，當主詞是正在接受某個動作或行為時，要將被動語態改為進行式。

進行式是以＜be 動詞＋ V-ing ＞來表示（➡p.57），進行式的被動語態是將＜be 動詞＋過去分詞＞的 be 動詞改為 being，成為＜**be 動詞＋ being ＋過去分詞**＞。

▷ My brother **was being scolded** by my mother when I came home.
（當我回到家時，弟弟正被媽媽責罵。）

3 完成式的被動語態

Target 096

This song **has been sung** by a lot of singers.
這首歌已經被很多歌手唱過。

■have been＋過去分詞

如例句的 has been sung，完成式的被動語態是以＜**have / has / had been ＋過去分詞**＞的形式表示。請再參考底下例句：

▷ The thief **had** already **been arrested** when we arrived there.
（當我們抵達那裡時，小偷已經被逮捕了。）

Check 43 請將括弧內的動詞改為適當的形式。

1) The wall will (paint) next week.
2) My car (fix) now.
3) The store (close) since last week.
4) Rare animals can (see) in the forest.

4 否定句的被動語態

Target 097

(1) His name **was not found** on the list.
(2) Bad words **must not be used** in the classroom.

(1) 他的名字不在名單上。
(2) 不可以在教室裡說髒話。

■注意not的位置

被動語態的否定，如例句(1)所示，以< **be 動詞＋ not ＋過去分詞**>來表示。

如果是像例句(2)使用助動詞的被動語態，則其否定會變成< **助動詞＋ not be ＋過去分詞**>的形式。

PLUS 23 在被動語態的否定句中，否定用語的位置和 not 一樣

never（從未）、hardly（幾乎不）可放在和 not 一樣的位置。

She *was* **never** *allowed* to go out at night.
（她從未被允許在夜間外出。）

This kind of custom *would* **hardly** *be accepted* in Taiwan.
（這種習慣在台灣是難以被接受的。）

Check 44 請根據中文語意，在空格內填入適當的英文。

1) 這張照片並不是我哥哥拍的。
This picture ______ ______ ______ by my brother.
2) 這個箱子不可以打開。
This box must ______ ______ ______.

5 疑問句的被動語態

① Yes / No 問句

Target 098

Was this bag **made** in Italy?
這個袋子是義大利製的嗎？

■以be 動詞或助動詞開頭的句子

被動語態的 Yes / No 問句，是將 be 動詞移至句首，變成< **be 動詞＋主詞＋過去分詞...?** >的形式。

若使用助動詞，則以助動詞為句首。

▷ **Will** this door **be painted** tomorrow?
（明天會油漆這扇門嗎？）

② 疑問詞開頭的問句

Target 099

(1) **Who was invited** to the party?
(2) **When was this bridge built**?
(1) 誰受邀參加宴會？
(2) 這座橋是何時建造的？

■以疑問詞開頭的句子

疑問詞開頭的被動語態問句，會根據疑問詞在句中的功用而有不同的詞序。

疑問詞為主詞時

如例句(1)，當疑問詞變成句子的主詞，詢問「誰被怎樣」時，**疑問詞後面要接< be 動詞＋過去分詞>**。

▷ **Which was painted** by him?（哪一幅是他畫的？）

詢問時間和地點時

使用如例句(2) when 的疑問副詞，詢問「何時」或「何處」時，**疑問詞後面要接< be 動詞＋主詞＋過去分詞>**。

▷ **Where was the cat found**?
（那隻貓是在哪裡被發現的？）

詢問「動作執行者」

詢問「動作執行者」是「何者」時，用法如下面的例句：

▷ **Who was this CD produced** ***by*****?**
（這張 CD 是由誰製作的？）

參考 另外也可以< by +疑問詞>為句首。此時，疑問詞要用受格，但此句型偏向書面語（➡p.345）。
By whom was this CD produced?

參考 在下面例句中，疑問詞是作為介系詞的受詞。
What is this tool used *for*?
（這工具是做什麼用的？）

Check 45 請根據中文語意，在空格內填入適當的英文。

1) 這化石是你父親發現的嗎？
_____ this fossil _____ by your father?

2) 這隻鳥是在哪裡捉到的？
_____ _____ this bird _____ _____ ?

3) 收音機是誰發明的？
_____ was the radio _____ _____?

3 SVOO 與 SVOC 的被動語態

1 SVOO 的被動語態

Target 100

(1) Mary **sent** Jim a Christmas card.
→ Jim **was sent** a Christmas card by Mary.
瑪麗送給吉姆一張聖誕卡。

(2) Mary **sent** a Christmas card to Jim.
→ A Christmas card **was sent** to Jim by Mary.
瑪麗送一張聖誕卡給吉姆。

■間接受詞當主詞的被動語態

有兩個受詞的 SVOO 句型（➡p.43），可將受詞當主詞來造被動語態的句子。

例句⑴是間接受詞當主詞的被動語態。

Mary sent Jim a Christmas card.
S V O O

Jim was sent a Christmas card by Mary.
S V O

注意直接受詞 a Christmas card 仍置於動詞之後。

■直接受詞當主詞的被動語態

如果想以直接受詞為主，可將它當主詞來造被動語態的句子，即使用 **SVO ＋ to / for**～的形式（➡p.43）。

Mary sent a Christmas card to Jim.
S V O

A Christmas card was sent to Jim by Mary.
S V

give類型的動詞（搭配 to）

give 類型的動詞，如 give, bring, send, tell 等，其間接受詞前的介系詞要用 to，就像例句⑵。

buy類型的動詞（搭配 for ）

buy 類型的動詞，如 buy, bring, find, get 等，其間接受詞前的介系詞要用 for。就像底下的例句：

▷ This apartment **was found for** me by my uncle.
（這間公寓是我叔叔替我找到的。）

to 後面接人稱代名詞時，可省略 to。不過，若是 for 就不能省略。

▷ This watch **was given** (to) me by my father.
（這隻錶是我父親給我的。）

注意

使用 buy 類型動詞的被動語態　make, sing, find, cook 等 buy 類型動詞（➡p.44），不能以間接受詞當主詞來造被動語態句子。
My mother **made** me a new dress.（母親為我做了一件新衣。）
→○ *A new dress* **was made for** me by my mother.
× *I* was made a new dress by my mother.

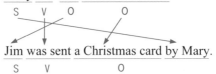

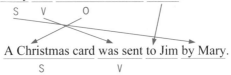

參考 當 buy 帶有「買給」(give) 的意思時，可以有如下兩種例外的被動語態。

He **bought** me a nice pair of shoes.
（他買了一雙好鞋給我。）
→○ *A nice pair of shoes* **was bought for** me by him.
→△ *I* **was bought** a nice pair of shoes by him.
→ 這種句型不常使用

2 SVOC 的被動語態

Target 101

His grandfather **named** the baby Carl.
→The baby **was named** Carl by his grandfather.
祖父替嬰兒取名為卡爾。

■只有一種被動語態

由於 SVOC 句型只有一個受詞，所以只能造出一種被動語態的句子。

His grandfather named the baby Carl.
S V O C

The baby was named Carl by his grandfather.
S V C

■補語不更換位置

轉換成被動語態時，只要移動或改變主動語態的 SVO 部分，受詞後面的補語就留在原來的位置不動，亦即放在動詞的後面即可。

詢問補語部分的疑問句如下所示：

▷ **What is this flower called** in your country?
（這花在你的國家叫做什麼？）

Check 46 請將括弧內的動詞改為適當的形式。

1) The actress (ask) a lot of questions by the reporter yesterday.
2) He (call) Ken by everyone now.
3) The news (tell) to her by her aunt last night.

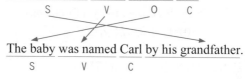

Part 3 進階

1 其他形式的被動語態 (2)

① 片語動詞的被動語態

Target 102

The cat *was* **taken care of** by my sister.
這隻貓由我姊姊照顧。

■片語動詞可視為一個及物動詞

由幾個單字組成的片語動詞（➟p.40）可視為一個動詞來造被動語態句子。如上述例句中是將 take care of（照顧）改為<be 動詞＋過去分詞>的形式，變成 was taken care of。若用 my sister 當主詞，則可造出 My sister **took care of** the cat. 的主動語態句子。

▷ The rubbish **is taken away** every Tuesday.
（每個星期二回收垃圾。）

其他如 speak to, laugh at 也可用於被動語態。

▷ I **was spoken to** by a foreigner.
（有個外國人跟我說話。）

Check 47 請將括弧內的動詞片語改為適當的形式。
1) The experiment (carry out) by the students last month.
2) The typhoon was approaching, so the game (put off).
3) When I was a child, a party (look forward to) by everybody.

② 含 say, believe 等的被動語態

Target 103

(1) **They say that** his mother is an actress.
(2) **It is said that** his mother is an actress.
(1) 他們說他的母親是個女明星。
(2) 聽說他的母親是個女明星。

■It is said that ...

say, believe, expect, know, think 等帶有「說」、「考慮」、「想」等意思的動詞，當其受詞中伴隨 that 子句時，可以如例句⑵一樣，使用以 it 為主詞的被動語態。

that子句不當主詞

受詞的 that 子句看似可以當主詞，使用被動語態，但這麼一來，反而會使原本的被動意思消失（➟p.135, 136），同時讓句子變得冗長而拗口，所以實際上並不會這麼用。

虛主詞 it 當主詞

所以我們可以使用虛主詞 it，將它放在原來的主詞 that 子句的前面，再將想要傳達給讀者或聽者的主要內容留在句子的後面，形成被動語態。

另外，以 it 為主詞而不用 they，可以避免造成泛指每個人或另有所指的誤解。

Check 48 請將下列句子譯成中文。

1) It is known that she is an excellent pianist.
2) It was said that he was a son of a well-known actor.

3 表示動作與狀態的被動語態

被動語態可分為表示動作與狀態兩大類。

Target 104

⑴ The street lights **were switched on** at sunset.
⑵ The street lights **were switched on**.

⑴ 街燈在日落時點亮。
⑵ 街燈亮起了。

■從上下文判斷是「動作」還是「狀態」

使用＜be動詞＋過去分詞＞形式的被動語態時，可根據動詞分別表示如例句⑴的「**動作或變化**」，以及如例句⑵的「**狀態**」。至於是哪種意思，則必須從句子內容或上下文作判斷。

4 使用 get 的被動語態

Target 105

My glasses **got** *broken* while I was playing soccer.
我在踢足球時眼鏡破了。

■get＋過去分詞
表示變化

如上述例句所示，雖然是被動語態，但有時會以 **get 取代 be 動詞**。get 用於強調「變成～了」的變化時。

參考 有些動詞是以< be動詞＋過去分詞>的形式表示狀態，而以< get ＋過去分詞>的形式表示動作，兩者有所不同。現在以動詞 dress（穿衣）為例：
She **was dressed** in red.（她身穿紅色衣服。）
She **got dressed** quickly.（她穿衣服很快。）

Check 49 請將下列句子譯成中文。
1) The gate is already closed.
2) The gate is usually closed at five.

2 被動語態需注意的用法

1 注意被動語態的介系詞

Target 106

(1) The top of the mountain **is covered with** snow.
(2) The driver **was killed in** the accident.
(1) 山頂上覆蓋著白雪。
(2) 這名駕駛在事故中喪生。

■注意過去分詞後面的介系詞

例句(1) 的 be covered with 是「被～覆蓋著」的意思，使用 with 有「覆蓋」的意思。

在例句(2)中以 be killed 表示「死了」的意思，「在事故中」則以 in the accident 來表示。

其他還有 be known to...（被～所熟知）、be filled with...（充滿著～、懷著～）、be injured in...（受傷）等。

2 被動語態的慣用語

請注意下列從中文的角度思考是主動語態、而在英語中一定要用被動語態的用法。

Target 107

She **was shocked at** the news.

她因那則新聞而受到驚嚇。

■以被動表示感情

由於大部分**表示感情、心理狀態的動詞**都是「某人因～而產生某種心理狀態」的及物動詞。為了要表現出「（被）變成～的心情」，而使用被動語態。

例句中的 shock 是「使驚嚇」的意思，以「受到驚嚇者」當主詞時，一定要用 be shocked。以下是一些類似用法：

be surprised（驚訝）
be excited（興奮）
be satisfied（滿足）
be disappointed（失望）
be confused（混亂）

注意

情感來源的表達方式　使用被動語態表示主詞的感情或心理狀態時，若後面再接原因，會搭配不同的介系詞。例如
be shocked at [about]...
be excited at [about]...
be satisfied with [at / about]...
be confused with [at / about]...
be disappointed at [about / in / with]... 等。

不過，也有以 by 表示的情況，例如可以用 be surprised by... 取代 be surprised at...。

TIPS FOR YOU ▶ 3

中文與英語的被動語態

將英語的被動語態譯成中文是「被～」，而中文的「～狀態」，在英語中也常以被動語態來表示。

Helen **is married** to an artist.
（海倫嫁給一位藝術家。）

marry 是「與～結婚」的意思，所以表示「嫁（娶）」之意，要用被動語態的 be married。

William **was born** and **raised** in New York.
（威廉在紐約出生和成長。）

born是bear（生～）的過去分詞，raised是raise（養育）的過去分詞，分別表示「出生」、「成長」的意思，所以要用被動語態。

另外，be seated（坐著／坐下）也是同樣的表達方式。

Please **be seated**.（請坐下。）

Check 50 請根據中文語意，在空格內填入適當的英文。

1) 他聽到消息很失望。
He ______ ______ at the news.
2) 她對她的新工作很滿意。
She ______ ______ with her new job.
3) 他的祖父在戰爭中喪命。
His grandfather ______ ______ in the war.

PLUS 24 易與被動語態混淆的用法

雖然英語的不及物動詞不可能使用被動語態，但若以中文角度來思考，的確帶有被動的意思，所以在使用上宜多加留意。以下是幾個例子。

Cell phones **are selling** very well.
（手機賣得很好。）

This tough steak **doesn't cut** easily.
（這塊硬牛排不容易切。）
Red wine stains **don't wash out** easily.
（紅酒的污漬不容易清洗掉。）
Your paper **reads** like a novel.
（你的論文讀起來像本小說。）

Check 問題的解答

42 1) was broken 2) were taken 3) was made 4) are [were] sold
43 1) be painted 2) is being fixed 3) has been closed 4) be seen
44 1) was not taken 2) not be opened
45 1) Was, discovered [found] 2) Where was, caught [captured]
3) Who, invented by
46 1) was asked 2) is called 3) was told
47 1) was carried out 2) was put off 3) was looked forward to
48 1) 據知她是個優秀的鋼琴家。
2) 據說他是個明星的兒子。
49 1) 那道門已經關上了。
2) 那道門通常在五點關上。
50 1) was disappointed 2) is satisfied 3) was killed

何謂動狀詞？

英語的動詞大致有兩種用法，**一種是當句中的主要動詞使用**，通常是指 SV 或是 SVO 等句型中的 V。在這種情況下，動詞是組成句子的關鍵。

I **visited** his house.（我去他家。）

在例句中，visited 就是所謂的 V。

另一種是不當原本的動詞使用，而在句子中充當名詞、副詞等，我們將這樣的動詞稱為動狀詞（verbal，或稱準動詞）。例如，若想補充說明上述例句的內容時，可以在例句中加上 to 不定詞，如下所示：

I visited his house **to borrow** a book.
（我去他家借一本書。）

1 動狀詞隱含著句子

動狀詞原本就是動詞，**可以隱含相當於一個句子的內容**。因此，動狀詞也和動詞一樣，會伴隨著受詞或以副詞修飾。

The children were marching, **singing their favorite song happily**.
（孩子們一邊遊行，一邊開心地唱著他們最喜愛的歌。）

在例句中，their favorite song 是 singing（現在分詞）的受詞，happily 則是修飾 singing 的副詞。

動狀詞可視為「次要的句子」，若轉換成獨立的句子，可以更明確地確認其意義。試將上述例句中 singing 後面的部分改寫成獨立句子，如下所示：

The children were **singing their favorite song happily**.

一旦改寫為獨立句子，就要有主詞。如同第一個例句所示，即使句中動狀詞的主詞沒有寫得很清楚，但其「意義上的主詞」很明顯就是 The children。

動狀詞雖然保有動詞的性質，且隱含相當於一個句子的內容，但在實際的句子中，是當成名詞、形容詞、副詞等使用。

② 動狀詞的種類

動狀詞有以下幾種類別：

① **原形**：放在大多數助動詞之後，可與感官動詞、使役動詞並用，也可與特殊構句、慣用語並用。
② **to 不定詞**：當名詞片語、形容詞片語或副詞片語使用。
③ **現在分詞、過去分詞**：當形容詞片語、副詞片語使用。
④ **動名詞**：當名詞片語使用。
有關名詞片語、形容詞片語、副詞片語，請參閱「片語與子句」（➡p.307）。

③ 動狀詞的特徵

動狀詞具有以下特徵：
①**不會因人稱的不同而有所變化**。
②**沒有時態的變化**（不過，若與句中主要動詞相關時，會有進行式或完成式）。

④ 動狀詞的含意與用法

接下來簡單整理出各動狀詞的含意與用法。不過，仍有其他此處未列出的功用。

① 現在分詞與過去分詞：「主動」與「被動」
現在分詞是 V-ing 的形式，基本上具有「進行中」的主動意思。

a **sleeping** baby（睡著的嬰兒）

過去分詞基本上則具有「被動」的意思。

a **loved** child（受寵的孩子）

② to 不定詞與分詞：「現狀」與「可能性」
現在分詞具有「**實際存在**」的含意，過去分詞則是「**實際被～／被～了**」的含意。也就是說，基本上這兩種分詞都在描述「**實際的行為或狀態**」。

the nurse **taking care of** the baby
（在照顧嬰兒的護士）→實際在照顧

a novel **published** last year
（去年（實際）出版的小說）→實際有出版

相對於此，to 不定詞則在描述可能或未來的事。

the nurse **to take care of** the baby
（能照顧嬰兒的護士）
a novel **to be published** next month
（下個月要出版的小說）

③ to 不定詞與動名詞：「還沒做」與「正在做」，其性質接近名詞

to 不定詞基本上是在描述還未發生或還沒做的事。

Show me the way **to install** this software.
（教我如何安裝這個軟體。）→ 由於還沒有安裝，所以想知道安裝的方式

相對於此，動名詞則是在描述現實正在發生或正在做的事。也就是說，動名詞是用於描述有關現在正在進行的事或一般會實現的事。

I like her way of **talking**.
（我喜歡她說話的方式。）→喜歡的是她「平常一向如此」的說話方式

此外，to不定詞即使當名詞用，也帶有濃厚的動詞性質。而動名詞則相當於名詞。由於有著這樣的差異，使得動名詞可放在介系詞的後面，但to不定詞則不可以。

She helped me *by* **checking** the list.
（她幫我檢查這張清單。） × by *to check* the list

④ 動名詞與現在分詞：「名詞」或「形容詞、副詞」（文法功用不同）

動名詞顧名思義是當名詞用，而現在分詞儘管是V-ing的形式，但可當形容詞或副詞使用。

Reading this novel makes me feel sleepy.
（讀這本小說讓我想睡。）→ Reading (this novel)是動名詞，是句子的主詞

Reading this novel, I get sleepy.
（讀這本小說，我變得想睡。）→Reading (this novel)是分詞（構句），當副詞用，修飾 I get sleepy（➡p.209）

5 動狀詞的功用

接著重新整理各動狀詞的作用。由於原形只具有特殊功用，此處不列入。動狀詞的功用如下：

① 可當名詞使用的動狀詞：動名詞、**to** 不定詞
② 可當形容詞使用的動狀詞：分詞、**to** 不定詞
③ 可當副詞使用的動狀詞：分詞、**to** 不定詞

6 關於虛主詞與虛受詞

有關當名詞使用的 to 不定詞與動名詞，必須再做如下補充。

由於 to 不定詞與動名詞能引導出句子的內容，有時會如下面的例句，使文字開頭顯得十分冗長。

To say that he is the only one to blame is easy.
（要說他是唯一該受責備的人是很容易的。）

冗長的字詞放在句首，會使整個句子變得難以閱讀，而且難以理解句子的各組成要素。現在我們試著將把原來的主詞位置往後移，但主詞位置空出來之後，句子變得不完整，於是在原來主詞的位置放上 it。這裡的 it 就稱為**虛主詞**。

It is easy *to say that he is the only one to blame.*

同樣地，當受詞內容過於冗長時，也可以用 it 取代原來的受詞，此時的 it 就稱為**虛受詞**。

I find **it** easy *to say that he is the only one to blame.*
（我發現要說他是唯一該受責備的人是很容易的。）

大部分與虛主詞、虛受詞並用的是to不定詞，動名詞則只在特殊情況下才會並用。
此外，it 不僅可以取代 to 不定詞和動名詞，也可以取代 that 子句（➟p.485）。

第 7 章 不定詞

學習要項

Part 1　概念

何謂不定詞

1 相當於句子，但不是句子

請試著將「我們到歐洲旅行。」以英文表示。

We travel in Europe.

現在試著加入 we want，將句意改成「我們希望明年到歐洲旅行」，但 want 後面不能接 that 子句，雖可用語意相同的動狀詞來表示，但這裡指的是未來要做的事，所以使用 to 不定詞。

We want **to travel** in Europe next year.

誠如上句所示，使用 to 不定詞可以讓句子看起來更為簡潔。換句話說，to 不定詞是將描述「未來」的句子加以「精簡」。

2 to 不定詞的功用

①表示「未來的事」、「可能的事」

to 不定詞原則上是表示「還沒做的事」，也就是用來說明預定的事、該做的事，以及可能會做的事。to 不定詞就如上個例句一般，經常和 want 這類「提及未來行動的動詞」一起使用。

We *intend* **to meet** him next week.（我們打算下周和他碰面。）

②省去 **that** 子句主詞時的代用

to 不定詞還有一個用法，說明如下。

It seems that he is honest.（他好像很誠實。）

這個句子的開頭是It，所以無法立刻得知句子是在談論什麼人或事物。如果想要改以「他」為主造句時，可將 that 子句的主詞 he 移至句首，當成整個句子的主詞。

It seems that he is honest.

He...

當 It 被 He 取代後就消失了，He 成為 seems 的主詞：

He seems...

that子句只有在＜主詞＋動詞＞其他必要因素備齊時，才可以引導作為連接詞的子句。當that子句的主詞he移至句首後，要將that刪去。

He seems ~~that~~...

雖然刪去 that，但 seems 不可以直接接後面的子句，也就是說×He seems is...是不對的。此時可如下以「即使沒有主詞也無妨、相當於句子」的 to 不定詞來代替。

It seems that ____ is honest.

He seems **to be** honest.

就像上面的例子，當我們把that子句中的主詞提升成整個句子的主詞時，可以使用to不定詞，不過這個時候的to不定詞就沒有「未來」或「可能」的含意。

如果要在 seem 之後放 that 子句時，主詞一定要用 it，不可以說成× He seems that he is honest.。總而言之，seem 不是指「主詞的看法」，而是「其他人（如說話的人等）的感受」。

如果是要表示「現在對過去某事的看法」，可以用＜ to have ＋過去分詞＞的形式。

It seems that my grandpa wrote this novel.
（這本小說似乎是我爺爺寫的。）

比照之前的做法，先將 my grandpa 移至句首，然後再改寫成以下句子：

It seems that ____ wrote this novel.

My grandpa seems **to have written** this novel.

3 原形

原形就是我們在字典中看到的動詞形式。原形動詞只能在幾種限定情形下使用。就像travel一樣，有很多單字本身既是動詞，也是名詞，如果使用不當，會讓人不知道它的功用為何。所以請記住以下幾種原形動詞的限定用法：

① 祈使句
Get out！（出去！）

② 大多數助動詞的後面
He *must* **be** tired.（他一定是累了。）

③ 跟隨感官動詞和使役動詞等
I *saw* a dog **cross** the street.（我看見一隻狗穿越馬路。）

④ 和慣用語及構句並用
We could *do nothing but* **wait**.（我們除了等待之外別無他法。）

此外，部分情況是既可以用原形動詞，也可以用 to 不定詞。
John *helped* Paul **(to) solve** the problem.（約翰幫助保羅解決問題。）

Part 2　理解

1 不定詞的名詞用法

① 當補語或主詞用

以不定詞為中心的詞語當名詞用時，可作為**主詞**、**補語及受詞**。這是不定詞的名詞用法。

Target 108

(1) Our plan is **to climb** the mountain tomorrow.
(2) **It** is useful **to have** a driver's license.
　(1) 我們的計畫是明早去登山。
　(2) 持有駕照是很方便的。

7 不定詞

■當補語用的不定詞

在例句(1)中，be 動詞後面緊接不定詞 to climb，to climb the mountain tomorrow 是用來說明主詞 Our plan。由於補語的功用在於說明主詞究竟為何，所以這個不定詞就變成**補語**（➡ p.31）。

▷ My dream is **to become** a lawyer.
（我的夢想是當律師。）

■當主詞用的不定詞
▎不定詞當名詞用

不定詞為＜**to ＋原形動詞**＞的形式，可**當名詞用**，像是在例句(1)中當補語，或者在底下的例句中當主詞。

▷ **To own** a house is a dream of many Japanese.
（擁有一棟房子是許多日本人的夢想。）

▎使用虛主詞 it

不定詞作為主詞時，經常如例句(2)使用**虛主詞 it**（➡ p.485），也就是將 It is... 放在前面，後面再接真正的主詞不定詞。

▷ **It** was easy **to answer** the question.
（回答此一問題很簡單。）

此外，名詞用法的不定詞常譯成「做～事」或「有～事」。

2 當受詞用

Target 109

(1) My son *needs* **to see** a dentist.
(2) Sam *finds* **it** easy **to make** friends.
(1) 我兒子需要看牙醫。
(2) 山姆發現交朋友很容易。

■當受詞用的不定詞

例句(1)中的及物動詞 need 後面緊接不定詞 to see a dentist。**有時不定詞可像這樣當名詞用，且當及物動詞的受詞。**

使用虛受詞 it

當 SVOC 中的 O 是不定詞時，則如例句(2)使用**虛受詞 it**（➡ p.486）。主要句 Sam finds it easy 在前，然後再接真正的受詞不定詞。

Check 51 請將括弧內的中文改以英語的不定詞表示。
1) His ambition is（成為飛行員）.
2) It is not easy（贏得賽跑）.
3) Why did you decide（當老師）?

2 不定詞的形容詞用法

不定詞可以修飾緊接在它前面的名詞，此時的不定詞是**當形容詞用**。先看底下的例句：

I don't have *a key* **to unlock** this door.（我沒有開這扇門的鑰匙。）

例句中的 to unlock this door 是修飾前面的 a key，**用來修飾名詞的不定詞，一定要放在被修飾名詞的後面**。

1 被修飾的名詞兼具不定詞的主詞和受詞的功用

Target 110

(1) I'm looking for *someone* **to help** me with my work.
(2) I have *a lot of homework* **to do**.

(3) Do you have *anything* **to write with**?

(1) 我正在找可以幫我工作的人。

(2) 我有很多功課要做。

(3) 你有任何可以寫字的東西嗎？

■修飾名詞的不定詞

不定詞當形容詞使用時，必須注意被修飾的名詞究竟是當不定詞的主詞還是受詞。

名詞當不定詞的主詞

例句(1)的 to help me...是修飾緊接在前的名詞 someone，句中的 someone 是 help 的主詞。

I'm looking for *someone* **to help** me with my work.
（someone 是不定詞的主詞）

名詞是不定詞的受詞

例句(2)中的 to do 是修飾 a lot of homework。句中的 a lot of homework 是 do 的受詞。

I have *a lot of homework* **to do**.
（a lot of homework 是不定詞的受詞）

名詞是介系詞的受詞

例句(3)中的 to write with 修飾 anything，而 anything 是介系詞 with 的受詞。

Do you have *anything* **to write with**?
（anything 是介系詞的受詞）

參考

被修飾的名詞當介系詞的受詞時，有時會省略介系詞，但僅限於使用在即使省略介系詞也不至於誤解句意的情況。

I don't have enough money **to buy** those shoes (with).
（我沒有足夠的錢去買鞋子。）

PLUS 25 不定詞用來表示「實際發生的事」

根據句意，有時修飾名詞的不定詞並不表示「未來的事」，而是指「實際發生的事」。

They were *the first men* **to land** on the moon.
（他們是頭一批登上月球的人。）

7 不定詞

修飾名詞的不定詞表「實際發生的事」時，原則上要滿足以下三個條件：
①在敘述過去事情的句子中使用不定詞。
②被修飾的名詞當不定詞的主詞使用。
③被修飾的名詞前必須有 last, only, first, second 等序數詞，或是有形容詞的最高級。

2 用不定詞說明前面名詞的內容

Target 111

We were surprised at *her decision* **to become** an actress.
（我們很驚訝，她居然決定當女演員。）

■說明名詞內容的不定詞

在上述例句中，不定詞 to become an actress 用來**具體說明它正前面的名詞** her decision，這是不定詞的用法之一。

We were surprised at *her decision* **to become** an actress.

PLUS 26 表示「同位語」的不定詞

在 ***Target 111*** 中，當不定詞用來說明正前面名詞的內容時，不定詞與其所修飾的名詞的關係稱為「同位語」（➡p.429, 431）。不定詞與有同位語關係的名詞，常常是衍生自將不定詞作為受詞的及物動詞，或者是伴隨不定詞的形容詞。例如 decision 是由＜ decide to 不定詞＞（決心做～）的 decide 衍生而來的名詞，her *decision to* **become** an actress 也就是將 She *decided* **to become** an actress. 名詞化的用法（➡p.400）。

請看底下的例句：
Whales have *the ability* **to communicate** with each other.
（鯨魚具有彼此溝通的能力。）
例句中的 ability 是由＜ be able to 不定詞＞（能做～）的形容詞 able 衍生而來的名詞。此句是將 Whales *are able* **to communicate** with each other. 的 able 名詞化的用法。

另外，一些非衍生自及物動詞或形容詞的名詞，有時也會與不定詞形成同位語的關係。

It's *time* **to go**.（該走了。）

What is the best *way* **to prevent** cancer？

（預防癌症最好的方法是什麼？）

注意，只有部分而非所有的名詞，可以後接同位語的不定詞。

Check 52 請配合中文語意重組下列句子。

1) 這位老人必須有人照料。
   The old man needs (him / to / someone / look after).
2) 我現在沒有書可念。
   I have (books / read / to / no) now.
3) 我父親找到下西洋棋的朋友。
   My father found (with / play / a friend / chess / to).
4) 她承諾跟我在台南車站會面，但她食言了。
   She broke (her promise / meet / to / me) at Tainan Station.

3 不定詞的副詞用法

不定詞可以**修飾名詞以外的詞語或句子**，此時的不定詞當副詞用。

1 表示「目的」

Target **112**

She is working hard **to buy** a car.
（她為了買車正努力地工作著。）

■表示「目的」的不定詞

在例句中，將 She is working hard（她正努力地工作著）這個行為的「目的」，以不定詞 to buy a car 來表示。

另外也可以在表示「目的」的不定詞正前面加上 in order 或 so as，變成 in order to buy..., so as to buy...（➡p.184）。

參考

從上述例句中可看出「她很努力工作」和「她還沒買車」這兩件事。像這種表示「目的」的不定詞，可用於說明在主要動詞指出的時間點上**尚未實現的事**。

另外，也可在描述過去的句子中使用表示「目的」的不定詞。

I went to the library **to prepare** for the test.
（我為了準備考試而到圖書館）。

例句中在「到圖書館」的這個時間點上，「準備考試」一事還未發生。

2 表示「結果」

Target 113

They came home **to find** that the window was broken.
（他們回到家，發現窗戶被打破了。）

■表示「結果」的不定詞

在例句中，They came home（他們回到家）的後面接不定詞 to find that ...，意指「回到家一看，發現了…」。此類不定詞是表示「做了什麼，結果怎樣」中的「**結果**」。

表示出乎意料的結果

表示「結果」的不定詞就像上述例句，多半用於表示**出乎意料的結果**。

成長之後變～

如底下的例句所示，表示「成長之後變成什麼」時，也可以使用不定詞。

▷ He grew up **to be** a professional soccer player.
（他長大後變成一位職業足球選手。）

never to 不定詞

可在表結果的不定詞前面加 never，形成＜～**, never to 不定詞**＞，表達「不會再…」的意思（➡p.365）。

▷ They separated, **never to see** each other again.
（他們分手了，彼此不會再見面。）

only to 不定詞

可在表示結果的不定詞前面加 only，形成＜～**, only to 不定詞**＞，表達「結果只是」的意思。

▷ We ran to the store, **only to find** it closed.
（我們跑到那家店，結果發現它關門了。）

■「結果」與「目的」

將only放在不定詞前面，不一定是表示「結果」，也有可能如底下例句一樣，表示「目的」。

▷ He brought an expensive car *only* **to please** her.
（他買了一部十分昂貴的車，只為了取悅她。）

參考

< never to 不定詞>或< only to 不定詞>用於表示「結果」的意思時，never 或 only 的前面多半會加上逗號。

3 表示「情感來源」

Target 114

I'm very *happy* **to meet** you.
（很高興遇見你。）

■表示「情感來源」的不定詞

例句中的形容詞 happy 與不定詞 to meet you 並用，就變成「很高興做～」的意思。

當不定詞和表達情感的形容詞和動詞並用時，可用來表示「情感來源」。

▷ Jake was *surprised* **to hear** the news.
（傑克聽聞此消息時很驚訝。）

4 表示「判斷依據」

Target 115

(1) He must be a genius **to understand** the theory.
(2) You were careless **to make** such a mistake.
(3) It is kind *of* you **to help** me.
(1) 他能夠理解這個理論真是個天才。
(2) 犯這樣的錯誤，你真是粗心。
(3) 你這樣幫我真親切。

■以不定詞表示「判斷的根據」

以助動詞或形容詞表示判斷

不定詞與表示說話者的判斷並用時，通常表示該判斷的根據。說話者的判斷會如例句(1)的 must be a genius（一定是天才）使用助動詞，或是如例句(2)的 careless（粗心的）使用評價人物的形容詞。

例句(1)以 to understand the theory 來表示說話者的判斷根據：He must be a genius。

例句(2)以 to make such a mistake 來表示說話者的判斷根據：You were careless。

■It is＋形容詞＋of＋人＋to不定詞

形容人的某項特質時，可以使用類似例句(3)的＜ **It is [was]＋形容詞＋ of ＋人＋ to 不定詞**＞的形式（➡p.172）。

表示人物評價的形容詞

描述人物特質的形容詞有：

kind / good / nice（親切的）
polite（有禮的）
rude （無禮的）
brave（勇敢的）
smart / clever / wise（聰明的）
foolish / silly / stupid（愚昧的）
careless（粗心的）

▷ It was careless *of* you **to make** such a mistake.
（犯那樣的錯誤，你真是不小心。）

參考

將＜ It is ＋形容詞＋ of ＋人＋ to 不定詞＞改成感歎句時，通常可以省略 it is。

How *brave* (it is) **of you to save** the child from the fire!
（你從火場中救了這個小孩，好勇敢呀！）

Check 53 請將下列句子譯成中文。

1) I went to the theater to buy a ticket.
2) My mother was very glad to receive a letter from you.
3) You were lucky to see the famous actor.
4) The bird flew away, never to return.

PLUS 27 修飾正前面形容詞的不定詞

不定詞也可作為副詞，用來修飾正前面的形容詞。

The older managers were *slow* **to accept** the new technology.

（上了年紀的經理人較難接受新科技。）

4 SVO ＋ to 不定詞

SVO 的後面可接 to 不定詞，成為＜ SVO ＋ to 不定詞＞的形式。

Target 116

(1) I **want** *you* **to be** more careful.
(2) My mother **told** *me* **to eat** more vegetables.
(3) My father **allowed** *me* **to study** abroad.

(1) 我希望你能更小心些。
(2) 母親告訴我要多吃些蔬菜。
(3) 父親允許我出國留學。

■**「希望 O～」**

以＜ **want ＋ O ＋ to 不定詞**＞的形式表示「希望 O～」。如例句(1)以 want you to be more careful 表達主詞（我）「希望你能更小心些」的希望口吻。

▷ I **would like** *you* **to stay** here.（我希望你待在這裡。）

■**「要 O 做～」**

以＜ **tell ＋ O ＋ to 不定詞**＞的形式表示「要 O 做～」的命令或請求。如例句(2)以 told me to eat…表達「告訴我要吃…」的命令或要求口吻。

參考 此例句也可如下所示，使用 that 子句來表現。

My mother **told** me *that I should* eat more vegetables.

用法與 tell 相同的動詞

這類動詞除了 tell（告訴／命令）之外，還有 advise（建議／忠告）、ask（要求）、warn（警告／注意）等。

「被告知要～」

底下例句表示「被告知要～」的被動意思。

▷ **I was told** by him **to sign** the check.
（我被告知要在支票上簽名。）

■「讓 O～」

例句(3)的＜ **allow ＋ O ＋ to 不定詞**＞是「允許～」的意思，即「讓 O 做～」。

用法與 allow 相同的動詞

用於此形式的動詞有：allow（允許）、cause（導致）、compel（強迫）、enable（使能夠）、force（迫使）、get（得到）、permit（容許）等。

■用於＜SVO＋to 不定詞＞的動詞

除此之外，expect / prefer（期望／喜歡）、persuade（說服）、remind（使想起／提醒）等動詞也可以用＜ SVO ＋ to 不定詞＞的形式。

注意

不可用於＜ SVO ＋ to 不定詞＞的動詞　suggest（建議）不用於＜ SVO ＋ to 不定詞＞的句型中，但可接 that 子句（➡p.127）。
I suggest that *you should* stay in the hotel.
（我建議你待在飯店。）

PLUS 28 在＜ SVO ＋ to 不定詞＞中使用意指「認為／相信／想」等的動詞

believe, consider, think 這類表示「想～」的動詞，多半使用＜ SVO to be ＋補語＞的形式，如底下的例句：
I *believe* him *to be* a genius.（我相信他是個天才。）

若以 that 子句來表示時，則是 I believe **that** *he is* a genius.

類似用法的動詞還有 know（知道）、understand（了解）、feel（感覺）和 find（發現）等。

Check 54 請根據中文語意，重組括弧內的英文。

1) 父親答應買腳踏車給我。
My father allowed (buy / me / the bicycle / to).

2) 警察強制群眾離開廣場。
The police forced (the square / the crowd / leave / to).

3) 他勸我休一天假。
He advised (take / a / me / to / day off).

5 不定詞意義上的主詞和否定詞的位置

不定詞是動詞的一個變化形。就像動詞作為句子的主要動詞使用時一定要有主詞一樣，不定詞也要有相當於主詞的一個字詞，我們稱之為不定詞意義上的主詞。

1 不明示意義上的主詞時

Target 117

(1) She went to the airport **to meet** her friends.
(2) It is difficult **to find** a good job.
(3) His dream is **to become** a movie star.

(1) 她到機場迎接朋友。
(2) 找個好工作並不容易。
(3) 他的夢想是成為電影明星。

■意義上的主詞要和句子的主詞一致

在例句(1)中，「迎接朋友」的主詞是 She，類似這種不定詞意義上的主詞和句子的主詞一致時，意義上的主詞不會被明示出來。

■意義上的主詞是一般人時

在例句(2)中，「找一份好工作」對任何人來說都是一樣的，並不指特定對象。像這種不定詞的意義上主詞為「一般人」＝「任何人」時，就不必明說。

■意義上的主詞可由文意確定時

在例句(3)中，抽象的「夢想」當然不可能成為實體的「明星」，而是「他」成為明星，但這點可從句意中明確看出，此時也不必特別指出意義上的主詞。

注意 **受詞為意義上的主詞時** 在＜SVO ＋ to 不定詞＞的句子中（➡ p.169），動詞的受詞為不定詞意義上的主詞。

I want **you** *to clean up* this mess.
（我要你好好清理這團混亂之物。）
句中 clean up 的意義上主詞是 want 的受詞 you。
但是也有句中的主詞是不定詞意義上主詞的情形，如以下所示：
He promised me *to send* a postcard from Hawaii.
（他答應我會從夏威夷寄明信片來。）→ 寄明信片的不是句中受詞的「我」，而是主詞的「他」

② 明示意義上的主詞時

Target **118**

It is necessary **for you** *to see* a doctor.
（你需要去看醫生。）

■明示意義上的主詞

在例句中，for you 明示了不定詞 to see 意義上的主詞。如果沒有 for you，就不知道是要誰去看醫生了。

■用 for～＋to 不定詞

像這樣**有必要指出不定詞意義上的主詞時**，要在不定詞前面加上 for～，變成＜ **for～＋ to 不定詞**＞。for 後面的名詞或代名詞是不定詞意義上的主詞。注意，for 後面接**名詞或代名詞的受格**，而不接代名詞的主格。

注意

表達人物特質的形容詞和不定詞意義上的主詞　使用＜ It is ＋形容詞＋ of ＋人＋ to 不定詞＞來形容人物特質時，to 不定詞意義上的主詞是 of 後面的「人」（➡p.168）。
It is *kind* **of you** *to show* me around the town.
（你能帶我去逛城鎮，真是太親切了。）→帶領者是 you

此種形式是根據 to 不定詞所表示的行為來傳達說話者如何評價某人。

Check 55

請將下列英文譯成中文，並指出不定詞意義上的主詞。
1) It is difficult for me to solve the problem.
2) It was a mistake for the government to carry out the plan.
3) I want my father to stop drinking so much.

3 否定詞的位置

Target 119

He promised **not** *to be* late again.
（他答應不會再遲到。）

■**否定詞放在 to 的前面**

用來否定不定詞意思的 **not 或 never 等，要放在 to 的正前面**。以上例句中的 not 是否定緊接在後的不定詞 to be...，變成「不再遲到」的意思。

注意

表示目的的不定詞否定形　要表示「為了不做什麼～」的否定意思，可用＜ **in order not ＋ to** 不定詞／ **so as not ＋ to** 不定詞＞（➟p.184）。只用「not ＋ to 不定詞」不能表示目的。

I studied hard **in order not** *to fail* the exam.
（為了考試不被當掉，我認真讀書。）

Check 56

請根據中文語意，重組括弧內的英文。

1) 醫生警告我父親不可以再吸菸。
The doctor warned (smoke / not / my father / to).

2) 我姊姊絕不在三餐之間吃東西。
My sister makes it a rule (never / eat / to) between meals.

6 使役動詞與感官動詞的用法

1 使役動詞＋ O ＋原形動詞

Target 120

(1) My mother **made** me **wait** outside the store.
(2) **Let** me **explain** my plan.
(3) He **had** the doctor **look** at his leg.

(1) 我媽媽讓我在店外等。
(2) 讓我說明我的計畫。
(3) 他讓醫生檢查他的腿。

■使役動詞的用法

make, let, have 的受詞後面必須接**原形動詞**，而不是接 to 不定詞，此時的 make, let, have 稱為**使役動詞**，形式為<**使役動詞＋ O ＋原形動詞**>。

讓 O 做～

例句(1)中的 made me wait 是「讓我等」的意思。< **make ＋ O ＋原形動詞**>是「讓 O 做～」之意。

允許 O 做～

例句(2)中的 let me explain 是「讓我說明」的意思。< **let ＋ O ＋原形動詞**>是表示「允許或讓 O 做～」之意。

參考

< let me [us]＋原形動詞>，根據文意有時也表示「提供／要求」，此時的 let's 有勸誘之意。

Let me give you a hand.（讓我幫你吧！）

Let's go at once.（我們現在就去。）

使 O 做～

例句(3)中的 had the doctor look 是「給醫生檢查」的意思。< **have ＋ O ＋原形動詞**>表示「使 O 做～」之意。

參考

< have ＋ O ＋原形動詞>是用在「要對方這麼做是理所當然的行為」，所以不可用於「要長輩義務做什麼」。

注意

用 get 表使役之意　get 可用來代替< have ＋ O ＋原形動詞>。用 get 來說服對方去做什麼時，注意要改成< **get ＋ O ＋ to** 不定詞>的形式。

I **got** Tom **to repair** my bicycle.

（我讓湯姆修理我的腳踏車。）

PLUS 29 使役動詞 make 的被動語態

將 make 改成被動語態以表示「讓～」的意思時，要用 to 不定詞，而不是用原形動詞。

I *was made* **to wait** outside the store by my mother.

（我母親讓我在店外等。）

此外，使役動詞 let, have 通常不用被動語態。

PLUS 30 help + O + to 不定詞

< help + O + to 不定詞>是指「幫 O 做～」之意。help 的受詞後面可以用原形動詞或 to 不定詞。

Can you **help** me **(to) put** up the tent?（你可以幫我搭帳篷嗎？）

2 感官動詞＋ O ＋原形動詞

Target 121

I **saw** the boy **fall** down.

我看到這個男孩摔倒。

■感官動詞的用法

看見 O 做～

see, hear, feel 是表示「看、聽、感覺」的感官動詞，受詞後面要接**原形動詞**，成為＜**感官動詞＋O＋原形動詞**＞的形式。注意不可用 to 不定詞來代替原形動詞。

▷ I **felt** my house **shake**.（我覺得房子在搖。）

其他感官動詞

其他的感官動詞還包括 notice（注意）、observe（注意到）、watch（看）、listen to（聽到）、look at（注視）等。

PLUS 31 感官動詞 see, hear 的被動語態

以 see, hear 表示「被看見／被聽見～」意思的被動語態中，要用 to 不定詞，而不是原形動詞。

The boy *was seen* **to fall** down.（這個男孩被看到摔跤。）

此外，感官動詞 feel, notice, watch, listen to, look at 等通常不用被動語態。

Check 57 請由括弧內選出正確的答案。

1) Let me (try / to try) it again.
2) I heard someone (shout / to shout) in the distance
3) The boy was made (turn / to turn) off the TV by his mother.
4) I noticed a tall man (enter / to enter) the building.
5) I'll get my father (buy / to buy) a new computer.

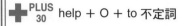

Part 3　進階

1 不定詞的各種形式

① seem to 不定詞／ appear to 不定詞

Target 122

(1) My dog **seems to understand** English.
(2) The children **appeared to be** happy.
　(1) 我的狗似乎聽得懂英語。
　(2) 孩子們好像很開心。

■表示當下是這麼想的

「S 似乎是～／ S 好像～」可用＜**S seem ＋ to 不定詞**＞或＜**S appear ＋ to 不定詞**＞來表示，也就是描述當時見到某事物是什麼樣子。

例句(1)是描述「我的狗似乎聽得懂英語」的當下的事。

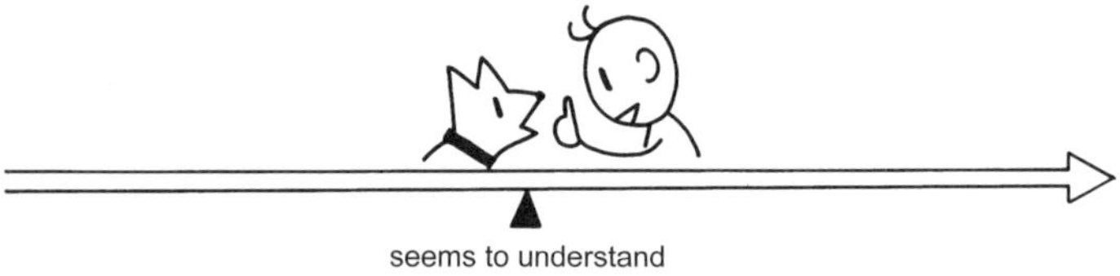

■表示過去某個時點是這麼想的

例句(2)中的「孩子們好像很開心」是表示對過去事物的判斷。

■也可用 It seems that... 來表示

同樣的狀況還可以說成：
(1) **It seems that** my dog *understands* English.
(2) **It appeared that** the children *were* happy.
這裡的 it 是代表「不明確的狀態」（➡p.484）。

參考 seem to be / appear to be 中的 to be 多半可以省略，例如：
The children **appeared** happy.

但是，當所要傳達的內容中沒有表示程度差別的形容詞時，則不能省略 to be。

He **seems** to be a teacher.（他似乎是個老師。）

He **seems** (to be) a good teacher.（他似乎是個好老師。）

→ 句中指出了是什麼樣的老師，所以可省略 to be

參考 appear 一般是用在眼睛可見的客觀事實。

2 to have＋過去分詞（完成式的不定詞）

Target 123

(1) The Romans *seems* **to have built** this castle.

(2) The boy *appeared* **to have been hurt** in the accident.

(1) 好像是羅馬人蓋了這座城堡。

(2) 男孩似乎在意外中受了傷。

■已經發生的事

比句中的主要動詞更早發生的事用＜ to have ＋過去分詞＞來表示。例句(1)中的 seem 和 to have built 的時間關係如下：

■It seems that...

在例句(1)中，羅馬人興建城堡是比 seem 更早發生的事情。如果用 It seems that... 來改寫的話，則 that 子句中的動詞要使用過去式。

▷ **It seems that** the Romans **built** this castle.

例句(2)中的 appeared 和 to have been hurt 的時間關係如下：

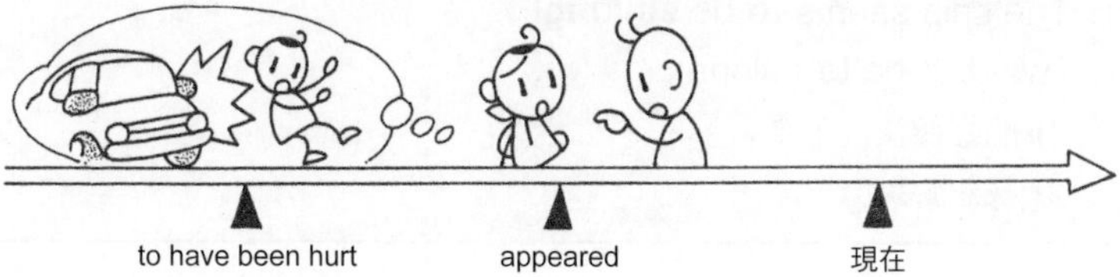

7 不定詞

■覺得比過去更早～

例句⑵中的不定詞 to have been hurt（男孩在意外中受了傷），是比 appeared 更早發生的事。因此如果以 It appeared that... 來改寫的話，則 be 動詞要使用過去完成式（➡p.88）。

▷ **It appeared that** the boy **had been hurt** in the accident.

參考 <to have ＋過去分詞>稱為「完成式的不定詞」。

PLUS 32 < to have ＋過去分詞>用於表達相當於現在完成式的內容

當< to have ＋過去分詞>所表達的事和**現在有關聯時**，其所表示的內容即相當於< to have ＋過去分詞>的現在完成式。

These tourists *seem* **to have lost** their way.

It *seems* that these tourists **have lost** their way.

（這些觀光客似乎迷路了。）

PLUS 33 以< S is said to 不定詞>表示「據說 S 是～」

< It is said that...>表「據說」之意（➡p.146）。如果將 that 子句的主詞拿來當句子的主詞，改成< **S is said to** 不定詞>，則可用來表示「據說 S 是～」。

His mother **is said to be** an actress.（據說他的母親是個女演員。）

若要以「據說 S 曾是～」表示過去的事，就要用完成式的不定詞，即< **S is said to have** ＋過去分詞>。

His mother **is said to have been** an actress.（據說他的母親曾經是女演員。）

3 進行式和被動語態的不定詞

Target 124

⑴ The ship seems **to be sinking**!

⑵ I want **to be left** alone.

⑴ 船好像快沉了！

⑵ 我想要獨處一下。

■**進行式的不定詞**

用不定詞來表示相當於進行式的內容時，就和例句⑴一樣，不定詞要用< **to be ＋ V-ing** >的形式。< seems to be ＋ V-ing >是「似乎正要～」之意。

■**被動語態的不定詞**

用不定詞來表示被動語態時，就和例句⑵一樣，要用< **to be ＋過去分詞**>。至於< want to be ＋過去分詞>是「想要被～」之意。

Check 58 在空格內填入適當的英文，使上下句的意思相同。

1) It seems that you are interested in my success story.
   You _____ _____ _____ _____ in my success story.
2) It seems that he told a lie.
   He _____ _____ _____ _____ a lie.
3) It seems that the baby in that car is crying.
   The baby in that car _____ _____ _____ _____ .
4) I don't want anyone to do it so carelessly.
   I don't want it _____ _____ _____ so carelessly.

2 不及物動詞＋ to 不定詞

1 happen / prove / turn out ＋ to 不定詞

Target 125

⑴ I **happened to see** Jim in a bookstore.
⑵ His story **turned out to be** true.

⑴ 我在書店偶然遇見吉姆。
⑵ 他所說的話結果證明是真的。

■**「偶然～」**

< **S happen ＋ to 不定詞**>是「偶然～／偶而～」之意。

■**「了解到～」**

< **S prove ＋ to 不定詞…／ S turn out ＋ to be...**>是「證明是～／結果變成」之意。

▷ The theory **proved (to be)** correct.
（該理論被證明是對的。）

PLUS 34 **用 It happens that... 來取代 S happen to 不定詞**

＜S happen ＋ to 不定詞＞和＜S turn out ＋ to 不定詞＞可改用＜It happens that... / It turns out that...＞來表示。

It happened that I saw Jim in a bookstore.

It turned out that his story was true.

2 come / get ＋ to 不定詞

Target 126

I **came to like** the small town.

我喜歡上這個小鎮了。

■「開始做某事」

＜**come ＋ to 不定詞**＞和＜**get ＋ to 不定詞**＞是「開始做某事」之意，此時的 come 不可用 become 來代替。

▷ They will soon **get to know** each other.
（他們很快就會相互認識。）

參考 come / get to 的後面一般是接狀態動詞。

Check 59 請配合中文語意，在空格內填入適當的英文。

1) 我偶然間坐在這位歌手的旁邊。
I ______ ______ ______ next to the singer.

2) 我研判這幅畫是仿冒的。
The painting ______ ______ ______ be a fake.

3) 你是如何認識她的？
How did you ______ ______ know her?

3 be to 不定詞

Target 127

(1) The next meeting **is to take place** in Hong Kong.
(2) You **are to show** your student card at the entrance.
(3) Not a sound **was to be heard**.

(1) 下次的會議將在香港舉行。
(2) 你要在入口處出示學生證。
(3) 一點聲音也聽不到。

■be to 不定詞

be to 可以當成助動詞用，一般稱為「be to 不定詞」，主要有下列三種意思：

表示預定

如例句(1)有「**預定做～**」之意。

表示義務／命令

如例句(2)有「**應該做～／不能不做～**」之意。

表示可能

如例句(3)有「**可能～**」之意。如果是否定句，則不定詞通常會變成＜ not... be to ＋過去分詞＞的形式。

參考

＜ be to 不定詞＞也可如下使用：

He **was** never **to return** to his hometown.
（他從此再也沒回到故鄉。）→ 表示結果

If you **are to pass** the exam, you'd better study hard.
（如果你想要通過這個考試，就要好好用功。）→ 表示欲達成設定的目標

參考

＜ be to 不定詞＞表「未來要做的事」，即主詞未來要去做什麼。

注意

be 動詞後面的 to 不定詞　＜ be to 不定詞＞中，不定詞意義上的主詞和句子的主詞是一致的。例如 ***Target 127*** 例句(1)中 take place 意義上的主詞是 The next meeting。

另一方面，當不定詞作為補語置於 be 動詞後面時（➡p.161），由於 S ＝ C，所以句子的主詞不是不定詞意義上的主詞。

Our plan is **to climb** the mountain tomorrow morning.
（我們的計畫是明早去爬山。）

Check 60

請將下列句子譯成中文。

1) We are to meet at the art museum tomorrow.

2) Not an animal was to be seen in the desert.

3) You are to return the book to me by tomorrow.

3 不定詞需注意的用法

1 表示難易的形容詞＋ to 不定詞

Target 128

(1) *Poetry* is *hard* **to translate**.
(2) *Our teacher* is *easy* **to talk with**.

(1) 詩是很難翻譯的。
(2) 我們老師很健談。

■＜S is＋形容詞＋to 不定詞＞

＜S is ＋形容詞＋ to 不定詞＞可用來表示說話者對主詞的評價。如例句(1)，對主詞「詩」的評價是「很難翻譯的」，再如例句(2)對我們老師的評價是「很健談」。

表示難易的形容詞

easy（簡單）、hard / difficult（困難）、impossible（不可能）等是常用來**表示難易的形容詞**。

主詞是不定詞的受詞

在例句(1)中，主詞 Poetry 是 to translate 的受詞。在例句(2)中，主詞 Our teacher 是 to talk 後面的介系詞 with 的受詞。
例句(1)和(2)也可以改用虛主詞表示如下：

(1) It is *hard* **to translate** *poetry*.
(2) It is *easy* **to talk with** *our teacher*.

參考

dangerous（危險的）也可以這麼用：
This park is *dangerous* **to walk in** at night.
It is *dangerous* **to walk in** *this park* at night.
（夜晚在這個公園散步是危險的。）

2 too... to 不定詞

Target 129

This curry is **too** spicy for me **to eat**.
這個咖哩太辣，我吃不下去。

■「太～以至於不能～」

＜ **too ＋形容詞／副詞＋ to 不定詞**＞是用來表示「太～以至於不能～」之意。注意，too 的後面一定要緊接著形容詞或副詞。此外，例句中的 for me 是 to eat 意義上的主詞。

注意

也可用＜ so... that～＞來表示 ＜so... that ＋否定句＞可用來表示「由於非常…所以不能～」的意思。

This curry is **so** spicy **that** I **can't** eat it.

（這咖哩太辣，所以我吃不下。）

在＜ so... that ＋否定句＞的句型中，eat 必須要有受詞 it（= this curry）才行，因為是 that 子句，故一定要加上受詞。但當使用＜ too... to 不定詞＞時，因為整個句子的主詞 This curry 和不定詞的受詞是一樣的，所以不用放不定詞的受詞。

3 ... enough to 不定詞

Target 130

She was *kind* **enough to carry** my baggage.

她親切地為我搬運行李。

■「～到足以去做～」

＜**形容詞／副詞＋ enough to 不定詞**＞是表達「～到足以去做～」的意思。如例句中的「到幫忙搬運行李程度的親切→親切到幫忙搬運行李」

注意，**形容詞或副詞必須置於 enough 的正前面**，不可以說成× She was *enough kind* to...。

注意

＜...enough to 不定詞＞和＜ so... that～＞ ＜ enough to 不定詞＞可以用＜ so... that ＋肯定句＞來取代。此時，so 後面接形容詞或副詞。但和＜too... to 不定詞＞不同的是，that 之後要接肯定句。

She was **so** kind **that** she carried my baggage.

（她是如此親切地幫我搬運行李。）

不過，要注意 He is old enough to buy alcohol.（他已經到了可以買酒的年齡。）不可以說成× He is so old that he can buy alcohol. 因為 He is so old 的意思是說「他年紀很老」。

參考 有時 enough 和 to 不定詞之間會插入不定詞意義上的主詞。

This problem is easy **enough** *for me* **to solve**.
（這個問題簡單到我都能解決。）

4 so... as to 不定詞

Target 131

She was **so** *kind* **as to carry** my baggage.
她親切到可以為我搬運行李。

■「到～程度」

＜ so ＋形容詞／副詞＋ as to 不定詞＞和＜...enough ＋ to 不定詞＞一樣，都有「到～程度」之意，但前者的形容詞或副詞要置於 so 之後。

5 so as to 不定詞／ in order to 不定詞

Target 132

(1) I left early **so as to avoid** heavy traffic.
(2) I hurried **in order not to miss** the train.
(1) 為了避開塞車，我提早出門。
(2) 我匆匆忙忙為的是不錯過火車。

■清楚指出「目的」

用不定詞來明確表示「目的」的用法有＜ **so as to 不定詞**＞和＜ **in order to 不定詞**＞兩種。此類表達方式是比較直接的用法。

■「為了不～」

要表達否定的「為了不～」之意，可以像例句(2)一樣，用＜ **in order not to 不定詞**＞或＜ **so as not to 不定詞**＞（➡p.174）。

Check 61 請根據中文語意，重組括弧內的英文。

1) 她很難相處。
She is (hard / get along / to) with.

2) 這件行李用單手提太重了。
The bag is (carry / too / to / heavy) in one hand.

3) 她聰明到可以理解這場演講。
She was (enough / understand / to / smart) the lecture.

4) 這名年輕人勇敢地去拯救溺水的孩童。
The young man was (as / brave / so / save / to) the drowning child.

5) 我表哥為取得執照而十分用功。
My cousin studied hard (order / get / in / to / the license).

6 疑問詞＋ to 不定詞

Target 133

You should teach your children **how to swim.**
你應該教自己的孩子如何游泳。

■疑問詞＋to 不定詞

how to...

不定詞正前面加疑問詞的＜**疑問詞＋ to 不定詞**＞，大部分是作為動詞的受詞。例句中的 how to swim（如何游泳 →游泳的方法）是 teach 的受詞。

who to...

▷ I thought about **who [whom] to invite** to the party.
（我在想派對應該邀請誰。）

who [whom] to invite 是 thought about 的受詞。

■＜疑問詞＋to 不定詞＞的意思

像這樣，＜疑問詞＋ **to** 不定詞＞的意思變成「**疑問詞本身代表的含義＋應該做（能做）～**」。

what to...

▷ I don't know **what to do** next.
（我不知道接下來要做什麼。）

where to...

▷ Do you know **where to buy** the tickets?
（你知道要去哪裡買車票嗎？）

when to...

▷ Ask your teacher **when to start**.
（請問你的老師何時要開始。）

注意 × why to...　在疑問詞中，why 不可以放在不定詞的前面，也就是不能用×< why to 不定詞>的形式。

PLUS 35 whether to 不定詞

有時也可用 whether（是否）來代替疑問詞，如下例所示：

I can't decide **whether to accept** his request.

（我無法決定要不要接受他的要求。）

7 獨立不定詞

Target 134

(1) **To tell (you) the truth**, that jacket doesn't suit you.

(2) **Strange to say**, the missing plane was never found.

(1) 說老實話，那件夾克並不適合你。

(2) 說來奇怪，那架失蹤的飛機從此消失無蹤。

■**不定詞的習慣用法**

例句(1)中的 to tell the truth（老實說）和例句(2)中的 strange to say（說來奇怪）都是慣用語，我們稱為獨立不定詞。

其他的獨立不定詞

其他的獨立不定詞還有：

to be honest（老實說）	so to speak（說起來，說來～）
needless to say（不用說）	to be frank (with you)（坦白說）
to be brief（簡言之）	to begin with（首先）
to make matters worse（更糟的是）	to say nothing of...（更不用說…）
not to say...（即使不能說…）	to be sure（的確）

8 代不定詞

Target 135

"Would you like to go to the movies?" " I'd love **to**."

「你想不想去看電影？」「我很樂意。」

■只用 to 表示

為了讓句子更精簡且避免重複，可將to之後的動詞省略，例句中答話者就省略了問句中 to 後面的 go to the movies。這裡的 to 稱為代不定詞。

■有 be 動詞時留下 to be

若為了避免重覆而使用代不定詞，動詞又是 be 動詞時，則要用 to be，不能只留下 to。

▷ He is not a good actor, and he doesn't even try **to be**.
（他不是個好演員，而且他甚至不曾嘗試如此做。）

Check 62 請根據中文語意，在空格內填入適當的英文。

1) 請告訴我們今天要做什麼。
Tell us ______ ______ do today.

2) 如何將計畫化為實際行動才是問題所在。
______ ______ put the plan into practices is the question.

3) 不用說，健康尤勝於財富。
______ ______ ______, health is above wealth.

4) 「你可以幫我搬行李嗎？」「當然，我很樂意。」
"Could you help me with this bag?" "Sure, I'd be happy ______."

PLUS 36 修飾不定詞的副詞位置

當修飾 to 不定詞的副詞位於不定詞的前面時，和 not 等否定詞一樣，詞序原則上是＜副詞＋ to不定詞＞。但如果要更明確表達副詞不是修飾主要動詞而是修飾不定詞時，詞序為＜ to ＋副詞＋不定詞＞。

The police told me **to** *properly* **describe** the man.
（警察告訴我要正確地描述這名男子。）

再如下例所示，若將 properly 置於 to 之前，則 properly 就不是用來修飾 to describe，而是修飾 told。

The police told me *properly* **to describe** the man.
（警察客氣地請我描述這名男子。）

Check 問題的解答

51 1) to become a pilot 2) to win this race 3) to be [become] a teacher

52 1) The old man needs (someone to look after him).
2) I have (no books to read) now.
3) My father found (someone to play chess with).
4) She broke (her promise to meet me) at Tainan Station.

53 1) 我到戲院買票。
2) 我母親很高興能收到你的來信。
3) 你能見到那位有名的明星實在是太幸運了。
4) 那隻鳥飛走了，再也不回來。

54 1) My father allowed (me to buy the bicycle).
2) The police forced (the crowd to leave the square).
3) He advised (me to take a day off).

55 1) me 要我解決這個問題是困難的。
2) the government 政府推行這項計畫是個錯誤。
3) my father 我要父親別再喝這麼多酒。

56 1) The doctor warned (my father not to smoke).
2) My sister makes it a rule (never to eat) between meals.

57 1) try 2) shout 3) to turn 4) enter 5) to buy

58 1) seem to be interested 2) seems to have told
3) seems to be crying 4) to be done

59 1) happened to sit 2) turned out to 3) come [get] to

60 1) 明天我們要在美術館見面。
2) 這片沙漠看不到任何動物。
3) 你得在明天之前把書還給我。

61 1) She is (hard to get along) with.
2) The bag is (too heavy to carry) in one hand.
3) She was (smart enough to understand) the lecture.
4) The young man was (so brave as to save) the drowning child.
5) My cousin studied hard (in order to get the license).

62 1) what to 2) How to 3) Needless to say 4) to

第 8 章 動名詞

學習要項

Part 1　概念

何謂動名詞

① 相當於句子但不是句子

請將「我早上睡到很晚。」以英文表示。

I sleep till late in the morning.

現在再將「早上晚起是愉快的」譯成英文。若用 to 不定詞造句，意思會變成「早上若晚起的話」，但我們想要表達的是「平時早上晚起，感覺很好。」此時，**用動名詞來表達習慣的行為是最恰當的**。

Sleeping till late in the morning is pleasant.

使用動名詞可以將等同於一個句子的內容變得更為精簡，而且動名詞也常用於表示**習慣**（陳述一再反覆的行為），以及**一般的慣例**。

② 「發生的時間」會隨動詞而改變

如上所述，動名詞可用來表示「平常在做的事」。不僅如此，當動名詞置於及物動詞後面作為受詞時，動名詞所表示的「時間」會隨著及物動詞的意思而改變。

(a) 享受正在做的事 **(enjoy V-ing)**

I *enjoy* **sleeping** till late in the morning.

（我享受早上晚起。）

這句話和 Sleeping till late in the morning is pleasant. 意思一樣，用 I enjoy... 是站在「我的行動」這個立場，同時指「晚起」這件事是一再重複的，之所以會有「重複」

的意思，和 enjoy 是現在式有關（➟ p.55）。因為享受「正在做的事」，所以 enjoy 和動名詞連用。如果是「我享受今早的晚起」，則 enjoy 要用過去式，變成下例：

I enjoyed sleeping till late this morning.

此時仍保有「享受正在做的事」之意。

(b) 停止「至今一直都在做的事」**(give up V-ing)**

He *gave up* **smoking**.

（他戒煙了。）

因為是停止或放棄「正在做或一直在做的事」，所以 give up 和動名詞連用。

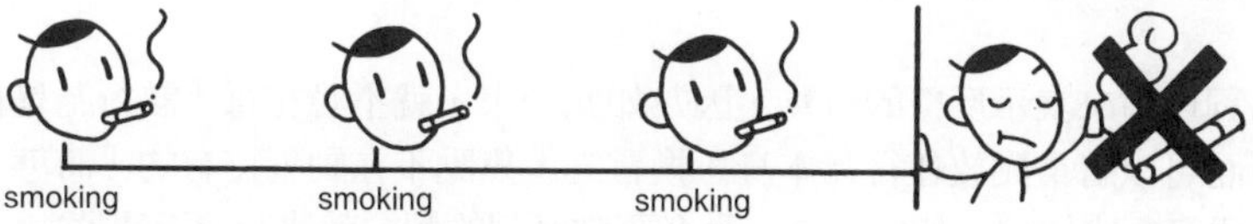

(c) 記起或想起「已經做過的事」**(remember V-ing)**

I *remember* **meeting** your sister on the train last week.

（我想起上周在火車上遇見你妹妹的事。）

「遇見」雖然是上周的事，但 remember 用現在式，並不會讓人誤會成是忘記「正在做的事或習慣做的事」，所以單看 meeting 也知道是表示過去的事（關於動名詞和不定詞的差異，請參考「動名詞與不定詞」➟p.202）。

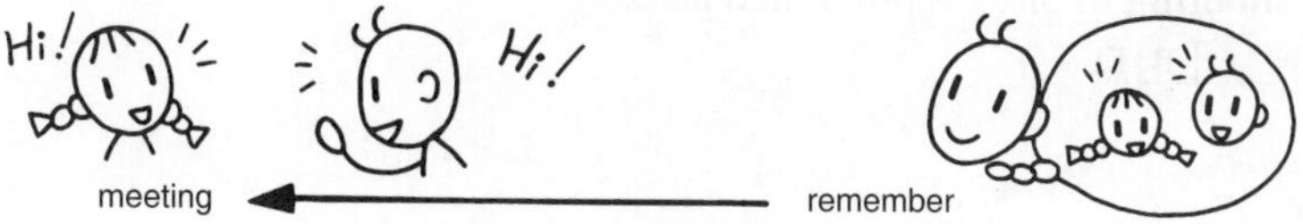

(d)「避免做～」**(avoid V-ing)**

You should *avoid* **using** that street during the rush hour.
（你應該在尖峰時間避開那條路。）

using that street during the rush hour 並不是「執行中或執行完畢的事」，和動詞 avoid（避免）並用時，會有「不做～」之意，即 avoid ＋ V-ing 表示「為防止／避免做～」。此外，avoid 後面不用 to 不定詞，因為一般來說，to 不定詞含有「希望…，應該…，可以…」之意。

動名詞雖然還有其他用法，但上面介紹的已涵蓋大部分，請將它們好好記住。

3 動名詞的名詞功用

動名詞可用來表示反覆的行為，因為如此一來，就不必在意「該行為是何時發生的」，而可以將重點放在行為本身。換言之，焦點不在動詞特有的「時態」上，而將它當成名詞來使用。如此一來，動名詞當名詞的傾向就比 to 不定詞強。

原本介系詞後面只能接名詞，但基於以上理由，介系詞後面也可以接動名詞。

He went home *without* **setting** the matter.
（他沒解決問題就回家了。）

如果是用 to 不定詞，注意不可以用✕ without to settle the matter。另外，動名詞有時會失去動詞的性質而完全名詞化。

(a) **Shooting** birds is prohibited here.
(b) *The* **shooting** of birds is prohibited here.
（這裡禁止射鳥。）

Part 2 理解

1 動名詞的功用

動名詞具有句子的補語與主詞、受詞，以及介系詞的受詞等**名詞詞性**，另外還有可接受詞或可用副詞修飾的**動詞詞性**。

1 當補語或主詞用

Target **136**

(1) My hobby is **taking** pictures.
(2) **Remembering** people's names is difficult.
　(1) 我的興趣是攝影。
　(2) 記住人名很難。

8 動名詞

■當補語用的動名詞

例句(1)的主詞是 my hobby（我的興趣），至於興趣到底是什麼，則用 V-ing 形式的 taking pictures（攝影）來表示。因為補語的作用在於說明主詞到底是什麼，所以 taking pictures 在此當補語用。

名詞的作用
反覆進行的事

當名詞使用的動詞 V-ing 形式，稱為動名詞。動名詞可以如例句(1)的「攝影」，表示反覆進行的事情。

▷ *My favorite leisure activity* is **riding** horses.
（我最喜歡的休閒活動是騎馬。）

注意

名詞和不定詞所表示的意思　動名詞可以表示「習慣的行為或一般慣例」。關於 to 不定詞和動名詞的差異，請參照 **Part 1**。

注意

be 動詞後面接 V-ing 的句子　be 動詞後面接 V-ing 的形式有底下兩種：

① 作為進行式（➟p.57）
Judy **is playing** the piano in her room.
（茱蒂正在她的房間彈鋼琴。）

② V-ing 當作補語
Her hobby **is playing** the piano.（她的興趣是彈鋼琴。）
例句中的 her hobby ＝ playing the piano。

■當主詞用的動名詞

例句(2)的句首是 Remembering people's names 的 V-ing 形式。從後面接的 is difficult 可認定 Remembering people's names 是當主詞使用。又因為可作為主詞的是名詞（➡p.9），所以 Remembering 是當名詞使用的動名詞。

參考 Remembering people's names 是「記住人名」的一般行為，而 To remember people's names 是「去記住人名」這種表示未來的事。

PLUS 37 動名詞片語當主詞時，有時可用虛主詞 it 來代替

It is enjoyable **living** by the sea.（住在海邊很有樂趣。）
例句中的 It 是虛主詞，living by the sea 才是真正的主詞。

2 當受詞用

Target 137

My grandfather *enjoys* **playing** golf.
我祖父喜歡打高爾夫球。

■當受詞用的動名詞

例句中的 playing golf 緊接在動詞 enjoy 之後，變成 enjoy 的受詞。動名詞可像這樣作為及物動詞的受詞。

PLUS 38 動名詞片語當受詞時，有時可使用虛受詞

I found *it* comfortable **lying** on the grass.
（我發現躺在草地上是很舒服的。）
句中的 it 是 found 的虛受詞，lying on the grass 才是真正的受詞。

PLUS 39 need V-ing / want V-ing

need V-ing / want V-ing 表示「有必要～」的意思。

This shirt **needs washing**.（這件襯衫需要清洗。）
These shoes **want polishing**.（這些鞋子需要擦亮。）

這裡的V-ing可把它當成名詞。need washing是「需要清洗」，意思和need a wash 這類使用名詞的表現方式相同。

同樣的內容以不定詞來表示時，需改成< need to be ＋過去分詞>的被動語態。

This shirt **needs to be washed**.
These shoes **need to be polished**.

3 當介系詞的受詞

Target 138

She is good *at* baking cookies.
她擅於烘烤餅乾。

■作為介系詞的受詞

在例句中，介系詞 at 後面緊跟著 V-ing 形式的 baking cookies。由於介系詞後面直接接名詞，所以可知baking是當名詞用的動名詞。動名詞可以像這樣當介系詞的受詞使用。

▷ He left *without* **saying** good-bye.
（他沒道別就離開了。）

注意

介系詞後面不能直接跟著不定詞　不定詞雖然也帶有名詞的功用，但是介系詞後面不能直接接不定詞。

× She is good *at* to bake cookies.
× He left *without* to say good-bye.

Check 63

請將括號內的動詞改為適當的形式。

1) (Make) model cars is my hobby.
2) One American tradition is (eat) turkey on Thanksgiving Day.
3) I enjoy (read) books in the library.
4) Mike is fond of (watch) horror movies.

2 動名詞意義上的主詞與否定詞的位置

動名詞有其意義上的主詞，請試著將動名詞所表示的行為想成「何者在做～」。

① 不明示意義上的主詞時

Target 139

(1) My brother doesn't like **playing** computer games.
(2) **Seeing** is **believing**.
(3) His hobby is **collecting** stamps.
　(1) 我哥哥不喜歡玩電腦遊戲。
　(2) 眼見為憑（百聞不如一見）。
　(3) 他的興趣是集郵。

■**不明示意義上的主詞**

句子的主詞

在例句(1)中，「玩電腦遊戲」的是句子的主詞「我哥哥」，像這樣**動名詞意義上的主詞和句子的主詞一致時**，就不必清楚指出意義上的主詞為何。

意義上的主詞是一般人時

在例句(2)中，無論是「看」或「相信」，句子一開頭都沒有指明是誰。像這種**意義上的主詞是「一般人」時**，亦即任何人皆可時，也不必清楚指出意義上的主詞。

文意中可明顯看出意義上的主詞

例句(3)從 his hobby 可以明顯看出「集郵」的是「he」。像這樣動名詞的主詞和句子的主詞「他的興趣」雖然並不一致，但也可以不明示意義上的主詞。

② 明示意義上的主詞時

若遇到必須明白指出動名詞意義上的主詞時，可直接置於動名詞的正前面。

Target 140

(1) My brother doesn't like **my** *playing* computer games.
(2) I'm sure of **our team** *winning* the game.
　(1) 我哥哥不喜歡我玩電腦遊戲。
　(2) 我確信我們這隊一定會贏。

■**意義上的主詞為代名詞時**
意義上的主詞放在動名詞前面
所有格或受格

在例句(1)中，動名詞playing正前面的**所有格代名詞**my是意義上的主詞，my playing～的意思是「我做～」，如果不指出意義上的主詞，玩電腦遊戲的就會變成句子的主詞「我哥哥」。

當意義上的主詞是代名詞時，及物動詞的後面放受格比較自然，所以**大多用受格**。

▷ I can't stand **him** *shouting* when he is angry.
（我無法忍受他生氣時大吼大叫。）

■**意義上的主詞為名詞時**
保持原有的形態

在例句(2)中，名詞 our team 是 winning 意義上的主詞，此時可以使用所有格形式的名詞（➡p.450），或是維持原有的形態放在動名詞前面。

注意

代名詞的主格不可以當作意義上的主詞　當代名詞要表示意義上的主詞時，要使用所有格或是受格。

8 動名詞

3 否定詞的位置

Target 141

Not *saying* "thank you" is rude.
不說「謝謝」是無禮的。

■**否定動名詞**
否定詞位於動名詞的前面

用來否定動名詞的 not 及 never 等，**要放在動名詞的前面**，故例句中要表達「不說『謝謝』」，是用 Not saying "thank you"。

▷ I believe in **never** *telling* lies.（我相信人都不該說謊。）

Check 64

請配合中文語意，在空格內填入適當的英文。

1) 我母親以我哥哥是一位攝影師為榮。
My mother is proud of ______ ______ ______ as a photographer.

2) 我不喜歡你在我房間內抽煙。
I don't like ______ ______ in our room.

3) 我很羞愧不懂得餐桌禮儀。
I am ashamed of ______ ______ table manners.

Part 3 進階

1 動名詞的各種形式

動名詞中也有用來表達被動意思的被動語態。此外，表達比句中主要動詞更早發生的事情時，要用＜ having ＋過去分詞＞的形式。

1 被動語態的動名詞

Target 142

I don't like **being treated** like a child.
我不喜歡別人把我當成小孩看待。

■**being＋過去分詞**
表示「被」～

以被動語態來表示動名詞時，要用＜ **being ＋過去分詞**＞的形式。在例句中，被動語態的動名詞 being treated 是 like 的受詞。treat me like a child（對待我像個小孩似的）的 me 移作句子的主詞變成 I，所以有必要用被動語態。

▷ I don't like **being spoken to** in a loud voice.
（我不喜歡別人跟我大聲說話。）

2 having ＋過去分詞（完成式的動名詞）

Target 143

She *is* proud of **having won** a medal at the Olympics.
她對於在奧運中獲得獎牌感到非常驕傲。

■**having＋過去分詞**
表示以前的事

要用動名詞表達比句中主要動詞更早發生的事情時，就用＜ **having ＋過去分詞**＞。例句中的 She is proud 和 having won a medal 的「時間關係」如下：

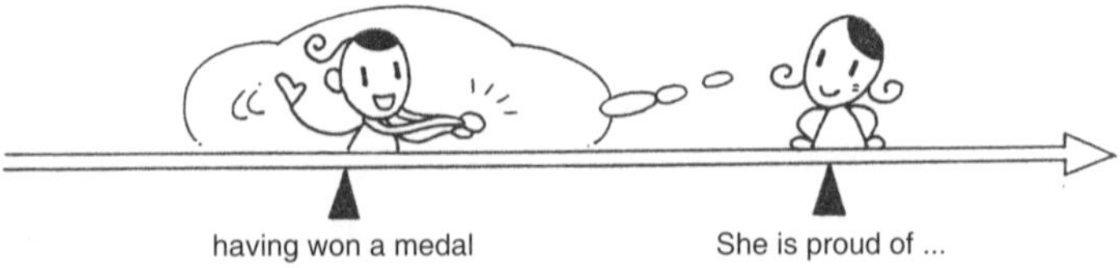

「獲得獎牌」是過去的事，可改用 that 子句表示如下：

▷ She *is* proud that she **won** a medal at the Olympics.

■主要動詞用過去式

當句中的主要動詞是表示過去的事情時，可表達如下：

▷ He *was* proud of **having passed** the exam two years before.
（他對於兩年前通過考試感到光榮。）

若改用 that 子句，則是：

▷ He *was* proud that he **had passed** the exam two years before.

參考 ＜having＋過去分詞＞稱為「完成式的動名詞」或「完成動名詞」。

■當時間的關係明顯時

不用完成式也可以

如果可從句意明顯看出時間的關係時，可用單純的動名詞(V-ing)來表達比句中主要動詞更早發生的事情，而不一定要用完成式的動名詞。

▷ He *remembered* **meeting** her once before.
[＝ remembered having met...]
（他記得以前曾經見過她一次。）

▷ The men *admitted* **stealing** her purse.
[＝ admitted having stolen...]
（這名男子承認偷了她的皮包。）

除了 remember 和 admit 之外，deny（否認）和 regret（後悔）等也都可用單純的動名詞來表達比句中主要動詞更早發生的事。

Check 65 請配合中文語意，在空格內填入適當的英文。

1) 我害怕父親生氣。
I was afraid of ______ ______ by my father.

2) 珍承認打破了花瓶。
Jane admitted ______ ______ the vase.

3) 我後悔錯過了這齣戲的第一幕。
I regret ______ ______ the first act of the play.

2 動名詞的重要用法

1 注意不用不定詞的說法

Target 144

(1) The boy **is used to** *making* his own breakfast.
(2) **I 'm looking forward to** *seeing* you again.
　(1) 這個男孩習慣自己做早餐。
　(2) 我期待再次與你見面。

■to之後接動名詞

be used to

在上述兩個例句中，注意 to 後面的動詞並不是使用原形。

例句(1)的 **be used to V-ing** 是「習慣於～」的意思，可用 **be accustomed to V-ing** 來代替。

look forward to

例句(2)的 **looking forward to V-ing** 是「期待～」之意。

2 動名詞的慣用語

Target 145

(1) **There is no** *knowing* what will happen in the future.
(2) **It is no use [good]** *worrying* about the past.
(3) **Would [Do] you mind** *repeating* that?
　(1) 未來會發生什麼事沒有人知道。
　(2) 擔心過去的事是沒用的。
　(3) 你是否介意再重覆一遍？

■動名詞的用法

例句(1)中的 **There is no V-ing** 是「無法～」，例句(2)中的 **It is no use [good] V-ing** 是「即使做～也是沒用的」。

mind 後面接動名詞

例句(3)的 **Would [Do] you mind V-ing?** 表示「可以請你～嗎？」的請託之意。Would [Do] you mind my V-ing? 則表示「我可以做～嗎？」或「你介意我做～嗎？」的要求許可之意。

▷ **Would you mind my** *sitting* here?
（我可以坐在這裡嗎？）

● keep [prevent / stop] O from V-ing　防止 O 去做～（➡p.407）

The doctors tried to **keep** [**prevent** / **stop**] the virus **from** *spreading*.
（醫生們試著防止病毒擴散。）

● worth V-ing　有做～的價值／值得去做～

The museum is **worth** *visiting*.（這間美術館值得參觀。）

● How about V-ing?　去做～如何？

How about *going* for a swim?（去游泳如何？）

● feel like V-ing　想做～

Do you **feel like** *having* a drink?（你想喝杯飲料嗎？）

● on V-ing　一～就；和～同時

On *seeing* the man's face, she panicked.
（一看到男子的臉，她就感到恐慌。）

● in V-ing　在做～之間／在～時

I slipped **in** *getting* off the train.（我在下火車時不小心滑倒了。）

參考　用<動名詞＋名詞>可表示名詞的用途為何。
sleeping car（臥鋪車）　　*waiting* room（等候室）
dining room（餐廳）　　*frying* pan（煎鍋）

Check 66　請配合中文語意，在空格內填入適當的英文。

1) 我期待收到郵購目錄。
I'm ______ ______ ______ receiving the mail-order catalog.

2) 我不否認獲勝的事實。
______ ______ ______ denying the fact that I was the winner.

3) 我想在咖啡館喝杯咖啡。
I ______ ______ ______ a cup of coffee.

Check 問題的解答

63 1) Making 2) eating 3) reading 4) watching

64 1) my brother [brother's] working 2) your [you] smoking 3) not knowing

65 1) being scolded 2) having broken 3) missing

66 1) looking forward to 2) There is no 3) feel like drinking [having]

動名詞與不定詞

動名詞和不定詞皆可作為及物動詞的受詞，而何時該用動名詞，何時該用不定詞，則由動詞來決定。大致的分類說明如下。

1 以動名詞為受詞的及物動詞

Target 146

(1) You should **avoid** *eating* just before you go to bed.
(2) I've **given up** *looking* for the cat.
(1) 你應該避免在睡前吃東西。
(2) 我已放棄尋找那隻貓了。

例句(1)中的 avoid（**avoid ＋ V-ing**，意為「避免做～」）及例句(2)中的 given up（**give up ＋ V-ing**，意為「放棄做～」），屬於只能接以動名詞為受詞的及物動詞，不可以接不定詞作為受詞。此類用法的動詞包括：
admit（承認）、**avoid**（避免）、**consider**（考慮）、**deny**（否認）、**enjoy**（享受）、**escape**（逃避）、**finish**（完成）、**imagine**（想像）、**mind**（介意）、**miss**（想念）、**practice**（練習）、**quit**（停止）、**stop**（停止）（➡p.205）、**suggest**（建議）、**give up**（放棄）、**put off**（延期）等

▷ The man **admitted** *stealing* the bicycle.
（這名男子承認偷了腳踏車。）
▷ When did your father **quit** *smoking*?
（你父親是什時候戒煙的？）

2 以不定詞當受詞的及物動詞

Target 147

(1) Mary **has decided** *to study* abroad.
(2) I **hope** *to go* to Italy next year.
(1) 瑪麗決定到海外留學。
(2) 我希望明年到義大利。

例句(1)中的 decide（**decide ＋ to 不定詞**，意為「決定做～」）和例句(2)中的 hope

（**hope** ＋ **to** 不定詞，意為「希望做～」），都是只能接以不定詞為受詞的及物動詞，不可以接動名詞作為受詞。此類用法的動詞包括：
care（想要）、**decide**（決定）、**desire**（渴望）、**expect**（期待）、**hope**（希望）、**manage**（設法做～）、**mean**（打算，意欲）、**offer**（給予）、**pretend**（假裝）、**promise**（承諾）、**refuse**（拒絕）、**want**（想要）、**wish**（但願）等。

▷ I **managed** *to find* a taxi.
（我設法找到一輛計程車。）

▷ I **promise** *not to do* that again.
（我答應不再做那件事。）

參考 to 不定詞是表示「未來的事」，常和「指向未來」的及物動詞並用。

Check 67 請由括號內選出正確答案。

1) Have you considered (moving / to move) out of this country?
2) Sorry. I didn't mean (offending / to offend) you.
3) He refused (to come / coming) with us.
4) May I suggest (taking / to take) a vote on this matter?

3 會因受詞是動名詞或不定詞而改變意思的及物動詞

在這裡，動名詞是表示「已經發生的事」或「實際的行為」，至於不定詞則是指「尚未發生的事」。

① forget

Target 148

⑴ I'll never **forget** *meeting* her.
⑵ Don't **forget** *to meet* her.
⑴ 我絕不會忘記我見過她。
⑵ 別忘了要和她見面。

例句⑴是＜ **forget** ＋ **V-ing** ＞的形式，意為「忘了做過的某件事」，至於例句⑵則是＜ **forget** ＋ **to** 不定詞＞的形式，意為「忘了要去做～」。

② remember

Target 149

(1) Do you **remember** *locking* the door?
(2) Please **remember** *to lock* the door.
 (1) 你記得鎖門了嗎？
 (2) 請記得鎖門。

例句(1)是＜ **remember ＋ V-ing** ＞的形式，意為「記得做過的某件事」，至於例句(2)則是＜ **remember ＋ to 不定詞**＞的形式，意為「別忘了做～／記得要去做～」）。

③ regret

Target 150

(1) I **regret** *rejecting* your offer.
(2) I **regret** *to say* that we must reject your offer.
 (1) 我後悔曾拒絕你的提議。
 (2) 很遺憾，我們必須拒絕你的提議。

例句(1)是＜ **regret ＋ V-ing** ＞的形式，意為「後悔做過某件事」，至於例句(2)則是＜ **regret ＋ to 不定詞**＞的形式，意為「很遺憾，但不得不做～」），一般常以 I 或 We 為主詞，再加上 say, tell, inform 等傳達某事的動詞，比底下的＜ be sorry ＋ to ＞更為慎重。

● **be sorry**

be sorry for [about] ＋ **V-ing**　為做～事而抱歉
be sorry ＋ **to** 不定詞　為要做～而抱歉
 I'm sorry for *being* late yesterday.（我為昨天的遲到道歉。）
 I'm sorry *to announce* that the flight has been canceled.
 （很抱歉，我必須宣布那個航班取消了。）

④ try

Target 151

(1) He **tried** *lifting* the rock, and found it was not very heavy.
(2) He **tried** *to lift* the rock, but he couldn't.
 (1) 他試著舉起石塊，發現它不是那麼重。
 (2) 他試著要舉起石塊，但做不到。

例句⑴是＜ **try ＋ V-ing** ＞的形式，意為「試著」，例句⑵是＜ **try ＋ to** 不定詞＞的形式，意為「努力」。不同之處在於例句⑴有舉起石塊，而例句⑵則未舉起。

4 不會因受詞是動名詞或不定詞而改變意思的及物動詞

Target 152

⑴ Sue **started** *crying* [*to cry*] when she heard the news.
⑵ Tracy **loves** *singing* [*to sing*] old folk songs.
⑴ 當蘇聽到消息時，她開始哭泣。
⑵ 崔西很喜歡唱民謠老歌。

例句⑴中的 start（**start ＋ V-ing / start ＋ to** 不定詞，意為「開始做～」），例句⑵中的 love（**love ＋ V-ing / love ＋ to** 不定詞 ，意為「很喜歡做～」），兩者的受詞不管是動名詞或不定詞，意思都不會改變。此類用法的及物動詞包括：

begin（開始）、**cease**（停止）、**continue**（繼續）、**hate**（憎恨）、**intend**（想要）、**like**（喜歡）、**love**（愛）、**neglect**（疏忽）、**start**（開始）等。

▷ He **continued** *talking* [*to talk*] for twenty minutes.
（他持續講了二十分鐘。）

5 注意動名詞和不定詞的個別用法

① stop

Target 153

⑴ He **stopped** *taking* pictures.
⑵ He **stopped** *to take* pictures.
⑴ 他停止拍照。
⑵ 他停下來去拍照。

例句⑴是＜ **stop ＋ V-ing** ＞的形式，意為「停止正在做的～」，至於例句⑵則是＜ **stop ＋ to** 不定詞＞的形式，意為「停下來以便做～」，這裡的 stop 是不及物動詞，to 不定詞是副詞用法，而不是 stop 的受詞。

▷ I **stopped** *studying to watch* the soccer game.
（我停止學習而去看足球比賽。）

② be anxious

> **Target 154**
>
> (1) I **am anxious about** *traveling* alone.
>
> (2) I'm very **anxious** *to travel* alone.
>
> (1) 對於獨自旅行一事我感到不安。
>
> (2) 我非常渴望獨自旅行。

例句(1)的＜ **be anxious about ＋ V-ing** ＞是「擔心～／對～感到不安」的意思，至於例句(2) 的＜ **be anxious ＋ to 不定詞**＞則是「渴望做～」的意思。

其他應該注意的表現方式如下所列。

● **go on**

go on ＋ **V-ing**　繼續做～

go on ＋ **to** 不定詞　接著去做～

They **went on** *arguing* until 2 a.m.（他們一直爭吵到凌晨兩點。）

He **went on** *to explain* how to use the machine.（他接著解釋這個機器的用法。）

● **be sure [certain]**

be sure [certain] of ＋ **V-ing**　（主詞）確定某事

be sure [certain]＋ **to** 不定詞　（主詞）做～是確定的

Roland **is sure of** *being* accepted by that school.
（羅南確定可以進入那所學校。）

Roland **is sure** *to pass* the test; he has been studying for weeks.
（可以確定的是羅南一定會通過考試，他已經用功好幾個星期了。）

Check 68

請配合中文語意，從括號內選出正確答案。

1) 試著找出錯誤。
Try (finding / to find) the error.

2) 吉姆試著睡在臥墊上，而不是床上。
Jim tried (to sleep / sleeping) on a futon instead of a bed.

3) 雨已經停了嗎？
Has it stopped (raining / to rain) yet?

Check 問題的解答

67　1) moving　2) to offend　3) to come　4) taking

68　1) to find　2) sleeping　3) raining

第 9 章 分詞

學習要項

Part 1　概念

何謂分詞

1 不是句子的句子

請試著將「他進到屋子裡了」和「他在微笑」以英文表示。

He came into the room.
He was smiling.

如果要將上面兩個句子合在一起，可以用連接詞 when 或 as。

When [As] he came into the room, he was smiling.
（當他進入房間時，他帶著微笑。）

另一個更簡潔的說法是：

He came into the room **smiling**.
（他微笑地走進房內。）

如上例所示，分詞可以讓同一個句子的內容變得更簡潔。

2 現在分詞和過去分詞

分詞分成現在分詞和過去分詞兩種，試著想想它們基本的差異在哪裡。

首先，先造一個句子：「我家被樹木包圍。」包圍或環繞可以用 surround 這個動詞，使用主動語態時，主詞是「動作執行者」，surround的受詞是「動作接受者」。

The trees **surround** our house.
（樹木包圍著我家。）

此外，我們可以將「樹」作為中心，以「包圍我家的樹」這樣的形式，也就是用後面的語句來修飾「樹」，此時要用現在分詞。

the trees **surrounding** our house
（包圍我家的樹）

「樹」是動作執行者，在此是「包圍者」，為主動語態的主詞。現在分詞可以像這樣將主動語態的句意直接表現出來。換言之，**使用現在分詞可以表現出「進行中」的主動語態**。

接著以「家」為主詞，造一個「我家被樹包圍」的句子。

Our house is **surrounded** by trees.

上面是被動語態的句子。我們也可以「家」為中心，以「被樹木包圍的我家」這樣的形式，從後面加入修飾「家」的語句，此時要用過去分詞來表示。

our house **surrounded** by trees
（我家被樹木包圍）

「家」是動作接受者，在此是「被包圍者」，為被動語態的主詞。過去分詞可以像這樣將被動語態的句意直接表現出來。換言之，**使用過去分詞可以表現「進行中」的被動語態。**

3 主動語態的現在分詞和過去分詞

以上所舉的例子都是及物動詞。如果換成不及物動詞，則現在分詞是表示「正在做～」的進行式，而過去分詞則是「做完～」的完成式。

a **falling** leaf（正在掉落的葉子）→ 飄在空中的葉子

a **fallen** leaf（掉落的葉子）→ 落葉

英文中像這樣用不及物動詞的過去分詞來修飾名詞的並不多。

Part 2 理解

1 修飾名詞的分詞（限定用法）

1 現在分詞與過去分詞

Target 155

(1) Who is the girl **painting** a picture over there?

(2) The picture **painted** by a little girl won the contest.

(1) 在那邊畫畫的女孩是誰？
(2) 這幅由小女孩所繪的圖畫贏得比賽。

■分詞的限定用法
限定名詞的意思

例句(1)中的 painting a picture over there 用來修飾它正前面的名詞 the girl。例句(2)中的 painted by a little girl 則用來修飾它正前面的名詞 The picture。像這樣**用分詞來修飾名詞，以將其意思限定在某範圍內**的用法，稱為**分詞的限定用法**。

■現在分詞和過去分詞

分詞包含**現在分詞和過去分詞**。現在分詞如例句(1)中的 paint**ing**（➡p.592），過去分詞則如例句(2)中的 paint**ed**（➡p.593）。我們就以這兩個例子來看看現在分詞和過去分詞在用法上有何不同。

現在分詞有主動的意思
過去分詞有被動的意思

使用現在分詞時，被修飾的名詞和分詞如「在那邊畫畫的女孩」般，表現出**＜做動作者＞**和**＜做出的動作＞**的主動關係。使用過去分詞時，則如「被少女描繪的圖畫」般，表現出**＜接受者＞**和**＜接受的動作＞的被動關係**。所以可造句如下：
The girl is painting a picture over there.
The picture was painted by a little girl.

如上面兩個例子所顯示的，**分詞所修飾的名詞是分詞意義上的主詞**。

參考

由於分詞帶有動詞的性質，所以可像例句 painting a picture over there，在分詞 painting 後面接受詞 a picture，接著再用副詞（片語）over there 來修飾。

2 分詞置於名詞前面時

Target 156

(1) Someone is in that **burning** house!

(2) The police found the **stolen** money in the car.

(1) 有人在那棟著火的房子裡！

(2) 警察在車子裡找到被偷的錢。

■分詞放在名詞前面

只有分詞時

例句(1) 的 burning 是修飾 house；例句(2)的 stolen 則是修飾 money。

像這樣用一個字來修飾名詞的分詞可置於被修飾名詞的前面，而被修飾的名詞則成為分詞意義上的主詞，且主動語態用現在分詞，被動語態用過去分詞。

例句(1)可改成 That house *is burning*. 的主動語態，例句(2)可改成 The money *was stolen*. 的被動語態。

3 當形容詞使用的分詞（分詞形容詞）

Target 157

(1) It was an **exciting** game.

(2) I saw a lot of **excited** supporters.

(1) 這是個令人興奮的遊戲。

(2) 我看到許多興奮的支持者。

■當形容詞使用的分詞

分詞的動詞性質很薄弱，多半是當成形容詞或副詞使用。但要注意如例句(1)的 exciting 和例句(2)的 excited，會有 V-ing 及 V-ed 的不同用法（➡p.511）。

考慮原本的動詞意思

exciting 是 excite 的現在分詞，excited 是 excite 的過去分詞。由於及物動詞 excite 的意思是「使興奮」，因此 exciting 帶有「使（人）興奮」的**主動意思**，excited 則有「興奮的（人）」的**被動意思**。如果將例句(2)中的 excited supporters（興奮的支持者）誤用成 exciting supporters 的話，意思會變成「令人興奮的支持者」。

參考 如底下所舉的例子，日常生活中經常會使用到＜分詞＋名詞＞的用法：

boiled egg（水煮蛋）	*boiling* water（熱水）
fried chicken（炸雞）	*frozen* food（冷凍食品）
iced tea（冰茶）	*rising* sun（朝陽）
stained glass（彩色玻璃）	*used* car（中古車）
smoked salmon（煙燻鮭魚）	

除了＜V-ing＋名詞＞外，另外也有＜動名詞＋名詞＞的用法。相對於＜分詞＋名詞＞的「正在做～／被～」的意思，＜動名詞＋名詞＞則在於表明名詞的用途。

Check 69 請將括號內的動詞改為正確的分詞形式。

1) She was shocked at the (break) guitar.
2) There is a cat (sleep) on the roof.
3) This is a picture (paint) by Picasso.
4) She received (disappoint) news.

2 當成補語的分詞（敘述用法）

1 SV＋分詞

① 動詞為 keep 等字時

Target 158

(1) He *kept* **saying** that he loved me.
(2) His eyes *remain* **closed**.
(1) 他不停地說他愛我。
(2) 他的眼睛保持緊閉。

■分詞變成補語時 例句(1)的 kept 和例句(2)的 remain 是句中的主要動詞，至於例句(1)的 saying 和例句(2) 的 closed 則是 SVC 句型（➡p.41）

表示動作或狀態的持續

的補語。例句(1)是「不停地說」，例句(2)是「緊閉著」，都是表示動作或狀態的持續。像這種**將分詞當成補語使用的**，稱為敘述用法。

S＝C

SVC句型是「S是～」的S＝C的關係，所以我們可試著將例句(1)(2)中的主要動詞置換成be動詞，如下所示：

(1) **He was saying** that he loved me.
(2) **His eyes were closed**.

這裡的**現在分詞有主動的意思，過去分詞則有被動的意思**。

② 動詞是 walk 或 sit 等字時

Target 159

(1) They *walked* **laughing** into the room.
(2) The teacher *sat* **surrounded** by his students.
(1) 他們微笑著走進房間。
(2) 老師被學生們圍著坐。

■walk或sit＋分詞

表示狀態

walk, sit, come, go, stand 等不及物動詞會伴隨分詞使用。

依據這樣的用法，我們可將使用現在分詞的例句(1)譯成「一邊～一邊～」，即某種樣態的表現，至於使用過去分詞的例句(2)則可譯成「被～」。

參考

另外可如下例，在動詞和分詞之間插入表示位置的用語。
The teacher sat *on the floor* surrounded by his students.
（那位老師被學生們圍坐在地板上。）

注意

go V-ing 的意思　「go V-ing」如 go shopping（去買東西），有「去做～」的意思（➡p.229）。

Check 70

請將括號中的動詞改為適當的分詞。
1) She kept (cry) in front of her mother's grave.
2) The treasure lay (hide) in the cave.
3) We stood (talk) for about an hour.

2 SVO +分詞

Target 160

(1) He *kept* me **waiting** for forty minutes.
(2) We usually *keep* the window **locked**.
(1) 他讓我等了四十分鐘。
(2) 我們總是將窗戶鎖上。

■受詞後面接分詞
表受詞的狀態

當 keep 用在 SVOC 句型（➡p.45）時，可解釋成「將 O 變成 C 的狀態」。例句(1)中的 waiting 和例句(2)中的 locked 是補語，意思分別是「讓我等」及「窗戶鎖上。」

O＝C

在 SVOC 句型中，O 和 C 之間的關係是「O = C」，因此例句(1)可寫成 I *was waiting.*，例句(2)可寫成 The window *is locked.*，進而確認現在分詞 waiting 有主動的意思，過去分詞 locked 有被動的意思。

■<SVO＋分詞>的用法

< SVO ＋分詞>有如下的用法：

▷ I *found* my brother **using** my game machine.
（我發現弟弟正在玩我的遊戲機。）

▷ I *want* this room **cleaned up** by tomorrow.
（我希望明天前房間能收拾乾淨。）

Check 71 請將括號中的動詞改為適當的形式。

1) When I came home, I found my wife (sleep) on the sofa.
2) Don't leave the door (unlock).
3) I wait this problem (solve) by tomorrow.

3 have ＋ O ＋分詞／ see ＋ O ＋分詞

1 have / get ＋ O ＋現在分詞

Target 161

(1) The comedian *had* the people **laughing**.
(2) He *got* the machine **working**.

　(1) 這個喜劇演員把大家逗笑。
　(2) 他讓機器運轉了。

■「使 O 成為～狀態」

＜ **have / get ＋ O ＋現在分詞**＞可用來表示「**使 O 成為～狀態**」，有進行的含義。

▷ She *had* me **waiting** in the rain for thirty minutes.
（她讓我在雨中等了三十分鐘。）

參考 have 用於讓某種狀態持續時，get 則用於變化成某種狀態時。

參考 ＜ have ＋ O ＋原形動詞＞的意思是「使 O 做～／讓 O 做～」（➡ p.174），可用於表示已經結束的動作。

2 have / get ＋ O ＋過去分詞

Target 162

(1) I *had* my hair **cut** at a famous beauty salon.
(2) I *got* my fingers **caught** in the train doors.
(3) *Have* your essay **finished** by tomorrow!

　(1) 我在一家很有名的美髮沙龍剪頭髮。
　(2) 我的手指被火車門夾到。
　(3) 請在明天前完成你的論文！

■表示「使役」和「被～」

是否為主詞的意願

＜ **have / get ＋ O ＋過去分詞**＞可以像例句(1)表示「**讓 O 做～**」的使役意思，或是像例句(2)表示「**O 被～**」的意思。

如果是主詞的意願，也就是是主詞叫人做某事，則如例句(1)的用法。如果非主詞的意願，或是一種不好的遭遇，則用法如例句(2)。

另外，也可以像例句(3)用來傳達受詞自己做完某事。

參考 have 和 get 在意思上雖然沒有很大的差異，不過口語較常用 get。若如例句(1)，請有某種專門技術者做什麼事時，常用 have。至於像例句(2)那樣表示意料之外發生的事情，就可以使用 get。

參考 如果是「使役」的意思，就要加重 have 和 get 的發音；若是「被～」的意思，則是加重過去分詞的發音。

參考 這種用法的 have 和 get 稱為使役動詞（➡p.174）。

PLUS 40 ＜ make ＋ O ＋過去分詞＞的用法

make 也可和過去分詞並用，＜ make ＋ O ＋過去分詞＞的意思是「使 O 變成～」。但是除了過去分詞形容詞化的情況，僅限於 make *oneself* understood（使自己被了解）與 make *oneself* heard（使自己的聲音被聽到）等慣用說法（➡p.482）。

Can you *make* yourself **understood** in English?
（你可以用英語表達你的意思嗎？）

Check 72 請配合中文語意，在空格內填入適當的英文。

1) 他讓他的狗在海邊散步。
He ______ his dog ______ on the beach.
2) 我的護照在羅馬被偷了。
I ______ my passport ______ in Rome.
3) 我昨天修理我的腳踏車。
I ______ my bicycle ______ yesterday.

3 see ＋ O ＋現在分詞／過去分詞

Target 163

(1) We *saw* a bird **building** a nest.
(2) I *saw* a little girl **scolded** by her mother.
(1) 我們看見一隻鳥在築巢。
(2) 我看見一個小女孩被她媽媽罵。

■「看見 O 在～」

＜ see ＋ O ＋**現在分詞**＞意指「**看見 O 在～**」。表示「看」、「聽」、「感覺」的動詞，如 **see, look at, hear, listen to, feel** 等都可以使用這種形式，而這類動詞稱為**感官動詞**（➡p.173）。

■「看見 O 被～」

例句(2)＜ **see ＋ O ＋過去分詞**＞意指「**看見 O 被～**」。

使用現在分詞以表示「鳥在築巢」的主動意思，使用過去分詞則表示「小女孩被罵」的被動意思。

現在來看看＜ see ＋ O ＋原形動詞＞和＜ see ＋ O ＋現在分詞＞在意思上的差別（➡p.175）。

比較看看

(1) We *saw* a duck **cross** the street.
（我們看見一隻鴨子穿過馬路。）

(2) We *saw* a duck **crossing** the street.
（我們看見一隻鴨子正在過馬路。）

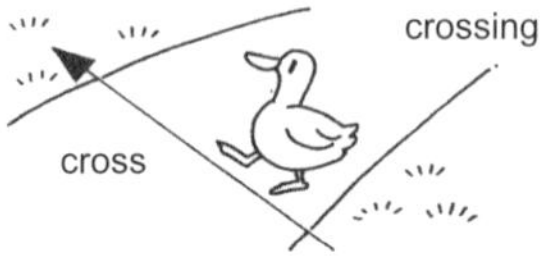

■原形動詞和現在分詞的差異

全程的動作
動作的片段

使用**原形動詞**代表看到或聽到從開始到結束的全程動作。如果是現在分詞，則代表只看到或聽到該全程動作的某個片段。

例句(1)用原形動詞 cross，表示看到鴨子過馬路的所有過程。例句(2)用現在分詞 crossing，則表示只看到鴨子正在過馬路的當下場景。

Check 73　請配合中文語意，在空格內填入適當的英文。

1) 我聽到人群中有人叫我的名字。
I ______ my name ______ in the crowd.

2) 派特看見一位女孩在河裡游泳。
Pat ______ a girl ______ in the river.

3) 我聽到有人在敲門。
I ______ someone ______ on the door.

4 分詞構句

分詞引導的片語可當成副詞來使用。請比較下面兩個句子。

比較看看

(1) Bob was waiting for Mary.
（鮑伯在等瑪麗。）

(2) Bob was waiting for Mary **reading a newspaper**.
（鮑伯一邊看報紙，一邊等瑪麗。）

例句(2)是在例句(1)的後面加入 reading a newspaper 的分詞所引導的片語，用來補充說明鮑伯在等瑪麗時看了報紙。像這樣**將分詞片語當成副詞，用於補充句子訊息的用法稱為「分詞構句」**。

1 分詞構句的形式與功用

Target 164

(1) My mother is cleaning the kitchen **singing a song**.
(2) **Seen from the plane**, the island looks like a ship.

(1) 我母親一邊哼著歌，一邊打掃廚房。
(2) 從飛機上看出去，這座島像一艘船。

■分詞構句的形式和功用

例句(1)在 My mother is cleaning the kitchen 的後面接上 **singing** a song 的**現在分詞引導的片語**，即是加入「一面唱歌」的訊息。

例句(2)在 the island looks like a ship 的前面加上 **Seen** from the plane 的**過去分詞引導的片語**，也就是加入「從飛機上看出去」的訊息。

■現在分詞

例句(1)可以得出 *My mother* **is singing** a song. 的句子，所以使用現在分詞。

■過去分詞

例句(2)因為「島嶼」是「從飛機上可以看見」的，可得出 *The island* **is seen** from the plane. 這樣的句子，所以用過去分詞。

分詞意義上的主詞

在分詞構句中，分詞意義上的主詞原則上要和句子的主詞一致。

參考 分詞構句在會話中不常見，所以請不要隨便使用。不過寫作上倒是頗常出現，讀者還是要熟悉它的用法。

參考 把分詞構句放在句尾時，有時會用逗號。
Bob sat on the bench, **playing the saxophone**.
（鮑伯坐在長椅上吹薩克斯風。）
另外，分詞構句也可緊接在主詞之後。
Mary, **shocked at the news**, couldn't speak a word.
（瑪麗被這則消息震驚得說不出話來。）

2 分詞構句所表示的內容

為了增加文句資訊，分詞構句所表示的內容共有以下幾種。

① 表示「同時進行的事」

Target **165**

Some girls are walking down the road **talking to each other.**
幾個女孩邊走邊交談。

■表「附帶狀況」

上述例句以分詞構句來表示「女孩走在路上」和「交談」是同時進行的。

像這種表示「同時進行的事」稱為「**附帶狀況**」，這是分詞構句最常見的一種用法。***Target 164*** 的例句(1)也是「附帶狀況」的表現。

② 表示「正在做～時」

Target **166**

Walking along the beach, I found a beautiful shell.
走在海灘時，我發現一個美麗的貝殼。

■表示在做～時

上述例句中的 Walking along the beach 為「走在海灘時」。

我們可以像這樣用分詞構句來表示「正在做～時／在做～之際」的意思。***Target 164*** 的例句(2)就是「～時」的表現。

可用連接詞取代

上述例句也可以用表示「～時」的連接詞 when 或 while 來取代。

▷ *When I was walking* along the beach, I found a beautiful shell.

③ 表示「持續的動作」

Target 167

Taking out a key from his bag, he opened the box.
他從袋子裡拿出鑰匙，打開箱子。

■表示「持續的動作」

在例句中「拿出鑰匙」之後是「打開箱子」，也就是有兩個非同時發生的動作。分詞構句可以像這樣用來表示在**一個動作後面再接另一個動作**。

可用連接詞取代

此時可用連接詞 and 來表示如下：

▷ *He took out* a key from his bag *and* (he) opened the box.

④ 表示「原因或理由」

Target 168

Written in simple English, this book is easy to understand.
因為這本書是用簡單的英語寫成的，所以很容易理解。

■表示「原因或理由」

上述例句說明「用簡單的英語寫成的」是「容易理解」的原因。

像這種表示**原因或理由**的分詞構句用法也可用 because, since, as 等連接詞來取代。

可用連接詞取代

▷ *Since this book is written* in simple English, it is easy to understand.

此外，表「原因或理由」的分詞構句通常放在句首。

▷ **Living** on a small island, we need a boat.
（因為住在小島上，所以我們需要一艘船。）

參考

在使用過去分詞的分詞構句中，有時候會在過去分詞的前面加上 being，構成＜ being ＋過去分詞＞的形式。此時的分詞構句通常也是表示「原因或理由」。

Being written in haste, the report had many mistakes.
（因為寫得很快，所以報告中有很多錯誤。）

注意

分詞構句的意思　分詞構句經常會像底下的例句所示，無法單純從句意來判斷它究竟是表示「～時」或「原因或理由」。

Seeing the storm clouds, they turned back.
（看到暴風雲層時，他們掉轉回頭。）

本句也可以解釋成「因為看到暴風雲層，於是他們掉轉回頭。」另外，有些分詞構句並不符合我們上述的分類。讀者應就分詞構句具備的**同時性和連續性**去思索符合句意的中文為何。

參考

分詞構句也可表示「條件」，但不常見，如下例所示：

Turning left after the bank, you will see our house on the right.
= *If* you turn left after the bank, you will see our house on the right.
（經過銀行後左轉，你將會看見我家在右手邊。）

Check 74

請將下列的句子譯成中文。

1) Playing golf, my father came across a bear.
2) Having nothing to do, I went to bed early.
3) I drive to the office every morning listening to the radio.
4) He managed to solve the problem, supported by his classmates.

3 分詞構句的否定用法

Target 169

***Not* knowing** what to say, he kept silent.
他不知該說些什麼，所以保持沉默。

■**否定詞的位置**　｜　用來否定分詞意思的**not**或**never**等，要放在分詞的正前面。

Check 75

請配合中文語意，在空格內填入適當的英文。

1) 我因為沒時間，所以今天早上沒看報紙。(have)
______ ______ time, I didn't read the newspaper this morning.
2) 我兒子不聽我的勸告，所以感冒了。(take)
______ ______ my advice, my son caught a cold.

Part 3　進階

1 分詞構句的應用

1 其他形式的分詞構句

① 表示時間前後關係的 having ＋過去分詞（完成式的分詞）

Target 170

***Having* read** the novel, I already *knew* the ending of the movie.
我已經先看過小說，所以知道電影的結局。

■完成式的分詞
表示比主要子句更早之前的事

要用分詞構句來表示比句子的主要動詞更早發生的事情時，分詞的形式是＜ **having** ＋過去分詞＞。

例句使用having read，由此可知是比「知道」（knew）更早就「看過了」。

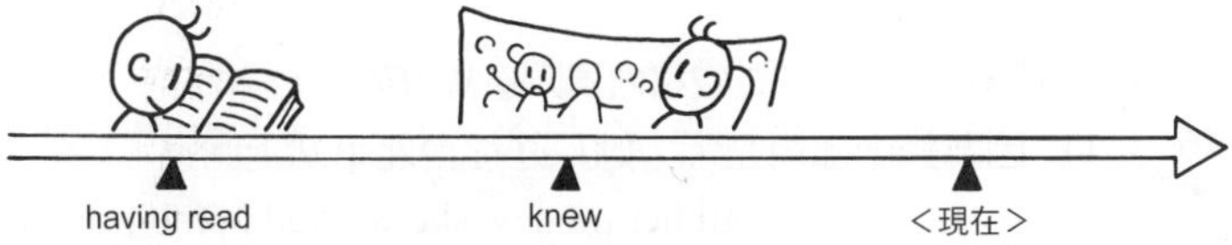

可用連接詞取代

上面的例句可用連接詞表示如下：

▷ *Because* I **had read** (過去完成式) the novel, I already **knew** (過去式) the ending of the movie.

② 分詞前面加入連接詞使意思更明確

Target 171

***While* skiing** in Hokkaido, he twisted his ankle.
在北海道滑雪時，他扭傷腳踝。

■分詞前面放入連接詞時
意思更加明確

為了讓分詞構句的意思更明確，有時會在分詞的前面加上連接詞。如例句的 while 就使得＜時間＞變得更加明確。

置於分詞前面的連接詞以 **while** 和 **when** 居多。另外，也可將＜主詞＋ be 動詞＞省略（➡p.426）。

▷ While *he was* skiing in Hokkaido, he twisted his ankle.

參考　after 和 before 置於 V-ing 的前面時，可以想成是介系詞後面接動名詞的形式。

After finishing his homework, he played the video game.
（做完功課後，他去玩電動遊戲。）

PLUS 41 表示讓步的分詞構句

分詞構句也可用來表示讓步，此時分詞的前面大多會加上表示「讓步」的連接詞 although，或表示「前後兩句子意思相反」的副詞 still。

***Although* impressing** the interviewer, he couldn't get the job.
（雖然給面試者留下深刻的印象，但是他還是得不到這份工作。）

Accepting that he may be right, I ***still*** don't like his idea.
（儘管我承認他可能是對的，但是我仍然不喜歡他的想法。）

Check 76 請配合中文語意，在空格內填入適當的英文。

1) 因為錢全部用光了，她只好從台北車站走回家。
______ ______ all her money, she walked home from Taipei Station.
2) 義大利麵和沙拉一起吃很美味。
This pasta is delicious ______ ______ with a salad.

2 獨立分詞構句

在分詞構句中，原則上分詞意義上的主詞必須與句子的主詞一致。但實際上仍會有不一致的情形，我們稱此為獨立分詞構句。

① 明示意義上的主詞時

Target 172

***It* being** Monday, the barber shop was closed.
因為是星期一，理髮店不營業。

■**主詞在分詞的前面**

分詞意義上的主詞和句子不一致時，**原則上分詞會緊接在意義上的主詞之後。**

可用連接詞取代

在例句中，位於 being 前面的 It 是意義上的主詞。若使用連接詞，則可改寫如下：

▷ Because ***it* was** Monday, the barber shop was closed.

注意

將 < There ＋ be 動詞… > 改成分詞構句時 會變成 *there* **being** ... 或 *there* **having been** ...。這是書面語的用法。

***There* being** no bridge, we had to swim across the river.
（因為沒有橋，我們不得不游泳過河。）

② 分詞構句的慣用語

Target 173

(1) **Frankly speaking**, I think this work is boring.
(2) **Speaking of** children, how old is your daughter now？

(1) 坦白說，我覺得這個工作是無趣的。
(2) 說到孩子，你女兒現在多大了？

9 分詞

■不明確指出意義上的主詞

如例句(1)或(2)所示，會有不明示意義上主詞的慣用說法。嚴格地說，當分詞意義上的主詞是「不特定的人」或「說話者」時，就沒必要在意其意義上的主詞是什麼，這樣的用法有以下幾種：

分詞構句的慣用語

considering...（若考慮…的話）
frankly speaking（坦白說）
speaking [talking] of...（說到…的話）
generally speaking（一般來說）
strictly speaking（嚴格說起來）
judging from...（從…來看）

Check 77

請將下列句子譯成中文。

1) It being very hot last night, I couldn't sleep well.
2) Generally speaking, Japanese people work hard.
3) Judging from her elegant dress, she must be going to the party.

2 表示附帶狀況的 with ＋（代）名詞＋分詞

Target 174

(1) The dog sat there **with** *his tongue* **hanging out**.
(2) He stood in front of us **with** *his arms* **folded**.

(1) 這隻狗伸長舌頭坐在那裡。
(2) 他交叉雙臂站在我們面前。

■with＋名詞＋分詞
表示附帶狀況

在補充說明同時發生的事情時，會使用＜with＋（代）名詞＋分詞＞的形式。此時，（代）名詞是分詞意義上的主詞。

注意

不能直接用＜ with ＋分詞＞ 不可以省略（代）名詞而直接使用＜ with ＋分詞＞的形式。

使用現在分詞

在例句(1)中，with his tongue hanging out 是用來補充說明「狗坐著」的樣子。這裡使用現在分詞，內容相當於 His tongue *was hanging* out. 的**主動語態句子**。換言之，例句(1)可拆解成「狗坐在那裡，（同時）狗將舌頭伸出來」。

使用過去分詞

例句(2)用的是過去分詞 folded，表示 with 以下的內容相當於 His arms *were folded*. 的**被動語態句子**。換言之，例句(2)可拆解成「他站在我們的面前，（同時）他的手臂是交叉的」。

Check 78 請配合中文語意，重組括弧內的英文（其中有一個是多餘的）。

1) 他閉上眼睛，坐在椅子上。
He was sitting in the chair（his eyes / closed / with / closing）.

2) 他未熄火就離開車子。
He got out of the car（run / with / the engine / running）.

PLUS 42 用於表示附帶狀況的 with

用 with 來表示附帶狀況時，經常以形容詞、副詞或介系詞片語來取代分詞，成為＜ with ＋（代）名詞＋形容詞／副詞／介系詞片語＞的形式。注意不可省略（代）名詞。

Some people sleep **with** *their eyes* **open**.

（有些人張開眼睛睡覺。）→ open 是形容詞

Did you interview her **with** *the tape recorder* **on**?

（你訪問她的時候錄音機是開著的嗎？）→ on 是副詞

He apologized for his mistake **with** *tears* **in his eyes**.

（他含淚為他的過錯道歉。）→ in his eyes 是介系詞片語

3 分詞的用法

Target 175

(1) **There's** a car **coming**.

(2) We **went shopping** *in* Taipei.

(3) We **are** very **busy preparing** for the party.

(1) 車來了。

(2) 我們到台北買東西。

(3) 我們忙於準備派對的事。

9 分詞

■There＋be 動詞＋名詞＋分詞

名詞處於何種狀況

現在分詞或是過去分詞

傳達某種人、事、物的存在時，使用＜There ＋ be動詞＋名詞＞的形式（➡p.36），其中名詞後面接分詞，可用來表示**處在某種狀況**。如例句⑴所示，a car 後面接 coming，表示「車來了」的狀態。

當以名詞和分詞來表示「做～」的主動關係時，使用＜**There ＋ be 動詞＋名詞＋現在分詞**＞；如果是表示被動關係時，則使用＜**There ＋ be 動詞＋名詞＋過去分詞**＞

▷ **There was** no time **left** to explain the situation.

（沒有多餘時間去說明狀況。）

■go V-ing

例句⑵的 **go V-ing** 是「**去做～**」的意思，通常用在運動或休閒娛樂方面，像是 go fishing（去釣魚）、go climbing（去爬山）、go swimming（去游泳）等。

注意 go V-ing 後面的介系詞　如例句(2)所示，go V-ing 後面接表示場所的<介系詞＋名詞>時，注意不要用錯介系詞，而要根據與V-ing形式動詞間的關聯來做決定。例如 go shopping **in** Taipei 是「在台北購物」；在湖上溜冰是 go skating **on** the lake；到河裡游泳是 go swimming **in** the river 等。

TIPS FOR YOU ▶ 4

go V-ing 有兩種意思

go V-ing的後面如果接活動的場所，意思是「去哪裡做～」。例如：
I'm going to **go skiing at** Hakuba.（我打算到白馬去滑雪。）

此時使用表示「地點或場所」的介系詞用詞 at（➡p.548），而不用表示抵達目的地的介系詞 to（➡p.554）。如果用 to 會變成「邊做～邊到～」之意（➡p.216）。
I'm going to **go skiing to** Hakuba.（我打算滑雪滑到白馬。）

■be busy V-ing

例句(3)的 **be busy V-ing** 是「忙於～」之意。另外還有以下幾種用法：

● **spend ＋時間＋ V-ing**「做～以打發時間」

▷ I *spent* a lot of time **watching** TV last night.
（昨晚我花了很多時間看電視。）

● **have trouble V-ing**「陷於～」

▷ My father *is having* a lot of *trouble* **giving up** cigarettes.
（我父親正陷入戒煙的苦戰中。）

參考 be busy V-ing 和 spend～ V-ing 有時會在 V-ing 的前面加 in，當成動名詞使用。

We are very busy **in** preparing for the party.
I spent a lot of time **in** watching TV last night.

Check 79 請配合中文語意，在空格內填入適當的英文。

1) 瓶子中幾乎沒剩什麼牛奶了。
There ______ little milk ______ in the bottle.

2) 我星期天常到河邊釣魚。

I went ______ ______ the river on Sundays.

3) 我們很容易就找到他家了。

We ______ no trouble ______ his house.

Check 問題的解答

69 1) broken 2) sleeping 3) painted 4) disappointing

70 1) crying 2) hidden 3) talking

71 1) sleeping 2) unlocked 3) solved

72 1) had [got], running 2) had [got], stolen
3) had [got], fixed [repaired]

73 1) heard, called 2) saw, swimming 3) heard, knocking

74 1) 父親打高爾夫球時，無意間發現一隻熊。
2) 因為無事可做，我很早就睡了。
3) 我每天早上一邊聽著收音機，一邊開車去上班。
4) 由於有同學的協助，他設法解決了這個問題。

75 1) Not having [Having no] 2) Not taking

76 1) Having spent 2) when eaten

77 1) 昨晚很熱，我睡得不好。
2) 一般來說，日本人相當熱衷於工作。
3) 從她高雅的穿著來看，她一定是要去參加派對。

78 1) He was sitting in the chair (with his eyes closed). [closing 是多餘的]
2) He got out of the car (with the engine running). [run 是多餘的]

79 1) was, left 2) fishing in 3) had, finding

英語的訊息結構

外國人在說英語時，並非完全遵循基本的文法，而是會去思考如何讓談話內容易於理解，如何有效傳達自己想表達的事物。原則上，他們會依下列三個環環相扣的步驟來組織談話的內容：

①「對方已經知道的事→對方還不知道的事」

"I can't find my key." "Well, your key is under my bag."
（「我找不到我的鑰匙。」「你的鑰匙在我的袋子底下。」）

在這裡，「鑰匙」是談話重點，所以第二個人的回答是以鑰匙作為句子的開頭。如果說成 my bag is on your key（用 my bag 開頭），會像是未將對方說話的重點放在心上的不自然說法。

②「不重要的事→重要的事」

He's been ill in bed for a week. His illness was a result of bad fish.
（他已經臥病在床一個星期了，生病的原因是吃了不新鮮的魚。）

在已經知道「他生病的事」時，那麼導致生病原因的 bad fish 應該是談話的重點，而非 his illness，所以使用這樣的句構。

③「短→長」

It's dangerous for you to swim in this river.
（在這條河裡游泳是危險的。）

如果用 For you to swim in this river is dangerous. 會顯得主詞過長，難以輕易理解。一般都是先用虛主詞 it，後面再接長的主詞。

再者，如果話題是「這條河」，想要加上「說到這條河…」之類的說明，可使用底下這個自然的說法（參閱第 7 章「不定詞」中的「表示難易的形容詞＋to 不定詞」一節，➟p.182）。

This river is dangerous to swim in.

關於句子要從何處切入、如何展開才會自然，讀者可參考第 6 章「語態」中的「主動語態與被動語態形式上的差異」一節（➟p.135）。

第 10 章 比較

學習要項

Part 1 概念

什麼和什麼做比較

1 「什麼和什麼」在「哪一點」上做比較

首先要確認的是比較上所需要的「要素」，亦即「什麼和什麼」在「哪一點」上做比較。

Betty is as attractive as Ann.
（貝蒂和安一樣有魅力。）

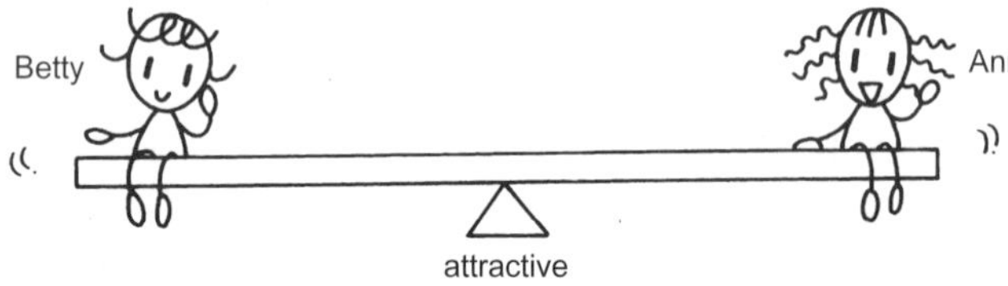

上句是「針對魅力」來比較 Betty 和 Ann。使用 **as...as** 表示兩人的程度相當，這種比較方式稱為＜**原級**＞。

Stan is stronger than Scott.
（史丹比史考特強壯。）

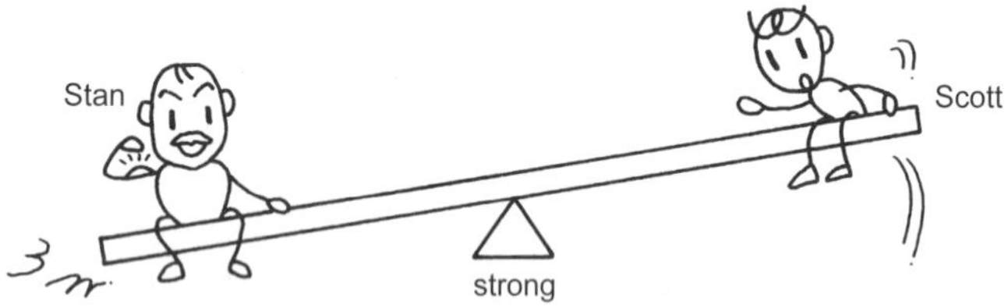

上句是針對「強壯」這一點來比較 Stan 和 Scott。使用**比較級＋ than**，表示兩人之間有落差。

無論是中文或英文，在做比較時，都應該確認比較的對象與比較點。

② 英語的＜比較＞是兩個句子的合成

英文的＜原級＞和＜比較級＞是兩個句子的合成。as...as 及＜比較級＋than＞就像接合兩個句子的黏膠，但接合的方式要正確，否則句子無法成立。接著來看看究竟該如何接合才對。

●**接合方式 1：使用原級做比較**

首先，先造一個不含比較的句子。

① Betty is attractive.

由於 Betty 比較的對象是 Ann，所以我們也試著為 Ann 造一個相同的句子。

② Ann is attractive.

現在輪到「黏膠」登場了。首先將第一個 as 放在 attractive 的前面，由於比較點是「魅力」，所以 attractive 成為比較的基軸。**現在在此基軸前面加上一個 as**。

①' Betty is **as** attractive

接著在②的句子前加上第二個 as，「黏膠」當然要塗在句子和句子的兩端。

②' **as** Ann is attractive.

此時要注意以下兩件事：

(a) 相當於基軸的詞彙必須從第二個句子中刪除，也就是刪去 attractive。

(b) 第二個句子中若有和前一句相同成分、且刪去並不會產生誤解的字詞，即可加以省略，如例句中的 is，但也可予以保留。

②" **as** Ann (is) ~~attractive~~.

接著將它和第一句接合就大功告成了。

③ Betty is **as** attractive **as** Ann (is).

●**接合方式 2：使用比較級做比較**

比較級的做法也是一樣。首先，先造兩個不含比較的句子。

① Stan is strong.

② Scott is strong.

接著，將 strong 改成 strong**er**，它的作用就像「黏膠」一樣。

①' Stan is strong**er**

使用比較級時，將 than 放在第二個句子的句首。

②' **than** Scott is strong

strong 是比較的基軸，可從句中刪除，is 也可省略。

②" than Scott (is) ~~strong~~

最後和①接合。

③ Stan is strong**er than** Scott (is).

3 用最高級來表示「最～」

底下例句是三個人以上在比較「誰」在「哪一點上」是「最～」的。

Chris is **the richest person** in the town.
（克里斯是鎮上最有錢的人。）

和鎮上所有人比起來，克里斯在財富上是排名第一的。這樣的比較方式稱為＜最高級＞。

＜最高級＞的比較原則很簡單，首先造一個不含比較的句子。

Chris is a rich person.

將 rich 改成最高級 rich**est**，如果是「鎮上最有錢的」，則將不定冠詞 a 改成定冠詞 the（參考「冠詞的用法」➟p.466），變成 the richest person。和＜原級＞或＜比較級＞不同的是，「最高級」不需要去接合兩個句子。

使用最高級時，原則上定冠詞 the 是放在最高級的前面。但如果是形容詞的最高級，則只有在最高級之後有跟隨具體的名詞，或下文很明確不必加上名詞時，才可以加 the。請參考「比較的對象不是其他人、事、物」（➡p.269）。

4 進行比較時，何者在前、何者在後

底下兩個句子都是兩人身高的比較，但所要表達的意思稍有不同。

① Al is as tall as Bill.（艾爾和比爾一樣高。）
② Bill is as tall as Al.（比爾和艾爾一樣高。）

句中第二個 as 後面是「已經知道身高多少的一方」，所以第一句是已知比爾的身高，要傳達艾爾和比爾一樣高；至於第二句則是已知艾爾的身高，要說比爾和艾爾一樣高。

使用比較級時，情況也是一樣。

③ Ken is taller than Steven.（肯恩比史蒂芬高。）
④ Steven is shorter than Ken.（史蒂芬比肯恩矮。）

由上可知，在使用＜原級＞和＜比較級＞時，是將第一個出現的對象拿來和後面已知道狀況的對象做比較。

Part 2 理解

1 原級、比較級與最高級

許多形容詞和副詞，除了原級外，還有比較級（比～）和最高級（最～）的形式。比較級和最高級的變化可分為規則變化和不規則變化兩種，底下舉具體例句做說明。

1 規則變化：-er, -est

比較看看

(1) Mt. Fuji is a **high** mountain.
(2) Mt. Fuji is **higher** than Mt. Hotaka.
(3) Mt. Fuji is the **highest** mountain in Japan.

(1) 富士山是座高山。
(2) 富士山比穗高岳高。
(3) 富士山是日本第一高峰。

■**比較級是<原級+-er>，最高級是<原級+-est>**

在例句(1)(2)(3)中，形容詞high的原級意思是「高的」，比較級higher是「比較高的」，至於最高級highest是「最高的」，也就是其意思會隨著做變化。

●規則變化(1)

一個音節（只有一個母音）的單字在原級後面加**-er（比較級）**及**-est（最高級）**。另外，**部分兩個音節**（字尾為-y, -er, -ow, -le等）的單字也是屬於-er及-est型的變化。

	原級	比較級	最高級
單一音節	tall young	tall**er** young**er**	tall**est** young**est**
兩個音節且字尾為-y, -er, -ow, -le的單字	pret-ty clev-er nar-row no-ble	pretti**er** clever**er** narrow**er** nobl**er**	pretti**est** clever**est** narrow**est** nobl**est**

注意 -er及-est的加法

① 字尾以e結束的單字，在後面加上-r, -st

large - larger - largest　wide - wider - widest

② 字尾以＜子音＋ y ＞結束的單字，將 y 改成 i 再加 -er 及 -est

early - earlier - earliest　easy - easier - easiest

③ 字尾以＜一個短母音＋一個子音＞結束的單字，重覆子音再加 -er 及 -est

big - bigger - biggest　hot - hotter - hottest

2 規則變化：more, most

比較看看

(1) This car is **expensive**.
(2) This car is **more expensive** than that one.
(3) This car is the **most expensive** in this showroom.

(1) 這部車很貴。
(2) 這部車比那部還要貴。
(3) 這部車是展示間中最昂貴的一部。

■more... 的比較級 most... 的最高級

在規則變化中，可如上述例句所示，在 expensive 前面加上 more 和 most，變成比較級和最高級。

●規則變化(2)

大部分兩個音節的單字和三個音節以上的單字，以及字尾以 -ly 結尾的副詞，是在原級前面加上 more（比較級）和 most（最高級）。

	原級	比較級	最高級
兩個音節	care-ful hon-est self-ish	**more** careful **more** honest **more** selfish	**most** careful **most** honest **most** selfish
三個音節	im-por-tant dif-fi-cult	**more** important **more** difficult	**most** important **most** difficult
字尾為 -ly 的副詞	quick-ly	**more** quickly	**most** quickly

注意　**early 的比較級是加上 -er 和 -est**　early 是形容詞也是副詞，它的比較級和最高級是 early - earlier - earliest。

參考 在兩個音節的單字中，有些單字的變化形既可以是 -er 和 -est，也可以是 more 和 most，如下例所示：

angry - angrier - angriest / angry - more angry - most angry

3 不規則變化

比較看看

(1) This is a very **good** watch.
(2) This watch is **better** than that silver one.
(3) This is the **best** watch in this store.

(1) 這是只很棒的手錶。
(2) 這只手錶比那隻銀色的好。
(3) 這是店內最棒的一只錶。

■不規則變化的比較級和最高級

如例句的 good - better - best 所示，good 的比較級和最高級是個別做變化，像這種不規則變化的單字數量雖不多，但皆為常見的形容詞或副詞，有必要加以牢記。

原級	比較級	最高級
good（好的）	better	best
well（健康的／精通的）	better	best
bad（壞的）	worse	worst
badly （嚴重地）	worse	worst
ill（生病的／惡意的）	worse	worst
many（多的）	more	most
much（多的／非常地）	more	most
little（最小的／少量地）	less	least

參考 形容詞 **well**（健康的）的比較級和最高級僅限於當補語時才有以上變化。也就是說，well 修飾名詞時只用原級，不會用比較級和最高級。

◯ a well baby（一個健康寶寶）
× a better baby

PLUS 43 有兩種比較級和最高級的形容詞／副詞

far, late, old 會因意思的不同而有兩種比較級和最高級。

● far

far（有關距離）「遠的／遠地」- farther [ˋfɑrðɚ] - farthest [ˋfɑrðɪst]
- further [ˋfɝðɚ] - furthest [ˋfɝðɪst]

far（有關程度）「很／極」 - further - furthest

the **farther [further]** bank of the river（距河很遠的河岸→河的對岸）

discuss **further**（進一步討論）

● late

late（有關時間）「晚的／晚地」- later - latest

late（有關順序）「後面的」 - latter - last

later than usual（比平常晚／比平常晚的時間）→ 時間

the **latter** half of the film（電影的後半部）→ 順序

● old

old（有關年齡或新舊）「年紀大的／舊的」- older - oldest

old（有關兄弟姐妹的年齡）「年長的」 - elder - eldest

elder sister（姊姊）, the **eldest** son（長男）

注意　**elder, eldest 只有限定用法（修飾名詞的用法）**

elder 和 eldest 一般只在後面接名詞，亦即＜ elder [eldest]＋名詞＞的形式，而不會寫出× He is *elder* than I am. 這樣的句子，尤其是美式英語，即使在比較兄弟姐妹間的年齡時，也不用 elder, eldest，而常用 older, oldest。

注意　**沒有比較性的形容詞**　在形容詞中，也有類似 favorite（喜愛的）的字，是沒有比較性的。

perfect（完全的）、essential（必要的）、basic（基本的）、obvious（明顯的）、main（主要的）等，也沒有比較級。

Check 80　請寫出下列單字的比較級和最高級。

1) long　2) fast　3) interesting　4) early　5) slowly

6) happy　7) bad　8) well　9) many　10) little

2 使用原級的比較

在比較兩個事物時，**當兩者之間沒有差異**，即在某種性質上程度相同時，**可用原級來做比較**，即同等比較。

① 表示「和～一樣…」

Target 176

(1) *My brother* **is as tall as** *my father* (is).
(2) *I* can run **as fast as** *my brother* (can).
(1) 我哥哥和爸爸一樣高。
(2) 我可以和哥哥跑得一樣快。

■as＋原級＋as

用 as...as 來表示同等

如例句(1)，在**形容詞原級**的前面加**as**，然後再加連接詞**as**，結合兩個比較的對象，意指**兩者在原級所示的性質上具備相同的程度**。

■什麼和什麼針對哪一點做比較

如例句(1)，「哥哥」和「爸爸」在「高度」上是「一樣的」。至於例句(2)則使用**副詞原級** fast，比較「我」和「哥哥」的「跑步速度」。

TIPS FOR YOU ▶5

以表示程度的字詞進行比較時，應注意其解釋

He is tall. 並不是拿「他」和別人比較，只是單純陳述「他」的某一特質。但是He is as tall as his father. 則是以比較對象（這裡是指 his father）為基準，單純陳述「身高相同」這件事。如果「父親」身高不高，則 He is as tall as his father. 雖然用了tall這個字，也沒有「他很高」的意思。

若無法研判是否為「比較」句型，就有可能誤解文意。例如 She is old. 只是單純陳述「她」年紀大的這個特質，但She is old enough to live on her own. 則是「她的年紀已經大到足以獨自生活」，這裡的old不是指「老」，而是年紀符合「獨自生活」的條件。

像這樣有具體比較對象，或是有決定程度的一個基準時，就不能只注意 tall 或 old 的字面意義，還需要進一步確認「對象」或「基準」為何。

參考 如 **Part 1** 所示，第二個 as 後面的某些字詞可以省略，如上面兩例句中的 my father 和 my brother 後面括號內的 is 和 can，即使省略也不會引起誤解。

另外，當 as 後面是一個字的代名詞時，常常不用主格而用受格（➡p.478），如下例：

My sister is as tall as **me**.
（我姊姊的身高和我差不多。）

PLUS 44 as nice a person as 的詞序

在使用原級的比較中，比較的基軸有時不會只有一個形容詞，還伴隨了名詞，以下例句加入 a / an 後，詞序如下：

He is **as nice a person as** his father.
（他和他父親一樣，是個好人。）

a nice person 的形容詞 nice 放在副詞 as 的後面，詞序為＜ as ＋形容詞＋ a / an ＋名詞＞，不可以用✕ as a nice person as～。

2 表示「比～不…」

Target 177

I don't sing **as well as** *my sister* (does).
我歌唱得沒有妹妹好。

■not as [so]＋原級＋as
表示程度上的不同

用 not 來否定 as...as，意思為「…不如～」，表示和比較的對象「程度不同」。

例句中的「我」在「歌唱得好」這一點上「不如妹妹」，亦即主詞在原級所表示的程度上不如另一個比較的對象。

此外，在否定句中，原級前面可使用 so。

▷ I do**n't** sing <u>**so**</u> well **as** my sister.

參考 ***Target 177*** 中的 my sister (does) 的 does 是代替 sings。此種用法的 do / does / did 稱為代動詞。

3 表示「和～一樣…」

Target 178

I have **as many books as** *you* (do).
我擁有的書和你一樣多。

■as＋形容詞＋名詞＋as

形容詞和名詞不可分開

如上述例句想要比較關於「書的數量」時，必須在as…as的中間加入 many books，使用＜**形容詞 (many)＋名詞 (books)**＞的形式。

由於形容詞用來修飾名詞，所以不可以像×I have *books as many* as you. 那樣**將形容詞和名詞分開**。

PLUS 45 可在用原級做比較的句子中省略 as～的情況

從句子前後文意可明顯判別出比較對象，故不需要特別指明時，可將表示比較對象的 as～ 省略，如下例：
"Mary can sing very well." "Yes. Her sister can sing just **as well**."
（「瑪麗歌得很好。」「對呀，她妹妹唱得和她一樣好。」）

4 表示「～是…的 X 倍」

Target 179

(1) *This room* is **twice as large as** *that one*.
(2) *That room* is **half as large as** *this one*.
(1) 這個房間是那個房間的兩倍大。
(2) 那個房間是這個房間的一半大。

■一方的 X 倍

倍數放在 as 前面

當兩人或兩件事物做比較，且兩者差上 X 倍時，可在 **as...as 的前面加上倍數來表示**。

例句(1)是使用倍數的句子，倍數用 times，但兩倍一般不說 two times，而用 twice。至於一倍半是 one and a half times。

▷ *He* had **three times as much money as** *me*.
（他擁有的錢是我的三倍。）

■一方的 X 分之 Y

例句⑵是使用分數的句子。二分之一用 half，四分之一用 a [one] quarter（➡p.522）。

▷ *This bridge* is **one-third as long as** *that one.*
（這座橋是那座橋的三分之一長。）

參考

在 ***Target 179*** 的例句中，比較對象是 that one 和 this one，這時的 one 是 room 的代名詞（➡p.491）。

PLUS 46 使用名詞來表示「～是…的 X 倍」

length（長度）、size（大小／體積）、height（高度）、weight（重量）、depth（深度）等名詞都可以用倍數來表示差異。

His second novel is **three times the length of** his first one.
= His second novel is **three times as long as** his first one.
（他的第二本小說是第一本的三倍長。）

This box is **a [one] quarter the size of** that one.
= This box is **a [one] quarter as large as** that one.
（這個箱子是那個箱子的四分之一大。）

5 表示「盡可能…」

Target 180

⑴ Call the doctor **as soon as possible**!
⑵ The doctor came **as quickly as he could**.

⑴ 盡快叫醫生來！
⑵ 醫生盡快地趕了過來。

■as... as possible
as... as S can

as... as possible 和 **as... as S can**（S 是做動作者）是「盡可能…」的意思。又由於例句⑵是過去式，所以用 could 而不用 can。

▷ I told him to come home **as early as possible**.
= I told him to come home **as early as *he* could**.
（我告訴他要盡早回來。）

Check 81 請將下列句子譯成中文。

1) This camera is as small as that one.
2) Jenny has three times as many books as Tom.
3) I cannot read English as fast as you.
4) Write your name as neatly as you can.

3 使用比較級的比較

在比較兩件事物時，若兩者在程度和強度上**有所差異**，即一方比另一方的某種性質高／強／多時，即**使用比較級**。

1 表示「比～還…」

Target 181

(1) *This stone* is **heavier than** *that one*.
(2) *She* can speak English **better than** *me*.
(3) *My sister* has **more CDs than** *me*.

(1) 這塊石頭比那塊重。
(2) 她的英語說得比我好。
(3) 我姊姊的 CD 比我多。

■比較級＋than
表示有所差異

使用**形容詞或副詞的比較級**，以 **than** 連結相比較的對象，可以表達相比較的對象在某些點上是**有差異的**。

例句(1)是比較「這塊石頭」和「那塊石頭」的「重量」。

例句(2)是比較「她」和「我」誰的「英語說得好」。

例句(3)是比較「我姊姊」和「我」的「CD 擁有數量」。注意不可以說成× My sister has CDs more than me.（➟p.244）。

參考 例句(1)中 that one 的 one 是 stone 的代名詞（➟p.491），故可確定是 this stone 和 that stone 在做比較。

注意 than **後面的代名詞形式**　than 後面只放代名詞時，雖然它在口語中是主詞，但如例句(2)(3)所示，多半都用**受格**。但是代名詞後面接動詞和助動詞時，因為需要有主詞，所以一定要用主格。
She can speak English better than **I can**.
My sister has more CDs than **I do**.

2 表示「不比～還…」

Target 182

He is **not younger than** *my father*.
他並不比我父親年輕。

■not＋比較級＋than～
「不比～還…」

用 not 來否定＜比較級＋ than～＞的句子，意思就變成「不比～還…」或是「～至多和…一樣」。

例句是 He is younger than my father 的否定，也就是「他並不比我父親年輕」，亦即「他和我父親可能同年齡，也可能年紀較大」。

參考 ＜ A...＋比較級＋ than B ＞是 **A ＞ B**；＜ A... not ＋比較級＋ than B ＞是 **A≦B**。

3 表示差異很大或具體呈現差異

Target 183

(1) *This house* is **much [far] larger than** *mine*.
(2) *Sue* is **three years younger than** *Tim*.

(1) 這棟房子比我家大很多。
(2) 蘇比提姆年輕三歲。

■表示差異很大

想要表達比較的兩方**差異很大**時，可在比較級前面加 much 或 far，即＜ **much [far]＋比較級＋ than～**＞，意指「遠比～還…」。much [far]可用 a lot 代替。

參考 例句(1)的 mine 是 my house 的代名詞（➡p.480）。

■表示差異很小

相反地，表示**差異很小**時用＜ **a little [a bit]＋比較級＋ than～**＞，意指＜只比～少…＞。

▷ His grades were **a little** [**a bit**] better than mine.
（他的成績只比我好一點點。）

■表示數量相當多

另外，在表示**數量多寡**的＜ more ＋可數名詞的複數形＋ than～＞的比較中（➡p.246），不可用 much 而要用 many 來表示差異大小。

▷ My brother has **many more T-shirts** *than* me.
（我弟弟擁有的 T 恤比我多上許多。）

PLUS 47 以 even 和 still 來強調比較級的意思

用＜ **even** [**still**]＋比較級＋ **than**～＞來表示「甚至比～更…」
His new car is **even** [**still**] **bigger than** mine.
（他的新車甚至比我的大上許多。）

上述句子是比較「他的新車」和「我的車子」，帶有「雖然我的車已經比一般車大了，但是他的新車卻比我的車更大」的意思。

■用數字來表示差異

當比較兩方之間的差異可用數字明確表示時，可以如 ***Target 183*** 例句⑵一樣，在比較級的前面加上數字。

參考

用數字來表示差異時也可用 by... 的形式。
Sue is younger than Tim **by three years**.
（蘇比提姆小三歲。）

PLUS 48 在比較級的句子中以倍數來表現差異

倍數和分數的比較也可用來明示兩者間的差異。倍數差異除了 as～as～的形式外，也可用＜比較級＋ than～＞的句型，但 twice 除外。
This computer can work **two and a half times faster than** that one.
= This computer can work **two and a half times as fast as** that one.
（這部電腦的速度可以比那部快上兩倍半。）

4 用 less 來表示「比～還不…」

Target 184

This car is **less expensive than** *that one.*
這部車沒那部車貴。

■less＋形容詞／副詞＋than～

< **less** ＋形容詞／副詞＋ **than**～>是「比～還不…／沒像～那麼…」的意思，即比較的一方少於形容詞或副詞所表示的狀況。注意 **less 的後面要用原級**。

○ less fast（較不快）　　× less faster

參考 < A... not ＋比較級＋ than B >（➡p.247）是 **A≦B**；< A... less ＋原級＋ than B >是 **A＜B**。

意思同 not as ... as～

< less... than～>和< not as [so] ... as～>的意思幾乎相同，但< not as [so] ... as～>比較常用。

▷ This car is **not as** [**so**] **expensive as** that one.
（這部車不像那部那麼貴。）

PLUS 49 < less ＋原級＋ than～>與<比較級＋ than～>

將 ***Target 184*** 例句的內容用 That car 當主詞來表示，可寫成：
That car is **more expensive than** this one.（那部車比這部貴。）
另外也可配合句意，將less後面的形容詞和副詞改為反義詞的比較級。
This car is **cheaper than** that one.（這部車比那部便宜。）

Check 82 請配合中文語意，在空格內填入適當的英文。

1) 我的兄弟比我會畫畫。
My brother draws pictures ______ ______ me.

2) 我家比棒球選手的家小很多。
My house is ______ ______ ______ the baseball player's house.

3) 這個問題沒有比那個問題難。

This question is ______ ______ ______ that one.

5 什麼和什麼做比較

Target 185

He *looks* much **younger than** *he really is*.

他看起來比他實際上年輕許多。

■清楚表示比較的對象

這個句子比較的是「他外表 (he looks)」的年齡，和「真正 (he really is)」的年齡。在比較句中清楚指出比較的對象是很重要的。接下來看下面的句子如何表現比較的對象。

▷ You can find a good job **more easily** *in a big city* **than** *in a small town.*

（比起在小鎮，你在大都市更容易找到好工作。）

在上述句子中，關於「哪一邊比較容易找到好工作」這一點，是以 in a big city 和 in a small town 這兩個表地方的副詞子句（介系詞＋名詞）來做比較。此時不可省略 in。

▷ *The climate of Japan* is **much milder than** *that of Iceland.*

（日本的氣候比起冰島溫暖得多。）

上述句子比較的是「日本的氣候」和「冰島的氣候」。that 是代名詞，取代 the climate（➡p.488）。因為這裡比較的不是「冰島這個國家」，所以不能用 than Iceland。

PLUS 50 可在比較級句子中省略 than～的情況

有時可將比較對象的 than～省略。

Why don't you use a **sharper** knife?

（你為什麼不用利一點的刀子？）

上面的例句是勸對方「為什麼不用（比現在用的）鋒利一點的刀子？」像這種明確知道比較的對象是何者時，可將 than～ 省略。

I have to practice basketball **harder** this year.
（我今年必須更努力地練習打籃球。）
本句是「比以前／比現在之前」的比較，也就是拿現在和過去做比較。即使不刻意指出時間，意思也不會不通順，所以可省略 than～。

4 使用最高級的比較

當三者以上針對某一點做比較，而其中一方勝過其他兩者時，必須使用最高級。

1 表示「在～中是最…」

Target 186

(1) He is **the fastest sprinter** *in this school.*
(2) He swims **fastest** *of us all.*
(1) 他是這個學校最快的短跑者。
(2) 他是我們之中游泳游得最快的。

10 比較

■the＋最高級

形容詞的最高級

如例句(1)所示，修飾名詞的形容詞為最高級時，最高級前面要加上 the。即使未接名詞，只要能夠在形容詞後面補上名詞，就可以使用 the。

▷ Chris is **the richest** (person) in the town.
（克里斯是鎮上最有錢的人。）

副詞的最高級

副詞的最高級常如例句(2)一樣，不加 the。

■in... 和 of...

in 是在其中的

在最高級的句子中，比較的範圍或對象大多以＜ **in ＋名詞（代名詞）**＞或＜**of＋名詞（代名詞）**＞來表示。如例句(1)的 in this school，當比較的對手置身其中時用 in。

▷ I am the tallest **in my family**.（我是家族當中最高的。）

of 是個別的

如例句(2)的 of us all 那樣，著重比較對手的個別意識時用 of。

▷ He is the tallest **of the three**.（他是三人當中最高的。）

② 表示「非常突出的…」

Target 187

She is **by far [much] the best singer** in this country.
　她顯然是這個國家最好的歌手。

■「顯然是～／簡直是～」
‖ by far / much

　在表示最高級的句子中加入「非常突出地…／簡直是…」的意思時，可用 **by far, much** 等字眼。如這個句子有 the 時，就放在 the 的前面。

‖ very＋形容詞

把 very 放在形容詞前面可以表示「非常～」的意思。此時的詞序為 < **the very ＋形容詞的最高級（＋名詞）** >。

▷ He is **the very best player** on [in] this team.
　（他是這個團隊中最好的選手。）

PLUS 51　用關係子句來代替比較的對象和範圍

　在最高級的比較中，會用關係子句來代替比較的對象和範圍，而關係子句可用含有「經驗」意義的完成式來表達「在目前所做的～中是最…」。

This is *the most interesting book* **(that) I have ever read**.
（這是我讀過最有趣的一本書。）

③ 表示「最不…」

Target 188

This is **the least expensive computer** in this store.
　這是店內最便宜的一部電腦。

■ **the least ...**
‖ 最低程度

　< **the least ＋形容詞／副詞** >是「最不…」的意思，也就是程度上最不如形容詞／副詞所表示的。

　上面例句中的 the least expensive 是「最不貴的」，也就是「最便宜的」。

4 表示「最…之一」

Target 189

This is **one of the nicest rooms** in the hotel.
這是這家飯店最棒的房間之一。

■one of the＋最高級＋名詞的複數形

最高級的用法有好幾種，要表示「…當中最～的一個」時，要用＜**one of the ＋形容詞的最高級＋名詞的複數形**＞的形式。

參考 此外也可以用 one of **our** nicest room（我們最好的房間之一）這種表現方式。

5 表示「第幾…」

Target 190

Henry is **the second tallest student** in this class.
亨利是班上第二高的學生。

■「第二或第三」的表示法

「第一」可以用最高級來表示，至於「第二」則用＜**the second ＋形容詞的最高級＋名詞的單數形**＞，如果是「第三」就把 second 換成 third，「第四」則換成 forth，依此類推。

▷ This is **the third most popular song** in the hit chart this week.
（這是本週暢銷歌曲的第三名。）

Check 83 請配合中文語意，重組括弧中的英文。

1) 這是倫敦最古老的教堂。
This is (the / London / church / in / oldest).
2) 這是鎮上最好的法國餐廳之一。
This is (French restaurants / of / the / best / one) in this town.
3) 墨爾本是澳洲第二大城。
Melbourne is (in / largest / the / city / second) Australia.
4) 他顯然是這個劇團最好的演員。
He (best / is / by far / actor / the) in this theater company.

5 用原級與比較級來表示最高級的意思

我們可以用原級／比較級來表示最高級的意思。

1 使用原級來表示「不像～的程度」

Target 191

No (other) state in the United States is **as [so] large as** Alaska.
美國沒有其他州跟阿拉斯加一樣大。

■No (other)＋名詞的單數形…as [so]＋原形＋as

以＜No (other)＋名詞的單數形＞為主詞，可以表示「沒有像～程度的…」之意。例句中 no (other) state in the United States 和 Alaska 在「大小」上是一樣的。亦即「在美國，沒有一州的大小和阿拉斯加一樣」→「沒有一州和阿拉斯加一樣大」→「阿拉斯加州是最大的」。

2 用比較級表示「沒有比～更…」

Target 192

No (other) state in the United States is **larger than** Alaska.
在美國沒有一州比阿拉斯加大。

■No (other)＋名詞的單數形…比較級＋than～

本例句是用比較級去比較 no (other) state in the United States 和 than 之後的 Alaska。「美國沒有一州比阿拉斯加大」→「阿拉斯加州是最大的」。

參考 這種比較級用法表示「沒有比它更高級的事物」，也留下了「同等級事物」的可能性。

3 用比較級表示「比其他任何一個～都…」

Target 193

Alaska is **larger than any other state** in the United States.
阿拉斯加州比美國其他任何一州都大。

■比較級＋than any other＋名詞的單數形

在比較級的than之後加上＜**any other**＋名詞的單數形＞，意思變成「比其他任何一個都…」。

本例句是比較 Alaska 和 any other state in the United States。「阿拉斯加比美國其他任何一州都大」→「阿拉斯加州是最大的」。

注意 用 nothing 和 anything 來表示最高級的意思

若不是比較像「州」這樣具體的名詞，而是以「物」或「事」為對象做最高級的比較時，可用 **nothing (else)** 來代替＜ **no other** ＋名詞的單數形＞，或用 **anything else** 來代替＜ **any other** ＋名詞的單數形＞。

Nothing (else) is as [so] precious as time.

Nothing (else) is more precious than time.

Time is more precious than **anything else**.

（時間比什麼都寶貴。）

注意 用 nobody, no one, anybody, anyone 來表示最高級的意思

不是比較「物」或「事」，而是以「一般人」為對象做最高級的比較時，要用 **nobody** [**no one**] **(else)** 來代替 **nothing (else)**，或用 **anybody** [**anyone**] **(else)**來代替 **anything else**。

Nobody (else) in her school is as [so] tall as her.

No one (else) in her school is taller than her.

（在她就讀的學校裡沒有人比她還高。）

She is taller than **anyone else** in her school.

（她比學校中的其他任何人都高。）

10 比較

Check 84 請用原級和比較級寫出和底下例句相同語意的三種句型。

Ted is the tallest boy in this class.

(1)______________________________

(2)______________________________

(3)______________________________

Part 3　進階

1 直接使用原級來表示

① not so much A as B

Target 194

The drama was **not so much** *a tragedy* **as** *a comedy*.
　與其說這齣戲是悲劇，不如說是喜劇。

■**「與其A，不如B」**　要說明事物或人在兩種性質中何者比較強時，可用＜ **not so much A as B** ＞，表示被否定的 A 較弱，B 較強，也就是 A 不如 B 的意思。

PLUS 52　not so much A as B **的同義表現**

B rather than A / rather B than A

The drama was *a comedy* **rather than** *a tragedy*.

more (of) B than A（➡p.262）

The drama was **more (of)** *a comedy* **than** *a tragedy*.

注意，使用 not so much A as B 句型時，A 和 B 的位置相反。

PLUS 53　＜not so much as＋**原形動詞**＞**「甚至不～」**

＜ **not so much as** ＋原形動詞＞是「甚至不～」的意思。

The old man did **not so much as** *apologize* to me.
（這位老人甚至不向我道歉）
= The old man did *not even* apologize to me.

＜ **without so much as** ＋ **V-ing** ＞是「連～都不做就…／不做～就…」

He left me **without so much as** *saying* thanks.
（他連一聲道謝都沒說就走了。）

2 as... as ever～ / as... as any～

Target 195

(1) She looks **as** *cheerful* **as ever**.
(2) He is **as** *great an actor* **as ever** *lived*.
(3) He is **as** *honest* **as any** *man* I know.
(1) 她還是像往常一樣歡樂。
(2) 他是一位非常偉大的演員。
(3) 他是一位相當誠實的人。

■「依舊…」

ever有「一如往常」的意思，所以例句(1)中的 **as... as ever** 是「依舊…」之意。

■「非常…」

例句(2)的 **as... as ever** *lived* 是指「非常…」的意思。因為「和過去曾經有的、無論多麼偉大的演員相比都不遜色」，所以表示「非常偉大」的意思。

■「非常…」

例句(3)的＜ **as... as any ＋名詞的單數形**＞也是指「非常…」的意思。因為「和據我所知無論多麼誠實的男人相比都不遜色」。

3 as many / much as ＋數字＋可數名詞

Target 196

As many as *fifty thousand birds* spend the winter here.
有多達五萬隻鳥來此過冬。

■「～東西」
表示數量很多

＜ **as many / much as ＋數字＋可數名詞**＞表示數量相當多。表示可數的數目時用 many，表示不可數的量時用 much。

▷ I paid **as much as** *250 dollars* for this sweater.
（這件毛衣我付了兩百五十元之多。）
（編注：金錢、距離、重量、時間雖用複數，但視為不可數的單數，故 250 dollars 用 as much as，而不用 as many as）

PLUS 54 用 as ＋形容詞／副詞＋ as～來強調

有許多形容詞和副詞可用來代替 many / much，如用＜ as ＋形容詞／副詞＋ as～＞的形式來表示出乎意料的內容。

Radio broadcasting started **as early as** *1920*.
（收音機播送最早始於 1920 年。）

He goes swimming **as often as** *three times a week*.（他一星期游三次泳。）

PLUS 55 as many / much～「數量和～相同」

as many / much～是表示和之前提出的數量相同的意思。

The tour group visited *five cities* in **as many** *days*.
（這個旅行團五天走訪五個城市。）

例句中先出現 **five** cities 的數字，後面的 as many days 是指「相同的（天）數」，也就是「五天」的意思。下個例句的道理相同。

I'll have *200 grams* of ham salad and **as much** mashed potatoes.
（我要兩百公克的火腿沙拉和等量的馬鈴薯泥。）
（編注：mashed potatoes 當成單數名詞使用，原因同 ***Target 196*** 的編注）

PLUS 56 as good as～「和～一樣好」

This house is **as good as** new.（這棟房子像新蓋的一樣。）

as good as～是「和～一樣好」的意思，上面例句表示「實質上和新蓋的同樣程度→和新的一樣」。

此外，as good as～ 也可用於一般的比較，意指「和～一樣好」

His car is as good as mine.（他的車和我的一樣好。）

Check 85 請根據中文語意，重組括弧內的英文。

1) 與其說這本書是歷史性論文，不如說是小說。
This book is (a historical essay / not so / as / a novel / much).

2) 這起事故有多達百人受傷。
(one hundred / as / as / people / many) got injured in the accident.

3) 他一如往常對每個人都很友善。
He is (friendly / as / as / to everyone) ever.

4) 這個作品和完成品一樣好。
The work is (finished / good / as / as).

2 比較級的其他用法 (1)

1 the ＋比較級＋ of the two～

Target 197

We chose **the smaller of the two** *puppies*.
在兩隻小狗中，我們選了較小的那隻。

■「兩個中，何者比較…」

要表示「（三者中何者）最…」時用最高級，但如果是「兩者中何者比較…」，則用＜ **the ＋比較級＋ of the two～**＞的形式。

▷ We chose **the smallest of the three** *puppies*.
（在三隻小狗中，我們選了最小的那隻。）

10 比較

2 比較級＋ and ＋比較級

Target 198

(1) The tree is growing **taller and taller**.
(2) It's becoming **more and more important** to understand English.
(3) **More and more people** are traveling abroad these days.
(1) 這棵樹愈長愈高。
(2) 懂英語變得愈來愈重要。
(3) 最近有愈來愈多的人到海外旅行。

■「愈來愈…」
表示程度漸增

用 **and 來連結同一形容詞和副詞的比較級**，有「愈來愈…」的程度漸增之意。

-er型的比較級可如例句(1)的taller and taller，單純用and來連結。如果是more型的比較級，則使用如例句(2)的＜ **more and more ＋原級**＞的形式。例句(3)的more是many的比較級。

PLUS 57 less and less...「愈來愈不…」

less and less... 表示「愈來愈不…／逐漸不…」的程度漸減之意。

During the match, the boxer became **less and less** *aggressive*.

（在比賽中，該名拳擊手的攻擊力變得愈來愈弱。）

3 the ＋比較級＋ SV..., the ＋比較級＋ SV～

Target **199**

(1) **The more** I study, **the more** I know.

(2) **The older** my dog gets, **the fatter** he gets.

(1) 我學得愈多，懂得愈多。

(2) 我的狗愈老愈胖。

■「如果愈…，就愈～」

< **the ＋比較級＋ SV..., the ＋比較級＋ SV～** >用於表示兩個相關的動作或狀態以一定的比例增加或減少。例句(1)是「知識隨著學習而增加」，例句(2)是「隨著年齡增加而變胖」的比例關係。當 SV 是 it is 時，可予以省略。

▷ **The sooner** you see a doctor, **the better** (it is).
（你愈早看醫生愈好。）

注意

<形容詞的比較級＋名詞>

The more time you have, **the more work** you can do.
（時間愈多，你可以做的工作愈多。）

這裡的形容詞和名詞不可以分開，不可以寫成 × The more you have time, ...（➡p.244）。

參考

要表示隨時間經過所產生的變化時，可改用連接詞 as。

The longer I waited, **the less patient** I became.
（我等得愈久，愈沒耐性。）

As I waited longer and longer, I become less (and less) patient.
（等待的時間愈長，我變得愈沒耐性。）

4 all the ＋比較級～

Target 200

(1) We respect him **all the more** *for* his honesty.
(2) She works **all the harder** *because* she has a child.
　(1) 由於他的誠實，我們更尊敬他。
　(2) 她因為有孩子而更努力工作。

■表示程度增加的理由

用＜ **all the** ＋比較級＞來表示「愈來愈…／更加…」，後面會再跟隨說明理由的 for... 或是 because...。

例句(1)是因為「他的誠實」，讓我們原本「對他的尊敬」又提高了。例句(2)則是因為「有小孩」，讓她更加努力工作。

■for＋名詞（片語）because＋子句

用 for 時，後面接名詞（片語）；用 because 時，後面接子句。

參考 在這裡，比較級前面的 the 充當副詞使用，表示「愈來愈…」的意思。＜ all the ＋比較級＞的 all 是用於強調＜ the ＋比較級＞，可予以省略。

PLUS 58 none the ＋比較級～

比較級中加 **no** 或 **none** 等否定詞時，表示比較的「差異」是不存在的。因此＜ none the ＋比較級＞是「不因～理由而在程度上有所變化」→「即使因為～，也沒改變…／不因為～而改變…」。＜ none the ＋比較級＞後面也常伴隨表示理由的＜ for ＋名詞（片語）＞或＜ because ＋子句＞。

He worked **none the harder** *because* he became a father.
（因為當了父親，所以他無法全心全意投入工作。）

另外，none the less (～) 是「不因～而／依舊～」的意思。

We respect him **none the less** *for* his faults.
（我們對他的尊敬不因他的過失而減少。）

Check 86 請將下列句子譯成中文。

1) She bought the cheaper of the two sweaters.
2) I like her all the better for her kindness.
3) It is getting warmer and warmer.
4) The more he practiced, the better he played the piano.

3 比較級的其他用法 (2)

1 more B than A

Target **201**

His behavior was **more *foolish* than *rude***.
（與其說他的行為是粗魯，不如說是愚蠢。）

■ **「與其說是A，不如說是B」**

more B than A是描述同一個人或事物，在A或B兩種性質上何種較強。注意，**當A和B**是形容詞而有比較級的意思時，仍然要用< **more＋原形**>，意思同rather B than A（➡p.256）。

參考 當 A 和 B 是名詞時，有時會用 more of B than A 的形式，如底下例句所示：

He is **more of** a critic **than** a writer.
（說他是作家，還不如說是評論家。）

2 much [still] less～

Target **202**

He can't write a simple report, **much [still] less** a novel.
他連簡單的報告都無法寫，更別說是小說了。

■ **否定加否定**

much [still] less... 緊接在否定句之後，意思是「更別說是～」，上述例句是指「連簡單的報告都不會寫」，「更別說是寫小說了」。

3 superior to～ / prefer A to B

Target 203

(1) Humans are **superior to** gorillas in intelligence.
(2) I **prefer** playing sports **to** watching them.
(1) 人類在智力上優於猩猩。
(2) 我寧可親身從事運動而不是純粹觀賞。

■**不用 than 而用 to**

有些含有比較意味的形容詞和動詞在表示比較的對象時，不用 than 而用 to。

superior to

許多字尾為 -ior 的形容詞，都含有比較的意思，如例句(1)的 **superior**。這類形容詞用 to 來表示比較的對象，如下所示：

superior to～是「優於～」
inferior to～是「劣於～」
senior to～是「在～之上／年長於～」
junior to～是「比～資淺／～的後輩」

寧可 A 而非 B

另外，也有如例句(2)的動詞 **prefer**（形容詞是 preferable，名詞是 preference），加上 to 變成 prefer A to B，意指「寧可 A 而非 B」。

這裡的 to 是介系詞，所以**後面的人稱代名詞要用受格**，不可以用主格，也就是不可以寫成 × She is superior to I in science.（她在科學方面比我強。）→ to I 要改成 to **me**

參考

表示年長／年幼時，一般是用名詞的 senior / junior，至於「比～」則用所有格的（代）名詞來表示，如 *one's* senior 是「比～年長」；*one's* junior 是「比～年輕」。
He is my **senior** by six years.
（他比我年長六歲。）
She is one year my **junior**.
（她比我小一歲。）

4 不含具體比較對象的比較級（絕對比較級）

Target 204

The younger generation is not afraid of computers.

年輕的一代對電腦沒有恐懼感。

■分成兩部分而偏重其中一部份

沒有具體的比較對象，而是將全體分成兩部分並偏重描述其中一部分的比較級用法，稱為絕對比較級。用法如下：

the upper class（整體中較上面的階級 →上流階級）
higher education（較高的教育 →高等教育）
the lower animals（動物中較低等的 →低等動物）

PLUS 59 不含具體比較對象的最高級（絕對最高級）

用來表示「屬於整體中最好部分」的最高級時，稱為「絕對最高級」。

形式為＜ a most ＋形容詞＋名詞的單數形＞和＜ most ＋形容詞＋名詞的複數形＞，兩者都比＜ very ＋形容詞＋名詞＞更帶有強調意味。

a most kind person（十分親切的人）
most interesting books（非常有趣的書）

注意，即使是 -er, -est 的比較級變化，仍是用＜ most ＋原形＞的形式。

5 比較級的其他用法

Target 205

(1) Our guess was **more or less** correct.
(2) **Sooner or later** you will find a good solution.
(3) **I know better than to go** sailing without a life jacket.

(1) 我們的猜測或多或少是正確的。
(2) 遲早你會找出解決方案。
(3) 就我所知，沒有比不穿救生衣就去航海更笨的了。

■「或多或少」

例句(1)的 **more or less** 是「或多或少／某種程度」的意思。

參考 more or less 還有以下幾種用法：

①「大致／大體」
The cap will cost you 20 dollars, **more or less**.
（這頂帽子大概要花你二十元吧。）
We came to **more or less** the same conclusion.
（我們大致達成結論。）

②「事實上／實質上／形同～」
She has **more or less** retired.（她形同退休。）

■「遲早」 例句(2)中的 **sooner or later** 是「早晚會這樣／遲早」之意。

■「沒有比～更笨的」 例句(3)中的 **know better than to *do*** 是「沒有比～更笨的」。注意，than 後面要接 to 不定詞。

Check 87 請將下列句子譯成中文。
1) I don't want to read the novel, still less buy it.
2) This computer is technically inferior to that model
3) She wanted to receive a higher education.
4) You ought to know better than to play with fire.

4 使用 no 的比較

否定詞 no 和比較級並用，可用來強調「沒有差別」的意思。

1 no ＋比較級＋ than

Target 206

The video camera is **no bigger than** *my hand*.
這部攝影機和我的手掌一樣大。

■「和～差不多」 < **no ＋比較級＋ than** >是用 no 來否定比較級，以表示**比較的性質並無差異**，即程度上是差不多的。

例句中的no是在否定bigger，表示「不大於」。所以「攝影機」和「我的手掌」比較的結果是「並沒有比較大」，帶有「小」的意味。

參考 < A... **not** ＋比較級＋ than B >（➡p.247）表示 **A≦B**；< A... **no** ＋比較級＋ than B >表示 **A ＝ B**。

PLUS 60 no better than～「**形同～**」

Saying nothing is **no better than** telling a lie.
（什麼都不說形同說謊。）

這是< no ＋比較級＋ than >的用法之一。than 後面放明顯不好的事，用於表現「和～一樣不好」。

2 no more ... than～ / no less ... than～

Target 207

(1) *Sleeping too much* is **no more healthy than** *eating too much* (is).
(2) *Relaxing* is **no less important than** *working* (is).

(1) 睡太多和吃太飽一樣不健康。
(2) 休閒和工作一樣重要。

■「和～一樣不…／做…不比～好」

否定的意思

< **no more ... than～** >是指（至少在說的一方與聽的一方之間）than～的內容明顯和 than 之前的內容「**一樣不…**」，也就是**比較的兩方都是否定的意思**。

例句(1)是從「健康」去比較「睡太多」和「吃太飽」。than 後面的「吃太飽」明顯是不健康的，所以整句是以「吃太飽不健康」的否定內容為例，來說明「睡得太多也是不健康的」。

參考 no more... than 有時可用 not any more... than～或 not... any more than～來代替。

He is **not any more** popular **than** you are.
（他和你一樣不受歡迎。）

■「不少於～」

肯定的意思

另一方面，< **no less... than～** >會讓**比較的兩方都成為肯定的意思**。

例句(2)是在「重要性」上比較「休閒」和「工作」。than

後面的「工作」明顯是重要的，舉「工作是重要的」為例來陳述「休閒也是重要的」。

參考 下列用法也是相同的道理：
He is **no more** *a genius* **than** I (am).
（他和我一樣都不是天才。）
Julia can **no less** *sail a yacht* **than** Steve (can).
（茱莉亞和史帝夫都會開遊艇。）

3 no more than / not more than ＋數字＋可數名詞

Target 208

(1) He paid me **no more than** *3,000 dollars* for the work.
(2) There were **not more than** *twenty people* in the theater.
(1) 他只付我三千元做這項工作。
(2) 劇院裡最多有二十人。

■「只有～」
數量少

＜**no more than** ＋數字＋可數名詞＞是「只有～／才～」，主要在**強調數量少**這一點，意思和 only～或 as little / few as～差不多。

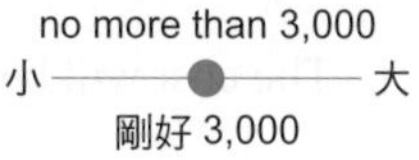

▷ He paid me **only** [**as little as**] 3,000 dollars for the work.

■「至多～」
數量的上限

＜**not more than** ＋數量詞＞是「最多～／不超過～」，表示**數量的上限**，意思和 at most 差不多（➡p.270）。

▷ There were **at most** twenty people in the theater.

參考 more than～是「超過～／多於～」的意思。
There were **more than** twenty people in the theater.
（劇院裡有超過二十人。）

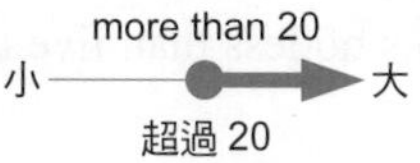

4 no less than / not less than ＋數字＋可數名詞

Target 209

(1) She paid me **no less than** *3,000 dollars* for the work.
(2) The cost will be **not less than** *2,000 dollars*.
　(1) 她付我三千元做這項工作。
　(2) 它至少要花費兩千元。

■「和～一樣多」
數量多

　< **no less than** ＋數字＋可數名詞>是「多達～」，強調的是數量上的多，意思和 as many / much as～差不多（➡p.257）。

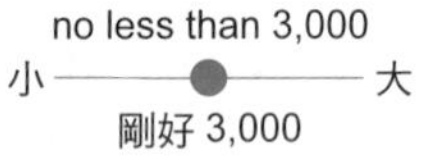

▷ She paid me **as much as** 3,000 dollars for the work.

■「至少～」
數量的下限

　< **not less than** ＋數字＋可數名詞>是「不少於～」，表示數量的下限，意思和 at least 差不多（➡p.270）。

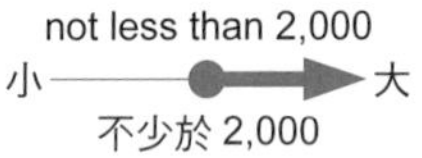

▷ The cost will be **at least** 2,000 dollars.

參考 less 是 little 的比較級，在表示數量時，fewer 是正式的用法，但是較常使用 no less than 或 not less than。
He has **no fewer** [**less**] **than** 200 CDs.
（他至少有兩百張 CD。）

參考 no 是指差異為零，也就是沒有差異。既然如此，no more than 和 no less than 都可以用來指「相同」。但是，no more than 是從「沒有多」來強調「少」，至於 no less than 是從「沒有少」來強調「多」。

Check 88 請將下列句子譯成中文。
1) This car is no less fast than that one.
2) He speaks no less than five languages.

3) There were no more than three passengers on the bus.

5 最高級的其他用法

1 比較的對象不是其他人、事、物

Target 210

(1) I feel **happiest** when I'm with my friends.
(2) This lake is **deepest** here.
(1) 當我和朋友在一起時是最幸福的。
(2) 這個湖就屬這裡最深。

■自我的比較

不用加 the

例句(1)在表達「對我而言何時是最幸福的」。**因為比較的是自己**，所以不可以用× I feel the happiest person.，即happiest前面不可加 the。

接下來請將例句(2)和下面的句子做比較。

▷ This lake is **the deepest** in Japan.（這個湖在日本是最深的。）

the deepest 和 deepest

句中的「這個湖」和日本其他的湖比較是「最深的」，由於日本最深的湖只有一個，而且是確定的，所以要加定冠詞the，說成 the deepest lake。

相對於此，例句(2)不是在和其他的湖做比較，而是敘述同一個湖中最深的地點。此時，deepest的後面不能加上名詞，所以可確定不必加 the。

2 表示「即使最～」的最高級

Target 211

The bravest people sometimes feel afraid.
即使是最勇敢的人，也有感到害怕的時候。

■「即使最～也…」

主詞跟在形容詞最高級的後面時，帶有「即使最～也…」的意思。

主詞通常不會做的事	此時形容詞最高級後面的語意，通常會和前半部做一對比。例句中的「最勇敢的人」照說是「不會感到害怕的」，所以這裡要譯成「即使是最勇敢的人」，否則文意會不通。

3 at (the) most / at (the) least

Target 212

(1) It will take **at (the) most** ten minutes to get there.
(2) It will take **at (the) least** three hours to get there.
　(1) 到那裡最多要花十分鐘。
　(2) 到那裡至少要花三小時。

■**「最多～／充其量～」**

at (the) most 是「最多～」的意思，也就是將後面所接的內容最大化（大多都含有數值），表示「相同或不多於～」。

■**「至少～」**

at (the) least 是「至少～」的意思，也就是將後面所接的內容最小化（大多都含有數值），表示「相同或不少於～」。

at (the) most 帶有「只會更少，不會更多」的意思，至於 at (the) least 則帶有「只會更多，不會更少」的意思。

4 at one's best / at (the) best

Target 213

(1) People are **at their best** when they are under pressure.
(2) The small factory can produce 30 cars a month **at (the) best**.
　(1) 人們在壓力之下會呈現最佳狀態。
　(2) 這間小工廠一個月最多可以生產三十輛汽車。

■**「最佳狀態」和「最好也只是～」**

at *one's* best 單純表示處於某種最佳狀態。**at (the) best** 則和 at (the) most 一樣，帶有幾分否定的意味，可譯成「即使是最好的也是～」。

「最差也～」

此外，at (the) worst 是「再壞也～／即使最壞也～」，意思和 at (the) best 相反。

▷ Our team will get the third prize, **at (the) worst**.
（我們這隊最壞就是第三名吧。）

同樣地，at (the) earliest 是「最早也～」，at (the) latest 是「最晚也～」。

Check 89

請將下列句子譯成中文。

1) The fastest train cannot reach Osaka before noon.
2) The snow was heaviest in this region.
3) I have at most twenty minutes to solve this problem.
4) You should be back by eight o'clock at the latest.

Check 問題的解答

80 1) longer, longest 2) faster, fastest 3) more interesting, most interesting 4) earlier, earliest 5) more slowly, most slowly 6) happier, happiest 7) worse, worst 8) better, best 9) more, most 10) less, least

81 1) 這台相機和那台一樣小。 2) 珍妮的藏書量是湯姆的三倍。 3) 我念英文沒有你那麼快。 4) 盡可能把你的名字寫整齊。

82 1) better than 2) much [far] smaller than 3) less difficult [hard] than

83 1) This is (the oldest church in London).
2) This is (one of the best French restaurants) in this town.
3) Melbourne is (the second largest city in) Australia.
4) He (is by far the best actor) in this theater company.

84 No (other) boy in this class is as [so] tall as Ted. / No (other) boy in this class is taller than Ted. / Ted is taller than any other boy in this class.

85 1) This book is (not so much a historical essay as a novel).
2) (As many as one hundred people) got injured in the accident.
3) He is (as friendly to everyone as) ever.
4) The work is (as good as finished).

86 1) 在兩件毛衣中，她買了比較便宜的那件。
2) 她的親切讓我更喜歡她。
3) 天氣愈來愈暖和。
4) 他練習得愈多，鋼琴就彈得愈好。

87 1) 我不想讀小說，更別說是買了。
2) 這台電腦在性能上比那台差。
3) 她希望能接受高等教育。
4) 你該知道沒有比玩火自焚更愚蠢的。

88 1) 這輛車和那輛一樣快。
2) 他至少會說五國語言。
3) 這輛巴士上只有三名乘客。

89 1) 即使是最快的火車也無法在中午前抵達大阪。
2) 風雪就屬這一帶最大。
3) 我最多有二十分鐘可以解決這個問題。
4) 你最晚八點前要回來。

第 11 章 關係詞

學習要項

Part 1　概念

關係代名詞與關係副詞

① 何謂關係代名詞

首先比較以下兩種用法：

＜幫助我的＞→女性
the woman ← <who helped me>

在中文裡，要說明「女性」這個名詞，只要單純在它前面加上「幫助我的」即可。但英語要表達同樣的意思時，必須注意以下兩點：

①名詞（the woman）後面接子句。
②說明的子句以 who 開頭。

可用於連接「說明名詞的子句」和「被說明的名詞」的是關係代名詞。名稱中的**關係**兩字，代表它將被說明的名詞（**先行詞**）和 who 後面的子句「拉上」關係。至於**代名詞**這三個字則表示 who helped me 子句中的 who 如同下面所示，是作為「名詞」（這裡是主詞）使用。

who helped me
S　V　O

② 關係代名詞後面接的子句中有一個可補上名詞的位置

現在試以英文表達「我十年前造訪過的城市」。

＜我十年前造訪過的＞→城市
the city ← <which I visited ten years ago>

上面的英語說法有兩個地方要特別注意：

① 關係代名詞使用 which。
→當先行詞為＜人＞時，關係代名詞要使用 who。至於像 the city 那樣指＜事物＞時則用 which。
② visited 後面沒有原本應該有的受詞。
→關係代名詞 which 作為受詞使用。關係代名詞基本上會放在子句的開頭（不

可以用×I visited which ten years ago），所以只看 which 後面時，會發現少了**一個作為受詞的名詞**，而關係代名詞 which 就充當受詞使用。

the city **which** I visited ● ten years ago

使用關係代名詞時，後面的子句一定會有一個可放名詞的位置，至於在哪裡，則要視句子的結構而定。因為其中牽涉到動詞的用法等，所以必須仔細確認。

3 何謂關係副詞

用英語表達「我十年前造訪過的城市」時，還有以下其他說法。

＜我十年前造訪過的＞→城市
the city ← <where I went ten years ago>

現在來看看這種用法的特色：

① 關係代名詞改用 where。
② 動詞改用 went。

由於 visit 是及物動詞，所以後面必須接受詞，變成 visit the city。相對地，go 是不及物動詞，不用接受詞，所以可以用 go **to the city** 或是 go **there** 的形式（不可以用×go the city）。to the city 是＜介系詞＋名詞＞，其功用和副詞 there 相同。和 to the city 或 there 功用相同的是 where，像 where 這樣既作為副詞又同時引導說明名詞句子的，稱為關係副詞。要特別注意的是，使用關係副詞時，句中不會有放名詞的位置。

the city **which** I visited ● ten years ago
the city **where** I went ten years ago

一樣的中文可用不同的英文來表達。所以在做中英文轉換時，不能只思索中文的意思，還要一併考慮可否補上名詞或動詞該如何使用等問題。

4 如何區分主要子句和關係子句

試將「他住在我十年前造訪過的城市」以英語表示。這句話中加上了「他住在」，所以必須連結兩個子句。

「他住在＋城市←我十年前造訪過的」

He lives in [＋] *the city* [**which** I visited ● ten years ago.]

句中為確認兩者的關係而加入若干記號，但實際上英文的說法是：

He lives in *the city* **which** I visited ten years ago.

看到這個句子必須能夠理解子句和子句是在何處連結，而整個句子又是什麼意思。接下來再看看關係代名詞所引導的子句是如何插入句中的：

The city **which** I visited ten years ago had a terrible earthquake last year.
（我十年前造訪過的城市，去年發生嚴重的地震。）

讀者看得出來子句和子句是在何處連結的嗎？而名詞的位置又在哪裡呢？

The city [**which** I visited ● ten years ago] had a terrible earthquake last year.

請多看一些例句，練習如何辨別子句，並找出「可補上名詞的位置」。

Part 2 理解

1 關係代名詞的基本形式

關係代名詞依據先行詞是否是人，以及接在它後面的子句中扮演什麼功用，而有下列形式：

先行詞	主格	所有格	受格
人	who	whose	who (m)
事物	which	whose	which
人、事物	that	——	that

1 who 與 which（主格）

Target 214

(1) I have *a friend* **who** lives in Boston.

(2) They live in *a house* **which** stands on a hill.

(1) 我有一位朋友住在波士頓。
(2) 他們住在一棟位於山丘上的房子。

■關係代名詞作為主詞使用

例句(1)中用 who lives in Boston 來說明 a friend 這位朋友。將 [a friend←**he** / **she** lives in Boston] 以關係代名詞表示，會變成 a friend **who** lives in Boston，句中的關係代名詞 who 是作為 lives 的主詞。

使用主格的關係代名詞

像這樣，當關係代名詞作為關係子句中動詞的主詞時，要用**主格的關係代名詞**。

■who 和 which

依先行詞區分用法

例句(1)中因為先行詞 a friend 是人，所以關係代名詞用 who。而例句(2)的先行詞 a house 是事物，所以關係代名詞用 which。

參考 由關係詞所引導的子句稱為關係子句，例句(1)的關係子句是 who lives in Boston，例句(2)的關係子句是 which stands on a hill。

注意 **先行詞和關係子句中的動詞形式** 在例句(1)和(2)中，由於先行詞是第三人稱單數，關係子句中的動詞配合先行詞而使用 lives 與 stands。下面例句的先行詞為複數，所以動詞用 live。

I have *some friends* who **live** in Boston.
（我有一些朋友住在波士頓。）

Check 90 請在空格內填入適當的關係代名詞。
1) I know a man ______ has ten cats in his house.
2) I visited a church ______ was built about 200 years ago.

2 whom 與 which（受格）

Target 215

(1) *The man* **whom** I met on the street works at a bank.

(2) I'm reading *a book* **which** I borrowed from the library.

(1) 我在路上遇到的那個人在銀行工作。
(2) 我正在讀一本從圖書館借來的書。

■關係代名詞作為受詞使用

例句(1)的 The man 為先行詞，whom I met on the street 為關係子句，whom 是 met 的受詞（[the man←I met **him** on the street]）。

用受格的關係代名詞

像這樣，當關係代名詞作為關係子句中動詞的受詞時，要用**受格的關係代名詞**。

■whom 和 which

由於例句(1)的先行詞 the man 是人，所以關係代名詞用 whom。

依先行詞區分用法

由於例句(2)的先行詞 a book 是事物，所以關係代名詞用 which。當先行詞為事物時，主格和受格為相同的形式。

不用 whom 而用 who

此外，whom 為書面語的用法，雖然當受詞，但常用 who 取代 whom。

▷ The man **who** I met on the street works at a bank.

另外，**受格的關係代名詞常被省略**。

▷ The man I met on the street works at a bank.
▷ I'm reading a book I borrowed from the library.

接著比較一下主格的關係代名詞和受格的關係代名詞有何不同。

比較看看

(a) I met a man **who** works at a bank.（我遇到了一個在銀行工作的人。）
(b) The man **whom** I met works at a bank.（我遇到的那個人在銀行工作。）

例句(a)中的 who 是主詞，而例句(b)中的 whom 則是 met 的受詞。

Check 91 請在空格內填入適當的關係代名詞。

1) She hates the boy ______ lives next door.
2) That is the woman ______ I saw in the restaurant yesterday.
3) The ring ______ my wife liked best was very expensive.

3 whose（所有格）

Target 216

(1) He has *a friend* **whose wife** is a singer.

(2) I'm looking for *a book* **whose subject** is jazz.

(1) 他有一個朋友的太太是歌手。
(2) 我正在尋找一本主題為爵士樂的書。

■表示所有的意思
使用所有格的關係代名詞

例句(1)中的關係代名詞表示「誰的～」的意思（[a friend← **his** *wife* is a singer]）。像這樣要表示所有格的代名詞意思時，就用**所有格的關係代名詞**。

■不管先行詞是什麼，都用 whose

例句(1)的先行詞 a friend 為人，例句(2)的先行詞 a book 是事物，無論所有格的關係代名詞和先行詞是否為人或事物，一律使用 whose。

whose＋名詞

whose 的後面要緊跟著＜名詞＞，以＜ **whose ＋名詞**＞的形式表示「～（所有）的＜名詞＞」之意。

接著比較一下主格的關係代名詞和所有格的關係代名詞有何不同。

比較看看

(a) He has *a friend* **who** is a singer.（他有一個朋友是歌手。）
(b) He has *a friend* **whose wife** is a singer.（他有一個朋友的太太是歌手。）

例句(a)的「歌手」是「朋友」，例句(b)的「歌手」則是「朋友的太太」。

PLUS 61 關係代名詞 whose 的替代用法

如果在論及事物時使用關係代名詞 whose，聽起來會比較不通順，所以這種時候多半不用關係代名詞而改成以下用法：

The house *with* a green roof is mine.（那棟有綠色屋頂的房子就是我家。）

如果使用關係代名詞，會變成 The house *whose roof* is green is mine.

Check 92 請在空格內填入適當的關係代名詞。

1) I have a friend ______ is a lawyer.
2) This is the woman ______ purse has been stolen.
3) I know a musician ______ song became the number-one hit this year.
4) The bicycle ______ front tire is flat is mine.

4 that

Target 217

(1) I lent him *the money* **that** was in my pocket.
(2) Where is *the CD* **that** I bought yesterday?

(1) 我把口袋裡的錢借給他。
(2) 我昨天買的 CD 在哪裡？

■that常取代which

關係代名詞 that 常取代 which，雖然 that 也可以代替 who 和 who(m)，但是當先行詞是人時，多半會用 who, who(m)。

主格的 that

例句(1)的先行詞是 the money，關係代名詞 that 和主格的關係代名詞 which 功用相同。

受格的 that

例句(2)的先行詞是 the CD，that 和受格的關係代名詞 which 功用相同。

此外，that 充當受格時多半會被省略。

▷ Where is the CD (that) I bought yesterday?

注意

that 沒有所有格　因為 that 無法當所有格使用，所以不能取代 whose。

◯ I saw *a woman* **whose** hair was dyed purple.
（我看見一個頭髮染成紫色的女性。）

✕ I saw a woman *that* hair was dyed purple.

Check 93

請由括弧內挑出用法不適當的關係代名詞。

1) This is a letter from a friend (who / that / whose) lives in Ireland.
2) Did you buy the CD (who / which / that) Jack recommended to us?
3) He is the man (whose / that) daughter is a famous painter.

PLUS 62　經常使用關係代名詞 that 的情形

下列情況大多使用 that：

① 先行詞為事物，且伴隨 the first（最初的）、the second（第二的）、the last（最後的）、the very（就是這個）、< the ＋最高級>（最～）、the same（相同的）、the only（唯一的）等表示特定事物的修飾語時。

This is *the only suit* **that** I have.
（這是我唯一的一套西裝。）

② 先行詞伴隨 all, every, any, no 等表示「全部」或「完全沒有」的修飾語時。

Running the marathon took *all the strength* **that** she had.
（跑這場馬拉松耗掉她所有體力。）

③ 先行詞為＜人＋事物＞時。

He talked about *the people and the things* **that** had fascinated him during his trip.
（他談到旅途中那些吸引他的人事物。）

11 關係詞

④ 疑問詞 who 正後面接關係代名詞子句時。

Who **that** has seen the Pyramids can forget their beauty?

（那些見過金字塔的人有誰能夠忘記它們的美？）

上句中疑問詞 who 是關係代名詞 that 的先行詞。

⑤ 先行詞表現人的特質或狀態，而關係代名詞作為 be 動詞補語時。

He is not *the man* **that** he *was* ten years ago.

（他已不是十年前的他。）

句中的關係代名詞 that 做為 was 的補語，the man 則是先行詞。the man that he was ten years ago（十年前的他）中的 the man 與其說是指那個人，不如說是指他十年前的人品和特質。

5 介系詞與關係代名詞

Target 218

(1) He is *the actor* **who(m)** Ann sent a fan letter **to**.

(2) This is *the city* **which** I was born **in**.

(1) 他就是安寄影迷信的那個演員。

(2) 這就是我出生的城市。

■關係代名詞當介系詞的受詞使用

例句(1)的 the actor 為先行詞，而 who(m) Ann sent a fan letter to 為關係子句，其中的 who(m) 是句尾介系詞 **to** 的受詞。

此時將 who(m) 換成先行詞，變成 Ann sent a fan letter *to* **the actor** 後就會比較容易了解（[the actor←Ann sent a fan letter *to* **the actor**]）。

例句(2)的 the city 為先行詞，which I was born in 是關係子句，其中的 which 是句尾介系詞 **in** 的受詞。把它想成 I was born *in* **the city** 會比較容易理解（[the city←I was born *in* **the city**]）。

■介系詞放在關係代名詞的前面

介系詞＋whom / which

關係代名詞作為介系詞的受詞時，介系詞可一併放在關係子句的句首，但不能用 who，且關係代名詞也不可以省略。

▷ He is the actor **to whom** Ann sent a fan letter.

▷ This is the city **in which** I was born.

此外，當關係子句的最後有留下介系詞時，此時關係代名詞可以用 that，但多半會被省略，實際用法如下：

口語 ↑ He is the actor Ann sent a fan letter **to**.

He is the actor **who**[**that**] Ann sent a fan letter **to**.

He is the actor **whom** Ann sent a fan letter **to**.

書面語 ↓ He is the actor **to whom** Ann sent a fan letter.

注意 **that 不可以放在介系詞的後面**　關係代名詞 that 不同於 whom 或 which，不能夠放在介系詞的正後面。

×He is the actor *to that* Ann sent a fan letter.

×This is the city *in that* I was born.

注意 **片語動詞的介系詞不可以出現在關係代名詞的前面**　片語動詞（➡ p.40）是＜動詞＋介系詞＞的形式，功用和單一動詞相同，所以介系詞不可以和動詞分開置於關係代名詞之前。

My mother found the key (which [that]) I had been **looking for**.
（我母親找到我一直在找的鑰匙。）

×My mother found the key *for which* I had been looking.

Check 94 請在空格內填入適當的關係代名詞。

1) I found a box in ______ there were some pretty dolls.
2) This is the cafeteria in ______ I met my husband for the first time.
3) I know the girl with ______ you were talking.

6 what

Target 219

(1) **What** worries me is the result of the exam.
(2) They couldn't believe **what** they saw.
(3) This watch is just **what** I wanted!

(1) 讓我擔心的是考試的成績。
(2) 他們無法相信眼中看到的一切。
(3) 這只手錶是我以前想要的！

■**what 前面無先行詞**

關係代名詞 **what** 意指「所～的事物」，其前面無先行詞。**what 所引導的子句為名詞子句，作為整個句子的主詞、受詞或補語。**

例句(1)中 what 所引導的關係子句 what worries me 是句子的主詞。例句(2)中 what they saw 是動詞 believe 的受詞。例句(3)中的 what I wanted 是補語，用來說明主詞 This watch。

■**what 在關係子句中的功用**

what 當名詞用時，可如例句(1)的 what worries me 成為關係子句的主詞，或是像例句(2)的 what they saw 和例句(3)的 what I wanted 那樣當成受詞或補語。

Check 95 請配合中文語意，以關係代名詞 what 完成底下句子。

1) 那不是我說過的話。
That is not ________________ .

2) 你需要休息一下。
________________ is some rest.

3) 對我而言困難的是如何操作電腦。
________________ for me is how to operate a computer.

2 關係代名詞的限定用法與非限定用法

關係代名詞前面沒有逗號（,）的稱為**限定用法**，前面有逗號的稱為**非限定用法**。

1 限定用法與非限定用法

Target **220**

(1) He married *a woman* **who(m)** he met at the hospital.
(2) He married *my sister*, **who(m)** he met at the hospital.

(1) 他娶了一位在醫院認識的女性。
(2) 他娶了我姊姊，他是在醫院認識她的。

■**限定用法**
限定先行詞的內容

例句(1)是**限定用法**，以「他在醫院認識的女性」來限定先行詞 a woman。在這個句子裡，光看 He married a woman 無法了解是什麼樣的女性，所以用 who(m) he met at the hospital 這個關係子句來界定其意思。

■**非限定用法**

補充說明先行詞的內容

另一方面，例句(2)的**關係子句前面有逗號**，為非限定用法。只說 He married my sister 就可以知道結婚對象是誰，逗號以後的關係子句只是在**補充說明**「他是在醫院認識她的」。

要區別這兩種用法，**只需考慮先行詞是否有必要加以限定，或者不用特別限定只需補充說明即可。**

現在來比較下列這兩個句子：

比較看看

(a) He has *two sons* **who** work in publishing.

（他有兩個在出版社工作的兒子。）

(b) He has *two sons*, **who** work in publishing.

（他有兩個兒子，他們在出版社工作。）

■**限定用法**

例句(a)以「在出版公司工作」來限定先行詞 two sons。這個句子是指他的兒子當中有兩個人是在出版公司工作，所以有可能有其他不在出版公司工作的兒子。

■**非限定用法**

另一方面，例句(b)在逗號之前就結束「他有兩個兒子」的內容，後面是附帶說明那兩個兒子「在出版公司工作」，由此可知他只有兩個兒子。

注意

that 不使用在非限定用法中　that 不會放在逗號後面。

○ I bought *a cell phone*, **which** can also work as a digital camera.

（我買了一隻行動電話，它也可以當作數位相機使用。）

×I bought a cell phone, *that* can also work as a digital camera.

PLUS 63　插入句中的關係子句

Our teacher, **who** usually comes on time, arrived late today.

（我們老師通常都準時來，但今天遲到了。）

上面這個例句在 Our teacher arrived late today. 的主詞 Our teacher 和動詞 arrived 之間插入了表示額外訊息的關係子句。關係子句可以像這樣插入句中，屬於非限定用法的一種。

TIPS FOR YOU ▶ 6

先行詞與關係詞

表示「唯一」的專有名詞等，無法作為限定用法中關係代名詞的先行詞。

Do you know of **Chopin**, who is a world-famous composer?

（你知道世界知名的作曲家蕭邦嗎？）

Chopin（蕭邦）是人名，和關係代名詞子句連結時前面加逗號，為非限定用法。

My wife, who lives in Paris, has sent me a letter.

（我太太住在巴黎，她寄了一封信給我。）

「我太太」是特定人物，所以用關係子句修飾時要加逗號。如果是 My wife who lives in Paris has sent me a letter. 的限定用法，意思會變成「我有幾個老婆，其中一位住在巴黎的老婆寄了一封信給我。」。

This book, whose author is a woman of eighty, is very amusing.

（這本書非常有趣，作者是一位八十歲的女士。）

這個句子裡的This book已經是指特定的書，所以whose author is a woman of eighty的後面不可以沒有逗號就直接接其他文字。

2 非限定用法的意義

Target 221

(1) He gave me some chocolates, **which** I ate at once.
(2) She lent me some books, **which** were not so interesting.
(3) I telephoned Rod, **who** had called while I was out.

(1) 他給我一些巧克力，我馬上就吃掉了。
(2) 她借我一些書，可是這些書並不那麼有趣。
(3) 我打電話給羅德，因為我不在的時候他打了電話給我。

■非限定用法的表示意義

以文意來思考意義

非限定用法會因句意而產生各種解讀，此時可用連接詞來改寫句子。

例句(1)中可以從「從他那裡拿到 some chocolates」推知「接著，我～」的訊息，所以可以改寫成 **and** I ate them at once。

例句(2)可從「借來的 some books」推知「可是它們卻～」的訊息，所以可將 which 改成 **but** they。

例句(3)中 who 的先行詞是 Rod，由「我不在的時候羅德打電話給我」這個關係子句說明了 I telephoned Rod 的理由。也就是說「之所以如此」，是因為他～的緣故，所以 who 可改寫成 **because** he。

Check 96 請將下列句子譯成中文。

1) He has a daughter, who lives in London.
2) We went to the party, which was boring.

3 非限定用法的 which

非限定用法的 which 不僅可以名詞或名詞片語作為先行詞，也可以將其**正前面的整個句子、句中的部分詞組或子句當作先行詞**，所以必須先考慮整個句子的意義，再找出先行詞。

Target 222

(1) He wore *a brown suit*, **which** was made in Italy.
(2) He said *he wasn't afraid of ghosts*, **which** wasn't true.
(3) *It rained all day yesterday*, **which** I expected.

(1) 他穿了一件棕色襯衫，是義大利製的。
(2) 他說他不怕鬼，那不是真的。
(3) 昨天下了一整天的雨，正如我所預期的。

■先行詞為詞組

例句(1)的 a brown suit 是 which 的先行詞，it was made in Italy 則是附加的說明。

▷ He tried *to solve the problem*, **which** I thought impossible.
（他試著去解決問題，但我認為那是不可能的。）
句中的不定詞片語 to solve the problem 是 which 的先行詞。

■先行詞為子句

例句(2)由 which wasn't true（那不是真的）這個關係子句的意思來看，可以知道 which 的先行詞是前一子句中的 he wasn't afraid of ghosts。

■先行詞為整句話

例句(3)由 which I expected（正如我所預期的）這個子句可知 which 的先行詞是前面整個主要子句 It rained all day yesterday。

Check 97 請將下列句子譯成中文。

1) He said Sally had bought a diamond ring, which was true.
2) He passed the entrance examination, which surprised all his friends

3 關係副詞

關係代名詞擔任關係子句中主詞、受詞或補語的名詞角色。相對於此，**關係副詞則扮演關係子句中副詞的角色**。

關係副詞有以下幾種：

先行詞	表示場所	表示時間	表示理由	表示方法
關係副詞	where	when	why	how

1 where

Target 223

This is *the hospital* **where** my aunt works.

這就是我姑媽工作的醫院。

■where 為表「場所」的副詞

關係副詞 where 在「於～場所做⋯」的子句中**作為副詞使用**。

例句中 the hospital 由 where my aunt works 來說明是什麼樣的醫院 ([the hospital←my aunt works **there**])，所以 the hospital 是 where 的先行詞。

介系詞＋which

另外，可以用關係代名詞改寫如下：

▷ This is *the hospital* **at which** my aunt works.

要確認 My aunt works **at** the hospital. 是成立的。

注意

where 和＜介系詞＋which＞ where 是關係子句中表示場所的副詞，若要用關係代名詞代替 where，可以改寫成＜表示場所的介系詞＋ which ＞。**＜介系詞＋（代）名詞＞**可作為副詞使用，所以**＜介系詞＋關係代名詞＞**的功用等於**＜關係副詞＞**。此時該使用哪一個介系詞，則要視先行詞和關係子句中動詞的關係而定。

Here's a map *of the town* **where** Aunt Sally lives.
（這是莎莉姑媽居住城鎮的地圖。）

由於可以用 lives **in** *the town*（居住城鎮）來表示，所以可以使用 **in** which。
Here's a map of *the town* **in which** Aunt Sally lives.
Here's a map of *the town* (**which**) Aunt Sally lives **in**.

TIPS FOR YOU ▸ 7

該使用 where 還是 which？

關係子句中 where 是表示場所的副詞，關係代名詞則擔任子句中的主詞或受詞等的代名詞。注意，關係詞並不是依據先行詞來區分用法。

請試著思考下面兩個句子關係詞的功用。

Do you know *the country* **where** Christopher *was born*?
（你知道克里斯多夫出生的國家嗎？）
↑ Christopher was born *in* the country.

Do you know *the country* **which** Christopher *visited*?
（你知道克里斯多夫拜訪的國家嗎？）
↑ Christopher visited the country.
O

請注意第二個例句，不能因為先行詞 the country 是表示場所的詞彙，就自動把它轉換成關係副詞 where。在關係子句中副詞的作用和名詞的功用要區分清楚。

11 關係詞

PLUS 64 沒有先行詞也可以使用的關係副詞 where

where沒有先行詞也可以引導表示「～場所」的名詞子句，此時where和 the place where 表示相同的意思。
This is **where** the old ferry used to go across.
（這是過去舊渡輪行經之處。）

PLUS 65 關係副詞 where 的先行詞

where 作為表示場所的關係副詞時，包括 **case**（場合）、**point**（論點）、**situation**（狀況）等也可以作為 where 的先行詞。

These are *the cases* **where** this rule does not apply.
（這些是不適用於這項規則的案例。）

句中 where 的先行詞是 the cases，因為可以說成 this rule does not apply in the cases，所以可以將 where 改寫為 in which。

參考 如果先行詞是 place 或像 somewhere 那樣由 **-where** 構成的字詞，則關係副詞可以用 that 代替，或是省略關係副詞。

Do you know *anywhere* (**that**) I can find a taxi?
（你知道我可以在哪裡招到計程車嗎？）

2 when

Target 224

There was *a time* **when** dinosaurs lived on the earth.

曾有一個時期恐龍存活在地球上。

■when 為表示「時間」的副詞
介系詞＋which

關係副詞 when 引導表示「當～時候」的子句。將例句的 a time 當作先行詞，用關係代名詞來表示則如下所示：

▷ There was *a time* **in which** dinosaurs lived on the earth.

注意 when 和＜介系詞＋ which ＞　關係副詞的 when 可以改寫成 on [at / in] which 等。和 where 一樣，when 也要考慮先行詞和關係子句中動詞的關係才能選擇適當的介系詞。

Tuesday is *the day* **when** the garbage truck comes.
（星期二是垃圾車來收垃圾的日子。）
→Tuesday is *the day* **on which** the garbage truck comes.
要確認 The garbage truck comes **on** Tuesday. 是成立的。

■用 that 取代 when

that 可以取代關係副詞 when 作為關係副詞使用。此外，關係副詞 when 或 that 常被省略。

▷ He didn't smile all the time **(that)** I was there.
（我在那裡的時候他一直都沒有笑。）

PLUS 66 沒有先行詞也可以使用的關係副詞 when

when沒有先行詞也可以引導表示「當～時候」的名詞子句，此時when和 the time when 表示相同的意思。

Late spring is **when** the rainy season begins here.
（晚春是指此處雨季開始的時候。）

PLUS 67 當先行詞和關係副詞分開時

如下例所示，先行詞也有和關係副詞 when 分開的情形，此時就不能省略 when。

The day will soon come **when** we can enjoy space travel.
（享受太空旅行指日可待。）

11 關係詞

3 why

Target 225

(1) Tell me *the reason* **why** you look so happy today.

(2) I really like sweets. That's **why** my teeth are bad.

(1) 告訴我為什麼你今天看起來這麼開心。
(2) 我真的很喜歡甜食，這就是為什麼我牙齒不好的原因。

■「做～的理由」

the reason 是先行詞

關係副詞 why 可以引導表示「做～的理由」的子句，a / the reason 是先行詞。

例句(1)中以 the reason 為先行詞的 **the reason why...** 來表示「做～的理由」。

This [That] is why...

另外也可如例句(2)所示，將先行詞 the reason 省略。

▷ That is (*the reason*) **why** my teeth are bad.

This [That] is why... 是固定用法，可譯成「何以～的理由」。

參考 此外也可以用 for which 取代關係副詞 why，但這種用法較為少見。

PLUS 68 a / the reason...「**做～的理由**」

除了使用關係副詞 why 之外，另外也可以用 a / the reason... 的形式來表示「做～的理由」。

This is **the reason** I left early.（這就是我為什麼提早離開的原因。）

這裡的 the reason 可以置換成 the reason why 或是 the reason that。另外還可以改成 This is why I left early.。

4 how

Target 226

That's **how** he succeeded in business.
那就是他事業成功的方法。

■「做～的方法」
- This [That] is how...
- the way...

關係副詞 how 多半如例句所示，使用 **This [That] is how...**（這 [那] 是做～的 [方法]）的形式。

此外「做～的方法」也可以用 the way (in which)... 來表示。

▷ Could you tell me *the way* (in which) I can get the discount?
（你可以告訴我如何才能有折扣嗎？）

注意 不可以使用×the way how... 的形式

PLUS 69 the way that...「**做～的方法**」

除了使用 how 之外，也可以使用 the way that... 的形式來表達相同意思，其中 that 和同義的關係副詞 in which 用法一樣，也可以省略。

This is *the way* (**that**) he solved the problem.
（這就是他解決問題的方式。）

Check 98 請在空格內填入適當的關係副詞 where, when, why, how，但每字只能使用一次。

1) Chicago is a city ______ it is very cold in winter.
2) I can't think of any reason ______ they gave up the plan.
3) There are times ______ everyone needs to be alone.
4) This is ______ I finished the work in one day.

5 關係副詞的非限定用法

Target 227

(1) She moved to New York, **where** she studied music.
(2) I was taking a shower at seven, **when** the lights went out!

(1) 她搬到紐約去，並在那裡學習音樂。
(2) 七點的時候我正在淋浴，就是那時候燈熄了！

■where 和 when 的非限定用法

關係副詞 where 和 when 可以用於非限定用法，表示「補充說明」。至於使用的意義則和關係代名詞的情形相同，要從句意來做考量（➡p.286）。

例句(1)是「而且在那裡～（= and there...）」的意思，例句(2)是「而且在那個時候～（= and then...）」的意思。此外，why 和 how 沒有非限定用法。

11 關係詞

PLUS 70 關係副詞子句的插入

和關係代名詞子句一樣，非限定用法的關係副詞子句可以插入句中。

Last Monday, **when** we went surfing, was a national holiday.

（上個禮拜一，就是我們去衝浪的那一天，是國定假日。）

Check 99 請將下列句子譯成中文。

1) He was taken to the police station, where he told the truth.
2) Someone broke into the house in the middle of the night, when the alarm rang.

4 複合關係詞

關係代名詞、關係副詞後面接 -ever 時稱為複合關係代名詞和複合關係副詞。要注意複合關係詞包含了先行詞，加上 -ever 帶有「任何～」的意思。

1 複合關係代名詞

Target 228

(1) The club admits **whoever** pays the entry fee.
(2) Help yourself to **whichever** you want.
(3) You can order **whatever** you like.

(1) 只要購買門票，任何人都可以進入這家俱樂部。
(2) 請自由取用你想要的任何東西。
(3) 你可以點用任何你想要的東西。

■「任何～都～」

whoever 是「任何人都～」、**whichever** 是「任一個都～」、**whatever** 是「任何事物都～」，皆可構成意思不一的名詞子句。

例句(1) whoever pays the entry fee 這個名詞子句是 admit 的受詞，whoever 則是關係子句的主詞。例句(2) whichever you want 是介系詞 to 的受詞，例句(3) whatever you like 是 order 的受詞，whichever, whatever 則分別是 want, like 的受詞。

注意 whichever 和 whatever　whichever 是表示好幾個選項當中的「任何一個」；whatever 則指未特別指定選項的「任何…的」。

參考 whichever 和 whatever 可以在正後面接名詞，當作形容詞使用。

You can have **whichever** *book* you like.
（你可以拿任何一本你喜歡的書。）

參考 whoever 在關係子句中當受詞使用時，雖然規則上應該要使用 whomever，但實際上多半還是使用 whoever。

You may invite **whoever** you like.
（你可以邀請任何你想邀請的人。）

PLUS 71 複合關係代名詞可以用 anyone, any one, anything 來取代

複合關係代名詞可以用anyone, anything等先行詞和關係代名詞who或that來取代。此時的whoever = anyone who, whichever = any one [ones] that, whatever = anything that。因此 ***Target 228*** 的三個例句可改寫如下：

(1) The club admits **anyone who** pays the entry fee.

(2) Help yourself to **any one** [**ones**] (**that**) you want.

(3) You can order **anything** (**that**) you like.

2 複合關係副詞

Target 229

(1) On holidays, we can get up **whenever** we want to.

(2) I visit my uncle **whenever** I go to Osaka.

(3) Put the table **wherever** you like.

(1) 放假時，我們想在任何時候起床都可以。

(2) 我去大阪時總會拜訪我舅舅。

(3) 把這張桌子放在任何你喜歡的地方。

■「任何想要～的時候或地點」

whenever 是引導意為「任何～的時候」的副詞子句，**wherever** 則是引導意為「任何～的地方」的**副詞子句**。

PLUS 72 複合關係代名詞可以用 any time, every time, any place 來取代

Target 229 的三個例句可以改寫如下：

(1) On holidays, we can get up **at any time** (**when**) we want to.

(2) I visit my uncle **every time (that)** I go to Osaka.

(3) Put the table **at any place** (**where**) you like.

Check 100 請配合中文語意，在空格內填入適當的關係詞。

1) 任何該為此事故負責的人都會受到處罰。
______ is responsible for this accident will be punished.

2) 請隨意坐。
Sit ______ you want.

3) 我有兩個橡皮擦，你可挑選任何一個去用。
I have two erasers. You can use ______ you like.

Part 3　進階

1 表示「讓步」的複合關係詞

1　whoever / whichever / whatever

Target 230

(1) **Whoever** calls me, I don't want to answer the phone.
(2) **Whichever** you take, please return it tomorrow.
(3) **Whatever** happens, I will always love you.

(1) 無論是誰打電話給我，我都不想接。
(2) 無論你拿哪一個，請明天歸還。
(3) 無論發生什麼事情，我將永遠愛你。

■「無論～」

whoever, whichever, whatever 可表示「讓步」的意思（➡p.572）。**whoever** 表示「無論是誰」，**whichever** 表示「無論哪一個」，**whatever** 表示「無論什麼事物」。

注意

用表示讓步的複合關係詞引導副詞子句　Whatever happens 是表示「無論發生什麼事情都～」的副詞子句。另一方面，whatever 名詞子句可用來表達「做～都～」之意。

You can order **whatever** you like. → 作為 order 的受詞
（你可以點用任何你想要的東西。）

PLUS 73　用 no matter... 置換複合關係詞 (1)

我們可以用 whoever = no matter who，whichever = no matter which，whatever = no matter what 來進行置換，但是這種置換僅限於 whoever, whichever, whatever 是表示讓步之意的時候。因此 ***Target 230*** 的三個例句可置換如下：

(1) **No matter who** calls me, I don't want to answer the phone.
(2) **No matter which** you take, please return it tomorrow.
(3) **No matter what** happens, I will always love you.

參考

在書面語中，以 whoever, whichever, whatever 來表示讓步的副詞子句中的動詞，有時候會加上 may。另外，whichever 或 whatever 可以在後面緊接名詞，當作形容詞使用。

Whichever **way** you **may** go, you will have to cross the river.
（無論你走哪一條路，都必須渡過這條河。）

2 however / whenever / wherever

Target 231

(1) **However** *tired* she is, she always smiles.
(2) You will be welcomed **whenever** you come.
(3) I'll be thinking of you **wherever** you go.

(1) 無論她有多累，她總是面帶微笑。
(2) 無論你何時來，都將會受到歡迎。
(3) 無論你走到哪裡，我都會想著你。

■however
「無論多麼～」

however 放在形容詞或副詞前面，表示「無論如何…都～」的**讓步**意思。例句(1)是< **however +形容詞** >的形式，至於< **however +副詞** >則如下例所示：

▷ **However** *fast* I ran, I couldn't catch up with the thief.
（無論我跑得多快，都追不上那個小偷。）

注意

< however + SV > 當 however 的正後面不放形容詞或副詞而是接 SV 時，帶有「不管怎麼做都～」的 in whatever way 之意。

However you look at it, it's a stupid thing to do.
（無論你怎麼看它，做這件事都是愚蠢的。）

You can do it **however you like**.
（你可以用你喜歡的方式做這件事。）

■whenever 和 wherever

whenever 如例句(2)表示「**無論何時都～**」，wherever 如例句(3)表示「**無論何處都～**」，都有讓步的意思。

參考

whenever 和 wherever 是否有讓步之意，端視句意而定。

PLUS 74 用 no matter... 置換複合關係詞 (2)

我們可以用 however = no matter how，whenever = no matter when，wherever = no matter where 來進行置換，但是這種置換僅限於表示「讓

步」的副詞子句。因此 ***Target 231*** 的三個例句可以置換如下：
(1) **No matter how** tired she is, she always smiles.
(2) You will be welcomed **no matter when** you come.
(3) I'll be thinking of you **no matter where** you go.

參考 書面語中以 however, whenever, wherever 表示讓步的副詞子句的動詞，有時候會加上 may。
I'll be thinking of you **wherever** you **may** go.

Check 101 請配合中文語意，在空格內填入適當的關係詞。

1) 無論發生什麼事，你都可以依賴我。
______ happens, you may count on me.
2) 無論誰來找我，都告訴他們我出去了。
______ comes to see me, tell them I'm out.
3) 無論我在哪裡，我都會想著你。
______ I am, I am always thinking of you.
4) 我們的狗無論跑多遠都會回家。
______ far our dog goes, he always comes home.

2 功用與關係代名詞相同的 as 與 than

1 as

Target 232

(1) This is *the same* jacket **as** was worn by the actor in the movie.
(2) Oil and water do not mix, **as** we all know.
(1) 這件夾克和電影中男演員穿的那件一樣。
(2) 我們都知道，油和水是無法互相混合的。

■as 當作關係代名詞使用
the same... as
such... as

as 可以像關係代名詞那樣在子句中當主詞、補語和受詞使用。例句(1)的as是as was worn的主詞。

這種 as 有 **the same... as～**（和～一樣）、**such... as～**（如同～）的用法。

▷ I want to paint *such* pictures **as** I see in museums.
（我想要畫一些如同我在博物館看到的畫作。）

as前方的子句為先行詞

例句(2)的 as 與 which 一樣，以正前面的整個子句作為先行詞，本身則作為關係代名詞（➡p.287）。此外，as也是子句中 know 的受詞。

參考

作為關係代名詞的 as 將整個子句當成先行詞時，也可以放在先行詞的子句前面。

As we all know, oil and water do not mix.

2 than

Target 233

You did *more work* **than** I had expected.
你所做的工作超出我的期望。

■**當作關係代名詞使用的 than**

than 和關係代名詞一樣，在後面接續的子句中當主詞或受詞。例句中 than 是 had expected 的受詞。

▷ You have *more clothes* **than** is necessary.
（你擁有的衣服已超出你所需要的。）

PLUS 75 當作關係代名詞使用的 but

There was *no one* **but** thought he was guilty.
（沒有一個人不認為他有罪。）

but 是將包含否定的詞語作為先行詞，可以當成否定意義的關係代名詞。上面句子和 There was *no one* **that** didn**'t** think he was guilty. 是一樣的意思，但後者是較少見的書面語。

Check 102

請在空格內填入 as 或 than。

1) These books are written in such easy English ______ beginners can understand.
2) There were more people at the party ______ I expected.

3 關係代名詞的其他用法

1 關係代名詞後面接 I think 等句子

Target 234

The woman **who I thought** was her sister was actually her mother.
那位我以為是她姊姊的女士，事實上是她的母親。

■**關係代名詞後面連接 I think**
先略過 I think

關係代名詞後面有時會連接其他子句 (**SV**)，構成<關係代名詞＋ **SV** ＋ **V** >的形式，此時只要把關係代名詞正後面的 SV 加上括弧就會比較容易理解。

先把例句中的 I thought 略過，只考慮 the woman who was her sister，然後再加上 I thought 的意思，就可以理解是「那位我以為是她姊姊的女士」。

像這類的用法除了 I think 之外，還有 I believe, I know 和 I am sure 等。

▷ Greg is the man **who** *I know* is capable of winning.
（格瑞格是我所知有能力獲勝的男子。）

參考

對於這種形式的句子，我們可以把 I thought she was her sister 的 she 想成關係代名詞 who，再移至子句的句首。

the woman **who** I thought (she) was her sister

2 用 of which 代表所有格

Target 235

The house **of which** you can see the red roof is ours.
你可以看到的那個紅色屋頂的房子就是我家。

■**表示所有格的 of which**

當先行詞是人以外的事物時，除了 **whose** 可以作為所有格的關係代名詞之外，也可以使用 **of which**。例句中 of which... roof 是關係子句，[the house←you can see the red roof **of the house**] 的 of the house 可以改用 of which，放在子句的句首。

the＋名詞＋of which

此外，用 of which 修飾的名詞，也可以移到前面變成＜ **the** ＋名詞＋ **of which** ＞的形式。

▷ The house *the red roof* **of which** you can see is ours.

將上面例句用 whose 改寫，即如下所示：

▷ The house **whose** red roof you can see is ours.

參考 of which 當作所有格是書面語，一般常用 whose。
I saw a car the window **of which** was broken.
I saw a car **whose** window was broken.
（我看到一輛車子的窗戶破了。）

PLUS 76 構造複雜的關係子句

We came to a cave at the entrance **of which** was a dead bear.
（我們來到一個洞穴，它的入口有一隻死掉的熊。）

句中的 of which 是所有格的關係代名詞，和 the entrance 連結。因為先行詞是 a cave，所以是 the entrance of a cave，再加上介系詞 at，便完成了表示場所的副詞子句 at the entrance of which。

也就是說，上面的句子是由以底下兩個句子構成的：

We came to a cave.

At the entrance of *the cave* was a dead bear.

第二個句子原本是 A dead bear was at the entrance of the case，將表示地點的用語移至句首，詞序上變成 was a dead bear 在後（➡p.422）。

像這樣構造複雜的關係代名詞子句，用 **which** 置換先行詞，以確認關係代名詞子句的結構，會比較容易理解。

3 ＜介系詞＋關係代名詞＞的注意用法

Target 236

(1) The hotel **at which** I stayed last summer was wonderful.
(2) I couldn't understand her message, **most of which** was in French.

(1) 那間我去年住過的飯店很棒。
(2) 我看不懂她的留言，其中大半是法文。

■ <介系詞＋關係代名詞>融入主要子句時

例句⑴ The hotel was wonderful 的主詞是 The hotel，用 at which I stayed last summer 這個關係子句來修飾，在此情況下能看出從哪裡到哪裡是關係子句變得很重要。

以 I stayed at the hotel「我住過那間飯店」為例，可以理解 The hotel 是先行詞，而 at which I stayed last summer 的部分就是關係子句。

此外，上述這個句子還有以下表現方式：

▷ The hotel **(which)** I stayed **at** last summer was wonderful.

■ most of which 用在非限定用法中

在例句⑵中，關係代名詞以 most of which 的形式來表示。most 和表示數量的 all, many, both 一樣，後面接 of which 或 of whom 可作為非限定用法，意指「當中的～」，所以 most of which 就是「當中的大部分」。

▷ I have *two sisters*, **both of whom** are married.
（我有兩個姊姊，兩個人都結婚了。）

此外，例句⑵的 her message 是先行詞，所以 most of which 意指「她留言的大部分」。另外，most of which 則是主詞。

Check 103 請將下列句子譯成中文。

1) In English there are many sayings the meanings of which I can't understand.
2) While I was in Paris, I got to know a lot of people, most of whom were Japanese.
3) He is trying to make a list of all the songs which he thinks are popular among young people.

PLUS 77 受格以外的關係代名詞的省略

受格的關係代名詞多半會被省略，而下面的情形也可以省略關係代名詞。

⑴ *There is* a woman outside **(who)** says she's your cousin.
（外面有一位女性，她說是你的表親。）

用關係代名詞子句來修飾 There is [are] ... 或是 Here is [are] ... 後面的<名詞>時，主格的關係代名詞也可以省略。

⑵ This is the only bow tie **(that)** *there* is in this store.
（這是這家店裡唯一的領結。）
關係代名詞之後緊跟隨 there is [are] 開頭的子句時，通常會省略關係代名詞。

⑶ He is not the great singer **(that)** he once *was*.
（他已非昔日那個偉大的歌手。）
關係代名詞 that **當作 be 動詞的補語時**，可以省略關係代名詞。例句⑶中的 that 就是 was 的補語。

4 what 的慣用語

Target 237

⑴ This music is **what is called** "rap."
⑵ His father made him **what he is** today.
⑶ He plays the piano, and **what is more**, he sings very well.
⑷ **What with** working **and** housekeeping, I'm very busy.
⑸ Reading **is to** the mind **what** exercising **is to** the body.

⑴ 這個音樂就是所謂的「饒舌樂」。
⑵ 他的父親造就了今日的他。
⑶ 他彈鋼琴，尤有甚者，他歌唱得非常好。
⑷ 我因為工作和家事非常忙碌。
⑸ 閱讀之於心靈，猶如運動之於肉體。

11 關係詞

■**what is called...**

例句⑴ **what is called...** 表示「**所謂的～／人們說的～**」的意思。另外也可以用 what you [we / they] call... 的形式。

■**what S is**
what S was [used to be]

例句⑵ **what S is (today)** 表示「**現在的 S**」的意思，what S was [used to be] 就是「過去的 S」。

▷ He is completely different from **what he used to be**.
（他和過去的他完全不同。）→ 他完全變了一個人參考　what S has 也可以從「S 所擁有的東西」引申為「S 的財產」。

A man's happiness does not depend on **what he has**.
（人的快樂不是由他的財產來決定的。）

■ **what is more**

例句(3) **what is more** 表示「**尤有甚者**」的意思。一般而言，< what is ＋比較級>會變成「更為～」的意思，類似的用法還有下列幾種：

what is worse（更糟的是）
what is more surprising（更令人驚訝的是）
what is more important（更重要的是）

▷ She lost her way, and **what was worse**, she had no map.
（她迷路了，更糟的是，她沒有地圖。）

■ **what with A and (what with) B**

例句(4) **what with A and (what with) B** 是表示「由於 **A** 和 **B**」的緣故。

■ **A is to B what C is to D**

例句(5) **A is to B what C is to D** 是表示「**A** 之於 **B**，就等於 **C** 之於 **D**」的意思。what～是為了說明 A 和 B 的關係，所以例舉較廣為人知的例子來作比較。

Check 104　請將下列句子譯成中文。

1) His success is an example of what is called the American Dream.
2) She is not what she was ten years ago.
3) Facts are to the scientist what words are to the poet.

4 關係形容詞

1 what ＋名詞

Target 238

I gave him **what** *help* I could give.
我盡可能給予他幫助。

■what＋名詞

「所有的…」

關係詞 what 可以用＜ **what ＋名詞** ＞的形式來表示，此時 what 作為修飾正後面名詞的形容詞，稱為**關係形容詞**。＜ what ＋名詞＞和＜ all the ＋名詞＋ that ...＞同義，可譯成「所有的～」。

上面例句 what help I can give ＝ all the help that I could give，也就是「我能力所及的一切幫助」之意。

what＋形容詞＋名詞

▷ I gave him **what** *little food* I had.
（我給了他我僅有的一點食物。）

如同上面這個句子一樣，what 後面可以加入修飾名詞的形容詞，如 what little food I had ＝ all the little food that I had，帶有「雖然很少但卻是我全部的食物」之意。

2 非限定用法的 which ＋名詞

Target 239

The men wore kilts, **which** *clothing* I thought very interesting.
這些男人穿著蘇格蘭裙，我覺得這種服飾非常有趣。

■＜, which＋名詞＞

非限定用法的 **which** 可以當作關係形容詞使用，構成如例句所示的＜, **which ＋名詞**＞的形式，意指「而且＜名詞＞～」。

■ ＜, 介系詞＋which＋名詞＞

▷ We may miss the train, **in which case** we'll be late for the appointment.
（我們可能會錯過火車，那樣的話約會就會遲到。）

在上個句子中，關係代名詞 which 用於＜, **介系詞＋ which ＋名詞**＞的形式中，in which case 表示「在那種情況下～」。

參考 關係形容詞不太出現在現代英語用法中。

Check 105 請將下列句子譯成中文。

1) I gave the child what little money I had with me.
2) Lend me what magazines you have about diving.
3) The doctor told her to take a few days' rest, which advice she didn't follow.

Check 問題的解答

90 1) who 2) which

91 1) who 2) whom [who] 3) which

92 1) who 2) whose 3) whose 4) whose

93 1) whose 2) who 3) that

94 1) which 2) which 3) whom

95 1) That is not (what I said).
2) (What you need) is some rest.
3) (What is difficult [hard]) for me is how to operate a computer.

96 1) 他有一個女兒，她住在倫敦。
2) 我們去了派對，派對非常無趣。

97 1) 他說莎莉買了一個鑽戒，那是真的。
2) 他通過入學考試了，他的朋友都感到很驚訝。

98 1) where 2) why 3) when 4) how

99 1) 他被帶到警察局，在那裡說了實話。
2) 午夜時分，有人闖入房子時，警報響了。

100 1) whoever 2) wherever 3) whichever

101 1) whatever 2) whoever 3) wherever 4) However

102 1) as 2) than

103 1) 英語當中有許多我不懂的諺語。
2) 我在巴黎的時候認識了許多人，其中大部分是日本人。
3) 他正試著將他認為是年輕人的流行歌曲做成列表。

104 1) 他的成功正是所謂美國夢的例子。
2) 她已非十年前的她。
3) 事實之於科學家，猶如文字之於詩人。

105 1) 我給了那個孩子我僅有的一點錢。
2) 把你所有關於潛水的雜誌都借給我。
3) 醫生告訴她要休息幾天，但她並沒有遵守這個忠告。

片語與子句

1 何謂「片語」，何謂「子句」

兩個以上的單字組合成一個詞語使用，當中沒有＜主詞＋主要動詞＞的就稱為「片語」，有＜主詞＋動詞＞的就稱為「子句」。

(1) I spoke to a girl **walking a big dog**.
　　　　　　　　　　現在分詞

(2) I spoke to a girl **who was walking a big dog**.
　　　　　　　　　　主詞　主要動詞

我跟一個帶著大狗散步的女孩說話。

上面兩句英文都是以相當於「帶著大狗散步」的詞語修飾前面的 a girl。

例句(1) walking a big dog 中因為沒有＜主詞＋主要動詞＞，所以是「片語」。在例句(2) who was walking a big dog 中，關係代名詞 who 是主詞，was walking 是主要動詞，因為有＜主詞＋主要動詞＞，所以是「子句」。

在片語和子句中，有些**和名詞功用相同**，有些**和形容詞功用相同**，也有些**和副詞功用相同**。

參考　子句有下列類別：

① **對等子句**：由對等連接詞（➡p.571）連結子句。
② **從屬子句**：由從屬連接詞（➡p.577）或是關係詞引導的子句。
③ **主要子句**：一個完整句子中從屬子句以外的部分。

由從屬子句在句中的功用來分類，可分為名詞子句、形容詞子句，以及副詞子句。

2 片語的種類

① 名詞片語

(1) **Getting exercise** is good for you.
主詞

(2) His dream is **to become a racing driver**.
補語

(3) I don't know **how to pronounce his name**.
受詞

(4) She is interested *in* **going to China**.
介系詞的受詞

(1) 運動對你有好處。
(2) 他的夢想是成為一名賽車手。
(3) 我不知道他的名字應該如何發音。
(4) 她對於去中國很感興趣。

句中和名詞作用相同的片語稱為名詞片語。名詞片語具有以下功用：

① 主詞：　例句(1)的 getting exercise
② 補語：　例句(2)的 become a racing driver
③ 及物動詞的受詞：例句(3)的 how to pronounce his name
④ 介系詞的受詞：　例句(4)的 going to China

名詞片語通常由以下來引導：

(a) 動名詞：　例句(1)的 **getting exercise** 和例句(4)的 **going to China**
(b) **to** 不定詞：　例句(2)的 **to become a racing driver**
(c) ＜疑問詞＋ **to** 不定詞＞：例句(3)的 **how to pronounce his name**

② 形容詞片語

He had to cancel his trip **to Spain**.

他必須取消西班牙之行。

修飾句中名詞的片語稱為形容詞片語。例句中的 to Spain 是以＜介系詞＋名詞＞的形式來修飾正前面的his trip。形容詞片語通常像這樣直接放在它所修飾的名詞後面。

形容詞片語通常由以下句型來引導：

(a) 介系詞：上面例句中的 **to Spain**

(b) **to** 不定詞：

We have no *time* **to lose**.（我們沒有多餘的時間可以浪費。）

(c) 現在分詞：

I spoke to *a girl* **walking a big dog**.（我跟一個帶著大狗散步的女孩說話。）

(d) 過去分詞：

These are *CD players* **made in China**.（那些是中國製的 CD 隨身聽。）

3 副詞片語

My father often goes **to Singapore**.

我父親時常去新加坡。

修飾句中名詞以外詞句的片語稱為副詞片語，副詞片語主要用來修飾動詞、形容詞、副詞或整個句子。上面例句中 to Singapore 是以＜介系詞＋名詞＞的形式來修飾動詞 goes。

副詞片語通常由以下句型來引導：

(a) 介系詞：上面例句中的 **to Singapore**

(b) **to** 不定詞：

She is working hard **to buy a car**.（她努力工作以買一輛車。）

(c) 分詞構句：

Seen from the plane, the island looks like a ship.

（從飛機上往外看，這座島嶼看起來像是一艘船。）

參考

沒有加介系詞的名詞也可以當作副詞片語。

Jim ran **a lot** faster than Carl.（吉姆跑得比卡爾快得多。）

句中的 a lot 修飾副詞 fast 的比較級 faster。

We are going to have a math test **the day after tomorrow**.

（後天我們有數學考試。）

上面這個句子的 the day after tomorrow 修飾 We are going to have a math test，表示「數學考試的時間」。

PLUS 78 無法區分是形容詞片語還是副詞片語的介系詞片語

＜介系詞＋名詞＞既可以當作形容詞片語也可以當作副詞片語，所以沒有上下文會難以明確判斷它是形容詞片語還是副詞片語，尤其當動詞後面的名詞緊接著＜介系詞＋名詞＞時，特別難以判斷。

He watched the bird **on the rock**.

句中 on the rock 修飾正前面的 the bird，所以是形容詞片語，一般會解釋成「他看著岩石上的那隻鳥」。但是從另一個角度來想，把 on the rock 當成修飾動詞 watched 的副詞片語，也可以解釋成「他在岩石上看著那隻鳥」。

3 子句的種類

1 名詞子句

(1) **What he told me** was true.
（he = S，told = V；主詞）

(2) The problem is **that we have no money with us today**.
（we = S，have = V；補語）

(3) I don't know **whether [if] John likes Japanese food**.
（John = S，likes = V；受詞）

(4) He is proud of **what he has accomplished**.
（he = S，has accomplished = V；介系詞的受詞）

(1) 他告訴我的是真的。
(2) 問題是我們今天沒有錢。
(3) 我不知道約翰是否喜歡日本料理。
(4) 他對於他的成就感到驕傲。

句子中**作用和名詞相同的子句就稱為名詞子句**，名詞子句在句子中有以下功用：

① **主詞：** 例句(1)的 what he told me
② **補語：** 例句(2)的 that we have no money with us today
③ **及物動詞的受詞：** 例句(3)的 whether [if] John likes Japanese food
④ **介系詞的受詞：** 例句(4)的 what he has accomplished

名詞子句通常由以下句型來引導：

(a) **連接詞 that**：例句(2)的 **that we have no money with us today**
(b) 表示「是否～」的 **whether** 和 **if**：例句(3)的 **whether [if] John likes Japanese food**
(c) 疑問詞：
Do you know **who broke the vase**?（你知道誰打破這個花瓶嗎？）
(d) 關係代名詞 **what**：例句(1)的 **what he told me** 和例句(4)的 **What he has accomplished**

參考 複合關係代名詞 whoever, whichever, whatever 等，也可以引導名詞子句。

參考 此外也有關係副詞引導名詞子句的用法。

a. She plans to go back to **where she was born**.
（她打算回到她的出生地。）

b. This is **how my mother baked her apple pie**.
（我母親就是這樣烤蘋果派的。）

a 句中的關係副詞 where 引導作為介系詞 to 受詞的名詞子句，b 句中的關係副詞 how 引導作為 is 補語的名詞子句。

2 形容詞子句

This is the CD [**that sold best last year**].
（that = S，sold = V；that sold best last year 修飾 the CD）

這是去年最暢銷的 CD。

修飾句中名詞的子句稱為形容詞子句。上面例句中的 that sold best last year 這個關係子句，修飾正前面的名詞 the CD，像這樣的形容詞子句通常直接放在被修飾的名詞後面。

形容詞子句通常由以下句型來引導：

(a) 關係代名詞：上面例句的 **that sold best last year**

(b) 關係副詞：

I will never forget the day **when I first met her**.

（我將永遠不會忘記我第一次見到她的那一天。）

另外，受格的關係代名詞常被省略，所以看起來像是＜名詞＋子句＞。

The man **I met on the street** works at a bank.

（我在路上遇到的男子在銀行工作。）

上面這個例句在 I 的前面省略了受格的關係代名詞 who (m) / that，變成 I met on the street 是修飾 The man 的形容詞子句。

3 副詞子句

When he was young, he ran 100 meters in 12 seconds.

S V

當他年輕的時候，他一百公尺跑十二秒。

修飾句中名詞以外詞句（主要是動詞或整個子句）的子句稱為副詞子句。上面例句中的 when he was young 是以＜連接詞＋子句＞的形式，來修飾主要子句 he ran 100 meters in 12 seconds。

副詞子句通常由以下句型來引導：

(a) 從屬連接詞：上面例句的 When he was young（➡p.579）

(b) 複合關係詞（➡p.296）：

Whoever calls me, I don't want to answer the phone.

（無論是誰打電話給我，我都不想接。）

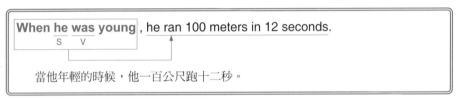

第 12 章 假設語氣

學習要項

Part 1　概念

「假設語氣」與動詞時態

1 假設語氣與直述句

・如果你變成大人就會了解。
・如果你是小孩子的話，還能夠得到原諒。

試著比較上面兩句中文的意思。「如果你變成大人」指的是將來的事，小孩子長大自然會成為大人，所以這是敘述現實可能會發生的事情。相較之下，「如果你是小孩子的話」，則是表達與事實相反的情況。

中文的「如果」可以表達事實，也可以表達和事實不同的狀態，至於到底是哪一種，則要依照上下文來決定。至於英文，只要**改變動詞的時態**，就可以清楚區分＜事實＞與＜非事實＞。

用動詞的時態來表達＜非事實＞的狀況，稱為假設語氣。換言之，假設語氣是說話者對於其所認定的非事實狀態的描述。

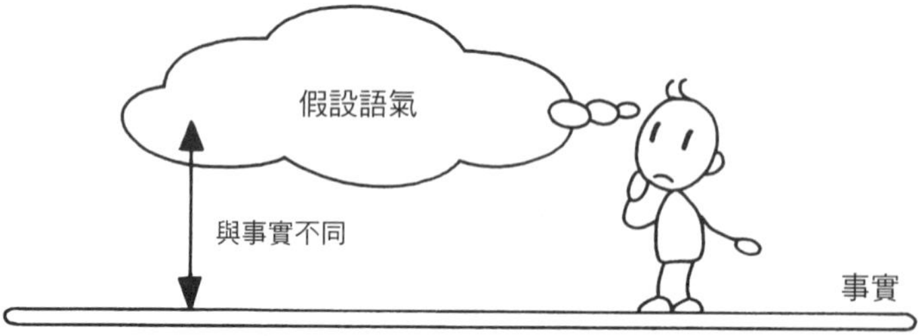

英語依照所要表達的情況是事實還是非事實，使用不同的動詞時態。

直述句：使用表達事實的**動詞時態**
假設語氣：使用表達與事實不同的**動詞時態**

決定動詞的時態除了必須考慮「是否是事實」外，還要顧及「時間的因素」。如下例所示，表達現在的事情時，直述句和假定句會有不同的時態。

陳述**事實**時，動詞要用「**現在式**」。

I **am** a student.「（現在的事實）我是學生。」

表達**非事實**的狀態，動詞要用「**過去式**」。

I **was** a student.

可是光是這樣並不能和「過去發生的事實（直述句）」區分清楚，因為從字面上只能知道「我（以前）是學生。」。

那麼應該如何判斷是否為假設語氣呢？

2 假設語氣的基本用法（使用 if）

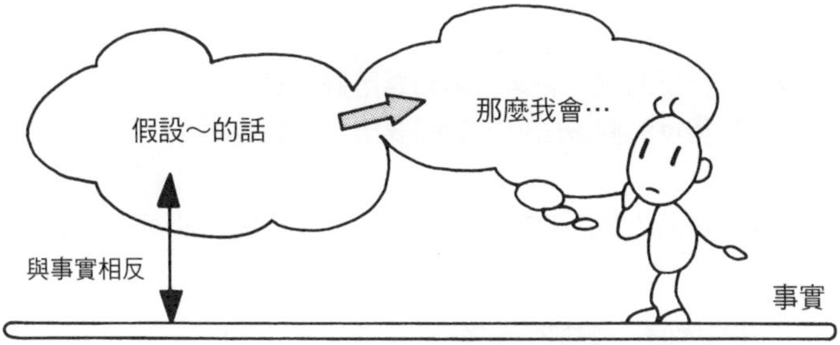

試著用 if 來表達「事實不是，但假設是～的話」。

If I **was** a student,

像這樣可從「如果我是學生，那…」展開話題，在「那…」部分加入助動詞的過去式。

If I was a student, I **would** study hard.
助動詞

在假設語氣中，不管主詞為何，皆可使用were。用was比較口語，上述句子用were或 was 都可以。

If I **were** a student, I would study hard.
（假如我是學生，我會用功讀書。）

像這種能夠明確了解描述的並非事實時，就知道要使用假設語氣。

3 ＜現在＞與＜過去＞

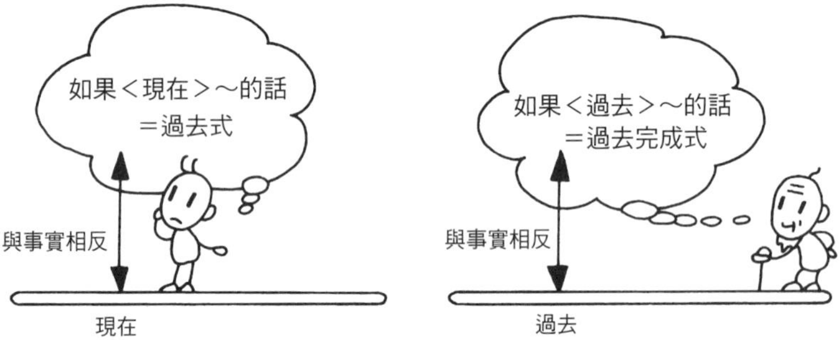

描述跟＜現在＞相反的假設語氣，動詞要用過去式。
描述跟＜過去＞相反的假設語氣，動詞要用過去完成式。

由此可知，假設語氣的動詞時態，會和描述現實情況的動詞時態有所不同。

	直述句		假設語氣
現在	現在式	→	過去式
過去	過去式	→	過去完成式

閱讀英文時，可以依照下列方式來判斷是否為假設語氣。

(a) 首先觀察動詞的時態

→ 如果是現在式，就不是假設語氣。

→ 如果是過去式或過去完成式，則前進到 (b)。

(b) 確認時間

→ 以過去式描述「過去」的事情，即為直述句。

→ 使用「過去式」，但敘述的卻是「現在」或「一般」的事情，由此可判斷為假設語氣。

同樣的道理：

→ 以過去完成式描述「更遙遠的過去」（➟p.88），即為直述句。

→ 使用「過去完成式」，但敘述的卻是「過去」的事情，由此可判斷為假設語氣。

另一方面，在書寫英文時，只要倒著推理就行了。

(i) 首先判斷敘述的是事實還是假設（不存在於現實的事）。

(ii) 組合話題的「時間」與動詞的「時態」。

➤ 若為事實的陳述，則：

→「現在」或「一般」的事情使用現在式（➟p.53）。

→「過去」的事情使用過去式（➟p.59）。

➤ 若為假設的話題，則以想表達的時間點為準，將動詞時態往後推。

→ 想要表達「現在」的事就用過去式。

→ 想要表達「過去」的事就用過去完成式。

一旦習慣了之後，即使沒有按照上面的書寫程序進行，也能夠學會從必要的重點來做判斷。

Part 2 理解

假設語氣為了表達<與事實相反>，動詞的時態有一定的規則。表達<現在>的事要用過去式，表達<過去>的事則要用過去完成式。

1 使用 if 的假設語氣

① 直述句與假設語氣

Target 240

(1) If it **rains** tomorrow, we **will cancel** the picnic.
(2) If I **had** a lot of money, I **would buy** an island.
(1) 如果明天下雨，我們將會取消野餐。
(2) 如果我有很多錢，我會買一座島嶼。

■注意動詞的時態

請注意，上面兩個句子的動詞時態。例句(1)用 rains / will cancel，例句(2)用 had / would buy。差別在於<現在>和<過去>的時間點。

■是否與事實相符

例句(1)的「如果明天下雨」是現實生活中有可能發生的事，但例句(2)的「如果我有很多錢」則與事實相反。

■直述句與假設語氣

表達事實或是現實中可能發生的事情用**直述句**；表達與事實相反的狀態，則用**假設語氣**。

由說話者來判斷

重要的是，**「是否為事實」要由說話者來判斷**。說話者若認為「與事實相反」，就會使用假設語氣。

② 假設語氣的過去式：「如果～，就會…」

Target 241

(1) If he **were** ready, we **would go**.
(2) If I **had** enough time and money, I **would travel** around the world.
(1) 如果他準備好，我們就會出發。
(2) 如果我有足夠的時間和金錢，我會環遊世界。

■在假設語氣中使用過去式

表示與現在事實不同

在假設語氣中使用過去式，是表達**與現在事實不符的狀況**，稱為**假設語氣的過去式**。要注意這是以「過去式」表現「現在」這個時間點，動詞的時態不可以和話題的時間點一致。

例句(1)中的「他還沒準備好要出門（= He is not ready, so we won't go.）」就隱含了現在的事實。

表示不可能會發生的事

此外，假設語氣的過去式也可以用來表示**現實中不可能發生的事**。例句(2)「如果我有足夠的時間和金錢，我會環遊世界。」便加入了說話者本身的判斷。

be 動詞使用 were

接著請注意下列重點。

在例句(1)中，雖然主詞為 he，但是 if 子句（條件子句）用了 were。在假設語氣中，**be 動詞可以不管人稱和單複數而使用 were**。

注意

口語中也可以使用 was　在口語中，當主詞是第一人稱單數或是第三人稱單數時，可以使用 was。

If I **was** [**were**] young again, I would go abroad.
（如果我再年輕一次，我會出國。）

12
假設語氣

■「應該會～」部分的助動詞

使用助動詞的過去式

例句(1)(2)中的 if 子句都沒有使用助動詞，但主要子句卻出現 would。

在「如果～，我應該會…」的表現形式中，「我會～」的部分一定要用**助動詞的過去式**。

假設語氣的助動詞幾乎都是用 **would**，但是要表達「也許～」的意思時，就要用 **might**（➟p.111）。至於表達「就可以～」的意思時，則用 **could**（➟p.112）。

▷ If he had time, he **might come** to see us.
（如果他有時間，也許會來看我們。）

▷ If I were handsome, I **could work** as a model.
（如果我很英俊，就可以從事模特兒的工作。）

參考 如果主詞為第一人稱，也可以用 should。
If I had wings, I **should** fly to you.
（如果我有翅膀，就會飛向你。）

注意 **假設語氣不用現在式** 基本上，假設語氣不用現在式。
× If I *am* young again, I *will* go abroad.

■假設語氣的過去式

If ＋ S ＋動詞的過去式, S ＋	**would** **could** **might**	＋原形動詞

Check 106 請配合中文語意，在空格內填入適當的英文。

1) 如果明天是晴天，我們將去野餐。
If it ______ fine tomorrow, we'll go on a picnic.
2) 如果我知道她的電話號碼，我就會打給她。
If I ______ her phone number, I ______ call her.
3) 如果你和外星人對話，你會說什麼？
What ______ you say if you ______ with an alien?
4）如果我是有錢人，就可以買這棟宅邸。
If I ______ rich, I ______ buy the mansion.

3 假設語氣的過去完成式：「如果當時～，就…」

Target 242

(1) If I **had left** ten minutes earlier, I **would not have missed** the train.
(2) She **would have died** if the climber **had not found** her.
(1) 如果我當時提早十分鐘離開，就不會錯過那班火車了。
(2) 如果當時那名登山者沒有發現她，她就會死掉。

■**在假設語氣中使用過去完成式**

使用助動詞的過去式

在假設語氣中使用過去完成式，**表示與過去事實相反的狀態**，這種句型稱為假設語氣的過去完成式。

這種情形和假設語氣的過去式一樣，要注意動詞的「時態」和「所要表現的時間」有所落差。例句(1)中隱藏著「因為當時沒有提早十分鐘離開，所以錯過那班火車。」的過去事實；

例句⑵中則隱藏著「因為那名登山者當時發現了她，所以那時候她沒有死亡。」的過去事實。這兩個過去事實可以用英文表現如下：

⑴ I didn't leave ten minutes earlier, so I missed the train.

⑵ She didn't die because the climber found her.

■假設語氣的過去完成式

If ＋ S ＋動詞的過去完成式, S ＋	**would** **could** **might**	**＋ have ＋過去分詞**

請確認<助動詞的過去式＋ have ＋過去分詞>的用法。

4 if 子句與主要子句的時間點不一致時

Target **243**

If I **had taken** the medicine *then*, I **might be** fine *now*.
（如果當時我吃了藥，現在可能已經痊癒了。）

12 假設語氣

■**注意動詞的時態和表示時間的副詞**

過去的事和現在的事

首先注意 if 子句中的 then。then（當時）指出是過去的事情，為了表現<**與過去事實相反的假定**>，所以用**假設語氣的過去完成式** had taken。

主要子句中有now，因為是以**假設語氣的過去式**來表現<**與現在事實相反的假定**>，所以主要子句中使用 might be。

▷If I **had not taken** the wrong train, I **would be** there *now*.
（如果我沒有搭錯那班火車，現在就在那裡了。）

如果主要子句與從屬子句各自表現不同的時間點，只要分開考慮就行了。

Check 107 請配合中文語意，在空格內填入適當的英文。

1) 如果你當時小心一點，那時候就不會犯下這種錯誤了。
If you ______ ______ a little more careful, you ______ not ______ ______ such a mistake.

2) 如果她當時早點起床，那時候就可以準時上學了。
She ______ ______ ______ in time for school if she ______ ______ up earlier.

3) 如果我當時趕得上那班火車，我現在就可以出席宴會了。
If I ______ ______ the train, I ______ ______ present at the party now.

2 wish 子句與 as if 子句後面的假設語氣

1 wish：「真希望 [當時] ～」

Target 244

(1) I **wish** I **knew** her telephone number.
(2) I **wish** I **hadn't bought** such an expensive bag.
(1) 我真希望我（現在）知道她的電話號碼。
(2) 我真希望我（那時）沒買那麼昂貴的皮包。

■wish接續的子句要用假設語氣

wish 後面所接的子句內容，**是無法實現的願望**，因為與現在事實相反，所以要用假設語氣的過去式，如例句(1)使用過去式 knew。注意，雖然是「過去式」，卻不是指<過去>的事情。

相對於此，表達和過去事實相反的願望，要用假設語氣的過去完成式，如例句(2)中的過去完成式 hadn't bought。雖然是 hadn't bought，但事實上只是單純表達<過去>的事情而已。

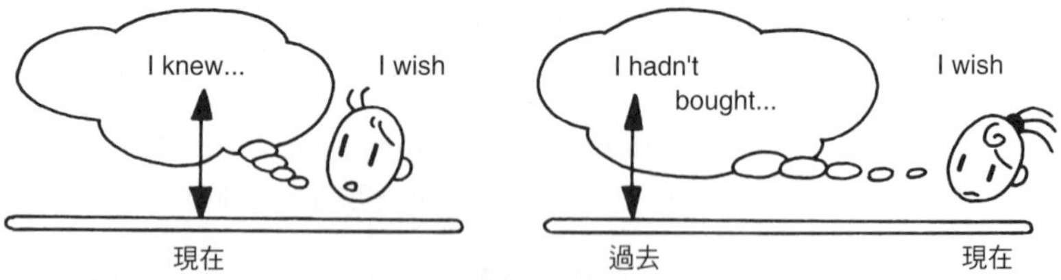

注意 **wish 後面的 be 動詞要用 were**　wish 後面的 be 動詞基本上要用 were。但口語中第一人稱單數和第三人稱單數可用 was(➡p.319)。
I wish she **was** [**were**] here.（我真希望她在這裡。）

■**與wish同步發生的用過去式，比wish更早的＜過去＞則用過去完成式**

選擇使用過去式或過去完成式，需依照 wish 當時的時間點而定。這和 wish 用現在式或是過去式無關，**而在於是與「期望的當時」同步還是比它更早**，如果同步的話就用過去式，比它更早則用過去完成式。

▷ I **wish** she **had been** at home when I called.
（我真希望當時我打電話給她的時候她在家。）

▷ I **wished** she **were** at home when I called.
（我曾希望我打電話給她的時候當時她在家。）

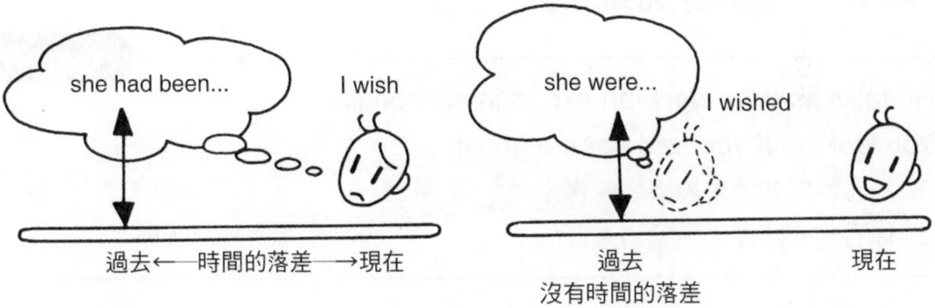

注意　wish 後面一定要用假設語氣，不可以使用現在式。
× I wish I *know* her telephone number.

PLUS 79　wish 後面子句中的助動詞

在 wish 後面子句中的助動詞，也可以使用 could 或 would。

(1) I **wish** I **could** play the guitar as well as you.
（我真希望我的吉他能夠彈得和你一樣好。）

(2) I **wish** my father **would** give up smoking.
（我真希望我父親能戒煙。）

could 用來表達「能夠～」的意思；would 則表示「會～／打算～／願意～」。

像上面這類過去式的助動詞，只有在文意上需要時才會使用，不同於 if 句型「如果～，就會～」中的主要子句「就會～」，此類子句就一定要有助動詞的過去式。

Check 108 請配合中文語意，改變括弧中動詞的時態。

1) 我真希望我知道他的住址。
   I wish I (know) his home address.
2) 我真希望她當時沒有對我說謊。
   I wish she (not tell) a lie to me.
3) 她真希望能和他在一起。
   She (wish) she could stay with him.

2 as if：「[當時] 宛如～」

Target **245**

(1) He talks **as if** he **were** an expert in economics.
(2) You look **as if** you **had seen** a ghost!
  (1) 他說得宛如他是經濟學的專家。
  (2) 你看起來好像之前見到鬼似的！

■ **as if 後面也要使用假設語氣**

以as if 開頭的子句，**表達的是與事實相反的狀態**，所以要用假設語氣。

例句(1)因為認定與現在的事實不符，所以要用假設語氣的過去式。例句(2)則認定與過去的事實不符，所以用假設語氣的過去完成式。至於 as if 後面的動詞，例句(1)是假設語氣的過去式，所以用 were；例句(2)是假設語氣的過去完成式，所以用 had seen。

參考 as if 也可以用 as though 來取代，可表達相同的意思。

參考 as if 後面子句中的 be 動詞基本上是用 were，但在口語中，第一人稱和第三人稱單數也可以使用 was。

■是當時的假定或是更早的假定

和 wish 子句的假設語氣一樣，as if 子句的假設用法和主要子句的主要動詞（***Target* 245** 中的 talks 和 look）的**時間點同步時使用過去式，比它更早發生時用過去完成式**，這和主要動詞是現在式或過去式無關。將 ***Target* 245** 的主要動詞改成過去式，即如下所示：

▷ He **talked** as if he **were** an export in economics.
（他說得宛如他是經濟學的專家。）

▷ You **looked** as if you **had seen** a ghost!
（你當時看起來彷彿之前見到鬼似的！）

由上可知，即使把主要動詞改成過去式，只要和主要動詞表現的時間點同步，就可以用假設語氣的過去式 (were)。

PLUS 80 as if **後面也可以用直述句**

當說話者判斷某件事情應該是事實時，as if 子句就可以用直述句。

You talk **as if** *you're* angry.（你說得好像你很生氣似的。）
→ 說話者判斷 You are angry 這件事情應該是事實

You talk **as if** *you were* angry.（你說得好像你很生氣似的。）
→ 說話者判斷 You aren't angry 這件事情應該是事實

PLUS 81 as if **後面也可以放** to **不定詞**

as if 後面也可以加上不定詞。

Her guest suddenly stood up **as if** *to leave*.
（她的客人突然站起來，好像要離去似的。）

Check 109 請配合中文語意，在空格內填入適當的英文。

1) 你表現得彷彿你是明星。
   You behave as if you ______ a star.
2) 她的表情看起來似乎過去從來不曾見過我。
   She looked as though she ______ never ______ me before.

Part 3　進階

1 表示未來的假設語氣

1 were to

Target 246

If you **were to** win the lottery, what **would** you **do**?
如果你中了樂透，你會怎麼做？

■if S were＋to 不定詞

if子句中使用were to，是表示**關於未來的假定**，但實現的可能相當低。

另外，「如果～的話」也可以用來表示建議。

▷ If you **were to** give her a bunch of roses, she would be pleased.
（如果你送她一束玫瑰的話，她會很高興的。）

參考

were to 是 < be to 不定詞 > 的過去式，它承接了 < be to 不定詞 > 所包含的未來語氣（➡p.180）。

The President **is to** visit China next week.
（總統將於下周訪問中國。）

注意

有時也可用was取代were　當口語中的主詞是第一人稱或第三人稱單數時，可以用 was 取代 were。

If he **was to** fail again, his boss **might fire** him.
（如果他再次失敗，他的上司可能會開除他。）

2 should

Target 247

If he **should** change his mind, he **would call** me.
如果他改變心意，就會打電話給我。

■if S should～

當if子句中使用should時，表示說話者判斷「**實現的可能性很低**」。但若研判完全不可能實現時，就不能使用 should。

注意　**留意主要子句的助動詞形態**　在 if S should～ 的句型中，其主要子句的助動詞有時不會使用過去式。這個規則只限於 if S should～句型。

If our teacher **should** find out about your cheating, he **will** punish you.
（萬一老師發現你作弊，他將會懲罰你。）

注意　**當主要子句為祈使句時**　在 if S should～ 的句型中，其主要子句有時會使用祈使句。這個規則也只限於 if S should～句型。

If you **should** see John, **ask him to call me**.
（萬一你看到約翰，叫他打電話給我。）

Check 110　請將下列句子譯成中文。

1) What would happen if he were to tell others about our secret?
2) If you should be unable to come, please let me know soon.

2 省略 if 的假設語氣

1 省略 if

Target 248

(1) **Were** I you, I **would ask** her for a date.
(2) **Had** we **known** you were in the hospital, we **would have visited** you.
(3) **Should** there **be** an earthquake, this bookshelf **would fall** forward.

(1) 如果我是你，我就會請她跟我約會。
(2) 如果當時我們知道你住院，我們就會去探望你。
(3) 萬一發生地震，這個書架就會往前倒。

■**省略 if 時，詞序和疑問句一樣**

當省略假設語氣 if 子句中的 if 時，其後面的主詞和動詞要倒裝，詞序和疑問句一樣。這是書面語的表現方式。

在上面的例句裡補上 if，則如下所示：

(1) **If I were you** , I would ask her for a date.
(2) **If we had known** you were in the hospital, we would have visited you.

(3) **If there should be** an earthquake, this bookshelf would fall forward.

注意 **何時可以省略 if** 事實上只有 **were** / **had** / **should** 倒裝放在句首時，才可以省略 if。

Check 111 請配合中文語意，在空格內填入適當的英文。

1) 如果這本書是以中文書寫的話，我就會讀得很輕鬆了。
_____ the book _____ _____ in Chinese, I would have read it easily.
2) 萬一我遲到，請開始進行，不用等我。
_____ I be late, please start without me.
3) 如果天氣有點暖和，我們就會出去散步。
_____ it a little warmer, we would go out for a walk.

2 與 if 子句同義的其他用法

① but for / without

Target 249

(1) **But for** dreams, our life **would have** no meaning.
(2) **Without** your goal, we **would have lost** the game.
(1) 如果沒有夢想，我們的人生將失去意義。
(2) 沒有你的達陣，我們就會輸掉這場比賽。

■「如果沒有～」 **but for～** 和 **without～** 帶有「如果沒有～／沒有～的話」的意思。but for～是書面語。想要表達「如果沒有～」可以使用 ***Target 254*** 例句(1)的 if it were not for～ 和例句 (2)的 if it had not been for～ 兩種方式（➡p.332）。

注意 **but for 與 without 後面不可接子句** but for～/ without～中的「～」可以是名詞性的詞語，但不能放子句。

注意 **but for～/ without～句子的<時間>** 有些 but for～/ without～後面不會出現動詞，所以通常是從主要子句的動詞來判斷是什麼時候的事。
例句(1)從 would have 判斷是<現在>的事。
例句(2)從過去完成式 would have lost 判斷是<過去>的事。

② with

Target **250**

(1) **With** time, this project **would succeed.**
(2) **With** your advice, he **would not have failed** in business.
　(1) 時間足夠的話，這個計畫就會成功。
　(2) 如果有你的忠告，當時他的事業就不會失敗了。

■**「如果有～」**

with～是 without～的相反，表示「**如果有～**」的意思。

注意 **with～句子的＜時間＞**　with～表達的時間狀態也是由主要子句的動詞來判斷。例句(1)從 would succeed 判斷是＜現在＞的事，例句(2)從 would not have failed 判斷是＜過去＞的事。

參考 上面的句子用 if 來改寫，如下所示：
(1) **If we had time**, this project would succeed.
(2) **If he had taken your advice**, he would not have failed in business.

③ otherwise

Target **251**

(1) I know he is innocent; **otherwise I wouldn't try** to save him.
(2) We stopped talking; **otherwise** our teacher **would have scolded** us.
　(1) 我知道他是清白的，否則我不會試著救他。
　(2) 我們停止聊天，否則老師會斥責我們。

■**「否則」**

otherwise 為「**否則**」之意，表達與前述事實相反的假設，和 if 子句意思相同。

例句(1)「我知道他是清白的」的相反是「如果我不知道他是清白的」，換成 if 子句，就是 if I didn't know he is innocent。

例句(2)「我們停止聊天」的相反是「如果我們不停止聊天」，換成 if 子句，就是 if we hadn't stopped talking。

④ to 不定詞

Target **252**

To hear him talk, you **would think** he knew all about the secret.
　聽他說話，你會以為他知道所有的祕密。

■ **to 不定詞的用法**

to 不定詞也可以取代 if 子句，所以這個句子可以改寫成 If you heard him talk, ...。

參考

分詞構句（➟p.224）也可以取代 if 子句。

Living in this country, she **would have lived** a happy life.

（如果住在這個國家，她就會擁有美好的人生。）

Born in the United States, he **might have been elected** President.

（如果生在美國，他就有被選為總統的可能。）

另外，也可以用 Supposing～來取代 if 子句（➟p.588）。

⑤ 主詞與副詞子句

Target 253

(1) **A secret agent would** never **tell** you his real name.

(2) **Two years ago**, **I would have accepted** your proposal.

(1) 間諜絕對不會告訴你他的真實姓名。

(2) 如果是在兩年前，我就會接受你的求婚。

■ **注意動詞的時態**

注意，例句(1) would... tell 和例句(2) would have accepted 的動詞時態，因為助動詞都是使用過去式，所以有可能是假設語氣。

■ **隱含「如果～」的語氣**

從句子的內容來看，例句(1)的主詞 A secret agent 隱含「如果是間諜～」的假設語氣。例句(2)的副詞子句 Two years ago 隱含「如果是在兩年前～」的假設語氣。

Check 112 請配合中文語意，在空格內填入適當的英文。

1) 看他跳舞，你就會笑出來。

______ see him dancing, you would burst out laughing.

2) 沒有電腦，他就完全沒辦法工作。

____________ the computer, he couldn't do his work at all.

3) 加上一點運氣，她就可以贏得比賽。

______ a little more luck, she could have won the game.

3 假設語氣的慣用語

1 if it were not for～ / if it had not been for ～

Target 254

(1) **If it were not for** music, our life **would be** boring.
(2) **If it had not been for** my seat belt, I **would have been** killed.

⑴ 如果沒有音樂，人生會很無聊。
⑵ 如果當時沒有繫安全帶，我就死定了。

■「如果沒有～」

意指「如果沒有～」且與現在事實相反的假設用 **if it were not for ～**，至於與過去事實相反的假設則用 **if it had not been for ～**。

這類句型沒有可相對應的肯定用法（×if it were for，×if it had been for）。

參考

在 if it were not for ～ / if it had not been for ～ 的句型中可以省略 if。此時要特別注意倒裝用法（➡p.328）。

Were it not for music, our life would be boring.
Had it not been for my seat belt, I would have been killed.

2 it's time～

Target 255

It's time you **bought** a new bicycle.
該是你買輛新腳踏車的時候了。

■「該是～的時候」

＜ **it's time ＋假設語氣的過去式** ＞用來表達「該是～的時候了」的意思。

time 的前面加上 high，是「早該～的時候了」，time 的前面加上 about 則是用來表現「差不多是～的時候」之意。

▷ It's past midnight. **It's high time** the children **went** to bed.
（已經過了午夜，孩子們早該上床睡覺了。）

▷ **It's about time** you **apologized** to her for what you did.
（差不多是你該為你的所作所為向她道歉的時候了。）

注意 it's time **後面的動詞時態**　it's time 的後面一定要接假設語氣的過去式。此外，在 it's time 後面的假設語氣過去式，不用助動詞。

用 to 不定詞來表示

不定詞to也可以表現大致相同的內容。所以 ***Target* 255** 的例句也可以改寫如下：

▷ It's time **for you to buy** a new bicycle.

3 if only～

***Target* 256**

(1) **If only** she **were** here!
(2) **If only** I **had taken** her advice!

(1) 要是她在這裡就好了！
(2) 要是我當時接受她的建議就好了！

■if only ≒ I wish

if only～是「要是～就好了」，和 I wish 幾乎有相同的意思和用法（➡p.322）。

(1)≒ I wish she were here!
(2)≒ I wish I had taken her advice!

注意 **if only～不可用在間接引述句中**（➡p.384）

○ He said "*If only* she were here."
（他說：「要是她在這裡就好了。」）

× He said that *if only* she were here.

Check 113 請將下列句子譯成中文。

1) If it were not for air, nothing could live on the earth.
2) If it had not been for your help, we couldn't have finished the job.
3) It's about time you started working.
4) If only I had seen the film!

4 假設語氣的禮貌用法

1 使用 would ～ 的禮貌用法

Target 257

(1) It **would** be nice *if* you **could help** me with my luggage.
(2) **Would** it be all right *if* I **sat** here?
(3) **Would** you mind *if* I **opened** the window?

(1) 如果你能夠幫我搬行李，那就太好了。
(2) 請問我坐在這裡可以嗎？
(3) 請問你介意我打開這扇窗戶嗎？

■表示請託或請求許可

如例句(1)希望對方幫忙時，或是如例句(2)(3)請求對方許可時，都可以使用假設語氣。注意例句(3)的 mind 是「介意、在意」的意思。

參考 關於 Would you...? 請參考「助動詞」（➡p.115）。
關於 Would you mind V-ing? 請參考「動名詞」（➡p.200）。

參考 would rather（➡p.125）後面接假設語氣，可以表現委婉而禮貌的口吻。

I'd [I would] rather you **didn't smoke** in my room.
（我請求你不要在我的房間抽煙。）

2 使用 I wonder if ～ 的禮貌用法

Target 258

(1) I **wonder** *if* you **could help** me.
(2) I **was wondering** *if* I **could use** your phone.

(1) 不知道你是否可以幫我的忙呢？
(2) 我是不是可以借用一下你的電話呢？

■表委婉的請託
使用過去式

I wonder if you *can* help me. 是「你可以幫我忙嗎？」的直接請託。將這個句子改寫成例句(1)的 I wonder if you **could** help me. 則是較委婉的請託用法，若將wonder改成過去式，又更加客氣了。

▷ I **wondered** *if* you **could help** me.

使用進行式

注意，句中雖然使用過去式，但卻是指現在的事。

另外，例句(2)使用進行式，可以表現更為禮貌的口吻。
除了 wonder 之外，think 和 hope 也可以比照上面原則使用。

▷ **Do you think you could help** me move this weekend?
（請問你這個周末可不可以幫我搬家呢？）

Check 114 請將下列句子譯成中文。

1) Would it be rude if I opened the present now?
2) Would you mind if I smoked here?
3) I was wondering if you could pass me the sugar.

TIPS FOR YOU ▶8

為什麼使用假設語氣可以表示禮貌？

使用假定語氣帶有不奢望會實現的意思，其實現的意味較薄弱。換言之，由於使用假定語氣是表示實現的可能性很低，所以感覺更加含蓄有禮。

過去式was wondering if ～ 也是同樣的情形。雖然指的是<現在>的事，卻使用過去式，藉以與具體實現空出距離。此外，進行式之所以能夠增加禮貌性，是因為進行式是尚未完結的表現，I was wondering可呈現出「我（一直）想要是～就太好了」的微妙語氣。

Check 問題的解答

106 1) is 2) knew, would [should] 3) would, talked [spoke]
4) were [was], could

107 1) had been, would, have made
2) would have been, had got [gotten]
3) had caught, would be

108 1) knew 2) had not told 3) wished

109 1) were 2)had, met [seen]

110 1) 如果他把我們的祕密告訴別人，會發生什麼事？
2) 萬一你不能前來，請盡快讓我知道。

111 1) Had, been written 2) Should 3) Were

112 1) To 2) But for 3) With

113 1) 如果沒有空氣，就不會有任何生物能存活在地球上。
2) 如果沒有你的幫助，我們就沒有辦法完成工作。
3) 你差不多該開始工作了。
4) 要是我看過這部電影就好了！

114 1) 我現在打開禮物會不會失禮呢？
2) 請問你介意我在這裡抽煙嗎？
3) 請問你能否遞糖給我？

第 13 章 疑問詞與疑問句

學習要項

Part 1　概念

1 疑問句的形式

1 疑問句的種類

疑問句有下列幾種類型：

① Yes / No 疑問句（➟p.17）
"Do you know her name?" "Yes, I do."

② 疑問詞開頭的疑問句（➟p.18）
"Who painted this picture? " "My father did."
"When did you hear about the accident?" "This morning."

③ 選擇疑問句（➟p.22）
"Did you come here by bicycle or on foot?" "By bicycle."

④ 附加問句（➟p.352）
"It's very hot today, isn't it?" "Yes, it is."

2 疑問詞的種類

疑問詞有下列幾種類型：

① 疑問代名詞：who / what / which

② 疑問副詞：when / where / why / how

3 疑問句的詞序

在疑問句中，動詞要放在主詞的前面，至於動詞能夠置於句首的只有 be 動詞。
He is nervous.
→ **Is he** nervous?（他很緊張嗎？）

如果是一般動詞，就在句首加上 do / does / did。
He knows my sister.
→ **Does he** know my sister?（他認識我姊姊嗎？）

句中若有助動詞，則將助動詞移至句首。

He should stay here.

→ **Should he** stay here?（他該待在這裡嗎？）

She has read the book.

→ **Has she** read the book?（她看過這本書了嗎？）

4 注意疑問詞在疑問句中的詞序關係

使用疑問詞時要注意以下兩種詞序：

① 當主詞變成疑問詞時：詞序不變，將主詞置換成疑問詞。

He saw her. → 不知道 He 是誰的時候：

Who saw her?（有誰看到她？）

② 主詞以外的要素變成疑問詞時：先造 Yes / No 疑問句，再將疑問詞放在句首。

You saw him. → 不知道 him 是誰的時候：

Who [Whom] did you see?（你看到誰了？）

5 表達疑問的方式：詞序並非一切

即使不使用疑問句的形式，還是可以表達詢問之意。

You believed what he said? ↗（你相信他說的話嗎？）

像這樣只要將直述句的語尾上揚，即可表現＜疑問＞的語氣。

6 即使是疑問句形式，也未必真的是在詢問他人

即使是疑問句的形式，有時也不見得是在向誰提問什麼。

I'm the strongest man in this village. **Who could defeat** me ?
（我是村裡最強壯的男人，誰打得倒我？）

這時候 Who could defeat me? 表達的是「誰打得倒我？有本事的就報上名來。沒有人吧！怎麼樣？」也就是說話者並不期待具體的回答，所以事實上傳達的內容等於 No one could defeat me.（沒有人可以打得倒我）。

如上所示，是否具備疑問句的形式和是否表達疑問並不見得完全一致，重要的是要考慮對話情境與文章脈絡。

Part 2 理解

1 疑問詞的種類與用法

1 疑問代名詞

如果想要詢問的是「人」或「事物」等名詞時，用疑問代名詞。疑問代名詞有who（誰）、what（什麼）、which（哪一個）等，who用於詢問「人」，what和which則是「人」和「事物」均可使用。

① who 和 what：「誰？」和「什麼？」

Target **259**

(1) "**Who** is that girl over there?" "That's Linda."
(2) "**What** is that building over there?" "That's City Hall."
(1)「在那兒的女孩是誰？」「是琳達。」
(2)「在那兒的那棟建築是什麼？」「是市政府。」

■who「誰？」
■what「什麼？」

問有關人的「誰？」時，如例句(1)用 **who**；問有關事物的「什麼？」時，則如例句(2)用 **what**。

② which：「哪一個？／哪一位？」

Target **260**

"**Which** is your coat, this one or that one ?" "This one is."
「哪一件是你的外套？這件還是那件？」「是這件。」

■which「哪一個？／哪一位？」

若詢問的是「人」或「事物」當中的哪一個，也就是從有限的選項選出答案時，要使用 **which**。

▷ **Which** are your parents in this photo?
（在這張照片中哪一對是你的雙親？）

參考 有時在有限選項裡也可以使用 who。
Who won the race, John or Paul?
（誰贏了這場比賽？約翰還是保羅？）

但是，如底下句中有 of... 時，要用 which。
Which *of these singers* do you like best?
（在這些歌手中你最喜歡哪一位？）

③ who [whom] 和 what：「誰？」和「什麼？」

Target 261

(1) "**Who [Whom]** are you planning to invite?" "Ann and Nancy."
(2) "**What** do you have for breakfast?" "I usually have toast."
(1)「你打算邀請誰？」「安和南西。」
(2)「你早餐吃什麼？」「我通常吃吐司。」

■whom「誰？」
口語用 who

當動詞的受詞是「人」，詢問「是誰？」時，要像例句(1)一樣使用 **whom**。不過在口語中通常用 **who** 代替 whom。

■what「什麼？」

另外，當動詞的受詞為「事物」時，則如例句(2)用 what。

④ whose：「誰的～？」

Target 262

"There's a key on the table, **Whose** is it?" "It's David's."
「桌上有一把鑰匙，那是誰的？」「那是大衛的。」

■ whose「誰的～？／誰的東西？」

詢問「誰的東西？」時，要用 who 的所有格 **whose**。

Check 115 請由下方選出適當的疑問詞填入空格內，注意不可重複使用。
[**Who** / **Whose** / **Whom** / **What** / **Which**]
1) "______ are you thinking about?" "Well, nothing in particular."
2) "______ is this new car?" "It's John's".
3) "______ did he take to the zoo?" "He took his son there."
4) "______ of these T-shirts do you want?" "The blue one."
5) "______ went to the party with her?" "Her father did."

2 疑問形容詞

有些疑問詞可以放在名詞的前面使用，此時的疑問詞稱為疑問形容詞。

① whose... 和 what...：「誰的～？」和「什麼樣的～？」

Target 263

(1) "**Whose** *shoes* are these?" "They're mine."
(2) "**What** *sport* do you like ?" "I like basketball."
(3) "**What** *kind* of movies do you like?" "I like action movies."
(1)「這些是誰的鞋子？」「那是我的。」
(2)「你喜歡什麼運動？」「我喜歡籃球。」
(3)「你喜歡哪一種電影？」「我喜歡動作片。」

■whose...「誰的～？」

如例句(1)詢問「誰的～？」時要用 whose。由於所有格代名詞可以在後面伴隨名詞使用，所以如果要表達「誰的鞋子」時，只要說 whose shoes 即可。whose 多半是使用< **whose ＋名詞**>的形式。

■what...「什麼樣的～？」

被問到 What do you like?（你喜歡什麼？）這類問題時，一時之間往往不知如何回答，但如果像例句(2)那樣將話題限定在運動方面，就容易回答得多了。只要在 what 後面加上名詞，即<**what ＋名詞**>就可以表達「什麼樣的～？」之意。

■what kind of...「哪一種～？」

當被問到如例句(3) What kind of movies...? 時，只要針對電影的類型回答即可。<**What kind of ...**>意指「哪一種～？」，用於詢問事物的種類時。

② which ...：「哪一種～？」

Target 264

"**Which** *bus* should we take?" "The number 5."
「我們該搭哪一輛巴士？」「五號巴士。」

■which ...「哪一種～？」

在幾個選項當中想要詢問是哪一個時，可如上面例句所示使用< **which ＋名詞**>來表達「哪一種～？」的意思。

Check 116 配對題：請將下列疑問句與適當的答句配對。

1) Whose camera is this?	·	· The red one in the middle.
2) What kind of car did you buy?	·	· I like green.
3) What color do you like?	·	· It's my sister's.
4) Which shirt do you like?	·	· A compact.

3 疑問副詞

要詢問場所、時間或理由等的副詞，要用疑問副詞。

① when 和 where：「什麼時候？」和「什麼地方？」

Target 265

(1) "**When** does the concert begin?" "At seven."
(2) "**Where** can I park my car?" "You can park on this street."

(1)「音樂會什麼時候開始？」「七點。」
(2)「我的車可以停在什麼地方？」「你可以停在這條街上。」

■when「何時？」 詢問關於時間的「何時／什麼時候？」時，可如例句(1)使用 **when**。

■ where「何處？」 此外，詢問關於地點的「何處／什麼地方？」，可如例句(2)使用 **where**。

② why 和 how：「為什麼？」和「如何？」

Target 266

(1) "**Why** did you go to the post office?" "To buy some stamps."
(2) "**How** do you go to school ?" "By bus."

(1)「你為什麼去郵局？」「去買郵票。」
(2)「你如何去上學？」「搭公車。」

■why「為什麼？」 詢問關於理由的「為什麼？」，可如例句(1)所示使用 **why**。

■how「如何？」

詢問關於方法的「如何？」，可如例句(2)使用 **how**。

▷ "**How** do you spell 'giraffe'?" "G-I-R-A-F-F-E."
（「你如何拼 giraffe（長頸鹿）？」「G-I-R-A-F-F-E」）

how 還有其他用法，要特別注意，詳細內容說明如下。

③ how 的用法

Target **267**

(1) "**How** was your meal?" "It was very good."
(2) "**How far** is your house from the station?" "About two kilometers."
(1) 「你的餐點如何？」「非常好。」
(2) 「你家離車站有多遠？」「大約兩公里。」

■ 詢問情況、狀態

例句(1)的 **how** 帶有「～如何？」之意，是用來詢問情況、狀態。

▷ "**How** do you feel?" "I feel fine."
（「你覺得如何？」「我覺得很好。」）

■詢問程度

例句(2)的 **how far** 是詢問「多遠？」，這類「多～？」的程度問法可用 how，不過通常其後會緊跟著**形容詞或副詞**。

▷ "**How** *long* did you wait here?" "For one hour."
（「你在這裡等了多久了？」「一個小時。」）

▷ "**How** *soon* can I have the book?" "In a week."
（「我多快可以拿到書？」「一周後。」）

■詢問數量

此外，詢問數量用 how many（有多少數目？）或是 how much（有多少量？）。

▷ "**How** *many* CDs do you have?" "Over a hundred."
（「你有多少張 CD？」「超過一百張。」）

▷ "**How** *much* is this chocolate?" "Ten euros."
（「這個巧克力要多少錢？」「十歐元。」）

Check 117 請由下方選出適當的疑問詞填入空格內，注意可重複使用。

[When / Where / Why / How]

1) "______ are you going?" "To the park."
2) "______ did he change his mind?" "Because his mother gave him some good advice."
3) "______ much did you pay for the book?" "Fifteen dollars."
4) "______ will you be back?" "At ten."
5) "______ was the show?" "Oh, it was great."

TIPS FOR YOU ▶ 9

使用 How 來探詢對方的狀況

和朋友或熟人碰面時，常會問「你好嗎？」，英文有以下幾種表現方式：

How are you? 或 How are you doing? 為一般用法，另外How's it going? 或 How are things? 等也常使用。回答方式有 Pretty good. / Great.（很好。）或是 Not bad. / So-so.（普普通通。）等。

另外也可以用What's up? / What's going on? / What's new? 等。它們和使用How不同，帶有「有什麼新鮮事嗎？」的微妙語氣，可以回答Not much. 或Nothing, really.（沒什麼。）等。

4 疑問詞和介系詞

Target 268

"**Who** did he come to the party **with**?" "With Cathy."

「他和誰一起來參加舞會？」「和凱西。」

■詢問介系詞後面的名詞時

▌疑問詞放在句首

詢問介系詞後面的名詞（介系詞的受詞）時，一般是將介系詞的受詞置換成疑問代名詞，再把疑問代名詞置於句首。

上面例句詢問的是 He came to the party with *her*.（他和她一起參加舞會。）中的「她」是誰。詢問「誰？」的時候要用 who，所以問句就變成 *Who* did he come to the party with?。

■介系詞＋疑問詞
疑問詞當受格

此外，介系詞和疑問詞也可以以＜介系詞＋疑問詞＞的形式出現在句首。此時介系詞正後面要接疑問詞，所以必須使用受格的 whom。但口語中較少用。

▷ **With whom** did he came to the party?

參考 請注意疑問代名詞 who 的用法。當介系詞的受詞變成疑問詞時，照理應該用 whom 才合於文法，就如同 With whom...? 將介系詞放在疑問詞前面時要用 whom（不可用✕ With who...?）。但事實上，當疑問詞和介系詞分開而單獨置於句首時，通常使用 who。

Check 118 請配合中文語意，在空格內填入適當的英文。

1) 你正在等誰？
______ are you waiting ______?

2) 你打算把這個包裹寄給誰？
______ are you going to send the parcel ______ ?

2 疑問詞的形式

1 間接問句

When will he come?（他何時會來？）這個**疑問句**可以像 I don't know when he will come.（我不知道「他何時會來」。）一樣，當成句子的一部分來使用。這種形式的疑問句稱為**間接問句**。間接問句是在句子當中作為名詞子句（➡p.310）來使用的。

Target 269

(1) I don't know **what** *he wants to do.*
(2) Can you tell me **when** *the movie starts*?"
(1) 我不知道他想要什麼。
(2) 你能不能告訴我這場電影何時開始？

■間接問句
句子中的疑問句

在例句(1)中，I don't know 的後面接 what he wants to do。這個 what he wants to do 是 know 的受詞。像這類句子中的疑問句稱為**間接問句**。

■詞序同直述句＜SV＞

間接問句要注意的是疑問詞後面的詞序。間接問句的**詞序與直述句的＜ S ＋ V ＞相同**，所以不能用 what does he want to do，而要用 what he wants to do。

■疑問句中的間接問句

如例句⑵在疑問句中包含間接問句時，間接問句的詞序為 when the movie starts 的＜ S ＋ V ＞形式。

■當疑問詞為主詞

另外，像 Who broke the window? 這類主詞為疑問詞的問句，因為詞序原本就和＜ S ＋ V ＞的直述句相同，所以可直接作為間接問句使用。

▷ I don't know **who** *broke the window*.
（我不知道是誰打破窗戶的。）

參考 間接問句在句子中的功用如下：

①動詞的受詞
Do you want to know **what I bought**?
（你想知道我買了些什麼嗎？）

②介系詞的受詞
I have no idea (*of*) **who broke the computer**.
（我不知道是誰弄壞這部電腦的。）

③主詞
When he left the house is not known.
（沒人知道他是何時離開家裡的。）

④補語
The problem is **how we will finish this job**.
（問題是我們該如何完成這個工作。）

Check 119 請將下列疑問句按照括弧內的提示改寫成間接問句。

1) Why didn't you come? (You must tell me...)
2) What kind of music do you like? (I want to know...)
3) When is she going to leave? (The problem is...)

2 否定問句

Target 270

(1) "**Can't you** swim?" "No, I can't."
(2) "**Isn't it** a lovely day?" "Yes, it is."
　(1)「你不會游泳嗎？」「是的，我不會。」
　(2)「今天不正是美好的一天嗎？」「是的，沒錯。」

■否定形的疑問句

如例句(1)的 Can't you ...? 或是例句(2)的 Isn't it ...? 的否定形疑問句，稱為否定問句。

預設否定的答案

否定疑問句如例句(1)，用於預設會得到否定的答案時。Can you swim? 是詢問「會不會游泳」，Can't you swim? 是在知道對方不會游泳的情況下提問。

表示意外

另外，為了對原本認為理所當然的事情表達「難道不是嗎？」的驚訝和意外時，也可以使用否定問句。

▷ **Don't you** know this?（你不知道這件事嗎？）

從上面這個疑問句中可以理解說話者表達的是「你應該要知道」的情緒。

要對方確認時

此外，如例句(2)自己認為如此，並徵求對方認同時，也可以使用否定問句。此時的用法和附加問句（➡p.352）的意思相同（= It's a lovely day, isn't it?）。

▷ **Don't you** like my new swimsuit?
（你不喜歡我的新泳裝嗎？）→ 向對方確認「不錯吧？」

參考

在肯定疑問句的動詞前面，有時也會加上 not。
Did you **not** meet Lisa yesterday?
（你昨天沒有見到莉莎嗎？）

■否定問句的回答方式

是肯定的內容或是否定的內容

請注意否定問句的回答方式，中文的「是／不是」可以配合對方的問題形式來作答，然而英文的 Yes / No 則與對方的問題形式無關，也就是說，不管對方是問 Do you... ? 還是 Don't you...?，**回答內容是肯定的就用 Yes，否定的就用 No**。

	回答內容	「知道」	「不知道」
Do you know this?	→	Yes, I do.	No, I don't.
Don't you know this?	→	Yes, I do.	No, I don't.

Check 120 請配合中文語意，在空格內填入適當的英文。

1) 「你不是那個樂團的一員嗎？」「我是成員。」
"______ you a member of that band?" "______, I am."

2) 「你沒有去過那個地方嗎？」「我是沒去過。」
"______ ______ visit the place?" "______, I didn't."

3 疑問句的回答方式

1 Do you mind...？的回答方式

Target 271

"**Do you mind** if I open the window?" "**No, not at all.**"
「你介意我打開這扇窗嗎？」「不，一點也不介意。」

■mind 是「認為對方會介意」

要特別注意Do you mind...？的回答方式。遇到「可不可以幫我…？」或是「…也沒有關係嗎？」之類的問題時，如果用中文式的思考就會混淆 Yes / No 的用法。Do you mind ...？按照字面解釋是「你介意…嗎？」所以回答Yes, I do. 就是「是的，我介意。」。若是接受對方的請託或是答應對方的要求，則一定要用否定的回答 Not at all. / Of course not. / Certainly not. 等。

此外，想要表達「我希望你最好不要～」時，可以使用 I'd rather you didn't.（➡p125, 334）。另外也可以用比較委婉的說法 I'm sorry ...，或是強硬說法 I *do* mind.等。

參考 有時也會依照對話的狀況或回答者的語氣、表情，而有 Yes, certainly. 那樣使用 Yes 的承諾。

參考 Do you mind? 有時也有請對方「停止做現在這件事」之意。
Do you mind? That's my seat you're sitting on.
（抱歉，你現在坐的是我的位子。）→請你讓位

2 Yes / No 以外的回答方式

Target 272

"Can I use your bike?" **"Sure, Go ahead."**
「我可以用你的腳踏車嗎？」「當然，請便。」

■對於 Can I ...? 或 Can you ...? 的回答方式

回答像 Can I... ? 這類徵求對方許可的問句時，回應「好的」時可以用 **Sure. / Certainly. / OK. / Of course.** 等。

至於想要表達「不行」時，可以用 **No, you can't. / Sorry, you can't.** 等。

此外，對於 Can you... ? 問句要回答「不可以」時，可以用 **No, I can't. / I'm afraid I can't.** 等。

▷ "**Can you** help me with my homework?" "**No, I can't.**"
（「你可以幫我做功課嗎？」「沒辦法。」）

3 該回答 Yes / No 或是具體作答

Target 273

(1) "**What** *do you think* that light is?" "I think it's a fishing boat."
(2) "*Do you know* **what** that light is ?" "No, I don't."
(1) 「你認為那道光是什麼？」「我認為那是漁船。」
(2) 「你知道那道光是什麼嗎？」「我不知道。」

■詢問某種事物時

詢問「你認為那道光是什麼？」時，疑問詞用 what。這類使用疑問詞的疑問句不能用 Yes / No 作答。

「你認為如何？」

詢問「你認為那是什麼（誰）？」的問句時，必須把疑問詞放在句首，變成＜**疑問詞＋do you think ...?**＞的形式。此外，注意 think 後面的**詞序要和直述句一樣**。除了 think 之外，使用 believe（相信）或 suppose（認為）等動詞時，也要用相同的詞序。

▷ **When** *do you suppose* he will propose to her?
（你想他何時會向她求婚？）

注意

請注意主詞為疑問詞的情形　當 what, who, which 為 do you think [believe / suppose] 後面子句的主詞時，動詞要放在 do you think [believe / suppose] 的後面。

Who *do you think* **is** the best player on our team?
（你認為誰是我們隊裡最強的選手？）

What *do you think* **will be** the most successful movie this year?
（你認為哪部電影將成為今年最賣座的影片？）

Which *do you suppose* **is** the better plan?
（你認為哪一個計畫比較好？）

「你知道什麼嗎？」

此外，「你知道那道光是什麼嗎？」這類問句可以用 Yes / No 作答。但「你知道那是什麼（誰）？」這類問句，則必須使用＜**Do you know ＋疑問詞…?**＞的形式，不可以把疑問詞置於句首。

Check 121

配對題：請將相對應的問句和答句配對。

1) What do you think this is? · · Sure. Go ahead.
2) Do you know what this is? · · It's a kind of toy.
3) Do you mind if I smoke here? · · No. I have no idea.
4) Can I use your bathroom? · · No, I don't mind.

PLUS 82 have 和 have got

⑴ "**Do you have** a credit card?" "Yes, **I do.** / No, **I don't.**"
⑵ "**Have you got** a credit card?" "Yes, **I have.** / No, **I haven't.**"

以上兩個例句都是「你有信用卡嗎？」「是的，我有。／不，我沒有。」的意思。

例句⑴是一般形式，雖然也可以說 Have you a credit card?，但是現在普遍都把 have 當作一般動詞來使用，所以 have 在問句或答句中，用法和其他一般動詞相同。

至於例句⑵的句型，只要將 have got 當成 have 來考慮即可。請注意 have 可以當助動詞使用，這類用法經常在口語中出現。

Part 3　進階

1 疑問句的其他形式

1 附加問句

Target 274

(1) "It's very hot today, **isn't it?**" "Yes, it is."
(2) "She doesn't like coffee, **does she?**" "No, she doesn't."
　(1)「今天非常熱，是吧？」「是的，是很熱。」
　(2)「她不喜歡咖啡，是吧？」「是的，她不喜歡。」

■「是吧？」
簡化的疑問句

附加問句是在直述句後面加上意為「是吧？」的**簡化疑問形式**，來尋求對方的同意或確認。附加問句的形式為＜**助動詞／be 動詞＋主詞**＞，**主詞則用代表前面句子主詞的代名詞**。

■附加問句的用法
肯定句＋否定的附加問句

在**肯定句的後面加上否定的附加問句**，如例句(1)所示。

▷ Your sister likes candy, **doesn't she?**
（你妹妹喜歡糖果，是吧？）

▷ They can run fast, **can't they?**
（他們可以跑得很快，是吧？）

否定句＋肯定的附加問句

在**否定句的後面加上肯定的附加問句**，如例句(2)所示。

▷ You aren't tired, **are you?**
（你不累，是吧？）

▷ They cannot run fast, **can they?**
（他們無法跑得很快，是吧？）

參考　希望得到對方的同意時，句尾的語調下降（↘）；希望跟對方確認時，句尾的語調上升（↗）。

注意　**回答附加問句的方式**　肯定的答覆要如例句(1)回答 Yes；否定的答覆則如例句(2)回答 No。

2 附加問句的應用

Target 275

(1) "Billy hasn't arrived yet, **has he?**" "No, he hasn't."
(2) "There's some juice in the fridge, **isn't there?**" "Yes, there is."
(3) "She never listens, **does she?**" "No, she never does."

(1) 「比利還沒有到達，是吧？」「是的，他還沒來。」
(2) 「有一些果汁在冰箱裡，是吧？」「對，有的。」
(3) 「她從來不聽別人說話，是吧？」「是的，她從來不聽。」

■完成式或There is... 的句子時

如例句(1)的完成式，附加問句要用 have [has / had]。另外，如例句(2)所用的There is...，附加問句主詞的位置要放入 there。

■有否定詞時

例句(3)因為有 never，形成否定句，所以附加問句要用肯定形式。另外，使用帶有否定意味的 little 等詞彙（➡p.370）的句子也是否定句，附加問句要用肯定形式。

參考 口語中常有一些 right 或 OK 等類似附加問句的用法，主要用來和對方再次確認。

You know the truth, **right**?（你知道真相，對吧？）

Check 122 請在空格內填入適當的英文，以完成附加問句。

1) These flowers smell sweet, ______ ______ ?
2) There is no one in the room, ______ ______ ?
3) You've already made up your mind, ______ ______ ?

3 修辭疑問句

Target 276

(1) **Who** knows?
(2) **What** could be simpler than this?

(1) 誰知道呢？→沒有人知道。
(2) 有什麼比這個更簡單？→這是最簡單的。

■不要求對方回應的疑問句

雖然以上例句是疑問句的形式，但目的不在於取得對方的回應，而是在強調自己的想法，我們稱這類句型為「修辭疑問句」。肯定式的修辭疑問句表達的是否定的情緒；否定式的修辭疑問句表達的則是肯定的情緒。

▷ **Who** *doesn't* love ice cream?→帶有「大家都喜歡」的肯定意味（有誰不愛冰淇淋呢？）

4 直述句型的疑問句

Target 277

You gave him your telephone number?↗

你給了他你的電話號碼？

■句尾語調上揚為疑問句

在口語對話中，有時會提高直述句句尾的語調，變成疑問句，通常用於和對方確認的情形居多。

5 反問句

Target 278

(1) "I'm sorry, Dad. I broke your...?" "You broke my **what** ?"

(2) "I told him the truth." "You told him **what** ?"

(1)「對不起，爸爸。我打破了你的…」「你打破了我的什麼？」

(2)「我告訴他真相了。」「你告訴他什麼？」

■反問不懂的部分

如例句(1)，為對方所言有某一部分聽不清楚或是無法理解時，只要依照直述句的詞序，將不懂的部分換上疑問詞反問對方即可。同樣的用法如例句(2)，也可用來表達對於對方所言內容感到驚訝或意外。

6 應答疑問句

Target 279

(1) "Jack hit a home run yesterday." "Oh, **did he** ?"

(2) "I'm not interested in video games." "**Aren't you**?"

(1)「傑克昨天擊出一支全壘打。」「喔！是嗎？」

(2)「我對電動玩具沒有興趣。」「你沒興趣嗎？」

■以疑問句的形式隨聲附和

對於對方所言隨聲附和時，可以使用疑問句的形式。因為只是反問對方的發言內容，所以用 Are you? 或是 Do you? 等表示最低限度的疑問即可，其他部分都可以省略。

Check 123 請配合中文語意，在空格內填入適當的英文。

1) 做這種事情到底有什麼用？
______ is the use of doing such a thing?

2) 「我主修哲學。」「你主修什麼？」
"I'm majoring in philosophy." "You're majoring in ______?"

3) 「我聽說傑克和貝蒂結婚了。」「喔！是嗎？」
"Jack and Betty got married, I hear." "Oh, ______ they?"

2 疑問句的慣用語

1 What ... for?

Target 280

What did the police come here **for**?
警察為什麼來這裡？

■「為了什麼？」

詢問理由「為了什麼？」時，也可使用 **What... for?** 的形式。另外，單用 What for? 還可以表示「為什麼？」

▷ "I must go back to my house." "**What for**?"
（「我必須回家。」「為什麼？」）

2 What is S like?

Target 281

What is the food in Spain **like**?
西班牙菜是什麼樣的食物？

■「S是什麼樣的東西？」

詢問主詞「S 是什麼樣的東西？／什麼樣的感覺？」時，只要針對 S is like...（S 像…那樣）其中「…」的部分用疑問代名詞 what 取代，變成 **What is S like?** 的疑問句即可。

回答時，可以用＜ S is like ＋名詞＞（S 像～一樣的…）或＜ S is ＋形容詞＞（S 是～）等。

▷ "**What** is your father **like**? "He is very kind."
（「你父親是什麼樣的人？」「他非常仁慈。」）

■「S看起來像什麼」

像「S 看起來是什麼感覺？」或「S 看起來像什麼？」等這類疑問句，要用＜ **What does S look like?** ＞的形式。

▷ "**What** does the Sphinx **look like**?"
（獅身人面像看起來像什麼？）

注意

What 和 How　英文中應該使用 What 時，有時會被中文「如何？」的意思誤導而用 How。
What is Cathy like?（凱西看起來如何？）
How is Cathy?（凱西還好嗎？）

How is Cathy? 詢問的是凱西的健康狀態。至於要詢問人物的性格或特徵時，則使用 What is S like? 的句型。

PLUS 83　What do you think? 和 How do you feel?

What do you think about his novel?（你認為他的小說怎麼樣？）
How do you feel about his novel?（你覺得他的小說如何？）
What do you think...? 是問「你有什麼想法 [意見]？」，而 How do you feel...? 則是問「你感覺 [印象]如何？」

3 How come + SV?

Target **282**

How come you didn't bring your sister**?**
你為什麼沒有帶你妹妹來？

■「為什麼...？」

詢問「為什麼...？」時，也可以用＜ **How come + SV?** ＞。how come 和 why 的意思幾乎相同，但是在造疑問句時則大不相同。使用 why 造疑問句時，後面的詞序同一般疑問句，但用 **how come 造疑問句時，後面的詞序要和直述句相同。**

▷ Why **didn't you call me**?（你為什麼沒有打電話給我？）

▷ How come **you didn't call me**?
S (you)　V (didn't call)　O (me)

PLUS 84 向對方提議或勸誘的疑問句

How [What] about go**ing** to the movie tonight?（今天晚上去看電影如何？）

How [What] about... ?帶有「…如何？」之意，用於向對方提議或是勸誘時，about 的後面要接名詞、代名詞或動名詞。

How about a cup of coffee?（來杯咖啡如何？）

What do you say to renting a video?（租一捲錄影帶如何？）

What do you say to...? 是「你對…有什麼要說的嗎？」用於詢問對方意見。因為 to 是介系詞，所以後面要接名詞、代名詞或動名詞。

Why don't you get more exercise?（你為什麼不多做些運動？）

＜Why don't you ＋動詞…？＞是「你為什麼不…？」，用於向對方提議或勸誘時。＜ Why don't we ＋動詞…？＞帶有「一起…好嗎？」之意，這種用法也很普遍，可以換成＜ Why not ＋動詞…？＞。

Why not just ignore her comment?（你何不就忽視她的發言？）

＜Why not ＋動詞…？＞帶有「何不～？」之意，引申有詢問他人「～做好呢？」或「就～做吧？」之意。

PLUS 85 Why not?「當然好啊！」

"Let's turn on the air conditioner." "**Why not**?"

（「我們打開冷氣好嗎？」「當然好啊！」）

這裡的 Why not? 是「為什麼不？」→「當然好啊！」的修辭疑問句，用於回答對方的請託或提議時。

Check 124 請配合中文語意，重組括弧內的英文。

1) 你為什麼來這裡？
What (come / you / for / here / did)?

2) 明天的天氣如何？
What's (like / to / going / be / the weather) tomorrow?

3) 你為什麼會去她家？
(went / come / to / how / you) her house?

4) 到義大利餐廳吃晚飯如何？
(eating / how / dinner / about) at an Italian restaurant?

Check 問題的解答

115 1) What 2) Whose 3) who / Whom 4) Which 5) Who

116 1) It's my sister's. 2) A compact. 3) I like green.
4) The red one in the middle.

117 1) Where 2) Why 3) How 4) When 5) How

118 1) Who [Whom], for 2) Who [Whom], to

119 1) You must tell me why you didn't come.
2) I want to know what kind of music you like.
3) The problem is when she is going to leave.

120 1) Aren't, Yes 2) Didn't you, No

121 1) It's a kind of toy. 2) No. I have no idea.
3) No, I don't mind. 4) Sure. Go ahead.

122 1) don't they 2) is there 3) haven't you

123 1) What 2) what 3) did

124 1) What (did you come here for)?
2) What's (the weather going to be like) tomorrow?
3) (How come you went to) her house?
4) (How about eating dinner) at an Italian restaurant?

第 14 章 否定

學習要項

Part 1　概念

1 英語的否定用法

① 英語的否定

· **I'm hungry**.（我肚子餓。）
· **He studies hard**.（他用功讀書。）

現在，將上面的句子改成否定句。
在 be 動詞後面加 not：
I'm **not** hungry.
（我肚子不餓。）
將 studies 改成 doesn't（＝ does not）study ：
He **doesn't study** hard.
（他不用功讀書。）
另外，也可在主詞加否定：
No one believes her story.
（沒人相信她的話。）

② 英語的否定詞

英語的否定詞有很多種，而且各有各的功用。右頁表中列出代表性的否定詞及其用法，接著逐一說明。

not　最基本的否定詞，然而使用 not 和 know 之類的一般動詞一起造句時，必須和助動詞 do / does / did 連用。

hardly　用來表達「幾乎沒有、幾乎不」的＜程度＞，如表中所舉例句「認識他的程度」是「幾乎沒有」。
hardly 只用在表示「～的程度」時，所以不可以說×There are hardly people in the garden. 若要表達＜人數＞，必須用 any 這類能夠表示＜數量＞的詞彙，而將句子改成 There are hardly **any** people in the garden.（幾乎沒有人在花園裡。）

not	I do**n't** (=do **not**) know him. （我不認識他。）
hardly	I **hardly** know him. （我幾乎不認識他。）
never	I have **never** seen her. （我從未見過她。）
rarely	I have **rarely** seen her lately. （我最近難得見到她。）
no	I have **no** money with me. （我身上沒錢。） There are **no** flowers in the garden. （花園裡沒花。）
little	I have **little** money with me. （我身上幾乎沒錢。）
few	There are **few** flowers in the garden. （花園裡幾乎沒花。）

never　基本意義是「從來沒有」，上表中所舉例句為現在完成式，所以是「到目前為止從來沒有」的意思。

never 和現在完成式連用時，如果主詞是人，就是「從出生到現在從來沒有」的意思。亦即基本上 never 擁有「＜**期間**＞（＝出生到現在）＋＜**次數**＞（＝一次都～）＋＜**否定**＞（＝沒有）」這三種意義。＜期間＞牽涉到動詞的時態：I never tell lies to you. 意指「我從出生到死從不曾騙你。」，而 I'll never smoke again 是「我從現在到死都不會再抽煙了。」

rarely　為「（做某事的次數）幾乎沒有，難得發生」的意思，強度比 never 稍弱。和 hardly 不同的是，rarely 是用在「次數、頻率」上，所以不能說×I rarely know him.，也就是不能用 rarely 來修飾 know（認識）這類動詞，因為「認識」或有深淺程度之分，卻沒有次數或頻率之別。

no　和可數名詞或不可數名詞連用，為「沒有～」的意思。

little　和不可數名詞連用，為「～（的量）幾乎沒有」的意思。

few　和可數名詞連用，為「～（的數）幾乎沒有」的意思。

③ 注意否定的事物

英文依否定詞的位置，可以改變其所否定的事物。下面例句中的 [ ] 是表示被否定的部分。

I **didn't** try to look at her.（我**沒試著**去看她。）

→**NOT** [I tried to look at her.]

I try **not** to look at her.（我試著**不去**看她。）

→I tried **NOT** [to look at her.]

基本上not否定的是其後面連接的部分，但是當它置於主要動詞前面時，則為全盤否定整個句子。

I tried **not to look at her**. 的構造為「我嘗試過＋『不去看她』」。至於 I didn't try to look at her. 的構造則為「我沒有＋『嘗試去看她』」。

此外，句中有含＜程度＞的意味時，也會改變否定的內容。

I **don't** like him.（我**不喜歡**他。）

→**NOT** [I like him.] 全盤否定「喜歡他」這整個句子。

I **don't** like him **very much**.（我**不太喜歡**他。）

→**NOT** [I like him very **much**.] 否定「**非常**喜歡他」的部分。

否定 I like him. 時，表示完全沒有「喜歡」的情緒在內。相對於此，否定 I like him very much. 則帶有（或多或少）「喜歡」的情緒。換言之，否定 like him very much，意指「並非完全不喜歡」，而是「不是非常喜歡→不太喜歡」。

下面例句也是同樣的思考模式。

You **shouldn't** trust people **because they are well-dressed**.
（你不該只憑人們的衣著光鮮就相信他們。）

→ **NOT** [~~You should trust people **because they are well-dressed**.~~]

這句話是表示「『因為衣著光鮮所以可以信任』是不成立的」。也就是說，只憑「衣著光鮮」就相信人是不成立的，而非全盤否定相信人這件事。

如下例所示，「不能『因為衣著光鮮而相信他人』，但『能夠接受差異性則是可以信任的』」，這句話是做單方面的否定。（關於 not ... but ～ 的用法，請參閱（➡ p.574）。）

You should**n't** trust people because they are well-dressed, **but** because they accept differences.

14
否定

Part 2 理解

1 否定詞和否定的範圍

1 not / never / no

最常被當作否定詞使用的包括 **not, no, never**，其否定的強度不同，用法也不同。

① not

Target 283

(1) We do **not** *come* to school by train.
(2) My teacher told me **not** *to wear earrings.*
　(1) 我們不搭火車上學。
　(2) 我的老師告訴我別戴耳環。

■否定主要動詞

如例句(1)用 **not 來否定主要動詞的全句否定**，其詞序有以下兩種：

be 動詞＋ not

▷ He **is not** an artist.（他不是藝術家。）

do / does / did not ＋原形動詞

▷ She **did not call** me.（她沒打電話給我。）

助動詞＋ not ＋原形動詞

▷ It **will not be** fine tomorrow.（明天不是好天氣。）

■否定後面接續的詞語、片語、子句

例句(2)的 not 是在**否定片語** to wear earrings，這裡要特別注意否定的是「(我) 戴耳環」，並沒有否定「老師告訴我」這件事。

注意

not 的位置和意思上的差異　改變例句(2) not 位置，就可以否定整句話，呈現完全不同的意思。

My teacher told me **not** *to wear earrings*. →否定 to wear earrings

My teacher *did* **not** *tell me to wear earrings*. →否定主要動詞 tell

（我的老師沒告訴過我要戴耳環。）

用 **not** 否定特定的單字、片語與子句時，要把 **not** 放在想要否定的單字、片語、子句前面。

否定單字

▷ Dave is Australian, **not** *British*.
（大衛是澳洲人，不是英國人。）

否定片語

▷ Mike comes from Canada, **not** *from the United States*.
（麥可來自加拿大，不是美國。）

否定子句

▷ She loves him **not** *because he is handsome*, but because he is warm-hearted.
（她愛他不是因為他英俊，而是因為他心地善良。）

② never

Target 284

I will **never** ride a roller coaster again.
我再也不坐雲霄飛車了。

■表次數的強烈否定

never 為「一次也沒有～」的意思，用於強烈否定發生的次數。例句中因為有 again，所以就變成帶有「從今以後再也不坐第二次」的意思。

注意

never 的位置

使用 be 動詞以外的一般動詞時，詞序為＜ never ＋動詞＞。

It **never** snows on the island.（這個島嶼從不下雪。）

使用 be 動詞時，詞序為＜ be 動詞＋ never ＞。

Peter is **never** at home.（彼得從來不在家。）

包含助動詞時，詞序為＜助動詞＋ never ＋動詞＞。

I will **never** eat ice cream again.
（我再也不吃冰淇淋了。）

參考

Have you ever been to Oslo?（你去過奧斯陸嗎？）要回答「不，一次也沒有。」時，可以用 No, I haven't. 或是 No, I never have. 等。請注意後者用法，若要將原本的動詞省略時，要把 never 放在助動詞前面，不可以說×No, I have never.。

never 經常出現在完成式中

never 不僅單純強調 not，也表示「（從過去到現在）一次也沒有～」，所以經常出現在表達經驗之意的完成式中。

▷ I **have never seen** such a rude man.
（我從來沒見過這麼魯莽的男人。）

③ no

Target 285

(1) There were **no** *children* in the park.
(2) Building a house is **no** *simple task*.
(1) 這個公園裡沒有孩童。
(2) 蓋一棟房子絕非易事。

■在名詞前面加上 no

如例句(1)，在名詞前面加上 **no** 表示「**完全沒有～**」、「**一個（人）都沒有～**」的強烈否定。

no 是 not a～/ not any～ 的意思，可以和可數名詞或不可數名詞連用。

▷ I have **no** *money* with me.（我身上沒有錢。）

單複數均可使用

當名詞為可數名詞時，無論是如例句(1)的複數形或是下面例句中的單數形都可以使用。

▷ There was **no** *chair* for me to sit on.（沒有椅子讓我坐。）

參考 There was no children in the park. 是基於「通常都會有幾名孩童在」的考量，所以使用複數形 children。至於 There was no chair for me to sit on. 是因為自己要坐的椅子只需要一張，所以用單數形 chair。

參考 將 no 當作表示數量為「零」的形容詞會比較容易理解。
He has made **two** major discoveries.
（他已經有了兩項重大發現。）
He has made **no** major discoveries.
（他沒有任何重大發現。）→一個重大發現都沒有

注意上面兩個句子的 two 和 no 的用法，就可以理解 no 在此是當作表示數量為「零」的形容詞。

■no 放在主詞前面的情形

如下面例句所示，no放在主詞前面時，不僅否定主詞，也會否定整個句子的內容（全部否定）。

▷ **No** *students* are allowed to enter this room.
（不許任何學生進入這間教室。）

注意

用法和＜ no ＋名詞＞相同的詞彙　nobody, nothing 等字用法和＜no ＋名詞＞相同。此外，no one 和 nobody 也可以視為同樣的意思。

Nobody is allowed to enter this room. →注意單數用法
（這個房間不許任何人進入。）

■表「絕對沒有～」的強烈否定

如例句(2)所示，no 放在＜形容詞＋名詞＞之前，或是放在作為 be 動詞補語的名詞前面時，可以用來表示「絕對沒有～」的強烈否定。

▷ He is **no** *genius*.（他絕不是天才。）

Check 125

請配合中文語意，在空格內填入適當的英文。

1) 提姆收到一封表兄弟寄來的信，而不是來自兄弟的。
Tim received a letter from his cousin, ______ from his brother.
2) 我沒有時間洗衣服。
I have ______ time to wash my clothes.
3) 沒有人會對這幅畫感興趣。
______ will be interested in this picture.
4) 我告訴他不要說謊。
I told him ______ to tell a lie.
5) 我從來不吃早餐。
I ______ eat breakfast.

2 否定詞的位置

Target 286

(1) I do**n't think** (that) he is so talented.
(2) I **hope** (that) it wo**n't** rain tomorrow.
(1) 我認為他沒那麼有天份。
(2) 我希望明天不會下雨。

■否定句中的第一個動詞

當碰到 think, believe, suppose 等表達主詞的意見或判斷的動詞後面再接 that 子句或片語時，否定部分要從 that 子句或片語移至主要子句中。seem, expect, imagine 也屬於這一類用法。

▷ I do**n't expect** that he will accept my apology.
（我不指望他接受我的道歉。）

seem 也常使用如下：

▷ It does**n't seem** that he knows our secret.
He does**n't seem** to know our secret.
（他似乎不知道我們的祕密。）

■否定 that 子句中的動詞

如例句⑵所示，碰到 hope（期待＜好的事情＞、希望）、be afraid / fear（擔心＜不好的事情＞、恐怕）時，否定部分要置於動詞後面的 that 子句中。

▷ I am **afraid** that she wo**n't** be able to get here on time.
（我擔心她無法準時到達這裡。）

Check 126 請將下列句子改成否定句。

1) I think he is a good violinist.
2) I hope she will accept his offer.

PLUS 86 not 和副詞的位置

a. I **just don't** like her.（我就是不喜歡她。）
b. I **don't just** like her.（我不只是喜歡她。）

a.句中的 just 表示「完全的」，修飾 don't 這個否定詞，形成了強烈的否定。

相對地，b.句中的否定詞 not 修飾 just，表示「僅僅、單純」，所以就從「我不僅僅是喜歡她而已」變成「我喜歡她喜歡得不得了」。由此可知否定詞在使用上要特別注意其和 just, simply 等副詞的位置關係。

3 用來代替子句的 not

Target 287

"Will Jackie be late again?" "I hope **not**."
「傑克會再次遲到嗎？」「我希望不會。」

■用 not 代替子句

上面例句中的 I hope not. 和 I hope that Jackie won't be late again.是同樣的意思。像這樣在 hope, be afraid 的後面接否定前面內容的 that 子句時，可以用 not 一字來取代整個子句。

▷ "Will he come back tomorrow?" "No , I 'm afraid **not**."
（「他明天會回來嗎？」「不，恐怕他不會回來。」）

注意 **肯定 that 子句的內容時** 要肯定 that 子句的內容時，只要將 not 改成 so 即可（➟p.540）。
"Is it still raining?" "Yes, I'm afraid **so**."
（「還在下雨嗎？」「是的，恐怕如此。」）

注意 **afraid 和 not 的位置** 關於 not 的位置，請注意以下的差異：
I am **not** *afraid*.（我不怕。）
I am *afraid* **not**.（我恐怕並非如此。）

14 否定

Check 127 請配合中文語意，在空格內填入適當的英文。

1) 「明天會下雨嗎？」「我希望不要。」
"Will it rain tomorrow?" "I _____ _____."

2) 「他會好起來嗎？」「恐怕不會。」
"Will he get well?" "I'm _____ _____."

TIPS FOR YOU ▶ 10

so 和 not 的用法

到底該用so還是not，取決於回答時陳述的是肯定的還是否定的意思。

無論問句是 "Is he coming to the party?"（他會來參加舞會嗎？），還是 "Isn't he coming to the party?"（他不會來參加舞會嗎？），只要認為「會來」，就可以回答 "**Yes**, I hope **so**." 或是 "**Yes**, I suppose **so**."。但若認為「不會來」，則可以回答 "**No**, I'm afraid **not**." 或是 "**No**, I suppose **not**."。

4 準否定詞

not 或 no, never 是完全否定句子或詞語。另外還有表示「幾乎沒有～」或「很少～」之意的準否定詞，包括hardly, scarcely, rarely, seldom, few, little等。例如I hardly know him.（我幾乎不認識他。）這樣的否定句。

① hardly / scarcely：程度很低

Target **288**

(1) I could **hardly** understand what he was saying.
(2) The injured child could **scarcely** walk.
　(1) 我幾乎聽不懂他在說什麼。
　(2) 那個受傷的小孩幾乎無法行走。

■表示「幾乎不～」的程度

hardly / scarcely是表示**程度非常輕微**的副詞，修飾動詞，為「幾乎不～」的意思。

② rarely / seldom：頻率很少

Target **289**

(1) I **rarely** listen to classical music.
(2) England has **seldom** won the World Cup.
　(1) 我很少聽古典音樂。
　(2) 英國很少在世界盃獲勝。

■表示「幾乎沒有～」的頻率

rarely / seldom是表示**頻率非常低**的副詞，修飾動詞，為「難得有～」的意思。

此兩句在句中的位置請參閱「副詞」（➟p.531）。

注意

hardly [scarcely] ever 是「難得～有…」的意思　hardly ever, scarcely ever 是表示頻率，由 ever「一次都～」加上意指「幾乎沒有」的 hardly 和 scarcely 組合而成。

I **hardly**[**scarcely**] **ever** eat breakfast.
（我難得吃早餐。）

③ few / little：（數量）幾乎沒有

Target 290

(1) **Few** *students* handed in the homework.
(2) I had **little** *time* to buy a present for her.
(1) 沒有什麼學生交作業。
(2) 我幾乎沒有時間去買禮物給她。

■表示「數量幾乎沒有」

few 和 **little** 是表示**數量非常少**的形容詞，修飾名詞，為「幾乎沒有～」的意思。few 放在可數名詞前面，little 則放在不可數名詞前面，兩者是傳達比 no 少一點的否定意思。

注意 a few 和 a little　如 a few 和 a little 那樣加了 a 在前面，否定的意思會消失，變成「有一些～／有一點～」的意思（➡p.508）。

Check 128 請由括弧內挑出適當的詞彙填入空格內。

1) He (hardly / seldom) goes out on Sundays.
2) I could (hardly / seldom) understand the lecture.
3) They had (few / little) snow in Nantou.
4) He is a man of (few / little) words.

2 部分否定和雙重否定

1 部分否定和全部否定

否定當中有一種「並非完全（全部／雙方／一定）～」的用法，稱為部分否定。

Target 291

(1) *All* of the members attended the meeting.
(2) **Not** *all* of the members attended the meeting.
(3) **None** of the members attended the meeting.
(1) 所有的會員都出席了會議。
(2) 不是所有的會員都出席了會議。
(3) 沒有一個會員出席會議。

All...

因為例句⑴ All... attended the meeting. 不含否定詞，所以是「所有的會員都出席了會議」之意。

Not all...
部分否定

例句⑵在例句⑴的句首加上 not 以否定例句⑴的內容。「不是」+「所有的會員都出席了會議」，這種否定句就稱為**部分否定**。

注意

將 not 放在 all 前面　表達「並非全部都～」的意思時，就如 Not all... 那樣將 not 放在 all 前面。但將 not 放在 all 後面，即如同 All of the members didn't attend...，會有全部否定和部分否定兩種含義。也就是說可解釋成「並非所有會員都參加⋯」或「所有會員都沒參加⋯」。

None...
全部否定

例句⑶用 None 取代例句⑴中的 All，因為 None 表示「什麼都沒有」，所以意思就變成「沒有一個會員出席會議。」由於否定所有的一切，所以稱為**全部否定**。

2 部分否定的用法

Target 292

⑴ She does **not** *always* agree with me.
⑵ Your theory is **not** *completely* wrong.
⑴ 她並非總是同意我的意見。
⑵ 你的理論並非全然錯誤。

表示「並非全部～」

當 not 後面接 all 或是例句⑴的 always、例句⑵的 completely 等表示「整體性」或「完整性」的用語時，就會變成「不是全部」或「不是完全」的部分否定。而「**並非全部～**」即表示「有一部分不是～」。形成部分否定的用語列舉如下：

all（全部）	every（每一個）
always（總是）	necessarily（必要地）
quite（相當的）	altogether（全部）
completely（完全地）	entirely（完全地）

▷ I did**n't** *quite* understand what he was saying.
（我不太聽得懂他說的話。）

注意 要表示「不怎麼～」時　要否定包含 **many** 或 **much** 等表示「數、量、程度多寡」單字的句子時，會變成「不太多」、「不怎麼～」的意思。

Not *many* people in this country go to other countries to find a job.（這個國家的國民到海外求職的並不多。）

句中包含 **very** 或 **so** 的否定句，意指「不怎麼～／不是很～」。

He does**n't** like Italian food *very much*.
（他不是很喜歡義大利料理。）

I do**n't** see him *so often* these days.（最近我不太常看到他。）

參考 有些句子的語意介於部分否定和全部否定之間，如何解讀則要視前後文而定。

I have **not** read *all* of these books.

如果只強調句中 not 的發音，可以解讀為「全部沒有讀」；如果同時強調 not 和 all，則可以解讀為「沒有讀完全部」。

3 雙重否定

重疊使用兩個否定詞，如同負負得正，會變成肯定的意思。

Target 293

(1) He **never** visits us **without** bringing a gift.
(2) It's **not unusual** for couples to quarrel.
(1) 他總是帶著禮物來拜訪我們。
(2) 夫妻爭吵是很普遍的。

■雙重否定即為肯定

一個句子中若使用了兩個表達否定的用語，即稱為**雙重否定**。雙重否定如同例句(1)「從來沒有不～」→「總是～」，結果會變成肯定的意思。比起單純的肯定句，通常雙重否定句的肯定意味更強烈。

▷ **Nothing** is **impossible** for a powerful man like him.
（對於像他這麼有權力的人而言，沒有不可能的事。）
→Anything is possible for a powerful man like him.
（對於像他這麼有權力的人而言，任何事情都是有可能的。）

例句(2)在 unusual（稀奇的、不尋常的）的前面加上 not，意思變成「不稀奇的」，也就是「常有的事」。

注意

不可以使用兩個否定詞的情形　諸如 nobody 或 nothing 這樣的否定詞，不可以和動詞的否定形同時使用。

◯ Nobody hates him.（沒有人恨他。）

× Nobody doesn't hate him.

Check 129

請將下列句子譯成中文。

1) He doesn't always buy that weekly magazine.
2) I'm not quite satisfied with your plan.
3) It's not impossible to swim across this river.

Part 3　進階

1 否定的慣用法

1 cannot 的用法

Target 294

(1) I **cannot help** crying when I hear that song.
(2) You **cannot** be **too** careful when you swim in the sea.
(1) 當我聽到那首歌，我忍不住哭了出來。
(2) 當你在海邊游泳時，再小心也不為過。

■**cannot help V-ing「無法不～」**

例句(1)的 **cannot help V-ing** 是「無法不～／不由得～」的意思，這裡的 help 是「避免～」，和 cannot 並用就是「無法避免～」之意。

▷ It **cannot** be **helped**.（完全無能為力。）

參考

< cannot but ＋原形動詞>（書面語）或< cannot help but ＋原形動詞>（口語）帶有同樣的意思。
I **couldn't help but laugh** at his talk.
（我無法不嘲笑他的發言。）

■**cannot ... too～「再怎麼～都不為過」**

例句(2)的 **cannot ... too**～是「再怎麼～都不為過」的意思。too 後面接形容詞或副詞。
▷ We **cannot** praise him **too** highly.
（我們再怎麼稱讚他都不為過。）

和 cannot ... enough 同意

此外，也可以用 enough 組成 **cannot ... enough**，以表達同樣的意思。

▷ I **cannot** see her often **enough**.
（我再怎麼頻繁和她見面都覺得不夠。）

參考

動詞後面也可以接 enough。
I **cannot** apologize **enough**.
（我再怎麼道歉都是不夠的。）

14 否定

2 表示「時間」的用法

Target 295

(1) **It was not long before** he started to use a mobile phone.
(2) I did**n't** graduate from university **until** I was twenty-five.
(3) The game *had* **hardly** *started* **when** it began to rain.

(1) 他不久前才開始使用行動電話。
(2) 我一直到二十五歲才從大學畢業。
(3) 比賽才一開始就下起雨來。

■It is not long before ...「不久前才～」

It is not long before... 是「不久前才～」的意思，可以想成是「做～之前沒有花很長的時間」。注意，不可說成×It is not before long...。

▷ **It will not be long before** an ambulance arrives.
（救護車很快就會到了。）

■not ... until ～「一直到～才…」

not ... until ～是「一直到～才…／～才初次…／～之前都沒有…」的意思。這是It is ... that ～的強調句型（➡p.416），同時也可以搭配＜ not ＋ until 子句＞的強調句型。

▷ **It was not until** I was twenty-five **that** I graduated from university.

參考 Not until 有時也會出現在書面語的句首，注意這時候要使用「倒裝」句型（➡p.421）。
Not until I was twenty-five *did I graduate* from university.

■hardly ... when ～「一…馬上就～」

hardly [scarcely] ... when [before] ～是「一…馬上就～／在將做未做…之際～」的意思。如例句(3)的 *had* hardly *started*，多半用過去完成式。

no sooner… than～「…後立刻就～」

no sooner... than～可用於表達「…後立刻就～」之意。

▷ He had **no sooner** stepped outside **than** it started to rain.
（他一出去就下雨了。）

參考 Hardly 和 No sooner 有時也會出現在書面語的句首。注意，這時候要使用「倒裝」句型（➡p.420）。

Hardly *had the game started* **when** it began to rain.
No sooner *had he stepped outside* **than** it started to rain.

3 其他用法

Target 296

(1) Babies **do nothing but** *cry*.
(2) He is **no longer** a strong wrestler.
(1) 嬰兒只會哭泣。
(2) 他不再是個強壯的摔角手。

■do nothing but *do*「只會～」

＜**do nothing but ＋原形動詞**＞是「只會～」的意思。這裡的 but 帶有「除了～／～以外」之意。可以把它想成是「除了～以外什麼都不做」。注意，but 後面要接原形動詞。

■have no choice but to *do*「不得不～」

＜**have no choice but ＋ to 不定詞**＞是「只能做～／不得不～」之意。

▷ I **had no choice but** *to quit* my job.
（我不得不辭去工作。）

■no longer ...「不再～」

no longer... 是「不再～／不再是～」的意思。**not... any longer** 也是表示同樣的意思。

▷ I ca**n't** trust him **any longer**.
（我再也無法信任他了。）

Check 130 請配合中文語意，在空格內填入適當的英文。

1) 對於他逗趣的髮型，我無法不發笑。
I ______ ______ laughing at his funny hairstyle.
2) 失去健康方知可貴。
We ______ appreciate the blessing of health ______ we lose it.
3) 我一到餐桌坐下，電話就響了。
I had ______ sat down at the table ______ the telephone rang.
4) 他一整天就光看電視。
He does ______ ______ ______ TV all day long.

2 沒有使用否定詞的否定表現

1 以不定詞表示否定

Target 297

(1) He was **too** sleepy **to** *do* his homework.
(2) He would be **the last** person **to** *tell* a lie.
(3) The alarm **failed to** ring.
(1) 他太睏了，沒辦法做功課。
(2) 他是絕對不會說謊的人。
(3) 鬧鐘沒有響。

■too ... to *do*「太…以至於無法～」

＜**too ... to** 不定詞＞ ～ 是「因為太…以至於無法～／到了無法做～的地步／做～已非能力可及」的意思。（➡p.182）。

參考

＜ for ＋人＞置於 to 不定詞前面，可用來表示不定詞意義上的主語。

This book was **too** boring **for me to** read through.
（這本書對我來說太過無聊，我沒辦法看完。）

參考

too ... to ～也可以用 so ... that ～ 來表示（➡p.583）。注意，此時 that 子句要用否定句。

He was **so** sleepy **that** he *couldn't* do his homework.
（他太睏了以至於無法做功課。）

■the last ... to *do*「絕對不會～」

＜**the last ... to** 不定詞＞是「絕對不會～／最不可能～」之意。

參考

有時也會出現用關係子句來取代 to 不定詞的情形。

He is **the last** person **who** I would want to talk to about the matter.
（他是我最不想談論此事的對象。）

■fail to *do*「無法～」

never fail to *do*

＜**fail to** 不定詞＞是「做～失敗／無法～」的意思，用於表示原本應該做的或想要做卻做不到的事。

此外，＜**never fail to** 不定詞＞是「一定～」的意思。

▷ **Never fail to** *call* me every day.（每天一定要打電話給我。）

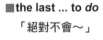

注意　**只有一次的事不用 never**　never 是「一次也沒有～」的意思，對於就此一次的動作，可以用 Don't forget to ... / Be sure to ... 等。

Don't forget to call me tomorrow.
（別忘了明天要打電話給我。）

2 其他用法

Target 298

(1) His story was **anything but** boring.
(2) Twenty thousand dollars for a T-shirt is **far from** cheap!
(3) No animal can live **free from** danger.

(1) 他的故事絕對不無聊。
(2) 一件兩萬元的 T 恤可是一點都不便宜。
(3) 沒有動物能夠遠離危險存活。

■anything but ...「絕對不～」

anything but... 是「絕對不～」的意思。這裡的 but 是「除了～」，anything 是「全部都～」，兩個字合起來的意思就是「只有～不…」，即「絕對不～」。

■far from ...「一點都不～」

far from... 是「離～還差得很遠／一點都不～」之意，通常用在含 be 動詞的句子中，from 的後面接名詞或形容詞。

■free from ...「沒有～」

free from... 是「遠離～／沒有～」之意。有「免於～」的語氣，所以 from 的後面常接「麻煩」、「不便」、「痛苦」、「擔心」等說話者認為負面的名詞。有時介系詞會用 of。

▷ No part of Tokyo is **free of** air pollution.
（東京到處都是空氣污染。）

Check 131　請配合中文語意，重組括弧內的英文。

1) 她絕對不會不守承諾。
She would be the (person / break / to / last / her promise).

2) 他的新小說一點兒都不有趣。
His new novel (from / is / far / interesting).

3) 當我造訪那個城鎮，一定會和他見面。
I (meet / to / fail / him / never) when I visit that town.

PLUS 87 用 beyond 來表示否定

The view from the window was beautiful **beyond** belief.
（從窗戶看出去的景色美的令人難以置信。）

這裡的 beyond... 表「無法～」。beyond 作為介系詞有「超越～」之意，其後接代表某人做什麼事的名詞或代名詞時，會變成「超越可以～的範圍」→「無法～」的慣用語。

此外，有時也可以用 above 來代替 beyond。
He is **above** cheating on exams.（他不會在考試時作弊。）

beyond ... 還有下列幾種用法：

beyond description「超越能夠描述的範圍」→筆墨難以形容
beyond my reach「超越我的手所及之處」→超過我的能力範圍
beyond my purse「超越我的荷包能夠支付的範圍」→貴得負擔不起

Check 問題的解答

125 1) not 2) no 3) Nobody 4) not 5) never
126 1) I don't think he is a good violinist.
2) I hope she will not [won't] accept his offer.
127 1) hope not 2) afraid not
128 1) seldom 2) hardly 3) little 4) few
129 1) 他並非總是購買那本周刊。
2) 我並不是很滿意你的計畫。
3) 要游泳渡過這條河並非不可能。
130 1) couldn't help 2) don't, until 3) hardly [scarcely], when [before]
4) nothing but watch
131 1) She would be the (last person to break her promise).
2) His new novel (is far from interesting).
3) I (never fail to meet him) when I visit that town.

第 15 章 引述

學習要項

Part 1　概念

發言內容的傳遞

1 傳話遊戲的兩個規則

對於自己討厭的科目，例如想要表達「我討厭數學」，英語只要說 I hate Math. 就可以，因為這裡的 I（我）是說話的人，也是討厭數學的人。

但同樣是「很討厭數學」，當說這句話的不是本人，而是別人時該怎麼辦呢？例如若討厭數學的是比爾 (Bill)，要如何用英語表達「比爾說：『我討厭數學』」這句話呢？當說話者是傳話的人，也就是在「引述」他人的話語時，有以下兩種表達方式：

⑴ 不加修飾，直接引用比爾的話

⑵ 站在說話者的立場，重述比爾的話

2 直接引述

第一種方法是直接引用比爾的話，所以不用在 I hate Math. 上面做增減。但如果直接把這句話放在 Bill says 後面，會讓人無法分辨到底「傳話者」（說這整句話的人）是 I 還是 Bill。所以必須在引述的話前後加上引號，即：

Bill says, "I hate Math."

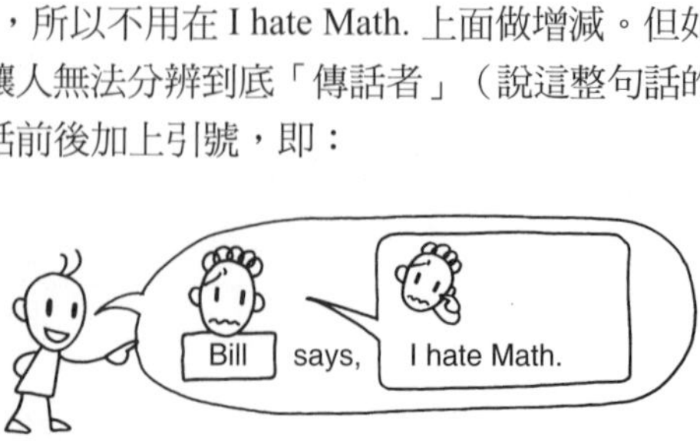

像這樣將「**對方說的話**」不加任何增刪而直接引用的句型，稱為**直接引述**。直接引述句適用於要如實傳達說話者本身特有的措辭和語氣時。

3 間接引述

第二種方式是當比爾的話由「傳話者」重新加以詮釋時，就不能夠直接引用 I hate Math.，否則 Bill says (that) I hate Math. 會變成「比爾說我（現在正在說這句話的人）討厭數學。」所以從「我」的立場來看，必須重新詮釋比爾所說的話。因為討厭數學的是那個叫比爾的男子，所以 hate 的主詞要改成 he（再次使用 Bill 太過煩瑣）。如此一來，動詞也要加上第三人稱單數的 s（➡p.29），變成 he hates Math.，最後加上 Bill says，完成底下的句子：

Bill says (that) he hates Math.

像這樣從「**傳話者**」**的立場將對方說的話重新詮釋的句型**，稱為**間接引述**。

4 直接引述與間接引述的使用場合

直接引述和間接引述有如上所示的差異。當傳話者**要如實地傳達說話者的發言時，應使用直接引述**。例如雜誌報導要忠實引述他人的發言內容時，多半是使用直接引述。

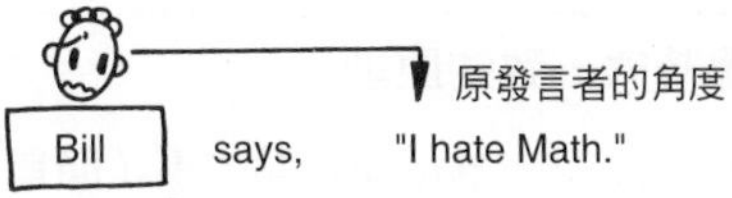

另一方面，**當傳話者無法直接傳達說話者的發言時，基本上可用間接引述**。直接引述就像機械式地將說話者的發言錄下後再直接播放出來。如果是在傳話者的理解基礎上再做出引述，則多半會用間接引述。
也有人認為直接引述有時會略顯幼稚。

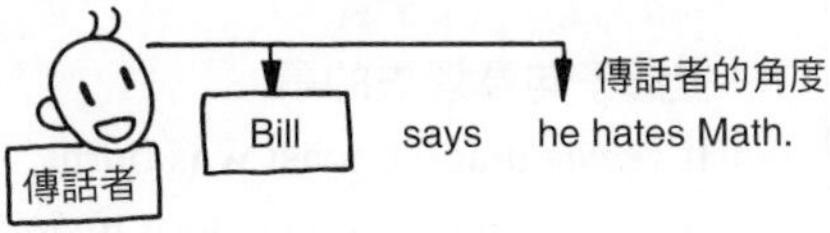

15
引述

Part 2　理解

直接引述與間接引述

1　直接引述與間接引述的形式

① 時態

Target 299

(1) I said, "I **am** interested in gospel music."
(2) I said (that) I **was** interested in gospel music.
　(1) 我說：「我對福音音樂很有興趣。」
　(2) 我說我對福音音樂很有興趣。

■直接引述：時態不一致

例句(1)使用**直接引述**，**直接引用「我」當時的發言**。由於陳述「對福音音樂很有興趣」是當下的「現在」，所以引言的動詞用現在式。

■間接引述：遵守時態一致的原則

例句(2)使用**間接引述**，發言內容是**由現在將過去的事情重新表述**，為了使時態一致（➡p.96），動詞要用過去式。在間接引述中，that 是可以省略的。

無論使用直接引述或間接引述，都必須先確認主要子句的動詞和從屬子句的動詞之間的關係。

●時態一致的原則

① 從屬子句為相同時點的事（簡單式）
We *think* he **is** honest.（我們認為他是誠實的。）
We *thought* he **was** honest.（我們曾經認為他是誠實的。）

② 從屬子句為相同時點的事（進行式・完成式）
I *understood* what he **was** say**ing**.（我了解了他正在說的事）
He *knew* she **had been** there.（他知道她曾經去過那裡。）

③ 從屬子句為過去的事
It *seems* that the toast **was** burnt.（吐司好像焦了。）
It *seemed* that the toast **had been** burnt.（吐司好像已經焦了。）

④ 從屬子句為未來的事

I *think* she **will** come.（我想她會來。）

I *thought* she **would** come.（我曾想她會來。）

助動詞的過去式

●助動詞改用過去式

will→would, can→could, may→might, have to→had to 等

主要子句的動詞是過去式時，若是同一個時點的事，則從屬子句也要配合使用過去式的助動詞。

I *thought* he **could** come.（我想過他會來。）

●助動詞不需改用過去式

must, need, should, ought to, had better, used to 等

主要子句的動詞是過去式時，即使是同一個時點的事，從屬子句中的助動詞仍不會改變。

He *said* Lucy **must** be angry.（他說露西一定會生氣。）

I *thought* you **should** be more careful.（我想你應該要更小心。）

② 人稱代名詞

Target 300

(1) He always says, "**I** don't like **my** hometown."

(2) He always says (that) **He** doesn't like **his** hometown.

(1) 他總是說：「我不喜歡我的家鄉。」

(2) 他總是說他不喜歡自己的家鄉。

■想想是誰的事

直接發言

例句⑴是直接引述，直接引用「他」所說的話，所以I或my都是指「他」在說「自己」的事情。

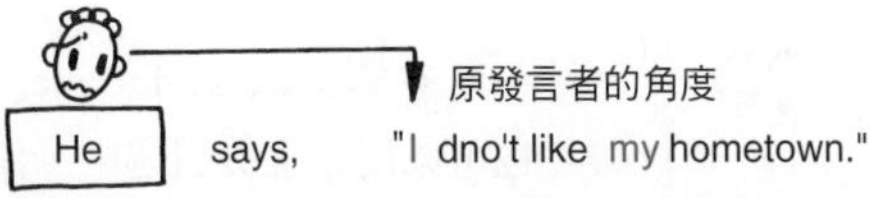

從傳話者的角度來看

例句⑵是間接引述，將「他」所說的話轉換成傳話者的話語。因為「他」的事情一定要用「他」來表示，所以要將直接引述裡的 I 要改成 he，my hometown 則要改成 his hometown。

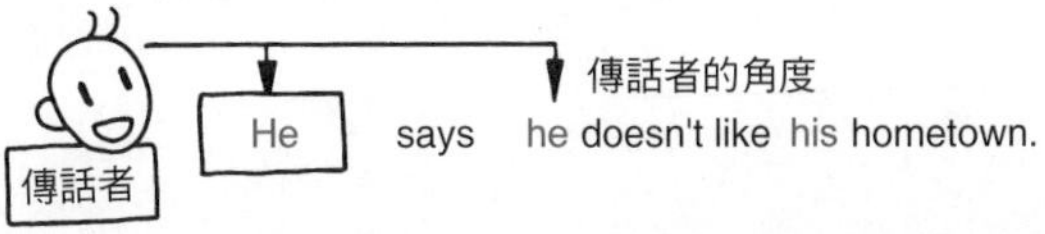

▷ She said (that) **she** *couldn't* tell the truth.
（她說她不能說出事實。）

接下來試著把上面的間接引述改成直接引述。
首先把間接引述的 she 改成 I，然後注意時態的一致，將 couldn't 改成 can't。

▷ She said, "**I** *can't* tell the truth."
（她說：「我不能說出事實。」）

③ 動詞 say / tell

Target 301

(1) He **said** *to me*, "I want you to join the game."
(2) He **told** *me* (that) he wanted me to join the game.
(1) 他對我說：「我希望你加入這場比賽。」
(2) 他告訴我他希望我加入這場比賽。

■say 和 tell 的用法

say（to＋人）

要告訴別人「某人說了某事」時，常使用動詞 say 或 tell。
使用 say 時，可以如例句(1)的 said to me（對我說）那樣接上 < to ＋人 >，也可以不指出傳達對象，即是對誰說的。

▷ She **said**, "My computer has been broken."
（她說：「我的電腦壞了。」）

▷ She **said** (that) her computer had been broken.
（她說她的電腦壞了。）

用 tell 必須指出是告訴了誰

使用 tell 時，必須如例句(2)的 told me（對我說）那樣指出傳達對象或是告訴了誰。注意，不可以說成 × He told that...。

參考 直接引述多半如 He said to me, "I'm very tired." 一樣使用 say。tell 雖然也可以用在直接引述中，但較不常見。

參考 指出傳達對象時，通常會如間接引述的 He told me (that) he was very tired. 一樣用 tell，當然也可以用 He said to me (that) he was very tired.。

④ 時間／地點的用法與指示代名詞

Target 302

(1) He said to us, "You can't play baseball **here today**."
(2) He told us (that) we couldn't play baseball **there that day**.
(1) 他對我們說：「你們今天不可以在這裡打棒球。」
(2) 他告訴我們，我們今天不可以在那裡打棒球。

■注意 here→there, today→that day 等變化

使用間接引述時，引述的內容要以傳話者的立場重新表述。因為說話者的立場改變，所以言詞的表達方式也會有所不同。

除了人稱代名詞之外，時間、地點和指示代名詞（this, these 等）也會跟著調整。底下列出一些代表性的詞語：

直接引述		間接引述
this	→	that
these	→	those
here	→	there
today	→	that day
yesterday	→	the day before
		the previous day
tomorrow	→	the next day
		the following day
now	→	then
last night	→	the night before
		the previous night
next week	→	the next week
		the following week
...ago	→	...before

上面所列舉的只是一般性原則，有時因為文意的不同，不一定完全依照上表做變化。請比較下頁的兩個例子。

比較看看

(1) You said, "I'll come back here by five."
（你說：「我會在五點前回來這裡。」）
(2) You said that you would come back here by five."
（你說你會在五點前回來這裡的。）

■視情況調整

當發言者和傳話者是在同一地點時，不管是如例句(1)用直接引述或如例句(2)用間接引述，都維持不變用 here。

所以千萬不要原封不動地套用公式，應該根據上下文來判斷地點、時間、人、事在不同的立場該如何表現才是適切的。

Check 132 請根據中文語意，在空格內填入適當的英文。

1) 他說他現在正在為下一次的演奏會做準備。
He ______ me that ______ ______ preparing for his next concert ______.
2) 我媽媽說她昨天洗了我的運動鞋。
My mom ______ me that ______ ______ washed ______ sneakers the day before.
3) 約翰說他女兒明天會到機場接我們。
John said that ______ daughter ______ meet us at the airport the ______ day.

2 直述句以外的間接引述

① 使用疑問詞的疑問句

Target **303**

(1) He said to me, "Where do your parents live?"
(2) He **asked** me **where my parents lived**.
(1) 他對我說：「你的父母住在哪裡？」
(2) 他問我我的父母住在哪裡。

■傳達疑問詞的質問內容

ask（人）＋疑問句

當引述的內容是**使用疑問詞的疑問句**時，若使用間接引述，則如例句⑵一樣，採用＜**ask（人）＋疑問詞＋SV**＞的形式。

但是當疑問詞本身是當主詞使用時，則會變成＜ **ask（人）＋疑問詞＋ V** ＞的形式。

▷ My boss asked **who had called** him **up** that morning.
（我的上司問那天早上是誰打電話給他的。）

將上文改成間接引述，則如下示：

▷ My boss said, "Who called me up this morning?"
（我的上司問道：「今天早上誰打電話給我的？」）

② Yes / No 疑問句

Target 304

⑴ Mr. Brown said to me, "Are you hungry?"
⑵ Mr. Brown **asked me if [whether] I was** hungry.
⑴ 伯朗先生對我說：「你餓了嗎？」
⑵ 伯朗先生問我是否餓了。

■傳達 Yes / No 疑問句的內容

ask（人）＋if [whether]

當引述的內容是不含疑問詞的 Yes / No 疑問句時，若使用間接引述，則如例句⑵一樣，採用＜ **ask（人）＋ if [whether] SV** ＞的形式。

不過當傳達的內容為使用 or 的選擇疑問句時，則要用＜**whether... or**～＞的形式。

▷ She asked the clerk **whether** that sweater was knit by hand **or** by machine.
（她問店員那件毛衣是手工織的還是機器織的。）

將上文改成直接引述，則如下所示：

▷ She said to the clerk, "Is this sweater knit by hand *or* by machine?"
（她對店員說：「這件毛衣是手工織的還是機器織的？」）

Check 133 請根據中文語意，在空格內填入適當的英文。

1) 他問我是不是搖滾團體的歌迷。
He asked me ______ ______ ______ a fan of the rock group.

2) 這個少年問我他可以在哪裡找到這本書。
The boy ______ me ______ he ______ find the book.

3) 這位女士問他兒子為什麼要說那樣的事。
The woman ______ her son ______ ______ ______ said such a thing.

③ 祈使句

Target **305**

(1) My mother said to me, "Clean your room."
(2) My mother **told** me **to** *clean* my room.
(1) 我母親對我說：「把你的房間清理乾淨。」
(2) 我母親叫我把我的房間清理乾淨。

■**要求行動**
tell＋人＋to *do*

當引述的內容為祈使句時，若使用間接引述，則如例句⑵一樣，採用＜ **tell ＋人＋ to *do*** ＞（➡p.169）的形式。由於它和之前介紹的間接引述不同，是**要求傳話者採取行動**的發言，所以不用 that 子句而用 to 不定詞，意指「去做～」。

■**表示禁止**
tell＋人＋not to *do*

另外，意指「別做～」的禁止意味祈使句，可如下所示：

▷ My father **told me not to** *give up* my dream.
（我父親告訴我不要放棄我的夢想。）

參考

隨著祈使句的語氣不同，有時候也會使用 order 或 command 等命令意味更強的動詞來取代 tell。
My father **ordered me to** *go out*.
（我父親命令我出去。）

■**表示請求**
ask＋人＋to *do*

當引述的內容是包含please等請求語氣的祈使句時，使用ask的間接引述會變成＜ **ask ＋人＋ to *do*** ＞的形式。

▷ The receptionist **asked me to** *call back* after lunch.
（總機請我在午餐後再打電話過來。）

上面的例句也可以改成以下的直接引述：

▷ The receptionist said to me, "Please call back after lunch."
（總機對我說：「請在午餐後再打電話過來。」）

■**禮貌請託**
ask＋人＋to *do*

Would you ... ? 等禮貌性的請託句也是同樣的用法。

▷ A woman **asked me to** *tell* her the way to the station.
（一位女性請我告訴她到車站的路。）

▷ A woman said to me. "Would you tell me the way to the station?"
（一位女性對我說：「請你告訴我到車站的路好嗎？」）

Check 134

請根據中文語意，在空格內填入適當的英文以完成句子。

1) 他告訴他兒子帶報紙來。
He ______ his son ______ ______ ______ the newspaper.
2) 老師告訴少年們不要在大廳奔跑。
The teacher ______ the boys ______ ______ ______ in the hall.
3) 她要求我和她一起來。
She ______ me ______ ______ ______ ______.

Part 3 進階

其他形式的引述句

1 表示提議或勸誘的句型

Target 306

(1) He said to me, "You should buy this dictionary."
(2) He **advised me to** buy that dictionary.
(1) 他對我說：「你應該買這本字典。」
(2) 他建議我買那本字典。

■表示提議、忠告

當引述內容是給予對方提議或忠告的句子時，若使用間接引述，則如例句(2)一樣，採用＜ **advise ＋人＋ to *do*** ＞的形式。像這類**促使對方展開行動**的內容，一般是用 to 不定詞。

■表示勸誘

當引述內容為 Let's *do*... / Shell we *do*... ? 等表達勸誘的句子時，間接引述要使用＜ **suggest（to ＋人）that S (should) *do*...** ＞的形式，此時通常不會省略 that，且 suggest 後面不可以接 to 不定詞。

▷ She **suggested to me that we (should)** go out for a walk.
（她建議我一起出去散步。）

把上面例句改成直接引述則如下所示：

▷ She said to me, "Let's go out for a walk."
（她對我說：「我們出去散步吧。」）

注意

that 子句內的動詞形式　suggest 後面的 that 子句要用＜ should ＋原形動詞＞或是＜原形動詞＞（➡p.127）。

propose＋to＋人

propose（提議）也常常用來取代 suggest。注意，兩者用法為＜ suggest *to* ＋人＞和＜ propose *to* ＋人＞。

▷ He **proposed to me that we discuss** it later.
（他建議我們稍後再討論。）

2 感嘆句

Target 307

(1) She said to me, "How noisy your motorcycle is!"
(2) She **complained about** how noisy my motorcycle was.
(1) 她對我說：「你的摩托車好吵！」
(2) 她向我抱怨我的摩托車很吵。

■**配合發言內容來使用動詞**

當引述內容如例句(1)為感嘆句時，間接引述要**配合內容來使用動詞**。

表達情感

例句(2)因為是「抱怨」，所以使用complain。另外也可以使用 cry (out)（喊叫）、exclaim（呼喊）等動詞，或是 with joy（樂意地）、with regret（後悔地）、in anger（憤怒地）等副詞（片語）來表達情感。與其拘泥於固定的形式，更重要的是不要損及原發言者的語意。

▷ He **shouted in anger** that he had been cheated.
（他怒吼著他被騙了。）

Check 135 請配合中文語意，在空格內填入適當的英文。

1) 他向弟弟提議玩接球遊戲。
He ______ ______ his brother that ______ ______ catch.
2) 男孩們高興喊著他們贏了！
The boys cried with ______ that they ______ ______.

3 包含從屬子句的句子

Target 308

(1) Bill said, "I don't know when Kate will arrive here."
(2) Bill said (that) he didn't know when Kate **would** arrive there.
(1) 比爾說：「我不知道凱特何時會到達這裡。」
(2) 比爾說他不知道凱特何時會到達那裡。

■**注意從屬子句的時態**

當引述的內容是和when, who, because等字詞連結的句子時，則包括名詞子句、形容詞子句，以及副詞子句在內的從屬子句（➟p.310）的動詞也要改用適當的時態。

例句⑵是從過去看未來，所以要用 Kate **would** arrive...。

4 以 and, but 等連結的句子

Target 309

(1) The man said, "I arrived here yesterday, and I will stay for three days."

(2) The man said (that) he had arrived there the day before, **and that** he would stay for three days.

⑴ 那名男子說：「我是昨天抵達這裡的，我會在這裡待三天。」

⑵ 那名男子說他是前一天抵達那裡的，他將會在那裡待三天。

■連接詞相同

當引述內容是由 and, but, or 等對等連接詞（➟p.571）連結的句子時，間接引述要使用與引述內容相同的連接詞來連接兩個 that 子句。

■連接詞後面的 that

雖然第一個 that 可以省略，但通常不會省略在 and, but, or 後面的第二個 that。因為一旦省略第二個 that，就無法判斷連接詞後面的內容是否已在前面說過。

5 不同種類的句子

Target 310

(1) He said to me, "You look pale. What's wrong?"

(2) He **told me** (that) I looked pale and (he) **asked** (me) what was wrong.

⑴ 他對我說：「你看起來很蒼白。怎麼了？」

⑵ 他說我看起來很蒼白，並問我怎麼了。

■以適當的連接詞連結

當引述內容包含直述句和疑問句等兩種以上不同類型的句型組合時，就要以傳話者的觀點重新表述句子，再用 and 或 but 等適當的連接詞連結。

根據以上原則，例句⑵先在 He told me (that) I looked pale. 的後面加入疑問句的內容，中間再用連接詞 and 連接。

Check 136 請將下列句子改為間接引述。

1) Bill said, "I don't know how the accident will affect the economy."
2) Betty said to me, "I have a headache, but I will go to the movie with you."
3) I said to the salesperson, "I like this type of shirt. Do you have a larger size?"

PLUS 88 描述引述句

有一種介於直接引述和間接引述之間的引述句，主要用於小說等為求戲劇性效果的文體。這類引述句的代名詞、時態和指示代名詞等都沿用間接引述的形式，只有疑問句等的詞序和直接引述相同。

The clerk said that he would get my shoes from the factory, and **would I come back in two weeks**.
（那名店員說他會從工廠拿來我的鞋子，而且希望我兩周內再過來一趟。）

將上面例句改成直接引述，則如下所示：

→The clerk said, "I will get your shoes from the factory. Would you come back in two weeks?"

Check 問題的解答

132 1) told, he was, then
2) told, she had, my
3) his, would, next [following]

133 1) if [whether] I was
2) asked, where, could
3) asked, why he had

134 1) told [ordered], to bring him
2) told [ordered], not to run
3) asked, to come with her

135 1) suggested [proposed] to, they play
2) joy, had won

136 1) Bill said (that) he didn't know how the accident would affect the economy.
2) Betty told me (that) she had a headache, but that she would go to the movie with me.
3) I told the salesperson (that) I liked that type of shirt and (I) asked (him / her) if [whether] he / she had a larger size.

第 16 章 名詞化結構與無生物主詞

學習要項

Part 1　概念

名詞化結構與無生物主詞

1 是名詞但又不是名詞

There's a collection of membership fees every month.

這句英文到底是什麼意思呢？「每個月都有會費的收集。」這樣的解釋很奇怪，即使勉強當作某個收藏館每個月展示收藏品的會費，意思上還是不通。

這句英文的問題出在 collection 這個名詞。collection 是由動詞 collect（收集）衍生而來的，所以把 collect 作為句子的核心來思考「是誰・收集・什麼」，其中「什麼」指的是 of membership fees 的部分，而「收會費」一般是由經理等人負責，順著這個思考方式，就可以了解句子真正的意思是「每個月都收會費」。

既然如此，一開始就使用動詞 collect 不是比較恰當嗎？但是 There's 後面不能接句子，所以如下所示，將句子縮短，換成以名詞為主的詞組（名詞片語）。

collect　　　　　　membership fees

（變身為名詞）

↓

collection　　　　（插入 of 以連結 collection）

↓

There's **a collection of membership fees** every month.

像這樣把等同於句子的內容以名詞為主，加以改寫，就稱為「名詞化」(nominalization)。具體來說，就是**把動詞或形容詞改為名詞，再加上其他必要元素**。

前面提到的「經理每個月都收會費。」可以改寫為：

The manager collects the membership fees every month.

由於上面這個句子的主詞會變成「經理」，和原來「每個月都收會費」的主詞不符，所以才會使用 There's a collection of membership fees every month. 的說法。

2 以無生物為主詞的說法

「參加這個旅行團，就會有交朋友的機會。」

將這句話翻譯成英文，通常會以＜人＞為主詞，如下所示：

If you take part in this tour, **you** will have a good chance to make friends.

這是正確的說法。不過英文還有如底下例句以無生物（人或動物以外的事物）為主詞的另一種說法。

This tour will give **you** a good chance to make friends.

這種說法以「旅行」為主詞，更符合文意。

The scholarship enabled **her** to study in the U.S.
（這筆獎學金使**她**能在美國留學。）

用無生物為主詞來表示「因為～緣故，使人無法～或不做～」，動詞 prevent / stop 等就是典型的例子。

The storm prevented **me** from going on a trip.
（暴風雨使**我**無法去旅行。）

Part 2　理解

1 名詞化結構

① 包含<主詞＋動詞>關係的名詞化結構

Target 311

We are pleased with the news of **his success** in business.
我們為他事業有成的消息而高興。

■將不及物動詞名詞化

表示所有格意義上的主詞

success 是不及物動詞 succeed（成功）的名詞形。success 前面的所有格 his 作為「成功的人」，也就是 succeed 意義上的主詞。

▷ **He succeeded** in business.
（他在事業上很成功。）

使用<of＋名詞>

用名詞表現行為的主詞，也可以用< of ＋名詞>來取代。

▷ The judgment **of the committee** was accepted by the cabinet.
（委員會所作的決定被內閣接受。）

② 包含<主詞＋動詞＋受詞>的名詞化結構

Target 312

The scientist reported **his discovery of a new virus**.
這位科學家公布他在新病毒上的發現。

■將及物動詞名詞化

his discovery of a new virus 是「他在新病毒上的發現」的意思，discovery 是及物動詞 discover 的名詞形。

▷ **He discovered a new virus**.
（他發現了一種新病毒。）

以 of... 來表示受詞

discovery 前面的所有格 his 是 discover 意義上的主詞。至於 discover 的受詞 a new virus，則以 of a new virus 的形式接在 discovery 之後。

注意 **及物動詞的名詞形後面接受詞的方法**　有時會使用 of 以外的介系詞，放在名詞的後面，然後再接受詞。

We are looking forward to your attendance **at** the meeting.
（我們非常期待您出席這場會議。）

This is my first visit **to** Spain.
（這是我第一次到訪西班牙。）

有時不指出行使動作的主詞，如下例：

▷ The doctor made a careful examination of my eyes.
（這位醫生很仔細地診察我的眼睛。）

像這類行使動作（這裡是 examine）的主詞和句子的主詞是同一人時，通常會省略行使動作的主詞。

注意 **以所有格來表示及物動詞的受詞**

We were opposed to **the historic building's** destruction.
（我們反對破壞那棟歷史建築。）

the historic building's destruction 是 destroy the historic building 的名詞化用法，像這樣名詞所表示的動作（這裡是 destroy）受詞，可以使用所有格（這裡是 the historic building's）。

Some mothers worry too much about **their children's education**.
（有些媽媽對孩子的教育過分憂心。）

their children's education 是「孩子的教育」。A's education 有兩種意思，一是「A 做教育」，二是「教育 A」，必須依前後文來研判。

3 包含<主詞＋ be 動詞＋形容詞>的名詞化結構

Target **313**

Nobody noticed **my absence from the club meeting.**
沒有人注意到我沒出席俱樂部的會議。

■將形容詞名詞化

以所有格來表示意義上的主詞

my absence from the club meeting 是「我沒出席俱樂部會議」的意思。absence 是形容詞 absent 的名詞形，此句也就是 I was absent from the club meeting.（我沒出席俱樂部的會議。）的名詞化用法，至於 my 則是＜ be 動詞＋形容詞＞句子的主詞。

PLUS 89 ＜名詞＋不定詞＞的名詞化結構

(a) We didn't expect **his refusal to sign the contract**.
（我們不希望他拒絕簽署合約。）

(b) She showed **a willingness to work overtime**.
（她表示樂意加班。）

例句(a)的 his refusal to sign the contract 是從 He *refused* to sign the contract.（他拒絕簽署合約。）這個以及物動詞為主的句子衍生出來的名詞化用法。例句(b)的 a willingness to work overtime 是從 She was *willing* to work overtime.（她樂意加班。）這個以形容詞為主的句子衍生出來的名詞化用法。這類＜名詞＋ to 不定詞＞形式的名詞化用法，可以從及物動詞或形容詞衍生出來。

4 以名詞為主的用法

Target **314**

(1) My father **is a safe driver.**
(2) We **had a chat** in the coffee shop.
(1) 我父親開車很安全。
(2) 我們在咖啡廳聊了一會兒。

■＜be a / an＋形容詞＋名詞＞

表現人的能力或技術常如例句(1)的 a safe driver 使用＜ be a / an ＋形容詞＋名詞（～樣的人）＞這類名詞化的用法。

例句(1)是將 drive（駕駛）改成名詞形 driver（駕駛人）。若使用動詞 drive，句子可改寫成 My father drives safely. 用副詞 safely 來修飾動詞。

像這種用法，譯成「開車很安全」要比「安全的駕駛人」更容易理解。以下例舉幾個相似的例句：

▷ She is **a good singer**.
（她歌唱得很好。＝ sing well）

▷ He is **a good cook**.
（他料理很拿手。＝ cook well）

▷ She is **an early riser**.
（她起得很早。＝ get up early）

▷ He is **a good speaker of English**.
（他英語說得很好。＝ speak English well）

▷ She is **a good pianist**.
（她鋼琴彈得很好。＝ play the piano well）

■ <have＋名詞>

動詞與名詞的組合

例句(2)的 have a chat 是「聊了一會兒」的意思。chat（聊天）可以當動詞使用，不過在這裡是名詞。

英語常以＜ **have / take / make / give 等＋名詞**＞的形式來表現「**動作**」。而這種以名詞為主的用法（名詞化），由於連結各名詞的動詞都是固定的，所以必須分別熟記。

▷ Let me **have a look** at the photo.（讓我看一下照片吧。）

▷ I **made a mistake**.（我弄錯了。）

▷ He **gave a cough**.（他咳嗽了。）

以上是將動詞（have / take / make / give 等）和名詞組合起來以表示動作。另外也可以將名詞加上形容詞或是使用 SVOO 句型。

▷ You've **made quick progress** in English.
（你的英文進步很快。）

▷ I'll **give you a call** tomorrow.
（我明天會打電話給你。）

▷ We **made the decision** to accept his plan.
（我們決定接受他的計畫。）

▷ He **made the wrong choice**.
（他做了錯誤的選擇。）

▷ Let's **give it a try**.
（讓我們來試試看吧。）

TIPS FOR YOU ▶ 11

用< have +形容詞+名詞>來表現不同意思

針對<have / take / make / give 等+形容詞+名詞>的用法，只要改變名詞前面的形容詞，就可以產生如下豐富多變的意思。

Can **I have a look at** it?（我可以看一下嗎？）的 have a look，在它前面加上不同的形容詞，可以有以下變化：

have a quick look（快速一瞥）
have a careful look（仔細檢視）
have a last look（最後一瞥）
have a good look（仔細一瞧）
have a closer look（貼近一看）

Check 137 請將下列句子譯成中文。

1) We got to the station before the arrival of her train.
2) She denied her knowledge of the fact.
3) I understood her anxiety about her grandmother's heart operation.
4) Let's have a walk in the park.
5) My father is a fast walker.

2 無生物主詞

以人或動物以外的「無生物」為主詞時，可以表現「令人～／使得～」的意思。下面介紹以無生物為主詞的代表性動詞的用法。

1 「使得～」的用法

Target **315**

(1) The bad weather **made** us *cancel* the game.
(2) My part-time job **allows** me *to save* a lot of money.

(1) 因為天候不佳，我們取消了這場比賽。
(2) 多虧了打工才能夠讓我存下一大筆錢。

■make「使得～」

例句(1)的< **make + O +原形動詞**>是「**使得 O～**」的意思（➡p.174）。例句可直譯為「壞天氣使得我們取消這場比賽。」如果以「我們」為中心來詮釋，則「因為天候不佳，我們取消了這場比賽。」是更自然的中文說法。

■cause / force「導致～／使得～」

此外，「使得～」也可以用 cause（＜因為某種原因＞導致～）、force（＜強制性地＞迫使～）的＜**cause / force ＋ O ＋ to不定詞**＞形式。請注意，不同於make後面接原形動詞，這裡要用 to 不定詞。

▷ His failure in business **caused** him *to start* a new life.
（事業失敗導致他重新開始新的生活。）

▷ A bad headache **forced** me *to stay* in bed.
（劇烈頭痛迫使我待在床上。）

■allow「允許～」

例句⑵採用＜ **allow ＋ O ＋ to 不定詞**＞的句型，帶有「允許 **O** 去做～」的意思，通常譯成「多虧了＜主詞＞才能夠～」。

■enable「使能夠～」

enable也可以＜**enable ＋ O ＋ to不定詞**＞的形式來表達「使 **O** 能夠～」之意。

▷ His advice **enabled** me *to overcome* the hardship.
（他的建議使我得以克服難關。）

參考 enable 是賦予某人能力或方法去做某事。

注意 **let / have / get 不可用於無生物的主詞**　make 雖然可以和無生物的主詞連用，但其他使役動詞如let / have / get則不可以這樣使用。

PLUS 90 remind 的無生物主詞用法

用＜ remind ＋ O ＋ of ～＞來表示「讓我回想起～」的意思。
This song **reminds** me *of* my holiday in Greece.
（我一聽到這首歌就回想起我的希臘之旅。）

這類用法必須仔細斟酌才能呼應主詞，直譯是「這首歌讓我回想起我的希臘之旅。」現在以「我」為主，理解成「我一聽到這首歌就回想起我的希臘之旅。」會更加容易了解。

That woman **reminded** me *of* your mother.
（看到那位女性使我想起你的母親。）

如果是用＜ remind ＋ O ＋ to 不定詞＞則是「提醒我去做～」之意。
Remind me to buy some soy sauce.（提醒我買醬油。）

remember「記得／想起～」也可以表示類似用法。
Remember to buy some soy sauce.（記得要買醬油。）

2 「使免於～」的用法

Target 316

(1) A helmet **keeps** you *from hurting* your head.
(2) The traffic jam **prevented** us *from arriving* on time.

(1) 戴上安全帽能夠保護頭部。
(2) 塞車讓我們無法準時到達。

■keep＋O＋from V-ing「使 O 免於～」

keep 可用＜**keep ＋ O ＋ from V-ing** ＞的形式來表示「＜主詞＞使 **O** 免於～」之意，但是理解成「因為有＜主詞＞使 O 免於～」，會比較自然。

例句(1)原意是「安全帽使人們（you）能夠免於傷到頭部」，改以「人們」為中心來思考，理解成「戴上安全帽能保護頭部」會更貼切。

■prevent＋O＋from V-ing

＜ **prevent / stop ＋ O ＋ from V-ing** ＞可表示「＜主詞＞使 **O** 無法～」之意。例句(2)原意是「塞車使得我們無法準時到達」，改以「我們」為中心理解成「因為塞車，我們無法準時到達」會較自然。

PLUS 91 rob / deprive 的無生物主詞用法

rob 和 deprive 在＜ rob [deprive]＋ O ＋ of～＞中是「從 O 奪取～」的意思，可理解成「因為＜主詞＞，O 的～被奪走 [失去～]」。

The knee injury **robbed** her *of* her speed.
（膝傷讓她失去原有速度。）
The knee injury **deprived** her *of* the chance to play in the final game.
（膝傷使她失去最後決賽的機會。）

「剝奪資質或能力」用 rob，「被奪去機會或權利」則用 deprive。

3 顯示訊息來源的無生物主詞

Target **317**

This meter **tells** you the temperature in Fahrenheit.
這個溫度計顯示華氏溫度。

■**tell「顯示～」**

當 tell 和無生物主詞連用時，帶有「顯示（訊息等）」之意。

■**show「證明～」**

show 意指「彰顯／顯示（事實或訊息等）」，如下例：

▷ The graph **shows** a sharp rise in prices.
（圖表顯示物價飆漲。）

＜ show ＋ that 子句＞為「證明～」的意思，可理解成「從＜主詞＞證明～」。

▷ His smile **shows** (that) he is in love with Lucy.
（從他的笑容可證明他愛上露西了。）

■**say「寫著～」**

如底下的例子所示，當 say 是以書或告示牌等字作為主詞時，意思是「寫著～」。

▷ The sign **says** (that) smoking here is not permitted.
（這個標誌寫著此處禁止吸煙。）

④ 其他無生物主詞的用法

Target 318

(1) This road **takes** you *to* the station.
(2) The new dishwasher will **save** you a lot of water.
(1) 順著這條路走，就會到達車站。
(2) 這台新的洗碗機將幫你省下很多水。

■take「引導到～」

take 和 lead 在＜**道路＋ take [lead]＋ O ＋ to** ～＞中，可以表示「**道路引導 [帶領] O** 到～」的意思。

例句(1)原意是「這條路會帶你到達車站。」改以「你」為中心，則可理解成「（你）順著這條路走就會到達車站」的自然表達。

take 不僅用於主詞是道路時，也可以用在交通工具上。

▷ The number 21 bus **takes** you *to* the zoo.
（搭乘 21 號公車就可以到達動物園。）

參考

＜lead＋O＋to不定詞＞可以表示「引導O～／誘導O～」的意思。
What **led** him *to leave* this country?
（他為什麼要離開這個國家？）→是什麼讓他離開這個國家的？

■bring「帶來～」

此外，bring 可表示「帶來～」之意。在＜**主詞＋ bring ＋ O ＋ to** ～＞的句型中，事件、交通工具、道路、物品、時間等都可以當主詞。

▷ The dunes **bring** lots of tourists *to* Tottori.
（砂丘為鳥取帶來許多觀光客。）（編注：鳥取為日本地名）

■ save「節省～」

例句(2)的save為「節省（勞力、時間、資源等）」的意思，save 前面的主詞通常就是得以節省的原因，所以也可以理解成「（因為）＜主詞＞而省下～」。

■cost「使付出～」

cost 也是以主詞來表示花費的原因，帶有「使付出～／犧牲～」的意思，也可用在金錢以外的事物。

▷ The hard work **cost** him his health.
（繁重的工作犧牲了他的健康。）

PLUS 92 **find 和無生物主詞連用**

The next morning **found** us on our way to Vienna.
（第二天早上我們朝著維也納前進。）

當 find 以表示「時間」或「事件」的名詞為主詞時，＜ S ＋ find ＋ O ＋～＞意指「在S的時候，（發現）O是～的狀態」，此為書面語用法。

Check 138 請配合中文語意，重組括弧內的英文。

1) 是什麼因素讓你認為他能夠打敗那名摔角手的？
(made / think / what / you) he could defeat that wrestler?
2) 緊急工作使我昨天無法前來。
(from / kept / me / urgent business) coming yesterday.
3) 她的表情顯示她並不喜歡那份禮物。
(she / her expression / that / showed) was not pleased with the present.
4) 步行幾分鐘，我們就到湖邊了。
(brought / a few minutes' walk / to / us) the lake.

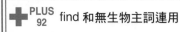

Check 問題的解答

137 1) 我們在她的火車到站前就抵達車站。

2) 她否認她知道事實。

3) 我了解她在擔心她奶奶的心臟手術。

4) 我們在公園裡散散步吧。

5) 我的父親走路很快。

138 1) (What made you think) he could defeat that wrestler?

2) (Urgent business kept me from) coming yesterday.

3) (Her expression showed that she) was not pleased with the present.

4) (A few minutes' walk brought us to) the lake.

第 17 章 強調、倒裝、插入、省略與同位語

學習要項

Part 1　概念

句子增添變化的理由

英文有一定的句型結構，如果要改變句子的詞序、省略或插入一些要素，也必須遵守一定的規則。現在我們就來確認各種為句子增添變化的表現方式。

1 強調

依照所強調「事物」的不同，有不一樣的表現方式。

① 添加強調用的詞彙

Believe me! I **did** see a ghost!

（相信我！我真的看到鬼了！）

② 為了強調而將句子全部重組

I didn't break your model plane. **It was** your brother **that** broke it.

（我沒有破壞你的模型飛機，那是**你弟弟**弄壞的。）

2 倒裝

基本上，主題都是放在句首，後面再接新的話題（➡p.232）。要改變英語的詞序，有以下兩個基本原則：

① 為談話內容的展開注入變化

先製造驚奇，再展開後續對話。可強調句首，或是把關鍵詞彙擺在最後。

Never have I heard such nonsense.

→ I have never heard such nonsense.

（我從來沒聽過這麼荒謬的事。）

② 音調的關係

英語句型中經常可見強弱音調的排列，為的是讓新的詞序更加通順。

"I'm happy with life here," **said Mary**.

→ Mary said, "I am happy with life here."

（瑪麗說：「我在這裡生活很快樂。」）

3 插入

英語句型中可加入與陳述事物有關的文句或表達個人意見等少量訊息。

Give up! You are, **after all**, not strong enough to defeat me.
（放棄吧！你最終還是無力擊敗我。）

4 省略

省略的基本原則只有一個：即使不說也能夠馬上明白的部分就可以省略，也就是只看前後文，即可明白被省略的部分是什麼。

Some students study English and others French.
（有的學生研讀英文，有的研讀法文。）

上面例句中的 others 後面省略了 study。

5 同位語

想要具體說明句中詞語的內容時，會使用同位語。同位語的用法雖然有很多種，但最具代表性的就是「that 同位語」，但是 that 同位語並非在任何情況下都可以使用，因此必須事先確認可以使用的名詞有哪些。

I got the news **that** my father's ship came back safely.
（我得知父親的船平安歸來的消息。）

注意不可濫用「that 同位語」。

×There are many cases that only a few people work hard in a large group.

○There are many cases **where [in which]** only a few people work hard in a large group.
（在大集團裡，大多數的情形是只有少數人賣力工作。）

Part 2 理解

1 強調

想要強調某些文句時，可以使用「加上特定的詞語」、「重複相同的詞彙」、「分裂句」等幾種方式。

1 加上特定的詞語

① 以助動詞、形容詞和副詞來強調

Target **319**

(1) **Do** *feel* free to call me any time.
(2) This is the **very** book I've been looking for!
(3) Your dress is **just** wonderful!
(1) 真的不要客氣，隨時都可以打電話給我。
(2) 這就是我一直在找的那本書！
(3) 你的洋裝真漂亮！

■用 do 強調動詞
加重 do 的發音

將 do / does / did 放在動詞前面可以用來強調動詞，意指「真的 [的確] ～」。因為 do 是助動詞，所以動詞要用原形。此時的 **do / does / did 要加重發音**。

▷ Believe me. I **did** *call* you this morning.
（相信我，我今天早上真的有打電話給你。）

例句(1)強調動詞 feel，這種祈使句含有強烈「請託、勸誘、提議」的語氣。

■用 very 強調名詞

如例句(2)將 the / this / that / *one's* very 放在名詞前面，可用來強調名詞，表示「就是這個～」之意。這裡的very是形容詞。

■用副詞來強調詞語、片語、子句

如例句(3)的 just，副詞可以用來強調詞語、片語或子句。

▷ I **just** love your dress.
（我真的喜歡你的裝扮。）

另外也可以用 simply 或 really 來強調。

▷ It's a **really** *hot day*, isn't it?（天氣真熱，不是嗎？）

② 疑問詞的強調和否定句的強調

Target 320

(1) *Who* **on earth** is calling at this hour?
(2) I do**n't** believe his story **at all**.
  (1) 到底誰會在這個時候打電話來？
  (2) 我完全不相信他的故事。

■強調疑問詞

疑問詞後面緊接著 in the world, on earth 等片語，用來強調疑問詞，表示「**到底／究竟～**」的意思。

例句(1)在疑問詞 Who 後面加上 on earth，強調「到底是誰」。

▷ What **in the world** did she say to Jim?
（她到底對吉姆說了什麼？）

注意

如何強調沒有疑問詞的疑問句　想強調沒有疑問詞的疑問句時，要用 at all。

Did you follow the doctor's advice **at all**?
（你到底有沒有聽從醫生的指示？）

■強調否定

將 at all（完全）、by any means（絕對／無論如何）、in the least（一點都～）、whatever（一點都～）、a bit（一點都～）等詞語用在否定句中，可以強調否定的意思。

例句(2)就用 at all 強調否定的意思。

▷ I'm *not* interested in baseball **in the least**.
（我對棒球一點都不感興趣。）

▷ I have *no* doubt **whatever** about his innocence.
（我一點都不懷疑他的清白。）

另外也可用 just 來強調否定的意思。

▷ I **just** *don't* like chicken.
（我就是不喜歡雞肉。）（➡p.368）

2 重複相同的詞語

Target 321

He tells the same jokes **again and again.**
他一再重複說同樣的笑話。

■用 ... and ... 來強調

用＜**... and ...**＞重複相同的詞彙，可以用來強調該單字。上述例句也可表示如下：

▷ He tells the same jokes **over and over** (again).

另外也可重複動詞如下：

The child **cried and cried** during dinner.
（這孩子在晚餐時哭了又哭。）

Check 139 請配合中文語意，從下列詞彙中挑選適當的詞語填入空格內。

[**did** / **whatever** / **on earth**]

1) 我的確送給瑪麗一條絲巾。
I ______ give a scarf to Mary.
2) 你們到底為什麼做這種事情？
Why ______ are you doing such a thing?
3) 我們在錦標賽中一點獲勝的機會都沒有。
There will be no chance ______ of our winning the tournament.

3 使用分裂句

Target 322

It was *Jim* **that** caught a turtle in this pond yesterday.
昨天在池塘捉到一隻烏龜的是吉姆。

■It is ... that 的分裂句
- 插在 it is 和 that 之間
- 強調主詞

將詞語放進 **It is [　] that...** 的 [　] 位置中，可以表示強調，這種句型稱為**分裂句**。上面例句的時態為過去式，就會變成 It *was* [ ] that ... 的形式。另外 [　] 中可放入當作主詞、受詞、補語等的**名詞或代名詞**，也可以是作為**副詞用的詞語**。

上面例句是以 Jim caught a turtle in this pond yesterday. 為基礎的分裂句，強調的是主詞 Jim，傳達「昨天在池塘捉到一隻烏

可用 It is ... who

龜的是吉姆，不是別人喔」之意。當強調的名詞是人的時候，可以用 who 取代 that。

▷ **It was** *Jim* **who** caught a turtle in this pond yesterday.

強調主詞以外的詞語

下面例句強調的是主詞以外的詞語。

Jim caught a turtle in this pond yesterday.

主詞　受詞　副詞片語　時間副詞

可用 It is... which

▷ **It was** *a turtle* **that [which]** Jim caught in this pond yesterday.

（吉姆昨天在這個池塘捉到的是一隻烏龜。）

→ 強調「受詞」a turtle

▷ **It was** *in this pond* **that** Jim caught a turtle yesterday.

（吉姆昨天就是在這個池塘裡捉到一隻烏龜的。）

→ 強調「副詞片語」in this pond

▷ **It was** *yesterday* **that** Jim caught a turtle in this pond.

（吉姆是昨天在池塘捉到一隻烏龜的。）

→ 強調「時間副詞」yesterday

另外，**分裂句無法用來強調動詞或形容詞**。

注意

that 的省略　口語可以省略 It is [was] ... that～ 中的 that。

It was *yesterday* I borrowed your textbook.

（我是在昨天借了你的教科書。）

注意

當強調的是代名詞時　原則上有主詞就要用主格。

It is *I* **who am** responsible for safety in this theater.

（這個劇院負責安全管理的是我。）

但是如下面例句般用受詞的情況也很多：

It's *me* **that [who]** is responsible for safety in this theater.

參考

分裂句的否定句和疑問句如下所示：

It wasn't *Mike* **that [who]** caught a turtle in this pond yesterday.

（昨天在池塘裡捉到一隻烏龜的不是麥可。）

Was it *yesterday* **that** Jim caught a turtle in this pond?

（吉姆是昨天在池塘裡捉到一隻烏龜的嗎？）

PLUS 93 **用分裂句來強調子句或疑問詞**

可用分裂句來強調子句，如下所示：

It is *because pandas look cute* **that** we like them so much.

（我們那麼喜歡熊貓是因為牠們看起來很可愛。）

另外也可以用分裂句強調疑問詞，此時要特別注意詞序：

Who **was it that** invented the telephone?

（到底是誰發明電話的？）

強調疑問詞的疑問句句型為＜**疑問詞＋ is [was] it that ＋直述句的詞序**＞。也就是把 It was～ that invented ... 的～變成疑問詞放在句首，後面的詞序則和 was it 的疑問句一樣。

Check 140 請使用 It is ... that～ 的分裂句，依下面各題所要強調的字詞，分別改寫底下的句子。

Beth teaches music at the university.

1) (Beth)　2) (music)　3) (at the university)

TIPS FOR YOU ▶ 12

使用分裂句的場合

「分裂句」這個說法有時會產生誤解。事實上，分裂句不會只為了「想要強調名詞或副詞」的單一理由而使用，而是在和其他事物有所對比或對立，想要凸顯到底「是哪一種？」或「不是哪一種？」的時候使用。將容易被誤解的事項放在句首，這是分裂句的基本功用，如下所示：

It is *not what he has but what he is* **that** makes him so popular.

（他之所以那麼受歡迎，不是因為他的財產，而是因為他的人品。）

說話者想要表達的是他受歡迎的理由不是因為「他的財產（what he has）」，而是因為「他的人品（what he is）」，在這種情況下非常適合使用分裂句。

此外，如果想要駁斥「因為他很有錢，所以大家才會拍他馬屁」的錯誤想法時，可表示如下：

It is *not what he has* **that** makes him so popular. (It's what he is.)
（並不是因為他的財富使他這麼受到歡迎。）→ 而是因為他的人品
為了指明對方可能在哪裡有所誤解，故強調 not what he has 這個部分。

對於懷有「雖然我知道他既有錢人品又好，但是為什麼他這麼受歡迎呢？」疑惑的人，要告訴他「果然人品才是重點喔」時，可以表示如下：
It is *what he is* **that** makes him so popular (, not what he has).
（這是因為他的人品使他這麼受歡迎。）→不是因為他的財富

分裂句的功用在於凸顯「不希望被誤解」或「希望確實被了解」的事物。

4 使用關係詞等

Target 323

(1) **What** I like **is** *her voice.*
(2) **All** you have to do **is** (*to*) *wait here.*
(1) 我喜歡的是她的聲音。
(2) 你只要在這裡等候就行了。

■用 what 強調

強調用法也可以使用關係代名詞 what（➡p.284），以< **What... is [was]**～>的形式將欲強調的詞句放在後面。例句(1)在 What I like is 之後接 her voice，強調「我喜歡的」是「她的聲音」。類似的用法如下：

▷ **What** surprised me **was** *her scream.*
（嚇到我的是她的尖叫聲。）

■用 all 強調

例句(2)以省略關係代名詞 that 的 **All you have to do** 為主詞、不定詞 to wait here 為補語，表示「你必須要做的事就只有～」，也就是「你只要做～就行了」。使用這類用法時，如果 be 動詞前面是 to do，可以像例句(2)一樣，在 be 動詞的後面直接接原形動詞。此外，下面這個例句也是強調的用法。

▷ **The first thing** to remember **is** *not to criticize anyone.*
（記得第一要務就是不要批評別人。）

Check 141 請配合中文語意，在空格內填入適當的英文。

1) 他所欠缺的並非知識，而是經驗。

______ he is lacking in ______ not knowledge but experience.

2) 你只要按下按鈕就行了。

______ you have to do ______ ______ this button.

2 倒裝

英語的句子有其基本句型，像是 SVO 或 SVOC 等詞序，改變這種原則性的詞序就稱為「倒裝」。<主詞＋（助）動詞>的詞序顛倒是倒裝，即使<主詞＋（助）動詞>的詞序不變，將句子的重要元素如受詞或補語等加以移位，也算是倒裝。

1 將表示否定的副詞（片語）置於句首

Target 324

(1) **Never** *have I seen* such a beautiful rainbow.

(2) **Rarely** *does he tell* a joke.

(1) 我從來沒有看過這麼美麗的彩虹。

(2) 他真的很難得說笑話。

■**強調否定的詞語**

變成疑問句的詞序

如例句(1)的 never（從未／絕不）和例句(2)的 rarely（難得）那樣把**帶有否定意味**的副詞（片語）放在句首**用來強調時**，後面的**詞序要和 Yes / No 問句一樣**。原來的詞序如下：

(1) I have never seen such a beautiful rainbow.

(2) He rarely tells a joke.

含否定意味的副詞（片語）

除了 never 和 rarely 之外，以下副詞（片語）也可以放在句首作為倒裝：

at no time（一次都沒有）　　seldom（不常）
hardly（幾乎沒有）　　scarcely（幾乎沒有）
little（很少）　　on no account（絕不～）
under no circumstances（無論如何絕不～）

▷ **At no time** *did the actor mention* his private life.
（這位演員一次都沒有提及他的私生活。）

注意　**only 也可以當作否定詞使用**　包含 only 的副詞片語放在句首，也會產生和疑問句相同的倒裝詞序。

Only in case of emergency *can you use* this exit.
（只有在緊急狀況發生時才能使用這個出口。）

PLUS 94　否定詞和副詞一起出現在句首（Not until ...）

Not until I talked to him *did I know* he was homesick.
（直到我和他談話，我才知道原來他想家。）

not 後面接副詞子句，變成 not until I talked to him，接著將此句放在句首，此時後面必須是和疑問句相同詞序的倒裝。原來的句子為 I did *not* know (that) he was homesick *until* I talked to him.（➡p.376）。

Not until yesterday *did he tell* the truth.
（直到昨天他才說實話。）

PLUS 95　not only A but (also) B 的倒裝

Not only *does he draw illustrations* **but** he (also) writes novels.
（他不僅畫插畫，他也寫小說。）

not only A but (also) B 的句型（➡p.574）有時會將 Not only 放在句首，這時候就會產生和疑問句相同詞序的倒裝。原本的句子是 He not only draws illustrations but he (also) writes novels.。

PLUS 96　表示程度的副詞（片語）出現在句首的倒裝

除了否定詞外，如下面例句一樣，將表示程度的 well 副詞置於句首時，也會產生倒裝句。

Well *do I remember* that day.（那天的事情我記得很清楚。）

其他如 so ... that ~ , such ... that ~（➡p.583）也會產生倒裝。

So terrible *was the concert* **that** I left the hall.
（這場音樂會實在太差了，所以我離開了禮堂。）

2 將表示方向或場所的副詞（片語）置於句首

Target 325

(1) **Down** *fell an apple*.
(2) **In my pocket** *was his card*.
(3) **Here** *comes the train*.
(1) 一顆蘋果掉了下來。
(2) 在我口袋裡的是他的名片。
(3) 火車來了。

■**主詞和動詞易位**

如例句(1)的 down 和例句(2)的 in my pocket 那樣表示方向或場所的副詞（片語）置於句首時，則**主詞要和動詞易位**。注意，**不是變成疑問句的倒裝**。

欲傳達的名詞放在句尾

像上面這樣的詞序常會依文章脈絡需要而出現，並將**傳達某種新訊息的名詞放在句尾**（➡p.232）。

注意

有代名詞的句子不會倒裝　如果主詞是 it 或 he 之類的代名詞，則句子不會倒裝。因為已知代名詞所指為何，就沒有必要特地放在句尾。

Into the room **he** walked.（他走進房間。）

■**There [Here]＋V S**

另外也有像例句(3)一樣，把 there 或 here 放在句首，構成＜There [Here]＋ V S ＞形式。

這裡的 there 或 here 是用來**吸引對方的注意**。

注意

有代名詞的There [Here] 句子不會倒裝　主詞為代名詞時不倒裝，句型為＜ There [Here]＋ SV ＞。

Here he comes.（他來了。）

3 將受詞置於句首

Target 326

Not a word *did she say*.
她一個字也沒說。

■**包含否定詞的受詞**

當位於句首的受詞包含否定詞 no, not, little 等時，**會倒裝成疑問句的詞序**。

思考方式和表示否定的副詞（片語）置於句首的情形相同。

▷ **No hope** *did I have* at that time.
（當時我不抱任何希望。）

■不含否定詞的受詞

當不包含否定詞的受詞位於句首時，會變成< OSV >的詞序，不會倒裝。

▷ Spaghetti I like, but **macaroni** *I dislike*.
（我喜歡義大利麵，但不喜歡通心麵。）

4 將補語置於句首

Target 327

Wonderful *was the view* from the balcony.
從陽台看出去的景色實在是太棒了。

■當主詞的修飾詞語很長時

例句是將作為補語的形容詞 wonderful 放在句首，主詞 the view from the balcony 和動詞 was 位置互換。原來的詞序如下：

The view from the balcony was wonderful.

改變詞序以調整句型節奏

像這樣把當作補語的形容詞放在句首，就會發生**主詞和動詞易位**的倒裝，這種倒裝方式常用在主詞是名詞，而介系詞或關係子句等修飾語過長的情形，藉此來調整句子的節奏。

▷ **Happy** *is the man* who knows his business.
（知道自己該做什麼的人才是開心的。）

參考

即使當作補語的形容詞位於句首，只要主詞是代名詞，就不會倒裝。

○ Happy he is. ✕ Happy is he.

Check 142

請重組底下提示語，並完成句子。

1) Never (failed / I / have / to watch the TV program).
2) No (he / other mistake / did /make).
3) Away (the bank robber / ran).
4) Amazing (the show / was / at the Mirage Hotel in Las Vegas).

●慣用的倒裝

要表示同意前面敘述的肯定句時，可以用＜ **so** ＋（助）動詞＋主詞＞的詞序，意思是「＜主詞＞也是如此」（➡p.540）。

"I was poor at math in school." "**So was I.**"

（「我以前在學校的數學很差。」「我也是。」）

表示同意前面敘述的否定句，並傳達「＜主詞＞也不是如此」的意思時，詞序為＜ **neither [nor]**＋（助）動詞＋主詞＞（➡p.539）。

"I don't feel like eating any more." "**Neither** [**Nor**] **do I**."

（「我不想再吃了。」「我也是。」）

3 插入

所謂插入是將詞語、片語或子句插入句中，藉此補充性地表達「說話者的判斷或情緒」、「註解性的訊息」等。

1 詞語或片語的插入

Target **328**

(1) His son, **fortunately**, was rescued from the burning house.

(2) The clothes in this store, **in my opinion**, are too expensive.

(1) 他的兒子，很幸運地，從著火的屋子裡被救出來。

(2) 這家店裡的衣服，就我的判斷而言，價格太高了。

■插入在逗號等處

插入的部分常常夾在逗號（,）、破折號（—）或括弧之間。

如例句(1)插入的是 fortunately（副詞），例句(2)插入的是 in my opinion（副詞片語）。一般而言，被插入的詞彙或片語以副詞（片語）居多。以下列舉常用的插入副詞：

常用的插入副詞

after all（結果）	as a matter of fact（事實上）
as a rule（通常）	for example（例如）
for sure（的確）	however（然而）
in a sense（就某種意義而言）	in fact（事實上）

indeed（確實）
to be sure（當然）
nevertheless（儘管如此）
on the other hand（另一方面）
in the end（最後／結果）
to make matters worse（更糟糕的是）
to *one's* surprise（令人驚訝的是）
moreover（此外）
therefore（因此）

2 子句的插入

Target **329**

⑴ Fishing in this river, **as far as I know**, is prohibited.
⑵ Too much exercise, **I think**, is bad for your health.

⑴ 在這條河釣魚，就我所知是被禁止的。
⑵ 過度運動，我認為對你的健康不好。

■插入副詞子句

除了詞彙、片語以外，也可以插入包含＜主詞＋動詞＞的副詞子句，插入方式和詞彙、片語一樣。例句⑴插入的是 as far as I know（就我所知）副詞子句。

常插入的副詞子句

常插入的副詞子句還包括：

as far as S is concerned（就…來說）
as it were（可以說是）
that is to say（也就是說）等

■插入＜主詞＋動詞＞

例句⑵可以想成是 I think that too much exercise is bad for your health.

常用的插入＜主詞＋動詞＞

在句子裡面插入＜主詞＋動詞＞，以表示說話者判斷的用法還包括：

I believe / suppose / think（我想）
I am afraid（恐怕）
I hope（我希望）
it seems（似乎）

另外 he said（他說）、you know（你知道）等也是常見用法。

參考 seldom, if ever,... 帶有「很少」的意味，也可以作為插入句。
Bill *seldom*, **if ever**, watches TV.
（比爾很少看電視。）

Check 143 請將下列句子譯成中文。
1) The concert was, in the end, called off.
2) The book, to my surprise, sold well also in Japan.
3) This experiment, I'm afraid, is a failure.

4 省略

1 避免詞語的重複

為了使句子簡潔，常會省略曾經出現過的、即使沒有這些語句也能夠明瞭句子意思的詞句。

Target 330

(1) The girls were brave, but the boys were not △.
(2) You may sit wherever you want to △.
(1) 這些女孩們很勇敢，但是男孩們並不勇敢。
(2) 你可以坐在任何你想坐的地方。

■省略補語
不說也能明白的

例句(1)在 the boys were not 後面省略了 brave。像這樣的補語，若之前已經出現過，之後**不說也能明白**時，就可以將其省略。

■省略動詞

下面的句子則可以省略動詞：

▷ John ate a hamburger, and Mary △ French fries.
（約翰吃了一個漢堡，瑪麗則吃了炸薯條。）

已出現過的相同語詞

例句(1)和上面的句子，需先確認 but 或 and 前後的句子都是相同的結構，像這種相同結構的句子連結在一起時，後面的句子常常會省略和前面的句子同樣的部分。不管是哪一種情形，在省略時都以容易理解為前提。

如下例所示，當作主詞的名詞也可以省略。

▷ John went upstairs and △ knocked at the door.
（約翰上樓，並敲了門。）

■省略 to 後面的原形動詞

例句⑵省略了 to 後面的動詞 sit。當 to 後面的原形動詞從文意判斷上非常明顯時，可以只留下to，省略原形動詞（此時的 to 稱為代不定詞，➡p.186）。

2 省略連接詞後面的<主詞＋ be 動詞>

Target 331

He broke his left leg while △ skiing in Canada.
他在加拿大滑雪時摔斷了左腿。

■連接詞後面的省略用法

由when, while, if, unless, though等連接詞所引導的副詞子句中，可以省略<主詞＋be動詞>。只是原則上副詞子句中的主詞必須和主要子句中的主詞相同。

上面的例句省略了 while 後面的 he was。

▷ Though △ tired, she studied till late.
（雖然疲累，但她還是用功到很晚。）

在上面例句中，though 後面省略了 she was。

PLUS 97 if 後面的省略用法

在 if 子句中大多會省略慣用的<主詞＋動詞>，此時子句中的主詞和主要子句的主詞多半是不一樣的。

I'll help you **if necessary**. [＝ if it is necessary]
（有必要的話我會幫助你。）
I'd like to see you off **if possible**. [＝ if it is possible]
（可以的話我想要為你送行。）
Please point out the mistakes **if any**. [＝ if there are any (mistakes)]
（如果有任何錯誤的話請指出來。）

類似用法還包括 if so（倘若如此）、if not（假如不是這樣的話）等。

PLUS 98 標題或廣告的省略

新聞的標題和廣告、告示等，經常省略冠詞或 be 動詞。

Kidnapper Arrested in Chicago (= The kidnapper was arrested in Chicago.)
（綁架犯在芝加哥被捕）

Road Closed (= This road is closed.)
（道路封閉）

Check 144 請挑出底下句中可以省略的部分。

1) Mr. Jones wasn't angry, but Ms. Smith was angry.
2) You can eat this pudding if you want to eat it.
3) Did you visit Hollywood while you were traveling in the United States?

●共通詞語

I tried but **failed to stop** her from going away.
（我試著阻止她離去，但還是失敗了。）

主詞 I 是動詞 tried 的主詞，也是 failed 的主詞。至於動詞 tried 和 failed 都將 to stop... 當成受詞。

```
   tried
I  (but)   to stop her from going away.
   failed
```

像這樣為了讓句子簡潔有力，可以用一個詞語當成各句的共通詞語使用，此時掌握 and, but 或 or 等與各詞語之間的關係是非常重要的。

5 同位語

為補充說明句中詞組的意思或換個說法時，可以將文法上有相同功用的詞語附加上去，此時兩者的關係稱為「同位語」。

1 名詞並列

Target 332

Her best friend *Lisa* is a nurse.
她最好的朋友莉莎是名護士。

■用名詞說明另一個名詞

上面例句中的 Her best friend 和 Lisa 是同位語的關係。

將名詞同位語並列時，可如上面的例句不加逗號，也可以像下面的句子添加逗號。

▷ **John Steinbeck**, *a writer from California*, won the Nobel Prize for literature.
（約翰．史坦貝克，一位來自加州的作家，贏得了諾貝爾文學獎。）

不加逗號的情形，通常是像 her best friend Lisa 或 my aunt Helen（我的嬸嬸海倫）般兩者一對一的連結；至於加逗號的情形，則如上面的例句 a writer... 一般，通常用於補充說明。

2 用 of 表示同位語

Target 333

She was born and raised in the city **of** Seattle.
她出生並成長於西雅圖。

■「稱為 B 的 A」

the city of Seattle 是「稱為西雅圖的都市」→「西雅圖市」。像這樣使用 of，以＜ the A of B ＞的形式來連結同為名詞的同位語關係。如同 the name of Kate（凱特這個名字）一樣，這類句型多半用在表示都市和人名時。

PLUS 99　將名詞和代名詞換個說法時

① 用冒號（：）或是破折號（—）。

They need two kinds of support: economic and technical.

（他們需要兩種支援：經濟和技術。）

There are two things I have trouble remembering — people's names and phone numbers.

（有兩件事我很難記得住：人名和電話號碼。）

② 用 that is (to say) 或 namely 表示「也就是／亦即」的意思。

I read *War and Peace*, **that is**, one of the masterpieces of Tolstoy.

（我讀了《戰爭與和平》，亦即托爾斯泰的傑作之一。）

③ 用 or 表示「換個說法」（➡p.573）。

He studies astronomy, **or** the study of stars, at college.

（他在大學研究天文學，也就是研究星星。）

3 用 that 子句表示同位語

Target **334**

I heard *a rumor* **that** he's living in India now.

我聽到一個傳言說他現在住在印度。

■用 that 子句說明名詞

名詞的內容由後面接續的 that 名詞子句來說明，這在同位語關係中相當常見，中文通常譯成「＜名詞＞就是～」。

不過要注意，並不是所有的名詞都可以使用 **that** 子句。

●和同位語 that 子句連結的名詞

① 表示思考或認識的名詞

belief（信念）　concept（概念）　feeling（感情）

idea（想法）　knowledge（知識）　opinion（意見）

thought（想法）等。

② 表示要求、期望、傳達的名詞

decision（決定）　demand（要求）　desire（渴望）

expectation（期望）　hope（希望）　information（訊息）
news（新聞）　proposal（提案）　report（報告／報導）
rumor（傳言）　suggestion（建議）等。

③ 其他名詞
chance（機會）　fact（事實）　possibility（可能性）
evidence（證據）　plan（計畫）　proof（證明）等。

注意 關係詞子句和同位語 that 子句的區別

I know *the fact* **that** she is trying to conceal. →關係詞子句
（我知道她試著要隱瞞的事實。）

由於 conceal 後面沒有受詞，可見 that 是受格的關係代名詞。

I know *the fact* **that** she is trying to conceal the scandal.
→同位語 that 子句
（我知道她試著要隱瞞醜聞的事實。）

that 是引導 the fact 和同位語名詞子句的連接詞。

參考 whether 或疑問詞引導的子句可以成為同位語子句。

We discussed *the question* **whether** a new baseball stadium should be built in the city.
（我們討論過這個城市應不應該蓋新棒球場這個問題。）

PLUS 100 使用動狀詞的同位語用法

① 可以用＜名詞＋ **of** ＋動名詞＞來表示同位語。

His idea **of making** a fortune overnight is unrealistic.
（他的一夜致富想法是不切實際的。）

動名詞可用來表示「實際正在發生的事／習慣的事／客觀的可能性」等。of 含有「關於～」的意思，用於連結 idea, difficulty, dream, habit 等名詞。

② 可以用＜名詞＋ **to** 不定詞＞來表示同位語。

She has *a desire* **to succeed** as an opera singer.
（她渴望成為成功的歌劇歌手。）

像 desire, plan 等帶有「今後想要做～／應該做～／計畫做～」意味的名詞，可以用 to 不定詞來說明內容（➡p.164）。

可以和同位語 that 子句連結的名詞有限，同樣地，和＜of＋動名詞＞或to不定詞連結作為同位語的名詞，兩者的語氣是有所差異的。請參照以下例句：

× the habit to read→○ the habit of reading（讀書的習慣）
× the mood of going out→○ the mood to go out（想要外出的心情）

關於動名詞和to不定詞的語氣差異，請參照「何謂動狀詞」（➡p.152）。

Check 145 請將下列句子譯成中文。

1) Carter, a friend of mine, graduated from Oxford University.
2) My son is pleased with his name of Jason.
3) We heard the news that a thief had broken into Bill's house.

Check 問題的解答

139 1) did 2) on earth 3) whatever

140 1) It is Beth that [who] teaches music at the university.
2) It is music that [which] Beth teaches at the university.
3) It is at the university that Beth teaches music.

141 1) What, is 2) All, is press [push]

142 1) Never (have I failed to watch the TV program).
2) No (other mistake did he make).
3) Away (ran the bank robber).
4) Amazing (was the show at the Mirage Hotel in Las Vegas).

143 1) 那場音樂會最後取消了。
2) 讓我驚訝的是那本書在日本也賣得很好。
3) 這個實驗恐怕失敗了。

144 1) angry（第二個） 2) eat it 3) you were

145 1) 我的朋友卡特從牛津大學畢業了。
2) 我兒子很喜歡他的名字傑森。
3) 我們聽說了小偷闖進比爾家的消息。

第 18 章 名詞

學習要項

Part 1　概念

到底是可數名詞還是不可數名詞

① 英語的名詞不可無視於數目的存在

中文和英文在名詞使用上的最大差異是「是否可數」。中文裡使用「鉛筆」、「水」或「和平」時，不必有「數」的概念也無所謂，但是就英文而言，若不先弄清楚該名詞是否「**可數**」就無法正確使用。至於「可數」名詞還必須進一步釐清它是「**單數**」或「**複數**」。

② 不可不數的名詞／不可數的名詞

一般字典都是以「可數名詞」和「不可數名詞」來做區分，事實上可將名詞視為「不數就無法使用」和「不能數」等兩種強制性規則。下面是幾個實例：

(a) 不數就無法使用

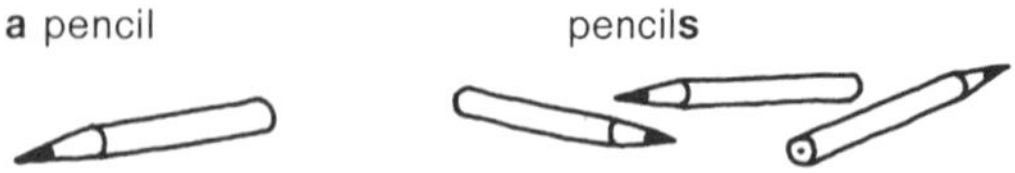

(b) 不能數①：放入容器中就可以數

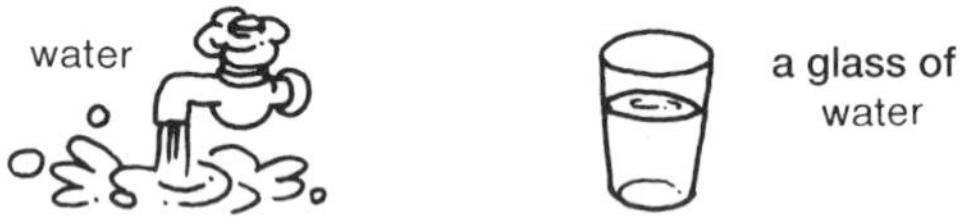

(c) 不能數②：無法放入容器內來數

3 可以具體整合的就可以數

一般而言，即使原為「不能數」的名詞，用於表示「一件具體的事」或「一個具體的物品」時，就會變成「不數就無法使用」的名詞，這裡所謂的「具體」是指可以「和其他事物區別的一個完整個體」。來看看下面的例子：

Tom lowered his face in **shame**.
（湯姆因為羞愧而低下頭。）

It's **a shame** to waste all the food.
（浪費所有這些食物是很可惜的事。）

shame

a shame

雖然我們無法去計算「羞愧的感覺」，但是「遺憾的事、可惜的行為」是可以算出來的。相反地，有些被認為是「可數」的事物，有時也會變成不可數，如下例所示：

I want **a room** of my own.
（我想要一間屬於自己的房間。）

Our garage has **room** for three cars.
（我們的車庫有停放三輛車的空間。）

a room

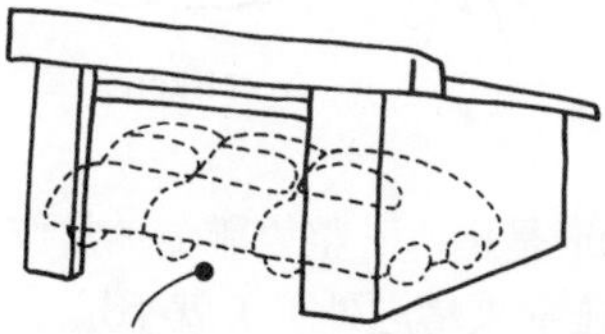
room

「用牆壁或門區隔的一個『房間』」是 a room，而沒有這種區隔的「空間」就用 room。

此外，「材料」一般而言是不可數的，但把它當作一樣東西作為區別就可以數。

Glass breaks easily.
（玻璃容易碎。）

He handed me **a glass**.
（他拿給我一個玻璃杯。）

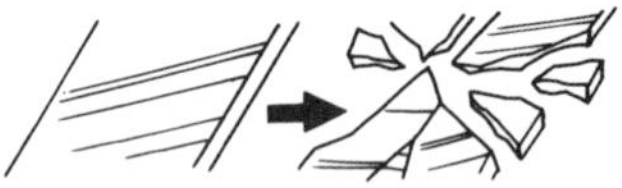

glass

a glass

「一個完整的物品」是可數的，但是為求「完整」，就必須明確界定範圍為何。相反地，一個原本就是完整計數的物品，有時加以計算反而奇怪。

Judy wants to keep **a chicken**.
（茱蒂想要養一隻雞。）

I love roasted **chicken**.
（我很喜歡烤雞。）

a chicken

chicken

a chicken 是指「一整隻雞」，當作生物時是可數的，但是如果當成「雞肉」（除了一整隻雞拿來烤之外），就不是「一整隻」，而是分成「腿肉」、「胸肉」等，此時就變成不可數名詞。

Part 2 理解

1 名詞的種類

① 可數名詞與不可數名詞

名詞可分為**可數名詞**和**不可數名詞**，在句中的用法不同。每次使用名詞時，都必須留意它們到底是可數還是不可數。

可數名詞：單數時不單獨使用，而要冠上 a / an, the, my 等。有複數。

不可數名詞：沒有複數，無法冠上 a / an 等。

Target **335**

(1) I bought *a* **table** and *four* **chairs**.
(2) I prefer **coffee** to **tea**.
　(1) 我買了一張桌子和四張椅子。
　(2) 我喜歡咖啡勝過茶。

■可數名詞

例句(1)的 table 和 chair 因為是**可數名詞**，所以單數的 table 冠上 a，椅子有四張為複數，所以是 chairs。

■不可數名詞

例句(2)的 coffee 和 tea 不是具體的一杯咖啡或紅茶，而是指飲料的種類，所以當成**不可數名詞**使用。

參考 在餐廳或咖啡廳點飲料時，因為是指菜單上具體的一份咖啡或紅茶，所以此時的 coffee 或 tea 會當作可數名詞使用。

Two **coffees** and *three* **teas**, please.（請給我們兩杯咖啡和三杯茶。）

注意 **具可數或不可數雙重類別的名詞**　字典上的可數名詞通常以 C (countable) 表示，不可數名詞則以 U (uncountable) 表示。但有些名詞並非絕對屬於哪一方，而是依據文意的不同時為可數名詞，時為不可數名詞，所以要特別注意。

A **fire** started in the basement and spread to the other floors.
（火勢從地下室開始燃燒，然後蔓延到其他樓層。）
這裡的 fire 是「火災、火勢」，為可數名詞。

There is no smoke without **fire**.（無火不成煙。）→ 無風不起浪
這裡的 fire 是「火」，為不可數名詞。

2 名詞的種類

名詞依據性質可分為下列五種：

可數名詞 C →普通名詞、集合名詞
不可數名詞 U →物質名詞、抽象名詞、專有名詞

C
- 普通名詞：指同類事物的名稱
  table, chair, house, book, pencil 等。
- 集合名詞：表示人或物的集合體
  family, class, team, people 等。

U
- 物質名詞：沒有一定形態的物質
  coffee, tea, sugar, milk, gold, air 等。
- 抽象名詞：沒有具體形態的抽象事物
  happiness, love, peace, joy 等。
- 專有名詞：人名、地名等特定詞彙
  London, Tokyo Dome, John, January 等。

2 名詞的用法

名詞可在句中作為主詞、補語、受詞，以及介系詞的受詞（➡p.9）。

1 普通名詞的用法

Target **336**

(1) **Koalas** live in Australia.
(2) There are seven **days** in a **week**.

(1) 無尾熊棲息在澳洲。
(2) 一個禮拜有七天。

■**普通名詞為可數名詞**

普通名詞可以分為如例句(1)的koala般有形體可計數的名詞，以及如例句(2)的 day 或 week 般表示單位的名詞。這類單位雖然沒有形體，卻有一定的起始，所以可以計數，並作為普通名詞使用。

單數不能單獨使用

因為普通名詞為可數名詞，所以有單數和複數之分。普通名詞的單數原則上不能單獨使用，必須和冠詞（a / an, the）、序數（the first 等）、指示代名詞（this, that 等）、所有格的人稱代名詞（my, your 等）連用（➟p.454）。

注意

普通名詞的複數意義　將「我喜歡住在城市裡。」翻譯成英文是I like living in **cities**.。其中複數的 cities，包含了「各個都市」，也就是「都市全體」。像這樣指人或全體事物時，通常使用複數（➟p.474），這也是何以例句(1)的 koalas 是複數的原因。

2 集合名詞的用法

如 family（家庭）般集合了數人 [數個] 的集合體稱為集合名詞。集合名詞有 team（團隊）、club（俱樂部）、class（班級）、committee（委員會）、crew（組員）、group（團體）、staff（職員）、audience（觀眾、聽眾）等。

Target **337**

(1) There are about 100 **families** in this village.
(2) My **family** *are* all soccer fans.
(3) The **police** *are* looking for the robber.

(1) 這個村莊裡大約有一百戶人家。
(2) 我的家人全部都是足球迷。
(3) 警方正在搜索搶匪。

■**指稱集合體的名詞**

視為一個整體

例句(1)的family是指由數人組成「家庭」的**一個集合體**，此時的用法如同普通名詞一樣，要用＜ a / an ＋單數＞或是使用複數。

▷ We are *a* **family** of four.（我們是四個人的家庭。）

▷ *A* **crowd** gathered outside the hotel.
（飯店外面聚集了一群人。）

重點放在組成的成員

例句⑵就如「我的家庭成員」所述，重點在於構成家庭的每一個人，因此即使是單數，也要當作複數處理（注意，be動詞要用 are）。

參考

美式英語有時即使是指團體的成員，也會當作單數使用。

The **class** *is* preparing for the school festival.
（班上的學生正在準備校慶。）

■集合名詞沒有複數

例句⑶的 police 重點不在「警方」這個集合體，而是構成「警方」的「員警們」，所以當作複數處理。police 沒有單數用法，也沒有複數形，也就是不可以×polices。cattle（牛的總稱）也是同樣用法。

注意

people 的意義和用法　當 people 是指「人們」時，要把單數形當作複數使用；至於表示「國家、民族」時，則要把 people 當作普通名詞使用。

People tend to keep quiet in elevators.
（人們在電梯裡多半保持沈默。）
Various **peoples** live in South America.
（南美洲住著各種不同種族。）

注意

staff 的意思和用法　因為 staff 是集合名詞，所以要表達「我是員工。」時，不可以說×I'm a staff.，要用 I'm a member of the staff.

PLUS 101 應該注意的集合名詞

●furniture 的意義和用法

furniture 是「桌子」或「椅子」等各式各樣家具的總稱，用 furniture 這個名詞就可以涵蓋所有種類的「家具」，所以當作不可數名詞使用。

如果需要表示家具數量時，可以用 a piece of furniture, two pieces of furniture，或是具體說出 two beds 等。

和 furniture 用法相同的有下列幾個單字：

baggage→美式/luggage→英式（行李）、clothing（衣服）、jewelry（珠寶）、music（音樂）、poetry（詩）、food（食物）等。

●fruit 和 fish 的用法

fruit 或 fish 也和 furniture 一樣，以單數表示「所有水果」、「全部的魚」。這兩個名詞雖然有複數的 fruits 或 fishes，但通常是當重點置於「種類」或是強調不同種類時使用，否則通常還是用 fruit 或 fish。

This lake is full of **fish**.（這個湖裡有很多魚。）

There are various **fishes** in this lake.（這個湖裡有各種魚。）

3 物質名詞的用法

物質名詞是表示「金屬」、「液體、氣體」、「材料」等物質的名詞，**因為沒有既定的形狀，所以不可數**。以下列舉主要的物質名詞，其中一些用中文來思考會覺得是可數的，但事實上卻是不可數，例如：gold（金）、iron（鐵）、water（水）、rain（雨）、air（空氣）、smoke（煙）、wood（木材）、meat（肉）、money（錢）、chalk（粉筆）、bread（麵包）、cheese（起司）、wine（酒）、stone（石頭）、paper（紙）、cloth（布料）等單字需特別注意。

Target **338**

(1) This statue is made of **stone**.

(2) My mother bought *a bottle of* **wine**.

(1) 這個雕像是用石頭做成的。

(2) 我母親買了一瓶酒。

■物質的名稱

因為物質名詞是不可數名詞，所以可以如例句(1)不加 a / an，單獨使用。stone 在這裡當物質名詞使用（➡p.444）。

要表示數量可以如例句(2)所示，配合不同名詞加上形狀、容器、單位等。

18 名詞

PLUS 102 使用形狀、容器、單位等來計算物質名詞的方法

要表示複數時，把單位詞改寫為複數即可。

●形狀 *a piece of* **paper** [**chalk**]（一張紙 [一根粉筆]）
a sheet of **paper**（一張紙）
a slice [*loaf*] *of* **bread**（一片 [條] 麵包）

●容器 *a bottle of* **milk**（一瓶牛奶）
three glasses of **water**（三杯水）
a cup of **tea**（一杯茶）

●單位　*a pound of* **butter**（一磅奶油）
two spoonfuls of **sugar**（兩匙糖）
three liters of **beer**（三公升啤酒）

注意　**物質名詞的量或程度的表示法**　可以用 much, (a) little, a lot of, some, any, no 等來表示。不可用表示<數量>多寡的 many 或 (a) few 等詞語（➡p.517, 518）。

4 抽象名詞的用法

所謂抽象名詞是表示事物性質和狀態的名詞。它們沒有一定形體，所以**不可數**。如 beauty（美）、kindness（親切）、honesty（誠實）、happiness（幸福）、work（工作）、homework（習題）、news（新聞）、information（資訊）、advice（忠告）、silence（沈默）、speech（言論）、freedom（自由）、invention（發明）、weather（天氣）、importance（重要性）等。

Target **339**

(1) **Necessity** is the mother of **invention**.
(2) He gave me *a useful piece of* **advice**.
　(1) 需要為發明之母。
　(2) 他給了我一個很有用的忠告。

■表示無具體形狀的抽象事物

因為抽象名詞 necessity 和 invention 是不可數的，所以可以如例句(1)不加 a / an 單獨使用。

要表示數量可以如例句(2)使用 a piece of advice。不可說×an advice。

PLUS 103 <介系詞＋抽象名詞>的用法

介系詞加上抽象名詞可以當作形容詞或副詞使用。

He is a man **of ability**.（他是一個有能力的人。）

He struck the desk **in anger**.（他在憤怒之下敲打桌子。）

上面第一個例句中的 of ability 是修飾 a man 的形容詞片語，第二個例句中的 in anger 是修飾 struck 的副詞片語。至於 of 用於表示「特徵、性質」（➡p.558），in 則用在表示「狀態」時（➡p.550）。

經常使用這類用法的抽象名詞如下：

of value（有價值的＝ valuable）　of importance（重要的＝ important）
with care（小心地＝ carefully）　with ease（輕易地＝ easily）
on purpose（故意地＝ purposely）　by accident（偶然地＝ accidentally）

另外如 with *more* care（更小心地＝ more carefully）或 of *no* importance（不重要的＝ unimportant）、of *no* value（沒有價值的＝ valueless）等附加形容詞的用法也很多。

This information is **of no value** to me.
（這則資訊對我沒有價值。）

5 專有名詞的用法

專有名詞是指表示人物、土地、建築物等名稱的名詞。**專有名詞的第一個字母要大寫，原則上沒有複數形。**

Target **340**

(1) **Dr. Jones** observed wild animals in **Africa**.
(2) I went to *the* **British Museum** last **August**.

(1) 瓊斯博士在非洲觀察野生動物。
(2) 去年八月我去參觀大英博物館。

■人或建築物等專有名詞

專有名詞就如例句(1)的 Dr. Jones 或 Africa、例句(2)的 August，原則上不加冠詞。不過如 the British Museum 之類的公共設施等，有時也會和 the 並用。

●< the ＋專有名詞>的例子

(a) 附加 of... 的地名等

the Cape of Good Hope（好望角）、**the** University of Chicago（芝加哥大學）

(b) 複數形的專有名詞

the United States of America（美利堅合眾國）、**the** Alps（阿爾卑斯山）

(c) 河川、海洋、海峽等

the Hudson（River）（哈德遜河）、**the** Pacific（Ocean）（太平洋）

(d) 公共建設、劇院、交通工具的名稱等

the White House（白宮）、**the** Titanic（鐵達尼號）

(e) 新聞、雜誌（用斜體標示）

the *New York Times*《紐約時報》、**the** *Economist*《經濟學人》

Check 146 請由括弧內選出正確的答案。

1) (A freedom / Freedom) is as important as equality.
2) (Wine is / Wines are) made from grapes.
3) The Taiwanese are (a hardworking people / hardworking peoples).
4) He drank (three cups of coffee / three cup of coffees).
5) You must write in (ink / an ink), not with (pencil / a pencil).

3 名詞需要注意的用法

1 不可數名詞當成普通名詞使用

Target 341

(1) My sister reads *an* English **paper**.
(2) Thank you for your *many* **kindnesses**.
(3) I want to buy *a* **Porsche** someday.

(1) 我姊姊閱讀英文報紙。
(2) 謝謝你的諸多善意。
(3) 我以後想要買一部保時捷。

■物質名詞可當普通名詞使用

不可數名詞可當普通名詞使用，即加上a / an或變成複數形。

雖然例句(1)的 paper 原意是稱為「紙」的物質名詞，可是當它意為「報紙」時，就可以當作普通名詞使用。

▷ The crowd threw **stones** at the police.（群眾向警方丟擲石頭。）

上面這個句子是把 stone 當作「小石頭」的普通名詞，所以

是複數。但 This bridge is made of **stone**.（這座橋是石造的。）中的 stone 是物質名詞，為不可數。所以名詞是否可數，需依上下文來研判。

■抽象名詞可當普通名詞使用

例句⑵的 kindness 作為抽象名詞是「親切」的意思，當作普通名詞則表示「親切的行為」。

▷ He will be *an* important **addition** to the team.
（對團隊而言，他將是重要的助力。）

這裡的 addition 是指「附加物」，當成普通名詞使用。

■a / an＋專有名詞

專有名詞的前面加上 a / an，意思會變成如例句⑶的「～的產品 [作品]」，或是「～的人」。

▷ He bought *a* **Picasso** in Paris.
（他在巴黎買了一幅畢卡索的畫）

▷ *A* **Mr. Brooks** is at the reception desk.
（有一位布魯克斯先生在櫃台。）

上面這個句子表示對於布魯克斯這個人，除了他的名字外一無所知。

如果是名人的名字，如 an Einstein，意指「像愛因斯坦這樣的人」，表示這個人擁有和愛因斯坦一樣的資質。

參考 關於專有名詞和冠詞用法，請參照「冠詞」一章（➡p.473）。

2 用法有所區別的名詞

比較看看

⑴ All the **passengers** on the bus escaped safely.
⑵ Most of the **customers** in this shop are teenagers.

⑴ 公車上的所有乘客都平安逃離。
⑵ 這家店的主要客層是青少年。

■依使用對象區分用法

即使是「客人」，英語也有各式各樣的表現方式，如例句⑴表示交通工具的「乘客」要用 passenger，而例句⑵的商店「顧客」要用 customer。

其他表示「客人」的用法還有 audience（聽眾）、spectator（觀眾）、client（客戶）、guest（賓客）、visitor（訪客）等。

●其他意義相近，使用上必須特別注意的名詞

(a) 表示「費用」的名詞

fare（交通工具費用）、fee（報酬、入場費、學雜費）、charge（索取的費用）、price（商品價格）、cost（成本費用）

(b) 表示「預約」的名詞

appointment（會面等約定）、reservation（餐廳、旅館等預約）

(c) 表示「氣象」的名詞

weather（可指明時間、地點的天氣）、climate（氣候）

(d) 表示「習慣」的名詞

habit（個人習慣）、custom（社會的風俗習慣）

Check 147

請由括弧內選出正確的答案。

1) I will never forget your many (kindness / kindnesses).
2) You must not throw (stone / stones) in the park.
3) I want to be (Edison / an Edison).
4) The bus (fare / fee) is 15 dollars.

4 名詞的複數形

可數名詞有複數形，而且其複數有一定的規則。

1 規則變化

Target **342**

Will you set the **dishes** on the table?

你可以把盤子排放在餐桌上嗎？

■附加 -s 或 -es

凡是規則變化的名詞，在語尾加上 -s 或 -es 就成為複數。

基本變化就如 book→book**s** 那樣加上 -s，至於語尾加上 -es 的則如下頁表格所示：

語尾	變化方式	例如
s x sh ch 子音＋ o	加上 -es	buse**s**, classe**s** box**es**, fox**es** dish**es**, bush**es** church**es**, bench**es** hero**es**, tomato**es**
f, fe	先將 f, fe 改成 v，再加上 -es	leaf→lea**ves**, wolf→wol**ves** wife→wi**ves**, knife→kni**ves**
子音＋ y	先將 y 改成 i，再加上 -es	city→cit**ies**, lady→lad**ies** baby→bab**ies**

stomach**s**（胃）、piano**s**（鋼琴）、photo**s**（照片）、roof**s**（屋頂）、safe**s**（保險箱[櫃]）、belief**s**（信念）等字例外。

此外，當專有名詞為複數時，則無論什麼樣的專有名詞都是在語尾加上 -s，如下例：
the Cox**s**（寇克斯一家）、three Mary**s**（三位名叫瑪麗的女子）

參考 複數的語尾發音有 [s] [z] [iz] 三種，和第三人稱單數現在式動詞的語尾發音規則相同（➠p.591）。

2 不規則變化

Target 343

Brush your **teeth** after meals.
飯後要刷牙。

■**不規則變化**

不規則變化的代表性名詞如下：
man→m**e**n（男性）、woman→wom**e**n[ˋwɪmɪn]（女性）、foot→f**ee**t（腳）、tooth→t**ee**th（牙齒）、mouse→m**ice**（老鼠）、child→child**ren**（小孩）

●**單數和複數相同的名詞**

下面列舉的名詞，其單數和複數相同。
means（手段）、carp（鯉魚）、sheep（羊）、deer（鹿）、yen（日幣）、species（物種）

●外來語的複數

外來語的複數並不遵從英語的規則，所以要特別注意。

datum→da**ta**（資料）、medium→me**dia**（媒體）、crisis→cri**ses**（危機）、analysis→analy**ses**（分析）、phenomenon→phenome**na**（現象）

> **參考** data 或 media 有時也會當單數使用。另外，當 medium 指「中間、中等」時，其複數為 mediums。

●文字、數字、簡稱的複數

在語尾附上 -s 或 -'s，不過以 -s 居多。

CD**s** [CD**'s**] (CD), UFO**s** [UFO**'s**]（幽浮）, the 90**s** [90**'s**]（九〇年代）

●複合名詞的複數

由幾個單字組合而成的名詞，稱為「複合名詞」，複合名詞是以該字的核心詞彙為主，作複數變化。

passer-by→ passer**s**-by（通行者）、fountain pen→ fountain pen**s**（鋼筆）、college student→ college student**s**（大學生）

> **參考** 複合名詞中出現 man 或 woman 時，必須跟著核心詞彙一起改成複數形。
> woman astronaut → wo**men** astronauts（女太空人）

Check 148 請將下列名詞改成複數。

1) pencil	2) city	3) foot	4) woman
5) Chinese	6) passer-by	7) box	8) child

3 複數的意義和用法

Target 344

(1) My father wears **glasses** when he reads.
(2) They *shook* **hands** with each other.
(1) 當我父親閱讀時會戴上眼鏡。
(2) 他們互相握手。

■注意複數的意思

英語中有些單字變成複數時會有別的意思，例如 glass 作單數名詞時表示「玻璃」，但作複數名詞時則如例句(1)變成「眼鏡」。下頁列舉的單字也要特別注意。

force（武力）	→	forces（軍隊）
good（良善／利益）	→	goods（商品）
arm（手臂）	→	arms（武器）
custom（習慣）	→	customs（海關／關稅）
manner（方法）	→	manners（禮儀／風俗）
letter（文字）	→	letters（文學）
day（日）	→	days（時代）

另外，就像例句(2)的 shake hands with...（和～握手），當某行為需要複數對象配合時，要使用複數。

●一定要使用複數的名詞

看似一個但其實是由兩個要素所構成的物品，要使用複數，就像長褲是由左褲管和右褲管組成一樣。這些名詞向以複數出現：
contact lenses（隱形眼鏡）、trousers（長褲 → 英式）、pants（長褲 → 美式>）、scissors（剪刀）、shoes（鞋子）、socks（襪子）、gloves（手套）等。

參考　計數上面這些名詞時，要用 a pair of...。
I bought **a pair of** *trousers* and **two pairs of** *shoes*.
（我買了一件長褲和兩雙鞋子。）
只有在表示成對物品的單一方時，才可以使用單數，例如glove或shoe。
I have lost my left **shoe**.（我掉了左腳的鞋子。）

●表示學問的名詞：把複數當作單數使用

表示學問、語尾有 -ics 的單字，要當作單數使用。
economics（經濟學）、physics（物理學）、mathematics（數學）、politics（政治學）、linguistics（語言學）、statistics（統計學）等。

參考　像measles（痲疹）的病名，或是cards（撲克牌）的遊戲名稱，雖然是複數，但是要當作單數處理。

●金額、距離、時間的總和：使用單數（➡p.524）

金額、距離、時間等，即使是複數也要視為一個整體，當作單數使用。

One hundred dollars *is* enough to buy that sweater.
（一百元就足以買那件毛衣了。）

Twenty miles *is* a long distance to run.（要跑二十哩是很長的距離。）
Ten years *is* called a "decade".（十年稱為一個 decade。）

●包含複數名詞的慣用語

要注意change trains（轉乘火車）、make friends with...（和～交朋友）等包含複數名詞的慣用語，因為這些行為必須要有兩個以上的對象相互配合才能成立，所以不可以使用單數形。

You will soon **make friends with** Tom.（你很快就會和湯姆成為朋友。）

Check 149 請特別注意畫線部分的意義，並將下列句子譯成中文。
1) It is bad manners to make a noise when you eat soup.
2) We got to know each other during our college days.
3) I changed trains for Taipei at Changhwa.

5 表示「所有」的名詞形式

像「A 的 B」此類表示<所有>的名詞，有 A's B 和 B of A 兩種形式，A's 稱為**名詞的所有格**。所有格主要用於**人和生物**，至於其他名詞基本上都是採用 **B of A** 的形式。

1 所有格的形式

Target **345**

(1) The man playing the piano is **Jim's** brother.
(2) Come to the **teachers'** room later.
(1) 正在彈鋼琴的人是吉姆的哥哥。
(2) 待會兒到教職員辦公室來。

■**在語尾加 's**

所有格形式的基本用法如例句(1)在語尾加上 **'s**。

以 -s 結尾的複數如同例句(2)，只要在 s 後上方加上一撇（'）即可。

→a **girls'** high school（女子高中）

另外像 men, women 的複數，則要在語尾加上**'s**。

→**men's** wear（男裝）

PLUS 104 當所有格用於人和生物以外的事物時

下列名詞也可以使用所有格：

①時間的表現（時間、日、周、月等）

ten **minutes'** break（十分鐘的休息）、**tomorrow's** weather（明天的天氣）

②金額、距離、重量的表現

twenty **dollars'** worth of candy（價值二十元的糖果）、one **yard's** distance（一碼的距離）、ten **kilograms'** weight（十公斤的重量）

③國名等

Taiwan's climate（台灣的氣候）、the **world's** population（世界人口）

PLUS 105 所有格所代表的意思

所有格不僅表示＜所有＞，也能夠表示下面幾種意思：

①＜作者、發明者＞或＜對象＞

Mark Twain's novels（馬克吐溫的小說）、a **women's** college（女子大學）

②＜主格＞：所有格為名詞的主詞

We were delighted by **Jim's** *success*.（我們為吉姆的成功而開心。）

③＜受格＞：所有格為名詞的受詞

I have to save a lot of money for my **daughter's** *education*.

（為了女兒的教育，我必須存一大筆錢。）

參考 所有格後面的名詞在下列情形下可以省略：

- 避免重複

  This bicycle is my **brother's** (bicycle).

  （這輛腳踏車是我兄弟的。）

- 表示家、商店等（不寫出來也能明白的，即可省略）

  I'm going to stay at my **uncle's** (house).

  （我要去住在我叔叔家裡。）

  Kate went to the **baker's** (shop).（凱特去了麵包店。）

2 用 B of A 表示「所有」的適用情況

Target 346

(1) Can you see the roof **of** the church?
(2) I met a friend **of** my brother's at the station.
(1) 你看得到教堂的屋頂嗎？
(2) 我在車站遇見我兄弟的一位朋友。

■B of A

當無法使用 A's 這類名詞的所有格時，就用 B of A 來表示。這種形式適用於以下的情形：

●無法使用所有格的名詞（人、生物以外的名詞）

the wings **of** the airplane（飛機的機翼）

●a friend of my brother's 等情況

a / an, the, this, that, some, no 等單字無法放在名詞的所有格前面（➡p.454）。「我兄弟的一位朋友」不是×a my brother's friend，而是 a friend of my brother's，另外也可以說 a friend of my brother。

但是像 *some* pictures **of Tracy's**（崔西的一些照片），若改成 *some* pictures **of Tracy**（崔西拍的一些照片）意思會隨之改變，要特別注意。

●作為名詞的所有格附加修飾語

the advice **of** the man *at the gate*（門邊那位男子的忠告）

Check 150 請修正下列句子的所有格。

1) I borrowed Henry motorcycle yesterday.
2) It is ten minutes walk to the museum.
3) My sister sometimes stays at our grandmother.

Check 問題的解答

146 1) Freedom　2)Wine is　3) a hardworking people　4) three cups of coffee
5) ink, a pencil

147 1) kindnesses　2) stones　3) an Edison　4) fare

148 1) pencils　2) cities　3) feet　4) women　5) Chinese　6) passers-by
7) boxes　8) children

149 1) 喝湯時發出聲音是不禮貌的。
2) 我們是在大學時代認識的。
3) 我在彰化轉搭火車到台北。

150 1) I borrowed Henry's motorcycle yesterday.
2) It is ten minutes' walk to the museum.
3) My sister sometimes stays at our grandmother's.

何謂限定詞

「**限定詞**」（determiner）是像 a, the, my, this, some 這類放在名詞前面的指示詞，之所以再用限定詞來統稱「冠詞」或「所有格」等，是因為它們有「**事先對後面接續的名詞提供資訊**」的共通作用。

因為有共通作用，所以也有難以區分的情形。例如要用英文表達「我在等我太太。」句中的「太太」該用下面哪一個才好呢？

a wife / **the** wife / **my** wife

a wife 是指「任何一個人的妻子」、「某人（不知道是誰的）的妻子」。 the wife 是「你也知道的那位老婆」，雖然可能是「我的太太」，但也可能是「前一陣子曾經提過的那位老婆」等，也就是說，所指的對象會跟著句意改變。至於 my wife 則是「[the ＋限定和我結婚的] 我的太太」，這樣就不會有誤解了。所有格具有附加說明「某人的～」之意，所以即使在句中突然出現，也不會顯得突兀，反而較容易讓人接受。在句子沒有脈絡可循的情況下，突然出現 the wife 會讓人覺得唐突，但用 my wife 則無此顧慮。

所以最自然的用法是：I'm waiting for **my wife**.

再舉一個例子來看看。假設一回到家，母親就告訴你：

「有朋友打電話來說想要立刻和你聯絡，不過我忘了他叫什麼名字。」

把 friend 當作先行詞，關係代名詞用 who，表達「說想要立刻和你聯絡」時，作為先行詞的「朋友」應該要和 a / the / your 其中之一連用才自然。

如果用 a friend who... 是指「你朋友中的一個人，無法具體說明／未說明是哪一位」。the friend who... 則是「因為會想和你聯絡的朋友只有一個，所以你知道指的是誰」。通常不說 your friend who ... 。使用所有格時，即使是句子開頭的名詞，只要用 your friend 就沒有必要再用關係代名詞子句進一步加以限定。

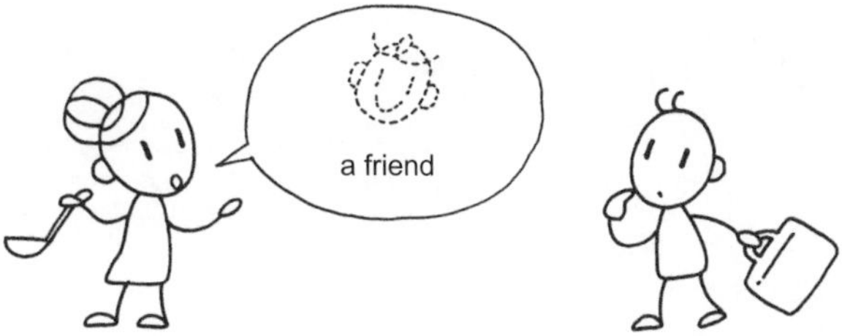

所以最自然的說法是：

I got a phone call from **a friend** who wants to get in touch with you as soon as possible.

● 「限定詞」的例子

表示不定或是特定（不能同時連用兩個限定詞）

a /an / the / this / that / these / those / my / your / his / her / its / our / their

My camera is on **the** table.（我的相機在桌子上。）→ 不可以說×My the camera

表示數量

all / some / any / no / every / both / each / many / much 等

Some students come to school by bus.（有些學生搭公車上學。）

There is **no** water in the bottle.（瓶子裡沒有水。）

第 19 章 冠詞

學習要項

Part 1　概念

該用 a / an, the 還是不加冠詞

中文裡沒有英文中的冠詞，所以較不容易理解冠詞用法。底下盡可能將冠詞用法圖像化，讀者可一面理解，一面多接觸實際的例子。以下用圖解方式來說明使用 a / an, the 和不加冠詞的情形。

There is **a dog** in front of our house.
（我們家前面有一隻狗。）

The car over there belongs to my uncle.
（那邊那輛車是我舅舅的。）

I enjoy camping in **nature** on weekends.
（我很享受周末在戶外露營。）

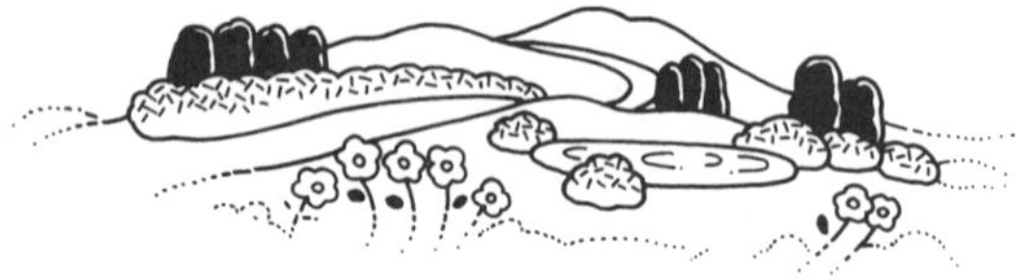

所謂冠詞，不單單只是「加」在名詞前面而已，更有預告後面連接的名詞是什麼性質的功用。換言之，冠詞 a / an 或 the 就像是一個依性質放入名詞的容器。

我們可將 a / an 想像成在開啟的容器中放入一個到目前為止不曾出現的名詞，預告「有一個新的名詞要出現了」。以 a dog 為例，a 是告知讀者「句中接下來要登場的是一個新出現的名詞，數量是可以數的一隻（～）。」後面接的 dog 表示「具體登場的是『狗』」。

至於 the，則像是將物品放入「蓋子蓋著的容器內」，因為放入名詞後「蓋子就蓋起來」，所以可以和其他物品清楚區隔開來。不僅如此，它還有預告接下來出現的是能夠理解「喔，就是那個」的名詞，因為蓋上蓋子後無法和其他物品交換，所以有「不是別的，就是這一個」的意思。此外，因為「蓋子蓋上，無法離開容器到外面去」，所以即使不是完整個體的「不可數名詞」，也可以使用 the。以 the car 為例，the 是先告知讀者「你／我都知道的」，後面的 car 是讓人了解「喔！就是那部車」。

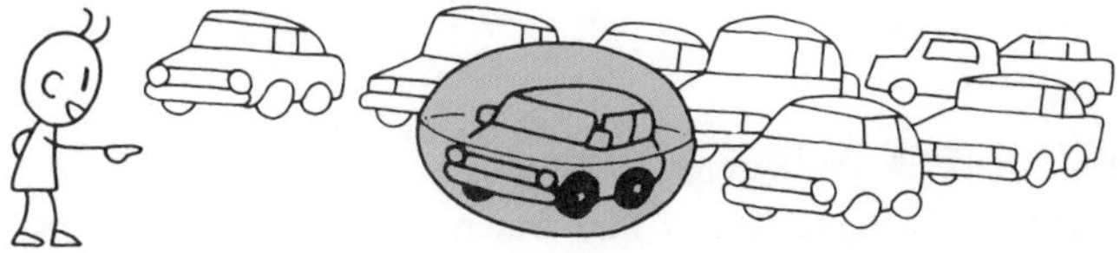

the car

另外，遇到「**無法當作一個具體完整的物品來計數**」、「**無法和其他物品或事物完全區隔開來**」、「**已經存在的事物**」等情況時，不加冠詞。

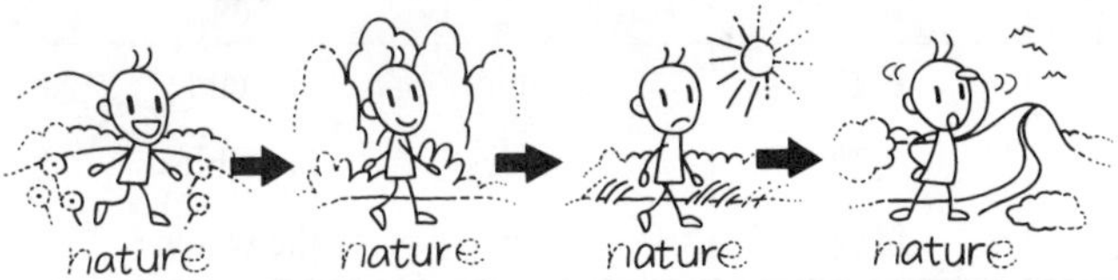

以 nature 這個字為例，在戶外散步，眼前盡是自然風光，「自然會有盡頭嗎？」放眼望去仍然不見終點，像這種無法明確區別的事物就不能加冠詞。

要確認冠詞的功用可以參照第 18 章「名詞」的 **Part 1**。特別要注意的是，當冠詞不同，名詞的性質也會隨之改變。

Part 2 理解

1 冠詞的基本用法

1 名詞的種類和冠詞

a / an 原本就是指「一個」的意思，所以要和「可數名詞」的單數並用。
→◯ a table

a / an 不能和可數名詞的複數或「不可數名詞」並用。
→× a tables × a water

the 可和單數、複數或不可數名詞並用。
→◯ the table ◯ the tables ◯ the water

零冠詞就是指不能使用 **a**。
→× table (◯ a table) ◯ tables ◯ water

		a	the	零冠詞
可數名詞	單數	a table	the table	× table
可數名詞	複數	× a tables	the tables	tables
不可數名詞	單數	× a water	the water	water

2 冠詞的發音

① a / an 的區別

和子音發音開頭的單字連用→a : a table / a horse
和母音發音開頭的單字連用→an : an orange / an uncle

●重點① 開頭是子音字母，但實際發音是母音，就要用 an。
an hour [aʊr]

●重點② y / w 稱為「半母音」，和 a 連用。
a year [jɪr] / a word [wɝd]

●**重點③**　開頭是母音字母，但實際發音是子音，就要用 a。

a university [ˌjunəˋvɝsətɪ]

參考　an 原本和 one 一樣是指「一個」的意思，但逐漸以「冠詞」的身分獨立出來，除了和母音連結外，連 n 也脫落而只剩下 a。換言之，是先有和母音發音連結的an，後來才有和子音發音連結的a。

② the 的發音方式

和子音、半母音開頭的單字連用→the plane [ðə plen]

the universe [ðə ˋjunəˏvɝs]

和母音發音開頭的單字連用→the artist [ðɪ ˋɑrtɪst]

Check 151　請在底下的單字前面加上 a 或 an。

1) ______ house　2) ______ artist　3) ______ unit　4) ______ underline

2 冠詞的功用

a / an 稱為不定冠詞，the 稱為定冠詞，至於名詞前面沒有冠詞的情形則稱為零冠詞。

底下說明「冠詞該如何使用？」「零冠詞會產生何種意思？」

1 不定冠詞與零冠詞 (1)：可數名詞的單數與複數

Target **347**

(1) There is **a** *tomato* in the bowl.

(2) There are *tomatoes* in the bowl.

(1) 有一個番茄在碗裡。

(2) 有幾個番茄在碗裡。

■當可數名詞為單數時　當「可數名詞」為單數時，如例句(1)的 a tomato 使用不定冠詞，表示**一個具體的物品**。

■當可數名詞為複數時　由於複數無法使用不定冠詞，所以如例句(2)為零冠詞，表示**複數的物品**。

2 不定冠詞和定冠詞：對方是否知道所指為何

Target 348

(1) I saw **a** *shooting star* last night.

(2) **The** *shooting star* I saw last night was very bright.

(1) 我昨天晚上看到一顆流星。

(2) 我昨天晚上看到的那一顆流星非常明亮。

■**對方是否知道所指為何**

例句(1)使用不定冠詞，表示「**談的是對方從未聽過或知道的流星**」。

例句(2)使用定冠詞，因為在流星後面還有補充限定說明I saw last night，所以不但**對方知道**我指的是哪顆流星，也可以和其他流星區隔開來。

3 定冠詞和零冠詞：是否有「界限」

Target 349

(1) What is **the** *nature* of your research?

(2) We can't completely control *nature*.

(1) 你研究的本質是什麼？

(2) 我們無法完全控制自然。

■**能否和其他做區隔**

the nature

即使同樣都使用nature這個單字，例句(1)和(2)的意思卻不相同，其差異以有無冠詞來表示。

例句(1)的**the** nature of your research是「你研究的本質」。如果限定是「你的研究」，那麼「本質」就只有一個，所以使用定冠詞，以**the** nature **來和其他清楚區隔**。

nature

相較之下，例句(2)的 nature 是「自然」的意思。所謂「自然」並無法明確標示「從哪裡到哪裡是自然」，**像這樣無法清楚和其他區隔的情況，不能使用定冠詞**。換句話說，**定冠詞是在「能夠清楚和其他區隔開來」的情況下使用**。

④ 不定冠詞和零冠詞 ⑵：是具體物品或是以其「功能」為主

Target 350

⑴ I want to buy **a** *bed* for my room.
⑵ What time do you go to *bed*?
⑴ 我想為我的房間買張床。
⑵ 你幾點上床睡覺？

■是否為具體事物

例句⑴使用不定冠詞，表示「**一個具體的物品**」。

例句⑵無冠詞，道理在於不是**把焦點放在**具體物品上面，而是放在其「**功能**」**上**，亦即要著眼的重點不是床本身，而是床用來睡覺的功能這個事實上。因此沒必要把床當成物品來數，所以為零冠詞。

Check 152

請在空格內填入適當的冠詞，若不需要冠詞，請打×。

1) There is ______ apple on the table.
2) I ate a slice of cake. ______ cake was very delicious.
3) We must stop destroying ______ nature.
4) My daughter went to ______ bed at ten last night.

3 不定冠詞、定冠詞與零冠詞的功用

① 不定冠詞的用法

① 不定冠詞的基本用法

Target 351

⑴ There is **a** fly in my room.
⑵ I want to buy **a** car.
⑶ Can you give me **a** hint?
⑷ Rome was not built in **a** day.
⑴ 我的房裡有一隻蒼蠅。
⑵ 我想要買一輛車。

(3) 你可以給我一個提示嗎？
(4) 羅馬不是一天造成的。

■使用a / an時

初次出現在句中

要表示原本沒有出現在話題裡，所以聽或看的人不知道的事情時，可以如例句(1)使用不定冠詞，但後面只能接「可數名詞」的單數。

一個具體的事物

當「可數名詞」的單數沒有指特定的事物時，可以像例句(2)使用不定冠詞，指的是**具體的**「一輛車」。

任意一個

例句(3)表示「任意／隨便哪一個都行」，帶有「只要是提示，隨便哪一個都行」的意思。

例句(4)強調「一天」這個數目，所以用 a。

由上可知，初次出現在句子裡的「一個具體的人、事、物」要用 a / an。

一個（＝one）

此外，不定冠詞還可以用來表示「一次」的情形。

▷ I had **an** accident on my way home yesterday.
（昨天我在回家的路上發生意外。）

「有／多少」

不定冠詞也可用來表示「有／（程度上）有多少」的情形。

▷ That painting looks more beautiful from **a** distance.
（那幅畫隔一段距離來看會更美。）

② 表示「每一～」的不定冠詞

Target 352

This rope is 10 dollars **a** meter.
這繩子每公尺十元。

■表示「每一～」

不定冠詞放在表示單位的字詞前面，表示「每一～」。

PLUS 106 **用法和不定冠詞相同的 some**

放在複數或不可數名詞前面的 some，用法和不定冠詞一樣。

Open the window and let in **some** fresh air.
（打開窗戶，讓一些新鮮空氣進來。）

如上所示，「打開窗戶進來的空氣」是「一定份量的空氣」，所以用 some 來表示範圍不明確。

Some people dislike baseball.
（有些人不喜歡棒球。）

並非全世界的人都不喜歡棒球，要表示「一部分的人」不喜歡時，可以用 some。

PLUS 107 **根據所伴隨的形容詞，有時必須使用不定冠詞**

即使平常伴隨零冠詞或定冠詞使用的名詞，有時候和形容詞並用後，必須改用不定冠詞。

a good dinner (← dinner) / **a** half moon (← the moon)

伴隨形容詞會產生「幾個種類當中的一種」、「各種面向當中的某一面」的意思。例如 a half moon 是「滿月」、「半月」、「新月」、「初升的月亮」等各種形狀月亮中的「一種」，所以要用不定冠詞。

Check 153 請在必要的地方加入 a 或 an，並完成底下句子。

1) I bought mountain bike yesterday.
2) There are 60 minutes in hour.
3) My father works five days week.

2 定冠詞的用法

① 定冠詞的基本用法

Target 353

(1) You took *a* photo of me. Show **the** photo to me.
(2) Did you remember to lock **the** door?
(3) He is **the** *only* person I can trust.
(4) Everyone knows that **the** earth goes around **the** sun.

(1) 你為我拍了一張照片。請給我看那張照片。
(2) 你記得鎖那扇門了嗎？
(3) 他是我唯一可以信任的人。
(4) 每個人都知道地球繞著太陽運轉。

■使用 the 的情況

已在對話中出現

已經在對話中出現過，所指的就是確定的事物時，就如例句(1)使用 the。

由狀況了解

例句(2)指說話者和聽話者彼此都能夠了解的事物，此時可以使用 the。

特別指定

the 也用在形容詞的最高級或 only, first, last, same 等特定的名詞。此外，由片語和子句所限定的名詞前面，也可以加 the。例句(3) the only person I can trust 就是指特定的人。

注意

後面接關係代名詞或同位語的語詞，不一定都使用定冠詞

I met **an** old man who was walking in the park.
（我遇到一個在公園散步的老人。）
上面例句使用不定冠詞，表示「在公園中散步的老人」不只一位，或是說話者研判聽話者完全未意識到老人的存在。若使用 the old man，聽話者很快就會知道「公園中只有一個老人」。

獨一無二的事物

例句(4)指的是唯一的事物，不會讓人產生誤解，此時也是使用 the。

指稱說話者和聽話者彼此都能夠了解的「特定的人、事、物」時，可以使用 the。

② 定冠詞的習慣用法

Target 354

(1) In England, we buy butter by **the** pound.
(2) Jim took his daughter by **the** hand and left the room.
(1) 在英國買奶油是以磅為單位的。
(2) 吉姆牽著他女兒的手離開了房間。

■和其他單位做對比

如例句(1)將 the 放在表示單位的名詞前面，可用來表示「以～為單位」的意思。換成 by **the** meter 就是「以公尺為單位」。使用 the 可以和其他單位清楚區隔，並明確界定出範圍（參閱 **Part 1**）。

■身體的某一部位

the 也可以如例句(2)放在表示身體某一部位的名詞之前，hit me on **the** head 是「打我的頭」的意思。

PLUS 108 所有格和 the

我們可以將所有格想成是在 the 上附加一個意思，<the＋我的>就變成 my，如果是大家都明白的狀況，原則上就不使用所有格。

Her boyfriend punched *me* in **the** face.
（她的男朋友打了我的臉一拳。）

上面例句中的 face 是誰的臉，已經由 me 得知，所以「臉」用 the face 來表示，而不用×Her boyfriend punched me in *my* face.

■樂器
■the＋形容詞

the 有時也與單數類別可數名詞並用，其一是樂器類，如 play **the** piano（彈鋼琴）。另一常見用法是< the ＋形容詞 [分詞]>，用於指某一類別者，如 **the** old [elderly]（老人）／ **the** young（年輕人）／ **the** unemployed（失業者）等。

參考

除了樂器類外，發明物也適用指類別的 the。
The telephone was invented by A. G. Bell.
（電話是貝爾發明的。）

在普通名詞前面加 the，可用來表達抽象意義。
The pen is mightier than **the** sword.（筆比劍更為有力。）

PLUS 109 the 和 that / this

把 that 或 this 視為在 the 上附加一個意思會比較容易理解，that 表示＜the ＋比較遠的事物＞，this 表示＜ the ＋比較近的事物＞。不過要注意的是，不要把中文的「那個」、「這個」機械式地套用在 that 或 this 上面，that / this 是用在和其他事物有所對比的情形時。

May I close **the** windows?（我可以關上這些窗戶嗎？）
You can close **that** window, but leave **this** one open.
（你可以關上那扇窗，但讓這一扇開著。）

TIPS FOR YOU ▶ 13

應該要用 the station 還是 a station？

在請教他人：「請告訴我到車站的路」時，可以說 Please tell me **the** way to the station.，但不能說×Please tell me the way to **a** station.。

向他人詢問到車站的路時，以常識判斷通常是指最近的車站，所以這裡用the station 而不用 the nearest station。如果使用 a station 會變成「任何一個車站」，則原本是在台北車站附近問台北車站的位置，就算對方回答去板橋車站的路，也沒有錯。像這樣可以用常識判斷所指為何時，就會用 the，這也是基於「對方也知道所指為何」的原則。

Check 154 請在必要的地方加上 the，以完成底下的句子。

1) Do you mind if I open window?
2) We are paid by week.
3) Can you play guitar?
4) I want to travel around world some day.

3 零冠詞的情形

Target 355

(1) It's difficult to find **water** in the desert.
(2) We don't have to go to **school** on Sundays.
(3) They came to the wedding by **car**.
(1) 在沙漠裡很難找到水。
(2) 禮拜天我們不必上學。
(3) 他們搭車來參加婚禮。

■**沒有冠詞的情形**

沒有明確的界限

例句(1)因為沒有明確區隔是從哪裡到哪裡的水，所以使用零冠詞。

注意

the water　海或湖等具體指出水聚集之處，就可以用 the water。
She dived into **the water**.（她潛到水中。）
「各種品牌的礦泉水」也可以用 mineral waters。

「資訊」因無法具體計量，所以使用零冠詞。

▷ I need **information** about flights to Hawaii.
（我需要到夏威夷的班機資訊。）

焦點放在功能上

在例句(2)中，學校並不是當作一棟建築物來考量，而是作為學習的場所。把**焦點放在某事物的「作用」、「功能」或「性質」時，為零冠詞**。另外，a school 用於表示一間學校的全體，或是學校的建築物，the school 則指特定的學校。

go to bed（上床睡覺）的用法也是把焦點放在 bed 所具備的功能上（➡p.472），所以使用零冠詞。

▷ I went to **bed** late last night.
（我昨天晚上很晚才睡。）

用 by 表示手段

如例句(3)用 by 表示手段時（➡p.559），是泛指作為交通工具的車輛而非具體指一輛車子，所以使用零冠詞。**in** my car 的 in 是具體表示「在車子裡」的意思，所以需要加上 a / the / my 等限定詞，至於該使用哪一個則視上下文情況而定。

▷ I reserved the ticket by **phone**.
（我用電話訂票。）→ 以電話作為連絡工具

下列情形也使用零冠詞：

① 以稱呼、家族關係、職稱等作為補語時／餐點、運動、比賽的名稱

Professor! / **Mother** / He was elected **mayor** of the city.（他當選為這個城市的市長。）/ We invited him for **dinner**.（我們邀請他吃晚餐。）/ play **baseball** / play **chess** 等。

Professor ! 不可說成×A professor ! 或是×The professor !。被稱呼為「教授」的人，爾後只要聽到Professor這個單字，就知道是在稱呼自己。像這樣「光是看到（聽到）就知道所指為何」時，要使用零冠詞。

此外，像 **King** Lear（李爾王）將稱號或是官位放在名字前面，或是像 Dr. Smith, **professor** of linguistics（語言學教授史密斯博士）和名字是同位語時，也使用零冠詞。

② 兩個相對的名詞

from **door** to **door**（一間一間的）／ **day** and **night**（日夜）

③ 零冠詞的慣用語

at **noon**（中午）／ by **accident**（偶然地）／ in **fact**（實際上地）

PLUS 110 報紙標題為零冠詞的情形

⑴ President to Attend U.N. Talks on Arms Control
（總統預定參加聯合國軍事縮減會談）

⑵ Bomb Destroys U.S. Embassy in Nairobi
（炸彈摧毀奈洛比美國大使館）

報紙的標題時常出現零冠詞的情形，而且不只是零冠詞，報導中還會盡量刪減不必要的字詞，力求簡潔。將上面的例句還原為完整的句子如下：

⑴ **The** president is to attend **the** U.N. talks on arms control.
⑵ **A** bomb destroyed **the** U.S. embassy in Nairobi.

Check 155 請將句中不必要的冠詞畫上×。

1) He filled the glass with the milk.
2) She went to the post office by a bicycle.
3) Let's play the baseball in the park.

4 冠詞的位置

Target **356**

(1) **What an interesting picture** this is!
(2) It was **so strange a story** that few people believed it.
(3) **All the members** of this club must attend the meeting.

(1) 這是一張多麼有趣的照片！
(2) 這個故事太奇怪了，所以沒什麼人相信。
(3) 這個俱樂部的所有會員都必須出席這場會議。

■what a / an＋（形容詞）＋名詞

例句(1)的詞序為＜**what a / an ＋（形容詞）＋名詞**＞。某些單字在修飾名詞時，必須置於不定冠詞之前，例如下面what或such的用法：

○ what **an** interesting picture
× a what interesting picture
○ such **a** wonderful story
× a such wonderful story

■so＋形容詞＋a / an＋名詞

例句(2)的詞序為＜**so ＋形容詞＋ a / an ＋名詞**＞。某些單字在修飾名詞時會伴隨著形容詞，此形容詞須置於不定冠詞之前，例如下面 so / how / as / too 的用法：

○ so big **a** pizza
× a so big pizza　× so a big pizza

上面這類用法不可以沒有不定冠詞，所以底下用法都是不對的：

× so big pizzas　× so surprising news

注意 so many people　下面這類表示數量的用法，不需加不定冠詞。

so many people / so few people
so much water / so little water

■all the＋名詞

例句⑶的詞序為＜ **all the** ＋名詞＞。某些單字在修飾名詞時，必須置於定冠詞之前，例如下面 all / both / half / double 的用法：

○ all **the** books　○ both **the** students

× the all books　× the both students

上面語詞原本應是 all *of* the books，of 脫落後形成 all the books，另外也可以用 all books。

PLUS 111　a A and B 和 a A a B

注意下面兩個例句的差異：

(1) I saw **a** black and white dog.

(2) I saw **a** black and **a** white dog.

例句⑴只有一個不定冠詞，表示只有一隻狗，而且是「一隻黑白相間的狗」。相對地，例句⑵中用了兩個不定冠詞，表示有兩隻狗，而且是「一隻黑色的狗和一隻白色的狗」。

Check 156　請在必要的地方加入 a / an / the，並完成下列各句子。

1) What nice handkerchief you have!

2) I have never seen so big airplane.

3) She gave me such interesting book.

4) Has he spent all money I gave to him?

TIPS FOR YOU ▶ 14

即使是相同名詞，搭配的冠詞不同，表達的內容就會隨之改變

請試著比較下面三個例句：

(1) I don't like sleeping on **a** *bed*.（我不喜歡睡在床上。）

(2) Carry our baby to **the** *bed*, please.（請把我們的嬰兒抱到床上來。）

(3) I went to *bed* late last night.（我昨天晚上很晚才睡。）

例句⑴的意思是只要是床，不管是哪一種，總之就是討厭在「床」上睡覺，此時指的是具體的床，所以用不定冠詞。例句⑵從上下文判斷指的是將嬰兒抱到指定的床上，所以用 the。至於例句(3)並不是指「朝著床移動」，而是「（上床）睡覺」的意思，由於不是指具體的床，而是強調「用來睡覺」的床的功能，所以使用零冠詞。

再試著思索下面問題。

(4) He is **an** *only child.*（他是獨生子。）

(5) He is **the** *only child* in the club.（他是俱樂部裡唯一的小孩。）

(6) He is still *child* enough to believe in Santa Claus.

（他還是十分孩子氣，居然相信聖誕老人的存在。）

例句(4)的only child是「獨生子」，雖然對一個家庭而言，獨生子是「唯一」的孩子，但從全世界的角度來看卻有很多獨生子，所以是「複數當中的一個小孩」，要使用不定冠詞。例句(5)限定在「那個俱樂部」中「唯一的小孩」，所以要用定冠詞，亦即俱樂部內沒有別的小孩。例句(6)則是特殊用法，並非指一個小孩的具體存在，而是取其「孩子氣」的特質，也就是把重點放在事物本身的「性質」上，類似上面例句(3)的go to bed用法。

●專有名詞和冠詞

專有名詞一般不用冠詞，不過也有如下使用冠詞的情形：

(1) While you were out, **a Mr. Richardson** came to see you.

（當你外出時，有一位理察遜先生來訪。）

在沒有特定指誰的情況下，可以用不定冠詞來表示「一位名叫理察遜的先生」。

(2) He bought **a Picasso** in Paris.（他在巴黎買了一幅畢卡索的作品。）

藝術家所創作出來的作品通常為複數。像這樣指數幅作品裡的一幅也要用不定冠詞。

(3) He wants to be **an Einstein** in the future.

（他希望未來可以成為像愛因斯坦那樣的科學家。）

以名人作為一種典範時，可以將專有名詞和不定冠詞並用，帶有「像～那樣的人」的意思。

(4) We're going to invite **the Richardsons** to dinner.

（我們將邀請理察遜夫妻 [一家] 來共進晚餐。）

要表示共同擁有一個姓氏的團體（夫妻、家庭等）時，為了和其他團體區別，要使用定冠詞，意思為「被稱為那個姓氏的全部成員」，此時姓氏要用複數。

(5) **the** National Museum（國立博物館）/ **the** Panama Canal（巴拿馬運河）

(6) Taichung Station（台中車站）/ Taiwan Taoyuan International Airport（台灣桃園國際機場）

像 museum 或 canal 那樣將普通名詞當成專有名詞時，原則上要用定冠詞加以限定。但是「車站」、「機場」、「公園」、「橋」的名稱則使用零冠詞。

●關於「統稱」的用法

要表示「獅子是危險的動物」時，原則上「獅子」有下列三種用法：

(a) **零冠詞複數：***Lions* are dangerous animals.

(b) **不定冠詞單數：A** *lion* is a dangerous animal.

(c) **定冠詞單數：The** *lion* is a dangerous animal.

上面三種用法中最常使用的是(a)零冠詞複數的 Lines，泛指「獅子」這個群體。(b)不定冠詞單數是具體抽樣再加以說明，所以用在句意不符合「具體的一頭獅子」時會顯得不自然。(c)定冠詞單數有和其他事物對比的意味，例如用在「獅子」和「老虎」對比時。如果句意完全沒有對比意味時，則 the lion 解釋為「（不是別隻）這隻獅子」較為自然。因為是固定句型，所以不可以隨便使用。

另外，the lions 是指限定的一群獅子。

Check 問題的解答

151 1) a house 2) an artist 3) a unit 4) an underline

152 1) an 2) The 3) × 4) ×

153 1) I bought a mountain bike yesterday.
2) There are 60 minutes in an hour.
3) My father works five days a week.

154 1) Do you mind if I open the window?
2) We are paid by the week.
3) Can you play the guitar?
4) I want to travel around the world some day.

155 1) He filled the glass with (×the) milk.
2) She went to the post office by (×a) bicycle.
3) Let's play (×the) baseball in the park.

156 1) What a nice handkerchief you have!
2) I have never seen so big an airplane.
3) She gave me such an interesting book.
4) Has he spent all the money I gave to him?

第 20 章 代名詞

學習要項

Part 1 概念

代名詞的功用

「代名詞」顧名思義就是「代替或指稱名詞的單字」，可用來避免名詞重複出現，形成累贅。

1 確定所指事物為何時

Look at the car over there! **It**'s a new model of BMW.
（看那裡的那輛車！那是一輛新款的 BMW。）

為了避免重複 the car，所以用 it 來代替。換言之，it 就是指「在那裡的那輛車」。

2 所指事物為某個群體中的一個時

"Do you have a car?" "No, but I want to buy **one**."
（「你有車嗎？」「沒有，不過我想買一輛。」）

為了避免重複 a car，所以用 one 來代替，此時並沒有指定特定的車輛。

3 在對比的句子中代替特定名詞

His behavior was **that** of a gentleman.
（他的舉止正是一位紳士。）

要完整說出 the behavior of a gentleman 太繁瑣了，為了避免重複 behavior，所以用 that 來代替。雖然「舉止」是共通點，但是這些舉止不是出自同一個人，所以 of a gentleman 必須保留。若用 it 會變成 His behavior，而 one 不但不能指「紳士的舉止」，且不可用在 behavior 這類「不可數的名詞」上，所以要用 that（複數為 those）。

4 泛指一般對象時

Judy, here is **something** for you.
（茱蒂，有東西要給你。）

something 並非代表前面出現過的名詞。相反地，something 用於談話中初次提到「某種物品」的時候。像這樣不指出或不想指出具體的名詞時，可用不定代名詞。

5 取代原本該有的詞語

It is dangerous to go out on such a stormy day.
（在風暴如此強勁的日子外出是危險的。）

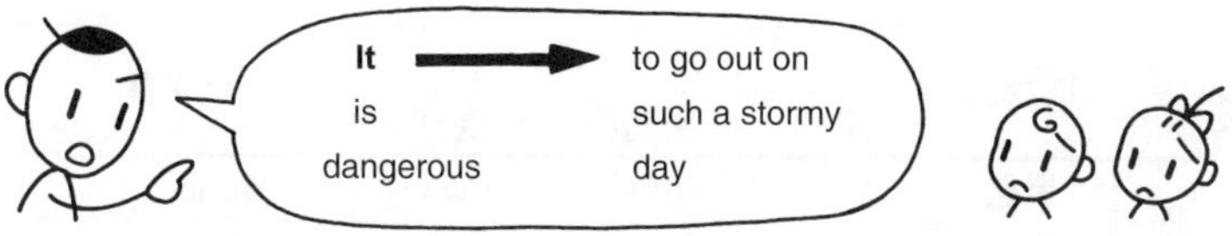

當原本的主詞過長，不易閱讀或理解時，可用 it 取代 to 不定詞等較長的內容，當成主詞來使用。

6 指稱天氣、時間與距離等

It's cloudy today
（今天陰陰的。）

即使無視主詞 it，句中必要的內容仍然齊備。像這樣主詞沒有具體功用時，會在形式上使用 it 當主詞。這裡的 it 不是指具體的物品。

Part 2 理解

代名詞共有下列幾種：

(a) **人稱代名詞**：I, we, you, he, she, it, they 等區別人稱、性別、數量的代名詞。有 I（主格）、my（所有格）、me（受格） 等變化。
(b) **指示代名詞**：this, these, that, those 等指出眼前事物或取代句中前後敘述過的內容。
(c) **不定代名詞**：one, some, any 等指稱不特定的人或事物的代名詞。
(d) **疑問代名詞**：what, who, which 等。（➟p.340）
(e) **關係代名詞**：who, which, what 等。（➟p.277）

本章逐一說明人稱代名詞、指示代名詞和不定代名詞。

1 人稱代名詞

下表列出 I, we, you, he, she, it, they 的人稱代名詞。人稱代名詞有人稱、性別、數量的區別，具有主格、所有格、受格三種形式，且所有代名詞、反身代名詞也都包含在人稱代名詞中。

第一人稱為說話的人（我／我們），第二人稱為聽話的人（你／你們），第三人稱則指除此以外的人。

人稱	單複數	人稱代名詞			所有代名詞	反身代名詞
		主格	所有格	受格		
第一人稱	單數	I	my	me	mine	myself
	複數	we	our	us	ours	ourselves
第二人稱	單數	you	your	you	yours	yourself
	複數					yourselves
第三人稱	單數	he	his	him	his	himself
		she	her	her	hers	herself
		it	its	it	—	itself
	複數	they	their	them	theirs	themselves

參考　當人稱代名詞並列於句中時，原則上依序是「第二人稱→第三人稱→第一人稱」。
You, he and I must go.（你、他和我非去不可。）

1 人稱代名詞「格」的變化

人稱代名詞乃是代名詞本身的形式改變，為的是配合它們在句中的功用，以作為主詞或受詞等。**這種變化稱為「格」的變化**。

Target 357

(1) **She** *comes* from Canada.
(2) **His** *shirt* has **his** *initials* on it.
(3) Please *tell* **me** the way to the theater.

(1) 她來自加拿大。
(2) 他的襯衫上有他的姓氏縮寫。
(3) 請告訴我到戲院的路。

■主格

如例句(1)的 she 在句中作為**主詞**使用的形式稱為「主格」。

■所有格

所謂的所有格，是如例句(2)的 **His** shirt, **his** initials 中置於名詞前面的 his，相當於中文的「～的」。**所有格的代名詞不能單獨使用，且總是位於名詞的正前面**。

所有格＋own

此外，有時會在所有格的代名詞後面插入形容詞own，表示「自己本身」「～獨自 [獨特] 的」。

▷ She has **her** *own* sense of fashion.
（她有她自己獨特的流行品味。）

■受格

例句(3)的 me 為動詞 tell 的受詞，像這樣在句中作為**動詞或介系詞的受詞**使用的形式稱為「受格」。

▷ Send the fax *to* **her** as soon as possible. →her 是 to 的受詞
（盡快傳真給她。）

注意

受格代替主格使用　許多原本該用主格的代名詞，有時會用受格，尤其是口語用法。
"Who is it.?" "It's **me**."（「是誰？」「是我。」）
"I will go." "**Me**, too."（「我會去。」「我也是。」）

2 泛指「一般人」的 you / they / we

Target 358

(1) **You** can't get a driver's license until you're eighteen.
(2) **They** say she is getting married next month.
(3) **We** had little rain last month.
(1) 未滿十八歲不可以考駕照。
(2) 聽說她下個月要結婚。
(3) 上個月幾乎沒下雨。

■泛指「一般人」

例句(1)中的 you 並不是指具體的某個人，**而是泛指「一般人」**。

是否包含說話者或聽話者

例句(2)中的 they 雖然也是泛指「一般人」，但只在不包含說話者和聽話者在內的情況下使用。此外根據文意，they 有時也會指稱具體的「他們」，所以在使用上要特別注意。

例句(3)中的 we 是在包含說話者在內時使用。句中的 had little rain，是指「說話者所居住的地區」幾乎沒下雨。

PLUS 112 用 one 表示「人」

也可以用 one 來表示「人／隨便哪一個人」，但這是書面語的用法。
One can never tell when an earthquake will occur.
（沒有人可以知道地震何時會發生。）

參考 泛指「一般人」的 we, you , they 不一定要譯出來。不過，由於英語句子的主幹是＜主詞＋主要動詞＞，除了像祈使句可以沒有主詞外，就算未特別指明是誰，仍需使用名詞或代名詞當主詞，句子才能成立。

3 所有代名詞的用法

Target 359

(1) Whose pencil is this? Is it **yours**?
(2) I met a friend of **mine** at the station.

(1) 這是誰的鉛筆？是你的嗎？
(2) 我在車站遇到我的一個朋友。

■<所有格＋名詞>

代名詞的所有格必須在後面接上名詞，就像 my pencil 的用法一樣。但是像 mine 或 yours 的**所有代名詞就可以單獨使用**。所有代名詞除了 mine 之外，一律都是在所有格後面加上 -s，另外所有格 his 的所有代名詞還是 his。

例句(1)的 yours 等同於 your pencil。此外，a, the, this, that, no 等不能和所有格連用，所以例句(2)是使用 a friend of mine（➡ p.452）。

參考 a friend of mine 表示「幾個朋友當中不特定的一人」
my friend 表示「特定的一位朋友」
This is my friend Lisa.（這是我的朋友莉莎。）

Check 157 請將句中畫線部分改成適當的代名詞。
1) I bought a pair of shoes for my son. <u>My son</u> was pleased with them.
2) Mike and I are good friends. <u>Mike and I</u> made the model plane in two days.
3) Your room is as large as <u>my room</u>.
4) I borrowed a bicycle from Bob. <u>Bob's</u> bicycle was nice.

4 反身代名詞的用法

① 反身用法：作為動詞或介系詞的受詞

Target **360**

I fell down the stairs and *hurt* **myself**.
我摔下樓梯，而且受了傷。

■反身用法

人稱代名詞的所有格或受格，在後面附加 -self 或 -selves 後，稱為反身代名詞，帶有「（某人）本身」的意思。

當及物動詞的受詞和主詞為相同的人事物時，受詞要用反身

代名詞，表示**行為的對象不是別人而是那個人 [事物] 本身（＝主詞）**。有時反身代名詞也可以當作介系詞的受詞，如下所示。

▷ *The princess* looked *at* **herself** in the mirror.
（公主凝視鏡中的自己。）

注意 **反身代名詞的形式**　單數時如 myself 用 -self，複數時如 ourselves 用 -selves。另外，反身代名詞也會以 oneself 來表示，但使用時需配合人稱和單複數選擇適當的形式。

② 強調用法：強調名詞或代名詞

Target 361

You should do it **yourself**.
你應該自己做這件事情。

■**強調用法**　反身代名詞可以用來**強調名詞或代名詞**，上面例句即是強調「你自己本身」。

參考 反身代名詞有時也會放在主詞後面，但這是書面語用法。
I **myself** have never been to Nice, but I hear it's nice.
（我自己從來沒有去過尼斯，不過我聽說那裡很棒。）

參考 作為強調用法的反身代名詞要加重發音。

●**反身代名詞的重要用法**

Help yourself to the salad.（請自由取用沙拉。）

I couldn't **make myself understood** in English.（➡p.218）
（我無法用英文溝通。）

I had to shout to **make myself heard** in the noisy class.（➡p.218）
（在吵雜的教室裡，為了讓別人聽見我，我不得不用吼的。）

Please **make yourself at home**.（請自便，好好享受。）

Take care of yourself.（好好保重。）

Did you tie your shoelaces **by yourself**?（你是自己繫鞋帶的嗎？）

You should decide your course **for yourself**.（你應該自己決定你的未來。）

另外還有下面的用法：

behave *oneself*（守規矩）、enjoy *oneself*（玩得開心）、introduce *oneself*（自我介紹）

Check 158 請配合中文語意，在空格內填入適當的英文。

1) 是你自己這樣告訴我的。
You told me so ______.

2) 我們在派對上玩得很開心。
We enjoyed ______ at the party.

2 it 的用法

1 用 it 代替已經出現過的單字、片語或子句

Target 362

(1) She left *a message* on my desk, but I couldn't understand **it**.
(2) We wanted *to fly there directly*, but **it** wasn't possible.
(3) *He likes eating sweets*, but he won't admit **it**.

(1) 她在我的桌上留言，但是我不懂是什麼意思。
(2) 我們想要直飛到那裡，但是並不可能。
(3) 他愛吃甜食，不過他不會承認。

■代替出現過的單數名詞

例句(1)的 it 是指 a message。it 可以像這樣**代替已經出現過的單數名詞**。

■代替片語或子句的內容

例句(2)的 it 是指 to fly there directly 的 to 不定詞**片語**內容。例句(3)的 it 則是指 He likes eating sweets 的**子句**內容。

2 it 當主詞使用

it 除了可代替已經出現過的詞語或子句內容之外，還有以下幾種用法。

① 表示時間、天氣或距離等

Target 363

(1) What day is **it** today?
(2) **It**'s very humid here, isn't it?
(3) **It**'s about two kilometers to the town from here.
(1) 今天是禮拜幾？
(2) 這裡溼氣很重，對吧？
(3) 從這裡到那個城鎮大約兩公里。

■it 本身沒有意義

在表示時間和天氣等的句子中，常會加上**沒有特別意義的 it 作為主詞**（➡p.477）。

例句(1)的 it 當作主詞使用，表示「**星期幾**」或「**日期**」。

▷ **It** is Christmas Day today.（今天是聖誕節。）

例句(2)的 it 當作主詞使用，表示「**天氣**」、「**明暗**」或「**冷暖**」。

▷ **It** gets dark at around eight o'clock in the summer.
（夏天八點左右天色會變暗。）

例句(3)的 it 當作主詞使用，表示「**距離**」。

② 表示狀況

Target 364

How's **it** going?
狀況怎麼樣？

■it 表示「狀況」或「情況」

it 可以在泛指「狀況」或「情況」的句子中當作主詞使用。上面例句是在詢問對方周遭的狀況或狀態。

▷ **It** was very comfortable in the First Class cabin.
（頭等艙非常舒服。）

3 it 當虛主詞與虛受詞使用

① 虛主詞 it

Target 365

(1) **It** is fun to meet new people.
真正的主詞

(2) **It** is important that you follow the rules.
真正的主詞

(1) 認識不同的人很有趣。
(2) 遵守規則是重要的。

■真正的主詞置於後面

當主詞為不定詞片語或 that 子句時，通常會把 **it 放在主詞的位置充當主詞使用**，至於身為真正主詞的不定詞片語或 that 子句，則多半放在後面。

例句(1)的不定詞片語 to meet new people 是真正的主詞，例句(2)的 that 子句 that you follow the rules 是真正的主詞。

參考 動名詞片語當主詞時，有時也會用 it 作為虛主詞。
It is no use *crying over spilt milk.*
（為了打翻的牛奶哭泣是沒有用的。）→ 覆水難收

注意 **that 子句以外的名詞子句**　使用虛主詞 it 時，有時會將 that 子句以外的名詞子句當作真正的主詞。
It is not clear whether he did it himself or not.
（是否是他自己做了這件事，目前還不清楚。）

PLUS 113 代表子句的內容

下面例句中的 it 嚴格來說不算虛主詞，但是也適用虛主詞 it 的概念。

Is it all right **if** I use this computer?
（我可以使用這台電腦嗎？）
It was quite a shock to me **when** he turned out to be a thief.
（當他竟成了小偷時，我嚇了一大跳。）

前面兩個句子的 It 雖然可以分別代表 if 子句和 when 子句的內容，但是這些子句都是副詞子句，不能作為真正的主詞，只是不必過分拘泥於文法的分類，it 到底所指何物，由句子的內容來判斷就行了。

② 虛受詞 it

Target 366

(1) I thought **it** possible <u>to solve the problem.</u>
真正的受詞

(2) I found **it** surprising <u>that she didn't know his name.</u>
真正的受詞

(1) 我認為要解決問題是可能的。
(2) 令我驚訝的是，我發現她並不知道他的名字。

■真正的受詞要放在後面

在 SVOC（第 5 句型）的句子中使用不定詞片語或 that 子句當作受詞時，主要動詞 (V) 和受格補語 (C) 如果分開，句子的結構會變得不易理解。因此，我們**在受詞的位置放入虛受詞 it**，而作為真正受詞的不定詞片語或that子句則置於補語的後面。

例句(1)的真正受詞是不定詞片語 to solve the problem，例句(2)的真正受詞是 that 子句 that she didn't know his name。

參考 虛受詞為 it 的動詞有：find, think, make, take, consider, believe 等。

參考 和虛主詞一樣，動名詞片語也會使用虛受詞。
They thought **it** dangerous <u>climbing that mountain in winter.</u>
（他們認為冬天攀爬那座山是危險的。）

4 it 的慣用語

Target 367

(1) **It takes** *two hours* **to** *get* to the airport.
(2) **It costs** *thirty dollars* **to** *fix* the computer.

(1) 到機場要花兩小時。
(2) 修理這台電腦花了三十美元。

■表示花去的時間和費用

例句(1)的＜ **It takes ＋時間＋ to do** ＞是表示「做～所花的＜時間＞」，例句(2)的＜ **It costs ＋費用＋ to do** ＞則表示「做～所花的＜金錢＞」。

另外要注意以下用法：

▷ **It makes no difference** to me whether she comes or not.
（不管她來或不來，對我而言都沒有差別。）

▷ They **take it for granted** that they have a car.
（他們對於擁有一輛車子感到理所當然。）

TIPS FOR YOU ▶ 15

分裂句和虛主詞句型的判別方式

要判別 It is ... that～形式的句子到底是分裂句（➟p.416），還是使用虛主詞的句型，必須著眼於下列原則，並注意分辨介於 It is 和 that 之間詞語的詞性。

① It is [形容詞] that ... 的形式

因為分裂句無法強調形容詞，所以這種形式是虛主詞的句型。
It is **important** that you understand this.（你了解這件事情是很重要的。）

② It is [副詞（片語、子句）] that ... 的形式

如果是虛主詞，則 It is ... that～ 中的... 部分應該是作為 be 動詞的補語。而表示場所、時間或理由等的副詞（片語、子句）不會當補語用，由此可知 It is [表示場所、時間或理由等副詞（片語、子句）] that～的句型為分裂句。
It is **in August** that the festival is held.（那個慶典在八月舉行。）

③ It is [名詞（片語、子句）] that ... 的形式

這種形式必須檢查that後面的部分。

如果是分裂句，that 後面的句子所強調的名詞會移至 that 前面，使得 **that** 後面的句子少了一個名詞。
It is **this hospital** that *he visits every Monday*.（那是他每個禮拜都會去的醫院。）
→visits 的受詞已移至前面，使得 that 子句少一個名詞

假如是虛主詞的句型，那麼that子句是真正的主詞，也就是名詞子句，所以**that**後面具備句子的完整形式。
It is **a mystery** that *the ring disappeared from this safe*.
（戒指會從保險箱消失真是件不可思議的事情。）
→ that 後面是 SVC 的完整句型

Check 159 請寫出句中 it 的詞性。

1) I have lost my handkerchief. I bought it only yesterday!
2) It is difficult to win the race.
3) I think it necessary that you should do the homework by yourself.

3 指示代名詞

this, these, that, those 等用來**指特定的人、事、物或是句中詞語的代名詞**，稱為指示代名詞。當後面伴隨名詞時，指示代名詞可作為形容詞使用。

1 指稱具體人事物的 this / these, that / those

Target **368**

(1) **This** is not the dessert I ordered!
(2) Bring me **those** magazines from the table.
(1) 這不是我點的甜點！
(2) 幫我從桌子上拿那些雜誌過來。

■依距離遠近區分用法

指離說話者實質距離或心理距離較近的人事物時，就如例句(1)使用 **this**（複數時用 **these**）；若是指距說話者較遠的人事物時，則如例句(2)使用 **that**（複數時用 **those**）。

2 指稱已經出現過的子句或句子內容的 this / that

Target **369**

(1) He said *he had met her at the party*, but **that** was a lie.
(2) *We have the right to express our opinions freely.* **This** is called freedom of speech.
(1) 他說他在派對裡見過她，但那是謊言。
(2) 我們有權利自由表達我們的意見，這稱之為言論自由。

■用 this / that 表示前面的子句或是句子內容

this 或 that 不僅可以指具體的事物，也可以指陳述過的內容。例句(1) but 後面的 that 是指子句 he had met her at the party，例句(2)的 This 是指前面整個句子的內容。

參考 That is (the reason) why...（那就是為什麼～）的 that 也是指前面句子的內容（➡p.291）。
Your blood pressure is too high. **That** is (the reason) why you must take this medicine.
（你的血壓太高了，那就是為什麼你必須服用這種藥。）

PLUS 114 指接下來句子內容的 this

Keep **this** in mind: *the voters want reform.*
（把這件事謹記在心：選民希望改革。）

this 通常是指前面描述過的事情，但有時為了要他人注意接下來要描述的事情，也會使用 this，如上面句子的 this 就是指後面的 the voters want reform。

3 避免重複已提及名詞的 that / those

Target 370

(1) The human brain is more advanced than **that** *of* the chimpanzee.
(2) The ears of an African elephant are bigger than **those** *of* an Indian elephant.
(1) 人類的大腦比黑猩猩的更進化。
(2) 非洲象的耳朵比印度象的還要大。

■that / those 代替已經出現過的名詞

為了避免重複句子裡已經出現過的名詞，可以用 **that（複數為 those）代替＜ the ＋名詞＞**。例句(1)的 that 是代替 the brain，例句(2)的 those 是代替 the ears。

PLUS 115 用 those who... 表示「那些～的人」

Those who wish to smoke must go outside.
（想要抽煙的人必須到外面去。）

those who [whose / whom]... 意指「那些～的人」。上面例句中的代名詞 those 表示一般人。此外 those 也可當作關係詞子句以外的形容詞（片語）使用，如 those present（那些 [在場] 的人們）、those concerned（關係者）、those around us（我們身邊的人）。

PLUS 116 the same 的用法

the same 中的 same 意指「相同的 [事物]」，the same 可作為代名詞。

(1) If I try the new method of studying English, will you do **the same**?
（假如我嘗試新的方式去學習英語，你也會這樣做嗎？）

the same 為代名詞，作為 do 的受詞。do the same 表示「做同樣的事」，代替前面提到的 try the new method of studying English。

(2) She's almost **the same** *height* **as** I am.
（她幾乎和我一樣高。）

the same 也可以當作形容詞，如例句(2)用 < the same ＋名詞 > 的形式表示「同樣的～」，為了明確指出是和～一樣，要在後面加上 as ...，as 後面可連接子句、名詞或代名詞。

I want **the same** shoes **as** yours.（我想要和你一樣的鞋子。）

在 the same ... that～的句型中，the same 也可以和 that 同時使用。

He is **the same** man **that** I saw yesterday.
（他就是我昨天看到的同一個男人。）

(3) His opinion about this plan is **much the same** as yours.
（他關於這個計畫的意見和你的幾乎一模一樣。）

much the same 帶有 almost the same（幾乎一樣）的意思，可以作為補語使用。

其他還有 about the same（大致相同），just the same（恰好相同），exactly the same（完全相同）等用法。

Check 160 請將底下句子譯成中文。

1) The city library is a long way from here. That is the problem.
2) The population of China is much larger than that of Taiwan.

4 不定代名詞

並非具體指出特定的事物，而是指稱不特定的人、事物、數量時所使用的代名詞，稱為不定代名詞，大多放在名詞的前面當作形容詞使用。

1 one

Target 371

(1) I'd like to borrow a *pen* if you have **one**.
(2) I lost my *umbrella* yesterday; I must buy *a new* **one**.
(3) These *boots* have worn out. I need to buy *some new* **ones**.

(1) 如果你有筆的話，我想要借一枝。
(2) 我昨天掉了雨傘，今天必須買一把新的。
(3) 這些靴子已經穿壞了，我得去買些新的。

■代替已經出現過的名詞

代名詞 **one** 可以用來**代替**已經出現過的名詞，**以避免重複**。在例句(1)中，one 用來代替 pen。one 可以像這樣單獨使用，表示< **a / an ＋名詞**>的意思（不可以用× a one）。

■one 和 it

one 可以在表示不特定的一個（人、事、物）的情況下單獨使用。如果要指特定的事物時就不能用 one，而要用 it。

▷ "Did you bring *the textbook*?" "No, I didn't bring **it**."
（「你帶課本了嗎？」「沒有，我沒帶。」）→it 表 the textbook

參考

並不是只要前面有< a / an ＋名詞>，就一定要用 one。one 是代名詞，是否要用 one 必須考慮到所指的是特定事物還是不特定的事物。

If you find *a pen*, you can use **it**.
（如果你發現一隻筆，你可以使用它。）

■one 前面有形容詞要加上冠詞

one 前面有形容詞時，要像例句(2)的 a new one 加上冠詞，這裡的 one 是用來代替 umbrella。

■複數 ones 可以和修飾語並用

另外複數的 ones 也可伴隨著形容詞之類的修飾語，用法如例句(3)的 some new ones。這裡的 ones 是用來代替前面出現過的名詞 boots。

■**the one**
the ones

one 伴隨修飾語以表示特定事物時，可以如下面的例句使用 **the one** 或 **the ones**。

▷ This guitar is similar to **the one** I have.
（這把吉他和我的那把很相像。）
→ 句中的 the one 是指 the guitar。the one I have 可改成 mine

▷ "Which are your shoes?" "**The ones** with red shoelaces."
（「哪一雙是你的鞋子？」「有紅鞋帶的那一雙。」）
→ the ones 是指 the shoes

使用 that 和 those 的情況

the one 或 the ones 後面伴隨著修飾語時，有時可置換成 that 或 those，尤其是接續 of ... 的時候，可以改用 that 或 those。另外，the one 或 the ones 雖然可以用來指人，但是 that 不可以。

▷ The man I saw was older than **the one** [× *that*] you were talking to.（我看到的那個男子年紀比跟你說話的男子大。）

參考

指不特定的複數物品要用 some。
You have a lot of *CD-ROMs*; please give me **some**.
（你有很多磁碟片，請給我一些。）→some 是指 CD-ROMs
指特定的複數物品時要用 they。
Look at *the birds* in the sky! **They** are eagles, aren't **they**?
（看那些空中的鳥兒們！牠們是老鷹，不是嗎？）

注意

不可以使用 one 的情形
① 不可用來代替不可數名詞。
想要再次提到不可數名詞時不能用 one 代替，可以將不可數名詞再重複一次。如果有形容詞時，可以直接省略名詞。
I like white wine better than red (wine).
（比起紅酒我更喜歡白酒。）

② 不可接在所有格的後面。
不可以用×my one，要用 mine。

2 another / other

① another

Target 372

(1) I don't like this shirt. Could you show me **another**?
(2) Would you like **another** *piece* of pie?

(1) 我不喜歡這件襯衫，可以給我看其他件嗎？
(2) 要不要再來一塊派？

■表示「其他不特定的一個」

another 是「另一個／另一人」，表示「**其他不特定的一個**」，其語義等於< an + other >，但一定是說 another，不可以用 an other。

例句(1)用 another 是因為指的是其他襯衫中的一件。

當形容詞用

another 也可以像例句(2)當作形容詞使用，後面伴隨名詞。

② the other

Target 373

(1) One of my sisters is an office worker, and **the other** is a college student.
(2) *Three of the club members* came on time, but **the others** were late.
(3) Tom was in the classroom but **the other** *students* were playing outside.

(1) 我的一個姊姊是公司職員，另外一個則是大學生。
(2) 三位社團成員準時到達，但是其他成員都遲到了。
(3) 湯姆在教室裡，但是其他學生都在外面玩耍。

■表示「其他特定的一個」

the other是指「剩下的一個（一人）」，也就是「**其他的特定之一**」。例句(1)在述及某個人之後，再接著描述「（剩下的）另一個人」，所以要用 the other。

■表示「其他的全部」

表示複數時，可如例句(2)把 the other 改成複數，變成 **the others**，表示「**其他的全部**」。

當形容詞用

the other 也可以像例句(3)當作形容詞使用，後面伴隨名詞。

▷ Open **the other** *hand*.（張開另一隻手）

也可以說 Open *your* other hand.

③ others

Target 374

(1) Some like dancing, and **others** don't.
(2) He couldn't find the CD there, so he decided to check **other** *stores*.

(1) 有些人喜歡跳舞，其他人則不喜歡。
(2) 他在那裡找不到 CD，所以決定再去其他商店找找。

■表示「其他的幾個」
當形容詞用

others 如例句(1)所示，泛指「**其他不特定的幾個 [複數]**」。

others 作為形容詞使用時，形式會像例句(2)用＜ **other** ＋名詞＞。

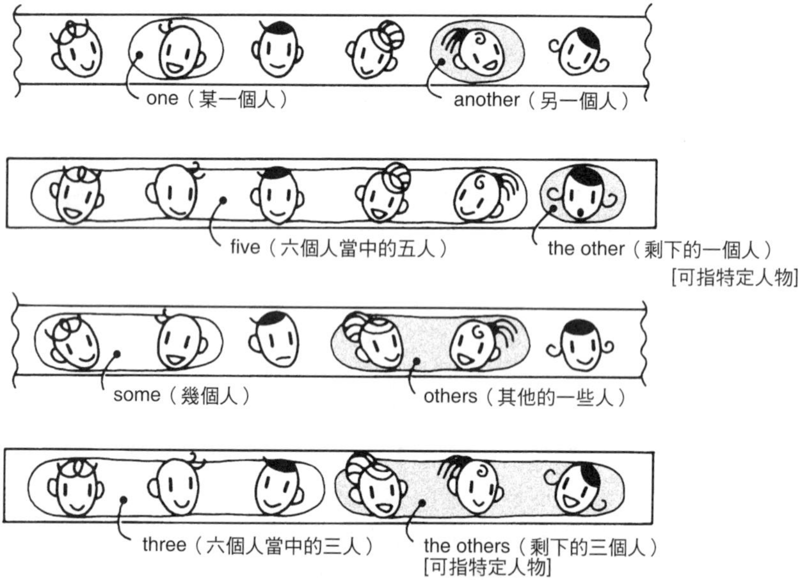

PLUS 117 each other 的用法

other的另一種用法是 **each other**（彼此）。each other 是代名詞，所以和不及物動詞一起使用時要加介系詞。

They talked *with* **each other**.（他們相互交談。）

Check 161 請由括弧內選出正確的答案。

1) "Do you have a red pen?" "Yes, I have (it / one)."
2) I have this kind of wallet. Please show me (another / other).
3) Hold the racket in one hand and the ball in (another / the other).
4) We have four children. One is a college student, and (others / the others) are high school students.

3 some / any

① some

Target 375

(1) If you like Italian wine, I will bring you **some**.
(2) There are **some** *rare* animals in this jungle.
(3) Are there **some** *messages* for me, too?

(1) 如果你喜歡義大利酒，我會帶一些過來。
(2) 這個叢林裡有一些稀有動物。
(3) 也有我的留言嗎？

■表某種程度的量或數

some 如例句(1)代替不可數名詞的 wine，意指「**一些（量）**」，若代替可數名詞則指「**一些（數）**」。

▷ **Some** *of* the members **were** tired.
（有些成員累了。）

當形容詞用

some 可以如例句(2)當作形容詞使用，後面伴隨名詞。

■使用 some 的情況

雖然 some 通常用在肯定句，但是在思考「存在」與否的時候，some 也可以如例句(3)用在疑問句中。另外，在推薦某些事物時也可以用 some（且多半是推測會回答 Yes 時）。

▷ Would you like **some** coffee?（來點咖啡嗎？）

② any

Target 376

(1) I need some paper clips. Do you have **any**?
(2) There isn't **any** *possibility* of his failing.
(3) **Any** *student* in this class can answer the question.
　(1) 我需要一些迴紋針。你有嗎？
　(2) 他不可能失敗。
　(3) 任何一個本班學生都能夠回答這個問題。

■any 的用法

用在疑問句／否定句中

any 如例句(1)用在詢問「**有沒有任何～**」的**疑問句**中。

any 若如例句(2)用於**否定句**中，則指「**沒有任何～／一點也沒有～**」的意思。

用在條件子句中

any 也常用於**條件子句**中，如下所示：

▷ Can I have some more coffee, if there is **any** left?
（如果還有剩的話，我可以多要一些咖啡嗎？）

當形容詞用

any 可如例句(2)和(3)當成形容詞使用，來修飾名詞。

用在肯定句

any 用在**肯定句**中，意指三個以上的人或物中的「**任一個都～**」，多半修飾單數名詞。在例句(3)中是指「選任何一位學生都～」。

注意

不可以用×Any ... not～　any 用在否定句時，不能將 any 放在 not 前面，必須使用 none（代名詞時）或 no（形容詞時），如下所示。

○ **None** of the students are from Canada.
× *Any* of the students are *not* from Canada.
（沒有任何學生來自加拿大。）
○ **No** amount of money can buy happiness.
× *Any* amount of money *cannot* buy happiness.
（無論有多少錢都買不到快樂。）

Check 162 請在空格內填入 some 或 any 以完成句子。
1) If there is ______ milk left, could I drink ______?

2) I'd like ______ information about the trip.
3) I haven't met ______ of her family yet.

4 both / either / neither

① both

Target 377

(1) **Both** *of* my parents were brought up in Tainan.
(2) She broke **both** *legs* in the accident.
(1) 我的雙親都是在台南長大的。
(2) 她在那起事故中摔斷了雙腿。

■「雙方都～」

both 可以用在兩個人或兩件事物中，表示「**雙方都～**」，也可以像例句(2)置於複數名詞前面，作為「雙方的～」的形容詞。

當 both 和代名詞的所有格或 the, these / those 連用時，可以放在它們的正前面。

▷ **Both** *his brothers* are traveling abroad.
（他的兩個哥哥都正在海外旅行。）

人稱代名詞＋both

如同 He invited us both.（他邀請我們兩個。）一般，both 可放在人稱代名詞的後面。在指主詞「兩者都～」時，both 也可以置於一般動詞前或是 be 動詞和助動詞的後面，如下所示。

▷ We **both** *went*.（我們兩人都去了。）
▷ The ladies over there *are* **both** from Greece.
（在那兒的兩位女士都是來自希臘。）

② either

Target 378

(1) **Either** *of* your parents can attend the PTA meeting.
(2) You can take **either** cake.
(1) 任一位你的父母都可以參加家長會。
(2) 你可以任選一塊蛋糕。

■「任何一方」

表示兩人或兩事物的「**任何一方**」時要用 **either**，另外也可如例句(2)置於名詞前面當作形容詞，意指「任何一方的～」。

注意

either 要當單數使用　either 基本上表示「任何一方」，所以通常當作單數使用。

■在否定句中為「任何一方都不～」

either 用在否定句中，為「**任何一方都不～**」的意思。either 要置於否定用語之後。

▷ You can**not** touch **either** *of* these buttons.
（這裡的任何一個按鈕你都不能碰。）

■either side是「任何一邊都～」

另外，either 和 side 或 end 等名詞連用時，意指「任何一邊都～／兩者都～」，此時的 side 或 end 要用單數。

▷ There were many cherry trees on **either** *side* of the river.
（這條河的兩側都是櫻桃樹。）

▷ Place the cards at **either** *end* of the table.
（把卡片放在桌子上的任一端。）

③ neither

Target **379**

(1) We passed two gas stations, but **neither** *of* them was open.
(2) I could find **neither** *book* I was looking for.
　(1) 我們經過了兩個加油站，但是都沒有營業。
　(2) 我要找的書一本也找不到。

■「兩者都沒有～」

否定兩個人或兩件事物的任一方，以表示「**兩者都沒有～**」時要用 **neither**。neither也可以如例句(2)當作形容詞使用，後面接名詞（book）。

neither 雖然和 either 一樣當作單數使用，但是當文意上表示複數時，也可以如例句(1) **Neither** of them *were* open. 一樣，當成複數使用。此外，回答時可以只用 neither 一個字。

▷ "Which one of those two dogs would you choose?"
（「這兩隻狗你會選擇哪一隻？」）
"**Neither**."（「都不選。」）

5 all / none / each (every)

① all

Target 380

(1) **All** *of the members* were against the proposal.
(2) **All** *students* have to take the test.
　(1) 所有成員都反對這個提案。
　(2) 所有學生都要參加這場考試。

■「所有」

all就像例句(1)一樣，指三人以上或三件以上的事物全體，帶有「所有」之意，此時的 all 要當成複數使用。

all 也可以用來指稱不可數名詞的「所有」，此時的 all 要當成單數使用。

▷ **All** *of our furniture* was damaged in the fire.
（我們所有的家具都在火災中損毀了。）→furniture 為不可數名詞

■「所有的～」

如例句(2)，all 後面接名詞可以用來指全體，意指「所有的～」。

all 和 both 一樣，要置於 the 或所有格等的前面，詞序為＜all ＋ the [所有格 / these / those]＋名詞＞。

▷ **All** *the members* were against the proposal.

人稱代名詞＋all

all 也可放在人稱代名詞的後面。如果對主詞而言，all 意指「＜主詞＞全體」時，則要放在一般動詞的前面或 be 動詞和助動詞的後面。

▷ We **all** *love* him.（我們都愛他。）
▷ They *were* **all** excited.
（他們都很興奮。）

② none

Target 381

(1) **None** *of* us agrees with you
(2) **No** *student* in this class could answer the question.
　(1) 我們沒有人同意你。
　(2) 這個班級裡沒有學生能夠回答這個問題。

■none「沒有任一人或物」

指三人以上或三件以上的事物中「**沒有任一（人事物）～**」時要用 **none**。雖然 none of 後面出現複數名詞或代名詞時，可視為單數或複數，但是當 of 後面出現不可數名詞時，則要當成單數使用。

▷ None of *us* **were** [**was**] against the proposal.
（我們沒有任何人反對這項提案。）

▷ None of *the information* **is** useful.
（這些資訊沒有任何用處。）

■none 只能當代名詞

none 只能當作代名詞使用，不可以當成形容詞。所以如果要表示「哪一個～都不…」時，必須像例句⑵用 no 或是 not ... any。

▷ I was **not** against **any** of these proposals.
（我不反對這些提案的任何一項。）→我同意所有的提案

none 也可以如底下例句般單獨使用。

▷ I wanted some ice but there was **none** in the freezer.
（我想要一些冰，但是冷凍庫裡一點都沒有。）

不過上面的用法屬於書面語，口語中比較常用 nothing, no one, nobody 等字。

③ each

Target 382

⑴ **Each** *of* these computers was made in America.
⑵ **Each** *book* in the store was on sale for 100 dollars.
　⑴ 這些電腦每一台都是在美國製造的。
　⑵ 這家店裡的每一本書都是百元特價。

■each「每一」

each 是指複數（兩個或兩個以上）人或事物中的每個個體，表示「**每一**」的意思。也可以如例句⑵當作形容詞使用，形式為＜ each ＋單數名詞＞。

■every「每一個都～」

例句⑵可用 every 改寫如下：

▷ **Every** *book* in the store was on sale for 100 dollars.

every（每個）是形容詞，主要用在修飾單數名詞，形式為＜**every ＋單數名詞**＞。every 和 each 都不能單獨使用，each 比 every 更強調「每一」的個別意味。

■each, every 要當作單數使用

代名詞 each、＜each ＋名詞＞和＜every ＋名詞＞都是表示＜每個＞，要當作單數使用。

○ **Each** participant *is* to be awarded a prize.
（每位參加者都有獎品。）

× Each participants *are* to be awarded a prize.

人稱代名詞＋each

each 可置於人稱代名稱之後。在表示「＜主詞＞任何一個都～」的意思時，each 要放在一般動詞的前面或 be 動詞和助動詞的後面，在表示金額或數量時也會放在句尾，此時的主詞視為複數。

▷ We **each** *have* (× has) our own room.
（我們每一個人都擁有自己的房間。）

▷ They *were* **each** preparing for the examination.
（他們每一個都在準備考試。）

▷ We were paid *ten dollars* **each**.
（我們每一人都得到十美元。）

PLUS 118　each 和 every 的用法區分

each 是用在兩人 [兩個] 以上，every 是用在三人 [三個] 以上。雖然 each 和 every 意思上沒有很大的差別，但 each 偏重「各自」的意味。
There are *two books* in my bag and **each** (× every) book is carefully wrapped in colorful paper.
（我的背包裡面有兩本書，每一本都各自用彩色紙張仔細包裝好。）

注意　**every ＋數詞＋複數名詞**　every 後面原則上要放單數名詞，但是像 every two weeks（每兩周）那樣意指「每～」時，every 後面所連接的名詞就可以用複數。

The Olympic Games are held **every** *four years*.
（奧林匹克運動會每四年舉行一次。）→every 前面不加介系詞
This school has one computer for **every** *two students*.
（這所學校每兩個學生就有一台電腦。）

6 someone / everything

Target 383

(1) There's **someone** at the door.
(2) **Everything** is ready for our school festival.
(1) 有人在門口。
(2) 我們的校慶萬事俱備。

■someone, something

有一類代名詞是在 some, every, any, no 後面附加 -one, -body, -thing 以構成語詞（只有 no one 不併成一個單字）。 -one 和 -body 兩者都是表示「人」，-thing 則表示「事物」，無論哪一種都當作單數使用。

形容詞置於後面

當這些代名詞有形容詞修飾時，注意**形容詞要放在它的後面**。

▷ There is **something** *strange* about the taste of this pizza.
（這個披薩嚐起來味道有些怪。）

參考 someone, somebody 的代名詞過去常用 he，但是為配合性別差異逐漸消失的今日，用 he 或 she 的情形也變多了，為免繁瑣起見，現在則常用 they。

Check 163 請由括弧內選出正確的答案。
1) I have two pretty birds in the shop and I liked (all / both) of them.
2) (No / None) of the ten girls watched the TV drama last night.
3) My uncle gave candies to (each / every) of us.
4) I have (everything / something) to do today.

Check 問題的解答

157 1) He 2) We 3) mine 4) His

158 1) yourself 2) ourselves

159 1) my handkerchief 2) to win the race
3) that you should do the homework by yourself

160 1) 市立圖書離這裡很遠，這是個問題。
2) 中國的人口比台灣多很多。

161 1) one 2) another 3) the other 4) the others

162 1) any, some 2) some 3) any

163 1) both 2) None 3) each 4) something

第 21 章 形容詞

學習要項

Part 1　概念

形容詞的功用

1 形容詞的功用

「白色的狗」以英文表示是 a **white** dog。

而要表達「那隻狗好可愛」時，可以用 The dog is **cute**. 來表示。

上面這兩個例子中的white和cute都是用來說明「狗」，像這樣**說明名詞的性質或狀態的詞彙稱為形容詞**。

2 形容詞的位置

如上所示，修飾名詞的形容詞，會視情況放在不同的位置。原則上有下列三種：

① **放在名詞正前面**：a **wonderful** *film*（很棒的電影）

② **放在名詞正後面**：a *basket* **full** of apples（滿滿一籃蘋果）

③ **放在動詞的後面等，附加說明主詞（＝名詞）**：

My sister *looks* **happy**.（我妹妹看起來很開心。）

3 用法受到限制的形容詞

雖然原則如上所示，不過並非每一個形容詞都可以隨意放置。

① **限定擺放的位置**

He is an **only** *child*.（他是獨生子。）

← 只能夠放在名詞前面的形容詞

The missing explorer *was* **alive** in the jungle.

We found *the missing explorer* **alive** in the jungle.（我們在叢林裡發現那位失蹤的 探險家還活著。）　← 只能夠放在動詞後面或名詞正後面的形容詞

② **放置位置不同，意思也會跟著改變**

What is your **present** *address*?（你現在的住址在哪裡？）

← 放在名詞前面，表示「現在的」

He *was* **present** at the meeting.（他出席了這場會議。）

← 放在動詞後面，表示「出席了／出現在那個場合」

Part 2　理解

1 形容詞的用法

1 修飾名詞的限定用法

① 形容詞＋名詞

Target 384

I bought a **cheap** shirt because I didn't have **much** money.

因為我錢不多，所以我買了一件便宜的襯衫。

■**形容詞放在名詞前面**

修飾名詞的形容詞，原則上要放在所要修飾的名詞前面。上面例句中的 cheap 修飾正後面的 shirt，much 則修飾正後面的 money。像這種形容詞修飾名詞的用法稱為**限定用法**。

② 名詞＋形容詞

Target 385

(1) I don't like traveling in trains **full** of people.

(2) I want to drink something **cold**.

(1) 我不喜歡搭乘擁擠的火車。
(2) 我想要喝點冷飲。

■**形容詞後面伴隨其他詞語時**

如例句(1)所示，修飾名詞的形容詞後面還有其他詞語（這裡是 of people），而且是兩個字以上時，形容詞要置於被修飾名詞的後面。

▷ He tried to climb a fence two meters **high**.

（他試著爬過兩公尺高的圍籬。）

參考

表示高度、長度或年齡等形容詞，要把表示數量多寡的詞語放在形容詞的前面。

a book *300 pages* **long**（一本三百頁厚的書）
a building *ten stories* **high**（一棟十層樓高的建築）

■修飾 -thing / -one / -body

如例句(2)的 something 所示，形容詞修飾含有 -thing 的代名詞時，要放在代名詞後面。其他如 someone 等含 -one 的代名詞、somebody 等含 -body 的代名詞用法相同。

▷ Is there someone **special** in your life?

（在你的人生中有某個特別的人嗎？）

PLUS 119 形容詞修飾名詞時的位置

有些形容詞像 available, possible, imaginable，是以 -able 或 -ible 結尾，它們和 all, every, no 或是最高級的形容詞並用時，要放在名詞的後面。

There is **no** *bus service* **available** after 11 o'clock.
（十一點以後公車就停駛了。）
The sea was the **deepest** *blue* **imaginable**.
（這片海洋是你所能想像最深沈的藍。）

responsible, concerned, involved, present 等形容詞可以單獨放在名詞後面。注意，這些詞彙如果放在名詞前面，意義會有所不同。

the man **responsible**（負責人）　a **responsible** man（負責任的人）
the people **concerned**（關係人）　**concerned** people（擔心的人）

也有些形容詞如 available, required 等，無論放在名詞之前或之後，意義上並無不同。

2 作為補語的敘述用法

Target 386

(1) All the windows were **open**.
S V C

(2) I left the windows **open**.
S V O C

(1) 所有的窗戶都敞開著。
(2) 我讓窗戶開著。

■SVC 和 SVOC 的 C 變成形容詞

在 SVC 和 SVOC 句型（➡p.30, 33）中，形容詞是作為補語 (C) 使用，稱為**敘述用法**。

例句(1)和(2)都使用 open（敞開的）這個形容詞作為補語。

例句(2)的 O 和 C 是 [O is C] 的關係，也就是要確認 The windows were open. 這層關係成立。

3 限定用法與敘述用法的注意事項

有些形容詞只能用在限定用法，有些只能用在敘述用法，還有些分別用在限定用法和敘述用法時，意義會改變。在使用上需區分清楚。

① 只能用在限定用法的形容詞

Target 387

Black is the **only** *color* that suits me.
黑色是唯一適合我的顏色。

■只能用在限定用法的形容詞

only 是「唯一的／只有一個的」的意思，只能用在限定用法。這類的形容詞列舉如下：

live [laɪv]（活生生的／現場的）	living（活著）
mere（僅僅／單純的）	elder（年長的）
former（前者的）	latter（後者的）
main（主要的）	golden（貴重的）
total（全部的）	very（正是）
daily（每天的）	lone（單獨的／唯一的）等。

② 只能用在敘述用法的形容詞

Target 388

At seven this morning, *Judy* was **alone** in the office.
今天早上七點，茱蒂一個人在辦公室裡。

■只能用在敘述用法的形容詞

alone 是「只有一個人的／孤獨的」的意思，只能用在敘述用法中，所以無法放在名詞前面使用。這類的形容詞列舉如下：

alive（活的）	asleep（睡著的）
afraid（恐懼的）	awake（醒著的）
aware（覺察到的）	content（滿足的）
glad（高興的）	well（很好的）等。

③ 用於限定用法與敘述用法意思並不相同的形容詞

Target 389

(1) His sister has a **certain** *charm*.
(2) *I'm* **certain** this is the correct answer.

(1) 他的妹妹有某種特殊的魅力。
(2) 我確信這就是正確答案。

■在限定用法和敘述用法中有不同意思

例句(1)和(2)都用了 certain 這個形容詞。

例句(1)是把形容詞放在名詞 charm 前面的限定用法，意指「某種的」。

例句(2)是作為補語的敘述用法，意指「確信的」。

用於限定用法和敘述用法意思並不相同的形容詞列舉如下：

late	the **late** *news report*（最近的新聞報導）
	He was **late**.（他遲到了。）
present	the **present** *topic*（現在的主題）
	He was **present**.（他出席了。）
right	the **right** *hand*（右手）
	He is **right**.（他是對的。）
ill	**ill** *temper*（壞脾氣）
	He is **ill**.（他生病了。）

Check 164 請由括弧內挑出正確的答案。

1) China has (a large population / large a population).
2) Please give me (hot something / something hot) to drink.
3) Look at the (sleeping / asleep) baby.
4) They caught the bear (alive / live).
5) My son was taller than all the (boys present / present boys).

TIPS FOR YOU ▶ 16

形容詞並排的順序

Come and see **my ten cute small young white Dutch** *rabbits*.
（來看看我那十隻可愛又嬌小的白色小荷蘭兔。）

I'm looking for **a large brown leather** *bag*.
（我正在找一個大的棕色皮質包包。）

以形容詞修飾名詞時，不限定只能有一個形容詞，像上面的例句就有好幾個修飾名詞的形容詞，詞序原則如下所示。不過要注意一次使用太多形容詞時，也可能會令人產生混淆。

冠詞、人稱代名詞或名詞的所有格	my	a
數量	ten	
主觀的判斷（**fine / lovely / nice**等）	cute	
大小	small	large
年齡、新舊	young	
顏色	white	brown
材質、出生地、來源	Dutch	leather

2 形容詞需注意的用法

1 分詞形容詞

Target **390**

(1) It was an **exciting** game.
(2) I saw a lot of **excited** supporters.
(1) 那是一場刺激的比賽。
(2) 我看到了許多興奮的支持者。

■分詞形式的形容詞

有些英語的形容詞是由分詞衍生而來的，其中像 exciting / excited 這種由**表達情感的動詞**衍生出來的 V-ing 形式，以及 -ed 形式的形容詞，在用法上很容易產生誤解，使用時必須多加注意。

■現在分詞與過去分詞
exciting
excited

exciting 原本是 excite 的現在分詞，excited 則是 excite 的過去分詞。及物動詞 excite 意指「令人興奮」，所以 exciting 是「令人興奮的」的主動意思，至於 excited 則是「興奮的」的被動意思。若以中文思考「興奮的支持者」一詞，容易誤用為

exciting supporter，意思就變成「令他人興奮的支持者」，顯然與原本要表達的意思不同。

surprising
surprised

surprising 和 surprised 的區別也是一樣。

及物動詞 surprise 意指「使吃驚」，所以擁有主動含意的 surprising 用法如下：

The news was surprising.（這消息令人驚訝。）
surprising news（令人驚訝的消息）

擁有被動含意的 surprised 用法如下：

The girl was surprised at the news.
（女孩被那則消息嚇了一跳。）
a **surprised** girl（神情驚訝的女孩）

這類由表達情感的動詞的現在分詞和過去分詞衍生出來的形容詞，要特別注意它的用法。不要用中文思考，要從原本動詞的意思去思考主動和被動的問題。

Check 165 請由括弧內挑出正確的答案。

1) It's so (bored / boring) to spend the weekend alone.
2) We were very (shocked / shocking) to hear the news.

2 注意搭配的主詞

① 主詞必須是人的形容詞

Target 391

I'm **happy** to see you again.
我很高興再度見到你。

■以人為主詞的形容詞

有些形容詞像 happy（高興），它的主詞必須是人。其他如 able（能夠）、sorry（抱歉）、glad（高興）等也必須以人為主詞，不能以事物為主詞。此類形容詞主要用來表達人的特質或情感。

▷ *I* am **glad** to hear the news.（× It is glad ...）
（我很高興聽到這則消息。）

注意　lucky 的用法　lucky（幸運的）的主詞可以是 it。
I was **lucky** to get the ticket.
It was **lucky** *for me* to get the ticket.
（我拿得到這張票真是幸運。）

② 不能以人為主詞的形容詞

Target 392

Is it **convenient** *for you* to meet us at ten?
十點和我們見面對你而言方便嗎？

■以事物為主詞的形容詞
convenient

形容詞中有一些不能以人為主詞的詞語，列舉如下。

雖然 convenient 有「方便」的意思，但是卻不能夠用人當主詞寫成×Are you convenient ...?，而要用上面例句的 be convenient for ＜人＞的形式，表示「對＜人＞而言是方便的」。

necessary

necessary（必要的）或 pleasant（愉快的）也是一樣的用法。

▷ It is **necessary** *for you* to see a doctor.
（你必須去看醫生。）
▷ It is **pleasant** to talk with you.
（和你說話很愉快。）

其他如 dangerous（危險的）或 delightful（愉快的）等形容詞，如果以人為主詞寫成 He is dangerous. 時，會變成「他是危險的或他是危險人物」。至於 She is delightful. 則是「她是令人愉悅的。」要特別注意以 It 或以人為主詞之間的差異。

3 表示可能性的形容詞

Target 393

(1) It is **likely** that she will win the race.
(2) Is it **possible** that you will come to the next meeting?
(3) It is **probable** that he will pass the exam.

⑴ 她可能會贏得這場比賽。
⑵ 你有沒有可能來參加下次會議呢？
⑶ 他可能會通過考試。

■**likely**

It is likely that

S is likely to *do*

如例句⑴使用虛主詞的 **It is likely that...** 形式，可用來表示「**可能發生的事**」。以人為主詞的＜ **S is likely to 不定詞**＞，則指「**S 可能做～**」。上面例句⑴也可以改寫如下。

▷ *She* is **likely** to win the race.

■**possible**

It is possible that...

It is possible for 人to *do*

形容詞possible意指「可能」，形式如例句⑵為**It is possible that...**。不同於 likely，possible 不能以人為主詞。如果要改用 to 不定詞時，就要以 it 為主詞。上面例句⑵可以改寫如下。

▷ Is *it* **possible** for you to come to the next meeting?

■**probable**

It is probable that...

probable（可能的）的可能性比possible高，要如例句⑶用**It is probable that ...** 的形式，且不可以人為主詞，也不可使用 to 不定詞。

4 表示確定性的形容詞

Target **394**

⑴ He is **sure** to come back.
⑵ This song is **certain** to be a hit.
⑴ 他確定會回來。
⑵ 這首歌一定會紅。

■**sure**

S is sure to *do*

S is sure that

sure可如例句⑴一樣，用＜ **S is sure ＋ to 不定詞**＞的形式來表示「**S 一定會做～／ S 做～是確定的**」的確定之意。

以確定的人為主詞的＜ **S is sure that...**＞意指「**S 確定～**」。

▷ *I* am **sure** that he will come back.
（我確定他會回來。）

參考 可以用＜ S is sure of V-ing ＞的形式來表示「S 確信～」之意。如下例所示：

He is **sure** *of winning* the race.（他確信會贏得比賽。）

I am **sure** *of his coming back*.（我確信他會回來。）

■**certain**

S is certain to do

如例句(2)可用＜ **S is certain ＋ to 不定詞**＞的形式來表示「**說話者確信的事**」。sure 是說話者主觀的確信，certain 則多半用於客觀的判斷時。

S is certain that ...

以確定的人為主詞的＜ **S is certain that...**＞意指「**S 確定～事**」。

▷ *I* am **certain** that this song will be a hit.
（我確信這首歌會紅。）

It is certain that ...

certain 可以 **It is certain that...** 的形式來表示「**～事是確定的**」之意。

▷ *It* is **certain** that this song will be a hit.
（這首歌確定會紅。）

參考 certain 和 sure 一樣，可以使用＜ S is certain of V-ing ＞的形式。

He is **certain** *of winning* the race.
（他確信會贏得比賽。）

5 such 的用法

Target 395

(1) I have never seen **such** a *storm*.

(2) In this zoo, you can see **such** rare animals **as** the panda and the koala.

(1) 我從來沒有見過像這樣的暴風雨。

(2) 在這個動物園裡，你可以看到像熊貓和無尾熊這樣的稀有動物。

■「像那樣的～」

＜such a / an＋名詞＞的詞序

such 當形容詞使用，意指「**像那樣的～／如此的～**」。

例句(1)中 such 用於修飾名詞 a storm。such 後面若接單數名詞，詞序為＜ **such a / an ＋名詞**＞。和一般的形容詞不同的是，such 要放在 a / an 的前面，用來表示該名詞程度上的強弱，帶有「那麼厲害的 [嚴重的]～」的意味，就像例句(1)的「嚴重的暴風雨」。

such 後面也可以接不可數名詞。

▷ I have never heard **such** *nonsense* in all my life!
（我這輩子從來沒有聽過這麼荒謬的事！）

■「真的是～」

such 也可以放在＜形容詞＋名詞＞前面，意指「**真的是 [非常]～**」。

▷ He is **such** a kind person.（他真的是一個善良的人。）

■ such A as B

例句(2)中的 such 是以＜ **such A as B** ＞或＜ **A(,) such as B** ＞來表示「**（例如）像 B 那樣的 A**」的意思。

▷ In this zoo, you can see *rare animals*, **such as** the panda and the koala.

PLUS 120 當作代名詞的 such

such 也可以當代名詞使用，意指「那樣的事物 [人]」。

They might refuse to give me a pay raise. **Such** being the case, I will resign.（他們可能會拒絕為我加薪。那樣的話，我就會辭職。）

上面例句中的代名詞 such 承接前面句子的內容，表示「像這種情形」。Such being the case 為獨立分詞構句（➡P.226），直譯為「如果真的發生這種情形」。

Check 166 請由括弧內挑出正確的答案。

1) He is (likely / possible) to succeed as a singer.
2) It is (sad / sorry) to see him resign.
3) It is (sure / certain) that he will win the election.
4) We can't stay home on (a such nice day / such a nice day).

3 表示數量的形容詞

有些形容詞可用來表示「多」、「少」等數量。要特別注意的是，有些形容詞只能接不可數名詞，有的則可接可數或不可數名詞。

1 many / much / a lot of / lots of

① many / much

Target 396

(1) Do you have **many** *books* on history?
(2) We haven't had **much** *rain* this summer.
(1) 你有很多歷史方面的書籍嗎？
(2) 今年夏天沒有下很多雨。

■表示數多用many，表示量多用 much

表示「多」的形容詞有 many 和 much。**many** 表示**數很多**，放在可數名詞（複數）前面，**much** 表示**量很多**，放在不可數名詞前面。如例句(1)是用 many 修飾可數名詞 books，例句(2)則是用 much 修飾不可數名詞 rain。

many 和 much 主要用在**疑問句和否定句**中。

注意 many 可以用在肯定句　many 修飾主詞的時候也可以用在肯定句。

Many *students* use the school cafeteria.
（很多學生在學校餐廳用餐。）

伴隨 too, so, as 等字時，many 和 much 都可以用在肯定句。

Ellis used to spend **so much** *time* playing video games.
（愛莉絲過去花很多時間打電動玩具。）

There were **so many** *people* at the party.（舞會上有好多人。）

② a lot of / lots of

Target 397

(1) He has **a lot of** *friends* in Korea.
(2) Kate drank **lots of** *wine* at her birthday party.
(1) 他在韓國有很多朋友。
(2) 凱特在她的生日會上喝了很多酒。

■a lot of / lots of 可用在數和量

a lot of / lots of 可用於可數名詞和不可數名詞，且通常用於肯定句。兩者在會話中都經常出現，lots of 比 a lot of 更為口語。

例句(1)用 a lot of 修飾 friends，例句(2)用 lots of 修飾 wine，wine 是不可數名詞。

參考 **plenty of** 的用法和 a lot of / lots of 相同。

參考 a lot of / lots of 也可用下面的片語取代：

・數多

a great [**large**] **number of** ＋可數名詞（複數）

・量多

a great deal [**a large amount**] **of** ＋不可數名詞

2 a few / a little

Target **398**

(1) I have **a few** *days* to finish this report.

(2) Can you add **a little** *pepper* to this salad dressing?

(1) 我有幾天的時間去完成這份報告。

(2) 你可以加一點胡椒到沙拉醬裡嗎？

■表示數少用a few，表示量少用a little

表示「少」的形容詞有 few 和 little。**few** 表示**數很少**，放在可數名詞（複數）前面；**little** 表示**量很少**，放在不可數名詞前面。

■a few / a little「多少有一點」

例句(1)和(2)中的 **a few** / **a little**，是由 few / little 加上 a 所構成的，意思變成「多少有一點」，帶有肯定的意味，如果單獨使用 **few** / **little**，會變成「只有一點 [幾乎沒有]」的否定意味（➡p.371）。

▷ **Few** *students* handed in the homework.

（幾乎沒有學生繳交家庭作業。）

參考 several 可用來表示比 a few 多的數。

PLUS 121 使用 few 和 little 的注意事項

➤ **quite a few** [**little**] 意指「數（量）相當多的」

Dr. Jones has **quite a few** *books* on ancient civilizations.

（瓊斯博士擁有相當多關於古代文明的書籍。）

注意，如果不用 a 而用 quite few [little] 的話，意思會變成「數（量）非常少的」。

➤ **only a few** [**little**] 意指「極少的，只有一點的」

There's **only a little** *food* left in the refrigerator.

（冰箱裡只剩下一點食物。）

➤ **not a few** [**little**] 意指「為數不少的」，為書面語，不常使用。

Jim read **not a few** *books* for the report.

（吉姆為了報告讀了為數不少 [相當多] 的書籍。）

■「多」與「少」的表示方式

	表示數（可數名詞）	表示量（不可數名詞）
「多」	**many** friends **a lot of** friends	**much** rain **a lot of** rain
「多少有一點」	**a few** friends	**a little** rain
「幾乎沒有」	**few** friends	**little** rain

3 enough

Target 399

(1) There aren't **enough** *chairs* for everybody.

(2) There isn't **enough** *water* in the pot.

(1) 沒有足夠的椅子給每一個人。

(2) 水壺裡沒有足夠的水。

■表示「足夠的」

enough 可作為形容詞，表示「**數或量足夠的**」。例句⑴後面接可數名詞的複數，或是例句⑵後面接不可數名詞，兩者都指「足夠的＜名詞＞」。

參考 enough 可以放在形容詞或副詞後面，構成＜... enough to 不定詞＞的形式，此時的 enough 是副詞（➟p.183）。

She was *kind* **enough** *to offer* me her seat.
（她非常好心讓位給我。）

Check 167 請由括弧內挑出正確的答案。

1) Taking too (much / many) salt is not good for your health.
2) She had (a few / a little) friends in New York City.
3) This town doesn't have (few / many) parks.

4 數詞

數詞顧名思義是表示「數」的詞彙，當作形容詞使用。現在來看看各種有關數的讀法。

1 基數與序數：「一個」和「第一」

one, two, three... 稱為基數，first, second, third... 稱為序數。

	基數	序數
1	one	first (1st)
2	two	second (2nd)
3	three	third (3rd)
4	four	fourth (4th)
5	five	**fifth** (5th)
6	six	sixth (6th)
7	seven	seventh (7th)
8	eight	**eighth** (8th)
9	nine	**ninth** (9th)
10	ten	tenth (10th)
11	eleven	eleventh (11th)

12	twelve	**twelfth** (12th)
13	thirteen	thirteenth (13th)
14	fourteen	fourteenth (14th)
15	fifteen	fifteenth (15th)
16	sixteen	sixteenth (16th)
17	seventeen	seventeenth (17th)
18	eighteen	eighteenth (18th)
19	nineteen	nineteenth (19th)
20	twenty	**twentieth** (20th)
21	twenty-one	twenty-first (21st)
22	twenty-two	twenty-second (22nd)
30	thirty	**thirtieth** (30th)
40	forty	**fortieth** (40th)
50	fifty	**fiftieth** (50th)
100	one hundred	one hundredth (100th)
101	one hundred and one	one hundred and first (101st)
1000	one thousand	one thousandth (1000th)

 要特別留意 fifth, eighth 等拼法較為特殊的粗體字。

 序數通常都會加 the，如 the first。

2 數字的表示方式

① 數的讀法

1,000 以上的數目，讀的時候以每三位數為一單位。

1, 2 3 4, 5 6 7, 8 9 0, 1 2 3

thousand（千）

million（百萬）

billion（十億）

trillion（兆）

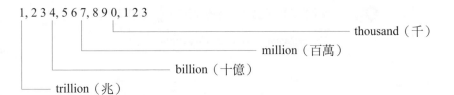

5,567→*five* thousand *five* hundred (and) *sixty-seven*
143,650→*one* hundred *forty-three* thousand, *six* hundred (and) *fifty*

注意 **單位不能使用複數** 表示單位的 hundred, thousand 等不能加 -s。不可以說×three hundreds fifty。

② 小數點的讀法

小數點讀作 point，小數點以下的數字要一個一個分開讀。
0 讀作 zero 或是 oh[oʊ]。
23.22→*twenty three* point *two two*
4.56→*four* point *five six*
0.45→*zero* point *four five*

③ 分數的讀法

因為序數（➡p.510）可以表示「～分之一」，所以third有「三分之一」的意思，fifth 指「五分之一」。表示「三分之一」時，因為 third 只有一個，所以可以說 one third，也可以說 a third。如果是「三分之二」則：

「三分之二」是兩個「三分之一」，所以是 two thirds。

分數要先以基數讀分子，再以序數讀分母。分子在二以上的時候，分母的序數要用複數。

不過要注意$\frac{1}{2}$讀作 a [one] half，$\frac{1}{4}$讀作 a [one] quarter（也可以用 fourth）。

$\frac{1}{5}$ → *a*[*one*] fifth
$\frac{2}{5}$ → *two* fifths
$\frac{3}{4}$ → *three* quarters
$2\frac{3}{7}$ → *two* and *three* sevenths

參考 數字很大的分數要用 over 表示，$\frac{b}{a}$ 讀作 *b over a*。
$\frac{25}{58}$ → *twenty five* over *fifty eight*

④ 公式的讀法

3 + 5 = 8 → *Three* plus *five* equal(s) *eight*.
→ *Three* and *five* is[are / make(s)] *eight*.

9 − 7 = 2 → *Nine* minus *seven* equal(s) *two*.
→ *Seven* from *nine* is[are / leave(s)] *two*.

6 × 4 = 24 → *Six* (multiplied) by *four* equal(s) *twenty-four*.
→ *Six* times *four* is [are / make(s)] *twenty-four*.

8 ÷ 2 = 4 → *Eight* divided by *two* equal(s) *four*.
→ *Two* into *eight* is [are / go(es)] *four*.

⑤ 年份的讀法

基本上是以百位數和十位數為區隔。

794 年 → seven (hundred and) ninety-four

1800 年 → eighteen hundred

1999 年 → nineteen ninety-nine

2007 年 → two thousand (and) seven

⑥ 日期的讀法

美式和英式在讀法和用法上略有不同。

美式英語：4 月 30 日 → April 30 (April thirtieth 或 April thirty)

英式英語：4 月 30 日 → 30(th) April (the thirtieth of April)

⑦ 時間的讀法

8 點 10 分 → ten (minutes) past eight 或 ten (minutes) after eight

6 點 15 分 → a quarter past six 或 a quarter after six

7 點 50 分 → ten (minutes) to eight 或 ten (minutes) before eight

但是會話中不使用 past 或 before，通常按照時、分的順序讀。

8 點 30 分 → eight thirty

⑧ 電話號碼的讀法

電話號碼只將並列的數字一個一個分開讀即可。

3523-7068 → three five two three, seven zero [oh] six eight.

參考 兩個相同數字並列時，英式英語會用 double 表示。
224-0075→double two four, double zero [oh] seven five

⑨ 金額的讀法

$ 2.20 → two dollars (and) twenty (cents)

£ 5.30 → five pounds, thirty (pence)

¥ 500 → five hundred yen →日圓沒有複數

⑩ 溫度的讀法

28°C（攝氏）→ twenty-eight degrees centigrade [Celsius]

92°F（華氏）→ ninety-two degrees Fahrenheit

參考 | centigrade [ˋsɛntə͵gred], Celsius [ˋsɛlsɪəs], Fahrenheit [ˋfærən͵haɪt]

3 數詞的用法

① 泛指多數

hundred**s** of（數以百計）、thousand**s** of（數以千計）、tens of thousand**s** of（數以萬計）→注意 hundred 要加上 s，變成 hundreds

Tens of thousands of people took part in the demonstration.

（數以萬計的人加入示威遊行。）

② **in *one's* twenties**（二十幾歲）

She is an intelligent woman **in her mid-thirties**.

（她是位年過三十五的聰明女子。）

→early forties（四十出頭）、late fifties（坐五望六）

參考 | **teens** 是指十三～十九歲（加上 -teen）。

He must be in his **teens**.（他肯定是十幾歲。）

③ **in the nineteen-twenties**（一九二〇年代）

The building was built **in the nineteen-twenties [1920s / 1920's]**.

（那棟建築物是在一九二〇年代建造的。）

④ 數詞＋複數名詞

期間、距離或金額等可以<數詞＋複數名詞>表示，當成一完整個體的單數使用。

Five minutes **is** (× are) enough to answer the question.

（要回答這道問題五分鐘就夠了。）

參考 Five minutes **have** (× has) passed since the exam started.
（考試開始已經過了五分鐘。）
→上面例句中的五分鐘不是代表一個整體，反而因為強調每一分鐘的流逝，所以動詞要用 have。

<數詞＋複數名詞>也可以當作形容詞使用，例如 *ten minutes'* walk 可以像 a *ten minute* walk 一樣用連字號表示。注意前者的 minute 一定要用複數。

表示年齡的時候也是一樣，可以說成 a *seven-year-old* boy（七歲大的男孩），注意 year 也要用單數。

5 表示國名的形容詞

表示國名或地名的專有名詞也有特定的形容詞，當作名詞時是表示國民或個人。以下列舉一些代表性的詞彙：

國名	形容詞	國民（全體）	個人
America	American	the Americans	an American
Australia	Australian	the Australians	an Australian
Egypt	Egyptian	the Egyptians	an Egyptian
Germany	German	the Germans	a German
China	Chinese	the Chinese	a Chinese
Japan	Japanese	the Japanese	a Japanese
Switzerland	Swiss	the Swiss	a Swiss
Britain	British	the British	a Briton
Italy	Italian	the Italian	an Italian
France	French	the French	a Frenchman a Frenchwoman
Spain	Spanish	the Spanish	a Spaniard
Pakistan	Pakistani	the Pakistani(s)	a Pakistani
Thailand	Thai	the Thai(s)	a Thai

參考　美利堅合眾國的正式名稱為 the United States of America，英國的正式名稱為 the United Kingdom，其縮寫分別為 the U.S.A. 和 the U.K.。另外，嚴格來講 England 是指「英格蘭」（大不列顛群島尚有蘇格蘭和威爾斯）。

Check 問題的解答

164 1) a large population　2) something hot　3) sleeping　4) alive
5) boys present

165 1) boring　2) shocked

166 1) likely　2) sad　3) certain　4) such a nice day

167 1) much　2) a few　3) many

第22章 副詞

學習要項

Part 1　概念

副詞的位置與功用

在英語的詞性中，最容易造成混淆的就是副詞。事實上所謂的「副詞」就是「無法歸類於其他詞性的修飾要素」的統稱。副詞具有各式各樣的意思，在句中的位置也各有不同，如果能掌握決定副詞位置的原則及其功用，必定能對英語有更深入的了解。

決定副詞位置的原則

●由副詞所擁有的意思決定

① 顯示動作如何進行的＜**狀態**＞

He speaks **slowly**.（他**慢條斯理地**說話。）

② 顯示動作在何處進行的＜**場所**＞

He met Tom **here**.（他在**這裡**遇到湯姆。）

③ 顯示動作何時進行的＜**時間**＞

He visited us **yesterday**.（他**昨天**拜訪我們。）

④ 顯示動作多久進行一次的＜**頻率**＞

He **often** visits his grandmother.（他**常常**探望他祖母。）

⑤ 顯示動作進行到何種程度的＜**程度**＞

He **almost** ran over a cat.（他**差點**輾過一隻貓。）

●由修飾的對象決定

① 修飾動詞（參照上例）

② 修飾形容詞或其他副詞

This medicine is **very** effective.（這種藥**非常**有效。）

③ 修飾整個句子

Fortunately, he didn't die.（**幸運地是**，他沒有死。）

●由句子的脈絡決定

雖然副詞基本上放在句子後面，可是如果要強調副詞，或和其他副詞做對比時，有時也會置於句首。

Yesterday I didn't feel like eating out; **today** I'd love to.
（**昨天**我不想外出吃飯，但是**今天**我很想去。）

Part 2　理解

1 副詞的用法

副詞用來修飾動詞、形容詞、副詞和整個句子時，可以表示以下意思：

① 表示「狀態」　fast / well / happily 等
② 表示「場所」　here / there / near 等
③ 表示「時間」　now / then / yesterday 等
④ 表示「頻率」　always / often / seldom / never 等
⑤ 表示「程度」　almost / hardly / very 等

1 表示「狀態」的副詞

Target **400**

(1) They *danced* **happily**.
(2) She *took* my advice **seriously**.
(1) 他們開心地跳舞。
(2) 她認真地考量我的建議。

■表「狀態如何」

表示「狀態如何」的副詞，在於說明動作是如何進行的。

放在動詞（＋受詞）的後面

副詞在句中的位置大多像例句(1)所示，**當動詞為不及物動詞時，副詞放在動詞的後面**；至於如例句(2)所示，**當動詞為及物動詞時，副詞要放在受詞的後面**。

參考

副詞也可以放在動詞的前面。
She **quietly** came into the room.（她安靜地進入了房間。）
受詞過長時，副詞大多放在動詞前面。
He **carefully** arranged *the pieces of the jigsaw puzzle on the table.*
（他在桌上小心翼翼地排放拼圖。）

注意

有助動詞時的副詞位置　句中有<助動詞＋動詞>時，副詞要放在助動詞的後面，也就是助動詞和動詞之間。被動語態的句型也是一樣。
You *should* **carefully** *look* at the broken statue.
（你應該要仔細看看那座破損的雕像。）
The broken statue *was* **carefully** *examined* by the police.
（那座破損的雕像經過警方仔細檢查。）

2 表示「場所」與「時間」的副詞

① 表示場所的副詞

Target 401

(1) My sister *went* **upstairs**.
(2) You *can park* your car **here**.
(1) 我姊姊上樓去了。
(2) 你可以把車子停放在這裡。

■**表「地點／場所」**

放在動詞（＋受詞）的後面

如例句(1)所示，**當動詞為不及物動詞時，表示場所的副詞通常放在動詞的後面；**而如例句(2)所示，**當動詞為及物動詞時，副詞要放在受詞的後面。**

當副詞表示「狀態」時，要放在表示「場所」的副詞前面。

▷ You must read quietly in the library.
（在圖書館內你必須安靜地讀書。）

參考 上面句子中的介系詞片語 in the library 是當副詞使用。

表「場所」的副詞詞序

同時使用許多表示「場所」的副詞時，**從單位小的最先排起，依序後推。**

▷ I want to live in a small house in the mountains.
（我想要住在一間山中小屋裡。）

注意 **abroad, home 的用法** 將「我想要出國」用英語表示時，很多人都會誤說成×I want to go *to* abroad. 不過因為 abroad（出國）是副詞，所以前面不能放介系詞，正確的句子應該是 I want to go abroad.。

home（家）也是同樣的道理，「回家」要說 come [go] home，而不可以說×come [go] *to* home。

② 表示時間的副詞

Target 402

(1) The sale started **yesterday**.
(2) We have a math test **tomorrow**.
(1) 拍賣會從昨天開始。
(2) 我們明天有數學考試。

■表「何時」

表示「時間」的副詞大多放在句尾。

參考

表示「時間」的副詞也可以放在句首。

Tonight I have to do my homework.

（今晚我必須做功課。）

before, early, late, immediately 等字通常不放在句首。

You should go the teachers' room **immediately**.

（你應該馬上去教師辦公室。）

表「時間」的副詞詞序

一個句中可以同時有許多表示「時間」的副詞，此時單位小的放在前面，依序後推。

▷ I have an appointment at three o'clock tomorrow.

（我明天三點有個約會。）

表示「場所」和表示「時間」的副詞一起使用時，詞序多為**＜場所→時間＞**。

▷ Rome is my favorite city. I went there last summer.

（羅馬是我最喜愛的城市。我去年夏天去了那裡。）

3 表示「頻率」與「程度」的副詞

① 表示頻率的副詞

Target **403**

(1) I **always** *go* to school by bus.

(2) He *is* **usually** in his office until six on weekdays.

(1) 我總是搭公車上學。

(2) 他平日通常在辦公室待到六點。

■表「頻率」

表示「頻率」的副詞如下所示：

always（總是）、usually（通常）、often（時常）、frequently（頻繁地）、sometimes（有時候）、rarely [seldom]（不常）、never（從未）等。

表「頻率」的副詞詞序

頻率副詞在句中的位置原則上是在一般動詞前面，以及 **be** 動詞和助動詞的後面。

▷ I *will* **never** forget what you said.
（我絕對不會忘記你說過的話。）

參考　sometimes 或 usually 可以放在句首或句尾。

② 表示程度的副詞

Target **404**

(1) The result of the experiment was **hardly** *surprising*.
(2) I *have* **almost** *finished* my homework.
(1) 實驗的結果並不令人吃驚。
(2) 我就快要做完功課。

■表「程度」

表示「程度」的副詞如下所示：
almost（幾乎）、nearly（將近）、barely（勉強地／幾乎不）、completely（完全地）、hardly [scarcely]（幾乎不）等。

表「程度」的副詞詞序

程度副詞通常**放在被修飾的詞語的前面**，但是修飾動詞時，原則上要放在**一般動詞前面，以及 be 動詞和助動詞的後面**。

例句(1)在形容詞 surprising 前面加上表示「幾乎不」的 hardly，變成「不驚訝」的意思。而例句(2)用 almost 來修飾動詞 have finished，意指「幾乎快～」。

注意　**almost 的用法**　almost 是表示「幾乎～」之意的程度副詞，用於修飾形容詞、副詞和動詞。
Almost all the students in our class bring lunch to school.
（幾乎班上所有的學生都帶午餐來學校。）
almost 不可用於修飾名詞。
× *Almost* students in our class bring lunch to school.
most 表示「大多數的」的意思，所以上面例句也可以改寫如下。
Most students in our class bring lunch to school.
（班上大部分的學生都帶午餐上學。）

Check 168　請由括弧內挑出正確的用法。
1) Bob opened (carefully the box / the box carefully).
2) She (almost / always) goes to school by bicycle.
3) I'm going to live (in Paris next year / next year in Paris).
4) My sister is traveling (in abroad / abroad) now.

4 修飾句子的副詞

Target 405

(1) **Clearly**, the accident was caused by speeding.
(2) The dog *was* **obviously** hurt.
　(1) 很清楚地，這起事故肇因於超速。
　(2) 這隻狗明顯地受傷了。

■修飾整個句子

副詞不僅可以修飾單字，也可以**修飾整個句子**。例句(1)就是用 clearly 修飾整個句子 the accident was caused by speeding 的內容。

修飾整個句子的副詞大多放在句首，也就是像例句(1)直接在後面加上逗號，但也可以放在一般動詞前面，以及 be 動詞和助動詞的後面。

參考 修飾句子的副詞也可以放在句尾，此時副詞前面要加上逗號。
He was dissatisfied with the result, **unfortunately**.
（不幸地，他對結果不滿意。）

■可以用來修飾句子的副詞

修飾整個句子且功用在於**判別句子內容真實性**的副詞有：obviously（明顯地）、clearly（清楚地）、probably（恐怕／十之八九）、possibly（可能地）等，而**表達說話者的情緒或意見**的副詞有：happily（開心地）、fortunately（幸運地）、naturally（自然地）、unfortunately（不幸地）、luckily（幸運地）等。

注意 **修飾動詞或修飾句子的不同情況**　請比較下面兩個句子：
(a) She did not sing **sadly**.
(b) **Sadly** she did not sing.

上面這兩個句子都是由相同的詞語構成，只有副詞sadly的位置不同，可是在意思上就會產生以下差異：
(a) 她並未悲傷地唱歌。
(b) 很可惜，她沒有唱歌。
在(a)句中，副詞 sadly 修飾動詞 sing。相對地，(b)句的 sadly 是修飾 she did not sing 這整個句子。

Check 169 請考慮副詞修飾的對象，並將下列句子譯成中文。

1) She lives happily with her grandchildren.
2) Happily, the typhoon didn't approach Taiwan.

PLUS 122 副詞可以修飾片語或子句

副詞修飾片語或子句時，要放在片語或子句的正前面。

① 修飾片語

My house is **just** *behind my school*.（我家就在學校正後方。）

② 修飾子句

He wants a computer **only** *because you have one*.

（他想要一台電腦，只因為你也有一台。）

PLUS 123 修飾名詞或代名詞的副詞

副詞也可以修飾名詞或代名詞，但是僅限於下列情況，同時要注意它的位置：

① 表示時間或場所的副詞要放在名詞後面。

In Japan, most *teenagers* **nowadays** want to own a mobile phone.
（在日本，大部分青少年都想要有行動電話。）

② quite, even, only 要放在名詞或代名詞的前面。

He is **quite** *a stranger* to me.（對我而言他是個相當陌生的人。）
Everyone was late. **Only** *he* came here on time.
（每個人都遲到，只有他準時到達。）

2 副詞需注意的用法

1 副詞的形式與意義

Target 406

(1) My father came home very **late** last night.
(2) He has been trying to lose weight **lately**.

⑴ 我父親昨天晚上很晚回家。
⑵ 他最近已開始試著減重。

■late 和 lately

例句⑴的 late 是指「晚地／遲的」，例句⑵的 lately 是「最近地」，要特別注意這類形式和意義互有差異的副詞。

■hard 和 hardly

➤ **hard**（努力地）／ **hardly**（幾乎不）
He always works **hard**.（他總是努力工作。）
I **hardly** know him.（我幾乎不認識他。）

■most 和 mostly

➤ **most**（最）／ **mostly**（主要地）
This picture interested me **most**.
（這幅畫最令我感興趣。）
She **mostly** goes shopping on Sundays.
（她大多在禮拜天購物。）

■near 和 nearly

➤ **near**（靠近）／ **nearly**（將近，幾乎）
He came **near** to me.（他靠近我。）
My homework is **nearly** finished.（我的作業將近完成。）

Check 170 請由括弧內挑出正確的答案。
1) Mary is sometimes (late / lately) for school.
2) I can (hard / hardly) believe the news.
3) The boy (near / nearly) fell into the river.

●形容詞和副詞

許多副詞都是直接在形容詞後面加上 -ly 而成。不過要注意，依照形容詞字尾的不同，有下列變化：

slow	→ slow**ly**	[基本變化]
happ**y**	→ happ**ily**	[以 y 結尾的單字要把 y 變成 i，再加上 ly]
probab**le**	→ probab**ly**	[以 le 結尾的單字要把 le 變成 ly]
tru**e**	→ tru**ly**	[以 ue 結尾的單字要把 e 去掉，再加上 ly]
fu**ll**	→ fu**lly**	[以 ll 結尾的單字要把 ll 變成 lly]

而語尾是 -ly 的也不全是副詞，注意下列形式的形容詞：
friendly（友好的）、lonely（孤獨的）、lovely（可愛的）

22 副詞

如 friendly 或 lovely 這類形容詞，多半是在名詞後面加上 -ly 而成。
另外，也有形容詞和副詞為相同形式的單字，如下所示。

(1) The question is **hard** to answer.（這個問題很難回答。）→ hard 是形容詞
(2) He works **hard**.（他很努力工作）→ hard 是副詞

例句(1)的 hard 是放在 be 動詞 is 後面的形容詞，意指「困難」。例句(2)的 hard 放在動詞 work 後面，為修飾動詞的副詞，意指「努力地」。

形容詞和副詞為相同形式的單字列舉如下：

early（形早的／副早地）、fast（形快的／副快地）、last（形最後的／副上次，最近地）、long（形長的／副長地）、far（形遠的／副遠遠地）、well（形健康的／副很好地）、pretty（形漂亮的／副相當地）等。

2 very / much

① very：修飾形容詞或副詞

Target 407

(1) She is a **very** *good* student.
(2) She speaks **very** *slowly*.

(1) 她是一個非常好的學生。
(2) 她話說得很慢。

■修飾形容詞或副詞

very（非常）可以如例句(1)修飾形容詞，或是如例句(2)修飾副詞。

■修飾由現在分詞衍生的形容詞

另外還可以修飾 boring, interesting, exciting 等由現在分詞衍生出來的形容詞（➟p.511）。

▷ This is a **very** *boring* documentary.
（這是一部非常無聊的紀錄片。）

■修飾由過去分詞衍生的形容詞

其他如 tired、surprised, shocked, confused 等由過去分詞衍生出來的形容詞，也可以用 **very** 修飾。

▷ I'm **very** *pleased*.（我非常開心。）
▷ I was **very** *surprised* at the news.（我對這則消息感到非常訝異。）

② much：修飾動詞或過去分詞

Target 408

(1) I don't eat out **much**.
(2) Olive oil is **much** *used* in Italian cooking.
　(1) 我不常外食。
　(2) 義大利料理經常使用橄欖油。

■**修飾動詞**

much（非常）可以如例句(1)修飾動詞。注意，much 只能在疑問句和否定句中單獨使用，用在肯定句時則為 very much 的形式。

▷ I *like* the song **very much**.（我非常喜歡這首歌。）

■**修飾過去分詞**

much 也可以像例句(2)修飾過去分詞，此時的過去分詞既非分詞形容詞，也不是指狀態，而是表示動作。

▷ He is **much** *admired* by young writers.
（他非常受年輕作家尊敬。）

參考

即使是修飾過去分詞，也可如下面的例句一樣，使用very和much以外的副詞。
I'm **terribly** *pleased*.（我真是太高興了。）
I was **absolutely** *exhausted*.（我疲倦到不行。）

■**修飾比較級**

much 也可以修飾形容詞和副詞的比較級，以及形容詞的最高級（➡p.247, 252）。

3 ago / before

Target 409

(1) I saw your mother *three days* **ago**.
(2) I told him that I had seen his mother *three days* **before**.
(3) I have heard that song **before**.
　(1) 三天前我見過你母親。
　(2) 我告訴他我在三天前見過他母親。
　(3) 我以前曾經聽過那首歌。

■「在～之前」

ago 和 before 兩者都要放在表示「時間長度」的詞語後面，也就是改以 **... ago, ... before** 的形式表示「在～之前」。

■以「何時」為基準

ago 是以現在為基準，表示「在（現在）之前」。**before** 則是以過去的某個時間點為基準，表示「在（那時候）之前」。

例句⑴是指從現在算起「三天前」的事，例句⑵則是指由「告訴他」這個過去的時間點算起「三天前」的事。

■before 可單獨使用

before 可以如例句⑶單獨使用，表示「到目前為止的過去」，用在過去式或現在完成式的句子中。

before 也可以表示「在過去某個時間點之前」，此時要用過去完成式，如下所示。

▷ I knew I *had met* her **before**, but I couldn't remember where.
（我知道我以前見過她，但是我記不起來是在哪裡。）

參考 ago 不能單獨使用。

4 already / yet / still

Target 410

⑴ I have **already** cleaned my room.
⑵ She hasn't done her homework **yet**.
⑶ I'm **still** feeling sick.

⑴ 我已經打掃我的房間了。
⑵ 她還沒有做她的作業。
⑶ 我還是覺得不舒服。

■already

already 是「已經」的意思，多半如例句⑴用在肯定句。

參考 already 用在疑問句和否定句時帶有「已經～了嗎？」的驚訝或意外語氣。

Have you vacuumed the carpet **already**?
（你已經用吸塵器吸過地氈了嗎？）

■yet

yet 可以用在否定句，表示「尚未」的意思，用於疑問句則意指「已經」。

▷ Have you typed that paper **yet**?
（你已經打好這份報告了嗎？）

■still

still 可以用在肯定句，如例句⑶一樣表示「仍然」的持續意思。另外也可用在疑問句。

▷ Are you **still** feeling dizzy?（你仍然覺得暈眩嗎？）

參考

still 也可用在否定句，但要放在否定詞的正前面。

I **still** *can't* find a new apartment.
（我還是沒辦法找到新公寓。）

5 too / either / neither

Target 411

(1) "I'm from Arizona." "Really? I am, **too**."
(2) "I can't eat raw fish." "I can't, **either**."
(3) "I don't feel like eating any more." "**Neither [Nor]** *do I*."

(1)「我來自亞利桑那州。」「真的嗎？我也是。」
(2)「我不能吃生魚。」「我也不能。」
(3)「我不想再吃了。」「我也不想。」

■too 用在肯定句，either 用在否定句

too 和 **either** 都帶有「也是」的意思，不過 too 如例句⑴用在肯定句，either 則如例句⑵用在否定句。

■neither

同意前面的否定句，並表達「＜主詞＞也不是這樣」的意思時，如例句⑶用 neither [nor]，詞序為＜ **neither [nor]＋（助）動詞＋主詞**＞（➡p.424）。

參考

在口語中，例句⑴多半以 Me, too. 回答，例句⑵多半以 Me, neither. 回答。

Check 171

請由括弧內挑出正確的答案。

1) I met him two weeks (ago / before).
2) This is a (very / much) interesting novel.
3) She didn't go to the party, and I didn't, (too / either).
4) I haven't received the card (yet / already).

6 so

① 表示已經出現過的片語或子句的意思

Target 412

(1) He told me to wait in line and I *did* **so**.
(2) "Do you think it will be sunny tomorrow?" "I *hope* **so**."
　(1) 他告訴我要排隊，而我也照辦了。
　(2) 「你認為明天會是晴天嗎？」「我希望如此。」

■**do so 表示已出現過的動詞片語內容**

例句(1)把 **so** 放在 did 的後面，以避免重複前面已經出現過的動詞。這裡的 did so 是 waited in line 的意思。

■**so 表示已出現過的子句內容**

例句(2)把 so 放在 hope 的後面，表示肯定的 that 子句，也就是等於 I hope (that) it will be sunny tomorrow.。要表示否定的 that 子句時，則使用 I'm afraid not.（➡p.369）。

so 大多放在 think, hope, expect, believe, say, tell, hear, suppose, guess, imagine 等動詞的後面。

② so V S 和 so S V

Target 413

(1) I often go to the library, and **so** *does my sister*.
(2) They say the greatest gift we have is our health, and **so** *it is*.
　(1) 我時常去圖書館，我姊姊也是。
　(2) 人們說我們所擁有最棒的禮物就是健康，的確如此。

■**「<主詞>也是如此」**

例句(1)的< **so** +（助）動詞+主詞>意指「<主詞>也是如此」，表示主詞和前面敘述的內容相符。此時主詞要加重發音，因為它才是真正要傳達的訊息（➡p.232）。

■**「的確如此」**

例句(2)的< **so** +主詞+（助）動詞>意指「的確如此」，因為是用來確認前面敘述的內容，所以（助）動詞要加重發音。

▷ "It is getting dark in this room." "**So it is**."
（「房間裡愈來愈暗了。」「的確如此。」）

Check 172 請配合中文語意，重組括弧內的英文。

1) 「南西要來參加派對嗎？」「我想是吧。」
"Is Nancy coming to the party?" "(so / guess / I)."

2) 我昨天上學遲到，而且我兄弟也是。
I was late for school yesterday, and (my brother / was / so).

3 表示兩個子句邏輯關係的副詞

Target 414

(1) Hurry up; **otherwise** we won't get good seats.
(2) This computer is very good. **However**, it is too expensive.
(1) 快點！否則我們就坐不到好位子了。
(2) 這台電腦非常棒，不過太貴了。

■表示兩個句子的邏輯關係

例句(1)在祈使句後面使用 **otherwise**，帶有「否則」的意思，可用於串連兩個句子的條件句意。

例句(2)的 **however** 是「不過／但是」的意思，可用於表示兩個句子的對比。

表示兩個句子邏輯關係的副詞有：
furthermore / moreover（此外）
besides（而且）
therefore / thus（因此）
hence（因此）
nevertheless（雖然如此）
nonetheless（但是）

▷ I haven't seen that movie. **Therefore** I can't talk about it.
（我沒有看過那部電影，因此我無法談論它。）

上面這些副詞用於表示前後兩個句子之間所呈現的關係，在用法上必須和連接詞有所區別。例如將 I slept nine hours last night.（我昨晚睡了九個鐘頭。）這句英文和 I'm still sleepy.（我還是想睡。）相連結時，會變成：

▷ I slept nine hours last night. **However**, I'm still sleepy.

▷ I slept nine hours last night, **but** I'm still sleepy.

× I slept nine hours last night, *however* I'm still sleepy.

→ 因為 however 是副詞，所以無法像連接詞那樣將兩個句子併為一句

Check 173 請由括弧內挑出正確的答案。

1) Let's take a taxi. It's getting dark. (Besides / Nonetheless), it's starting to rain.
2) I tried hard to solve the problem. (However / Therefore), I couldn't.

Check 問題的解答

168 1) the box carefully 2) always 3) in Paris next year 4) abroad

169 1) 她和孫子們快樂地生活在一起。
2) 幸運地，颱風沒有接近台灣。

170 1) late 2) hardly 3) nearly

171 1) ago 2) very 3) either 4) yet

172 1) I guess so 2) so was my brother

173 1) Besides 2) However

第 23 章 介系詞

學習要項

Part 1　概念

介系詞的核心概念

1 介系詞應該放在哪裡

介系詞既稱之為「介系詞」，引介的又是什麼「關係」呢？基本上介系詞放在名詞前面，用來表示名詞在句子裡有什麼功用，以及名詞和動詞、或是名詞和名詞之間是如何連結的。

2 介系詞的核心概念非常重要

雖然介系詞的數量有限，但是每一個常用的介系詞皆有各種不同的意思，即使逐一背誦，也未必能完全掌握其全貌，所以重點在於理解各介系詞的核心概念，因為其他意思都是從此核心概念衍生出來的。

現在就以 in 為例，看看幾個不同用法。

● 表場所「內部」的 **in** ←最具體而基本的概念

Our son is playing **in** his room.

（我們的兒子在他自己的房間裡玩耍。）

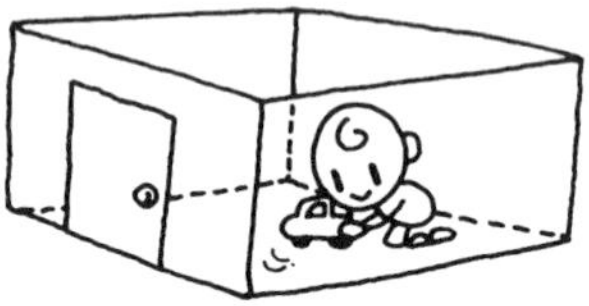

● 穿著的 **in**

My wife was dressed **in** a white dress.

（我太太穿了一件白色洋裝。）

套用在衣服＜裡面＞的概念。

● 表形態的 **in**

We danced **in** a circle.
（我們圍成圓圈跳舞。）

套用在某種形狀＜當中＞的概念。

● 表時間「之內」或「～之後」的 **in**

(a) We visited our grandparents **in** the summer.
（我們在夏天拜訪了祖父母。）

(b) Our son will be back **in** a few hours.
（我們的兒子再過幾個鐘頭就會回來。）

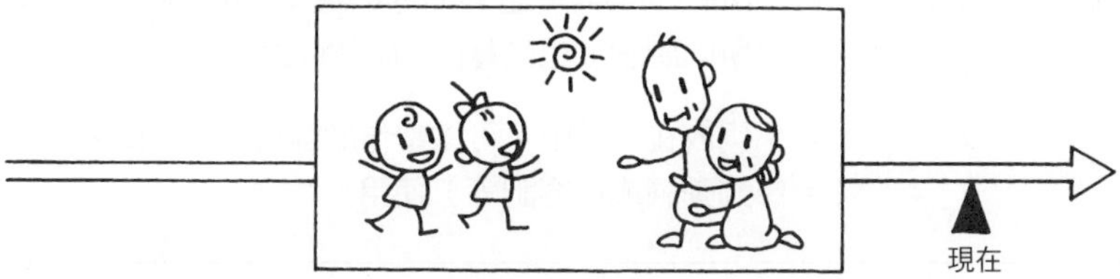

試著在腦海中浮現某段期間＜之內＞的影像。描述該段期間內做過的事情，用法如同例句(a)「我們在夏天拜訪了祖父母」。例句(b)則是指在數小時＜當中＞，兒子就會回來，可以想成是「穿過數小時＜當中＞」→「經過幾個鐘頭」。

Part 2 理解

1 介系詞的形式與功用

介系詞的主要功用在於引介名詞、代名詞，以及動名詞等帶有名詞作用的詞語。

比較看看

(a) The book **on the desk** is not mine.
（桌上的那本書不是我的。）
(b) Put the book **on the desk**.
（把那本書放在桌上。）

■介系詞的功用

雖然上面例句(a)和(b)都是使用 on the desk 的形式，但是在句子裡的功用卻不一樣。

作為形容詞片語修飾名詞

例句(a)的 The book on the desk 是句子的主詞，意思是「桌上的那本書」，這裡的 on the desk 是修飾正前面名詞 The book 的形容詞片語。

作為副詞片語修飾動詞

例句(b)的 the book 是 Put 的受詞，而 on the desk（桌上）是表示場所的副詞，也是修飾動詞 Put 的副詞片語。

介系詞放在句子中，可以**當作形容詞**（＝修飾名詞）**或副詞**（＝修飾動詞或形容詞等）**使用**。

●介系詞的受詞

放在介系詞後面的詞語稱為**介系詞的受詞**，共有下列幾種：

➤ 名詞與代名詞

I went shopping *with* **Mary** yesterday.（我昨天和瑪麗去購物。）
I met Mary *at* **the station**, and I went shopping *with* her.
（我在車站遇到瑪麗，然後和她一起去購物。）
有人稱代名詞時，注意要改成受格，例如 her（× with *she*）。

➤ 動名詞

My brother used my computer *without* **asking** for my permission.
（我弟弟沒有得到我的允許就用了我的電腦。）
因為動名詞是當作名詞使用（➟p.195），所以可作為介系詞的受詞。此外，即使不定詞有名詞的用法，也不可以作為介系詞的受詞。

➤ 名詞子句

The future of this planet depends *on* **whether we can protect the environment**.
（地球的未來取決於我們能否保護環境。）

上面例句中的名詞子句 whether we can protect the environment 是介系詞 on 的受詞。

that 子句置於介系詞之後，用法是 in that...（➡p.578）。if 子句不接在介系詞之後。

PLUS 124 當介系詞的受詞為形容詞、副詞或介系詞片語時

形容詞、副詞或介系詞片語雖然也可以接在介系詞之後，但僅限於底下情形。

●形容詞

for free（免費）、for sure（的確）、for long（長久以來）等。

I'll pay you back the money *for* **sure**.
（我一定會還你錢。）

●副詞

from abroad（自海外）、until recently（直到最近）等。

We have a visitor *from* **abroad** today.
（今天我們有來自海外的賓客。）

→不能說×study in abroad 或×go to abroad

●介系詞片語

from under the desk（從桌子底下）、since after the war（自從大戰以來）等。

My hamster appeared *from* **under the desk**.
（我的黃金鼠從桌子底下出現。）

Check 174 請將括弧內的介系詞放入適當的位置。

1) He lives that house. (in)
2) The girl long hair is my daughter. (with)
3) You cannot solve the problem reading the textbook. (without)

2 介系詞的用法

1 主要的介系詞及其用法

以下介紹幾個經常使用的介系詞及其用法。

① at

Target 415

(1) Mike arrived **at** the theater.
(2) The meetings usually begin **at** ten.
　(1) 麥可到達戲院了。
　(2) 會議通常十點開始。

■基本意義：在場所、時間上的一點

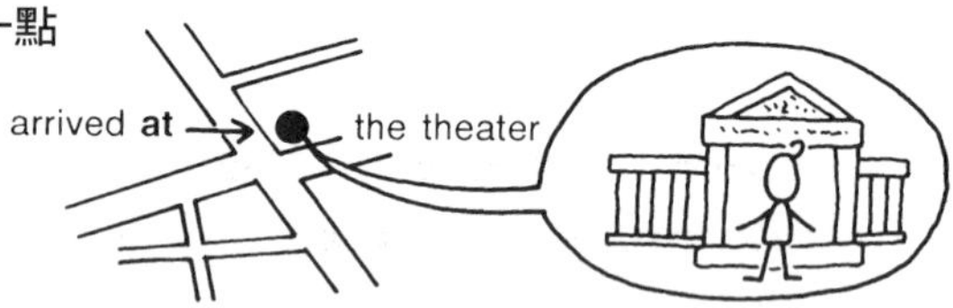

◆表示一點

at 基本上表示「一點」。

表示場所的一點

例句(1)是把戲院當作＜**場所的一點**＞，所以可以用 at。要表示「戲院正門口」，可以說 **at** the front gate of the theater。

表示時間的一點

例句(2)是把會議「開始」的十點鐘當作＜**時間的一點**＞，所以可以用 at。注意不要用中文思考「由十點開始」，否則容易誤用成 from。

■引申意義

●方向

He aimed his bow and arrow **at** the target.（他將弓箭瞄準標靶。）

●所屬

Lisa is a student **at** Princeton.（莉莎是普林斯頓大學的學生。）

●從事

James is **at** work in the computer room.（詹姆斯在電腦室工作。）

at dinner（晚餐中）、**at** school（在學校／就學中）也是一樣的用法。

●狀態

I feel **at** ease when I'm with you.（和你在一起時，我覺得很輕鬆。）

at a loss（不知所措）也是一樣的用法。

●價格、速度

I bought this coat **at** a discount.（我在打折的時候買下這件外套。）

I was driving **at** forty miles per hour.（我以時速四十英里的速度開車。）

●關聯

Susie is good **at** swimming.（蘇西很會游泳。）

●極限

The garden is **at** its best in June.（這個花園在六月的時候最美。）

at (the) least（至少）、**at** (the) worst（最差）也是一樣的用法（➡p.233）。

●情感因素

We were surprised **at** his bad manners.

（我們對他的無禮感到驚訝。）（➡p.150）

② in

Target 416

(1) I happened to see Cindy **in** the theater.

(2) I first visited Germany **in** 1991.

(1) 我碰巧在戲院遇到辛蒂。

(2) 我在一九九一年首次造訪德國。

■基本意義：在場所、時間的範圍內

◆**表示內部**

▌場所內

▌時間內

表示場所的in，基本上要用在如例句(1)中戲院那樣的**立體空間**內。

表示時間的 in，是用在**某段期間內**，如例句(2)的「1991年」，是在 in 的後面放入大範圍的時間。

■引申意義

●動作的方向

I threw the letter **in** the fire.（我把信丟入火中。）

●穿著

I dressed **in** my best clothes to go to the opera.
（我穿上我最好的衣服去聽歌劇。）

●狀況、環境

Don't go out **in** the rain.（下雨的時候別外出。）

●狀態

I'm **in** love with her.（我愛上她了。）

●從事

He is **in** publishing.（他在出版界工作。）

be **in** business（做生意）

●關心的範圍

I am interested **in** Chinese history now.（我現在對中國歷史很有興趣。）

●手段、方法

Please sign your name here **in** ink.（請用墨水筆在這裡簽名。）

speak **in** English（說英語）

●形態

The students stood **in** a line.（學生們站成一列。）

●時間的經過

I think he'll be a millionaire **in** a year.（我認為他會在一年後成為百萬富翁。）

<時間長度>的表現方式是把時間放在 in 後面，in ～為「（從現在開始算起）～之後」的意思，此時不用 after（➡p.545）。

③ on

Target 417

(1) Pick up those toys **on** the table.
(2) How about having dinner **on** Christmas Eve?

(1) 把桌上那些玩具撿起來。
(2) 在聖誕夜共進晚餐如何？

■基本意義：接觸

◆表示接觸

▌場所的接觸

表示場所的 on 是指直線或平面的**接觸**，雖然大多數的 on 都如例句⑴翻譯成「～之上」，但是要注意 on 並不是指場所的上下，而是指表面的接觸。

▷ There is a fly **on** the ceiling.（天花板上有一隻蒼蠅。）

▌時間的接觸

表示時間的 on 是指**特定的日子**，如例句⑵的「聖誕夜」就要用 on。

■引申意義

●鄰近

He owns a bookstore **on** Oxford Street.（他在牛津街有一家書店。）

a house **on** the river（一棟靠河邊的房子）

●動作的對象

He is concentrating **on** his experiment.（他全神貫注在他的實驗上。）

wait **on**～（伺候用餐賓客）

●主題

He wrote an essay **on** modern pop music.（他寫了一篇關於現代流行樂的論文。）

speak **on**～（演說關於～主題）

注意

表示主題的 on 和 about

通常偏向學術的專業主題用 on，一般內容則用 about。

a book **on** ancient Roman art（一本關於古羅馬藝術的書）

a book for children **about** animals（一本關於動物的童書）

about 也常用於傳達「關於～」。

What are you talking **about**?（你在說些什麼？）

23 介系詞

●依賴

Don't depend **on** others.（不要依賴他人。）

rely **on**～（依賴～）、count **on**～（依靠～）

●手段、方法

I usually go to school **on** foot.（我通常走路上學。）

speak **on** the phone（講電話）、watch a drama **on** television（看電視劇）

●狀態、進行

The house is **on** fire!（這棟房子著火了！）

on duty（工作中）、**on** sale（出售）

●時間的接觸（同時）

On getting home, I phoned Mike.（我一到家，就打電話給麥可。）（➡p.201）

④ 表示時間的 at / in / on 及其用法

比較看看

(1) We left the hotel **at** *10 a.m.*（我們早上十點離開飯店。）

(2) We came to this town **on** *July 20.*（我們在七月二十日來到這個城鎮。）

(3) Sally graduated from college **in** *1995.*（莎莉在一九九五年從大學畢業。）

◆**at 表「時刻」**

at是＜時間的一點＞，基本上是用在如例句(1)表示「**時刻**」的場合。

◆**on 表「日期／星期」**

表示時間的 on，其範圍比表示時刻的 at 更大，例如例句(2)的 on 是用在**日期**或**星期**。

◆**in 表「月／年」**

表示時間的 in，其範圍比 at 或 on 更大，例如例句(3)的 in 是用在**月**、**季節**、**年**、**世紀**等。

PLUS 125 morning / afternoon / evening **和介系詞**

Jim often goes to the pub **in** *the evening*.（吉姆常常在傍晚去酒吧。）

一天當中 morning / afternoon / evening 用 in，並且要加上 the，但是 night 則用 at night。

不過，若提到特定的日期時，morning / afternoon / evening / night 都使用 on。

My sister was born **on** *the night of July 7.*
（我妹妹是在七月七日的晚上出生的。）

Check 175 請由括弧內選出適當的介系詞。
1) I saw your father standing (at / in / on) the bus stop.
2) I usually get up (at / in / on) ten (at / in / on) Sundays.

⑤ from

Target **418**

⑴ Has the train **from** Osaka arrived?
⑵ I'll be on vacation **from** July 24.
⑴ 從大阪出發的火車已經到達了嗎？
⑵ 我從七月二十四日起開始休假。

■基本意義：出發點、起點

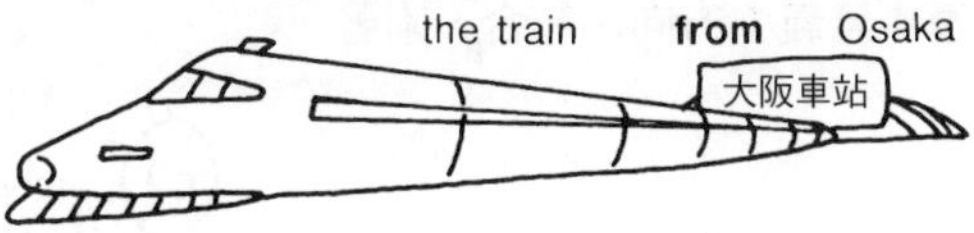

◆**出發點、起點**

from 基本上表示動作的＜**出發點、起點**＞，多半會用 from A to B（從 A 到 B）的形式來同時表示起點和終點。

例句⑴是表示出發地，例句⑵是表示時間的起點。

■引申意義

●出身、起源

Steven is **from** Australia.（史蒂芬來自澳洲。）

●分離、免於

We must protect children **from** violence.（我們必須保護兒童免於暴力。）
keep away **from**～（遠離～）、prevent O **from** V-ing（預防 O 不會～）、prohibit O **from** V-ing（禁止 O～）也是一樣的用法。

●原因、根據

He is suffering **from** a stomachache.（他患有胃痛。）
die **from**～（死於～原因）、result **from**～（肇因於～）（➡p.558）

●區別

Your viewpoint is totally different **from** mine.

（你的觀點和我的完全不同。）

distinguish A **from** B / tell [know] A **from** B（區別 A 和 B）

●原料

Butter is made **from** milk.（奶油是用牛奶作成的。）

材料發生變化時用 from，沒有發生變化時用 of（➡p.558）。

⑥ to

Target 419

(1) Let's go **to** the park and feed the ducks.

(2) Attach your name tag **to** the bag, please.

(1) 我們去公園餵食那些鴨子吧。

(2) 請把名牌繫在包包上。

■基本意義：方向、結合、附著

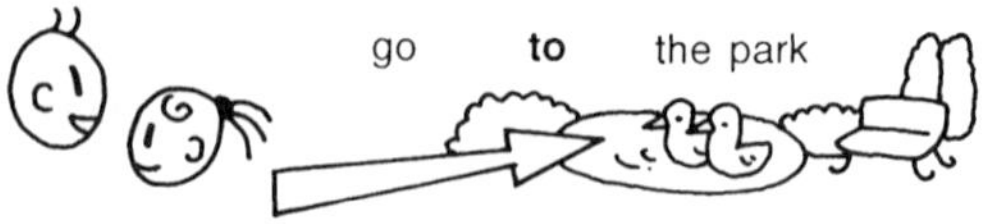

◆**方向、到達點**	to是「朝向～」的意思，不僅表示**方向**，還包含了**到達點**，例句(1)的 the park（公園）就是以 to 表示到達的地點。
◆**結合、附著**	例句(2)雖然同樣也是表示到達點，不過這裡是「附著」的意思。

■引申意義

●動作的對象

He suddenly spoke **to** me.（他突然對我說話。）

●範圍、界限

I got wet **to** the skin.（我溼透了。）

to some extent（到某種程度為止）

●結果

Eat **to** your heart's content.（吃到心滿意足為止。）

參考 to *one's* joy [sorrow / disappointment / surprise / relief] 意指「令人喜悅 [悲傷／失望／驚訝／放鬆]」。
To my surprise, Sam was awarded the first prize.
（令我驚訝的是，山姆竟然得到第一名。）

●一致

I hope this gift is **to** your liking.（希望這份禮物合你的意。）

●比較

I think this novel is superior **to** that one.（我認為這本小說比那本優秀。）

prefer A **to** B（比起 B 比較喜歡 A）（➡P.263）

⑦ for

Target 420

(1) The train has already left **for** Kaohsiung.
(2) I am staying here **for** a few days.

(1) 火車已經開往高雄了。
(2) 我會在這裡待上幾天。

■基本意義：方向、期間

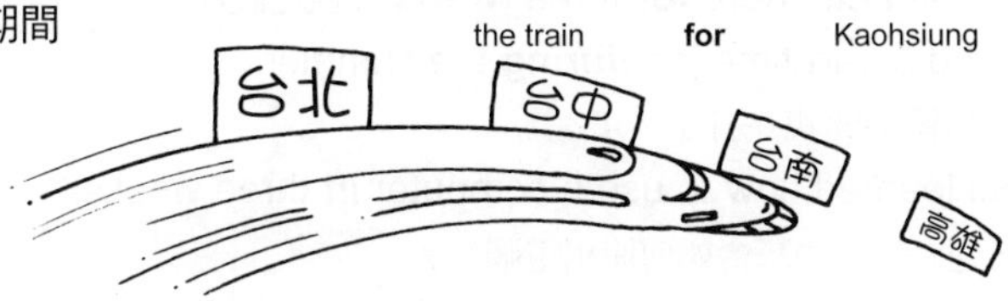

◆**方向**

for 後面連接表示場所的名詞，如例句(1)帶有「前往～」的意思，表示＜**往目標前進**＞。

◆**期間**

for 如例句(2)後面連接表示時間的名詞時，基本上表示＜**期間**＞，指「～的一段時間（一直）」之意。**for** ages（長時間）也是一樣的用法。

■引申意義

●利益、目的、追求

They held a farewell party **for** me.（他們為我舉行了送別會。）

The politicians are campaigning **for** the coming election.
（政治人物為了即將來臨的選舉而展開競選活動。）

●對象

I'm looking **for** Martin.（我在尋找馬丁。）

I recommend this racket **for** a beginner.（我推薦這隻球拍給初學者。）

care **for**～（照顧～）

●交換、替代、代價

I took Steve **for** his brother.（我把史蒂芬誤認成他哥哥。）

I paid 10,000 dollars **for** these sneakers.（我花了一萬元買這些球鞋。）

stand **for**～（代表～）、exchange A **for** B（拿 A 換 B）、**for** nothing（免費）

●原因、理由

Joe was fined **for** speeding.（喬伊因為超速被罰款。）

for the reason（由於～原因）、be famous **for**～（以～聞名）

●支持、贊成

Are you **for** his proposal?（你贊成他的提案嗎？）

「反對」用 against 表示。（→Are you **against** his proposal?）

⑧ 表示期間的 for / during / in 及其用法

比較看看

(1) I have been here **for** three weeks.（我已經在這裡待了三周。）

(2) I had a part-time job **during** the summer.
（暑假期間我在打工。）

(3) He learned how to use a computer **in** three weeks.
（他在三周內學會如何使用電腦。）

◆**for 表持續多長的期間**

for 表示某件事情持續「多久」，如例句(1)就可以使用 for。

◆**during 表特定的期間**

例句(2)的「在夏天」可以 during 表示，意指「在～期間／在～時候」。

▷ I slept **for** *ten minutes* **during** *the meeting.*
（我在開會的時候睡了十分鐘。）

◆**in 表動作所需的時間**

in 如例句(3)所示，可用於表示「做～所需的時間」。

▷ Can you finish this job **in** a day?
（你可以在一天之內完成這件工作嗎？）

Check 176 請配合中文語意，在空格內填入適當的介系詞。

1) 我們搭機從巴黎到倫敦。
We took the plane ______ Paris ______ London.

2) 我為茱莉亞買了一枚鑽戒。
I bought a diamond ring ______ Julia.

3) 你何不在寒假讀這本書呢？
Why don't you read this book ______ winter vacation?

⑨ of

Target 421

(1) Every member **of** the club attended the ceremony.
(2) A monkey robbed me **of** my lunch box.
(1) 社團的每一個成員都出席了這個典禮。
(2) 一隻猴子搶走了我的午餐盒。

■基本意義：所屬、所有、分離

◆所屬、所有

of 如例句(1)表示＜**所屬、所有**＞的意思。

◆分離

of 也可以表示＜**分離**＞，如例句(2)用在要把 me 和 my lunch box 分開時。

deprive A **of** B（從 A 奪走 B）、be independent **of** ~（由～獨立出來）也是一樣的用法。

■引申意義

●部分

Three **of** my classmates got full marks in math.
（我們班上有三個人拿到數學滿分。）

●原因、理由

Mr. Jones died **of** cancer.（瓊斯先生死於癌症。）

●材料

This pendant is made **of** crystal.（這個墜子是水晶做的。）

PLUS 126 of 和 from 的用法區別

表示＜原因＞和＜材料／原料＞時，of 和 from 的用法區別如下：

●原因：直接的原因用 of，間接的原因用 from。

Mr. Jones died **of** cancer.（瓊斯先生死於癌症。）

In some countries many people die **from** poverty.

（在有些國家，很多人死於貧窮。）

●材料／原料：材料／原料沒有發生變化時用 of，加工後產生變化則用 from。

This jacket is made **of** leather.（這件夾克是皮製的。）

This burger is made **from** soybeans.（這個漢堡是大豆做的。）

以上為原則性區分，實際上混用的情形很多。

●關聯

I like to read stories **of** adventure.（我喜歡閱讀冒險故事。）

remind A **of** B（提醒 A 有關 B 的事）也是一樣的用法。

●特徵、性質

Mr. Hamilton is a man **of** ability.（漢彌爾頓先生是個有能力的人。）

●同位語（➟p.429）

The three **of** us went there.（我們三人去了那裡。）

⑩ by

Target **422**

⑴ That man standing **by** Jane is Scott.

⑵ That strange building was designed **by** my uncle.

⑴ 站在珍旁邊的男子是史考特。

⑵ 那棟奇怪的建築是我叔叔設計的。

■基本意義：接近

◆**鄰近**　by 基本上如例句⑴所示，表示＜**接近、鄰近**＞的意思。

◆**動作者**　by 也可如例句⑵所示，表示**動作者**。

■引申意義

●手段、方法

I reserved a hotel room **by** fax.（我用傳真預訂了飯店房間。）

by train（搭火車）、**by** car（搭車）也是一樣的用法。（➡p.469）

●時間的期限

I'll be back **by** 3:30.（我會在三點半前回來。）

●差異

I missed the train **by** two minutes.（我晚了兩分鐘錯過那班火車。）

●單位

Eggs are sold **by** the dozen.（雞蛋是成打出售。）（➡p.467）

●經由

He came in **by** the back door.（他從後門進來。）

●判斷基準

You shouldn't judge a person **by** his or her appearance.

（你不該由外表判斷一個人。）

⑪ by 和 until 的用法

Target **423**

⑴ You must finish this job **by** noon.

⑵ I waited for his call **until [till]** midnight.

⑴ 你必須在中午前完成這個工作。

⑵ 我等他的電話直到午夜。

■ **by 表＜期限＞**　by 表＜**期限**＞，也就是會在某期限之前做好某事的意思。

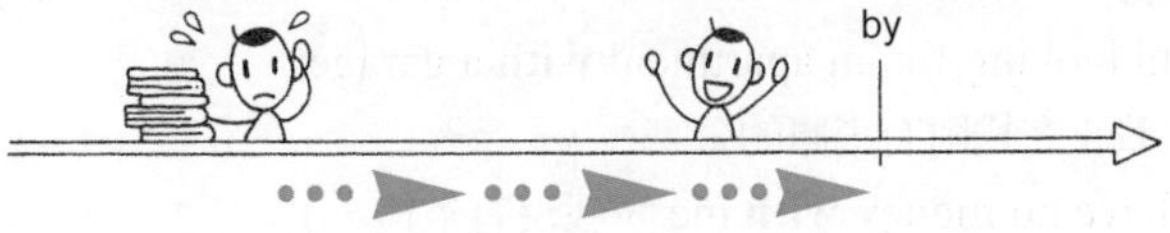

■**until 表＜持續＞**　until [till]表＜**持續**＞，也就是動作或行為持續到那時。

⑫ with

Target 424

(1) Come **with** me, please.
(2) Something is wrong **with** this computer.
(1) 請跟我來。
(2) 這台電腦有點問題。

■基本意義：同伴、關係、關聯

◆同伴

with如例句(1)的「和～在一起」，基本上是表示<**同伴**>之意。

◆關係、關連

with 也可用於像例句(2)那樣表示**關係**或**關聯**。

▷ I have nothing to do **with** the robber.
（我和那個搶匪一點關係也沒有。）

■引申意義

●對象

I agree **with** you（我同意你。）

argue **with**～（和～爭辯）也是一樣的用法。

●原因

She is busy **with** her homework.（她忙於做作業。）

●附有

I'm looking for an apartment **with** a garage.
（我正在找附有車庫的公寓。）

I have no money **with** me.（我沒有帶錢。）

●器材

Vicky ate her *noodles* **with** a fork.（薇琪用叉子吃麵。）

注意 用by表示＜方法、手段＞　要表示交通或溝通方式時，可以使用by，如 I want to send this letter **by** airmail.（我想要用航空方式郵寄這封信。）

He filled the bottle **with** spring water.（他把泉水注入瓶內。）

●狀態

She solved the problem **with** ease.（她輕而易舉地解決了問題。）

●附帶狀況（➟p.228）

He entered the dark house **with** his legs shaking with fear.

（他懷著恐懼、顫抖著雙腿走進了這棟漆黑的屋子。）→with fear 的 with 表「原因」

Check 177 請配合中文語意，在空格內填入適當的介系詞。

1) 他十八歲時就離開雙親獨立。
He became independent ______ his parents at the age of eighteen.

2) 突然間，一個陌生人對我說話。
Suddenly, I was spoken to ______ a stranger.

3) 我父親將會在八點以前回到家。
My father will come home ______ eight o'clock.

4) 湯姆用一把刀切斷了繩索。
Tom cut the rope ______ a knife.

2 其他介系詞的用法

① about

Target **425**

They were talking **about** the accident.
他們談論著這起意外。

■關於、大約

about基本上表示「**關於**」之意，但也可用來表示「周邊」，如下所示。

▷ I walked **about** the town.（我在城裡閒逛。）

▷ I think he is **about** sixty.（我想他大概六十歲。）
→可將 about 當成副詞

② after / before

Target 426

(1) Let's play tennis **after** school.
(2) He got home **before** five o'clock.
(1) 我們放學後來打網球吧。
(2) 他五點前回到家。

■表時間、順序的前後

after

after的基本意思是「在～之後」，另外也可表示順序，如下所示：

▷ Whose name is **after** yours on the roll?
（名冊上誰的名字排在你後面？）

after 也有「追～」的意思。

▷ The police are **after** the robber.（警方追著那個搶匪。）

before

before 的基本意思是「在～之前」，另外也可表示順序，如下所示：

▷ I think you were **before** me in the queue.
（我想你在隊伍裡是排在我前面的。）

③ along / across / through / around

Target 427

(1) We walked **along** the river.
(2) The man tried to swim **across** the channel.
(3) The train went **through** a tunnel.
(4) Please sit **around** the big table.
(1) 我們沿著河邊走。
(2) 男子試著游泳橫越海峽。
(3) 火車穿過隧道。
(4) 請圍著大桌子坐下。

■表示方向

along

along 的基本概念是「沿著直線前進」。

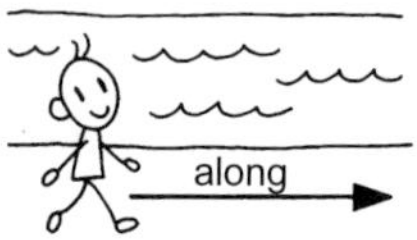

across

across 的基本概念是「橫越平面」。

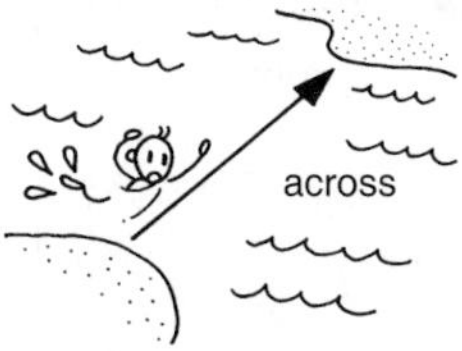

across 也有「～的對面」之意。

▷ My house is just **across** the street.
（我家就在正對街。）

through

through 的基本概念是「穿過」。

▷ I can see him **through** the window.
（我可以透過窗戶看到他。）

表時間時，through 意指「整個期間／自始至終」。

▷ He lived in Texas all **through** the 1950s.
（他整個一九五〇年代都住在德州。）

around

around 的基本概念是「～的周圍」，另外也可指「～的各處」。

▷ We walked **around** the small town.
（我們在小鎮上到處走走。）

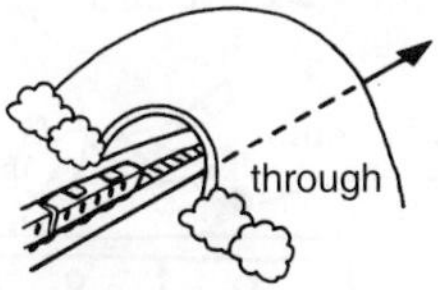

④ in front of / behind / opposite

Target **428**

(1) Don't park your car **in front of** this building.
(2) The post office is **behind** that building.
(3) The bank is **opposite** that building.
(1) 不要把車子停在這棟建築物前面。
(2) 郵局在那棟建築的後方。
(3) 銀行在那棟建築的對面。

■表示場所

in front of

in front of表示「～的前面（正面）」，behind表示「～的後面（內側）」。

behind 用於時間時，意指「比（預定的時間）晚」。

▷ The concert started 30 minutes **behind** schedule.
（音樂會比預定的時間晚了三十分鐘開始。）

opposite

opposite意指「（隔著馬路等）～的對面」，常用across (the street [road]) from～ 表示。

▷ The bank is *across* (*the street [road]*) *from* that building.

⑤ into / out of / onto

Target 429

(1) Please go **into** the living room.
(2) Come **out of** the kitchen now!
(3) The cat jumped **onto** the TV set.
(1) 請進入客廳。
(2) 馬上離開廚房！
(3) 貓咪跳上電視機。

■表示方向

into / out of / onto

into 的基本意思是「進入～裡面」，out of 是「從～的裡面到外面」，onto 是「到～上面」。

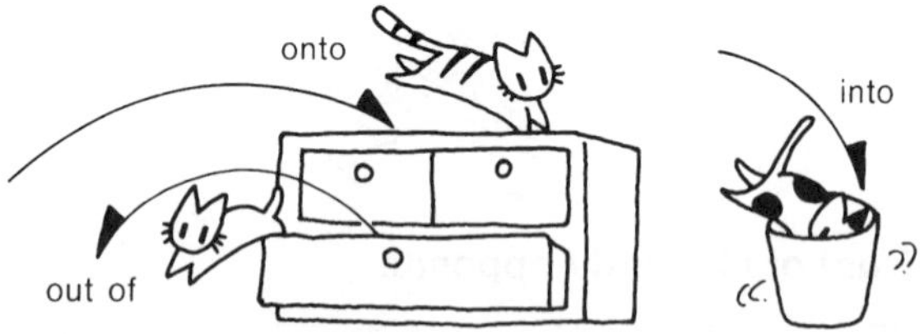

此外，into 也可指「變成～」。

▷ Would you translate this sentence **into** English?
（請你把這個句子翻譯成英文好嗎？）

⑥ over / under / above / below

Target 430

(1) The rain clouds were **over** our heads.
(2) I found my key **under** the desk.
(3) The people **above** us are very noisy.
(4) The sun sank **below** the horizon.

⑴ 這些雨雲在我們頭的上方。
⑵ 我在桌子底下找到我的鑰匙。
⑶ 我們上面那些人很吵。
⑷ 太陽沒入地平線。

■over 是正上方，under 是正下方

over 和 under 表示垂直的位置關係。over 表示＜上＞，意指「～的上面／～的上方」。另外也有＜正上方＞、「由上方覆蓋」之意。

under 表示＜下＞，帶有「～的下面／～的下方」之意。和 over 相反，under 表＜正下方＞、「開闊的下方空間」。

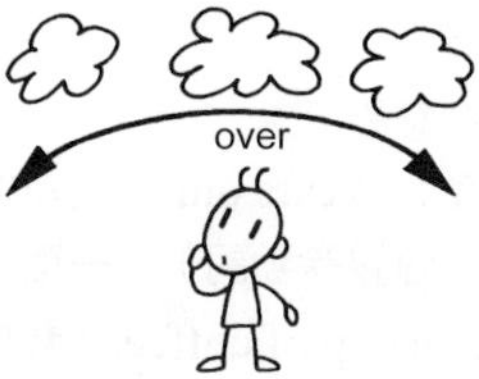

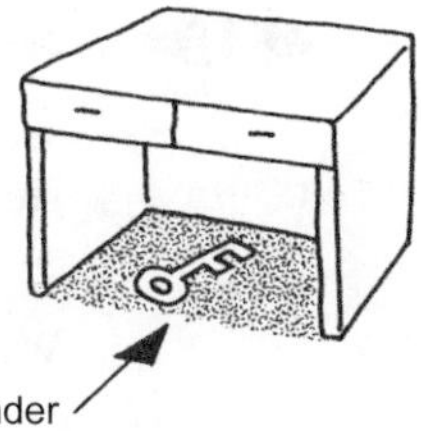

■above 表高於某個地方，below 表低於某個地方

above 用在「高於～之上」，below 用在「低於～之下」。

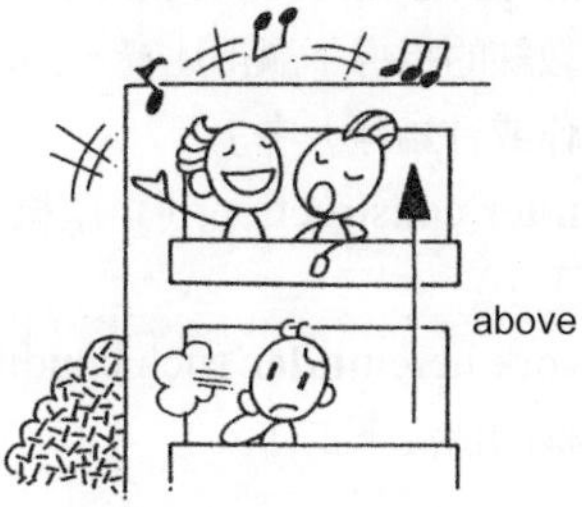

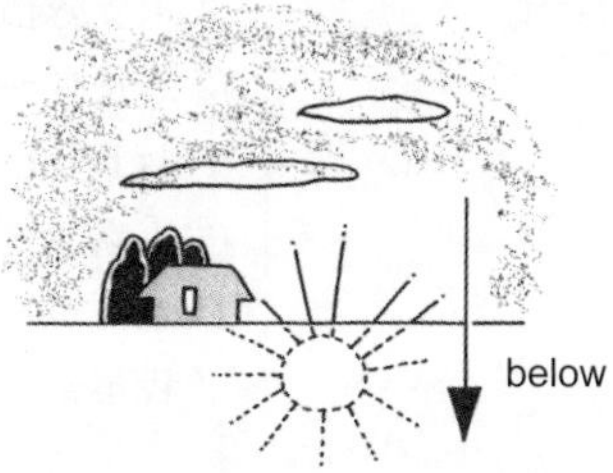

23 介系詞

above 和 below 用於＜高於～＞或＜低於～＞某基準時。

▷ Your score is **above** average.
（你的分數在平均之上。）

▷ The temperature remained **below** zero.
（溫度保持在零度以下。）

PLUS 127 **over 和動作動詞連用**

over 和動作動詞並用，帶有「越過～往前進」的意思。
The dog jumped **over** the fence.（那隻狗跳過圍籬。）

PLUS 128 **用 over 表示＜接觸＞**

over 表示＜接觸＞，也有「覆蓋在～上面（部分或全部）」的意思。
He spread a plastic sheet **over** the table.（他把塑膠桌布鋪在桌上。）

注意 **over 的注意用法**

①「超越～（數量等）」
He is well **over** 50 years old.（他安然度過五十歲。）
②（伴隨說話、睡覺等動詞）「一面～，一面～」
We talked **over** a cup of coffee.（我們一面說話一面喝咖啡。）

注意 **under 的注意用法**

①「在～（管理或統治等）之下」
The team won the game **under** the new coach.
（這支隊伍在新教練的指導下贏得比賽。）
②「正在～（動作或行為等）中」
This bridge is **under** construction.（這座橋正在施工中。）
③「處於～情況下」
I don't want to work here **under** such conditions.
（我不希望在這樣的情況下工作。）

⑦ between / among

Target 431

(1) Peter sat **between** Allison and Jane.

(2) He disappeared **among** the people in the crowd.

(1) 彼得坐在愛莉森和珍之間。

(2) 他消失在人群中。

■表示位置

between 是表示「介於兩者之間」，among 則用於「三個或三個以上的人或物之中」或「被某群體圍繞」時。

between

among

注意 **among 的注意用法**

< among ＋最高級＋複數名詞>是表示「～中最…的一個」（➡p.253）。

He is **among** the most popular comedians in Britain.

= He is one of the most popular comedians in Britain.

（他是英國最受歡迎的喜劇演員之一。）

Check 178 請配合中文語意，在空格內填入適當的介系詞。

1) 這條河流穿過森林注入大海。
This river runs ______ the forest and flows into the sea.

2) 房子的後方有一座美麗的庭園。
There was a beautiful garden ______ the house.

3) 麥可的分數在平均之下。
Mike's score was ______ average.

4) 孩子們聚集在兔子周圍。
The children gathered ______ the rabbit.

5) 我在松樹林裡發現了一間小木屋。
I found a small cabin ______ the pine trees.

3 介系詞片語

Target 432

(1) **According to** George, Mary got a love letter from Steve.
(2) Mike couldn't join the team **because of** his broken arm.
(1) 根據喬治所說，瑪麗收到一封史帝芬的情書。
(2) 由於麥可的手斷了，所以無法加入隊伍。

■介系詞片語的功用同單一介系詞

例句(1)的 according to（根據～）、例句(2)的 because of（由於～），以及 instead of（代替～）等，都是由兩個以上的單字組合成為單一介系詞使用，稱為**介系詞片語**。請參照本書附錄「介系詞片語」，好好掌握其意義和用法（➡p.598）。

Check 179 請配合中文語意，在空格內填入適當的介系詞。

1) 由於健康不佳，他必須取消這次旅行。
He had to cancel the trip ______ ______ ill health.

2) 別待在家裡，我們出去吧。
Let's go out ______ ______ staying home.

Check 問題的解答

174 1) He lives in that house.
2) The girl with long hair is my daughter.
3) You cannot solve the problem without reading the textbook.

175 1) at 2) at, on

176 1) from, to 2) for 3) during

177 1) of 2) by 3) by 4) with

178 1) through 2) behind 3) below 4) around 5) among

179 1) because of [owing to / due to] 2) instead of

第 24 章 連接詞

學習要項

Part 1　概念

連接詞的功用

英文在單字與單字之間留有空白，分開書寫，這是和中文不同之處。

She is leaving for Paris tomorrow.（她明天將前往巴黎。）

像這樣將每個單字分開書寫的句子，如果要將它和其他句子連結時，必須要有指示出個別句子是從哪個字開始、到哪個字結束的標記。例如將「我知道」＋「她明天將前往巴黎」連結起來就會變成：

I know **that** she is leaving for Paris tomorrow.

像這樣把一個句子和另外一個句子連結時，要有「黏著劑」，而「連接詞」就有此作用。

1 對等並排連接

連接詞有兩種，其中之一就是將兩個句子以對等形式連結，稱為**對等連接詞**。

Tim loves Ann, **and** Ann loves Tim.（提姆愛安，而安也愛提姆。）

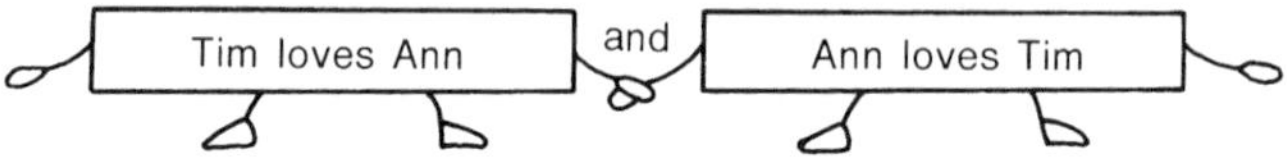

上個例句，即使把 Tim loves Ann 和 Ann loves Tim 分開來看，意思也是成立的。

2 以一方依賴另一方的形式連結

另外一種就是以一個句子依賴另外一個句子的形式相連結。

I won't go to the party **unless** you accompany me.
（除非你陪我，否則我不會去赴宴。）

單獨看 you accompany me 並沒有意義，必須用 unless 連結前面的句子，才能傳達出它真正的意思。像這種連接詞稱為**從屬連接詞**。

Part 2 理解

1 對等連接詞的用法

對等連接詞有 and, but, or, so, for 等，可連接單字、片語和子句。以下分別說明各字用法。

1 and

Target 433

(1) Gary arrived **and** we started the game.
(2) I bought a cheeseburger **and** French fries.
(1) 蓋瑞抵達，於是我們就開始比賽。
(2) 我買了一個起司漢堡和薯條。

■「…和～」

and 基本上是**連結兩者以上的事物**，所以可以如例句(1)連接子句和子句，或是如例句(2)連接單字和單字。and 也可以連接片語和片語。

參考

連接三個以上的詞語時，只要在最後一個詞語的前面加上 and 即可，例如連接三個詞語時，寫成 A, B(,) and C，and 前面的逗號可以省略。

He speaks English, German(,) **and** Chinese.
（他說英語、德語和中文。）

PLUS 129 come and see 的用法

以<動詞＋ and ＋動詞>的形式，來表示<動詞＋ to 不定詞>。

Come and see me tomorrow evening.（明天傍晚來看我。）

come and see 和 come to see 的意思幾乎相同，一般會使用祈使句中。同樣的表現方式還有 go and see（去看）或 try and see（試試看）等。

2 but

Target 434

I thought the story was true, **but** it wasn't.
我以為這個故事是真的，可是並非如此。

24 連接詞

■「… 但是～」

but 用於表示**前後內容矛盾或對立時**。例句在 I thought the story was true 後面用 but，來連結對立的內容 it wasn't (true)。

PLUS 130 It is true ... but～ / may ... but ～ / indeed ... but～

以上每一個句型都是表示「的確～，不過～」的＜讓步＞用法，此時重點放在 but 以下的內容。

It's true that used cars are cheap, **but** they're not always reliable.
（二手車是很便宜沒錯，不過不一定可靠。）
Pet dogs **may** be cute, **but** they're difficult to look after.
（寵物狗也許可愛，但是很難照顧。）

所謂＜讓步＞是指雖然事實和自己的主張相矛盾，但仍不改自己的主張。

3 or

Target **435**

I want to go to Hong Kong **or** Singapore this summer.
今年夏天我想要去香港或是新加坡。

■「～或～」

or 如同上面例句所示，用在**並列的選擇對象**時。

▷ Shall we go shopping **or** stay at home?
（我們該去買東西還是待在家呢？）

參考

連接三個以上的詞語時，只要在最後一個詞語的前面加上 or 即可，例如連接三個詞語時，寫成 A, B(,) or C，or 前面的逗號可以省略。
Will you have tea, coffee(,) or orange juice?
（你要喝茶、咖啡還是柳橙汁呢？）

PLUS 131 當 or 用在否定句

當 or 用在否定句時，帶有「兩者都不是～」的意思。
The road was not very wide **or** easy to find.
（那條路既不寬，也不容易找到。）

參考　想要直接在某些詞語後面換另一種說法表示時，可以使用 or，意指「換言之」。or 前面通常會加上逗號。
I'm majoring in psychology, **or** the science of the mind.
（我主修心理學，也就是心靈科學。）

4 and / but / or 的用法

① both A and B

Target 436

Steve can *both* speak **and** write Chinese.
（史帝芬會說和寫中文。）

■「A 和 B 都～」　both A and B 是「A 和 B 都」的意思，用在強調「無論哪一種都～」時。

② either A or B / neither A nor B

Target 437

(1) I think she is **either** a president **or** a director.
(2) The boy **neither** admits **nor** denies that he told a lie.
(1) 我認為她不是董事長就是總監。
(2) 那個男孩既不承認也不否認他說謊。

■「不是 A 就是 B」　either A or B 意指「不是 A 就是 B」，用在強調「兩者之一」時。

■「既不是 A 也不是 B」　neither A nor B 意指「既不是 A 也不是 B／A 和 B 都不是」，用在否定兩者時。

③ 祈使句＋ and / or

Target 438

(1) *Get up early tomorrow*, **and** you will have time to eat breakfast.
(2) *Drive more slowly*, **or** you will have an accident.
(1) 明天早點起床，你才有時間吃早餐。
(2) 開慢一點，否則你會發生車禍。

■祈使句＋and

如例句(1)，在祈使句後面使用 and，帶有「如此一來…」的意思。

■祈使句＋or

如例句(2)，在祈使句後面使用or，帶有「否則…」的意思。

參考 含 must 或 had better 的句子和 or 連用時，此時的 or 也帶有「否則～」的意思。

You *had better* take a taxi, **or** you'll miss your train.
（你最好搭計程車，否則會錯過火車。）

④ not A but B / not only A but (also) B

Target 439

(1) He has **not** one **but** two computers.
(2) He speaks **not only** English **but (also)** Spanish.
(1) 他擁有兩台電腦，而不是一台。
(2) 他不僅會說英語，還會說西班牙語。

■「是 B 而不是 A」

not A but B 意指「是 B 而不是 A」。

■「不僅 A，連 B 也～」
as well as

not only A but (also) B 意指「不僅 A，連 B 也～」，重點放在 B。as well as 也可表示幾乎相同的意思，但是強調的重點不同，as well as 的用法為 A as well as B，重點放在 as well as 之前的 A。所以如果要用 as well as 來改寫例句(2)的話，就必須把 Spanish 和 English 的位置互換如下：

▷ He speaks Spanish **as well as** English.

參考 當 not only A but (also) B 的 not only 放在句首，有時會出現倒裝 （➡p.421）。

Not only English **but (also)** Spanish does he speak.

參考 在 not A but B / not only A but (also) B 的用法中，可在以 but 連結的 A 和 B 中放入子句或片語。

The question is **not** *how he did it*, **but** *why he did it*.
（問題不在於他如何做，而在於他為何做這件事情。）
I was fascinated **not only** *by his smile* **but also** *by his voice*.
（我不僅被他的微笑、也被他的聲音吸引。）

參考 在 as well as 的後面接動詞時，有時也可以用 V-ing 形式。
He **not only** plays the guitar, **but also** sings.
He sings **as well as** *playing* the guitar.
（他不只彈吉他，同時也唱歌。）

5 nor

Target 440

(1) What I need is *not* fame, **nor** money.
(2) I don't want to see a snake, **nor** do I want to touch one.
　(1) 我需要的既不是名聲，也不是金錢。
　(2) 我既不想看到蛇，也不想摸到蛇。

■「既不是 A 也不是 B」

如例句(1)在 not, never, no 等後面使用 A nor B（A, B 可以是詞語）時，表示「既不是 A 也不是 B」。nor 有時可以用 or 取代（➡p.572），但 nor 的否定意味比 or 強。

參考 用 nor 連接三個以上的詞語時，形式如下（以連接三個詞語為例）：A nor B nor C。
This work cannot be done by you **nor** by me **nor** by anyone else.
（這件工作不是你、我或是任何人可以完成的。）

■連接子句

例句(2)＜子句, nor ＋子句＞，句中的＜ nor ＋子句＞表示「也不～」的意思。注意接在 nor 後面的句子必須像例句(2)的 *do I want* to touch one 使用倒裝句（➡p.420）。

6 so / for

Target 441

(1) You broke the speed limit, **so** you'll have to pay a fine.
(2) I got up at five, **for** I wanted to watch the sunrise.
　(1) 你超速了，所以要繳交罰金。
　(2) 我五點起床，就是因為想要看日出。

■so 表結果 for 表理由

so 的後面接＜結果＞（事件→結果），for 的後面則接＜理由＞或＜依據＞（結果←理由）。so 和 for 都只能夠用來連結子句和子句，且通常會在前面加上逗號。

參考 for 的用法比 so 正式，但口語較少使用 for。

Check 180 請配合中文語意，從括弧內選出適當的連接詞填入空格內。

1) 他不但是棒球選手，同時也是足球選手。
He is not only a baseball player (and / but) also a football player.
2) 天氣漸漸變冷了，所以我們就回家了。
It was getting colder, (so / for) we went home.
3) 你應該去參加舞會，否則你會錯過見到她的機會。
You should go to the party, (and / or) you will miss the chance to see her.
4) 我哥哥和我都是早起者。
Both my brother (and / nor) I are early risers.
5) 我既不有名，也不想成為名人。
I'm not famous, (and / nor) do I wish to be.

TIPS FOR YOU ▶ 17

主詞和句中主要動詞之間的一致性

配合主詞的單複數以決定句中主要動詞的單複數形式時，要注意下列事項：

① **主詞如＜ A and B ＞用連接詞 and 連結時 → 視為複數。**

Tom *and* Jerry **are** good friends.（湯姆和傑瑞是好朋友。）
To say *and* to do **are** different things.（說和做是不同的事情。）
但是所指的是同一個人或同一件事物時 → 視為單數。
The actor *and* singer **is** very popular among young people.
（這位演員兼歌手非常受到年輕人歡迎。）

② **主詞以＜ either A or B ＞或＜ neither A nor B ＞連結時 → 動詞原則上要和 or / nor 後面的 B 一致。**

Either you *or* your brother **has** to apologize to him.
（你或你兄弟其中一人必須向他道歉。）
Neither you *nor* he **is** right.（無論你還是他都不是正確的。）
= *Both* you *and* he **are** wrong.（你和他都是錯的。）

③ **主詞以＜ not only A but (also) B ＞連結時 → 動詞原則上要和 but 後面的 B 一致。**

Not only you *but also* I **was** wrong.（不僅是你，我也錯了。）

④ **主詞以＜ A as well as B ＞連結時 → 動詞原則上要和 A 一致。**

I *as well as* you **was** wrong.（不僅是你，我也錯了。）

2 引導名詞子句的從屬連接詞用法

名詞子句（➡p.310）是在句子中作為名詞使用的子句，可當作主詞、補語或受詞使用。

1 引導名詞子句的 that

Target 442

(1) *It* is true **that** Bill passed the entrance exam.
(2) The problem is **that** you never learn from your mistakes.
(3) I can't believe (**that**) he is an artist.

(1) 比爾通過入學考試是真的。
(2) 問題在於你從來不曾從錯誤中學習。
(3) 我無法相信他是一個藝術家。

■ that＋名詞子句

主語的功用

例句(1)的 that 子句是整個句子的主詞。若寫成 *That Bill passed the entrance exam* is true.，會使主詞變得太長，所以改用虛主詞 it（➡p.485）。

補語的功用

例句(2)的 that 子句是整個句子的補語。常用 The problem is that ...（問題在於…）的形式，這裡的 that 有時會省略。

The fact is that ...（事實是…）
The trouble is that ...（麻煩在於…）
The truth is that ...（真相是…）
The reason is that ...（理由是…）

受詞的功用

例句(3)的 that 子句是動詞 believe 的受詞。當 that 子句作為動詞的受詞時，大多會省略 that，但是有虛受詞 it 的句子則不能省略 that。

▷ He made **it** clear **that** we had to hand in our essays by the end of the month.
（他表明我們必須在本月底前交出論文。）

2 接在形容詞後面引導子句的 that

Target 443

I'm *sure* (**that**) he will succeed in business.
我確信他的生意會成功。

■形容詞＋(that)＋子句

that 子句經常和 sure（確信）、glad（高興）、sorry（抱歉）等表示<情感／心理狀態>的形容詞連用，此時大多會省略 that。

表示<情感／心理狀態>的分詞形容詞（➡p.511）後面，也可以接 that 子句。

▷ He was *disappointed* (**that**) you didn't call him.
（你沒有打電話給他，他很失望。）

PLUS 132 注意以下 that 子句的用法

●作為介系詞受詞的 **that** 子句

that 子句作為介系詞受詞的形式是 **in that**（在～點上／因為有～）

I'm lucky **in that** I have three brothers.
（我有三個兄弟是很幸運的。）

●表示同位語的 **that** 子句

that 子句也可以表示<同位語>關係。在<名詞＋ that 子句>的形式中，that 子句表示正前面名詞的具體內容（➡p.430）。

We heard the news **that** she won the gold medal in judo.
（我們聽到她贏得柔道金牌的消息。）

3 whether / if

Target 444

(1) It is unknown **whether** there is life on that planet.
(2) The question is **whether** the voters will elect her.
(3) She asked us **if [whether]** we wanted something cold.
(1) 那個星球上是否有生命存在是未知的。

⑵ 問題在於選民是否會選她。

⑶ 她問我們是否要些冷飲。

■whether / if
「是否～」

where 和 if 意指「是否～」，後面接表示＜選擇＞的名詞子句。whether子句可以如例句⑴當作主詞（這裡用虛主詞it），或是如例句⑵當作補語，也可以如例句⑶當作受詞，但是**if子句原則上只能當作動詞的受詞使用，如例句⑶所示**。相較之下，if 比 whether 更常出現在口語中。

Check 181 請配合中文語意，在空格內填入 that 或 whether。

1) 麻煩在於吉姆不喜歡搭飛機旅行。
The trouble is ______ Jim doesn't like traveling by air.

2) 你知道他明天是否會去看電影嗎？
Do you know ______ he is going to see a movie tomorrow?

3) 我收到女兒通過入學考試的消息。
I received the news ______ my daughter had passed the entrance exam.

4) 蓋瑞是否將會接受提供的機會還不確定。
It is uncertain ______ Gary will take the offer.

3 引導副詞子句的從屬連接詞用法

副詞子句（➟p.312）是在句中作為副詞使用的子句。接下來就以連接詞所代表的意義加以分類，逐一檢視各類用法。

1 表示時間的連接詞

① when / while

Target **445**

⑴ I used to go swimming in the river **when** I was a child.
⑵ I found a wallet **while** I was jogging in the park.

⑴ 我小時候時常在河裡游泳。
⑵ 我在公園跑步時發現一個皮夾。

■「當～的時候」

when 如例句(1)所示，意指「當～的時候」。

▷ I was taking a bath **when** you called me.
（當你打給我的時候，我正在洗澡。）

■「在做～的時候」

while 如例句(2)所示，意指「在做～的時候」。由於是指某種狀態和動作的持續期間，所以當 while 後面接續的子句中出現動作動詞時，大多使用進行式。

PLUS 133 表示對比的 while

while 也帶有「雖然…，但另一方面～」的意思，可用來表示＜對比＞。

While I like the color of the shirt, I don't like its shape.
（雖然我喜歡這件襯衫的顏色，但是我不喜歡它的款式。）

② before / after

Target **446**

(1) You need to get a visa **before** you enter that country.
(2) I learned German **after** I moved to Berlin.
(1) 在你進入該國前，你需要取得簽證。
(2) 我搬到柏林之後才學習德文。

■表示時間的前後

before 表示「在～之前」，after 表示「在～之後」。

注意 **before 的後面不接否定句**　可以說○ before it gets dark（在變暗之前），但不可以說× before it *doesn't get dark*。

參考 如例句(2)所示，即使主要子句是過去式，after 之後也不可使用過去完成式（➡p.89）。

③ since / until

Target **447**

(1) I've lived here **since** I was five years old.
(2) Wait here **until (till)** I get back.

(1) 自從我五歲起就住在這裡。
(2) 在這裡等到我回來。

■「自從～以來」／「直到～」

since 意指「自從～以來」，用來表示主要子句的動作和狀態開始的時間點。until [till] 意指「直到～」，用來表示主要子句的狀態或是持續動作結束的時間點。

PLUS 134 until 和 by the time 的用法區別

until [till]是「直到～」，用來表示＜繼續＞。如果要表示在某時間點之前某事已結束時，要用 by the time。

The ship *had sunk* **by the time** the rescue helicopter arrived.
（在救援直升機到達前，這艘船已經沈沒了。）

④ as soon as / once

Target 448

(1) My dog started to bark **as soon as** he heard my voice.
(2) **Once** you get a car, you can go anywhere you want.
(1) 我的狗一聽到我的聲音就開始吠了。
(2) 一旦你擁有一輛車，就可以到任何想去的地方。

■「一…就～」

例句(1)的 as soon as 表示「一…就～」。其他類似用法包括 the moment [instant] 和 no sooner ... than～（➡p.376）。

▷ **The moment [instant]** he stood up, he felt dizzy.
（他站起來的瞬間就覺得暈眩。）

參考 **hardly** [**scarcely**] ... **when** [**before**] ～意思是「一～就～」（➡ p.376）。

We had **hardly** [**scarcely**] found our seats **when** [**before**] the concert began.
（我們一找到座位，音樂會就開始了。）

■「一旦～」

例句(2)的 once 是表示「一旦～」的連接詞，用於表示進行至某階段會變成某種情況時。

2 表示原因（理由）、結果與目的的連接詞

① because / since

Target 449

(1) Mr. Brown was very angry **because** I didn't tell the truth.
(2) **Since** you have a fever, you should stay home tonight.

(1) 因為我沒有說實話，伯朗先生很生氣。
(2) 既然你發燒，今晚就應該待在家裡。

■「因為～」

▌because

because 表示＜直接的原因、理由＞，意指「因為～」。

參考 because 子句放在句首時，子句的結尾要加上逗號。此時大多會加重 because 的發音。

Because I didn't tell the truth, Mr. Brown was very angry.

▌since

since 如例句(2)所示，在於說明對方已經知道的＜原因、理由＞，此時通常會把 since 引導的子句放在主要子句前面。

參考 也可用 as 表示理由。

As he was not in his office, we had to wait in the lobby.
（因為他不在辦公室，所以我們必須在大廳等待。）

PLUS 135 now that ... 「既然～」

now that ... 是表示「既然～」的連接詞，口語中可以省略 that。以 now that... 來陳述現況時，因此而成立的事要置於後面。

Now that we have children, we don't go out very much.
（既然我們有了小孩，我們就不太常外出。）

② so ... that ~ / such ... that ~

Target **450**

(1) The lecture was **so** boring **that** half the students fell asleep.
(2) It was **such** a boring lecture **that** half the students fell asleep.
(1) 這堂課如此無聊，以至於有半數的學生都睡著了。
(2) 這是一堂如此無聊的課，以至於有半數的學生都睡著了。

■表示結果或程度

so ... that～

so ... that～ 表示「如此…以至於～」，so 的正後面接形容詞或副詞。

例句(1) so的後面是形容詞boring，至於底下的例句則是在so的正後面放置副詞 clearly。

▷ He spoke **so** *clearly* **that** we could understand him.
（他說得如此清楚，以至於我們能夠了解他的意思。）

參考 在＜ a / an ＋形容詞＋名詞＞的形容詞前面加上 so，會變成＜ so ＋形容詞＋ a / an ＋名詞＋ that～＞的詞序（➡p.471）。用 so ... that ～改寫例句(2)，可如下所示：
It was **so** *boring a lecture* **that** half the students fell asleep.
上面這種用法較為生硬，一般還是如例句(2)用 such。

參考 為了強調 so 而將它放在句首時，要使用倒裝句（➡p.421）。
So boring *was the lecture* that half the students fell asleep.

such ... that～

用 such 表示「如此…，以至於～」時，such 的後面要接名詞。此外，如例句(2)的 such a boring lecture，such 通常伴隨修飾名詞的形容詞，不過也有不伴隨形容詞的情形，如下所示。

▷ He was in **such a hurry that** he forgot to lock the door.
（他是如此匆忙，以至於忘了鎖門。）

參考 such 後面不放名詞的＜ S ＋ be 動詞＋ such that～＞形式是較為正式的用法，意指「S ＜事情＞非常…以至於～」。

Her astonishment was **such that** she nearly fell over.
（她驚嚇過度以至於幾乎倒下。）

參考 ＜ so ... that～＞和＜ such ... that～＞中的 that 在口語中有時會省略。

③ so that / in order that

> **Target 451**
>
> Lock the door **so that** no one *can* get in.
> 把門鎖起來，如此才不會有人進來。

■「為了讓～」

so that

so that 是「為了讓～／如此才～」的意思，表示＜目的＞。so that 子句會隨著句意使用助動詞 can, will 或 may。口語中通常會省略 that。

▷ Talk louder **so** I can hear you.
（說大聲一點，這樣我才聽得到你。）

in order to

in order that 和 so that 的意思幾乎一樣，只不過 in order that 是比較正式的用法。在 in order that 子句中大多使用 may。

▷ She spoke loudly **in order that** the people in the back *might* hear.
（她大聲說話以便讓後面的人也能聽到。）

3 表示條件或讓步的連接詞

① if / unless

> **Target 452**
>
> (1) Please read my report **if** you have time.
> (2) He'll be here at six **unless** his flight is delayed.
> (1) 如果你有時間的話，請看一下我的報告。
> (2) 他會在六點到這裡，除非他的班機延誤。

■if 表示假定、條件

if 意指「如果～的話／（假如）～的話」，如例句⑴表＜假定＞或＜條件＞。

■unless 表示唯一的例外

unless 意指「除非～／如果不是～」，unless 的後面連接讓主要子句成立的＜唯一例外＞，如例句⑵所示。注意，unless 後面不可接否定句。

PLUS 136 if not 和 unless 的異同

unless 和 if ... not 經常被視為同義詞使用。

He'll be here at six **if** his flight is**n't** delayed.

但下面情況不能用 unless 來取代 if... not。

I'll be surprised **if** Mike does**n't** complain about it.

（如果麥可沒有抱怨這件事，我會感到很驚訝。）

② although / (even) though

Target 453

Though [Although] she can speak Chinese, she can't write it.

雖然她會說中文，但是她不會寫。

■「雖然～／但是～」
- though / although
- even though

although 和 though 意指「雖然～／但是～」，表示讓步。注意，although 或 though 所引導的子句描述的是＜事實＞。although 是比較正式的用法，though 則為一般用法。強調時可以用 even though。

▷ **Even though** I don't like comedies, I saw the movie because my girlfriend wanted to see it.
（雖然我不喜歡看喜劇，但是我看這部電影是因為我女朋友想看。）

③ even if

Target 454

Never give up **even if** you make mistakes.

即使你犯下錯誤也永遠不要放棄。

■「即使～／假設～」

even if 也表示讓步，但是和 although 或 though 不同的是，even if 所引導的子句描述的是＜不知道是否為事實的事＞。

④ as long as / as far as

Target 455

(1) You can watch TV **as long as** you do your homework first.
(2) **As far as** I know, he is not guilty.
　(1) 只要你先做作業，就可以看電視。
　(2) 就我所知，他是無罪的。

■**as long as 表示時間或條件**

as long as 和 as far as 在形式上很相似，但是意思卻有很大的不同。as long as 大致上可以分為兩種意思，一種是「做～的期間」，表示＜時間＞。

▷ You can swim in the pool **as long as** you like.
（你可以隨你便的在游泳池游泳。）

另一種意思是「只要～」，表示＜條件＞，如例句(1)所示，可用 so long as 取代。

■**as far as 表示範圍或程度**

as far as 意指「就～所及／僅限於～」，表示＜範圍或程度＞。

⑤ in case

Target 456

(1) **In case** I'm late, start without me.
(2) I'll take an umbrella **in case** it rains.
　(1) 萬一我遲到，直接開始不用等我。
　(2) 我會帶把傘以防下雨。

■「萬一～時」／「以防萬一」

例句(1)的 in case 表示「萬一／如果」，主要用於美式英語。

例句(2)的 in case 表示「以防萬一」，此時 in case 所引導的子句通常放在主要子句後面。

注意

in case 的用法　in case 後面不可接 that (×in case that ...)，也不能接表示未來的 will。

參考 in case 所引導的子句有時會使用 should。
I'll buy a flashlight **in case** there **should** be a power cut.
（我會買隻手電筒，以防停電。）

PLUS 137 for fear that ... / lest ... should～ 的用法

We hid in the basement **for fear that** the hurricane **would** destroy the house.
（唯恐颶風摧毀房子，我們躲在地下室。）

for fear that ... 是「以防～／唯恐～」的意思，因為是對於未來的不安，所以通常搭配 will [would]。口語中常省略 that。

Speak quietly **lest** they **should** hear us.
（說小聲一點，以免被他們聽到。）

lest ... should ～表示「以免～」的意思，為書面語用法。lest 所引導的子句雖然會搭配 should，但是美式英語大多不用 should，而用原形動詞。

要表示「以免～」這款否定的意思時，常用 so that ... not～ 或是 so as [in order] not to *do*。（➡p.184）

I'll write it down **so that** I wo**n't** forget.
I'll write it down **so as not to** forget.
（我會寫下來以免忘記。）

⑥ whether A or B

Target 457

You must eat the carrots **whether** you like them **or not**!
不管你愛不愛吃，你都得吃紅蘿蔔！

■「不論是 A 還是 B」

whether A or B 是「無論是 A 還是 B」的意思，表示讓步。whether A or not 則是「無論是否是 A」的意思。

▷ I don't care **whether** you win **or** lose.
（我不在乎你是贏還是輸。）

PLUS 138 表示其他＜條件＞的連接詞

suppose, supposing, providing, provided 可用來表示＜條件＞。

Suppose [Supposing] (that) it was fifty dollars cheaper, would you buy it?
（假設再便宜五十元，你會買嗎？）→ suppose 在口語中可當連接詞使用

You can go to the party **providing [provided]** (that) you promise to return by 11:00.
（如果你答應在十一點前回來，就可以去參加舞會。）

Check 182 請由括弧內挑出正確的連接詞。

1) My mother was very delighted (when / while) I gave her a present.
2) I'll wait here (by the time / until) school is over.
3) I will fix the roof (in case / for fear) we have heavy rain.
4) It was (so / such) a nice day that we decided to go for a drive.
5) My father doesn't use taxis (if / unless) it is absolutely necessary.
6) (Although / Because) we did our best, we lost the game.

TIPS FOR YOU ▶ 18

as 的代表性用法

as 既可以當連接詞，也可以當作介系詞使用，傳達各種意思，以下列舉其代表性用法。

●連接詞

①「當～時／做～之間／一面～」：表示「時間」

I saw Judy **as** I was getting off the train.
（下火車的時候我看到茱蒂。）

②「隨著～」：表示「比例」

As time went by, she became more beautiful.
（隨著時間消逝，她變得更美了。）

③「**如同～／依照～**」：表示「**狀態**」

Why don't you behave **as** I've always told you to?

（為什麼你不依照我向來告訴你的那樣去做？）

④「**因為～／所以～**」：表示「**原因**」

As it was getting late, he decided to check into a hotel.

（因為時間晚了，他決定入住飯店。）

⑤「**即使～**」：表示「**讓步**」

Angry **as** she was, she couldn't help smiling.

（即使她在生氣，還是忍不住微笑。）

●**介系詞**

①「**當作～／如同～**」：**以＜及物動詞＋受詞＋ as ... ＞的形式引導補語**

Her father regards her **as** a genius.

（她的父親視她為天才。）

②「**作為～**」

She works **as** a cook at the restaurant.

（她在餐廳裡做廚師。）

③「**當～的時候／～時期**」

As a child, he lived in Ireland.

（小時候，他住在愛爾蘭。）

Check 問題的解答

180 1) but 2) so 3) or 4) and 5) nor

181 1) that 2) whether 3) that 4) whether

182 1) when 2) until 3) in case 4) such 5) unless 6) Although

附　錄

1 動詞的變化

動詞有原形、現在式、過去式、過去分詞、V-ing（現在分詞、動名詞）。首先，請先確認 be, have, do，以及其他一般動詞有何變化。

1 be, have, do 的變化

原形	現在式	過去式	過去分詞	V-ing 形式
be	I **am** you **are** he / she / it **is** we / you / they **are**	I **was** you **were** he / she / it **was** we / you / they **were**	**been**	**being**

注意　縮寫　現在式的縮寫如下：
I'm (= I am), you're (= you are), he's (= he is), she's (= she is), it's (= it is), we're (= we are), they're (= they are)

原形	現在式	過去式	過去分詞	V-ing 形式
have	I / you **have** he / she / it **has** we / you / they **have**	**had**	**had**	**having**

注意　縮寫　完成式的縮寫方式如下所示：
I've (= I have), you've (= you have), he's (= he has), she's (= she has), it's (= it has), we've (= we have), they've (= they have), I'd (= I had), you'd (= you had)

原形	現在式	過去式	過去分詞	V-ing 形式
do	I / you **do** he / she / it **does** we / you / they **do**	**did**	**done**	**doing**

2 一般動詞的現在式

be, have, do 以外的動詞稱為一般動詞。一般動詞的現在式雖然和原形相同，但是當主詞為第三人稱單數現在式時，要在原形後面加 -s 或 -es。

① -s / -es 的加法

➤ 通常在原形的字尾加 -s。

come→come**s** get→get**s** hear→hear**s** know→know**s** like→like**s**

➤ 在 -s, -x, -ch, -sh, ＜子音字母＋ o ＞結尾的動詞字尾加 -es。

miss→miss**es** mix→mix**es** teach→teach**es** finish→finish**es**
go→go**es**

➤ 在＜子音字母＋ y ＞結尾的動詞去 y 加上 -ies。

cry→cr**ies** study→stud**ies** try→tr**ies**

參考 | a, e, i, o, u 為代表母音的五個字母，其他的字母則為子音。

② -s / -es 的發音

-s / -es 的發音由原形動詞語尾的音來決定。

➤ 以 [s, ʃ, tʃ, z, ʒ, dʒ] 發音結尾的動詞，要念作 [ɪz]。

miss**es**, wash**es**, teach**es**, ris**es**, judg**es**

➤ [z, ʒ, dʒ] 以外的有聲子音結尾的動詞，要念作 [z]。

go**es**, play**s**, know**s**, sell**s**, read**s**, give**s**, run**s**

➤ [s, ʃ, tʃ] 以外的無聲子音結尾的動詞，要念作[s]。
talk**s**, hurt**s**, jump**s**, laugh**s**

注意 says, does 的發音　says 要念作 [sɛz]，does 要念作 [dʌz]。

參考 無聲是指聲帶沒有發生振動的音，包括 [p, t, k, f, s, ʃ, θ] 等子音。有聲是指聲帶會發生振動的音，包括所有母音和 [b, d, g, v, l, m, n, z, ʒ, ð] 等子音。

3 一般動詞的 V-ing 形式

雖然一般動詞的 V-ing 形式只是在原形的語尾加上 -ing，但是依照語尾的不同，下面情形要特別注意。

➤ 通常在原形的字尾加上-ing。
play→play**ing**　read→read**ing**　start→start**ing**

➤ ＜子音字母＋ e ＞結尾的動詞要去 e 再加 -ing。
come→com**ing**　give→giv**ing**　make→mak**ing**

➤ 以-ie [aɪ] 結尾的動詞要去 ie 再加 -ying。
die→d**ying**　lie→l**ying**　tie→t**ying**

➤ ＜ 1 母音字母＋ 1 子音字母＞的動詞要重複最後的子音字母再加 -ing。
cut→cut**ting**　drop→drop**ping**　get→get**ting**
begin→begin**ning**　forget→forget**ting**　occur→occur**ring**

注意 以＜ 1 母音字母＋ 1 子音字母＞結尾的動詞，若重音不在最後的音節時，只要直接加上 -ing 即可。
enter→enter**ing**　visit→visit**ing**
英式英語有時仍會重複最後的子音字母，例如 travel**ling**，quarrel**ling** 等。

參考 所謂音節是指單字發音的區分方式，像 cut 等無法區分的單字稱為單音節，如 begin 等可以區分為兩個音節的單字稱為雙音節。至於每個單字該如何區分音節，請參閱字典。

➤ 以 -c 結尾的動詞要加上 k 再加 -ing。

panic→panic**king**　picnic→picnic**king**

④ 一般動詞的過去式與過去分詞

一般動詞包括在原形的語尾加上 -ed 形成過去式和過去分詞的規則動詞，以及不規則變化的不規則動詞。

① 規則動詞的變化

➤ 規則動詞大多是在原形的語尾加上 -ed，形成過去式和過去分詞。

listen - listen**ed** - listen**ed**　talk - talk**ed** - talk**ed**　need - need**ed** - need**ed**

➤ 以 -e 結尾的動詞只要在語尾加上 -d 即可。

hope - hope**d** - hope**d**　live - live**d** - live**d**　use - use**d** - use**d**

➤ ＜子音字母＋ y ＞的動詞是去 y 再加 -ied。

carry - carr**ied** - carr**ied**　cry - cr**ied** - cr**ied**　study - stud**ied** - stud**ied**

注意　＜母音字母＋ y ＞的動詞只要直接加上 -ed。

enjoy - enjoy**ed** - enjoy**ed**　play - play**ed** - play**ed**

➤ 以＜ 1 母音字母＋ 1 子音字母＞結尾的動詞，只要重複最後的子音字母，再加 -ed 即可。

beg - beg**ged** - beg**ged**　stop - stop**ped** - stop**ped**

compel - compel**led** - compel**led**　regret - regret**ted** - regret**ted**

注意　以＜ 2 母音字母＋ 1 子音字母＞結尾的單音節動詞，只要直接加上 -ed 即可。

look - look**ed** - look**ed**　pour - pour**ed** - pour**ed**

注意　＜ 1 母音字母＋ 1 子音字母＞結尾的動詞，若重音不在最後的音節時，只要直接加上 -ed 即可。

offer - offer**ed** - offer**ed**　visit - visit**ed** - visit**ed**

英式英語有的時候仍會重複最後的子音字母，例如 travel**led**, quarrel**led** 等。

➤ 以 -c 結尾的原形動詞，要先加 k 再加 -ed。

panic - panic**ked** - panic**ked**　picnic - picnic**ked** - picnic**ked**

② -ed 的發音

-ed 的發音要由原形動詞語尾的發音來決定。

➤ 發音以 [t], [d] 結尾的動詞要念作 [ɪd]。
star**ted**, visi**ted**, en**ded**, nee**ded**

➤ 發音以 [t] 以外的無聲子音結尾的動詞要念作 [t]。
ask**ed**, lik**ed**, pass**ed**, push**ed**, stop**ped**, watch**ed**

➤ 發音以 [d] 以外的有聲子音結尾的動詞要念作 [d]。
call**ed**, listen**ed**, lov**ed**, nam**ed**, play**ed**, stud**ied**

③ 不規則動詞的變化

像 come - came - come 之類的變化，不是原形加上 -ed 做變化，而是不規則變化。不規則動詞的變化方式非常重要，請利用下表熟記其原則。

➤ **A - A - A** 型

cost - cost - cost	cut - cut - cut	hit - hit - hit	hurt - hurt - hurt
let - let - let	put - put - put	set - set - set	shut - shut - shut

注意 注意發音的變化
read [rid] - read [rɛd] - read [rɛd]

➤ **A - B - B** 型

bring - brought - brought	build - built - built	buy - bought - bought
keep - kept - kept	make - made - made	pay - paid - paid
sell - sold - sold	send - sent - sent	teach - taught - taught
tell - told - told	win - won - won	

注意 注意發音的變化
mean [min] - meant [mɛnt] - meant [mɛnt]
say [se] - said [sɛd] - said [sɛd]
hear [hɪr] - heard [hɝd] - heard [hɝd]

➤ **A - B - A** 型

become - became - become	come - came - come	run - ran - run

➤ **A - B - C** 型

blow - blew - blown	eat - ate - eaten	give - gave - given
grow - grew - grown	see - saw - seen	speak - spoke - spoken
take - took - taken	throw - threw - thrown	write - wrote - written

➤ **A - A - B** 型

beat - beat - beaten（過去分詞也可以寫成 beat）

④ 必須多留意時態變化的動詞

➤ **rise**（上升 [不及物動詞]）／ **raise**（升起 [及物動詞]）

rise [raɪz] - rose [roz] - risen [`rɪzn̩]

raise [rez] - raised - raised

➤ **lie**（躺 [不及物動詞]）／ **lay**（放置 [及物動詞]）

lie [laɪ] - lay [le] - lain [len]

lay [le] - laid [led] - laid [led]

注意 ｜ lie（說謊）的動詞變化為 lie - lied - lied

➤ **find**（發現）／ **found**（設立）

find - found - found

found - founded - founded

➤ **fly**（飛翔）／ **flow**（流動）／ **blow**（吹）

fly - flew [flu] - flown

flow - flowed - flowed

blow - blew [blu] - blown

➤ **wind**（捲繞）／ **wound**（負傷）

wind [waɪnd] - wound [waʊnd] - wound [waʊnd]

wound [wund] - wounded - wounded

2 片語動詞

動詞和介系詞或副詞並用時，作用如同單一動詞，稱為片語動詞。下面依不同功用分別介紹代表性的片語動詞。

① 以<動詞＋介系詞>作為及物動詞使用

(1) Why don't you **call on** my brother when you're in London?
(2) I'd like to **hear from** you once in a while.

(1) 你到倫敦時，何不去找我哥哥？
(2) 我希望能不時聽到你的消息。

call on（造訪～）、deal with（處理～）、do without（沒有～）、look at（看～）、look for（尋找～）、look after（照顧～）、look into（調查～）、hear from（知道～消息）、hear of（聽說～）、ask for（要求～）、come across（碰見～）、get over（恢復～）、stand for（表示～）、take after（和～相似）、wait for（等待～）、wait on（服侍～）等。

② 以<動詞＋副詞>作為不及物動詞使用

(1) Eric **turned up** late as usual.
(2) We **set out** on our journey to Mt. Kilimanjaro.

(1) 艾瑞克一如往常很晚才出現。
(2) 我們展開前往吉力馬札羅山的旅程。

break down（故障）、break out（突然發生）、go on（繼續）、look out（注意）、run away（逃走）、come about（發生）、get along（進展）、set out（出發）、stand out（引人注目）、turn up（出現）等。
（編注：這類的片語動詞通常有多種涵義，不能做單一解釋，需視上下文決定其意義。）

③ 以<動詞＋副詞>作為及物動詞使用

> ⑴ Because of bad weather, we **called off** the picnic.
> ⑵ Can you **turn on** the radio?
> ⑴ 由於天氣不佳，我們取消了野餐。
> ⑵ 打開收音機好嗎？

bring up（養育～）、make [figure] out（理解～）、call off（取消～）、bring about（引起～）、give up（放棄～）、pick up（拾起～）、put away（收起來～）、put off（延期～）、put on（穿上～）、take off（脫下～）、carry out（實行～）、turn on（打開～）等。

注意 <及物動詞＋副詞>的受詞位置

①當受詞為名詞時

<及物動詞＋副詞＋名詞>和<及物動詞＋名詞＋副詞>等兩種詞序均可，但較長的受詞使用<及物動詞＋副詞＋名詞>。

Take off *your coat*. / Take *your coat* off.（脫下你的外套。）

○ Give up *your plan to go to France*.
（放棄去法國的計畫。）

× Give *your plan to go to France* up.

②當受詞為代名詞時

只能以<及物動詞＋代名詞＋副詞>作為詞序。

○ Take *it* off.（脫下它。）　× Take off *it*.

④ 以<動詞＋副詞＋介系詞>作為及物動詞使用

> ⑴ I'm **looking forward to** your letter.
> ⑵ I can't **get along with** my husband's parents.
> ⑴ 我期待著你的來信。
> ⑵ 我無法和我丈夫的父母相處。

come up with（提出～）、do away with（廢止～）、keep up with（跟上～）、look up to（尊敬～）、look down on（鄙視～）、look forward to（期待～）、catch up with（追上～）、

get along with（和～相處）、put up with（忍耐～）、run out of（用完～）、make up for（彌補～）等。

⑤ 以<動詞＋名詞＋介系詞>作為及物動詞使用

(1) She **takes care of** dolphins at Sea World.
(2) He is **making use of** his talents.
　(1) 她在海洋世界照顧海豚。
　(2) 他正運用他的才能。

take care of（照顧～）、catch sight of（發現～）、find fault with（挑～的毛病）、make room for（讓位給～）、make use of（運用～）、take advantage of（利用<機會等>／欺騙～）、pay attention to（注意～）等。

3 介系詞片語

介系詞和一個以上的單字並用，構成兩個以上的詞語時，作用如同單一介系詞，稱為介系詞片語。

① 兩個單字的介系詞片語

(1) **As for** me, I'm not interested in soccer.
(2) **Up to** four people can stay in this room.
(3) **With all** his faults, he is loved by everybody.
　(1) 對我而言，我對足球並沒有興趣。
　(2) 這個房間最多只能容納四個人。
　(3) 儘管他有許多過失，每個人還是都很喜愛他。

according to（根據～）、apart from（由～分開／除了～以外）、as for（就～而言）、as to（關於～）、because of（因為～）、but for（若非～）、due to（由於～）、instead of（代替～）、owing to（因為～／由於）、thanks to（幸虧～）、up to（直到／決定）、with all（儘管～）等。

② 三個單字以上的介系詞片語

⑴ He was able to escape **by means of** the secret tunnel.
⑵ She moved to the countryside **for the sake of** her health.
⑶ **On behalf of** my family, I thank you for coming.

⑴ 藉由這條祕密通道他才得以逃脫。
⑵ 她為了健康搬到鄉下。
⑶ 謹代表我的家人感謝您的蒞臨。

as far as（就～的限度／在～範圍）、at the risk of（冒著～的危險）、by means of（藉由）、by way of（經由）、for fear of（唯恐／以免）、for the sake of（由於～的緣故）、in addition to（除了）、in case of（倘若）、in front of（～的前面）、in spite of（儘管）、on account of（為了）、on behalf of（代表）、with regard to（關於）等。

附錄

索 引

O

T

Y

國家圖書館出版品預行編目資料

朗文新英文文法全集= A Comprehensive Survey of English Grammar, 5th Edition / 石黑昭博監修；陳菲文，夏淑怡譯 一 五版. – 新北市 : 臺灣培生教育, 2012.03
面； 公分
ISBN 978-986-280-113-0 (精裝)

1. 英語 2. 語法

805.16 101002675

朗文新英文文法全集

A Comprehensive Survey of English Grammar

監修	石黑昭博 (Teruhiro Ishiguro)
作者群	Takayuki Oku/ Yoshito Kawasaki/ Hiromi Kubota/ Yugen Takada/ Katsumi Takahashi/ Michiaki Tsuchiya/ Guy Fisher/ Hikaru Yamada/ Noriaki Suzuki
譯者	夏淑怡、陳菲文
發行人	Isa Wong
主編	陳慧芬
責任編輯	鄭安致
封面設計	陳君瑞
發行所／出版者	台灣培生教育出版股份有限公司 地址／231 新北市新店區北新路三段 219 號 11 樓 D 室 電話／02-2918-8368 傳真／02-2913-3258 網址／www.pearson.com.tw E-mail／reader.tw@pearson.com
香港總經銷	培生教育出版亞洲股份有限公司 地址／香港鰂魚涌英皇道 979 號（太古坊康和大廈十八樓） 電話／(852)3181-0000 傳真／(852)2564-0955 E-mail／hkcs@pearson.com
台灣總經銷	創智文化有限公司 地址／23674 新北市土城區忠承路 89 號 6 樓（永寧科技園區） 電話／02-2268-3489 傳真／02-2269-6560 博訊書網／www.booknews.com.tw
學校訂書專線	(02) 2918-8368 轉 8866
版次	2012 年 3 月五版一刷 2013 年 10 月五版四刷
書號	TL054
ISBN	978-986-280-113-0
定價	新台幣 580 元

本書相關內容資料更新訊息，請參閱本公司網站：www.pearson.com.tw